EIGHT SUGGESTIONS MADE IN PRISON

解读狱中八条

厉华 ◎ 著

重庆出版集团 重庆出版社

图书在版编目（CIP）数据

厉华说红岩：解读狱中八条 / 厉华著. -- 重庆：重庆出版社，2014.6
ISBN 978-7-229-07914-7

Ⅰ．①厉… Ⅱ．①厉… Ⅲ．①纪实文学－中国－当代 Ⅳ．①I25

中国版本图书馆CIP数据核字(2014)第093696号

厉华说红岩 —— 解读狱中八条
LIHUA SHUO HONGYAN —— JIEDU YU ZHONG BA TIAO

厉华 著

策　　划	王怀龙　郭　宜
责任编辑	廖建明　夏　添
责任校对	夏　宇
装帧设计	夏　添　刘　洋

重庆出版集团
重庆出版社 出版

重庆市南岸区南滨路162号1幢　邮政编码：400061　http://www.cqph.com
重庆天旭印务有限责任公司　印制
重庆出版集团图书发行有限公司发行
E-MAIL:fxchu@cqph.com　邮购电话：023-61520646
全国新华书店经销

开本：787mm×1 092mm　1/16　印张：36.25　字数：436千
2014年7月第1版　2021年1月第2次印刷
ISBN 978-7-229-07914-7
定价：45.00元

如有印装质量问题，请向本集团图书发行有限公司调换：023-61520678

版权所有　侵权必究

让红岩精神代代相传

徐海荣

"红岩荒谷耳，抗日显光辉。"抗日战争时期和解放战争初期，以周恩来同志为代表的中共中央南方局，在重庆这片土地上培育和形成了伟大的红岩精神，它同井冈山精神、长征精神、延安精神一样，都是中国共产党人和中华民族的宝贵精神财富。50多年前，由罗广彬、杨益言同志创作的小说《红岩》，塑造了一批革命英雄的群体形象，让红岩精神闪耀巴渝大地，在国内外广泛传播，推动了几代人的健康成长。

"狱中八条"是1949年牺牲在重庆渣滓洞、白公馆两座监狱里的共产党员们，通过脱险同志向党组织提出的一份意见书。主要内容包括：防止领导成员的腐化；加强党内教育和实际斗争的锻炼；不要理想主义，对上级也不要迷信；注意路线问题，不要从右跳到左；切勿轻视敌人；重视党员特别是领导干部的经济、恋爱和生活作风问题；严格进行整党整风；惩办叛徒、特务。这八条意见涉及路线方针、思想教育、组织建设、干部作风、工作方法等多个方面，既是革命先烈们对革命斗争经历失败和挫折后的体会总结，也是对切实加强党的自身建设提出的殷切希望，字字凝聚着红岩烈士们的鲜血和泪水，条条体现了他们对党的忠诚和寄托。先烈们的这些真知灼见，虽朴实无华，明白简洁，却揭示了党内生活中一些带规律性的东西，经受了历史的检验，对于保持党的先进性、纯洁性，至今仍具有十分重要的意义。

厉华同志现任重庆红岩联线文化发展管理中心主任（重庆红岩革命历史博物馆馆长）、中国民主党派历史陈列馆馆长。几十年来，他对"红岩"有着深厚的感情、深入的研究和执着的追求。《厉华说红岩——解读狱中八条》一书，是他多年来对红岩精神潜心钻研的结果，也是他对先进文化孜孜以求的结果。此书是一本十分难得、值得一读的好作品。

这部好作品，"好"在三个方面。一是"导向准"。作者运用文学的方式深刻阐释了"忠诚、信仰、纯洁"的深刻内涵，真实展现了红岩烈士们的崇高理想、坚定信念、优秀品格和浩然正气，坚持了正确创作方向，倡导了主流价值取向，是弘扬红岩精神的生动教材，有利于更好地引领风尚、教育人民、服务社会、推动发展。二是"史料实"。作者查阅大量解密的历史档案，引用史料有出处，考证分析有观点，不少内容和历史照片都是第一次见到，图文并茂地还原了许多真实的历史细节。三是"文风活"。作者文笔朴实，笔调冷静，人物刻画细腻而深刻，叙事悲壮又激情，通过诸多真实事例，生动反映了烈士们的革命气概和崇高精神风貌，形象描述了叛徒们功利、侥幸、自傲、虚伪的心理和行为表现，具有很强的吸引力、感染力。我们阅读这部作品，能够从中得到教益、受到启示、获得力量。

"等闲识得东风面，万紫千红总是春。"在新的历史时期，党和人民需要更多的文艺精品力作，需要更多优秀的文化领军人物。广大文艺工作者要坚持正确的创作方向，牢记为人民服务、为社会主义服务的神圣职责，严谨笃学、潜心钻研、淡泊名利、自觉自律，努力创作生产出更多思想性艺术性观赏性相统一、人民喜闻乐见的优秀文艺作品，充分发挥文化引领风尚、教育人民、服务社会、推动发展的作用，为建设社会主义文化强国建功立业。

2012年8月
（作者系原中共重庆市委常委、宣传部部长，
现任中共重庆市委常委、万州区委书记）

在新的历史条件下发扬发展革命传统

沈宝祥

重庆市政协主席邢元敏同志给我打电话,要我为厉华同志的新著《厉华说红岩——解读狱中八条》作序,我欣然承允。及至拜读了书稿,我才明白元敏同志要我为此书作序的深意,一是给我提供了一次学习革命先烈崇高精神和深刻思想的机会,二是给我出了一道研究我们党的革命传统的重要课题。

厉华同志是重庆歌乐山革命纪念馆(重庆歌乐山烈士陵园管理处)馆长、重庆红岩革命纪念馆馆长、中国民主党派历史陈列馆馆长,三个馆长一肩挑。他和他的团队每年要接待数以百万计的参观瞻仰者,以及组织各种展览和纪念活动。28年来,厉华同志还撰写、主编出版了《红岩魂——来自歌乐山的报告》、《红岩魂——重庆歌乐山军统集中营史实研究与保护利用》、《再铸红岩魂》、《信仰的力量》、《红岩档案解密》等多本著作。他为红岩革命精神的挖掘、整理、提炼、传播,作出了很大的贡献。我虽然未与厉华同志谋面,看了这些材料,我对他的钦佩之情油然而生。

厉华同志的新作,以红岩幸存者写的一份报告为基础,特别是以报告中的"狱中八条"为线索,收集确实的材料,研究撰写而成的。这本书稿是研究红岩精神的一个新视角,也把红岩精神提到了一个新境界。我拜读之后,对红岩精神,乃至我们党的革命传统,有了新的认识和感悟。在这篇序言中,谈一点我的粗浅认识。

一、"红岩魂"是崇高精神与深刻思想的统一。

我们党在长期英勇顽强、艰苦卓绝的斗争中，逐渐孕育了一些精神特质。这些精神特质是一种无形的力量，却又是特别强大的力量，是我们党独有的极其宝贵的精神财富。对这些精神特质，毛泽东称之为"革命传统"。1951年，他为革命老根据地题词："发扬革命传统，争取更大光荣"（中央档案馆编，《毛泽东题词墨迹选》第135页）。邓小平在他的文章中，则用"党的优良传统"的提法（《邓小平文选》第2卷第215页）。"革命传统"、"党的优良传统"，实际含义基本相同，可能也略有差别。

厉华同志以往的著作，着重讲革命先烈的精神、信仰、忠诚、气节，"红岩魂"的"魂"字，就集中表达了这个意思。这一本《厉华说红岩——解读狱中八条》，以"狱中八条"为线索，是新的突破。

"狱中八条"，是上述《关于重庆组织破坏经过和狱中情形的报告》中的重要内容。这个报告，是解放前夕，被关在国民党军统集中营白公馆、渣滓洞的一批革命同志，总结武装起义失败的教训，为党提出的八条郑重建议。当时参加讨论总结的同志，大部分被特务刽子手杀害了，由幸存者罗广斌同志撰写完成。这是革命志士用鲜血和生命写成的对党组织的一份建议书。

"狱中八条"的内容如下：一、防止领导成员的腐化；二、加强党内教育和实际斗争的锻炼；三、不要理想主义，对上级也不要迷信；四、注意路线问题，不要从右跳到左；五、切勿轻视敌人；六、重视党员特别是领导干部的经济、恋爱和生活作风问题；七、严格进行整党整风；八、惩办叛徒、特务。这八条，是当时艰苦残酷斗争实践的经验概括，是付出惨重代价得来的思想成果。其思想的深刻性，令我们今天的共产党人为之而震撼，甚至汗颜。这八条，有力地说明，"红岩魂"是崇高精神与深刻思想的有机统一。这八条，产生于当时的特殊环境和条件，但对推进我们党的建设具有普遍意义，今天仍有重要的现实意义。

这"狱中八条"，厉华同志的这一新著，对我们的启示之一是，继承发扬革命传统，不但要继承发扬那种崇高的革命精神，而且要认真领会革命先烈留下的深刻思想，要将二者统一起来。

二、在新的历史条件下，党的优良传统不但要发扬，还要发展。

在民主革命时期，我们党在艰苦卓绝的革命斗争实践中，逐步形成了一套革命的优良传统。1945年4月，毛泽东在党的七大作的《论联合政府》的政治报告中，概括了党成立以来24年斗争实践中形成的三大作风。这就是：理论和实践相结合的作风，和人民群众紧密地联系在一起的作风，自我批评的作风。三大作风，就是我们党的优良传统的重要组成部分。

我们党的优良传统究竟有哪些内容，这是一个需要研究探讨的问题。

人们所讲的革命传统，主要是指民主革命时期的斗争中形成的革命精神。但是，我们党已有90多年的历史，已有90多年的伟大实践。民主革命以后的63年的实践，同民主革命时期相比，历史条件不同、任务目标不同、活动方式不同。新的环境，新的实践，必然形成新的精神。党的优良传统必然在实践中发展。这也是历史的辩证法。

改革是中国共产党领导广大人民推进的第二次革命。正如邓小平所说，我国的改革是全面的改革，是天翻地覆的事业，是中国几千年来从未干过的事。30多年的改革，是极其艰苦复杂的探索过程，也是各种矛盾碰撞较量的过程，确实是在新的历史条件下的一场伟大的革命。这场新的历史条件下的革命，必然为我们党的优良传统增添新的内容，比如，尊重知识，尊重人才；敢闯敢试，敢于碰硬；民主平等，依法办事等等。这些，已经逐渐形成新的风气，应视为我们党的优良传统的新发展。

在28年的民主革命年代，我们党形成了许多可贵的精神和作风，成为我们党的优良传统。30多年的改革时期，也需要而且已经形成了改革的优良传统。

民主革命时期的优良传统和新时期形成的优良传统，有着内在的联系，其共同的内核就是我们党全心全意为人民服务的根本宗旨。我们应当将这二者贯通起来。我们既要讲井冈山精神、延安精神、红岩精神，也要讲改革开放以来形成的新的精神，把继承、发扬、发展统一起来。

三、要以科学的态度看待党的传统。

所谓传统，是指历史形成而传承下来的精神、思想、作风、习俗、行为方式等等。对传统要作具体分析。凡是正面的、积极的，就称之为优良传统。除了优良传统之外，还有不良传统。对一个社会来说是如此，对一个政党来说是如此，对我们中国共产党来说，也是如此。

改革开放之初，我就听说，一位老同志认为，我们党有优良传统，也有不良传统。我听了以后，深以为然。这是对十年"文革"的深刻反思。后来发现，邓小平在讲到党和国家领导制度的弊端时，就指出了这个问题。他在讲权力过分集中的弊端时说，这"同共产国际时期实行的各国党的工作中领导者个人高度集权的传统有关"（《邓小平文选》第2卷第329页）。这里，邓小平讲得很明确，领导者个人高度集权，是我们党的一种传统。当然，这是不良传统。不良传统究竟有哪些，需要研究。除了个人高度集权，迷信盲从、搞过火斗争、轻视排斥知识分子、以大老粗为荣不爱学习等等，这些都是在党内生活中长期存在的，都应视为我们党的不良传统。我们要大力弘扬优良传统，也要重视克服不良传统。在改革开放的实践中，不良的传统正在逐渐地被克服。

在实际生活中，继承发扬优良传统，有它的复杂性。主要的问题，一是扭曲优良传统，二是以发扬优良传统为幌子，行不可告人之实,二者往往糅合在一起。真理再前进一步,就是谬误。但是,当真理前进了一步之后,看起来还像是真理,使人难以识别。这是"左"的东西袭来时(往往是很革命的样子),人们往往看不出来,甚至跟着跑的认识论根源之一。

红色,在最初时期,是革命的象征。我们的革命军队称之为红军。革命政权称之为红色政权。在一定的意义上,红,等同于革命。随着党内政治生活出现不正常现象,突出个人,神化个人,人们将领袖人物称之为红太阳。这时,红的概念就出现变异,掺进了不健康的因素,变了味。红,变成了个人迷信的代名词。但是,这样的"红",仍然能够迷惑人。

厉华同志说,红岩文物资料尚有大量没有被挖掘整理,开发的还不到百分之三十。挖掘整理这些珍贵的文物资料,既任重道远,又大有可为。我衷心祝愿厉华同志和他的团队取得更大的成绩。

2012年8月3日于北京颐北大有北里
(作者系原中共中央党校党建教研室主任)

历史不只属于过去

蓝锡麟

6月16日晚的一次聚会间，厉华告诉我，他新写了一本集中解读"狱中八条"的书，问我能否看一看书稿，并写一篇序。我当即应承了。两天后便得到了书稿，我逐字逐句通看过一遍。稍事间隔，又择要地重看了一遍，认定这本书颇值得细读，值得推荐。

之所以我会应承下来，主要有三个原因。一是我的表姑夫王白与，即为歌乐山遇难烈士之一。若干年来，我与当年地下党的张文澄、黄友凡、刘文权、刘隆华、赵隆侃、徐淮淳、金诚林、卢光特、郭德贤、曾咏曦有过接触，特别是曾与刘德彬结为善邻，相处10年，对先行者仍怀着由衷的感情。二是20多年来，尤其是退休后10年来，我对当年川东地下党的历史经验教训一直相当关注，一些个人认识已经诉诸文字。三是我知道，20多年来厉华一直在为弘扬红岩精神做着开掘历史，服务现实，关照将来的事情，由他自己或者别人每写一本书，都会给人以新的发现，新的启示，新的感动，因而对于这本书我也愿求其友声。

《厉华说红岩——解读狱中八条》通篇结构从罗广斌提交《关于重庆组织破坏经过和狱中情形的报告》的由来开始，随即依循报告的五个部分对"案情发展"、"叛徒群像"、"狱中情形"和"脱险人物"展开重述，并将考索重心放在"狱中八条"上，然后再对报告作补记，最后收结于"忠诚与背叛"、"信仰的力量"，浸润着新、实、深、远的特征，可读性尽寄寓其间。

新，特指相当多的内容新。从20世纪50年代罗广斌、刘德彬、杨益言发表《圣洁的血花》、《在烈火中永生》至今，关于歌乐山英烈、"11·27"大屠杀以及川东地下党、川东三次武装起义的重述文字已经不少了。如果老是重复难免会使人缺乏新鲜感。厉华和他的红岩历史研究团队占尽史料优势，随着相关历史资料的解密进程，他们每推出一本新书，都有若干新内容足以吸人眼球，他个人的这一本书尤为突出。罗广斌那份报告的由来，以往我曾听胡康民讲过，却远不及书里写的脉络清晰。书里写到的遇难烈士，谭沈明、楼阅强、刘振美、白深富、艾文宣、陈丹墀、陈作仪、华健、邓致久、张永昌、苟悦彬、朱世君、周后楷、艾仲伦等，我都是第一次见到；余祖胜和黄细亚的文学才华，是第一次了解。脱险志士肖中鼎、李泽海、陈化纯、杨培基、周仁极、钟林、张泽厚、周洪礼、杨纯亮等，亦是如此。甚而至于，任达哉、冉益智、刘国定的叛变经过，特别是涂孝文叛变后又痛悔的心路历程，以及蒲华辅在大坪刑场带头呼口号的临终表现，同样刷新了既往文字。单凭这样一些新内容，这本书就叫人不可等闲放过了，更何况最新的还在对于"狱中八条"的解读。

实，即指支撑内容的材料翔实，又指作者收集材料和使用材料的态度求实。如书稿末尾注释所示，厉华写这本书依据的材料，包括大陆和台湾公开出版的12种图书，包括一般人难以接触的、不少还是解密未久的58种档案资料，还包括56位遇难烈士的档案和17位脱险志士的档案，以及采访肖泽宽和采访陈伯纯的两起录像。其真实性和丰实性，当是许多相关著述无可企及的。作者为此下了大量的收集功夫，使用过程又经过勘对、比较、提炼、取舍，去粗取精，去伪存真，更为真实和丰实增添了坚实。例如对于引发案情的"《挺进报》事件"和川东三次武装起义，既往的多数相关著述主要是从颂扬英烈、唾弃叛徒层面立言的。这一本书却不限于此，而是从实事求是地反思和总结历史经验教训的当代视角，提取出了当年川东临委包括王璞、彭咏梧在内的领导者们"左"倾盲动的重要结论。这一结论，既有事发当年邓照明作的分析，又有多年以后肖泽宽的痛陈和刘德彬的慨叹，更有狱中支部当年的拷问，以及正反两方面大量既成事实共相印证，因而扣住了历史本真。解读"狱中八条"，分明以之为基准切入，精确度和可信度自然更高。

深，关键就深在对"狱中八条"作的解读上。正如胡康民《狱中意见，警钟长鸣》一文所说，"狱中八条"，"是一群真正的共产主义战士披沥赤诚倾诉的真知灼见，这是他们集体意志和智慧的结晶"，必须深刻地领会。该文清醒地指出，"狱中八条"是对失败教训的总结，而不是对胜利的歌颂，失败的教训比成功的经验往往能使人得到更深刻的认识，受到更深刻的教育，厉华对之高度的认同。他对"狱中八条"逐条逐条地作出解读，每一条解读都抓住了实质，分清了是非，指出了正误，所有论断都从实证中引出。其中尤为突出者，是对第一条"防止领导成员的腐化"，第三条"不要理想主义，对上级也不要迷信"，第四条"注意路线问题，不要从右跳到左"，第六条"重视党员特别是领导干部的经济、恋爱和生活作风问题"所作的解读，既有历史穿透力，又有现实针对性，绝非浮泛的套话所可向迩。书末归结出，"解码红岩狱中八条：忠诚、背叛、信仰、纯洁"，可称是水到渠成，令人信服。

远，与深交融为一体，指现实针对性和将来警示性。一切历史都是当代史，红岩历史自然也不只属于过去，而是立足于当代，回顾既往，直击现实，瞻顾今后。厉华心明其理，因而他解读"狱中八条"，尤其是第一、第三、第四、第六诸条，对现实的针对确认和对将来的警示暗喻，表达得相当直率。例如解读第一条，他不仅指出了"防止领导成员的腐化，主要是指的个别领导干部在思想上的不学习、不研究形势、脱离实际的主观主义以及不按照党的组织纪律办事问题，而不仅仅是我们今天所谈的利用职权贪污、挪用、受贿、行贿等"，而且挑明了"这既是一个历史的经验，更是一个现实的课题，关键在于如何去防止"。又如解读第三条，他反复强调："尊敬上级不能够盲目崇拜，相信党组织不能够神话迷信，相信上级，服从组织是绝对的，但必须要在能够开展批评和自我批评，必须形成民主集中制的党内生活制度。那种'高高在上、不可捉摸、故意说大话'的华而不实作风，是党性不纯洁的表现。"还有解读第六条说的"经济问题、恋爱问题、私生活这三个问题处理的好坏，必然地决定了他的工作态度和对革命的是否忠贞"，也同样切中肯綮，意蕴深远。

　　既深且远，特别值得注意的还有第七条解读。这期间，不仅如实反映了狱中意见"严格地进行整风、整党，把一切非党的意识、作风，洗刷干净，不能允许任何细菌残留在我们组织里面"，而且联类引述了川东特委的《川东地区工作初步总结》。《总结》中关于"形成党内贵族"的警示，关于提拔干部、审查干部、培养干部。培养干部一定要"重品质、重经验、重才能"，一定要"重视对党员干部，特别是老同志的思想教育和提高"，还"必须追究叛徒被提拔"的建议，以及对领导干部作风中的个人独裁、事务主义、官僚主义、家长作风四大流弊的指陈，无论过去、现在或将来，都密切关系到党的思想建设、组织建设和政治建设。尽管相同或者相似的言辞历年以来不绝于耳，但官僚主义、腐败现象的累累发生造成的不良后果乃至严重损失非止一端，有的并不比当年川东地下党的损失影响小。如此这般根长枝蔓的积弊倘若不能根除，党的纯洁性和先进性势必削弱，党的执政能力和执政地位势必变异，党所制定的建设富强、民主、文明、法治的社会主义现代化国家的宏伟目标势必倾斜，委实不容许任何轻慢。警钟由此敲响，十足发人深省，读者尽可举一反三。各种腐败实质上是对立党宗旨的另一种背叛，因而在当下以及可以预见的今后一个不太短的时期内,先行者们的上列警示都不会过时。

所有这一切,我的认识都与厉华相通或相近。我的不满足只有一点,那就是,对气节的重视不够。这个问题,在另一本《忠诚与背叛》中即已存在。当时我应重庆出版社之约,写过一篇评论,标题为《气节,还有一个词叫气节》,集中表达过个人的看法。这是只想着重说,忠诚与背叛归属于政治倾向,气节归属于道德品质,二者既有联系,又有区别,相生相克,相辅相成。中华传统文化历来崇尚气节。抗日战争时期,周恩来告诫南方局系统的地下党员,要像风荷一样"同流而不合污,出淤泥而不染","风荷"的喻指主要就在气节。陈云在延安做过一次报告,专门讲"气节"的重要性和必要性,对全党的教育影响十分深远。关于川东地下党的史料中,大量涉及到气节,《厉华说红岩——解读狱中八条》引述了的陈然那篇脍炙人口、大气凛然的《论气节》,正产生于这样的人文背景。众多红岩英烈的宁折不挠、视死如归,除了政治倾向上的信仰坚定外,道德品质上的气节坚贞也起着决定性的作用。而那些叛徒,几乎无一例外地都先是气节垮了,而至于信仰也垮了的。其间几个背叛以后又痛悔的变节者,最后守住的价值底线,无非就是未泯灭的残存气节。因而我认为,偏重信仰而忽略气节,还不足以充分解读好忠诚与背叛。这一点不足,或许是重庆红岩革命纪念馆研究团队迄今共存的一个认识浅区,不限于两本书的撰述人为然。借此机会再度提出来,期盼能引起思考,当者取之。

尽管有这么一点遗憾,但从总体成就看,厉华这一本《厉华说红岩——解读狱中八条》仍是有益于历史、有益于现实、有益于将来的好书。如果与何建明执笔的那一本《忠诚与背叛》略作比较,那么我认为,在主题一致的前提下,这一本的文笔精致度略逊于前一本,史实回溯和现实关注的新、实、深、远却超乎其上。而在历史研究和当下传扬当中，质与文相较，质总是第一性的，这一本书的精神价值当不言而喻。只要确认这一点，这一本书出版后将会引起什么样的社会反响，亦当是可以积极预期的。

2012年6月28日于淡水轩

（作者系原重庆市文联党组书记、副主席，重庆文艺评论家协会主席）

红岩精神的传播者

李耀国

我认识厉华很久了。还是在1971年他初中毕业，正等待"上山下乡"的时候，我随部队宣传队到重庆招文艺兵，一眼看中了他。当时我因为要回部队办事，于是和他们同行。一路上，我觉得厉华是个闲不住的人，不仅打打闹闹，还爱恶作剧，在宜良火车站，站台上有许多叫卖的小贩，当火车缓慢离站的时候，他突然把一个小贩手中的甘蔗拖上火车，害得这个小贩在站台上追了好久，他才把甘蔗扔还给他，并炫耀地向同伴放声大笑。在三天三夜的旅途中，也幸好有了他，大家才没有感到寂寞和枯燥。后来听说他复员分到图书馆工作，我就觉得他不是那种能够静下心来认真读书的人。虽然我们算得上是战友了，又同在一个城市，但除了有时开会碰碰面外，平时却很少交往。

似乎是从20世纪90年代开始，厉华在重庆开始声名鹊起，频频在电视和报纸上露脸，他的红岩精神的宣讲、红岩魂的全国巡展、情景再现的进京演出，在全国掀起了一股红岩热。然而对于我来说，仅仅是把它看作一种政治宣传的需求，并没有认真地去研究它的内容。因为我从小所受到的教育就有红岩精神，还在读小学的时候，就亲耳听过脱险志士罗广斌、刘德彬关于"渣滓洞集中营牺牲的革命先烈的英雄事迹"的报告，又曾多次到白公馆、渣滓洞参观过，还有小说《红岩》更是陪伴了我的一生。我自认为自己对"红岩"还是比较了解的，因而对厉华的讲演也就没有特别在意。然而一个偶然的机会，改变了我对厉华的看法，也加深了我对"红岩"的认识。

我退休后，受聘到重视传媒当顾问。在2006年，重庆电视台准备推出一档宣传重庆历史文化的节目，取名为"重庆掌故"，要我具体负责。在选题策划会上，考虑到"红岩"在重庆的历史地位及在全国的影响，自然成为首推的选题。为此，我专程赶到红岩村，想和厉华商量讲演的事情。我多年没有来过这里，红岩村的变化使我暗自吃惊。这里已不只有过去那幢当年八路军办事处孤零零的灰色大楼，在进门处已修建了一座气派的展览大厅，厅前有着水泥铺地的广场，汽车可以绕山直接开上这里，而过去杂草丛生的洼地里，辟出了修整漂亮的花园，给人一种崭新的印象。对于我的造访，厉华自然乐于接受。只要有平台宣传"红岩"，我看厉华总是充满着热忱。商谈一会儿就结束了。厉华要我参观一下他们的办公室，当我走进一间宽敞的房间，见许多年轻人正在伏案翻阅资料，或面对电脑查找信息。厉华对我说："我交给他们的工作就是一个人研究一个烈士的资料，一定要把这个烈士的生平事迹搞清搞透；还有一些烈士牺牲时没有留下姓名，也要努力查到，不能让英雄榜上无名；至于历史留下的谜团和疑点，我们也要设法弄清，给后人一个交代。你看到的这些年轻人，也许他们要弄清一个烈士的真实面貌，需要花费他们毕生的精力。"我不由得想起过去来参观红岩村，见到的工作人员，不是守门的，就是打扫卫生和负责保卫的，而现在这里变成了一个名符其实的历史研究机构，我不得不佩服厉华的高瞻远瞩。感叹之余，又见旁边的一台传真机上，不断吐出一页页英文的打印稿出来。厉华对我说，这是他花了30万元人民币，从美国买回的已解密的"中美合作所"的档案。过去一直说"中美合作"所在中国干了许多坏事，我就是想通过双方留下的档案来印证这段史实。我们边谈边走进资料室，房间的空间很小，许多木箱和纸盒还零乱地堆放在地板上。厉华对我说："你别看我的资料室很简陋，里面收藏的许多东西都是国家的一级文物。"接着他告诉我，他现在最重视的是收藏历史原件，因为只有原始文件才能真实地反映历史的原貌。我突然想起党史办一位朋友告诉我的一件事，有一年，海外要拍卖当年有位领袖人物在重庆亲笔写的一封信，听说起拍价是3万元。重庆派人前去购买，由于拍卖价一路飙升，派去的人员来不及请示汇报，只好遗憾地放弃了。回来后，研究党史的专家无一不感到惋惜。厉华却笑着说："你们别担心，这件文物并没有流失，被我买回来了。"原来，厉华深知这件文物的重要，在北京有关方面的协助下，办理了电话竞拍，他必须买到。这件事足以证明厉华对历史原始文件的重视程度了。后来，随着两岸关系的发展，使他有机会去到台湾。每到一处，他不是去游山玩水，而是到旧货摊上去寻觅散失在民间的文物，他资料室里的许多珍贵文物，都是在旧货摊上淘到的。

《重庆掌故》栏目在重庆电视台开播之后，使我有机会认真地审看他所讲的系列"红岩故事"。我这才发现，他所讲的故事内容，已不是我早年所听到的那些。不仅要丰满得多，史料也更加翔实，更重要的是，还解开了我对历史的一些疑惑。比如烈士张露萍，她在解放初期为什么没有定为烈士，直到1981年才恢复名誉。当我们随着厉华的讲解，追寻张露萍的人生轨迹，我们这才明白，张露萍为了革命，曾经改过好多次名字，使壮烈牺牲的张露萍，无法和她在家乡及在延安取的名字联系起来。同时张露萍为了保护南方局，至死不承认自己是共产党，最后国民党是以违纪军统人员杀害的，这也为甄别她的真实身份带来了一定的困难。解放初期对烈士的评定，因受当时条件的限制，难免有粗疏之处，有些本来应该评为烈士的同志，却长期被党和人民遗忘。厉华自从担任重庆歌乐山革命纪念馆（现名"重庆歌乐山烈士陵园管理处"）馆长以来，他已不满足过去对"红岩"的研究成果，他认为需要认真地从浩瀚的历史档案中发现线索，并努力追踪到底，以弄清历史留下的许多谜团和被忽略了的人物。后来他兼任重庆红岩革命纪念馆馆长，又对研究南方局的历史投入了更大的热情。多年来，他之所以不顾疲劳，常年奔波于全国各地宣讲"红岩"，正是出于他高度的使命感，他想告诉全国人民一个真实的"红岩"。

由于《重庆掌故》的原因，我和厉华的交往也渐渐地多了起来。当我们在一起相处时，我常常感到他有一种忧虑和苦恼，这是当他在追踪一条历史线索时，突然被中断，无法取得进展；抑或是他想要找到的历史档案，一时无法找到的时候。他的忧虑和苦恼，反映了他对历史高度负责和积极探索的精神。我感到，他的全身心已融入到"红岩"之中。我们在一起交流，实际上更多的是在听他讲"红岩"，每次都有新鲜的感觉，使我既兴奋，又感慨良多。我深知，他为弄清这些史实所付出的艰苦努力。他也不时送些他主编或撰写的有关"红岩"的书籍给我。我起初有些惊讶。在我的印象中，他还是那个天真顽皮的初中生。我不知道他后来靠自学拿到的是什么文凭。他出版了这么多书，没有一定文字功夫是很难完成的。他对我说，全靠在图书馆工作的那几年，使他有机会阅读了大量的文学书籍。后来调到歌乐山烈士陵园，接触的是大量的史料。虽然不是文学，但是史料中也有许多生动的故事。加之他对这些人物和历史事件烂熟于心，写作起来自然得心应手。他说，不管讲演或写书，主要靠的还是激情，如果你真的被"红岩精神"感动，那么你的讲演和作品也一定能感动观众和读者。我在《重庆掌故》中听过他所有的讲演，他那充满着激情的语言，每次都深深地感染着我。我对厉华不得不刮目相看了，他不再是我印象中那个幼稚的少年，而是一个成熟的、善于思考的历史学家。

最近，厉华又完成了一部书稿，主要是为了解读罗广斌当年在狱中所写的"狱中八条"，并嘱我作序，但被我婉言推辞了。因为请人作序，一般都是名人，而我有自知之明，不敢接受。但在我通读了这部书稿之后，却产生了一种无法抑制的冲动，使我震撼的不仅仅是"狱中八条"对当代的警世作用,更为厉华对党的事业的关心程度所感动。他这本书已不再是简单地在叙述一个故事,而是站在理论的高度,精辟地分析和总结了历史的经验和教训,尖锐地指出今后党在选拔干部上所要注意的问题。特别是他在书中写道:"为了能够理解过去,我多次在夜深人静时到白公馆、松林坡、渣滓洞等景点去体验和感受,我想知道烈士们当年在狱中生活的情况,我想感受烈士们当年在狱中的许多细节,特别我想了解在新中国成立后,他们面对胜利和面对反动派的疯狂是如何度过最后的58天的……"这使我感动不已。我深深地感到,一个历史学家只有对历史怀着高度负责的精神,才会执着地去探索历史留下的迷雾,还历史真实的面目。人的生命是有限的,一生不可能做好多事情,但是只要你把一件事情做好,也算是对社会的贡献。厉华从当重庆歌乐山革命纪念馆馆长开始,就把自己全部的精力和热忱投身到"红岩精神"的发扬和光大之中。这就是厉华连续27年扎根"红岩"的人生轨迹。

2012年9月10日于天邻风景
(作者系原重庆市文联副秘书长)

自序：《红岩记忆》

厉 华

　　参观过红岩遗址、看过"红岩魂"展览和"红岩魂形象报告展演"的观众，最为印象深刻的也许就是烈士提出的"狱中八条"，这八条的内容是：一、防止领导成员的腐化；二、加强党内教育和实际斗争的锻炼；三、不要理想主义，对上级也不要迷信；四、注意路线问题，不要从右跳到左；五、切勿轻视敌人；六、重视党员特别是领导干部的经济、恋爱和生活作风问题；七、严格进行整党整风；八、惩办叛徒、特务。相信看过这八条的观众，一定会为烈士在殉难前为党提出的这八条而震动，相信观众读了这八条，一定会有许多许多的感触。殉难于重庆解放前夕军统集中营白公馆、渣滓洞监狱的烈士，他们为什么会留下这样的意见，是什么促使他们在生命最后一刻去讨论问题、总结经验，这八条意见为什么没有在小说《红岩》中被反映，为什么一直到改革开放后才被公布，除了这八条意见外还有些什么内容。我希望这本书能够做一些回答。

　　从1985年我到重庆歌乐山烈士陵园纪念馆担任副馆长、馆长，到2000年兼任重庆红岩革命纪念馆馆长，2011年又兼任中国民主党派历史陈列馆馆长，三个馆长的职务为我走进红岩、感受红岩、学习红岩、研究红岩、传播红岩创造了基础和平台。从立志做一个现代管理干部，到对红岩历史感兴趣一头钻进去而不再回头，是红岩英烈征服了我，是红岩先贤感动了我，是红岩志士吸引了我。

抗日民族统一战线、"三坚持三反对"、抗战文化、国共两党重庆谈判、政协会议、反内战、地下党斗争、狱中斗争、大屠杀、重庆解放等一系列的主题词，表现了中国共产党领导国统区地下党革命斗争最为辉煌的篇章，贯穿于其中的人物、事件释放出一种强大的磁场，把我深深吸引。出于经营管理纪念馆工作的需要，我无数次地在红岩遗址调查观众对展览的需求，无数次地在旧址现场观看参观者对展览的态度表情，更是无数次地与参观者、导游交谈红色旅游，同时也无数次地与我的同志研究讨论怎样让更多的参观者走进红岩。我就像一个参观者一样，不但时时地去参观景点找感觉、受刺激，还开始深入到资料档案中去发现了解。当我发现保存的档案资料不足以满足我对红岩许多问题深究的时候，作为馆长的我一直到今天都下功夫做的一件事情，就是对文物资料进行"配残补缺"。从几万件文物到十几万件，大量文物资料档案的入藏，为深入研究红岩提供了坚实的基础，更为文物资源的社会化利用和红岩精神的传播创造了条件。由于文物资料的大量收集和持续不断的研究开发，继罗广斌、杨益言创作的小说《红岩》后，"红岩魂——来自白公馆、渣滓洞革命先烈斗争事迹展览"、"红岩魂报告"、"生命作证"、"夜游白公馆、渣滓洞"、"红岩魂形象报告展演"、"血铸红岩"、"红岩风"、"我们共同走过的路"、"天下为公"等展览、报告、展演，形成了红岩的系列文化产品。有人曾经问我：还有多少没有开发出来？我回答说：开发的还不到百分之三十。红岩文物资料尚有大量没有被挖掘整理和研究，比如关于狱中斗争的史料，主要是受困于大量档案资料不在大陆；比如"中美合作所"与军统集中营究竟是什么关系，还需要继续大量的翻译资料；再如南方局的秘密情报战线、经济战线以及统一战线等等。文物是历史的见证，它是对历史的记录和保存的人类活动记忆。我们通过文物了解过去，懂得现在，掌握未来。在收集研究红岩历史文物资料的过程中，为了能够理解过去，我多次在夜深人静时到白公馆、松林坡、渣滓洞等景点去体验和感受，我想知道烈士们当年在狱中生活的情况，我想感受烈士们当年在狱中的许多细节，特别我想了解在新中国成立后，他们面对胜利和面对反动派的疯狂是如何度过最后的58天的。

从一些幸存者、从一些叛徒特务的交代中，我们可以知道和掌握一些情况。但在狱中，不同政治身份的人是怎样的关系和如何相处的；在狱中难友之间、牢房之间是如何联系串通消息的。另一方面，监狱方面的特务、看守以及审讯机构，在处理"犯人"问题时，又是如何区别的；在最后58天，几乎是在死亡恐惧的笼罩中，烈士们盼望的被解救为什么没有出现；人民解放军在进入重庆周边后，为什么没有派出突击队去营救……红岩还有好多的问题需要研究，好多的事情和人物需要相关的文物资料佐证，更需要在文物资料收集整理研究的基础上说明一些问题。

为了掌握更多的红岩历史，除了当事者、家属和相关人员，我曾经找过当年在歌乐山下收殓烈士遗骸的人，采访过当年拍摄大屠杀现场的作者，找过当年维修过牢房的工人，包括向曾经在集中营当过小特务的了解原始情况。通过这些采访调查所获得的许多线索和情况，可帮助我们去深入地研究开发。在这个过程中，我有时也会成为"被采访"的对象。当然，采访我的不是记者，不是创作者，他们是以殉难者家属或者相关人员的身份"采访"我。对于他们提出的一些问题，出于各种原因，在大多数情况下，我不能也无法完全回答。

1998年11月23日，市委办公厅介绍重庆通用机床厂子弟校的赵老师找我。在办公室他向我提出了一个要求：希望帮助他找到牺牲在渣滓洞监狱的父亲！我问：你的父亲叫赵什么。他说：自己的亲生父亲不姓赵，现在自己的姓是养父的。养父去世前告诉我，我的亲生父亲关在渣滓洞，是地下党，解放前被杀害了！养父也不知道亲生父亲叫什么。他只告诉我：你是地下党组织通过景德幼儿园的刘院长送到我这来的。刘院长她当时说：这个孩子你就帮我养一下，过段时间我再来接他。但是解放后，她找我说：孩子的爸爸牺牲在渣滓洞了，他是了不起的人。后来，她经常给我们送钱作为抚养费，一直到她去世……这位赵老师在说话时显得非常的激动，而且对我抱有很大的希望。我问赵老师：你们去找过刘院长吗？赵老师说：她在世的时候去找过好多次，但是她不说，她只是说：你现在不是生活得很好吗！听了赵老师的话，我知道这又是一个没有办法弄清楚的事情。景德幼儿园曾经作为地下党的据点，刘院长也是爱国进步人士。而且，正好我的小孩也曾经在这个幼儿园，刘院长我也非常熟悉。以我对刘院长的了解，几十年后家属去问她都没有说，那么这个秘密她是不希望公开的，她永远带走了。但是为了帮助他找到亲生父亲，我也去景德找了几个年长一点的老师，希望能够从他们那里找到一些信息，结果仍是没有收获。活着的赵老师想知道事情的真相，想要知道亲生父亲；而知道秘密的却永远把秘密隐藏，并且把它带走了。我后来告诉赵老师：只要你每年来参加纪念活动，你父亲在天之灵，定会高兴的。有的人被捕入狱后，一直严守自己的真实身份不暴露，哪怕在狱中表现出一种"灰色"，少言寡语，保持低调，使敌人无法弄清楚自己真实的身份，特别是个别单线联系的党员，直到死去都把秘密埋藏在心里。忠诚，是烈士党性的最强表现，敢于献身源自于他们信仰的力量。

烈士们为什么能够有如此的绝对忠诚，为什么有少数的叛徒却不能够坚守而苟且偷生。罗广斌写的《关于重庆组织破坏经过和狱中情形的报告》，为我们研究这些问题提供了第一手的文献史料。这份报告的大多数内容经过考证具有真实性。这份报告的核心部分是"狱中八条"，不论是过去还是现在，它都是党的建设、特别是思想建设和组织建设的重要参考资料。报告的一条主线是围绕川东武装起义失败的经验总结和《挺进报》发行所出现的问题，以及叛徒对党组织和同志性命造成的严重破坏！忠诚与背叛、信仰的力量，是报告中所表现的内容。在红岩的历史中最令人感动的就是烈士的那种"失败膏黄土，成功济苍生"的崇高思想境界和"为了免除下一代的苦难，我们愿把这牢底坐穿"的精神高度，最令人佩服的就是他们那种"杀身成仁"，用生命捍卫真理的壮举。而最使人憎恨和讨厌的是那些特务和叛徒的苟且偷生、损人利己。罗广斌的报告，从烈士和叛徒的对比中记录了红岩悲壮而又惨烈的历史。虽然罗广斌的报告是以川东地下党的历史总结而写成的，但是烈士用血和泪留下的"狱中八条"，却是我们今天加强党的建设不能忘记的经验和教训！在研究这份报告的过程中，让我感受最明显的一点就是干部决策、指挥、管理问题，因为"领导干部的正确与否基本上决定了党的事业成功与失败"，提拔干部要"重品质"，党的队伍要"严格进行整党整风"，这些一说就明白的道理要成为真理还真不是一件容易的事情。殉难的烈士有一个共同的特点，就是严于要求自己，不断追求进步，思想上、政治上一直不敢失去一种"敬畏之心"。背叛自己立场的叛徒也有一个共同的特点，就是要个性的自由而忽视党性锻炼，不重视学习和追求思想进步，更不严于律己，思想上的"脱党"倾向使其一点一点地蜕化变质而失去先进性，遇到关键考验时就只能够选择苟且偷生。为什么大多叛徒是领导干部？原因之一就是位居高位以领导者自居，高高在上，自己把自己架起来，主观主义脱离了实际，自以为是脱离了群众，于是就失去了对党的事业、对人民负责的敬畏之心，遇到关键问题就会坚守个人主义，为利己什么事情都做得出来。领导应该是吃苦在前、享受在后，无论是体力、智力都应该走在群众前面，比别人多学、多干，"先天下之忧而忧"。而下级一直处于被要求之中，"敬畏之心"不敢失去，上级往往处于做指示提要求的高度，很容易失去"敬畏之心"，在关键问题上，"下级比上级好"，也是一个历史的和现实的问题。因此，把干部选拔好，特别注重"品质"，包括道德水平、思想素质、政治理论和伦理观。当然，并不是在红岩中的上级都是叛徒，叛徒在领导中也只占少数。如在红岩历史上被捕的中共四川省委书记罗世文、川西军委委员车耀先，在第一次反共高潮被捕后，面对敌人数次的高官利诱绝不变节；再如军统特支书记张露萍，被捕后备受严刑摧残和精神折磨，坚不吐实，用生命保全南方局；再有青委书记许晓轩，坐牢数年"宁关不屈"，在他生命最后时刻提出：希望组织上注意整党整风，清除非无产阶级意识。上级与叛徒之间没有必然的逻辑关系，但是上级对职位失去敬畏之心就有可能在面临考验时过不了关。"狱中八条"，是狱中同志对地下工作失败的总结。总结中直指负有领导责任的上级，而一些上级在被捕前后的表现反差巨大，使狱中同志既震惊又气愤，所以讨论分析问题完全是对党的热爱和希望党能够健康发展。狱中同志虽然不能够参加新中国的建设，但是他们那种"只要党组织在，我就等于没有死"的崇高情操，使他们关心党组织比关心自己更重要，因为他们早已将自己个体生命与党组织紧紧地联系在了一起。之所以对干部提出了许多尖锐的意见，是因为干部出事损失的是党的事业和同志们的生命。因此狱中同志对叛徒的行为理出了这样的轨迹：放松学习、不要求进步，不做实际的工作，逐渐地在思想上出现脱党的意识；高高在上，官架子大，主观主义，不走群众路线；经济、恋爱、生活上个人主义严重。狱中同志对党组织的先进性，特别是组织的纯洁性非常地看重，因此"狱中八条"的核心内容是：忠诚、背叛、信仰、纯洁。

　　这本书在创作过程中，非常感谢龚月华、黄卓、杨明荣同志的帮助，也非常感谢李延平、牛一方女士和温洪恩先生在资料方面的大力帮助和支持。

关于红岩

　　大家都知道，红岩在重庆。重庆是长江和嘉陵江环抱着的一座山城，山势崇翠、江流不息，自古以来就是个人杰地灵的地方。讲中国现代史，不能不说重庆，讲中国共产党的历史就更离不开重庆了。国共两党的领袖，毛泽东和蒋介石就是在这里第一次握手，共商抗战建国大计，留下了一段千古论说的话题。同时，从1938年开始，国民党政府就把重庆定为陪都，国民党政府的一批军政要员云集重庆，与此同时，中国共产党也决定在重庆设立中共中央南方局。从此，国民党和共产党在重庆就开始了长期的角逐：联合、斗争，再联合、再斗争……可以这么说，重庆是一个国共两党战斗激烈但又没有硝烟的战场，所以小小的山城曾经发生过不少决定中国命运的大事就不足为奇了。中国共产党历史上的许多英雄豪杰、精英志士也在这里纷纷登场亮相，他们为抗日统一战线、同时也为了建立一个民主自由的新中国而斗争。而领导这场斗争的就是中共中央南方局，而它，就设在重庆的红岩村。因此，要说重庆就一定要说红岩村了，重庆因为有了红岩这个地方，使这座山城增添了无穷的魅力并扬名天下。

　　一提红岩大家一定会想到小说《红岩》。马上就会想到宁死不屈的江姐和许云峰，想到那个天真而又可爱的"小萝卜头"，想到那个装疯卖傻的华子良，更会想起那首久唱不衰的歌曲《红梅赞》……那么，小说《红岩》和我今天要讲的这个红岩是不是一回事儿呢？

我说不是一回事又是一回事儿，这话怎么说呢？

小说《红岩》发表于20世纪60年代初，风靡全国，至今不衰。小说中描写了江姐、许云峰等一批共产党人在国民党的监狱里坚贞不屈、献身革命的浩然正气。

在重庆歌乐山下的渣滓洞，在这所监狱里关押过小说中的江姐，即川东地下党党员江竹筠，还有胡其芬、蔡梦慰、蓝蒂裕等人，他们都在《红岩》这部小说里化作了一个个生动的艺术形象……

歌乐山下还有一所监狱，叫白公馆。这里关押过我八路军驻成都办事处主任兼《新华日报》成都负责人罗世文、共产党人许建业和进步青年韦德福。这三位烈士后来就凝聚成《红岩》小说中的一个典型人物许云峰。

这里还关押过"小萝卜头"及传奇人物华子良，他们都是有真实人物原型的。国民党高级将领黄显声先生，他在这里整整度过了6年牢狱生活。1949年"11·27"大屠杀中也不幸遇害，他就是《红岩》小说中的黄以声这个人物形象的原型。

现在大家可能清楚了，《红岩》小说故事发生地是国民党特务的监狱——歌乐山下的白公馆和渣滓洞。而十八集团军驻渝办事处和中共中央南方局所在地红岩村则是我党在重庆的代表机关。二者相距10多公里，所以我说它们不是一回事儿。

有不少到红岩村又到白公馆、渣滓洞参观的同志们都会有些不解，为什么发生在歌乐山下国民党监狱里的故事要起名"红岩"呢？原来，当初《红岩》的作者在完成小说之后，当时的重庆市委和有关方面同作者就小说该起个什么名字颇费了番脑子，先后起过"禁锢的世界"、"地下长城"、"万山红遍"、"嘉陵怒涛"、"激流"等等，可是都不能让人满意。直到有一天，有人突然想起我南方局所在地红岩村，"红岩"二字跃入眼前。红色象征革命表示忠勇，岩石代表坚强恒久，而南方局又是革命的指挥部，小说非"红岩"二字莫属了，遂一拍定音起名"红岩"。

小说名字虽好，但彼"红岩"非此红岩，常常会让人闹些误会也就在所难免了。不过，歌乐山下的渣滓洞和白公馆关押的共产党人和革命志士与南方局并非毫无关联，一些同志曾直接在南方局领导下开展斗争。比如小说中的李青竹和胡其芬，就是南方局机关报《新华日报》的工作人员的原型，而我南方局的同志们又十分关注在白公馆、渣滓洞的同志和战友，他们多次提供帮助，组织营救。如，"皖南事变"后被国民党蒋介石关押的叶挺将军，就是我南方局领导从白公馆把他营救出来的。关押在黄家院子的廖承志，还是南方局的委员。可以这么说，中共中央南方局和以周恩来为首的老一辈无产阶级革命家，是红岩精神的培育者。红岩村，是红岩精神的发祥地，而歌乐山下渣滓洞、白公馆的革命烈士们，则体现着红岩精神的光辉。二者之间，虽然相距遥遥，确有一道红线相连。

周恩来同志是中共中央南方局的书记，当时的南方局领导着湖南、湖北、广东、广西、四川、云南、贵州、上海、香港等几乎整个南中国共产党的工作，巩固和发展统一战线、组织对敌斗争。马克思主义理论家和著名党史专家胡乔木同志曾评价说，"南方局的统战工作从一个方面讲，为新中国的政治格局奠定了重要的政治基础"。原在南方局工作的周恩来同志的政治秘书宋平同志说："在南方局领导下的各条战线的工作都非常出色，这些经验，在党的历史上确实非常宝贵。"

厉　华

2007年4月

目录

让红岩精神代代相传　徐海荣　/ 1
在新的历史条件下发扬发展革命传统　沈宝祥　/ 3
历史不只属于过去　蓝锡麟　/ 8
红岩精神的传播者　李耀国　/ 14
自序：《红岩记忆》　厉　华　/ 19
关于红岩　/ 25

第一章　尘封多年的报告　/ 1

【小说《红岩》的主要作者罗广斌，1949年从重庆国民党白公馆监狱越狱脱险成功，死里逃生！他牢记那些死难者的忠告，整理写作了一份《关于重庆组织破坏经过和狱中情形的报告》。其内容不但令人振聋发聩，而且对今天的现实有着极强的针对性。究竟是些什么原因使这个报告尘封多年没有被公开？罗广斌又是怎样的一个人？他为什么能够写出这样沉重而又连接历史和现实的报告？】

第二章　堡垒从内部攻破　/ 49

【地下党组织遭受的巨大破坏，在于特务采用了"堡垒从内部攻破"的战术。这种战术运用的成功，却往往是一种偶然性导致了破坏的必然性。当我们再次翻开这段厚重的历史，我们不仅叹息那些偶然性的因素对事业、生命、家庭的毁坏，更深深地认识到，不严格、不认真、不按规定办事等必然要出问题的规律。】

第三章　叛徒群像　/ 79

【叛徒，无论任何地方，都像老鼠那样令人讨厌。但绝没有人主观上愿意去当叛徒，走向叛徒这条不归路，是一个极为痛苦的过程。叛徒为数不多，祸害极大。在叛变的过程中，他们充满了矛盾和痛苦，是什么原因使他们从革命走向背叛呢？】

第四章　狱中情形　/ 131

【白公馆、渣滓洞是两口"活棺材"，"一把将军锁把世界分割为两边"，在这"空气、阳光成为有限给予"的地方，革命志士为什么能生当作人杰、死亦为鬼雄？他们为什么能够"为了免除下一代的苦难，愿把这牢底坐穿"？罗广斌的报告第三部分是"狱中情形"，记录了发生在狱中的真实故事。】

第五章　虎口脱险　　／ 195

【在那场惨绝人寰的大屠杀中，从白公馆的虎口脱险的有19人，从渣滓洞的火海越狱的有15人。他们是活着的历史，他们是历史的见证者，他们是死里逃生的幸存者。】

第六章　烈士典型　　／ 243

【歌乐山，一座地貌平平不具特色的山，在空间范畴它不足挂齿，在时间意义上人民共和国的历史却无法绕过它。从古至今，历史上不乏壮烈之士。人格不朽事实的确立，使人的生命有了更伟大的现实意义。白公馆、渣滓洞的殉难者他们留下的生命轨迹，让我们感到今天日子的来之不易。】

第七章　特务罪行　　／ 329

【破坏地下党《挺进报》，镇压华蓥山武装起义，打击民主进步力量，逮捕、关押、迫害、屠杀"政治犯"……蒋介石以及国民党反动派在西南重庆制造了一系列的屠杀罪行！】

第八章　狱中八条意见　　／ 391

【罗广斌报告的第七部分是殉难者提出的八条意见，是烈士殉难前总结地下党经验和教训所提出的。这八条意见是烈士血与泪的嘱托，这八条意见是烈士用生命和热血写成，这八条意见是我们今天不可不吸取的经验和教训，它对于执政党具有重要的参考意义。】

第九章　忠诚与背叛、信仰的力量　　／ 457

【忠诚与背叛，这是伴随有政治选择的人一生的两个指标。共产党员是否具有先进性、纯洁性，关键在于能否拥有一种坚守信仰的力量。】

第十章　关于罗广斌的报告　　／ 477

【附件：一、《关于重庆组织破坏经过和狱中情形的报告》，罗广斌写于1949年12月；《自我检讨》，罗广斌写于1950年，为《关于重庆组织破坏经过和狱中情形的报告》的第八部分；二、《补充材料》，罗广斌写于1950年8月18日。】

后记：红岩，这是说不完的一个故事　　／ 543

第一章
尘封多年的报告

　　小说《红岩》的主要作者罗广斌，1949年从重庆国民党白公馆监狱越狱脱险成功，死里逃生！他牢记那些死难者的忠告，整理写作了一份《关于重庆组织破坏经过和狱中情形的报告》。其内容不但令人振聋发聩，而且对今天的现实有着极强的针对性。究竟是些什么原因使这个报告尘封多年没有被公开？罗广斌又是怎样的一个人？他为什么能够写出这样沉重而又连接历史和现实的报告？

解读狱中八条
EIGHT SUGGESTIONS MADE IN PRISON

  1985年的最后一天，我作为后备干部的"第三梯队"，从中共重庆市委党校毕业，分配到重庆歌乐山烈士陵园担任领导职务。

  这里曾经是国民党军统集中营渣滓洞、白公馆监狱所在地，也是重庆解放前夕被屠杀的200多名革命志士的长眠之地。在我人生的旅途中，从踏上这块土地至今，一干就是28年。这对我来说，绝对是意料之外的事儿。从追求做一个现代型的管理干部到转变为专心研发红岩档案史料的专家，也在意料之外。

  在搜集、挖掘整理烈士的事迹过程中，能够不断地发现新的史料、新的内容，对我而言更是意料之外。每当我苦苦追索一个问题、一个人物而苦于少有资料的时候，每当我研究一个专题、一个事件而受困于时空难寻真相的时候，每当我发现一份新史料、一张新照片难辨其中若干信息的时候，却又总会柳暗花明。天助我也，烈士的在天之灵每每会给我自觉和自信，意料之外的人和事情总会出现。

  烈士墓、渣滓洞、白公馆，对我来讲并不陌生。从小学开始，参观这里几乎是每年的规定动作。继承革命烈士的遗志，好好学习、天天向上，作为一句口号虽然无数次地从嘴里喊出，确实真不知道烈士有些什么未竟之志需要我们去完成。只是从老师那里知道，烈士是很伟大的，他们为了我们今天的幸福生活流血牺牲了。虽然每次的参观能够有一种潜移默化的影响，被激励、被感动，但是，也多是从感动到激动，而后就不动。

当我以一个管理者的身份又一次来到这里的时候，感觉就完全不一样了。在上任以前，文化局的郭汝魁局长，以及川东地下党的老同志卢光特等与我的谈话和交代，给了我一个非常强烈的印象：要把烈士的精神发扬光大，就要好好挖掘整理烈士的资料；要做烈士精神的代言人，就要特别抓紧文物资料的收集、研究和整理。

当时的市委党史研究室顾问、川东地下党老同志卢光特，主任钟修文，副主任胡康民，大屠杀中脱险的志士郭德贤、任可风、杜文博、孙重等和烈士家属余显荣、李继业、蓝耕荒等，包括老馆长余正群、研究员戚雷等和一些知情人，他们都不断地给我"充电"，让我了解掌握有关烈士和集中营狱中斗争的情况。无形之中，我感到一个"磁场"把我吸引住了，一个强烈的"气场"在支撑着我。

歌乐山烈士陵园是一个先天不足的纪念馆。1963年建馆后，就赶上了"文化大革命"，新建的陈列馆成为了红卫兵的接待站。展览只能够宣传"西安事变"的杨虎城、"皖南事变"的叶挺以及四川省委书记罗世文等少数人，业务工作几乎瘫痪。改革开放后，随着平反冤、假、错案落实政策工作的开展，因解放后历次政治运动影响而中止的烈士评定工作重新开始，歌乐山烈士陵园的业务工作逐步恢复正常。

上任以后，我没有满足解说员的一般介绍，我死死地盯着渣滓洞牢房的墙面，想象烈士们当年是怎样打通一个小孔传递消息的；我没有停步在那有简单说明的展板上，我在想他们在这阴暗潮湿的牢房里是怎样度过每一天的；我不经意地走过那一条条通向刑场的小路，低头仔细看那已经被踩了无数次、有重重痕迹的土石和一草一木，希望有新的信息被我发现。

在寻求更多的史料来支撑我开展业务工作的过程中，我得到了许多老前辈和专家的帮助。其中有一个人是必须提到的，他就是时任重庆市委党史研究室的副主任胡康民。

2007年11月，当我正在全力筹办"11·27"殉难烈士58周年纪念活动的时候，就在当月的21日中午，我突然得到消息：胡康民去世了。我无法接受、更不敢相信，脑子顿时一片空白而茫然不知所措。他是那样孜孜不倦地研发红岩史料，他是那样持之以恒地采访收集各种信息考证红岩人物事件，他又是那样毫不保守坚决支持歌乐山烈士陵园的业务发展，他更是经常不断地给我"充电"和提供有关的文献资料，而且容忍我与他争论时的强词夺理……他走了，我有一种孤独凄然的感觉；他走了，我又与何君商讨红岩？在研究红岩的过程中，我一直依靠和崇敬的人是他，他一直指引我、帮助我学习、了解红岩的历史，他答应我的事情还有好多没有去做啊。我含着眼泪、情不自禁地提笔写出了自己的真实感受："是你把我带入红岩，是你教我研读红岩文化史料，是你推我把红岩文化走向社会，更是你促我发展红岩文化事业，使我真正懂得了什么是红岩。"我将此装裱好后，送到灵堂以表达我真实的情感。

1988年5月，重庆歌乐山烈士陵园推出"歌乐忠魂，世代英华——'中美合作所'军统集中营史实展览"全国巡展。第一站在广州举行，其后陆续在昆明、太原、武汉、西安等地巡展。供不应求的市场需求，使我们不得不同时组建了4支巡展队伍。1996年后，按照时任文化部副部长艾青春的指示，该展览全面调整设计内容和展览形式，并改名为"红岩魂——白公馆渣滓洞革命先烈斗争事迹展览"。同年8月到10月，展览在北京举行，出现空前的轰动，波及全国，形成出人意料的"红岩魂现象"。巡展在全国各地供不应求，发展到22个巡展队，大量的观众留言，记录了巡展的盛况。山东一位观众在留言簿上写道："宛若盛夏酷暑里带来的一缕清风，感觉金钱并不是唯一重要的。"河南一位观众留言："红岩魂、中国魂、民族魂。"广州一位观众留言："在广州只有食品、服装、家具新潮展览吃香，没有想到这样一个政治教育的展览能有这样大的吸引力！"

1992年，重庆歌乐山烈士陵园管理处主办的"歌乐忠魂，世代英华——'中美合作所'军统集中营史实展览"在全国巡回展览进入了第六年，全国反响强烈，也使重庆的党史研究室更加关注这个展览。

为了使这个展览更加全面、准确地反映红岩的历史，每次外出巡展我回到重庆后，首先就去重庆市委党史办，希望能够给我在史料方面更多的帮助和支持。时任党史办副主任的胡康民，总是会不停地了解全国巡展的情况，而且还经常叫我直接去他的办公室，讨论交流有关红岩历史方面的情况。当巡展要到福建去的时候，胡康民副主任告诉我：他和重庆市文化局局长郭汝魁，要亲自陪我去福州参加开幕式，并且在开幕式以后要带我去见一个与红岩相关、分量很重的人。有郭汝魁局长和胡康民老师亲自陪我去福州参加开幕式，我还真的很感动。因为，这是有领导第一次出席全国巡展的开幕式，这表明我的上级终于看重这个展览，这是认可了！但我也明显感觉他们二人同时出动的重头戏不在于参加开幕式，而在于要带我去见那个"分量很重的人"。那个人会是谁呢？是怎样一个"分量"呢？

到达的当天晚上，胡康民把我带到郭局长的房间，他们与我谈红岩的事情。他们对我在烈士陵园的工作，特别是抓烈士的宣传工作非常肯定。随后，他们向我讲了一个我始料不及的事情：从现在开始要让我深入地进入红岩的历史，让我了解更多的事情，集中精力做好业务研究开发工作。还特别强调，在做研究的过程中要注意一个原则，即研究无禁区、发表宣传讲纪律。3月8日开幕式以后，郭汝魁、胡康民带我去了漳州，我见到了仰慕已久"分量很重"的红岩老人童小鹏。童老在听了我汇报"歌乐忠魂，世代英华"在全国连续五年多巡回展览的情况后，他特别问及红岩文物史料的收集、研究和开发情况。他一再强调要进一步地挖掘、开发红岩党史资料，要全面、准确地研究红岩、宣传红岩。同时，童老还仔细地向我讲述了红岩"一红一白"（红岩村和白公馆）的关系，强调了红岩精神发源于红岩村，歌乐山的英烈用生命和热血实践红岩精神的源流关系。在近两个多小时的谈话中，我了解到许多我以前所不知道的事情。

3月13日，我正在办公室整理重庆歌乐山烈士陵园管理处的展览内容提纲时，胡康民又来到了我的办公室。这是从福州回来后他第四次来了。每次来他都要像"填鸭"一样给我灌很多东西，特别是童老在漳州时所交代的"要让厉华多接触一些第一手资料"。对于红岩的历史，他非常熟悉，对一些未公布过的史料以及相关人员的情况，他更了如指掌。在他的带领下，我逐渐对史料研究和收集有了浓厚的兴趣。我立即放下手上的工作，又拿出笔记本准备做记录，因为他到我办公室或者是去他办公室，我都要带笔记本，以便随时把他讲的记录下来。有的事情他讲了以后，叮嘱我不能够发表出去，只能够做研究参考；有的问题只是点到为止，不再深说，也不要我追问，只说时机到了会让我知道。他还开出一些名单，列出各种关系，让我去采访，甚至重要的人物他还亲自陪我去采访。

几年下来，我被他对史料的熟悉和认真负责的精神所折服，同时也感觉到他和他周围的一些与红岩相关的人对我的一种期望，那就是让我把绝对的时间和精力放在红岩文物史料的研究和事业的发展上。胡老师进来，我立即站起来倒茶、点烟。胡老师坐下来，深深地吸了一口，吐出浓浓的烟雾，却没有像往常那样直奔话题说历史，而是一脸严肃地把我看着，不说话。他眼睛直直地把我盯住，神情凝重。我也点了一支烟，把他看着。心想他今天又是要来"修理"我吗？或又是我哪里搞错了吗？作为他眼中的一个青年人，一个正在跟他学习的晚辈，他教训我的时候，从来不留情面。所以，我仔细地回忆着有什么事情没有做好。只见胡老师突然站了起来，把办公室的门关好，从他带来的提包里拿出了一个塑料袋，再从袋里拿出一个大信封，抽出一大叠复印资料拿在手上，对我说："你掌握了不少情况，你也调查了不少情况，你还采访接触了不少人，但今天我要让你看的东西，是你从来没有接触过的，我也从来没有给你讲过，这些资料能够使你更加深入地去研究历史的红岩与小说《红岩》之间的关系，特别是真实的红岩那些没有公开的一些内容。"没等他把话说完，我就急不可待地从他手中拿过资料，一看有好几份：

有当年白公馆、渣滓洞每间牢房关押人员的名单；

有当年对殉难者划分甲、乙、丙三等，每等又有上、中、下之分的名单；

有烈士资格评定的原始资料；

有一些脱险志士写的书信……

我如饥似渴地一份一份地翻阅这些新资料。这的确是我从来没有看到过的资料，怎不令我激动、使我心跳加速。突然，我的眼光锁定在一份《关于重庆组织破坏经过和狱中情形的报告》上，有十几页，字迹虽然小，但工整可辨。

"这是谁写的？"

"这些资料当中这份最重要，是罗广斌出狱后所写的。里面的内容真实性很高，我反复看了若干遍，对研究、了解川东地下党和狱中斗争很有帮助。"

这也是我第一次看到罗广斌的手迹，我不由自主地一字一句读了下去，被这份报告深深吸引。

他看见我被他带来的资料所吸引，看到我如此聚精会神地看，便自言自语地说："你这家伙，你这家伙！发现了好东西就着迷了！"他边说边站起来对我说："你先看吧，过两天我们再说！"

他走的时候，我没有在意。

看完资料后，我竟然连续不断地抽了好几支烟。站在办公室的窗前，望着歌乐山，眉头紧锁。

这份资料把川东地下党的两大主要事件《挺进报》和"川东武装起义"的得与失写得那样的翔实，对狱中斗争和有关烈士事迹及叛徒、特务的情况记录得那样有细节，特别是整理总结的地下党经验时提出的"八条意见"是那样的振聋发聩！有多少秘密没有解密？有多少内容没有去挖掘？又有多少鲜为人知的情节需要整理？

报告一开始，就说明报告产生的缘由："下面的报告是根据集中营里（渣滓洞、白公馆）所能得到的各种零星材料，经过狱中一部分同志的讨论、研究而组织出来的，可供组织上作为参考资料。但报告本身的程度，须要加以审查和修正。"手里拿着这些沉甸甸的文物资料，心里不禁酸楚。看过许多烈士的档案资料，读过许多别人写的材料，也了解了很多小说《红岩》里的真实事件和人物，但是罗广斌所写的报告为什么没有听说和公布？43年了，怎么从来没有人谈起过这份报告？为什么殉难者被分为三六九等？为什么他现在要把这份资料交给我看？一连串的为什么在我心中萦绕。是什么原因让报告被沉封这么多年？为什么给我看的资料少两部分？难道他还有什么要对我保留？一连串的问题令我苦苦思考。但我终于明白了一点，那就是为什么郭汝魁局长、胡老师要亲自陪我去漳州。"进一步地挖掘、开发红岩党史资料"，一种责任、一种压力，伴随着心中的震动油然而起。

歌乐山，一座地貌平平不具特色的山，但这是一座沉甸甸的山，共和国的时间和历史都绕不过去的一座山。这座山中还蕴藏着那样多的能量，这座山里还存储着那样多的记忆，这座山还有那样多的信息没有被解读。烈士面对为之奋斗的新中国擦肩而过的仰天长啸，烈士满怀对祖国深情走向刑场的悲声壮绝，我感到歌乐山的分量！在渣滓洞、白公馆监狱一群明知生命即将结束、生存不可再有的烈士，在死亡一步一步逼近的情况下，他们忧患未来提出忠告，希望给执了政的党作为参考。这是他们对自己生命意义的一种捍卫，也是绝不玷污自己的政治选择的一种神圣和崇高。

我想起毛泽东在带领中共中央机关从西柏坡即将进驻北京前夕，他在七届二中全会上告诫全党的话："我们很快就要在全国胜利了。夺取这个胜利，已经是不要很久的时间和不要花费很大的气力了；巩固这个胜利，则是需要很久的时间和要花费很大的气力的事情。""夺取全国胜利，这只是万里长征走完了第一步。如果这一步也值得骄傲，那是比较渺小的，更值得骄傲的还在后头。""务必使同志们继续地保持谦虚、谨慎、不骄、不躁的作风，务必使同志们继续地保持艰苦奋斗的作风。"3月23日，毛泽东率领中共中央机关乘车离开西柏坡，向当时的北平进发。毛泽东把中共政权移到北京喻为"进京赶考去"。

烈士的忠告和毛泽东的告诫，都是具有忧患意识的表现。烈士们看得很清楚，地下党领导干部的思想腐化导致沦为叛徒，导致党的事业遭受严重的破坏；毛泽东也很清醒，我们党执政后不可丧失奋斗精神。

3月15日，当我又和胡康民见面讨论这些资料的时候，我把心中的疑问全部抛给了他。

"解放后，对烈士身份的确认是一项非常紧迫的工作。罗广斌等脱险志士是当时的见证，但他们又必须接受非常严格的审查。那么多人死去了，你们是怎么出来的？所以，罗广斌他们除了要配合确定烈士身份、寻找烈士家属外，还要接受组织审查，还要把狱中的情况整理成报告交给组织。"胡康民分析着这份报告为什么没能够在当时公开的原因。他继续对我说："这份报告可能不是同一时间完成的，在当时是绝对机密的，是不可以外传的，能够看到的也只是少数人。后来，由于机构人员的变化和各种原因，这份报告就没有能够进入到党史资料系统，只供内部使用。"

我问胡康民："这份报告你是在什么地方发现的？你看过原件吗？"

胡康民点了一支烟，猛吸了一大口，说道："我是在整理有关资料时听说的，后来在档案馆找到了原件。"

我又问："为什么报告中间连不起，好像少了几页内容，而且是一些关键的内容？"

胡康民回答："是什么内容，我也还在研究。从逻辑上看，应该是与狱中情况相关的人和事。"

我心中装着的许多疑问得到了一些解开，原来涉及到了一些具体的人和事。我又问："那缺的几页在什么地方，你知道吗？"

胡康民没有正面回答我的问题，他很沉重地说："这个报告目前看来缺少的是五、六部分，我还在找。"他说："你暂时先不要去考虑那两部分的事情,以后你自然会知道。找你来商量,是想怎样对外公布的事情,特别是第七部分'狱中意见',非常有现实意义。但是,我们不能够完全按照原文,要做一定的整理,因为过去的情况与现在不一样,原文发出会引起歧义。比如第一条'防止领导成员的腐化',就不能够这样对外谈。那时候领导成员指的就是市委领导。原文登载出去就不能够了解当时地下党组织的客观实际。"

每次与他谈罗广斌的报告,他都用"我们认为"、"我们分析"等用语。我知道这个"们"是包括哪些人,也知道在这个"们"中包括的大都是一些老同志,有的还与红岩有直接的关系,他在里面算是年轻一点的。我明显感到,他们给我所看的、给我所讲的,其目的都是在培养和帮助我。当然,最大的希望还是要求能够深度研发史料,扩大红岩的宣传、展览的影响。

胡康民曾经对报告做过大量的调查研究工作,他有几点意见:一是报告的内容除少数内容有不完全的记录外,90%的情况是真实的,属于难得的、珍贵的党史资料;二是这份报告形成后只在极少数的范围内传看过。罗广斌作为一个党性极强的同志,按照组织要求没有在任何场合谈过报告的内容,包括创作小说《红岩》时也未将报告内容纳入进去;三是这份报告所缺失的两部分,根据推断,第五部分可能是"烈士典型",第六部分可能是"特务屠手"。

后来,我在重庆市档案馆看到罗广斌的《关于重庆组织破坏经过和狱中情形的报告》这份史料的原件,一共有15页,这份报告在装档案的时候就没有第五、第六部分。保存的只有:一、案情发展,二、叛徒群像,三、狱中情形,四、脱险人物,七、狱中意见等。从当时收编档案的情况看,现存15页之间的入档编号是连贯的,中间没有缺号。

但是,仔细看这份15页的报告,本身就有一问题,那就是第

1—13页是罗广斌写报告时自己做的编号，而第14页恰好是第七部分"狱中八条意见"。也就是在这一页开始，没有了罗广斌自己连续的页码编号。而且第七部分的"七"字，显然是由"十"改为"七"，缺失的部分就不止两部分了。当然，也可以分析罗广斌只写了七部分。这是一个需要继续研究的问题。

至于缺失的两部分，也就是说，作为一份重要的材料，有可能是在陆续上交或传阅过程被某个环节拿走了，或留下了没有继续传阅。原因可能有两点：第一，是因为涉及到地下党的一些机密，这种机密是面对死亡的同志谈出来的，其目的是为了总结经验教训。但是在刚解放的时候，接管重庆的领导和部分机关部门，从战争年代走入和平建设时期，出于战争时期训练出来的职业敏感，将报告中涉及的"机密"分离了出来。这些"机密"或许牵涉到当时的一些人，而且是在某个位置上的。第二，这份报告虽然没有广泛传阅，但当时西南局和重庆市的领导，在确定第一批烈士身份和定性的时候，便采用了报告中的一些内容，比如以狱中事迹确定烈士被宣传的程度等。那么，这份报告缺失的部分到底在哪里？到底只缺少第五、六部分，还是缺少第五、六、七、八、九共五个部分？缺少的部分，究竟是在哪个环节被取走或消失在某个人手上的？

当然，我曾经还做过一种假设，即缺失的第五、六部分是领导或某部门看了以后，认为还要再补充，又交回给罗广斌了。而罗广斌解放后忙于殉难者身份的确定、家属抚恤等诸多的繁杂事务和大量的报告会、展览会等工作，没有继续写；或者是由于领导干部的变化，罗广斌没有继续完善和补充；或者是补充完了交到某个部门、个人后，没有与原来的报告合在一起。但是，这种假设被我在阅读罗广斌的大量材料以后所否定。因为罗广斌是一个比较严谨认真和组织观念极强的人，不可能出现这种组织交代了的事情而半途而废的情况。因此，缺页就极有可能是被留在某个领导或部门的环节上了。

重庆刚解放不久，由西南局变为直辖市，后又撤西南局改为省辖市，干部变动较大，缺失的内容就算有移交，最大的可能就是没有与原来的报告放在一起，而归入其他档案中去了。但这也只是一种假设。

时隔这么多年，要找当事人了解具体的情况是非常困难的一件事情。不过，我相信缺失的几个部分是一定会找到的。我一直清楚地记得胡康民对我所讲的：到时会让你知道的。我会以怎样的方式被知道？又是谁让我知道？我一直期待着。

为此，我采访了从白公馆大屠杀中与罗广斌一起脱险的郭德贤。她说，从来没有听罗广斌说过这个报告的事情。

我又采访了白公馆的脱险志士杜文博，向他了解关于这个报告的事情，他也表示没有听说过。

我又找过罗广斌的妻子胡素清，向她了解有关的情况，她回忆说：

与他结婚后，没有听他说过报告的事情，只是说到死了的战友，他有时就会哭。那个时候，他和生还的那些战友还要接受组织上对脱险越狱经过的审查。所以说，他是承受着一定的压力在工作。每天晚

采访罗广斌妻子胡素清

上他同我都很少说话，总是把自己关在房间里面不停地写，有的时候甚至是通宵。他抽烟非常厉害，早上起来收拾房间，烟盘里的烟头总是堆得满满的，一晚上要抽上两三包烟。我也问过他在写什么，但他不告诉我，也不准我问，甚至写东西时还不准我进他的房间。他这个人，办起事来总是很执着，组织观念和党性非常强。

我还向当年川东地下党的老同志了解这份报告的情况，也没有人听说和知道。甚至与罗广斌一起创作小说《红岩》的杨益言，也是"绝对没有听说过"。从渣滓洞越狱脱险的刘德彬，在仔细回忆后也没有关于这个报告的印象，他告诉我："罗广斌的党性纪律很强，不该讲的事情他是不和我们讲的，他的记忆力非常好，只要是他经过的事情都写得很真实。"

我采访了几乎能够接触到与红岩相关的人，没有人知道这个报告。除了胡康民，再没有第二个人能够给我关于这个报告的相关信息。

我专程到北京采访了肖泽宽，他在病床上给了我一些难得的信息："罗广斌等人整理了一个材料，是几个人分头整理，由罗广斌集中，然后交给我，我又交给了邓照明。这个报告，是陆陆续续交上来的。"有关报告的具体内容和部分，因为时间关系和在病中，肖泽宽是难以有更多的回忆。

但是，肖泽宽的点滴回忆却提供了一些重要的细节。一是这份报告不是罗广斌一个人的回忆和记录；二是这份报告由罗广斌汇总整理；三是这份报告不是一次性上交的。所以，完整的报告在分次上交过程中，而最后没有汇总到一个人手上或一个部门。报告缺失的第五部分胡康民认为是"烈士典型"，这一部分很可能被当时烈士资格评定小组拿去使用，作为划分三六九等烈士的参考资料。

缺失的第六部分"特务屠手",很有可能送到公安局作为调查了解和惩治特务的参考资料。由于肖泽宽和当时负责专案组人员工作职务的变化,没有人或部门来将此报告最后全部汇总归类装档,那时也没有从文献文物的角度去看待这个报告,因此就出现了报告缺失不完整的情况。这种推测也只是我的一种判断。但我这种判断,很快在继续深入发现和寻找报告相关内容的过程中得到了一些印证。

罗广斌

罗广斌生前在重庆市文联工作。因为历次政治审查和运动,总认为他是被红皮灰心的阴影笼罩着的。特别是大屠杀时,他是被特务有意释放,还是他策反看守成功越狱脱险,一直被一些人所质疑。罗广斌本人对此虽然是坦荡地接受组织审查,但历次运动中宁信其有的惯性思维,使他一直没有摆脱影响。

由此,我想到能否通过查阅他本人的档案扩大线索。当我去文联找他档案的时候,管档案的人告诉我:不知道他的档案现在在什么地方。经过若干人的打听和知情人分析,我终于在市委宣传部的一个文件柜子里找到了罗广斌的四卷档案。当我看见那厚厚的四卷档案在一个存放过时文件柜子底层的时候,搞过落实政策工作的我,好不庆幸这四卷档案被沉寂在这里。否则,清理冤、假、错案的档案会损失掉里面许多有用的资料。

在档案的卷二中,我发现里面有不少罗广斌自己写的材料。从笔迹来看,与《关于重庆组织破坏经过和狱中情形的报告》的笔迹完全一样;从写作的口气、习惯和文风看,与报告的行文也一致。

同时，还有一个令我兴奋不已的发现：我的助手陈建新（时任重庆红岩联线文化发展管理中心历史部主任）在翻阅档案卷二的时候，通过放大镜，对罗广斌写的一份"自我检讨"给予了高度的关注。他发现这份"自我检讨"的书写方法和纸张，与那份报告完全一样。而且"自我检讨"上面还标有"（八）"，这会不会就是报告的第八部分？

我们仔细地比对了档案馆保存的这份报告原件复印件，与罗广斌档案中的这份"自我检讨"，无论从纸张样式、内容连贯来看，均应该是第八部分。特别是在这份"自我检讨"中提到个别脱险人物和特务时，进行了专门标注。比如，罗广斌在记述脱险经过的时候，谈到也是在大屠杀时脱险的李育生："结果，五个小组组织好了，准备要动，可是杨进兴从渣滓洞回来了，情形又紧了。李育生把电话线拉断，杨进兴打电话不通。"还有一处在写到脱险出白公馆的时候："1点40分，管理人员走了，1点50分我们出来，到楼上找到蒲太太和两个小孩，一道出走。门口，突然看见特务白佑生，我当时想杀他，但也没有全部勇气，别人一拉也就算了。"再有一处："在狱中曾长期与裕丰机器厂工人宋均培接近，并进行过有系统的教育。"这里所记述的李育生，在报告的第12页确有李育生的介绍；记述的特务白佑生，在报告的第11页也确有白佑生的介绍；这里记述的宋均培，在报告的第12页也是有宋均培的介绍。由此可以看出，这个"自我检讨"与报告前几部分的联系；同时也可以看出，缺失的两个部分有一个部分是专门记录"特务罪行"的。这与胡康民判断是"特务屠手"基本相吻合。这个发现真是意料之外，长达12页！

为什么这个第八部分会放在罗广斌的个人档案中？可以解释的理由就是，"自我检讨"属于个人材料，归档在个人档案中

《关于重庆组织破坏经过和狱中情形的报告》

也是理所当然的。只是当时没有注意到"自我检讨"标题上的"（八）"这个顺序号。由此，可以做出的判断是：假如第五部分是"烈士典型"，被拿去作了当年烈士资格评定的参考资料，最后归档在烈士资格评定的卷宗里。而第六部分的"特务罪行"，也极有可能被公安局拿去，作为调查处理被捕特务的参考资料，最后归档在公安系统的档案里。在罗广斌档案中意外发现的这第八部分，可以支持这种判断。

为了寻找这第五、六部分，我们征集组的同志到重庆市档案馆、市公安局的档案里进行查询。由于档案太多太多，当时的装订归类又不知放在了哪里，最终如大海捞针均无功而返。包括还到过四川省档案馆及四川省公安厅。现在，罗广斌的档案里发现了这个报告的第八部分，不仅是一个意外收获，同时也印证了胡康民对没有的报告第五部分"烈士典型"和第六部分"特务罪行"标题的判断是可靠的。

　　罗广斌出狱后写的《关于重庆组织破坏经过和狱中情形的报告》交给了肖泽宽后，组织上进行了仔细认真的审阅。在罗广斌档案卷二中，还发现与这份报告纸张、书写格式、行文完全一样的一份"补充材料——被捕原因及审讯情形"，落款时间是"1950年8月18日"。这个补充材料，也应该是这个报告第八部分"自我检讨"的补充。组织上在审阅这个报告的几天后，又让罗广斌对被捕、审讯问题再详细补充，也是组织要对脱险和狱中情况核实调查之必要。

　　这份材料的最后有这样一段话："最后，我有这样一个希望：关于清理我的关系，从1949年12月我交出了自己应写的材料，其他资料，负责同志也说已经收齐，组织上一方面应该非常审慎地来处理我们的问题，另一方面还有更多的工作必须要做，我只希望在可能范围内，组织能抓紧时间，给我们以明确的指示和决定。"

　　根据这份材料可以做出的判断是：在1949年12月，罗广斌就把《关于重庆组织破坏经过和狱中情形的报告》整理完并交给了党组织。到1950年7月以前，党组织对报告的内容进行了核实，时间长达半年多。对于狱中的情况，除向其他脱险人物调查了解核对外，还包括几个叛徒以及被抓捕的特务。同时在基本情况大体掌握的前提下，党组织找罗广斌反复核实报告内容的情况。在这种背景下，罗广斌向党组织写了《对党保证》，全部的内容是：

　　以庄重严肃的态度，谨向党提出以下保证：从1948年9月10日被捕脱党到1949年11月28日脱险为止，我自己确认为在党的培养教育下，一直要求自己具有信心，坚持立场，而且在狱中继续斗争。在敌人面前没有动摇、软弱或损害党的荣誉，也没有叛党、自首、写悔过书、自白书、影响任何同志被捕，做到了一个共产党员应有的最低修养。

我以无比的信心，相信党对我的爱护；也以无比忠诚对党负责。保证此前所写的全部材料的真实，党可以根据现有的和将来的资料加以检查。如果在恢复党籍后的任何时间，发现材料上有与事实不符，或者欺骗蒙蔽党的地方，我愿意接受党的任何最严重处分，包括开除党籍在内。

落款时间是"1950年7月31日"。

这个《对党保证》的材料，是我见过罗广斌的资料中写得最工整、最清楚的一份。字数不多，要表达的内容非常准确。在这个"保证"后的半个多月，罗广斌又按照党组织的要求，对自己被捕及狱中情况，重新写了这份非常完整的补充材料。依据"自我检讨"和"补充材料"两份资料，我做出了这样的分析：对罗广斌所写的报告内容，经过组织的多方核实是基本采信了的，但是对罗广斌等人的脱险出狱却存在一些质疑。为了供组织掌握情况，这份补充材料写得非常的详细，总字数超过了那份报告的字数，总页数比那份报告还多两页。它是我们研究罗广斌本人历史的第一手资料。

通过大量阅读有关罗广斌等人的各种材料，我加深了对川东地下党历史情况的了解和掌握。同时，也使我对那些在国民党特务破坏和镇压下继续坚持斗争的地下党员，有了一种更深的崇敬和敬佩之情。手中捧着那些历史资料，难以言表的复杂心情油然而起。特别是反复看罗广斌写的《对党保证》，更能体会到地下党那种对党忠诚和执着的情怀。

是什么能让他们对党那样的痴心不改？是什么在如此地吸引他们？又是什么使他们能在敌人的死亡威胁面前坚持不讲真话，而对自己组织讲真话还要被质疑或不相信？是什么能够使他们受到自己的组织严格审查而无怨无悔、保持绝对的自信与淡定？答案是：忠诚于自己的政治选择、绝不玷污党的荣誉，地下党员把它看成是自己生命的全部。这种由点滴汇聚而成的力量，就是党组织实现目标的最根本动力。这种动力，在实现党的纲领目标过程中，将释放出巨大的精神力量，从而超越对生命时间的占有。

罗广斌是那个年代地下党员能够活下来的代表。《对党保证》，不论是他自己主动写的，还是党组织要他写的，均可看出罗广斌对这个报告的负责态度、敢于接受核实和自己讲真话的立场。同时，也能够看出罗广斌这样的地下党员的思想情操和严于律己。他面对监禁"坚持立场"，面对审讯"没有动摇、软弱"，宁愿坐牢被迫害而决不"损害党的荣誉"，就是走向死亡"也没有叛党、自首"。这些坚贞不屈的品质，最令我们今天这些人肃然起敬。而在罗广斌的眼里，他也只是"做到了一个共产党员应有的最低修养"。因此，脱险以后的他，恢复党籍的要求是那么的强烈，他急切地想回到党的组织里，好为死去的战友努力工作。因此，他敢于"在恢复党籍后的任何时间"，对自己所写材料的真实性绝对负责，否则"我愿意接受党的任何最严重处分，包括开除党籍在内"。一种忠诚的力量跃然纸面，一种信仰的执着扑面而来。一个名符其实的地下党员的形象浮现在我的眼前，让我感到地下党员这个特殊称谓的分量有多重，同时也使我想到今天的党员应该如何去秉承地下党员的那种气质，如何对党组织不仅忠诚而且还要有敬畏之心。党员的称号，在罗广斌看来，是人生最为重要的。如果对组织说了假话，他愿意接受开除党籍的处罚，在他眼里没有比党籍更为重要的了。今天，有的人对党员这个称号，是徒有虚名呢，还是名符其实的，值得人们去认真思索。

1950年9月，中共重庆市委组织部《关于恢复罗广斌同志党籍的决定》中有这样一段话:"我们认为罗广斌同志所写的材料是可靠的,因此决定恢复罗广斌同志的党籍。至于候补期,因罗在狱中经过考验,已具备党员条件,按期转为正式党员,党龄从1948年12月1日算起。"

对于这份报告为什么在形成43年后才出现?我想有两个原因:一是解放后评定烈士和对出狱脱险人物的甄别调查工作是一个重点。重庆在1949年底和1950年初建立了4个临时组织,即"'11·27'遇难烈士资格审查委员会"、"脱险志士联络处"、"慰问被难烈士家属捐款捐物处"、"重庆市各界追悼杨虎城将军暨被难烈士筹备委员会"。在这4个组织中,脱险的同志和部分烈士家属协助党组织参加了调查、辨认和提供情况的工作。

1950年1月15日,重庆市青年馆大礼堂内"重庆市各界追悼杨虎城将军暨被难烈士大会"在这里隆重举行。中国共产党中央委员会于1949年12月16日向杨虎城将军的长子杨拯民发来唁电:

惊悉杨虎城将军于本年9月17日(注:实为9月6日)在重庆监狱被国民党特务匪徒秘密杀害,杨将军夫人和次公子杨拯中、秘书宋绮云夫妇等也先后惨遭毒手,极为痛愤。杨虎城将军在1936年与中国共产党合作,推动全国一致抗日,有功于国家民族。杨将军由此而受到蒋介石的仇视,被蒋匪囚禁达12年之久,并因坚持爱国民主立场而牺牲,这个牺牲是光荣的。杨将军的英名将为全国人民所永远纪念。谨电哀悼,并望勉节哀思,为继承杨将军的爱国事业,彻底消灭反动匪帮的残余而奋斗。

中国人民解放军第二野战军刘伯承、邓小平、张际春、李达题写的"为烈士复仇,彻底消灭反动派;争取人民幸福,努力建设新国家"的大幅祭幛，挂在灵堂的正中。

追悼会后，杨虎城将军的灵柩运回陕西长安县安葬。其他烈士遗骨，除少数家属运回老家安葬外，则集中安埋在歌乐山下的烈士公墓。至此，关于渣滓洞、白公馆殉难烈士的评定和相关工作暂告一段落。未完成的一些烈士评定工作，则由组织部门和民政部门继续进行。

参加上述工作的脱险人员和烈士家属，也相继被安排其他工作或送到有关的干部培训班学习。安放烈士遗骸的烈士公墓，由民政局负责管理。渣滓洞、白公馆等监狱旧址，成为共青团作为教育青少年的参观景点。其他的有关遗址，则由公安机关作为干部培训和关押国民党战犯改造之用。在这个过程中形成和收集的一些资料，也分别由组织部门和公安机关按各自的管理范围归类收档。其后，渣滓洞、白公馆又作为重庆市博物馆的一个参观部门，并一直到1963年建馆以前。

负责烈士资料收集的胡人朝、余政群（胡人朝原是重庆市博物馆负责收集文物的，余政群原是重庆歌乐山烈士陵园纪念馆的业务副馆长，退休后帮助我们收集烈士资料）曾经对我说：当年主要是收集与烈士生平事迹相关的文物资料，对地下党的有关情况主要由党史部门去做。这是罗广斌写的《关于重庆组织破坏经过和狱中情形的报告》没有能够被及时使用的原因之一。其二，无论是缴获的国民党档案资料，还是脱险人物以及相关人员提供的资料，在当时均处于一种保密状态，一般情况下只为公安部门和党的组织部门掌握使用。像罗广斌所写的报告，作为一种组织行为，是绝对保密的。再加上里面的内容，不仅关系到烈士的评定，同时还涉及到一些健在的人。所以，判断第五部分被"'11·27'遇难烈士资格审查委员会"拿去使用，第六部分被公安机关拿去参考外，其余部分均为党委组织部门所掌握。因此，一般不做党史研究工作的组织部门，就将它作为一份重要的资料进行了归类建档保存。

胡康民在采访调查有关川东地下党历史情况的时候，从肖泽宽那里知道了线索，并且在重庆市档案馆找到了罗广斌的报告。之后，我们在深入查找全部的报告过程中，又在罗广斌的档案中发现了第八部分。罗广斌写的《关于重庆组织破坏经过和狱中情形的报告》包括：一、案情发展，二、叛徒群像，三、狱中情形，四、脱险人物（五和六缺），七、狱中意见，八、自我检讨，共约4万多字。

《关于重庆组织破坏经过和狱中情形的报告》，虽尘封多年没被及时使用，但能够被保存下来，已十分的不易。现在唯一期望的是，第五部分和第六部分能被装进档案。假如是留在了哪个部门或者个人的手上，又不知道它的价值，没当成一回事的话，那真是万分的遗憾了。我真希望有人看这本书的时候，或许能够为我们提供一些信息，那将是功德无量之事。

但这个报告，我认为还应该有其他的内容。无论从罗广斌还是狱中党组织，要告诉给党组织的话太多太多。比如，狱中党组织的情况，这应该是罗广斌记录狱中讨论时不可能少掉的一个重要内容。再如，就是帮助出了问题的难友守住最后的防线，如对中共川东临委副书记涂孝文、中共川康特委书记蒲华辅。他们两人在被捕后，都曾出卖过同志和组织的情况。狱中，他们在同志们的帮助下，守住了最后的防线，坚持不去参加特务工作，最后在大屠杀前夕被公开枪杀。对于这些有叛变行为的人，狱中同志也是有争论的，有的同志从语言上、生活上鄙视他们，甚至在牢房里要他们住在门口；有的同志则认为要从思想上帮助、生活上关心他们，使他们从错误中走出来，守住最后的防线。从他们在狱中的懊丧、悔恨，以及面对无数曾经是他们下级所表现出的坚贞不屈，他们的思想、情感，经受着难以诉说的煎熬。坚贞与背叛的对比和反差，极大地拷问着他们的人性和党性，他们感到痛苦万分。走出牢房上刑场时，他们没有表现出胆怯和怕死，这也证明了狱中同志们对他们的教育帮助、不歧视做法的正确。这些内容，我认为在报告中应该是有所记录的。尤其他们都是位居高位的领导干部，如果彻底的叛变，肯定还会造成更为严重的后果，这样的后果也是狱中同志绝对不愿意看到的。再有，无论在白公馆看守所，还是渣滓洞看守所，是有在"11·27"大屠杀前被释放出狱的，这些似乎也应该有所记录。作为长期被关押的许晓轩、谭沈明，把罗广斌作为能够活着出去的人，而且是他们绝对相信的人，是不会不把这些情况告诉罗广斌的。因为这些意见，对于那些被释放出去的人，在新中国组织使用考察时，是有参考价值的；对于那些死去的人，向组织上也是有交代的。还有就是，对因为"违纪"而被关押的一些国民党民主人士，虽然狱中党组织不会把他们当成"同盟者"，但是他们的情况，也必然是罗广斌报告中应该出现的内容。

总之，这份报告需要继续采访、征集、调查、研究的内容还很多。除了继续努力外，还得加倍努力。不管知情或相关的人是否健在或已作古，我相信会有这份报告完整公布的那一天。

《关于重庆组织破坏经过和狱中情形的报告》中所涉及到的川东地下党和川西地下党组织出现叛徒、地下党遭受大破坏，以及狱中斗争的情况、大屠杀中脱险和狱中总结地下党经验教训所提出的八条意见等，还有作为一般党员的罗广斌，为什么能够收集到这样多的情况；他又是怎样掌握和了解到渣滓洞、白公馆两所监狱情况的；他为什么能够在大屠杀中脱险等，有许多参观者甚至还问过我这样的问题：为什么解放军没有先行派遣突击队，与川东游击队配合解救监狱的"政治犯"？

从小时候读《红岩》小说时起，就知道了罗广斌这个名字。对他真正的了解，并把他作为自己工作的一个重要研究对象，则是从发现他写的《关于重庆组织破坏经过和狱中情形的报告》开始的。

在渣滓洞、白公馆监狱被关押的革命志士中，罗广斌是非常特殊的一位。他虽然被叛徒出卖，但特务却又在得到他哥哥的同意下将他逮捕；他被数次审讯，还戴了脚镣、手铐，但却没有受到过任何刑罚；他先是在保密局的渣滓洞监狱关押，后又寄押到国民党行辕二处关押重犯的白公馆监狱；他曾经有出狱的机会获得自由，因他不愿意悔悟而又重新回到监狱；1949年11月27日大屠杀时，他既是国民党不列入枪杀的人员之一，他自己却又策反看守成功并从白公馆监狱脱险，还带出了一部分人。他的人生经历不但传奇，而且还有非常非常深刻的时代特征。

从现存有关罗广斌的资料档案中，我们发现解放后对他的审查，其实是相当严格的。我非常有感于当年的严格审查能够为今天留下大量的文物档案资料，同时也感受到罗广斌对党忠诚的那种自信力量、襟怀坦白和真"左"的纯洁。

关于罗广斌的家庭，1951年2月，罗广斌在一份自传中是这样描述的：

我出世时，父母亲都在做"官"（均系国民党员）。家里除在忠县已有田产数百石而外，又在成都开始买田置产了。抗战前夕，被父亲送往日本学军事的哥哥罗广文，因在蒋介石匪军中以杀"奸匪"夺功（曾在瑞金受伤）露出头角。家庭声势就此更加显赫，在重庆、川西洪雅，又陆续买了许多产业。我自己就是在这样一个向上的、兴旺的封建剥削地主家庭长大，一直被尊称为"幺老爷"，过着优裕的享受生活。

罗广斌说到的哥哥，是在四川握有重权的罗广文。罗广文在抗战胜利后任国民党第15兵团司令兼108军军长，是当时四川境内兵力最强的将领之一。1924年11月出生的罗广斌，从小就生活在一个衣食无忧的良好环境中。富足的家庭为他读书学习、接受传统和西方文化教育创造了极好的条件。用他自己的话来说：读书学习，长期在城市"相当早熟"。具体表现在他对自由幸福的一种追求和传统习俗的一种反叛。

1939年，15岁的罗广斌相恋同班的一个女同学牟爱莲。"一心一意想学《秋天里的春天》（尤利·巴基著，巴金译）里的纯洁的初恋"。在那个男大当婚、女大当嫁不得违反"父母之命"的时代，罗广斌自由恋爱的举动不但有违传统，而且因为爱上的是家道中落的商人女儿，又是那样地冲击着"门当户对"的旧有观念。

他说，家庭"禁止我和'做生意'的家庭女孩子来往时，第一次，我才发现家庭对我不是百依百顺，而是严厉的，非常专制的。这个打击的影响大，而且长久。从那时起，开始认识了封建势力对于年轻人的束缚、统治，而且渴望对它'革命'——这是我对家庭的叛逆思想的起源，是被迫的，不是自发的。我之所以'革命'，是从恋爱问题出发的"。

交往同学受到家庭的反对，寻找志趣相同的女友被家长严厉地压制，从小养尊处优的罗广斌出现了逆反心理。特别是家里为了防止他与女同学的接触，竟然请老师到家里来单独给他授课。罗广斌说："在家里被囚禁似的管，三年多不准谈恋爱和通信。这三年多中间，自己开始对封建家庭和社会有了新的看法，经常处在极端不满和抗拒的愤恨情绪中，甚至和父亲闹翻了打起架来，一心想离开家庭，脱离封建社会的控制。"

为了追求自由，为了自己的尊严，为了换一种活法，罗广斌在与父亲大闹一番后，选择了离家出走。青年人为追求自由恋爱离开家庭走上社会，自古以来也不乏其人。问题是，在走上社会以后，路在何方？

"1944年，得到在联大念书的马识途同志（地下党员）的帮助，离开了家庭到昆明联大附中读书，那时心里充满了获得自由和光明的喜悦。"罗广斌被压抑许久的激情，此刻得到了一种极大的释放。他边读书边参加学校里的各种活动，使自己有了"进步的新的认识"。他由马识途介绍，加入了地下党在学校的外围组织"民青社"。罗广斌在分析自己走上革命道路的原因时说："主要是要求在封建家庭中求得个人和个性的解放，能够自由恋爱。"从反抗家庭对自己恋爱问题的专制，放大到对社会问题的思考，罗广斌自参加1945年昆明"12·1"学生运动后，有了更明确的社会革命意识。

抗战结束不久国共两党举行和谈，并签订了《双十协定》，这似乎让渴望和平、民主的中国人看到了国家的未来和希望。但是，蒋介石及其国民党反动派却不顾和平民主的潮流，执意要发动消灭共军的内战，向华北、东北、华东、华中各解放区发动进攻。中共向全国人民呼吁制止内战。

11月25日，昆明几所大学学生自治会在西南联合大学举行时事晚会。正当一些著名的教授，就国家如何避免内战、如何建立联合政府、怎样保证人民自由民主权力等问题做主题演讲的时候，国民党军队突然包围了会场，并对集会的学生进行开枪恐吓和驱散。此一有悖民心的恶意事件，激起了学生们对国民党的极大义愤。为抗议军警特务对民主自由的打压，学生们举行罢课，走上街头抗议示威，高呼"保证人民民主权力"、"反对内战"、"驻华美军撤离"等口号，强烈地表达了社会大众主流的意志。

12月1日，大批国民党军警突然冲进罗广斌所在的西南联大和其他学校，对老师、同学大打出手，并向学生集中的地方投掷手榴弹，炸死南菁中学青年教师于再，西南联大学生潘琰、李鲁连和昆华工校学生张华昌等4人，导致重伤29人、轻伤30多人，制造了震惊全国的"12·1"惨案。

国民党军警的暴行，极大地唤起了罗广斌的革命激情，"在群众活动中，经过锻炼、教育，而且亲眼看见了血的现实，没有法子不更进一步地渴望推翻蒋政权"。国民党对师生民主权力施以枪弹的暴力，促使和推动了要求民主自由的罗广斌等学生新的力量的形成。这种力量的汇集，最终使国民党政权垮台。"'12·1'学生运动是其中最主要的一次。在好几次学运中，自己亲眼看见了国民党特务如何屠杀青年学生，才真正认识了反动政府的残酷血腥的本质。通过这回（次）群众运动，懂得了群众的力量，决心更坚决地参加革命。"由于罗广斌在昆明抛头露面过多，再加上不注意掩护自己，他完全地暴露了，成为特务跟踪的目标。地下党组织迅速让他转移到四川秀山中学，以教书为掩护。

1947年又派他到重庆，在西南学院读书，并且在地下党员齐亮的领导下从事学生运动。

1948年3月1日，罗广斌实现了他多年的愿望。他由江竹筠、刘国鋕介绍加入了地下党组织。

1948年4月，重庆地下党的刊物《反攻》和《挺进报》被国民党特务破坏。9月10日，他被地下党重庆市委书记刘国定出卖被捕。国民党西南长官公署行辕二处处长、保密局西南特区区长徐远举，从叛徒的嘴里得知罗广斌是国民党第15兵团司令罗广文的弟弟。他不敢贸然行事，决定先向罗司令报告。后来，徐远举在交代抓捕罗广斌的经过时说：

罗广文系国民党反动头目，系陈诚的嫡系，他的部队当时驻在重庆及川北地区，诚恐他兄弟被捕影响他的情绪。因此，我根据叛徒的材料，找罗广文做了一次秘密谈话。谈话的地点是重庆城内老街慈居西南长官二处处长办公室。我把罗广斌的情况告诉了罗广文。罗广文说："（罗广斌）因家庭溺爱，非常调皮，到处乱跑，家庭对他也管教不了。你可派人去找来管教他。"（见罗广斌档案卷四）

罗广斌在他的自传中，是这样记述当时的自己：

刚被捕，心里非常害怕，提心吊胆的。问了一次之后，知道老马未被捕，才放心些，但很着急老马的弟弟可能被捕。当时觉得，要是关上三个月五个月怎么得了？而且老马还转告过说："解放战争当在三五年内完成。"那么，三年、五年，简直是不敢想象的事。刚进牢，只有一个感觉，就是"度日如年"、"完了"。在混乱中，只还记得老马的一句话："不管直接、间接影响别人被捕，都算犯罪行为！"我当时并没有为了人民革命事业而牺牲自己的绝对明确的意志，只有一个念头，那就是"不影响任何朋友"。一直到送到渣滓洞，我还存着可能释放的侥幸心理，虽然也一直要求自己不对革命犯罪。现在来说，当时在通过考验时，一次比一次心情放松，自我教育、自我提高，在虚心地、严格地要求自己坚定上，是有一些进步，这得依靠监狱的教育和同志们的鼓舞。

罗广斌被捕先关押在渣滓洞监狱，后转押到白公馆监狱。

解读狱中八条
EIGHT SUGGESTIONS MADE IN PRISON

在重庆红岩革命纪念馆的档案中，有一些关于罗广斌在狱中情况的记载：

1959年7月29日，张界供称：他被捕的时候，记得是个学生身份，徐远举的亲信周顺思，常在课里谈他的情况，罗广斌被捕后是徐远举和陆坚如问知的；在组织方面的详细生活情况是否谈了出来，犯人是记得他没有谈，这一点请求政府最好问问徐远举。他在看守所里精神奕奕，气志昂扬，毫没有生死顾虑，没有说过泄气的话。

1959年7月，看守黄茂才提供了罗广斌的情况：

他是1948年下半年由第二处送到看守所来的。据说他是重庆第七补训处处长罗广文的弟弟，还说他是进步学生。送看守所来，就拘押在楼上第一室。我看见冉益智同军法官张界到看守所来讯问过他，内容不知道。1949年热天，他同赵正洁传递条子被看守所班长俞德新发现，内容就是说我们在看守所还可以互相传递消息，过后就跟他上了脚镣。为了隔绝他们继续传递，就把他送到白公馆去了。

在渣滓洞监狱，由于罗广斌传递纸条子被加戴铁镣，让狱中的同志对他敬佩有加。罗广斌在他的自传中是这样描述当时情况的：

我拒绝了向敌人写"自白书"。为了表达自己的态度和对敌人、叛徒的恨，在12月份，我写了一首诗，叫《我的自白书》——
望着脚上沉重的铁镣，
我没有什么须要自白。

就拿起皮鞭吧,
举起你们尖锐的刺刀吧!

我知道,你们饶不了我,
正如我饶不了你们一样。
毒刑、拷打、枪毙、活埋,
你们要怎么干,就怎么干吧!

是一个人,不能像狗样地爬出去,
我恨煞那些怕死的东西!
没有同党,什么也没有,
我的血肉全在此地!

就拿起皮鞭吧,
举起你们尖锐的刺刀吧!
望着脚上沉重的脚镣,
我没有什么须要自白!

曾经在白公馆被关押过的《大公报》记者顾建平,在一份写给重庆市委组织部的调查回信中写道:

4月17日大函敬悉。附来罗广斌的信也收到。承贵部同志相信我,让我提供资料,我愿尽我的忠诚报告如下:

一、我在"白公馆"共住4个月,知道这监狱里关着有一位罗广文的胞弟,这是黄显声将军告诉我的。提到罗广斌,他说:"这青年有骨气,因为有人证物证,他只好承认自己是共产党员,但他始终不肯交出组织关系"，"他哥哥已经与徐远举讲好了，保了他回家教管，只要他写悔过书，但他不肯认错，宁死不肯写"。黄将军每一提到他，总说："是好样儿的。"我们在楼上走廊向下看，可以看到下面的院子。有一次他告诉我："那个瘦小精干的青年，便是罗广斌。"从此，我对这一个名字与这一个面孔特别觉得可敬，可亲近（虽然始终不能与他讲话）。

二、从"管理员"（特务）的口中，我也听到许多关于罗广斌的事。特务们口头上喜欢提到他，大约是由于他的哥哥是罗广文之故。"管理员"杨钦典是比较善良的一个，我与杨说话的机会稍多。杨说："罗广斌不肯写悔过书，与徐处长闹翻了，要不然就用不着再坐下去了（坐牢）。"这也可以证明他有气节。

三、我在楼上向下看，他每次散步必与陈然在一起。黄将军对陈然的评价也极好。黄将军说："楼下还有王朴、刘国鋕、老许（晓轩），都是最坚定最优秀的共产党员。陈然、罗广斌与他们一样好。"所以我对陈然也起了敬佩。由于我看到罗与陈然的密切，我从此更相信黄将军对罗广斌的评价是正确的。

四、我从楼上被搬到楼下，一共又住了整3个月。这3个月，因为罗也住在楼下，我对他的一言一动很注意（放风时、洗碗时，有时候我可以听到他说话的声音）。我认为他在狱中的表现确实好，我钦佩他，一直到现在也是如此钦佩。

以下我再就贵部附给我的罗广斌的来信所提四项答复如下：

一、我所听到的或看到关于罗广斌的批评与表现，都很好，他意志坚定、生活有秩序、正常、乐观，我没有从他脸上看出一分沮丧与忧郁。他对待难友也极诚恳，家里送进去的食物，大部分都送给难友吃，我曾瞥见他把"代用券"（狱中的钱币）与黄油（一包）递给另一囚室的生病的难友。

二、我从别的人的口中，绝对没有听说他有叛变牵连的事。假如有，在狱中是无法隐瞒的，尤其无法瞒过黄显声将军。因为黄已坐12年，有种种方法听到各种秘密消息。黄将军把狱中好人坏人都告诉了我，谁出卖过同志，谁经不起考验，他都告诉我过。罗广斌假若有眷恋牵连情事，则黄将军对罗必然不会有好评，必然鄙视，不会赞许他。

三、关于罗在7月被押带进城的事。我所知所见如此：7月某日（日子我记不清了，大约在15号以后），当时我独囚在楼下的一个较大屋子内，被监视特别严，从窗子内可以看到院子、楼梯及其他难友。这次，忽见有一个抱着铺盖的人的背影，随"管理员"走上楼梯去。晚上，我听到"管理员"杨钦典与别人说："罗广斌这时候该同家里的人见面了，在城里洗了澡，理了发。"我认为他是取保开释了。但大约三四天后，我从窗内又看见他与陈然在一院子里一齐散步。态度仍然那么平静乐观，仍然和陈然那么亲密。我很奇怪他为什么又被解回来，很想知道是怎么一回事。第二天下午，别人睡午觉，很清静，我发现他与王朴在廊子角落在密谈。当天黄昏，我在洗碗时，悄问刘国鋕："罗广斌怎么回来了？"他说："他家里保他出去，他进了城以后，但'第二处'必须要他写一张悔过书，他仍然一个字不肯写，宁愿回到这里来，所以又抱着铺盖来坐牢。"刘国鋕还转告我许多罗广斌从城里带来的消息——这大约是罗告诉王朴，王朴转告刘国鋕的。这一夜，罗的事使我很感动。我想假若换一个人，家庭境遇这样好，监牢生活这样苦，既然已走出这黑狱，就可能考虑到恢复自由的"技术问题"。但他竟不折不扣拒绝低头，而且回到监狱时态度精神仍然那么正常，毫无后悔怨尤，真难得，真可敬！隔了两三天，杨钦典值班，问他关于罗的事，他说罗拒写自白书，说罗有志气（后来，"11•27"之夜，杨肯冒险把十几位"政治犯"救出来，多少是由于平时受陈然、刘国鋕、黄将军、罗广斌等的感召与教育）。从以上各方面证明他那一次进城、回狱的经过，绝没有令人可疑之处。

四、说到我对他的"一般观感"、"意见"，我确信他是一位忠贞坚强的共产党员。他在狱中确实表现出了共产党员的优秀与气节。直到今天，我对他没有丝毫坏印象，没有听到任何坏批评，我愿完全同意黄显声将军对他的评语。

以上许多话，很拉杂，但我自信都是根据事实，出于忠诚，其中并无因为私人感情而作夸大之词。我与他在狱中既未讲过话，解放以后，接触也并不很多，往还并不密。最近与他的一次见面，是"3•31"追悼会时前夕，他到青年馆布置会场，路过到我们报馆来。

最后，贵部肯相信像我这样一个党外人士，愿意让我提供资料，我感到荣幸。请原谅这封信写得太潦草。

徐远举1966年11月1日写了一份《关于罗广斌的问题》材料：

一、罗广斌被捕的经过

1948年三四月，重庆地下党"《挺进报》"事件发生后，由于叛徒中共市委副书记刘国定开出黑名单出卖了罗广斌。据刘国定交代，罗广斌系国民党第七编司令罗广文之弟，在云南昆明联大读书参加了中共组织。回到四川后，曾由组织上派到秀山某中学活动等语。我以罗广文系国民党反动头目，为陈诚嫡系，他的部队当时驻在重庆及川北地区，诚恐他兄弟被捕影响他的情绪，同时观察罗广文之意志。因此我据叛徒的材料，找罗广文作了一次秘密的谈话。谈话地点是重庆城内老街慈居西南长官公署二处处长办公室。谈话之时，我把罗广斌的情况告诉了罗广文。罗广文当时表示很好，说他兄弟同父异母所生，因他家庭的溺爱，非常调皮，到处乱跑，他家庭对他管教不了。据说有那种情况，他现在已回到家，住在成都少城附近某街他家里，你可派人去找来管教他，家里非常的感激，并把成都他家的地址开给了我。我据以上材料，派侦讯科的股长左志良前往逮捕，即对罗广斌由成都抓到重庆。据左志良向我汇报，罗广斌的关系人为马识途，系他的忠县同乡，在成都住在两对门。罗广斌参加地下党都为马识途的关系，曾在成都逮捕马识途未获。并追踪到成都北门外某法国教堂，也未抓着。左志良当时对我作了一个书面汇报，还附有搜捕情况有关材料。左志良去成都逮捕罗广斌，想对成都地下党组织的破获作初步试探，想照重庆《挺进报》的破获，由文城出版社一个陈柏林小据点，扩大破坏，一层一层地追下去。因马识途的逃跑而未得着成果。至于左志良去成都逮捕罗广斌，有关马识途的那些材料怎么来的，我不清楚了。

二、讯问经过

"西南长官公署"逮捕共产党员一般先送老街慈居二处，然后再转移到"中美所"渣滓洞看守所。罗广斌解到重庆二处之时，我没有同他说过话。因据左志良的汇报，罗广斌的上级已在逃，在他身上搞不出什么组织来。按当时我危害地下党组织的办法是"现炒现卖"、"快速作业"，即时逮捕，即时诱骗、逼讯，即时扩大破坏。因罗广斌的捕到已不适合这要求，没有亲自即时逼讯。我记得我与罗广斌见面，系在渣滓洞看守所。有一天晚上，我去问陶敬之的材料，见到匪二处法官张界在问江竹筠和罗广斌等人。张界要对罗广斌用刑，我就对罗广斌说："不要顽固了，你的上级都抓到了，你的情况，我很清楚，老实地说吧。"在我的记忆中，未单独找罗广斌谈过话，主要是由张界他们问的。他的表现怎样，说不出具体的东西来。但我对罗广斌他们有没有看法，我是有看法的。在四川中共地下党未破获以前，我感到神秘，感到畏惧，以为了不起。一等到盖子揭开以后，我有"轻敌心理"，因地下党组织面距牵涉很广，抓到的多是一些娃娃头，被捕党员中多系青年知识分子，多系地主、官僚、资本家子女，没有什么了不起。当时对地下党的破坏进行得很顺利，从头打到脚。有些区委、地委、市委、县委都搞转变了。对一般小党员，认为都是"动摇"、"盲从"的，不成什么问题。在威胁、利诱之下，时间迟早都可以屈服的。按当时我的诱利手段、威胁手段，以诱降为主，屠杀为辅。当时我的看法，重要的转变了，一般的动摇了，少数立场坚定的如许建业等人杀了。对于罗广斌、刘国鋕、曾紫霞等人，都是官僚地主资本家出身的，都是少爷小姐闹革命，都是赶时髦、装饰品，没有坚定立场，多半受到别人的影响。我想作为"人质"，作为"材料"，作为特务机关对于军阀罗广文、刘航琛、何北衡等的控制手段，准备软化他们到一定时期，给以自首自新予以释放。因当时形势太坏，时机不好，没有怎样进行。在当今形式上也表现出来，在渣滓洞看守所，又名"感训队"就是西南长官公署以被捕的民盟成员和一些地下党员，不便都放掉，也不便"依法"处刑，准备按匪国防部对付解放军俘虏的办法，组织感训队。在渣滓洞成立了一个感训中队，所有渣滓洞政治犯成员，不管表现如何，都照办理，向匪国防部和匪西南长官公署造册，有案的，在政府现存西南长官公署反动档案中，可以查证的。但这只是反动派的阴谋，不等于他们自首自新了。又罗广斌怎样转到白公馆看守所去的，因据渣滓洞看守所长徐贵林向我报告，说罗广斌串通案情，在监狱内传递纸条，劝阻别人招供。徐贵林将这个小纸条给我看，我即令将罗广斌转禁于白公馆看守所隔离。以后因为办事很忙，没有机会到白公馆去，再未同他见面了。罗广斌在狱中是不是很坚定，是不是如《红岩》小说中所说的，那样火热的斗争。我都未接触到第一手材料，无法证明。在我的印象中，渣滓洞、白公馆两个看守所在军统特务控制之中，小疏漏是有的，大风潮大问题未出过。至于他们的内心活动，不得而知了。

三、释放经过

罗广斌系于1949年11月27日在"中美所"渣滓洞进行大屠杀行刑之前，我令刽子手匪二处科长雷天元予以释放的。原因以罗广斌系罗广文交给我，不好将他杀掉，对罗广文不好交代。更重要的是，罗广文在重庆南岸前线作战，怕他知道罗广斌被杀，激起他的叛变。我没有通过毛人凤，即令将他放了。当天晚上唯恐靠不住，在重庆城内二处办公室与雷天元通了一个电话，问他屠杀的情况，特别问他罗广斌放了没有，他说已经放了。当通电话时，二处副处长杨元森和罗广斌的第15兵团第二处处长林茂在我身旁。他们都听见的。我即将这个情况告知罗广文放心。林茂当时到二处来，也是系打听罗广斌的消息的。至于地下党和罗的家属怎样营救罗广斌的，我不清楚。我记得1949年春夏之交，渣滓洞释放了一批民盟成员和个别共产党员，如曾紫霞等。罗之家属也会知道的。在那时西南长官公署一个高级参谋（姓名忘记了，系罗广文介绍到西南长官公署工作的，与罗广文为四川忠县同乡，其姓名可问西南长官公署高参室主任李公民，查问李在云南公安厅劳改队，现在可能处理了），跑到二处来找我，说罗广文的父亲来到重庆，希望能与罗广斌见一面。那时正共和谈破裂，形势严重，我拒绝了他们的请求，使他们父子没有得着会见。究竟以后会见了没有，我不知道。如果他们父子会见过，可能通过匪二处副处长杨元森的关系，趁我不在重庆进行的，或蒙蔽我进行的。因杨元森系罗广文的旧部，曾在罗广文任第18军军长时，杨在第18军任过团长，可能顺便卖个人情。在1949年时局紧张，四川、云南都很动荡，我随时到成都和昆明，从9月到11月我去昆明办理"九九"事件二三个月。至于我和罗广文因罗广斌问题，与他有无文件往返，在我的记忆中没有。因罗广斌被捕只十八九岁，只是罗广文的兄弟，非属编练司令部队，无文件往来之必要。又因罗广斌系罗广文交我管教的，这是无人知道的秘密，也用不着表现于文字上的文件和信函来往。我肯定罗广斌系我因人情关系有意释放，非如罗广斌所说的，在"中美所"大屠杀时，经过他们激烈的斗争越狱跑掉的。至于释放罗广斌有无其他阴谋布置，也没有。因当时蒋匪即土崩瓦解，已无卷土重来可能。毛人凤很重视他的潜伏布置，以完成蒋介石交给他的使命。我与毛匪有不同的见解，主张有武装力量才能配合潜伏，以西南一亿人上的地方，为蒋介石经营多年的巢穴都保卫不了，逃到台湾去靠一点潜伏布置有什么作用。我在西南潜伏布置中未物色过潜伏人员，更未从"政治犯"上打主意，我在"《挺进报》事件"释放了些地下党的叛变分子。他们的身份很隐蔽的，我却未给他们什么任务，现在都归案了，可以印证。

四、出狱问题

（一）罗本人交代："1949年'11·27'大屠杀，是分别在白公馆和渣滓洞两处进行的。白公馆的看守人员把白公馆原有政治犯杀了之后，杨进兴便下楼来把二处'寄押'的政治犯集中起来，关在我们牢房，共16个人（实为19人）。过了一会儿，杨钦典和李育生又下楼来找我说：'二处的刽子手全到渣滓洞去了，白公馆的看守员在杨进兴的率领下即将向山洞方向撤退。'我问警卫分布情况，并要他给我们找武器来，杨钦典当时把开牢门的钥匙交给我，过了一会儿便拿了一柄铁锤来。说明他们马上就走，走时他在楼上连蹬三下脚为信号，以便我们越狱。我当时便站起来对剩下的人说，我自己是共产党员，不愿等死，愿领头和大家越狱。我走在最前面领路，愿意指挥全体的行动。我指定了几个年轻、表现沉着的人作小组长，由我走在最前面领队，便开门出去巡视全狱，然后上楼去。我打开郭德贤的牢门以后，叫她同走，又叫周居正给他背了一个小孩，然后便出狱去。"

五、查证结果

据军统特务徐远举于1953年2月供称：

1949年11月底，重庆面临解放，毛（指毛人凤）令徐钟奇清列名单，一并杀害。毛人凤批定后，我将名单当时交给雷天元、龙学渊去执行。名单我没有看，只告诉他释放罗广斌、李荫枫、韩子重、李承林和××的一些人。究竟当时是杀害的多少数目，我说不出来。11月27日晚上，我在二处和雷天元通电话（晚上10点许），问他杀害情况，他说还没有杀完，我说算了。并特别问他罗广斌放了没有？这个经过，在电话旁的杨元森可以质证。

又徐匪在1956年6月供称：

释放人，毛人凤不知道的。释放是我临时因"人情关系"和思想上认为有些人不应该杀,所以放了。并非事前有计划、有布置的。在释放时是混乱中放的,或混乱后释放的,没有什么手续,由他们自己去逃命。罗广斌是这种情况释放的,也没有什么任务,因我与他哥哥罗广文是朋友,临时将他释放,因临执行时对于罗之释放与雷天元交代得详细些。

据军统特务杨元森(伪西南长官公署二处副处长)在档案材料中供称:

1949年11月27日晚约2点钟,徐(指徐远举)匪跑来问我电话打通没有?怎么办?我说没有找到雷天元,只同李磊说了。徐匪就自己打电话同雷匪谈话,要他一定在天明以前处理完毕,天明后交警旅(交通警察旅的简称)的警戒就要撤走了。又徐匪叫他把罗广斌带回重庆交给我设法送给罗广文。但是28日一早雷匪回到城里,并没有把罗广斌带来,说是在白公馆逃走了。

据军统特务刘德文(蒋匪国防部保密局西南特区秘书)供称:

解放前夕,主持白公馆和渣滓洞大屠杀的主要凶犯还是雷天元和龙学渊。重庆临解放时我在西昌,故对重庆的情况不清楚。所知道的一些,是以后到成都来听雷匪谈起的。至于哪些人决定放,哪些人决定杀,则是徐匪指示雷匪的。据雷匪说:"其中有十几个是决定放的,不过并没有正式释放,只是先提来关在一起的,对这些人没有进行枪杀而已"。决定放这些人的姓名和原因我不知道,只知道其中一人是杨其昌。罗广斌似系罗广文的弟弟,可能是因为罗广文的关系,由徐匪决定的。具体情况,我不知道。

据罗之亲戚杨淑明（与罗广文是连襟）证明：

1949年11月25日，罗广斌的父亲罗宇涵要营救罗广斌，与我商量。我主张去找李伯申（是匪张群亲信）。次日，我便随罗宇涵一道去找李伯申。经我们说明情况后，李概允营救。当即用电话和伪长官公署某处长打电话，谈了很久，对方承认于27日放出。

据军统特务杨进兴（蒋匪国防部保密局重庆白公馆看守所看守长）供称,

1949年11月27日，其他人都杀了，只剩下16人（实为19人）。当时所长进城去了，我就到监房去，门口有个洞。罗广斌说："杨看守组长，我们的事情你知道，你看怎么办？"我说尽我的力量。当时杨钦典问我这十余人怎么办？我说不管他，叫杨钦典不锁门，目的是便利他们走。后走到半山坡休息一下，回来犯人就跑光了。

又据军统特务杨钦典（蒋匪白公馆看守所看守员）供称：

1949年11月27日天要黑的时候，保密局关的人就杀完了，只有二处"寄押"的18人（实为19人）还没有杀，这时已把他们集中到平二室。李荫枫、罗广斌都问我，他们怎么办。我说，你们是行辕"寄押"的，看行辕的命令怎么办。他们叫我帮忙救出去，我说能帮忙的会尽量想办法。以后所长、副所长、看守都不在了，可能是回家去了。我想救他们，我也想走。我与李荫枫、罗广斌两人说，我准备与那些人一路走，走前在楼上蹬三脚，过10分钟，然后他们才走。我还向他们说，锁没锁死，锁只是挂在门上的。当天晚上是我值班，钥匙在我手里，我没有交钥匙与他们，他们也没有问我要钥匙。10点钟，我与看守所的人员一起向歌乐山走。到歌乐山一看没有事，我们又都转回来往重庆走。我在返回途中，到白公馆去看时，那些被关的人都不在了。

杨钦典

根据以上各节查证的材料，可以证明：罗的被捕，确是由于叛徒刘国定的出卖，致匪特将其行踪掌握，匪特头子徐远举在罗广文的同意后，派特务到成都将罗逮捕的；罗在关押受审期间，向敌人承认了自己的"共产党员"身份，但未发现有变节叛党行为和其他不利于党的表现；罗的出狱，系匪特头子徐远举在"人情关系"的情况下予以释放的，同时根据匪特杨进兴、杨钦典的供词，也可证明牢门钥匙并未交给罗广斌，而是在匪特仓皇溃退中，有意将牢门不上锁，让罗等逃出狱的。

参加集中营特务的罗春田1960年4月22日在新疆监狱的交代材料中说：

1949年11月27日重庆解放前夕，徐匪远举命令第二看守所匪特李磊、徐贵林等，将罗广斌释放外，其余一律残杀。

罗广斌的家人在他被捕以后，他的父亲也四处托关系多次营救，他的哥哥罗广文更是专门让林茂（林茂为罗广文第15兵团别动总队长兼情报处长）找徐处长放人。1998年3月14日，在原渣滓洞看守黄茂才的帮助下,林茂来到歌乐山烈士陵园办公室,我对他进行了采访。

问:罗广文是怎样找你帮忙释放罗广斌的?

林茂:1948年6月,国防部调我到罗广文的第15兵团做情报处长。罗广文是司令,驻守在重庆的山洞。有一天,机要秘书方勉耕找我说:罗司令有一个同父异母的兄弟,被二处徐远举抓了,你在行辕二处干过,能不能帮忙疏通一下,把罗广斌释放出来。不然,罗司令不好向他家里交代。后来,政工处长谷若虚等也找我说这事。我当时与行辕二处的副处长杨元森是喝过血酒的把兄弟,所以就找到杨元森说这个事情,他答应一定帮忙。1949年7月,有一次我和杨元森一起在徐远举家里打牌的时候,我也亲自向徐远举提出过,他要我转告罗司令,一定会相机行事。

问:徐远举答应要放罗广斌吗?

林茂:当时,徐远举保证不会伤害罗广斌。1949年11月25日,罗广文被解放军打败,从南川逃到重庆。我四处寻找罗司令所在位置,不得结果。只好在27日带了两人到二处,想通过徐远举的通讯设备找到罗司令所在的位置。进去后发现,一片狼藉,许多文件烧毁了。杨元森见我后,立即叫人弄了些酒菜,要与我话别。我则利用那里的电话、电报寻找罗司令。凌晨2点的时候,徐远举来了。一见面他就指责我说:你们是怎么打的仗啊!我解释输赢是常事。徐远举没有等我把话讲完,就问罗司令现在哪里。我说:我就是到你这来,看看能不能找到他。徐远举听了,一脸的沉重。他给我交代了三件事,其中一件就是他要把罗广斌交给我,要我负责把他交到罗司令手上。我当时根本不知道罗司令在哪里,我担心万一找不到,罗广斌在我手上有什么闪失的话,没法向罗司令交代的。经我一再说明其中的困难后，徐远举才答应由我自己看着办。

狱中同志面对地下党领导人的变节、投降，以及地下党组织所遭受的大破坏，心情无比的悲痛。对地下党个别领导人的屈曲求荣、卖身投靠，既震惊又愤恨。同时，对党的事业发展，也万分的担忧。罗广斌在狱中的现实表现和他家里的特殊关系，使狱中同志都感到他早晚是要被释放出去的。狱中被关押的张文江，曾经是罗广斌的上级，1959年7月29日，罗广斌在《关于我被捕、审讯、脱险的补充材料》中有这样的记录：

他告诉了我重庆地下党被破坏的全部经过，并且判断我最多关几个月后便会保释，要我留心搜集资料、了解情况，以便出去向党汇报。我照他说的做了，解放初期就将见到听到的写了材料，只是限于水平、觉悟和材料的局限性，所以有些地方写得不准确。

张文江被捕前是重庆沙磁区学运特支委员，罗广斌曾受过他的直接领导。没被捕之前，罗广斌对1948年重庆地下党组织被特务破坏、人员被打散的情况，并不很清楚。只知道有人叛变了，有人被出卖被抓了。但到底谁叛变，谁被出卖，都不清楚。被捕后，他也只能从审讯特务的只言片语中，作出一些零星的、不确切的推断。关进渣滓洞楼七室后，张文江才帮他把重庆地下党遭破坏的情况理出一些线索来。被转移到白公馆监狱后，他又掌握了不少的情况。特别是白公馆有组织的总结讨论，以及狱中党员核心人物许晓轩、谭沈明、陈然在长期被关押中所思考的问题，能够让罗广斌比较全面地掌握到大破坏事件中的基本情况和有关叛徒的种种劣迹。党龄并不长的罗广斌，一直从事学运工作。殷实力雄的家庭背景，使他从来不缺少胆气，他敢想、敢干，就是在狱中也没有半点的害怕。这或多或少与他是国民党兵团司令罗广文的弟弟有关。不管罗广斌对这一点是怎样看待的，我们从档案资料中看到的却是：徐远举非常顾忌这一点。徐远举等人不敢对他动用刑罚，就是他在狱中传递消息、破坏"监规"的情况下，也只是给他戴上脚镣、手铐而已。当被狱中的党组织指定参加讨论、收集情况，特别是参加狱中支部的集中分析研究时，罗广斌却倒吸了一口凉气，甚至被一些问题震惊。尽管经常参加学运的开会，也有不少激烈的讨论和争论，但像这样面对一些有丰富实践经验的党员对党内问题的分析，面对这些被叛徒出卖入狱的人对叛徒种种事例、种种言语的剖析和愤怒，面对即将走向黄泉、接受生命毁灭的人对党组织的寄语、忠告和嘱托，罗广斌感到自己作为党员有一种不可推卸的使命和责任，他认为，考验自己的关键时刻到了：一定要把川东地下党的情况掌握清楚，一定要把同志们的意见记忆准确，一定要把党组织的意见弄明白。每天，他把同志们的意见进行集中归纳和整理。在同志们的帮助下，他对大破坏的起因、过程和后果有了比较清晰的认识。通过同志们所谈的叛徒种种表现，他对叛徒们的叛变过程有了总体的把握。每天睡觉前或睁开眼后，他就会把昨天研究总结的情况复述一次，以加强记忆。他不断告诫自己：一定要准确，不要有遗漏。

　　许晓轩要求罗广斌把掌握的情况一次一次地讲出来，并且尽力地帮助他进行修正和完善。他一再强调：我们做到了党要求我们做的一切，希望党成功以后，不要再犯地下党时期的错误，一定要从领导干部的叛变中吸取教训，一定要加强对领导干部的政治理论学习，一定要培养党员对组织的忠诚。

　　刘国鋕以自己的亲身经历与罗广斌反复讨论了地下党组织的

管理、对领导干部的监督，以及如何防止"左"等问题。

雷震、楼阅强与罗广斌谈了许多下川东武装起义中发展党员重数量轻质量、干部不走群众路线、说假话讲大话、不切实际地高估形势发展等问题。

几个被捕后出卖了一些党员和组织情况，但后来在狱中党组织和难友的教育帮助下拒绝再与特务合作，也不接受敌人优待的叛徒感到十分懊丧、悔恨。他们一再表示："革命的前途是无限的光明，个人的前途是无限的黑暗。"罗广斌从他们的嘴里，知道了更多关于地下党、特别是领导出问题的原因。

"11·27"大屠杀时，罗广斌组织带领19人从白公馆虎口脱险、死里逃生。越狱后的罗广斌身体极度虚弱，仿佛中他觉着自己还在狱中。他不能相信刘国鋕、许晓轩、谭沈明他们已不在人间，他更无法忘记战友们在狱中、在临刑前给自己的重托。刘国定、冉益智等的叛变，给党的事业、同志的生命造成了巨大损失，狱中斗争中江竹筠那"毒刑、镣铐是太小的考验"，许晓轩关于党的建设、干部问题的种种意见，这些使罗广斌的心里像灌了铅一样的沉重。他平静不了，他躺不下去。罗广斌，这个从屠杀中脱险的生还者，拿起笔把那些无数的死难者生前强烈的要求、真诚的希望、带血的嘱托写成了报告，在越狱后的第28天，即1949年12月25日交给了西南军政委员会组织部。这份数万字的《关于重庆组织破坏经过和狱中情形的报告》，是革命烈士血与泪的嘱托，是一份极为珍贵的党史文献资料，是我们今天每个党员、特别是领导干部不可不汲取的经验和教训。

罗广斌同志是一个有极强责任心的党员，也是一个非常能够严于律己、一丝不苟的同志。在无数次阅读他的档案材料中，我留下了这样强烈的印象。他以冷静的笔调、忠实的记录，为我们留下了难得的翔实内容，保存了许多真实的记忆，是迄今为止研究川东地下党斗争和反映狱中情况最为重要的一份原始资料。这份数万字的报告，最为核心的就是5个字："忠诚与背叛"；在烈士与叛徒的对比中，赫然铸就的也是5个字："信仰的力量"。

屈原在《国殇》中写道："身既死兮神以灵，子魂魄兮为鬼雄。"

文天祥在《过零丁洋》中写道："人生自古谁无死，留取丹心照汗青。"

邹容在《和西狩》中写道："头颅当自抚，谁为墨新坟。"

李大钊曾在《牺牲》一文中充满激情地写道："绝美的风景，多在奇险的山川。绝壮的音乐，多是悲凉的韵调。高尚的生活，多在壮烈的牺牲中。"

网上搜索有关"忠诚"的释义为：忠诚是真心诚意，尽心尽力，绝无二心。忠诚老实，忠诚勇敢，忠诚可靠。忠诚代表着诚信、守信和服从。

网上搜索有关"背叛"的释义为：背叛指对自己原来信仰的一种背离与叛变，是背弃道德的约束，叛离了大众的利益，对自己做出的承诺的一种不实现、不兑现的表现。

对于在政治上做出选择的人而言，不论是在白色恐怖时期还是在和平建设时期，忠诚与背叛一直是伴随终身必须要面对的问题。从中国共产党一大到现在，几乎没有人在加入党组织的时候不进行宣誓，尽管不同时期的入党誓词不一样，但是"永不叛党"却是一直的规定。

第二章
堡垒从内部攻破

地下党组织遭受的巨大破坏，在于特务采用了"堡垒从内部攻破"的战术。这种战术运用的成功，却往往是一种偶然性导致了破坏的必然性。当我们再次翻开这段厚重的历史，我们不仅叹息那些偶然性的因素对事业、生命、家庭的毁坏，更深深地认识到，不严格、不认真、不按规定办事等必然要出问题的规律。

罗广斌《关于重庆组织破坏经过和狱中情形的报告》第一部分是关于"案情发展"。这里所谈的案情，主要是指发生在1948年国民党重庆行辕二处破坏重庆地下党的机关报——《挺进报》，以及利用叛徒破坏地下党组织、逮捕人员的事件。

那么，地下党的《挺进报》是什么时候办起来的？它又是怎样被国民党特务破坏的呢？

首先，我们简单地了解一下当时的情况。

1945年，毛泽东到重庆与国民党就中国发展的前途和建立联合政府的问题进行了43天的谈判。其后，召开了政治协商会议。中国似乎出现了和平的曙光。

当毛泽东刚刚离开重庆返回延安的10月13日，蒋介石密电各战区司令长官，命令遵照他的《剿匪手本》，"督励所属"，对共产党和抗日的人民军队"努力进剿，迅速达成任务"，"有功者必得膺赏"，"其迟滞贻误者，必执法以罪"。

10月17日，毛泽东在延安干部会议上作了《关于重庆谈判》的报告，告诫大家不要对蒋介石国民党抱任何幻想，应和全国人民一道团结起来坚持斗争。其后，美国特使马歇尔调停国共两党军事冲突，到1947年初宣布退出协调，国共谈判失败，蒋介石实行"戡乱救国方针"，全面发动内战。

《强迫中共驻渝代表团回延安的经过情形》这样记载：

1947年3月，南京反动政府撕毁政协协定，拒绝中共及全国人民的和平之议，发动大规模内战，迫使中共驻南京、上海、重庆三地人员回延安，由南京指示伪重庆行辕将驻重庆中共人员遣送延安，查封《新华日报》。行辕根据指示，召集党政紧急会议，参加会议的有伪警备司令孙元良、重庆市长张笃伦、国民党重庆市党部主委龙文治、中统西南负责人徐政、行辕第二处处长徐远举、空军第五区司令晏玉琮、警察局长唐毅、宪兵第4团团长沙吉夫等，由参谋长肖毅肃主持，决定办法：

1.出动全市军宪警特务包围中共办事处及《新华日报》，逮捕中共人员，所有被捕人员集中于化龙桥，俟飞机遣送。

2.派孙元良为总指挥，唐毅、罗国熙、徐远举为指挥，彭斌、沙吉夫为副指挥，分任化龙桥、曾家岩、德兴里三区之责。

3.查封《新华日报》及中共重庆办事处，将所有人员集中于化龙桥俟飞机遣送。

4.由伪警备司令部公告登记中共地下党人员，否则以间谍论罪。

5.成都新华书店由伪四川省特委会秘书长徐中齐负责查封，人员20余人由广元送往西安转回延安。

这份材料原稿是1953年徐远举、周养浩、沈醉、黄逸公、陈兰荪、邓培新6人讲述，由周养浩、沈醉、黄逸公3人加以整理，由饶林誊写成本件（见文物档案资料—2004）。

在国民党悍然封闭重庆的中共四川省委和《新华日报》，强令所有人员全部撤回延安的情况下，1947年10月，根据中共上海局的指示，重庆建立了川东临时工作委员会，王璞任书记；在广安设立

解读狱中八条
EIGHT SUGGESTIONS MADE IN PRISON

《关于重庆组织破坏经过和狱中情形的报告》

上川东地工委，王璞兼书记，骆安靖、曾霖任委员；在万县设立下川东地工委，涂孝文任书记，彭咏梧任副书记，杨虞裳、唐虚谷任委员；在重庆建立市工委，刘国定任书记，冉益智任副书记，李维嘉、许建业任委员。1948年12月，川东临委结束。1949年1月，川东特委建立，肖泽宽任书记，邓照明任副书记。地下党组织从此绝对处于秘密的隐蔽状态。由于共产党的机关报《新华日报》突然被查封，重庆地下党组织和进步团体一下子失去了消息的来源。而《挺进报》就是重庆地下党为了获得解放军和党组织的情况，通过收听"新华社"广播创办的一份油印小报，成为重庆地下党的机关报。

李维嘉在《关于重庆地下党被破坏事件和〈挺进报〉》一文中指出：

它是在八路军办事处和省委突然被迫撤走以后，在各个地下党组织失去和省委的联系以后，由个别党员骨干和长期在党领导下进行工作的革命群众创办起来的，是在党的领导下公开出版的《彷徨》杂志的基础上创办起来的。它的三个创办人中，刘镕铸是抗战初期入党的一直在党领导下进行工作的老党员，陈然是抗战初期入党后失去组织联系的党员，蒋一苇是长期在南方局领导下先后主编《科学与生活》杂志和《彷徨》杂志的要求入党的革命积极分子。

后来市委彭咏梧同志通过刘国定同志和党的外围积极分子吴子见同志与《挺进报》取得联系，接上了刘镕铸的组织关系，将这份地下发行的报纸置于市委领导之下，办成了市委的机关报。（见《川东地下党斗争》）

胡康民在《〈挺进报〉事件的前前后后》一文中，将《挺进报》的发行分为三个时期：一是"以转载《新华通讯稿》上的解放区战场的胜利消息为主，印数很少，只在少数熟悉的同志中传看"；二是对内发行，"主要在党内和外围积极分子中传看，但印数和发行范围大为扩大，不仅在重庆市内，川东临委所属各地也大都看到《挺进报》"；三是执行上海局"开展对敌攻心斗争"、"临委决定，《挺进报》改变发行方针，少在内部传看，主要寄给敌方人员，内容也作相应改变"（见《川东地下党斗争》）。

地下党1947年7月创办的《挺进报》，在国民党统治区的地下党组织中发挥了舆论的引导作用。它传播新华社的广播消息，给地下党组织带来了不少的信息，对于凝聚地下党组织的思想，鼓舞党员在白色恐怖下的战斗意志，及时掌握人民解放军在全国推进的消息，及时了解党中央的声音和有关的政策起到了积极的作用。地下党员说：《挺进报》像一盏明灯照亮了国统区。就如李维嘉在《关于重庆地下党被破坏事件和〈挺进报〉》一文中指出的那样：

突然省委撤走，领导中断，消息隔绝，敌焰嚣张，人心浮动。于是《挺进报》应运而生。它起了宣传中央政策、传播解放战争胜利消息、报导解放区动态、揭露敌人欺骗宣传、教育团结党员和革命群众的作用，起了使人们认清形势和任务、增强信心、鼓舞斗志的作用。当时犹如黑云压城，突然透出了一片光明。通过封锁，《挺进报》使大家听到了党中央的声音。出版《挺进报》是很有必要的。（见《川东地下党斗争》）

虽然国民党特务机关在邮件检查中，曾经不止一次地发现过《挺进报》，除了扣押外并没有采取相关的措施。

到了1948年初，地下党上海局向国统区地下党组织下达了三条指示：加强统战工作、对敌开展攻心斗争、可以发展特别党员。川东临委根据上级的指示，认为开展对敌攻心工作最好的武器，就是把《挺进报》寄发给敌人，既打击敌人的嚣张气焰，又向敌人显示出地下党的战斗实力。同时，决定除了继续刊登党和人民解放军的相关内容外，要增加对敌人开展攻心的内容。比如：介绍解放区的土改政策，介绍共产党对俘虏宽大的政策，警告国民党特务的口号，震慑特务的标题等等。《挺进报》开始向国民党的党政军和特务机关大量寄发。这种攻心，对国民党来说是有打击和震慑力的，但对地下党组织来说，也存在着巨大的风险。

在共产党驻国统区代表机构撤离重庆后，地下党本处于绝对隐蔽的地下状态，把自己秘密出版发行的机关报，作为对敌攻心的武器，显然就违反了地下党 "隐蔽精干" 的工作原则。特别是在扩大发行阶段那种不断搞叠加的方式，不但发给国民党的机关、大

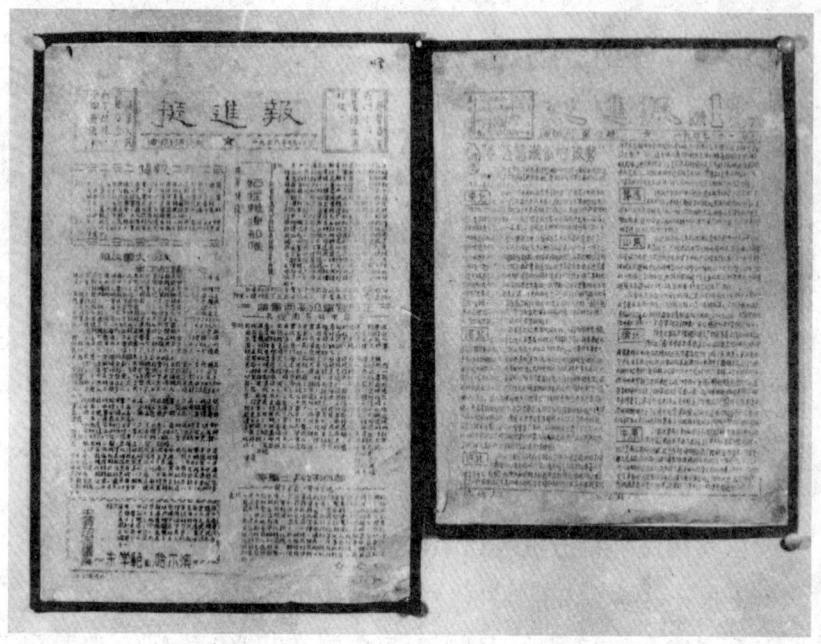

《挺进报》

的工商企业等，还直接寄发给党政要员，导致了危险一步步逼近地下党组织。虽然地下党在对国民党的各个机关寄发《挺进报》时采取了非常特殊的形式，比如用大公司的信封寄发，不断变化投放地点，甚至是在一些国民党的机关附近邮筒投寄等。但大规模地向国民党各个机关部门寄发，特别是直接寄发给国民党党政要员，必然会引起国民党和特务机关的高度重视。

国民党行辕二处特务曾庆回，1955年9月28日在一份材料中有这样的记录：上级要求"发现《挺进报》要'详查具报'"、"对《挺进报》仍须继续严密检扣，详查举报"（见文物档案资料—2006）。《挺进报》直接寄发给国民党宪特首脑机关，不但引起了国民党党政首脑的高度重视，同时也使军警特务非常震惊。他们万万没有想到，中共代表团和四川省委撤离重庆以后，地下党竟然还有如此猖狂的活动。国民党重庆行辕主任朱绍良亲自下达命令，必须立即破案。国民党的全部特务机关行动了起来。

罗广斌在他写的报告中记录了狱中同志对扩大发行后谈到的情况：

由于《挺进报》的发行和大量地寄到公司、行庄、商店、学校以及国民党反动派的各种机关部门里，引起了以伪西南长官公署第二处为首的特务机关的注意。（它们接到伪国防部和伪长官公署——当时的伪行辕的命令，限期破获《挺进报》）

罗广斌报告中的这个记录，也可从解放后被抓捕特务的交代中得到印证。特务黄逸公、曾晴初、饶林、刘崇朴、周养浩等人，在共同撰写的《破坏〈挺进报〉》的材料中写道：

不但敌重庆行辕、敌市政府、敌警备司令部的一些职员中接到邮寄的《挺进报》，而这些机关的匪首行辕主任朱绍良、匪重庆市长张笃伦、警备司令部司令孙元良等也都接到邮寄的《挺进报》，这就震动了重庆反动统治者，朱绍良要求行辕二处处长限期破案。

这个"限期破案"，最后是怎样破的呢？

特务徐远举在北京秦城监狱被关押时所写的《血手染红岩》中是这样说的：

限期破案对我来说是一个沉重的压力。顶头上司的震怒，南京方面的责难，使我感到有些恐慌，也有些焦躁不安。当时特务机关的情报虽多如牛毛，但并无切实可靠的资料，我对限期破案不知从何下手，感到愤恨恼怒。

虽然国民党行辕二处的处长、大特务徐远举当时是一筹莫展，但他绝对不会就此罢手。他在这份材料中记载：

破坏《挺进报》，最初的线索是渝站渝组组长李克昌在文城书店的一个内线提供的。李克昌是渝站的一个"红旗特务"，混入工农群众中，迷惑工人，发展军统特务。

从以上材料可以看出，地下党利用《挺进报》向敌人展开攻心工作，引起了特务机关的高度重视，最后运用"内线"、"红旗特务"等手段，将《挺进报》的缺口撕开，进而得以开始大破坏的。

那么，徐远举所说的"内线"、"红旗特务"，又是如何发挥作用的？

所谓的"内线"、"红旗特务"，就是经过专业训练的特工人员，伪装成革命的进步青年，混在公共场所或者是学校工厂，做一些进步的事情、讲一些进步的话，以被引起注意，获得信任。

1952年特务李克昌在关押期间在一份破坏《挺进报》的交代材料中这样记录：

我对于中国共产党及民主党派的内线工作如下：姚仿桓，黔江两会坝人，姚风平之族弟。1947年1月，肄业于重庆草堂国学专科学校。身瘦小，脚跛，长脸，税捐处汪处长（黔江）介绍杜刚百一同返校的。先由曾纪纲（在重庆大坪中学教书）引来会我要留在学校。杜以其教文学好，甚器重之。我知杜是民盟分子，就叫他（指姚仿桓）调查杜刚百，并填表参加了军统运用通讯员，初调查民主同盟的线索。1947年冬，重庆民联书店（位于邹容路）店员陈柏林，因曾子震接办了书店，陈是进步分子，与曾不合即到草堂专校去，与姚仿桓来往。知道陈柏林的书刊、言语都很左倾，曾纪纲也去访问了。看到这情形，遂与我谈到陈柏林是共产党，还有《挺进报》。我叫他去偷一份来。他说很容易，我就派曾纪纲去协助姚仿桓办。曾纪纲原在陈绍滋县长那里工作，到重庆后没有工作，我就介绍他去当特务，去与姚仿桓联络。住在学校慢慢与陈柏林接上了关系后，我又教姚仿桓监视曾纪纲侦查《挺进报》的工作，看曾纪纲的情报是否确实。

曾纪纲与陈柏林感情很好后，姚仿桓也向我说过。我就叫曾纪纲表示不满意伪政府，工作也找不到。陈受了他的骗，以为曾的思想有转变，便向他谈我们有位任先生是共产党的负责人，还有重庆电台于市政府内，由市府的职员在管，印刷的地方在南岸龙门浩，印刷只要一人，非常精致的油印。我收到这些消息立即反映上去，并到伪市府调查电台与那位任先生及印刷地点。后来，陈柏林说办个书店也就好办报。因为他当过店员，对此很有兴趣。我就让曾纪纲在经济上去帮助办书店。1947年冬我们在和平路办了，请准500万元作为股本去参加。经理姓蔡，店名文城出版社，在胜利大厦附近。蔡经理是民盟的，过了一礼拜，即想介绍曾纪纲去读书（因曾住在店里）。我恐曾泄漏了秘密，离开也不好做工作，就叫他和陈柏林去与蔡经理商量，结果未搬。不久即发现有一姓向的每隔几天要来一次，翻几本书就去了。知道他是送《挺进报》的人，我就派人去跟踪他。结果派了陶蜀屏（在南泉新专读书）、陈桂莹（在渝化龙桥前进中学教书）二人去跟踪，结果也不行。我叫盛登科去指挥，他的能力也不错，与我是同学、军统特务。他说陶、陈二人都要不得，吕世琨也不准跟踪，恐怕姓向的知道。之后，曾纪纲又帮店内担水取得信任，由陈柏林指点任先生（来店时）达哉给他认识——我们组内调查民盟的内线吴芝瑞。在《民主报》当排字工人，他是由通讯员周利渊在关庙吃茶时介绍给我的，就要吴芝瑞做工作。由于周利渊转的情报都不好，我与吴芝瑞见面后，便注意去利用他。后来谈到任达哉是他们报里的公务主任，是云阳人（初说万县人）。他说引来与我见面，结果在民盟书店侧茶馆见了面。他愿为我做民盟工作，并且填了表，参加军统运用员。因为《民主报》在两路口那头，以后便约在巴山茶馆（两路口一带）见面。因为吴芝瑞说我是在伪行辕有关系，任达哉对我慢慢感到有些失望。这范朴斋来渝，解散《民主报》工人，当中就有陈兰荪（伪装在《新华日报》当编辑）利用的工人吴华禄鼓动捣乱。任达哉也只供给了这一情报，又指引了唐弘仁的线索。一个月后，他写信说没工作要回万县，对于工作以后再效劳，未会面即离开了。我当时也未怀疑。吴芝瑞的关系仍然未断，我即想到上面这回事，必然是一个人，询明相貌虽然不错，并对了渝站的照片（他填表时）没有错误。可是我断定任达哉并非共产党的总负责人，只与共产党有关。主要还没看老向的住址，又开始跟踪，由盛登科负责（宁肯跟脱，不肯让他发现），有几次都失败。有一天，知道他要到任达哉那里去，便跟踪到他，知道陈柏林往漱庐去了。陈始终未说任的住地。后得李平正在文城书店当店员，与潘星海、陈柏林好。由曾纪纲问出任在红球坝巷内铁工厂附近住。后来跟陈柏林的线人在红球坝查出任达哉的住处，老向也住在那里——杜利川（民盟）、吴释高（共党）、吴奉贵（共党）等几个人的关系也探听清楚了，并再跟老向的线人想明白送报的地点。最后，在一皮鞋店见他进去过，到1948年春清明节前后，徐远举来电话问吕世琨对《挺进报》查好没有。要开始行动了，我与吕去会徐远举。徐说由对笔迹知写字的人在綦江住，逮捕后即可追踪破案。吕世琨即把我们的情况谈出，决定依我们的线索逮捕老向、任达哉、陈柏林三人。

在烈士的档案中关于陈柏林的记录是：（四川）苍溪人，在重庆时一直搞书店，后来在新文艺图书室作店员。1948年4月1日，因何成义给他送《挺进报》而被捕。被捕后受刑很重，没有承认身份，也未交人。

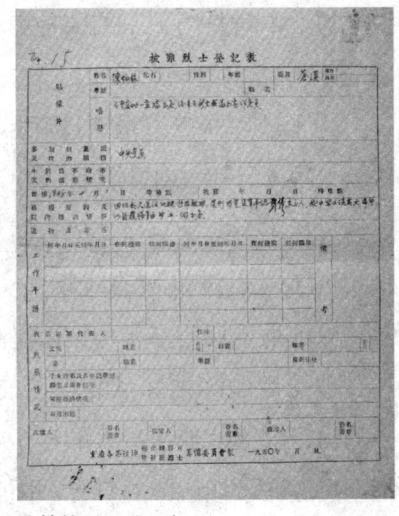

陈柏林烈士登记表

内线姚仿桓发现了《挺进报》的线索后，李克昌又派"红旗特务"曾纪纲以帮助陈柏林重新办书店，且愿意将自己的全部家当卖掉支持陈柏林，从而使曾纪纲完全得到了陈柏林的信任。他认为这个敢于批评学校教育死板、无有生气而被开除的重庆大学学生，愿意到书店读书求学，又愿意帮助自己，一定是一个追求革命的进步青年。曾纪纲的伪装，使陈柏林渐渐地受骗上当。

陈柏林不仅接受了曾纪纲的资助，而且还把他介绍给了自己的上级。曾纪纲在陈柏林面前表现出的革命倾向，使得陈柏林对他的革命性丝毫没有产生怀疑。

但就在陈柏林带着曾纪纲按照约定的时间地点，满怀着喜悦的心情去红球坝与自己的上级任达哉见面接受考察时，突如其来的情况让陈柏林感到不知所措。一群便衣特务将他们三人紧紧围住，两副手铐将陈柏林和任达哉铐住，而曾纪纲却在一边冷笑。"自己上当受骗了！"悔恨不已的陈柏林看着自己的上级，任达哉却没有说一句话，只是用无奈的眼神看着这个年幼无知、被特务假象蒙蔽了的下属。

为了破坏《挺进报》，国民党警察出动人马进行监视，保密局拨款无数，行辕二处更是倾巢出动，却无一点进展。但是，徐远举仅通过运用特务李克昌、"内线"姚仿桓、"红旗特务"曾纪纲，就发现了《挺进报》的线索并实施了破坏。在对付地下党的问题上，徐远举一直信奉一句话：堡垒从内部攻破。

被捕后的陈柏林，为自己的马虎大意和被欺骗上当，感到万分的悔恨！因此他在敌人的审讯中是坚不吐实、拒绝配合。而敌人把重点放在了任达哉的身上，因为他是陈柏林的上级。

任达哉到底是怎样的一个人？他被捕时是"中国汽缸厂"的会计，时年31岁。

据肖泽宽1985年8月13日对任达哉的情况记录为：

1947年10月，川东临工委书记王璞从上海钱瑛处把任达哉的组织关系带回重庆。王璞给我说，任达哉原是重庆《民主报》印刷工厂的工人，有些红。任是由办事处搞工人运动的杜延庆发展联系的党员。王璞将任达哉的关系交我，并要我交许建业去找任。许找到了任达哉，了解到任确做了很多工作。

从肖泽宽的记录看，任达哉是杜延庆发展的党员。而杜延庆是1937年中共重庆市工委的组织部长，1940年5月奉命回到延安，入中共中央党校学习。1945年4月至6月，作为大后方代表团成员出席中共七大。抗战开始后，任达哉即在《万州日报》、重庆印刷厂和《民主报》等单位工作。但他的组织关系却是在1947年才转交的。由于肖泽宽说的"有些红"、"确做了很多工作"，所以转交组织关系也没有对他以前的情况作了解，说明任达哉是表现不错的党员。那为什么被捕后就叛变了呢？

　　任达哉参加过"军统运用员"，也就是通常所说的通讯员、信息员。这又是为什么？抗战时期南方局要求地下党执行"隐蔽精干，长期埋伏，积蓄力量，以待时机"的方针。任达哉在当时就属于"长期埋伏"、自谋职业的隐蔽党员。抗战胜利后，任达哉来到重庆，想找党组织恢复组织关系，以便能参加地下党的活动。他在《民主报》找到工作，但是收入非常少。重庆《民主报》是国民党特务重点监视的对象。当李克昌把任达哉发展为情报通讯员，并且表示有一些"劳务费"时，任达哉出于增加自己的经济收入考虑，就答应了。但是他除了领过钱外，并没有提供过什么有价值的情报给李克昌，更没有暴露过自己是地下党员的身份。后来，李克昌见任达哉只领津贴没有工作效果，就逐渐把他边缘化，不再使用他。抗战胜利后，他的组织关系从上海转到重庆地下党组织后，就由负责工人运动的市委委员许建业接上。由于他是由上级党组织转来的组织关系，没有人对他在抗战时期以及胜利后的情况做详细的了解。任达哉也没有想到要把自己参加特务外围的情况向组织说明。加上他"有些红"，自然就得到重庆地下党的重用和许建业的信任。他的下线就是书店的店员和《挺进报》的一个发行据点——文城书店，他的上线就是地下党的委员、工运书记许建业，时任志成公司的会计。

　　根据脱险志士傅伯雍介绍，任达哉被捕后，先是扛住了敌人的严刑拷打。他是敌人抓到的第一个认为有价值的人。任达哉没有畏惧酷刑，甚至是死亡的威胁，弄得审讯难以有突破。为了让他开口，特务对他审讯用刑的惨烈程度是可想而知的。徐远举在《血手染红岩》中写道："军统特务机关的刑具是多种多样的，从古老的刑具到最新式的美国刑具，应有尽有：老虎凳、水葫芦、踩杠子、吊杆子、竹签子种种毒刑。"

当特务李克昌听说被捕的任达哉很坚强、拒不开口时，他倒想看看这个任达哉长的是什么样子。当他在审讯室见到任达哉时，竟倒吸了一口凉气，感到非常惊奇：眼前这个人好面熟啊！李克昌的脑海急速地翻转，他瞪大眼睛死死地看着眼前的这个人，突然大叫一声：是他！有点激动的他，迅速转身回到办公室，在档案资料中快速翻阅，终于找到了想要的东西——社会情况运用员的登记表。这张表上写的名字正是任达哉。李克昌立即将这一情况汇报给徐远举。二人看着手中的这份材料，感到攻破任达哉、让他开口交代，已经不算啥问题了。

当徐远举带着李克昌出现在任达哉面前的时候，遍体鳞伤的任达哉做好了再次被暴整一顿的准备。可是，徐、李并没有要动刑的意思，也没有严厉的逼问，任被反绑的双手却被解开了。难以置信的任达哉，不知道敌人接下来会怎样，难道是要拉出去枪毙？如果真是这样的话，他反倒有了一种解脱感。他慢慢地活动双臂，抬起头来，看见徐远举面带微笑，李克昌也频频向他点头示好，一点没有要审问动刑或拉去刑场的样子。任达哉心里不免一阵冷颤，他有点茫然地抬起头来看着他们。

徐远举慢慢地走近任达哉，说出的一句话让任达哉丈二和尚摸不着头脑："任同志，你早点说明是我们的同志，就不会吃这皮肉之苦啦。"

任达哉完全没理会徐远举的话，仍一脸的茫然。

突然，徐远举从李克昌的手里拿过那张运用员的登记表，并在任达哉的眼前一晃，怒吼道："你自己看看，这是什么？是不是你自己填的？是不是你的笔迹？表上的照片是你吗？"

任达哉一看徐远举手里的这张表，顿时傻了眼，他惊慌失措、目瞪口呆。这张表格怎么会在这个时候出现？看见表上自己的照片，他血往上涌，非常紧张，完全不知道该怎样应对。

这时，徐远举一句话将任达哉彻底地击溃："你的组织知道了你这个情况会怎么样？你现在除了选择与我合作，别无他途可寻。"

任达哉的思想防线崩溃了。不曾在刑罚面前叛变出卖组织情况的他，在自己的一个短处被敌人抓住后，竟然扛不住开始出卖组织情况了。

任达哉叛变了。他不仅出卖了自己的直接上级——地下党市委委员、负责工运的领导人杨清，还出卖了由他联系的几个党员和进步群众。从此，地下党组织和《挺进报》被特务撕开了缺口，重庆地下党组织也开始面临一场意料不到的大破坏。

邓照明在《川东地下党组织的几次重要工作部署》一文中说：

当时解放战争进入战略反攻，全国任务是"打倒蒋介石，解放全中国"。在川东明确以农村武装斗争为重点，要求建立根据地，开辟第二战场，破坏敌人的兵源、粮源供应，提出抗丁、抗粮、分田、废债的口号，城市工作要为农村武装斗争服务。具体任务是向农村输送干部，运送武器、弹药和医药器材，收集情报等，城市要支援农村，并为农村服务。城市本身的学运、统战、工运还是要搞，要搞反饥饿、反内战的群众运动，但不是重点。

邓照明

城市工作不是重点，这是上级的指示。因为，在国统区，重庆相对农村来看，城市的国民党力量比较强大，原则上不在城市里搞大的动作。但《挺进报》这样一份党内的秘密刊物，用它去做敌人的攻心工作，显然违反了这一原则。在这里，我们看到一个事实，当《挺进报》扩大发行时，敌特机关只是要求收缴上报，并没有做更多的动作。促使国民党机关对《挺进报》采取动作，是由于它的大量寄发，尤其是向国民党首脑机关寄发。这种不顾敌我力量双方悬殊巨大，一味追求叠加效果的错误做法，造成了严重后果。这种不顾客观情况、只顾主观冲动所带来的恶果，让我们感到坚持实事求是的不容易。

任达哉是红岩里的第一个叛徒。特务为了撬开他的嘴，那真是无所不用其极，毕竟这是特务抓住的第一个地下党员。如果不能够打开缺口，案子就没有办法深下去。因此对他的刑罚折磨，可以说是到了令人发指的地步。而任达哉面对刑罚，他抱定绝不开口、无非一死的念头，任凭特务残暴施刑，他紧咬牙关一言不发。但当他深藏于心的秘密被特务抖出来的时候，他心中的支撑点一下子就被踢掉，从而心也虚了。千里之堤毁于一穴。此时此刻，任达哉万分后悔没有对组织讲真话，隐瞒了不该隐瞒的问题，否则也不至于落到如今这里外不是人的地步。一个人，不论在什么情况下，之所以敢于坚持，就在于心中有强大的支撑力量，这种力量就是忠诚、信仰、人格、价值、尊严的聚集。这种聚集，就像核裂变释放的能量，无法用生理所能承受的极限去解释。因为它是一种精神的、意识形态的力量。但这种核裂变，如果有一点点瑕疵的存在，就完全可以导致释放不出正能量而报废。任达哉，就是因为那一小点点的瑕疵，导致他不曾在酷刑下屈服，却毁在了自己不向党组织说真话上。任达哉心中的侥幸，变成了毁灭自己的祸根。大凡有侥幸心理的人，总是想着那万一的情况不会在自己的身上出现，但往往万一的事情又总是那么的难以消失。

任达哉参加地下党组织后，为谋生而成为军统的线人，重新恢复党籍后又受到重用，这为以后地下党组织被破坏埋下了隐患。叛徒刘国定在解放后交代材料中有这样一段记述任达哉：

1947年11月，由上级党组织交下的关系（是否为党员都未交清楚），可能由以前《新华日报》老杜联系的赤色群众关系。但任原为军统局通信员，与军统有联系。1948年3月本决定将其撤退（当时并不知道他有特务关系，只是已认为他暴露）以移交关系稽延，1948年4月初，军统为破坏《挺进报》将其逮捕，任遂带起特务陆建书等在茶馆中逮捕了许建业。1949年11月已死于渣滓洞，这是重庆事件的引火线。

从以上材料我们可以看出，如果及时将任达哉转移出去，那么川东地下党的那场灭顶之灾就可能不会发生。可是，假设的总不是现实，现实是组织上没有及时对任达哉进行转移，因而发生悲剧。当然，我们无法知道"移交关系稽延"的原因是什么，但有一点可以确认，那就是党组织的建设管理方面存在的问题，是其中的关键原因。防患于未然必须果断，否则偶然的情况就会酿成大祸。

任达哉叛变后出卖的杨清，就是小说《红岩》中许云峰的原型之一，重庆市委委员、负责工运的书记许建业。

许建业是在与任达哉约好的时间地点被捕的。罗广斌在报告中记述：

许既被捕于茶馆，他深以为特务一定很清楚他，一定会到志成商号他住的房间，搜到皮包内的文件和几十份自传，便急着收买管狱的班长，答应给他4000万元，以后有功革命，还可以得奖。管狱的班长向上报告了许的地址，因此取得了许的文件，陈丹墀、牛筱吾、皮晓荣、蔡孟慰、雷志震、潘鸿志、刘祖春和若干工人等数十人因此被捕。后来（大概4月5日），刘国定（仲逸）去志成找许被捕。

　　许建业收买的这个管狱班长叫陈远德。他常利用自己的职务方便，在狱中索要好处，帮助被捕人员通风报信和带东西。所以，当他主动向许建业表示可给予帮助但要得好处时，许建业对陈远德没有进行仔细思考和认真判断，只是急盼处理家中的文件和工人的入党申请书，便当即拿出身上的几千万元法币，委托陈远德到志成公司找一个叫刘德惠的人，到自己家里去把放在枕头下和床下箱子里的东西全部烧掉。

　　叛徒冉益智在解放后的一份交代材料中写道：

　　4月某日将任（达哉）逮捕。拷问之后，供出老杨（即许建业）的接头地址，磁器街嘉陵茶社。当于4月4日在嘉陵茶社由任带去将许捕获，受了五次刑罚，如老虎凳、鸭儿浮水、背灵牌等。老许仅承认本身是党员，与南岸黄元接头，其他概不知道。连他自己住在什么地方，都没供出。他们觉得老许很重要，所以对他特别注意。其时，老许是一个人关在一个屋子，有一个看守兵陪着他。这个看守兵，看起来很和善稳重，对老许请求崇敬与同情。经一两次谈话，老许便相信他了，便请他送一封信出去，许他4000万元法币，并答应以后给他介绍职业。殊料看守兵如获至宝，便飞也似地跑到法官那里，按照他信上写的住址和指示刘德惠叫他将枕头下的文件取出焚毁，便进行将电力公司刘德惠、周哲洵、何敬平等逮捕。按信所写的中正路91号志成公司，老许枕头下将三十几份自传及若干《挺进报》取出，并派人在志成公司守候。6月6日即老刘（市工委书记刘国定）去志成公司被逮捕，供出李忠良、邓兴丰等，然后由邓供出余永安，再由余永安带到北碚将我逮捕。

口蜜腹剑的特务看守陈远德将许建业欺骗了，这是许建业万万没有想到的。他悔恨不已，他不能饶恕自己的严重失误，他选择自杀来惩罚自己。当年参与逮捕的特务曾庆回在《重庆特务破坏革命地下组织情况》中交代：

许在被捕后，坚贞不屈，曾碰墙寻求一死，不得。陆匪坚如叫人将他绑在木椅上（我到楼上亲自看见情况的）。4日晚，许害怕外面革命同志不知情况，曾运动看守他的特务士兵（姓名不详）为他送信，结果被匪兵出卖，将信骗出交给漆匪玉麟送给徐匪远举。

许建业对敌斗争坚贞不屈，宁死不屈，表现出革命者的昂扬正气。但是，他在狱中对看守所进行的革命宣传，却遭来了意料之外的更大破坏。叛徒冉益智在一份材料中说：

许因身份已经确定，即在监大肆宣传。

特务看守像听天书一样地看着这个敢于讲反对政府、反对党国话的人。特务看守兵装出的同情假象，使许建业认为他们有可能被教育、被争取。他主观上想保全组织，客观上却毁了组织。虽然他选择碰壁自绝的方式惩罚自己，但也不能够改变他因对特务缺乏认识甚至是相信而给党组织所带来的恶果。

查阅有关他的所有档案资料和材料，很难找到能够说明他主观失误的依据。但偶然因素的出现，却往往使国民党破坏地下党成为了必然。

这一切都是在地下党组织完全不知情的情况下发生的。所以，当市工委书记刘国定按照约定到志成公司去找许建业交代工作时，也被正守候在那里的特务抓捕，并押往二处审讯。

面对询问，刘按照早已准备好的"供词"做了交代。他说自己是南岸牛奶场的会计主任。当特务问他是不是共产党，他说自己为了做生意，曾经答应加入过什么组织，但完全没弄清楚是什么党，只知道做生意赚钱。当特务问他为许建业做过什么事情没有，他说为许送过信到南岸的永生钱庄给余天和李忠良。

听了刘国定的回答，可能会觉得他已成叛徒了。

其实不然，他的回答并无不当。第一，为了赚钱做生意，没弄清楚是什么组织就参加，自己仅是做生意业务；第二，把永生钱庄讲出来，那是因为不说点具体实在的情况是难以过关的，讲的情况虽然敌人可以调查，但却不会导致人员的被捕。因为，刘国定说出的两个人是在达县、梁平武装起义失败后到重庆来躲避风头的。而按照刘国定给他们二人的规定，应该是早就转移了。刘以为自己这样说实话，敌人就不会把自己与政治联系起来，而只能判断自己就是一名生意人。

这是地下党组织在应对被捕时所采取的"说死不说活"的原则，即曾经有过的、现在没有或不存在的可以说。

但问题就出在，刘国定供出的余天和李忠良两人，并没有离开永生钱庄。余、李盲目地认为钱庄这个地方没有问题，而刘国定则以为，他们肯定按自己的指示已经转移了。显然余天、李忠良没有严格执行地下党的纪律，而是抱着侥幸心理认为这里安全。纪律是对安全的一种保证，不执行纪律出事几率就会大增，甚至会付出生命的代价。

更没有想到的是，李忠良在刑讯逼供下，交代出了余天就是敌人通缉的游击队负责人邓兴丰，而且还把在钱庄的联络员余永安也交代了出来。叛徒冉益智在一份交代材料中对李忠良的叛变作了这样的记录：

其审案办法是一哄二骗三动刑。李忠良的上当，是因为他说了一句"我不过是一个'左'倾群众"。因此即（被）穷追，最后，在不能够自圆其说的情况下出卖了真实的情况。

余永安被捕后，又供出他的上级是市工委副书记冉益智。徐远举对余永安采取了即抓即放的方式对其监控，还从余永安与妻子的电话中掌握了：针对《挺进报》发行所面临的特务破坏情况，川东临委秘书长肖泽宽要在北碚紧急约见市工委副书记冉益智和常委李维嘉的消息。于是，特务押着余永安赶到北碚抓人。

由于冉益智没有准时到，肖泽宽和李维嘉便按照地下党的纪律规定，立即分散走人。而迟到的冉益智，却被刚刚赶至的特务候个正着。

余天、李忠良不按照规定走人而被逮捕，肖泽宽、李维嘉二人到了时间见不着人就立即撤退而没被逮捕，从正反两方面证明了一个道理：严格执行纪律，就能保证安全，而抱侥幸或不守规则，必然带来恶果。

肖泽宽解放后在《我在川东地下党的经历》的材料中写道：

当时估计，刘国定有可能坚持，也有可能叛变，要做两手准备，能撤离的撤离。我在冉那里住了三四天，每天研究新的情况，决定冉益智两三天内一定要离开。并约定4月16日中午12时，我、冉益智、李维嘉在北碚图书馆碰头。16日（实际为17日）中午12时到北碚图书馆门口接头，李维嘉先到，冉益智没有来，我们迅速离开，估计冉益智出了事。

李维嘉解放后在《关于重庆地下党被破坏事件和〈挺进报〉》材料中回忆：

1949年4月上旬末，可能是9日，我从李家沱回城内，先去看在宽仁医院住院的严炯涛。她是刘国定的妻子，当时是党员。她着急地向我说，刘国定有好几天没来了，是不是出事了。

我立即到米花街汉利药房，这是市委机关。住机关的党员周正平同志告诉我，刘国定出事了。川东临委肖泽宽同志约我当夜在会仙桥心心咖啡店接头。

接头时，老肖告诉我，月初许建业被捕，刘国定到志成公司找许时被捕，原因不明。看来刘只是有嫌疑，可以顶住，可设法营救。当时约定，次日到大溪沟中央电工器材厂冉益智处开会研究。

次日，大约是10日，我和老肖到了冉处。冉说厂里不安全，不能开会。又改成约于17日中午12时在北碚街上书报阅览室或公园内的动物园碰头开会，必须准时开会。谁不到会，就意味着可能被捕了。

我提前于16日到达北碚，去看了接头的两个地址，决定选择在动物园接头。

17日，中午12时，我到达动物园，和老肖见了面。等了好久，不见冉益智来，我们感到情况严重。但仍然没有断然判定冉已被捕，我们仍未紧急转移。老肖要我次日回重庆看个究竟。

18日，星期日，上午我乘公共汽车返重庆。我本应到终点站七星岗下车，出临江门返华一村家下。但我在上清寺就下了车，经大溪沟回到华一村。到离家不远的拐弯处探望，看见为我嫂嫂带孩子的小姑娘在门口晾衣服，向我摆手示意我家门内有一些人，我即返身离去。我判断是刘国定叛变了，只有他和冉益智以及给我做交通工作的党员林友梅同志才知道我的真实姓名和住址。

胡康民通过对档案资料的研究，在《"〈挺进报〉事件"的前前后后》一文中写道：

冉益智被捕当天，在刑讯下叛变，承认自己是市工委副书记，供出已被捕刘国定的市工委书记、许建业的市工委委员身份和脱险的市工委常委李维嘉。陆续供出了北碚学运特支书记胡有猷，沙磁学运特支书记刘国铤，城中心和南岸区学运特支书记赵硕生（即赵隆侃），供出了部分学校的党员负责人，其中有北碚师范支书蒋启予，重大的凌春波、周良国、杨邦俊，西南学院的罗洛庚，乡建学院的甘光余，相辉学院支书金成林，市一中的冉敬林，中央工校的丁干明，以及青年会陈作仪等，并开出了部分"六一社"（党的外围团体）的组织和社员名单。上述人员除少数逃脱外，大部分被捕。

冉益智被捕后，在特务的恐吓下供出已经被捕的刘国定是自己的上级，自己只是副书记，刘国定是市工委书记。这让徐远举感到喜出望外，他完全没有想到这胜利来得这样快。

在徐远举又一次审讯刘国定的时候，一句"市工委书记刘国定"的厉声喊叫，令刘国定情不自禁地回应了。当刘意识到不该答应，正欲迅速调整思路，准备下一步如何应对时，冉益智却突然出现在了刘国定的面前。刘看着冉益智不敢直视面对自己的情景，一下子就明白徐远举为什么能准确地叫出自己的党内职务，原来自己已被冉给交代了。原本期盼可以出得去的刘国定，一下子像泄了气的皮球，没了任何底气再可以和特务周旋。他非常气愤地指着冉益智，语无伦次地问："你到底说了多少？你怎么把我出卖了？"冉益智一脸丧气地对刘国定说："不说不行呀，他们会把你挤干的。"刘国定一屁股坐在了地上，不停地摇头、摆手，他伤心之极。原以为自己的口供已经把特务给应付过去了，自己也没有任何破绽被特务抓住，最多关几天就可以被释放出去。他的妻子即将分娩，他心里一直惦记着她。可现在完全变了，不但自己身份彻底暴露，而且不交代就是死路一条。想到死，想到受刑，刘国定好生后怕。

刘国定被捕后，就想着把问题尽快讲清后好回去打理妻子的分娩。这，徐远举是知道的，徐也确实准备要释放他。但冉益智的交代，让徐感到刘还真是个人物。自己四处要抓的市工委书记刘国定，没想到已早就在自己的手上。他靠近刘国定，拍着他的肩膀，冷笑道："你真会给我开玩笑！"还告诉刘国定：只要配合交代问题，就可以帮助他妻子安全分娩，否则，只有死路一条。

刘国定站了起来，一脸悔过之意，不停地点头，用祈盼活命的眼神望着徐远举，表示愿意把问题说清楚。市工委书记刘国定叛变了！

看见刘国定做出的无奈选择，徐远举又施出一诡计，他给冉益智中校待遇，却给刘国定少校待遇。于是，不服气的刘国定，竟然与冉益智竞相出卖组织和人员的情况。似乎他们要在徐远举面前互相争表现一样，你说得多，我比你说得还要多；你要出卖，我比你出卖得更彻底。刘国定、冉益智两个叛徒，彻底毁掉了他们所领导的重庆市委，地下党重庆组织面临灭顶之灾。

刘国定从1941年中共重庆巴县中心县委宣传部长，到1946年任地下党重庆市工委副书记，再到1947年担任川东临委委员、重庆市工委书记，他知道的情况太多太多：川东临委、重庆市工委、上川东地工委、下川东地工委、川康特委，以及中共中央上海局领导机关和主要干部，刘国定都知道。

根据叛徒的出卖，《挺进报》组织全部被破获，包括印刷发行机构，无论学校、厂矿、机关，还是农村的党员和进步群众，大量的人被逮捕。这是重庆历史上地下党遭受的最惨烈的破坏。由此，我们可以看到大特务徐远举所讲的"堡垒最容易从内部攻破"的残酷现实。

刘国定、冉益智向徐远举供出了川东临委、川康特委、川西特委、重庆市工委以及上海钱瑛领导的上海局机关的全部情况，并且还将地下党在一些学校的组织，如北碚学运特支、沙磁学运特支、城中心和南岸区学运特支、北碚师范支部、重大、乡建学院、西南学院、市一中、相辉学院、中央工校的党组织大量出卖，使党组织遭到巨大的破坏。另外，刘国定还将地下党在一些地方的隐蔽机关也向徐远举做了交代，包括慧光电料行、地方法院周应德处、中央电工器材厂、建川中学董卓如处、南岸海棠溪何明璧处、精忠茶社、临江路天瑞公司刘兆丰处等20多处。

地下党《挺进报》，从任达哉被捕出卖上级许建业，市工委书记刘国定去许建业处联系工作被捕，刘国定讲出了应该转移而没有转移的余天、李忠良，又导致邓兴丰等被捕；特务电话监听，又逮捕了副书记冉益智；刘国定的叛变，供出地下党领导机关及《挺进报》和上川东地下党组织、上海地下党组织的一些情况；冉益智的叛变，供出下川东地下党组织的一些情况；川康特委书记蒲华辅、下川东地工委书记涂孝文的先后叛变，致使川东、川西地下党组织被严重破坏。

据解放初期的粗略统计，由"《挺进报》事件"直接或间接影响被捕的（不包括上下川东起义失败被捕的）共133人；其中重庆67人，上下川东41人，川康17人，上海、南京8人。除上海、南京8人外的125人中，被敌人杀害的53人，下落不明（大半牺牲）的35人，脱险和释放的25人，自首变节后仍为敌枪杀的53人，叛变投敌当了特务的8人。

川东地下党卢光特在《1946—1949年下川东党的组织与活动》一文中指出：

1948年一连串的失利：1月奉大巫暴动；2月上川东第一工委暴动；4月"《挺进报》事件"；6月万开大逮捕；7、8月七山暴动。重庆和上下川东组织处境极为困难，逼得全党同志动脑筋。"反省错误，另定新策"，江竹筠当时写的这番话，表达了绝大多数同志的心情。肖泽宽、邓照明集中大家的智慧，于11月系统总结了临委成立以来的经验教训，还形成文字，明确指出：全国形势与局部地区的形势是不能等同的，川东重庆是蒋介石盘踞最久的地区，军、警、宪特很多，我们力量相对薄弱，轻敌要犯错误。农村武装斗争的规律是从无到有，从小到大，从隐蔽到公开。一下子搞出大局面是不可能的，要从不打牌子的小型武装工作队开始，并尽量取得合法掩护。小型武装工作队员打入乡、保武装，或实为我们党掌握的其他武装，要爱惜干部，保存力量，暴露了要坚决转移，不拘地方，哪里方便就在哪里生根开花。……经过临委总结，我们就自觉了。卢、邹、王、杨思想很一致，从各方面贯彻临委总结的精神，大家感到这样搞起来比较顺利。（见《川东地下党斗争》）

重庆地下党组织的被破坏，从革命者到叛徒身上，可以看到一些带规律性的东西：

一是违反纪律就容易出问题。假如余永安不在电话里谈组织的情况，敌人就不会掌握地下党人员的活动情况；许建业严格执行纪律规定，不保存党内文件，就不会出现失误。

二是对党组织不诚实，有侥幸心理，也容易出问题。任达哉隐瞒曾经参加军统通信员的情况，导致他在扛住刑罚折磨后，却毁于不说真话。

三是冉益智自由散漫、麻痹大意，不按照规定时间应约，导致最终被捕。

在罗广斌所写报告中的第一部分"案情发展"中，可以清楚地看到不执行纪律、不讲真话所造成的危害，这也是川东地下党被破坏的重要原因。纪律对一个政党而言，它是排除危险、防止不良、保证有效、提供安全的措施。如果没有纪律或者是对执行纪律抱有侥幸心理，那么出问题只是早晚的事情。不敢讲真话是一个人缺乏自信、没有安全感，或者是自作聪明的表现。不管用多少假象去掩盖一个事实，终究是欲盖弥彰。背叛，没有谁在主观上事先是愿意的，甚至在没有身临绝境时，思想和心理还可能是完全的拒绝。但当义与利、死与生、荣与辱发生冲突时，因小失大、因错而毁的言行，便最可能成为背叛的诱因。

何谓"叛徒"，网上的解释是："有背叛自己的阶级或集团而采取敌对行动或投到敌对一方去的人。特指背叛祖国和革命。"那么，一些人为什么会背叛自己的阶级和集团的利益，并死心塌地投靠到敌对方去呢？

刘国定、冉益智之流，背叛自己的理想、信仰，转变自身立场之快，出卖组织和党员之彻底，背叛前后判若两人的表现，简直令人难以置信。不可否认，他们走向叛变，确有敌人的被逼无奈而不说不行的客观现实。但根本原因还在于：他们内心的理想信念不够坚定，不损人利己的道德底线不够牢固。

在《挺进报》被国民党特务机关破坏的整个过程中，让我们看到了徐远举"堡垒从内部攻破"的残酷性。任达哉的被捕，是因为被"线人"姚仿桓发现；许建业的狱中失误，导致破坏扩大，是因为他轻信了看守的"谎言"；余天和李忠良的狱中失误，导致破坏扩大，是他们没按照纪律的规定进行及时转移；冉益智的被捕，是敌人从电话监听中捕捉到了蛛丝马迹；冉益智、刘国定的叛变，则是心理防线被敌人彻底打垮了。从中也可看出徐远举的破案手法：那就是抓住一点，便死死地追逼，最终把你的心理防线打垮，让你不得不做生死抉择。

一切事实表明：如果内部的堡垒没有缺陷，或者建立了防范缺陷的机制，那么革命的损失便可降到最低程度。

共产党人的党性是训练出来的，作风是在监督机制中养成的。政治上的坚定，对担负着重要历史使命的人来说是何等重要。如今，中国共产党已发展到8000多万人，其先进性必须要以纯洁性为前提，纯洁性则要以严格的训练和培养为基础。这也是红岩那段历史给予我们的启示。

第三章
叛徒群像

　　叛徒，无论任何地方，都像老鼠那样令人讨厌。但绝没有人主观上愿意去当叛徒，走向叛徒这条不归路，是一个极为痛苦的过程。叛徒为数不多，祸害极大。在叛变的过程中，他们充满了矛盾和痛苦，是什么原因使他们从革命走向背叛呢？

《关于重庆组织破坏经过和狱中情形的报告》第二部分的标题是"叛徒群像",记录了狱中的同志对叛徒的分析、讨论和总结。当我们阅读其中内容的时候,既感到一种难以释放的压抑,又有一种非常沉重的心情。是什么原因让这些有功于革命事业的人走向了叛徒这条不光彩的道路?

自1927年国民党蒋介石实行"清党"、"分共"以来,共产党在国民党的眼里就是"共匪"。在国民党的统治下,加入共产党,就意味着将人生风险笼罩在了自己的身上:被逮捕关押、抛家离子、流血牺牲,危险时存。中国共产党入党誓词中的"随时为党和人民的利益牺牲一切,永不叛党",不是简单的一句豪言壮语,而是对一个人做出政治选择后的具体要求。忠于自己的政治选择,绝不背叛,需要具有一种信仰的力量。建立在这种信仰基础之上的共产党人,当面对监禁、酷刑乃至死亡的威胁时,就会产生一种超越生命极限的精神力量去压倒恐惧、战胜死亡。反之,如果对信仰抱有功利倾向,那么当遇到残酷的生死考验时,就必然导致只顾眼前、活命为上、得过且过、苟且偷生,以致最终背叛自己的政治选择。

在国民党对共产党实施破坏、逮捕、关押、屠杀的高压政策下，处于国民党统治区的众多地下党员能坚守信仰、忠诚于党，的确不是一件容易的事情。

抗战时期，川东地下党虽处于隐蔽的状态，但也不断遭到国民党的破坏。廖志高在《抗日战争时期在南方局直接领导下重建、发展、巩固川东地下党的主要情况》写道：

1939年六七月，重庆市南岸党员胡甫章，不知怎么暴露的，被敌人逮捕后他就叛变了，供出了两个同志：一个是川盐银行茶房（勤杂工）谭世明。

1940年，新市区委许晓轩（相当于区委常委）去第21兵工厂工人支部接头，这个被接头的人就把许晓轩同志抓捕了。

1940年5月，黄晓行（城区区委委员）被捕。黄去参加一个新党员入党仪式，被这个新党员（内奸）指引特务逮捕。

被敌人破坏的原因：多数是自己暴露了，被敌人怀疑逮捕的。有的是被捕后叛变供出其他同志。其次是大量发展党员时审查不严，混进了一些动摇分子和个别特务。幸好，那时多数干部坚决执行了南方局指示的巩固党的一套方法，一个人联系的面也不大。所以，除少数县外，没有发生大批破坏的情况。

在南方局的领导下，地下党总结制定了一系列严格的方法，包括缩小机构、单线联系、坚决及时撤退、公开工作与秘密工作、上层活动与下层活动要严格分开、公开工作与秘密工作分开、上层活动与下层活动分开，实行"三化"、"三勤"等（即职业化、社会化、合法化，勤工作、勤学习、勤交友）。这些措施和方法，能有效地避免地下党组织被敌人破坏。即使出现叛徒，也能让受害的范围得到控制。1948年川东地下党之所以出现问题，便是由于没有

《关于重庆组织破坏经过和狱中情形的报告》

严格执行地下党的工作原则和方法，少数领导人自以为是，放松学习，思想意识有脱党的倾向，从而削弱了党组织的战斗力，造成国共斗争时期在国统区地下党损失最为惨重的教训。

川东地下党从抗战以来，意志衰弱、看不到革命希望而自动脱党的，不乏其人。廖志高说：

1938年的暑假，重庆市出现了这样一个问题，即在国民党中央大学里的两个人，一个施建生，一个勇龙桂，对党的事业丧失了信心，坚决要求退党。

特别是在国民党第二次反共高潮时期，有一部分党员，主要是基层的党员，被敌人的嚣张气焰吓倒了，自动退党的有三四百人。

因此，对地下党员包括领导干部的教育培养就显得十分的重要，特别是气节的教育和培养。林蒙在《1939—1940年间的川东特委的一些情况》一文中指出：

气节教育，就是教育党员在敌人面前不变节、不投降、不背叛自己的信仰。倘若是作为嫌疑犯被捕的，只要没有人证、物证，没有叛徒指认，就要坚决不承认是共产党员。这样做的好处是，争取判刑、坐牢，将来刑满释放后，还有继续为党工作的可能，这就不存在气节上的问题。但如被捕后有人证、物证，比如搜出党的文件或遇到叛徒指认、赖不脱等等情况，不得不承认自己是共产党员，但绝对不能供出党内任何一个同志和党的任何一级组织，无论是法庭上还是在刑讯中都要经得起考验，保持革命气节。如在这种情况下承认了自己是共产党员，只要没有供出同志，也没有变节的问题，江姐就是这样的。至于对付敌人的口供准备：在供词内容上，党内的事，一个字也不能讲。对于个人情况要说得合情合理，用以蒙蔽、骗取敌人的相信。同时，原则上不能影响过去或现在一起工作的同志，甚至自己的家庭，要编得天衣无缝，经得起推敲和调查。这样就可以大事化小、小事化了，既可减轻对被捕者的判刑处理，又不致使事件扩大，牵连其他的人。

林蒙，又名甘道生，原川东特委老同志，担任过特委常委、宣传部长，后在泸州、重庆江北等地从事地下党活动。

地下党保持革命气节的关键在于，不向敌人承认自己的政治身份，就是不得已的情况下被迫承认时，也不能够出卖党组织和他人的身份，宁愿自己受损，也绝不影响组织和他人。保持这种气节，需要的是在学习和被培养基础上的一种理性的积淀。这种积淀，能够对人的生命意义和生命力量的顽强起到绝对的支撑作用。

如果没有心理上的这个支撑，就不可能产生一种掩盖一切、绝不屈服的精神力量，特别是在面临生与死的痛苦抉择面前。在重庆红岩革命纪念馆的档案资料中，有几封被疑为叛徒在狱中写的东西，至今仍不能确定它出自何人之手。但从资料的内容来看，可以感觉出叛徒那种无奈、痛苦、惋惜和整个人生观的灰色，其中有一首无法完整读完的诗句是这样写的：

……堂美人去后空余床□□绣……不寝至今三载犹闻香香亦竟不灭人亦竟不来相思黄叶落白露点苍苔行至上留田孤坟何峥嵘积此万古恨春草不复生悲风四边。

从诗中可以明显地看出，此诗的作者对生命、对青春，是那样的眷恋和难以割舍，对生是那样的企盼，对死是那样的惋惜。

另外，一份不知出自何人之手的资料中也有这样的话语：

惟不悉其力量如何，且设若尊局万一不弃有所驱使时，此种关系在最好不使他人知之之原则下，拟请尊局有关同志保证并工作……

表达了既愿意参加特务工作，但又希望能够保密的复杂心情。就是俗话所讲的：既想当婊子，又想立牌坊。

在档案材料中，特务们又是如何记录叛徒的？

徐远举《血手染红岩》：

主要是叛徒经不住考验，在临危时丧失了革命的意志，否则特务们将一筹莫展，瞎碰一气。有少数不堪特务的威吓利诱，有的叛变了，有的投降了。叛变的主要有刘国定、冉益智、骆安靖、李文祥、李忠良、涂孝文、陈为智等人。

地下党重庆市工委书记刘国定、副书记冉益智都是1938年加入共产党组织的。应当承认他们在地下斗争期间做了许多工作，否则也不会担任到较高的领导职务。在地下斗争中，他们也常身处危险，随时都有可能被捕关押甚至是流血牺牲，他们被捕后也不是一下子就叛变了的。正如罗广斌在报告中所指出的那样："他们在叛变过程中，不是一天两天，也不是毫无矛盾和痛苦的。"问题就在于是哪些原因决定了他们在面对"矛盾"和"痛苦"时选择了叛变这条道路？

刘国定被捕后，先没有暴露身份，可以说他应付过了特务的审讯。刘国定在《重庆党破坏和我叛变进入军统的情形》中交代：

一、重庆党的破坏

1948年4月6日早晨9点钟，我领着涂绪勋（武大学生）到中正路去会市委（委员）许建业，准备把许的工作分一部分与涂管理。涂在外等候，我先进去即发觉有异，办公室门外有四五个穿军服佩渝警卫部证章的，另外有许所服务公司中之职员。惟退走已来不及，当沉着上前去找许，即被拘捕在许之办公室中。接着涂绪勋又进门亦被扣留，我当与涂约好口供，并要他出去后通知党（特务未进办公室，尚在外等候），同时我毁去身上有关之信件等。10点钟后，我从中正路押送到老街32号K党重庆行辕第二处，以后知道因涂口供相和在中正路经过2小时后释放。

在第二处警卫组中，身上所有东西均搜出登记。当时，我以妻子开刀后卧病宽仁医院等候我签字输血，乃写了一个条子，找警卫组的李组长转交我的哥哥，企图借此透露消息（事后知道此条未转）。一直到晚上11点才将我提到楼上第二科审讯，以有许建业公司中之职员工人证明我和肖胖子（泽宽）经常去找

《血手染红岩》

许，虽经再三申请与许系商业上一般朋友，但密谈，且许介绍我与其公司职员之姓为"黄"，而我被捕之口供又姓刘。结果，我承认了刚加入中共两月，尚未写自传。这样停止了审讯，叫我写了一篇《自白书》，完全是根据口供写的，除承认是新党员外，其他都是"空话"……

刘国定在交代材料中，没有详细写"密谈"的内容是怎样的。但是军统特务曾晴初、黄逸公、饶林、刘崇朴在1961年12月所写的定稿《破坏"〈挺进报〉事件"》中为我们留下了记录：

徐远举审讯刘是单独谈话的方式。徐在谈话中说，他已经搞清楚刘在重庆市工委的地位，劝刘叛变立场，交出市工委组织。如能这么做，他保证反动政府给刘政治出路和一定的政治地位，并举出各种例子来说明他的保证可靠性，但刘若要坚持不转变立场，那不但性命不保，而且还遭到各种酷刑，不得好死。另一方面，由于刘的爱人……徐知道她就要分娩，故对刘说：只要刘表示态度和有初步事实表现后，即将她送到医院分娩，所有费用，由徐负责供给。刘经此威逼和在利诱的煽动之下，即发生动摇，终于表示了态度，决心叛变革命立

场，开始向徐交出重庆市委和人事，以及上海方面的关系人，成都方面川康工委蒲华辅，广安方面杨汉秀多人……

徐远举的密谈内容，也是他在成功软化了刘以后，大肆吹嘘于同行之间的炫耀，也为旁人有了记载。我们不得不承认，徐远举太会做思想工作，一个市工委书记、有经验的高级干部不曾在刑罚面前受到威胁，却在一杯茶的慢喝慢谈之中，彻底转变了立场。徐远举的一杯茶、刘国定的一次被谈话，一个要达到的目的达到了，一次思想语言和行为动作系统的全面更换也告完成了。真所谓皮鞭和镣铐达不到的功效，一杯茶便能解决。其关键就在于：心里的支撑点没啦。徐远举与刘国定的谈话到底有多长的时间，已无从查证。从现在能够看到的资料可以发现，徐远举首先利用叛徒冉益智提供的情况，一剑直插到刘国定的心底：你的真实身份、职务，我们都知道了。刘国定面对徐远举的话，仍还以为是他自己姓"黄"和"刘"的问题被徐抓住了。所以，他继续坚持说自己刚刚入党不久，只是为了做生意等理由来搪塞徐远举。徐远举从冉益智的嘴里掌握了刘国定是市工委书记的情况，但他没有一下子捅破，他一定要刘国定自己承认。正当刘国定端起茶杯要喝时，徐远举不经意的一声"市工委书记"的招呼，使刘国定手中的茶杯"咣当"一下从手中滑落。徐远举见刘国定有些惊慌失措，只是微微一笑。徐弯下身准备去收拾摔碎在地上的茶杯，刘国定也蹲下身去，连连说：我自己来，我自己来……刘国定的失态，让徐远举有了胸有成竹的感觉。他向刘国定进一步介绍：在处理共党案件中，只要能够坦白的均可从宽，愿意工作的也一律由政府安排。他还特别提醒刘：像你这样的书记，只要参加我们的工作，那比搞地下工作要有前途得多。徐远举的话，也许刘国定并没有多么认真地去听。但他非常明了，自己现在正处于一生死抉择的十字路口。平时要求下级必须保持的气节问题，现在向自己直面而来了。徐远举看着有点木讷的刘国定又说：当然，也有在我这里不配合的人，那就自然是自讨苦吃了，等着那些人的就只能是皮鞭、老虎凳这些东西。听到徐这么说，刘国定的面部肌肉抽搐起来，手也有点不知该放哪里了。这一切，徐远举看得明明白白。就在刘国定像被重重地砍了一刀而急欲捂住伤口止痛的时候，徐远举的一句话使刘国定彻底崩溃了："听说你妻子马上要分娩了？"刘国定听着徐远举这句貌似关心却暗含威胁之意的话，心里感到万分的紧张。徐说到的这件事，是他心里最放不下的。一个恐怖的画面在他眼前呈现，假如不按照徐远举的要求交代组织，不但自己要受皮肉之苦，就连自己即将分娩的妻子也要遭受毒手。十月怀胎，孩子可不能出什么事呀！想到这里，刘国定好生后怕。他的眼光看着徐远举，有一种哀求之意。徐远举告诉他：只要你把问题交代清楚，不但你有很好的前景，你妻子分娩的所有费用也会由我解决。就这样，刘国定向徐远举交代了问题，供出了地下党组织，包括他直管的一些党员。川东地下党组织，就在刘国定贪生怕死、顾及自己家人安危的情况下而面临一场空前的劫难。

没有残酷的刑罚，没有恐怖的场面。当冉益智供出了刘国定的真实身份后，徐远举便紧紧抓住刘国定怕死、担心妻子分娩这关键，采取威逼和利诱，以彻底击穿他的心理底线。面对徐的这一套，刘国定并没有什么还手之力，一下子就软了，表示愿意转变、愿意配合特务的工作。只要触及到自己的根本利益问题时，就什么也不顾，只要能保住自己的性命，就什么也敢做。在生与死、个人利益与党组织利益发生冲突的时候，刘国定屈膝求生、卖主求荣，叛变之快，令人难以想象，更令人深思。

胡康民曾经给我讲过这样一个情况：刘国定被捕以后，党组织很担心他会出问题，曾请示上海局后，让人带信给刘国定，即组织准许他自首，争取出狱，以此防范出现大的破坏。

这个情况在叛徒骆隽文的一份材料中也得到了印证：

刘国定老婆小阎（应为"小严"），有党籍，在刘被捕后，她给刘一张纸条"大姐要你写自白书出狱"的纸条。纸条落特务手即被捕追讯，即自白出狱。后与刘国定在杨家山同受到优待，并同时出狱，住汉利药房。一天，小阎给徐远举写一字条："我们药房楼下来了流氓，非常凶暴，希处长派人来逮捕救驾。"（见档案资料060917—0230，骆隽文所写的参考材料）

这里所说的大姐，就是上海局负责川东地下党组织的钱瑛。让刘国定自首出狱，显然是得到组织同意的。因为，在万不得已的情况下承认自己的党员身份，可以尽可能地不牵涉到其他同志和组织，是一种保全自己、防止加剧破坏的有效措施。但没有想到的是，刘国定叛变得如此迅速，而且又迅速地帮助特务破坏地下党组织，把他的下级一个一个地出卖，完全丧失了人性。当然，徐远举对刘国定也说话算话，很快出手帮刘解决了所遇到的家庭麻烦。

当徐远举要他交代组织、出卖同志、参加特务工作的时候，刘国定表示答应，但要先谈好条件。作为交易的条件，刘国定一再希望徐远举考虑他是省委、市委级的干部，但最后仅以"中校"官职成交。因此，刘国定在以后的叛变活动中是有一定保留的，而这种保留是他为了更好地保住他认为属于他的利益。叛变后，刘国定架子很足，只对徐远举毕恭毕敬，对二处的其他特务一概瞧不上眼，所以特务们都讨厌他。因为手头还有未交代的人，自认为有本

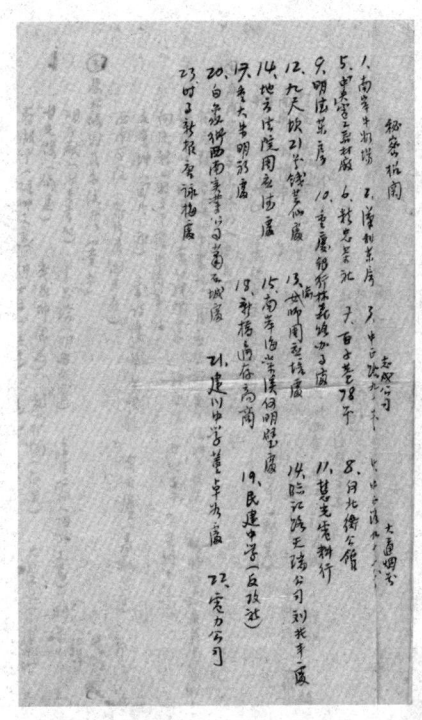

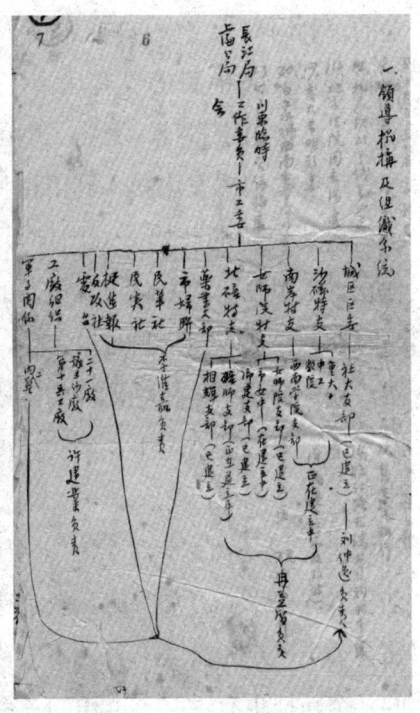

刘国定交代材料

钱，住在杨家山时，要两个老妈子服侍他，每顿饭没有鸡鸭就不上桌，稍不遂意就摔碗。当许多同志还无法接受这一突变的情况，甚至不敢相信这一事实的时候，刘国定却已神气十足，趾高气扬。刘从一名追求革命的地下党书记，叛变为一个国民党的中校特务军官，却一点也看不出他有任何的不适应。他觉得自己是冉益智交出来的，所以他认为自己有了叛变的理由。他曾说："重庆这回事情，不该我一个人负责。"这使狱中的每一位党员感到万分震惊。他曾经利用自己书记的职务之便，要求掌管地下党活动经费的何忠发，把党的经费借给他去做生意。何忠发告诉他："组织上的钱不能借，我自己也没有钱借给你。"刘国定对此十分的气愤。他认为："我借钱又不是不还，何必那么认真！"在他的眼中，权力是他的，利用权力来做点自己的事情，也没有什么大惊小怪的。刘国定借钱做生意的目的没有达到，便污蔑掌管经费的人"有经济问题"。后经组织查证，否定了刘国定的指责。刘叛变后，首先就将掌管经费的何忠发出卖。利用权利谋私，是思想上放任、行动上利己、腐化变质的开始。刘国定叛变后，首先将何忠发出卖，这是他在打击报复，更是他灵魂丑恶的表现。何忠发，1930年入党，抗战时期曾经在《新华日报》工作，后在上川东负责地下党的活动经费。他坚持原则，拒绝上级的借钱行为，这在那个单线联系、领导就是绝对权威的情况下，确实难得。这也是地下党后来总结"下级比上级好"的原因之一。

肖泽宽是川东地下党的主要经历者。他从泸州中心县委职工部长、江巴中心县委书记、叙永特区书记，一直到川东临时工作委员会委员、川东特委书记，不但领导过地下党组织，而且与红岩中的几个叛徒也有过共事合作的关系。

2001年12月21日，我到北京采访了他。当我问及一些殉难者的情况时，没有想到肖泽宽老人在病床上突然哭泣了起来。他非常痛苦地说："我们在世的人应该总结，是自己打垮了自己，我们犯了盲动的大错，是'左'的危害。我一想起这个问题就感到内疚。我对不起同志，没有尽到自己的责任……"见他泣不成声的样子，我立即中止了采访。我实在不愿意让老人再深深陷入到那段痛苦的回忆之中。时隔那么多年了，这个痛苦一直还在纠缠着老人；时隔那么多年了，这段残酷的历史，老人还在谈自己应当承担的领导责任。但"是自己人打垮了自己"这句话，却道出了叛徒对革命事业造成危害的内在原因。多少人不曾在枪林弹雨中胆怯过，多少人不曾在白色恐怖下害怕过，多少人前赴后继、义无反顾。但多少人却又往往被自己的人出卖、被曾经是自己崇拜的上级出卖。党的组织毁在了叛徒的手里，这是何等的悲哀！

刘国定，这个让肖泽宽记忆犹新的"大反动之一"，在被捕前的公开职业是朝天门伟丰仓库的管理员，由他父亲活动当上了主任。手下有11个办事员。

肖泽宽对刘国定的印象是，刘在仓库里工作：

晚上睡地铺，比较艰苦。他父亲叫刘禹农，老家在成都邻近的地区，与戴季陶同学，文章、书法均好，被戴季陶聘为考试院高级秘书，钱也不多，那是个清水衙门。我们到他家时，很是热情、关心，他也晓得我们是共产党员，还常送我们一些三民主义方面的书籍，以利于掩护。我们常在他家开会，廖志高找我们时也在他家。他比较倾向共产党，不满国民党。刘国定在他家是老五。在他们家，好像只有刘国定是共产党员。刘国定是很有能力的人，人很聪明，有活动能力、组织能力，要干什么都搞得起来。早年就读过巴县农业小学，参加过救国会，是重庆较早的党员之一。川东临委成立时，他是重庆市工委书记，有点谨慎和"左"倾。做地下工作，只要思想上不出什么问题，就一般不会有问题。当时有很多空子可以钻，特别是经济上。刘在思想上放松了警惕，出了大问题。

"只要思想上不出什么问题，就一般不会有问题"。这句话点准了叛徒的实质。所有的叛徒都是因为思想上出了问题，然后其他方面跟着出问题的。那么，这个思想问题是什么呢？在地下党这种单线联系的情况下，处于上级地位的领导，思想上很容易出现一些个人主义的倾向，对组织、对理想、对信念逐渐丧失敬畏之心，思想上那种以我为中心的意识会特别的突出。党性和人性严重分离，只讲个性而不顾党性。遇到生死考验的时候，不肯为党的利益抛弃个人的利益，思想上有了沉重的包袱，得过且过、苟且偷生，沦落为叛徒便是必然的选择。蒋介石在1949年9月6日的一则日记中总结共产党的优点时说：共产党人"精神紧张"。蒋所说的"精神紧张"，实际就是一种约束和压力。思想上要有自觉性，行动上要有先进性，政治上要有坚定性，所有的言谈举止要严于律己体现党性，下级服从上级、个人服从组织，不断学习、追求进步，党的利益高于一切。这些是保证共产党人先进性的前提条件。如果没有这种"精神紧张"，党员在思想上、政治上就会出现脱党的倾向，就会丧失先进性而蜕化变质。

现实生活中有的党员干部之所以出问题，被绳之以法，究其原因，最大的一点就是公仆意识缺失，党员意识淡薄，思想完全被金钱所腐蚀。

我曾经到一所监狱去开展帮教活动，其间一名服刑人员跟我打起了招呼："厉馆长，你好！"他戴着眼镜，大约40岁。我说："你怎么认识我？"他答道："你不认识我，我认识你。去年，我听你讲过《红岩魂——信仰的力量》的报告。"我渐渐想起来，我们确实见过一面。"你怎么会在这里？"我不解地问道。他眼睛湿润了，直直地看着我说："我就是你报告中所讲的那种没有了党员意识的人。唉，我是为了几万元而来到这里苦度人生的。"

从某种角度讲，他和刘国定都是叛徒。原因就是，他们在生活和经济问题上，均丧失了共产党人应有的"先天下之忧而忧，后天下之乐而乐"和"天下兴亡、匹夫有责"的先进性。

肖泽宽在《我在川东地下党的经历》一文中写到新组建的地下市工委时，对刘国定有这样的记录：

改组重庆市工委，刘国定任书记（王璞在上海时曾向钱瑛汇报，认为刘国定在城市工作太久，生活不艰苦，经济上不检点，打算调他到农村，但他不愿意。钱瑛说，那就暂时不忙动，以后再说）。

刘国定从1941年任巴县中心县委宣传部长，一直到任重庆地下党市工委书记，他确实在城市工作的时间太长。他不愿到农村艰苦的地方去工作，究其原因是舍不得城市的条件和环境。一句话，怕艰苦、贪享受。假如刘国定当年服从党组织的安排去农村，参加基层的实际斗争，也许他的思想能得到锻炼而不断升化，也可能不会被捕，或者被捕了也不至于沦为叛徒。解放后，刘国定曾作了这样的忏悔：

我背叛了党，破坏了党组织，这是贪生怕死的结果。作为过去是一个党员，我愿意接受党的严厉处分，作为形式上的特务，我也愿意接受人民政府的处罚。如果党和政府的处分和惩罚不至于肉体的毁灭，则我请求能速作决定以使早在实际工作中赎取自己的罪恶。

假如当时坚决调离刘国定而不迁就他，那么川东地下党组织那场被大破坏的灾难，是否可以避免？假如对刘国定企图挪用党费的问题能够从严处理，那么刘国定从被监督中能否有所自律？许多问题的发生，其实就在于党组织或党的领导下手不重、下手不严，或者是下手时顾忌太多，突破不了人情关。

冉益智的叛变过程之快，也令人难以想象。

1970年，余永安写的《我出卖冉益智及其被捕情况》中记载：

4月8日我被捕，由于我贪生怕死又出卖了冉益智，说出了冉益智向我借钱的事。因此，特务放我出来，以便利用我捉到冉益智。我回

> 抄录冉益智档案
>
> 因为有人写信给朱绍良,并送他一份《挺进报》(地下报),使朱大发雷霆,把特务头子徐远举喊去大骂一通。说:"你们在搞什么?人家的警告信都写到我这里来了,限你们一个礼拜破案。"徐吃了一排炮,就召集大小特务,照样的大骂一通,并限其尽真破案,因此大小特务,摩拳擦掌,纷纷出动。(平常都比较松弛)他们有个运用的二牌,冉任建哉(渝光电瓷厂会计、党员)手里,每期都得到《挺进报》,即将任建哉逮捕,经拷打后,任供出老许(市工委管工运),即由任带人往嘉陵茶社,将老许逮捕。经几次审问,老许都没供出什么。只承认自己是党员。许因身份已经确定,即在监犯中宣传特务有朱兵等,即表示同情,许即请其送信出外,给电力公司肖德惠,并许给酬金四十万元。肖等兵报告之后,特务如获至宝,即按址往捕,搜出自传二十余份,反动传单多种。并派人在许的职业机关志成公司守候。

冉益智交代材料(誊抄件)

到工作单位原私营重庆商业银行林森路办事处,白天黑夜都有特务暗中跟随我。我每日下午3时到原打铜街口重庆商业银行总行办理票据交换,往返都有特务跟随着。4月13日下班吃过晚饭后,行中同事陪着我打麻将。电灯亮了,特务雷天元等4人来接我并在银行食堂吃晚饭。大约在7点钟,我正在打牌,楼下工人蒋泽舟叫我接电话,特务雷天元等相随下楼。我接过听筒,电话是由北碚我爱人黄晓明打来的,声音很响。她说冉益智在北碚,叫我立即到北碚去一趟。于是特务押着我到伪二处,不久给我戴上手铐,并对我进行一番威吓。以一辆中型吉普车,带着10余个特务,把我挤在中间,直驶北碚。到北碚,大约在

10点钟以后。先到北碚师范，黄晓明当时在北碚师范音乐系。到她寝室，黄晓明已经睡了。喊起她后，要她说出冉益智在什么地方，特务以我们二人的生命对她进行威吓。其实，她也不知道冉益智在北碚什么地方。她是当天上午去北碚医院因孩子出麻疹住院了，她去看孩子在医院碰见冉益智的。特务见她实在逼不出什么，又押着我到北碚伪警察所，给我取了手铐，并穿上一身警察衣服，押着我去查北碚的旅馆。我就像一个木偶，昏头昏脑地由这些家伙押着走。每一家旅馆、楼房，连靠近河边的小客店都看过，没有发现冉益智和其他任何熟悉的人。查完旅馆已是半夜2点钟以后，我被带回到松鹤楼餐厅楼上，当时楼上也是旅馆睡觉。4月14日天一亮就起来，大约在6点钟的时候，我被带到公共汽车站，车站就在松鹤楼门口（或其附近）。当第一辆开往重庆的班车上客的时候，我站在汽车门口。但上车的乘客一个我都不认识，更无冉益智。汽车开走了，特务就在车旁路边一家茶馆吃茶。坐了一会儿，特务田光辉提出到街上去转转。我走在中间，左右有雷天元、田光辉紧跟着，后面有三四个人。最后从北碚公园大门进去。当走到快接近入口处时，发现有一个人对面走来，逐渐地我看清了来人是冉益智（我有点近视，那时冉益智又穿着一套我从未见过的灰色西服）。他大致也看出不妙，转身就走，有些惊惶。走在我前面的特务，立即将他捉住。冉益智说不许动，一个特务打了冉益智一个耳光，并把冉益智插在裤子里的右手拉出。冉手中拿着一叠草纸，冉说是解手的草纸。特务又在冉的衣服包里搜出一个工作证之类的东西。捉住冉益智的时候，雷天元问我是不是冉益智，我点了点头承认了，出卖了冉益智。特务押着冉在前面走，押着我在后面，急急回到了松鹤楼。我们被关到昨夜睡觉的房子，冉被关在对面，有特务守着。不久，我听见冉叫了一声。这一声刚叫出来，似乎又被什么东西堵住，以后就没有听见什么声音了。

1954年9月14日，特务田光辉在一份补充坦白材料中，交代他与雷天元在北碚旅馆突审冉益智之情况：

在冉益智不愿交出组织时，雷天元同我叫整起，我做得很凶。我是摇旗呐喊，想显一显自己的威风。于是，周昌炽马上用一床被盖把冉益智脑壳蒙起来，不要他呼吸空气，使他感到窒息。记得当时把冉益智的尿都整出来了，冉益智才从被盖中透出声音来"我说我说……"

冉益智就这样叛变了！

1970年11月23日，当年与冉益智同在一个单位的王韵芬，在《关于我所知道和听到有关叛徒冉益智被国民党逮捕经过情况》材料中记载：

1948年，冉益智在重庆化龙桥原伪中央电工器材厂当职员，我就在这个厂里面的家属宿舍。1948年底前后，冉益智叛党投敌回家了。他说，他不干革命了，他还在国民党的什么机关当了什么专员。我听了，真像泼了一瓢冷水，又气又恨又感到无比的羞耻。这时，我真是束手无策无法面对。

地下党重庆市工委副书记冉益智在渣滓洞被关押时，感到恐慌、焦躁和不安。他十分清楚地知道，共产党在中国的胜利只是时间问题。在狱中，如果不继续交代组织、出卖同志，说不定哪一天就拉出去给枪毙了。但如果交代了情况，自己更会遗臭万年。为此，他心里充满了矛盾，坐立难安。对冉益智在狱中的表现，罗广斌是这样写的：

贪生怕死集中地表现在被捕后的冉身上。怕死、动摇、神经过敏，他没有好好睡过一夜。半夜起来写遗嘱，白天叹气，走着走着突然坐下来往床上打一拳。陈然他们劝他，没有用。他叛变，但知道不久就会胜利。可是他算算该枪决的人，他也有资格。为了苟且偷生，明明知道是走不通的，但仍然要叛。

当被转囚到白公馆后，他彻夜难眠，半夜起来写遗书给他的妻子，其中最后一句是："枕边一吻，竟成永别。"贪生怕死使他动摇了革命的信念，严酷的现实使他选择了苟且偷生。

冉益智曾是许多地下党员所崇拜的一个领导干部。他公开场合讲起革命道理来，口若悬河、振振有词；他谈起共产党员的气节问题，更是热血沸腾、慷慨激昂。

狱中同志在讨论到冉益智的叛变行为时，对他的分析总结是：

被捕前一直隐藏着自私、卑污的弱点，经常表现革命、坚定的侧面。曾紫霞入党举行宣誓仪式时（1948年三四月间），他一再强调气节、人格和革命精神。被捕前一天和胡有猷高谈气节问题，胡、刘国鋕等一直相信和崇拜他。

可就是这个下级所崇拜的上级，在遇到个人生命危险的时候，却将崇拜他的下级出卖了。

冉益智在私底下曾经对人说："共产党员在群众中起的领导作用、以身作则的态度，是装出来给群众看的。"说的是一套，做的又是另一套，骨子里面耍两面派，这是冉益智做人做事的原则。口和心的分离，养成他说假话、说套话，而且越是大话，越能够满足他的虚荣。

狱中同志还举了一件事情：

一次，冉和荣世正等同志搭船，船上很挤。冉夫妇铺开行李之后，发现人太多，立刻说："我们要有群众观点，要为群众服务。最好挤拢点，让些地方出来。"同志们做了，但他自己的行李没有动。当晚，其他同志（都是下级）只能靠着坐了一夜。

要求别人严格，要求别人做到，自己却不带头做到，行动和思想的分离，严重脱离群众，官架子十足。

他叛变后，在出卖组织和同志的问题上，只要对他可能造成影响的，他就不分轻重地出卖。由于他出卖组织有功，从少校升为中校。

对冉益智的分析，狱中同志还指出了他的一个怪现象：

在男女问题上，他又表现了一个畸形的观点：他手头的关系，男的大多数交了，女的保留。曾紫霞也只说是"六一社"的；对太太特别想念。这点，我们曾经讨论过，认为所有叛徒都想着个人的生命问题、家庭问题和妻子……

冉益智在任何场所、任何时间、任何问题、任何情况面前，总是有自己的一套说法，他不仅"能言善辩"，他还十分地会"为人处世"。遇到问题的时候，他会很"机警"地推掉一切责任；有了成绩的时候，他也"善于"找到各种理由与自己挂上。在他的心目中，什么学习问题、思想改造问题，与他这个"领导"是不相关的。他认为学习和思想改造，都是下面的事情。放松学习、忽视思想改造、自以为是，是从思想到行动腐化的一个重要原因。

谈到冉益智，肖泽宽气愤地说：

冉益智差劲。这个人舍不得老婆，比较恋家，是个投机分子，比我大，有点深沉。他在气质、特征等方面都与刘国定、涂孝文不同。

"冉益智差劲"，这是肖泽宽对他的评价。说这话时，他几乎是一种怒不可遏的态度，虽然过了几十年，该忘记的他早已忘记，然而不该忘记的他却深深地记得。差劲，是对一个人的道德品质、为人处世的评价。那么，冉益智是怎样"差劲"的呢？

罗广斌在报告中有这样一段记录：

我们不能因他叛变而说他以前的行动处处都错。但研究他思想最根本的出发点，的确是有很多问题的。因为他的"机警"、"善于解释理由"，以前组织上并没有严格进行整风，确实可能被他所蒙蔽。

机警本是应有的作风。但冉益智的机警是什么呢？冉益智在一个学校组织学生活动时，学生们积极参加。而当学校当局以"有共产党在组织"的大帽子妄图把学生进步活动压制下去的时候，作为组织领导者的冉益智却"开小差溜了"。不知情的学生还以为他被当局抓了呢。于是为了营救他，学生们组织了激烈、尖锐的抗议活动。当知道冉益智并没有被抓，而是为了自身安全躲避时，学生的抗议活动已无法停止，最终彻底失败了，甚至一些学生因此而被开除了学籍。

他组织领导的学运出现问题时，就立即溜之大吉，完全不管被组织的学生会有什么情况。如此"机警"的领导，何以谈得上真正意义上的带领和指导？这种事情在他身上尽管不仅一次，但没有党内的监督监察机制和正常的批评与自我批评，因此，所有的问题都在他的"善于解释理由"中被化解得无影无踪。一定要认真研究领导干部思想最根本的出发点到底是什么，这是使用考察干部很重要的一点。

在今天的现实生活中，我们有的干部也是非常"机警"的。他们遇到问题绕道走，表态喜欢打哈哈，唯上级的指示、态度为办事原则，绝不越轨，说得脱走得脱。还有的干部不做实事，善于玩弄会议决定、会议贯彻、会议检查的官僚手段，名曰集体领导，实际不负责任。更有的干部大事做不来、小事不愿做，手中永远有批评议论权，吹毛求疵，小题大做，以极"左"的面目保持官架子。官场中的圆滑世故、八面玲珑、吹牛拍马，见上级点头哈腰、对下属视若不见等坏作风，确实对党的机体有巨大的腐蚀和破坏作用。由此，我想到我们应该采取"弹劾"手段，以对付那些"机警"、"善于解释理由"、搞蒙蔽和巧舌如簧者，以此来保证组织的安全和提高人民对党的信任度。

冉益智的这种"机警"和"投机"，肯定得不到群众的认可。投机，原本是指商业上利用机会、抓住机会获得利益的一种手段或行为。投机，用在对人的评价上，就是一个贬义词，是对一些人思想品质、动机不纯的批评。狱中同志感到最不能够理解的是，"他在组织上竟还取得不低的领导地位"。对于冉益智的投机性，狱中同志认为："他相当了解党的路线，但全是由个人利益出发，处处为了表扬自己。"

古往今来，像冉益智这样的"投机"者，真还不乏其人。投机者为什么能够得道？在全国办"红岩魂"展览的时候，一位官员竟在饭桌上滔滔不绝地谈他做官的经验。他说：当官就得投机，有投无机那是睁眼瞎，有机不投那是有脑无心等等。后来，看报纸知道，他因贪污受贿被判刑了。这名官员的做官逻辑，与冉益智如出一辙，因此最终的下场必然是被历史、被人民所唾弃。

从解放后冉益智所写的《我的愿望和要求》中，还可隐隐地看到他的"差劲"和"投机"：

我以戴罪之身，除静候组织的处分外，不知今后能否准许我以一个普通知识分子的资格去参加为人民服务的工作，以求立功自赎，为了免犯错误和有效起见，可否给我以一定的工作联系。此外可否投考军政大学或其他的学校，以俾重新学习，改造自己，重新做人，并待指示。

无论是叛徒刘国定，还是冉益智，都想要活命。他们当叛徒的目的是为了苟且偷生。面对他们曾经为之努力奋斗的目标变成了现实，他们又露出另外一张嘴脸：刘国定表白自己只是"形式上的特务"，他认为自己"不至于肉体的毁灭"，他更想"速作决定以使早在实际工作中赎取自己的罪恶"；无独有偶，冉益智也要求"以戴罪之身"、"以一个普通知识分子的资格去参加为人民服务的工作"，甚至还希望去"投考军政大学或其他的学校"。

宣灏烈士临行前遗书中的最后写道：

朋友，我们的生命是蒋介石匪帮，在人民解放军就要到临的前夕，被穷凶极恶地杀害了的！他们既然敢犯罪，就应该自己负起责任来！朋友，请你牢牢记住：不管天涯海角，不能放过这些杀人犯！当人民法庭审判他们的时候，更不能为他们的甜言蜜语或卑贱的哀恳所哄过！"以血还血"，这是天经地义的事！

法律正义的审判，满足了死难者的强烈期盼。

从刘国定、冉益智的叛变中可看到，作为领导的刘、冉在教育问题上存在居高临下的思想，在他们的眼里教育仅针对下级。我是领导、我是上级，自己似乎不应在受教育和被教育之列。被捕以后，一遇到个人安危方面的考验，他们脆弱的心理防线很快就被击溃，甚至转变起来的彻底程度，令特务都感到不解。一个根本的原因就是，思想意识上的麻痹和拒绝学习改造，完全没有了严于律己的约束。刘国定的叛变是被徐远举的谈话"煽动"的，冉益智的叛变是被特务逼出来的。

李维嘉在《关于重庆地下党被破坏事件和〈挺进报〉》一文中，总结刘、冉叛变的经验教训是：

第一，组织不纯。个别特务（任达哉）和少数不坚定的分子混进了党内，有的窃据了高级领导岗位，一旦被捕就叛变投敌，形成一连串的叛变事件，造成了组织的大破坏。

第二，秘密工作的教育和纪律松弛。一是严重泄密；二是当刘国定被捕后未下决心疏散一切可能被波及的人员，只是疏散了个别或少数的人。因此，给叛徒、特务以可乘之机，牺牲了大批同志，这是令人非常痛心的。

第三，忽视了对组织的整顿和巩固工作。各支队伍匆促合并，未加考察、教育、训练，就急于投入战斗，以致损失惨重。

第四，形势分析和斗争策略不当。

1948年春季，全国形势是我强敌弱，但我们对重庆我弱敌强的形势缺乏正确估量。我们本应更好地隐蔽自己，麻痹敌人，深入发动群众，相机地侧重开展群众性的合法斗争。但我们却大肆张扬，突出非法斗争，向敌人投寄《挺进报》以示警告，显示我们有力量、很活跃,生怕敌人不知道我们在这里,从而吸引敌人集中力量来扑灭我们,而我们自己的队伍又组织得不严密,所以遭受严重的损失。

发生在1948年川东地下党组织被破坏的沉痛历史,让我们深刻地感到:狱中同志总结的"下级比上级好"的规律,在今天仍有不可轻视的启迪意义。作为掌握各种信息,对信息有过滤、发布、使用、控制权力的领导,不可避免地在使用信息问题上为我所用,久而久之形成领导就是正确的态势。所以,要真正做到公正、公平、公开,绝不能让信息成为被掌握权力的人随心所欲使用的一种特有资源,它必须被监督。再则,上下级无论在什么样的形式中,上级的优越、主动,比起下级不仅多而且广,这种上级处于主动、下级处于被动的关系,往往也会造成上级总是以正确的姿态出现。罗广斌在报告中指出:"从上而下的腐化,是地下党失败的根本原因"。

特务陶在毅在关于伪二处人员情况的材料中写道:

徐远举在伪军统西南区一贯以反动残酷著称。在1947年《挺进报》案时,当时较为显著之地下工作人员均为徐远举亲自审讯,并常去扣押当时地下工作者所在地渣滓洞问案。刑讯用刑,无恶不作。在该案时,每一细节均为其亲手布置。在结束该案时,曾为当时伪军统毛匪人凤与伪西南长官公署参谋长萧匪毅肃所嘉奖,而徐远举也非常自豪。

1948年10月,国民党国防部为了加强对西南地区地下党组织的破坏,专门建立了"保密局西南特区"。徐远举因他破案的功劳,得到了西南特区区长的官职,负责指挥保密局成都站、西康站、贵州站、云南站等四省特务组织，加大破坏中共地下组织活动及民主党派活动，集中力量进行侦察破坏。徐远举很会运用手中的王牌，如他委任叛徒刘国定为西南特区专员，专门负责侦查破坏中共地下党组织。

罗广斌报告中记录的叛徒——城区区委书记李文祥，其叛变和刘国定、冉益智有很大的不同。他1938年入党，被捕后在特务的酷刑威逼下没有屈服，可以说经受住了考验。关押进监狱后，当他面对要么出卖同志交代组织参加特务工作；要么长期坐牢等待死亡两种尖锐的、不可调和的选择时，他唉声叹气，捶胸顿足，痛苦不已：革命即将胜利，就要熬出头了，自己却被捕入狱了，人生苦短，怎么倒霉的事情都让我赶上了。面对残酷的现实，面对生与死的抉择，他胆怯了，他崩溃了！当特务发现他思想有所动摇的时候，便把他转押到白公馆，每天晚饭后安排他到渣滓洞去见一见妻子。而每一次见到妻子，他总哭哭啼啼。

他认为：革命了这么多年，苦了这么多年，却不能享受到革命胜利的成果，太划不来。要是不被捕，解放后起码是一个大官。入党是为了要当官，参加革命是为了今后要得到享受，如果这些目的达不到，那就太划不来了。这就是李文祥的生存哲学。关于李对此毫不掩饰的看法，罗广斌的报告中是这样记录的：

他押在白公馆，每次到渣滓洞问案，和他太太见面都要痛哭一场，但一直表现得不坏。渣滓洞的难友对他印象很好，尤其是他的案子重些（关白公馆是较重的），又是两夫妇被捕，而且表现得也不坏。在白公馆，陈然对他较熟悉。陈说他的学习兴趣很低，缺乏积极情绪，每天读点唐诗，介绍他读蔡仪著的《新艺术论》（因为他自己说爱好文学），他却说"懒得读这些理论东西"。事实上，他虽是10

年以上的党员，但并没有好好地学习过，或者在工作中严格地锻炼自己。他一直记得自己是当过县委书记的，有10年以上的党龄，而且苦了这么多年，一点享受和报酬都没有，结果还要被捕，真是太不值得了。要是不出问题，解放后起码……事实上敌人是发现而且充分利用了他感情上的弱点，再加上他对死的恐惧，在12月14日终于叛变了。当晚他从白公馆调往二处，在羁押室他宣布了叛变的三大理由（王屏在场听见）："一、我被捕不该自己负责（是刘国定交代的），而且坚持了8个月，与我有关的朋友，应该都转移了，如果还不走，被捕是不能怪我的。二、苦了这样多年，眼看胜利了，自己却看不见胜利，那太惨了，比我更重要的人都叛变了，而二处要我选择的又是这样尖锐的两条路，不是工作，就是枪毙。我死了，对革命没有帮助；工作，也决不会影响革命胜利的到来。组织已经完了，我只能从个人来打算了。三、我太太的身体太坏，一定会拖死在牢里的，为她着想，我也只好工作。"他保证只做内勤，不去抓人，但程谦谋等10多人，是他和李忠良去抓的。这说明叛徒的保证是"不负任何责任的"。他希望熊和他一道出去，事先陈然说："你应该问问她的意见。"李认为他太太一直听他的话，一直爱他、信任他，每回晚上回家晚了，他太太都坐着焦急地等着。陈然说："这种爱恐怕是双重的，一方面是爱情，另一方面是同志爱，她知道你'工作'了，还会不会爱你呢？"李很有把握地保证决无问题："我出去她一定也出去！"帮他太太承认了党员身份（熊一直没有承认）。李叛变后，果然，恰如陈然所说，熊在渣滓洞表示不愿出去，以后一定和李离婚……

  1948年12月中旬，在白公馆坐牢8个月的李文祥叛变了。也许，他的三点叛变理由能够博得一些人的同情或理解。但他出卖了地下党员李温如、李光普、张金声（李思源）、胡子湘、周永林、陈为贤（这些人均在李捕前转移，故未被捕），后又供出何柏梁、曾咏曦、程谦谋、伍大全、曹学惠、王为民、刘志俊、杜文博、宋廉嗣、"老伍"等16人，其中何柏梁、程谦谋、伍大全殉难于"11·27"大屠杀。

叛徒骆隽文记载了他看见叛徒李文祥时的情况：

在我叛党出狱以后，1948年12月某一天，我路过伪西南绥靖公署（原称西南行辕，此时已改名）第二处警卫组办公室，看见当窗的一张条桌边有两个人对坐交谈，一个是叛徒冉益智，另一个身穿蓝布长衫，脸型瘦长，中等身材，年约30，我不认识。冉益智见我来了就同我打招呼，并向我介绍说他是李文祥，李文祥接着补充一句："又叫李楚康。"冉益智又说："他是今年4月被捕的，这次进城来办自新手续。"李文祥接口说："我被捕后说出了何柏梁、曾咏曦两夫妇，他们都被捕了。他们家里的人托人向徐处长（指特务头子徐远举）讨情，徐处长说只要他们愿意自新，可以放他们。"

在监狱里，每个人都会面临决定自己命运的十字路口。是眼红那敞开着为狗爬出的洞，甘当叛徒，还是不惧地狱毒火熬炼，敢于从容就义；是贪恋个人安逸，力图保全自己的身家性命，还是为免除下一代苦难，愿把牢底坐穿。这便成了英雄与懦夫、忠诚与背叛的分水岭。叛徒的叛变，总是有各种各样的理由。但不管是什么理由，总掩盖不了这样一个事实：他们总是以破坏组织、出卖他人来保全自己为前提。地下党时期被捕，你可以表明自己的身份，你可以承认自己的活动，但绝不能够暴露组织情况和牵涉别人，这是地下党组织的纪律规定。叛徒刘国定、冉益智、李文祥，在地下党内都是担任了领导职务的,他们的叛变对革命事业所造成的损失是无法估计的。从他们叛变的过程中,我们可以看到这样一个事实,那就是他们的世界观、人生观,偏离了共产党人的宗旨。

罗广斌根据狱中同志的讨论和研究,对此作了比较客观的分析,他在报告中指出:

在蒋介石匪帮长期黑暗统治的地区,尤其是四川,地下党的困难是相当多的。在秘密工作的原则下,横的关系不能发生,下级意见的反映和对上级批评不容易传达。因此,总的斗争原则的把握,必须是有相当的经验、能力的领导者。领导得是否正确,基本上决定了斗争的成功或失败,这是很重要的一个特点。

在分析了客观原因后,罗广斌又分析了主观原因。他在报告中写道:

没有学习、没有积极地要求自己进步,没有经常的组织教育,这是领导人蜕化成叛徒的基本原因。因为毒刑、拷打,单凭个人的勇气和肉体的忍耐,是没法子忍受的。没有坚强的革命意志,没有牺牲个人、贡献革命的思想准备,便不可能通过考验。

"没有学习,没有积极地要求自己进步",就会出现蜕化变质,这是狱中革命烈士对党员党性坚强与否的分析。我们说共产党员是特殊材料做成的,而这个"做"就是不断地学习提高思想认识水平的过程。能够为远大理想奋斗并将其置于个人一切之上,不断在实践中增强党性,敢于"天下兴亡、匹夫有责",能够"先天下之忧而忧,后天下之乐而乐",一旦组织需要,个人即可抛弃一切而成就于自己努力奋斗的目标。但是，如果没有学习提高，不去追求进步，先进性就会丧失，纯洁性就会世俗化，党性就会荡然无存，遇到考验必然会出现思想堕落、行为腐化。叛徒的行径充分地证明了这一点。

在罗广斌的报告中，还有两个叛徒比较典型，一个是涂孝文，一个是骆隽文。

肖泽宽在接受采访回忆涂孝文时说：

老乡，富顺人，川大毕业。我们曾在成都一起搞救亡运动。他很有才华，对有关马列主义的书很熟，会写文章。我是1938年正月十四五，由川大王时会介绍入的党，我与王是熟人。我本想去延安，他们劝阻我，没有去成。入党后，组织上征求意见，说搞工人运动，我赞成。廖志高办训练班时，我是第一批学员。当时涂在成都办《大声周刊》。以后，涂到泸州江安当县委书记。1938年底，中心县委开会，传达四川省工委分家。涂来了，不多说，不开玩笑，很有威信。会后，涂被选为泸州中心县委常委，后又任组织部长，很有经验。1941年，川东特委把涂调回重庆，后到延安学习，当选为七大代表。以后，涂当书记。从延安回来后，到下川东。涂与冉益智较熟。他住的地方，只有冉知，我们都不知道。后来，涂被冉出卖了。下川东出事时，涂还有条不紊地进行疏散。在延安，大家对涂的印象不错，后叛变了。这个人还是有功劳的、有贡献的。人也很严肃，很朴素。在生活上、作风上、经济上都不错。

卢光特在《1946—1949年下川东党的组织与活动》一文中记录涂孝文说：

人要在严峻时刻才暴露灵魂。就是这个高喊"保住"的人，一下子就出卖了大批川东主要干部，使整个地区的形势剧变。1948年6月11日，特务左志良、雷天元以叛徒冉益智为眼线，在万县杨家街口抓到涂孝文，一经刑讯，当夜叛变，出卖了20多个干部。

四川省委组织部在定性涂孝文为叛徒的结论报告中说：

涂孝文，又名涂万鹏，男，约于1910年生，四川富顺人。1937年入党，曾任泸县中心县委书记，川东临委委员，下川东地工委书记，党的七大代表。1948年6月11日因冉益智被捕叛变而被敌逮捕。涂在敌人审讯时，供出了组织和同志，致使江竹筠、李青林、李承林、雷震、唐虚谷、唐慕陶、黄玉清、陈继贤等同志被捕牺牲。涂从万县押解重庆后，曾到渣滓洞与李青林、江竹筠对质，劝说李、江二人承认身份，交出组织，遭到严厉痛斥。1948年6月11日被敌逮捕，1949年10月28日在重庆渣滓洞监狱被敌枪杀，时年39岁。

我们从档案资料中看到：国民党行辕二处处长徐远举，组织了一个侦捕组，由二处特务科长雷天元作组长，带领中统渝组组长左志良和二处警卫组长漆玉麟等十来人，押着叛徒冉益智做眼线到万县去破坏地下党组织。徐远举要破坏万县地下党组织的计划能否成功，关键就看冉益智如何"配合"。所以临走时，徐远举单独找到冉益智，奖励给他300万元法币，希望他能够好好地配合雷天元的行动。为了保证冉益智的安全，徐远举告诉冉益智用化名"王大爷"。对徐远举的奖励和保护措施，冉益智万分感谢。他向徐远举保证：到万县一定会有收获。特务漆玉麟对冉益智说："王大爷，这回要是叫我们白走一趟，你可要当心点！"冉益智点头哈腰地一再保证：我一定会尽全力。

　　特务到万县首先要抓的第一个人物就是下川东地工委书记涂孝文。这次行动是极为秘密的，所有的特务分两个地方住。按照冉益智提供的涂孝文的长相，特务到涂孝文工作的万县辅成法学院秘密侦查，并没发现涂孝文。由于徐远举出发前确定的原则是：一定要秘密行事，万不可搞大风声，偷鸡不成倒蚀一把米。因此，雷天元不能够通过当地的特务组织配合此次抓捕行动。当天是端午节，万县正举行划龙舟比赛，雷天元判断涂孝文很有可能到江边看热闹去了。他立即将特务分成三个组：雷天元、左志良、漆玉麟各领一组，分别在江边寻找。如果没有冉益智的配合，特务在江边想抓捕涂孝文，真称得上是大海捞针。冉益智带着特务仔细地在人流中辨认，他那双叛徒的眼睛不放过从自己眼前闪过的每一个人。突然，冉益智对身边的特务说了一声：来了！他疾步向前，大喊了一声"涂孝文"后就迅速地闪躲到一边。还没等涂孝文反应过来，特务已将涂孝文以及与他同行的另一个人悄悄地押走。从冉益智发出消息到将涂孝文两人带走，也就不到一分钟的时间。

　　被特务押走的两个人，一个是涂孝文，另一个是地下党员黄绍辉。由于端午节学校放假，涂孝文与同在县委机关的黄绍辉相约到江边看划龙舟比赛。他本想去江边一个坡地上的茶馆里边喝茶、边看龙舟比赛，但还没有走到茶馆，就被突然出现的冉益智叫喊，而后迅速地被几个人上来强行押走。在旅店里，当涂孝文还是一头雾水的时候，特务左志良向他表明了行辕二处的身份，并直截了当地向他提出：把手上的地下党组织关系全部交出来。涂孝文这才明白自己已落入国民党特务的手中了。正当他思考着如何应对这突如其来的变故的时候，行动组长雷天元和另外一路的漆玉麟回到旅店，雷天元决定立即将涂孝文押到中统万县区特委会实施突击审讯。

此时的涂孝文一脸的悔恨之情：要是听了组织的话，回重庆去该多好啊！

这又是怎么一回事呢？

原来，当重庆地下党组织出现问题后，组织上专门派人到万县通知涂孝文回重庆，但他却以万县安全、自己又有合法的职业掩护为由，不愿意回重庆。然而，就在他认为是绝对安全的万县，他被冉益智带来的特务逮捕。一切后悔已无济于事，侥幸让涂孝文自食苦果。

对于涂孝文的身份，由于冉益智的出卖，特务已完全掌握。因此在审讯的时候，特务让涂孝文直接交代自己的组织、人员情况，并不由分说地对他施以酷刑。毫无心理和思想准备的涂孝文，在酷刑的折磨下感到痛苦万分。特务还用枪顶住他的头，威胁道：信不信一枪把你崩了。涂孝文仍在坚持，他尽力地忍受着酷刑。但是，当冉益智又一次出现在他的面前对他进行指认的时候，涂孝文万念俱灰，连连摇头。看着叛徒冉益智那得意的面孔、想到刑罚的痛苦难以承受，涂孝文的思想防线完全坍塌了。他开口了，将自己知道的情况全部说了出来：地委委员、开县工委书记杨虞裳，地委委员、忠（县）丰（都）石（柱）南岸工委书记唐虚谷和来川东工作的江竹筠，万县县委书记雷震，万县县委副书记李青林，开县工委组织委员荣世正等20多人。涂还向敌人告密，说江竹筠就是下川东游击纵队政委、下川东地工委副书记彭咏梧的妻子，现改名叫江志伟，在万县地方法院作雇员。

雷天元对此感到喜出望外，叛徒冉益智也没有再受到特务的秘密监视，他完全被特务当成了自己人。与此同时，一系列疯狂的破坏在万县地区开始了，一个一个的地下党员被逮捕了，一个一个的家庭被破坏了……

涂孝文没有想到的是，冉益智将他出卖，他也更没有料到，突然被捕就遭受到残酷的刑讯逼供。特务用枪指着他的头，要他交代出地工委的人员，否则就一枪打死他。在生死一念之间，涂孝文经不住恐吓，将下川东地工委全部供出，导致整个下川东地工委遭到重创。下川东地工委被破坏，使国民党行辕二处处长徐远举也感到意外，他没想到涂孝文是如此的合作，他更没有想到涂孝文是如此的贪生怕死。

涂孝文叛变后，仍然被关进了监狱，特务要他继续交代问题。涂孝文在牢房里承受着双重的压力：一方面，特务不断地追逼他，要他继续交代组织问题，要他出卖同志，而狱中的难友，那些曾经是他的下级，却鄙视他、愤恨他！涂孝文看着那些曾经是他下级，那些曾经与他共事过的战友，承受刑罚而坚贞不屈，他心中如刀绞般地难过。涂孝文的思想受到了极大的震动，心灵受到了极大的撞击。如此的反差，令他无言、无脸与曾经的同志相言、相视。他萎缩在牢房的角落里，他为自己在特务的威逼下苟且偷生而痛心流泪，为自己的叛徒行径而感到万分的懊丧！平时自己是怎样要求下级的？平时自己是怎样管理他们的？平时自己是怎样向他们谈革命的气节、革命的英雄主义的？如今，他们都做到了我要求他们做的，而我却背叛了自己的信仰，做出了连猪狗都不如的事情，成为可耻的叛徒。他懊悔、他痛苦、他悔恨不已！他无言以对难友们对他的斥骂，他无言反驳难友们对他的抨击，为此，他只有沉默。甚至有些难友对他大打出手，他也只能默默忍受。痛苦的内心让他的思想意志得到了一种理性的恢复，他下决心不能再这样滑下去了，必须坚守最后的防线！当他不再"配合"交代组织情况时，特务连草纸都不再给他。背负着叛徒的枷锁，面对难友对他愤怒的眼光，面对特务的打击，涂孝文有生不如死之感。他对此感到绝望和失悔：我是彻底完了！参加特务工作我是坚决不去，即使今后能出去，也是没有生命的意义了！

叛徒冉益智在《我所知道的军统内幕补充交代材料》中对涂孝文有这样一段记录：

被捕后第一夜，供出开县，第二夜全部供出，一月后供出陶敬之的住处，并曾和李青林（芳莲）对质，因李只承认涂因恋爱不遂被诬，张法官命其对质，涂对恋爱问题未予置可否，仅证明她确系党员，供出万县工委雷震、李青林、江竹筠、刘德彬、唐慕陶、李承林、黄绍辉、艾英（杨德存）、唐虚谷、荣世正、谭惕生（雪峰）、陶敬之、秦汉、陈诗仲等。写过自白书，表示愿当老百姓，后在杨家山"优待"，不愿参加军统，但亦未正式拒绝，实际上是在等待。他说："日子越来越近了"，以后出去"发展个人主义，狂嫖三年"。

罗广斌在报告中，详细记录了狱中同志对涂孝文的分析讨论、研究总结：

涂孝文是老干部。新四军事件后派到延安学习，进马列学院，曾出席七大，在川东党也是主要的负责人。为人很小心谨慎，做事也踏实，不遇风浪确实是很优秀的。但是在严格的考验下，仍然没有及格。毒刑拷打，单凭个人的勇气和肉体的忍耐，是没法子忍受的。没有坚强的革命意志，没有牺牲个人、贡献革命的思想准备，便不可能通过考验。……在两重压迫下，王朴、刘国鋕（原和他住一室，了解他的情形）最担心他。三出三进白公馆的涂，在最后态度很明确。他认为，是自己不坚强，犯了错误，而且过失太大，组织上无法原谅，前途是没有的了。但除了愿接受处分外，自己仍愿尽力从事建设工作。至于参加特务工作，枪毙也不得行。这时，白公馆的朋友对他比较了解，安慰他，在生活上也照顾、接济他，他也很冷静，经常读书，不大说话。王朴、陈然、刘国铉我们以为：以涂的素质来讲，是很不够、很不彻底的。之所以有后来的坚持，完全是由于党的长期教育、长期培养的结果。由涂的叛变，我们希望组织上对提拔干部、审查干部、培养干部，一定要更进一步的谨慎和严格。

"不遇风浪确实是很优秀的"，这是狱中同志对叛徒的一个认识。但是遇到"风浪"，为什么平时"很优秀的"干部就会出问题呢？因此，狱中同志提出了干部培养教育、提拔使用要慎重的建议。这里就有一个问题，如何培养教育？每一个提拔使用的干部不可能都将遇到风险的考验，甚至是大多数。因此，不管是和平年代还是战争年代，不论是平时还是关键时刻，怎样使党员特别是领导干部表里如一、言行一致、从一而终，这既是一个历史的课题又是一个现实的命题。俗话说，烈火见真金，真金是在熊熊烈火中锤炼出来的。我在渣滓洞、白公馆工作了20多年，与很多参观者包括我的同事讨论过这样一个问题，假如我们处在那个年代，遇到生与死，遇到关押监禁，自己会做出怎样的选择？很多人脱口而出，我恐怕当不了烈士。虽然这是实话，但是面对突发事件，党员干部如何经受考验却是非常现实的问题。特别是在已经没有枪林弹雨没有血雨腥风的今天，能不能抵御"糖衣炮弹"的进攻，能不能在"吃别人的嘴软、拿别人的手短"上有所坚守，可不可以在"世界上没有无缘无故的爱、也没有无缘无故的恨"上保持清醒，以至在"谁是可交之人、谁是不可交之人"上有辨别能力。叛变，首先是个人对自己的防火墙没有建立好，以致人性的私欲在他人的利诱下没有被压制，侥幸导致迈出走向危险的第一步；其次，是自己对政治上的要求淡化了，满不在乎导致失去了对权力的敬畏之心，特别是在只对上负责的干部生态环境中，只讲关系而不讲原则；再次，在价值取向上只看利弊而不讲是非，有利于自己而无利于大众乃至社会的也要坚持，而无利于自己而有利于大众社会的却视而不见。

"我们希望组织上对选拔干部、审查干部、培养干部，一定要更进一步的谨慎和严格"，这是罗广斌反映的狱中革命烈士的强烈愿望。"领导得是否正确，基本上决定了斗争的成功或失败"，这是狱中同志从残酷的斗争实践中总结出来的经验。不论过去，还是今天，在革命事业中，干部问题都是关系成败与否的大事。从叛徒的身上我们可以发现，他们世界观、人生观的本质是建立在"为自己"基础上的。坚定的信念、勇敢的追求，在他们的眼中只不过是一种为达到个人目的的手段。这种非纯洁性，如在共产党内蔓延，最终必将严重影响到革命事业，甚至造成无法挽回的损失！

因此，关于领导干部的培养和选拔是狱中同志讨论得最多、最深刻的问题。罗广斌在报告中提出：所以，共产主义的世界观和人生观，是每一个共产党员必须要首先解决的根本问题。而要树立正确的世界观和人生观，一个最为重要的教育，就是要经常不断地进行纯洁性的教育。就像许晓轩烈士临刑前留下的遗言：请转告党，我做到了党教导我的一切，直到生命的最后几分钟，仍将这样……希望组织上注意整党整风，清除非无产阶级意识。

与极少数的叛徒相比，狱中的革命志士没有在敌人的屠刀下屈服，没有在特务的酷刑下变节，没有在长期的关押中丧失信心，他们以自己坚定的信念、顽强的意志，通过了一次又一次的考验。罗广斌在报告中写道：江竹筠受刑昏死三次，杨虞裳失明月余，李青林腿折残废，这是每个被捕的同志所共同敬仰的。江竹筠曾说过："毒刑是太小的考验！"这在被捕的同志当中起了很大的鼓舞和教育作用。

到了最后，已经面临死的考验了，老谭提出：以前罗世文死的时候，脸色都没有变。于是要求做到"脸不改色心不跳"。结果每一个人临死都是倔强的，没有求饶，国歌和口号一直不停地在枪声弹雨下响着。牢狱，锻炼得每个同志——党员和非党员成为了坚强的战士。

涂孝文由于拒绝与敌人合作，被认为没有利用价值，最终遭到国民党的杀害。1949年10月28日，枪杀在大坪刑场的10个人当中，就有叛徒涂孝文、蒲华辅、袁儒杰三人。这三个叛徒中，涂孝文的级别最高，他是下川东地工委的书记。在法庭宣判他们死刑的时候，他们没有像陈然、王朴、成善谋等烈士那样慷慨激昂、视死如归，而是紧闭双眼、低着头，表情非常凝重；在押往刑场的囚车上，他们没有像陈然等人那样高呼口号，而是眉头紧锁，一脸的负罪感，也是他们自己选择了死亡这条道路。我们无法更多地去揣测涂孝文在刑车上的想法。从涂孝文在法庭上、刑场上还算镇静的表现来看，可以知道他对死亡是有心理准备的，他想速速地死去，以此洗刷他深深的罪恶。

涂孝文，一个正当年的领导，但在缺少监督，甚至是不可能有监督的地下党时期，加之自身的放任和不严格自律，形成了他出问题的根本原因。狱中同志在回忆他狱外点点滴滴的情况时，曾说起这样一件事：一次，他到外地工作时，没有按规定的路线行事。事后有人向他提意见，他却不以为然地说："我会掌握。""我会掌握"这简单的4个字，反映出涂孝文对自己工作的放任，他不按规定活动，思想中已对"白色恐怖"失去戒备，"无所谓"、"不可能"的侥幸心理，在他思想中形成了"轻视"敌情的状态。故一旦被捕，突如其来的审讯逼供、刑罚摧残，令他没有招架之功，当枪口顶在他头部的时候，只能苟且偷生而难以坚定顽强。

在最后阶段，涂孝文除了在狱中读书外，几乎不再多说话。让他万万没有想到的是，他还会与陈然、王朴和被他出卖的下级雷震等烈士一起被押往刑场。从宣判到被枪杀，他没有说一句话。他感到与他们这些真正的共产党人死在一起，对他的生命来说，这也许是一个不错的结局。

解放后，在所有叛徒中没有被镇压的，骆隽文算其中一个。他在交代材料中谈了自己被捕的情况："1948年7月4日下午，我正在广安北仓沟家中准备第二天的讲课内容。不久，我出门看见一个穿丝质长袍的陌生人。他见我出来，立即用手枪对着我。同时，侧边又跑出一个满脸横肉的大个子中年人，一把将我的手拉住，就这样我被捕了。特务一见面就对我说：'刘仲逸供出了你，他已经恢复自由了。你好好说，也可以和他一样。'我当时极度悔恨为什么不早走。抵重庆后，徐远举找我谈过一次话，他问我多少岁，我说35岁，他说年轻有为，接着就告诉我：'你的岳父托杨市长保你出来，你要自新才行，你考虑一下，把组织变了。'我只表示愿意自新，但推说不了解组织情况，谈话没有结果。徐远举所说我岳父托杨市长保我的事是这样的，我的岳父欧书元曾在杨森当军长时作过他的军需处长，我被捕后，杨匪叫他的秘书长李寰（即李定宇）写信给徐远举保我出来，自然是以自新为交换条件。"

8月初（大约二三号），徐远举派人把我押到伪"中美合作所"内"白公馆"。在那里关了三天后，徐远举又在"戴公祠"找我"个别谈话"，叫我"交出组织"，并且说："我找一个人见见你"，说完他就走了。出来的是劝降的叛徒刘国定，他见面后就假惺惺地说："我本来不打算讲出你的，但后来听说冉益智讲出了涂孝文，又把涂孝文逮捕了，我怕他讲出了你，特务要问我，所以我才讲出了你。"他又说："我在南京听说你不肯谈，你不谈是不行，徐处长（指徐远举）会挤你。我知道广安你下面有乡长，有经济关系，你要讲得他们听了相信，他们才会放过你。"后来，徐远举又出面向我说："你愿自新，你岳父也在保你，我可以允许你同他会面。你只要交出组织，将来如果愿意为我们工作，我们欢迎，如果不愿意过问政治，你可以去教你的书，干你的文化工作，我们也不勉强你"，之后又说了一些威胁的话。

在这种关头，我应该承认是我自己把自己推入了罪恶的深渊。尤为可耻可恨的是，当特务正向党和人民挥舞屠刀的时候，我还给徐远举写了一个材料，内容计分两点：一点是说：王慕斋曾向我说：假如将来发动武装起义，打算用纵队的名义，不按一、二、三、四的顺序编，而把番号跳起编（如一、五、七等），借以迷惑敌人和壮大声势，一点是建议特务对付起义要"军事政治双管齐下"，不要光靠武力。图博取特务欢心，早日放我爬出去，真是毫无心肝！

骆隽文叛变了。他苟且偷生不惜出卖组织和同志的情况，对党组织造成了极大的破坏。他与其他叛徒不同的是，他不是一下子就叛变的，而是一点一点地叛变的。

叛徒骆隽文也叫骆安靖，上川东地工委委员兼第一工作委员会书记，是被刘国定出卖的。1959年7月17日，他在狱中所写的交代材料写道：

1948年8月初到10月初，涂孝文和我在伪"中美合作所"杨家山一起关了两个月左右。这段时间，他精神上非常痛苦，曾对我说：毛主席在延安讲过，就是我们的队伍掉一半，革命还是会胜利的。但自己已经身败名裂，无法做人。"革命前途无比光明，个人前途无比黑暗"。我也有相同感慨，"这辈子和监狱结了不解之缘"（认为解放后也难逃人民法网）。我告诉他，有许多问题刘国定摸不到线索的，我绝对不说。但未告诉他具体内容。他也是略透露他下面有许多东西如下川东矿工中的革命活动等，他决定不说。他说："刘国定和冉益智把什么都出卖了，我们也叛了党，古话说：'五十步笑百步'，但危害革命利益，'五十步'总比'百步'少些。我们不能以烂为烂，不能再多过一步了。他并与我商量，以后特务放我们出去时，如果叫我们干特务工作，我们最好只做'研究工作'，不行动。"这足以说明他的矛盾心情。

"'五十步笑百步'，但危害革命利益，'五十步'总比'百步'少些。我们不能以烂为烂，不能再多过一步了"。五十步、一百步，性质上没有区分，但五十步和一百步有数量上的多少之分。叛徒涂孝文、骆隽文的这种逻辑，至少说明他们人性还没有完全泯灭。

参加革命有风险，没有遇到风险考验不知风险的沉重，那是在阴阳、黑白之间的走钢丝，没有过硬的本领和顽强的意志是很难走过的。骆隽文解放后所写的坦白交代材料中，可以看出叛徒在背叛自己过程中的思想轨迹和心理活动。

1965年5月17日骆隽文写道：

1948年4月初，不幸消息先后传来，重庆党组织在不断破坏。刘国定、冉益智已经叛变是非常明显的了，6月间又得知涂孝文被捕，特务魔手已伸至下川东，我的处境也异常危险。对于我和某些暴露了的人没有及时坚决地予以疏散，同时还存在一种侥幸心理，以为刘国定被捕已两三个月了，上川东还没见动静，也许他不会出卖到骆安靖头上吧，殊不知7月间特务就对我下手了。从刘国定被捕（4月间）到我被捕（7月间）的三个月中，对我的转移问题如此拖延，我自己应负主要责任。因为这违反了地下工作的起码要求。

"侥幸心理"，这是许多错误铸成的一个最重要的原因。从心理学来解释，之所以有侥幸心理，是因为总觉得那"万一"的情况不会或不可能出现。虽然明知有危险，但心里又想"万一"不会出现呢，"万一"能够躲过呢？侥幸，就是在明知风险存在，明知危险在增加，可偏偏又相信自己能够避免，危险不会靠近自己。从主观上分析，骆隽文对执行党的地下工作纪律规定，是相当的马虎大意，抱着无所谓的态度。党的纪律规定是对安全的一种保证，这是从血与火的斗争实践中总结出来的。我们前面讲到的李维嘉和肖泽宽去与冉益智见面，到了规定的时间没有见到冉益智，李维嘉和肖泽宽立即走人而免遭逮捕，就是一个典型的例子。假如李、肖二人怀着侥幸心理继续等下去，等待他们的肯定是被捕。

骆隽文接着解剖自己的思想：

我当时极度悔恨为什么不早走。等到刘国定出卖我，等到特务逮捕我，又非常着急。因广安一带的重要干部不少，担心王慕斋、曾霖、刘隆华等到我家来，担心约会的一些干部如邓照明、陈伯纯、熊运炬等到广安来碰上特务，我什么也不能说呀！至于自己个人的命运呢，这一下完了！思想很混乱，既不敢想象变狗爬出去，但又缺乏牺牲的决心和昂扬的斗志，而是抱定对特务磨混的态度，这种经不起严峻考验的精神状态，从一开始就是应该深恶痛绝的。

马有前悔，人有后悔。我们完全可以想象得到，骆隽文在被捕以后的那种没及时转移的沮丧和悔恨。在之前，他不相信危险会属于自己，他以为自己不会被捕，就在他毫无防范时却被抓捕，很快便觉自己"完了"，脑袋里也"很混乱"。虽然他也担心其他人的安全，心里尚存的那点尊严使他不愿意变狗爬出去，但他面对敌人终没有拿出绝不屈服的"斗志"和勇气，他只是想通过采取与特务"磨混"的办法走一步看一步：

从7月4日到月底，我在广安被关了20多天。这期间漆玉麟、孙树森等用老虎凳，用甜言蜜语要我说出组织秘密，我都说不知道。

在老虎凳的刑罚下，骆隽文是坚持住了的。但他为了减轻刑罚对自己的折磨，他向敌人表示愿意自新，也就是对自己参加地下党工作愿意悔过。

对骆隽文来说，尽量以少吐一些情况来换得生命的苟延残喘，是他抱定的主意。于是，骆隽文说：

我谈些东西出来，只要能对付刘国定，也就过得了特务那一关。在这种思想支配之下，我对党、对人民便犯下了不可饶恕的大罪，从一个党员走到向特务"自新"，这是跨越了人兽之间的界限，没有什么值得原谅的地方。

我向特务出卖了黄三重、段定陶、丰伟光。

我向特务承认广安党组织是我直接领导，我兼第五工委书记，谭剑啸、杨玉枢是工委委员。

骆隽文，与特务"磨混"到最后，还是以出卖同志、组织换得了他的自新；他以能够应付得了刘国定为底线，刘国定指引他交乡里的、有经济关系的，他确实都交了。他的"磨混"像挤牙膏一样一点一点的，手上随时都有保命、保自由的资本。由于他家里的关系，他"自新"后便获得了释放。但就像他自己描写的那样：

把自己变成一条特务所豢养的叭儿狗，让他们牵来牵去，作为"标本"，去动摇这些党员的革命意志。

关于徐远举利用他去向被捕人员现身说法一事，骆隽文自己是这样说的：

我当时在这些被捕的党员面前感到自惭形秽。我做出一副自己叛党是"不得已"的可怜相，虽鼓不起勇气叫他们学我的样，但这种可耻的犯罪行为的实质是：真不知人世间有羞耻。与我叛党前关于共产主义的伟大理想和共产党员的革命气节的高谈阔论对照起来，可算是"好话说尽，坏事做绝"。现在回想起来，那是怎样的一种生活啊！

"生当作人杰，死亦为鬼雄"，绝不从狗的洞口里爬出！这是狱中绝大多数志士对共产主义事业绝对忠诚的坚定选择，更是坚守自己信仰保持革命气节的真实写照。骆隽文说他与叛党前关于共产主义的伟大理想和共产党员的革命气节的高谈阔论对照起来，可算是"好话说尽，坏事做绝"。为什么会平时"好话说尽"、危险时"坏事做绝"呢？为什么平时敢于"高谈阔论"，关键时刻就不能够兑现自己曾经的誓言，而要选择背叛呢？

对此，狱中同志总结了一条深刻的经验：下级比上级好。下级随时处在被管理、被教育、被考验、被指示之中。但做了领导的人，心态往往会发生一些变化，或者说会养成一些习惯：领导讲话作指示是面对下级，客观的环境决定了领导所处"居高临下"的地位优势，说多了难免不"高谈阔论"，借以展示自己的水平和能力；习惯了作指示的"一、二、三"点，似乎自己最权威。废话、套话一多，真话就少，时间长了就必然形成心口分离、脑手不一的为人处世方法，进而形成一种扭曲的人生观。与说套话、废话相比，那种说自己都做不到、或者不愿意去做假话的人，其危害性更大。

骆隽文分析自己没按规定及时转移的思想根源是：

怎样来解释我不走的问题呢，是我们不晓得暴露了就该转移吗？当然不是。我当时被全国性的胜利冲昏了头脑，而没有清醒地考虑现实的处境。有时还在潜意识里想：革命快要胜利了，今后该是多么称心如意啊。二十几岁就当地委，三十几岁，不当省委吗？对于胜利前夕斗争的尖锐激烈认识不足，对于即将面临的严峻考验缺乏精神准备，而资产阶级个人主义思想却在发展，根本谈不上以对革命高度负责的精神严肃考虑自己的转移问题。

"失败膏黄土，成功济苍生"；"愿以我血献后土，换得神州永太平"；"为了免除下一代的苦难，我们愿把这牢底坐穿"，这是革命烈士的人生情怀，这是革命志士的价值取向，这是革命先贤的崇高思想。但骆隽文并非如此，他骨子里有着极强的功利思想，"二十岁就当地委，三十几岁，不当省委吗？"在他看来，入党是为了当官，干革命是为了不断被提拔，随时寻找自己的机遇，经常盘算个人未来的仕途，完全把共产党人解放大多数人、为大多数人谋利益的宗旨置之脑后。只盘算个人的利益，只以个人利益为出发点，只要能够保住个人利益，什么事情都敢干，这是所有叛徒的又一特点。

最后，骆隽文写道：

在道德上，我将终身受到内心的谴责，尤利斯·伏契克的警句在鞭策着我：懦弱的灵魂。如果以同志的生命来换取生命，这算什么生命。我应该承认是我自己把自己推入了罪恶的深渊。特务的威胁、叛徒的劝降，这仅仅是外因。从内因上检查起来，最根本的一点，是我明知叛变革命是自毁前途，但又贪生怕死，舍不得这条狗命，想到的是母老、妻娇、子幼，毫无为共产主义事业而牺牲的打算，资产阶级的个人主义思想发展到登峰造极的程度。当时只想怎样混过这一关，不惜损害革命利益而顾全个人利益。在广安和初到重庆时，虽然还没有出卖组织，但已经卑鄙地向特务表示愿意"自新"，到了刘国定劝降这一步，我更邪恶地打算出卖一些组织秘密，以换取爬出去的"自由"。

罗广斌在报告中记录道：

骆隽文，听说他是西南局相当赏识的干部。叛变（交出广安组织）以后，和涂孝文一道在杨家山受优待。由于他有较好的社会关系，可以得到接济，狱中生活较佳，但精神上始终恐慌、害怕。涂告诉他错误已经犯了，但现在应该坚守"最后防线"，骆却终于要求见徐远举。7月里，进城到二处便参加了工作。

"革命何须问生死，将身许国倍光荣"所显示出的冲天豪气，与叛徒贪生怕死、舍不得狗命形成了鲜明对比和巨大反差。骆隽文从被捕开始给自己确定的策略就是与特务"磨混"。我们不能够一概否定他的这种策略。问题是当他难以"磨混"的时候，不是按照地下党规定的只能够说自己，绝不牵涉组织和他人的原则，而是从保住自己、保住家庭出发出卖同志。他的家人、孩子保住了，可被他出卖的家庭不就支离破碎了吗？几多孩子、妻子不就失去自己的父亲或丈夫了吗？因此，叛徒的第三个特点就是损人利己。

说假话、个人主义至上、损人利己，是叛徒的三个共同特点。可以有保留地讲真话，但不能够养成口和心分离而说假话的意识；可以在自己的一生中不对任何组织作出选择和宣誓承诺，但作出选择和宣誓承诺后，就必须忠诚；可以寻求各种生存和为人处世之道，但绝对不能够损人利己。

胡康民在《"〈挺进报〉事件"的前前后后》一文中指出：

1947年4月8日，徐远举亲自提审刘国定。徐远举认为他知道许建业的真实姓名及住址，以为他是许建业的交通。刘亦"顺水推舟"承认曾为许建业送过信给住在南岸海棠溪永生钱庄的余天和李忠良（永生钱庄经理是李忠良父亲）。邓和李是年初梁达大起义失败后撤回重庆的，与刘国定接上了头，曾通知他们转移，尚未离开，于4月8日被捕。

李忠良被捕后叛变，供出了梁达大起义的领导人邓照明、王敏、陈以文和起义所在地区的39人，以及重庆市内刘国定的关系，并指认余天即邓兴丰，而邓兴丰正是梁达大起义镇压后被敌人追捕的对象。由邓兴丰又牵连出了重庆银行的余永安。敌人对余永安采取即捕即放的办法进行控制，余供出了上级领导人"老张"（即冉益智）。

李忠良为什么会供出那么多人？罗广斌在报告中记录了大家

对李忠良的分析：

他1948年5月被捕，由于政策思想水平的放松，在乡下，不适当地被接受入党。他下乡，是由小资产阶级的个人英雄主义、出风头的想法所鼓舞，但能力、修养是不够资格的。希望下乡镀金，结果如愿以偿。乡下跑来跑去，确实够积极，因此颇被赏识。但一被围攻，便开小差跑了（邓兴丰看见他在大竹和几个女孩子一道）。因为他是联络，知道地址。严格地说，批准李入党，让他知道太多东西，而在思想上没有深入地了解他的本质，也没有加以教育。这在组织上，领导人是该检讨的。但是在犯罪结果上，李是彻底叛变了，而且坏得使人痛心，是应该仔细研究和惩办的。

冉益智在《我所知道的军统内幕补充交代材料》中说：

军统对政治犯没有一定的策略路线，只凭着他们一时的心血来潮、感情的喜怒哀乐，以为标准。其审案办法是：一哄二骗三动刑。而这几种方式则随各人之喜怒性格而定。如田光辉办案，一开始就是用残酷的非刑；而有些人则又先行诱骗，至用刑轻重，也漫无标准。如李忠良的上当，是因为他说了一句"我不过是一个'左'倾群众"，因此即被穷追。

罗广斌在报告中分析叛徒的叛变行为时所谈的"领导人是该检讨的"观点，说得非常深刻。由于使用干部的不谨慎而导致重大损失，领导是有责任的。任达哉、李忠良两人，都是用人不当造成了极大的破坏。在审查恢复任达哉党籍时，仅是靠他个人的汇报，却没有认真地去审查。当然，也有可能是没法调查，也有可能是急需用人，但让他担任联络工作，确实为后来埋下了祸根。李忠良因为"在思想上没有深入地了解他的本质，也没有加以教育"，成就了他投机革命的目的。"下乡镀金"，加上党组织在组织武装起义问题上的"左"倾错误，使这个敢于在农村武装斗争期间公开暴露，甚至是"穿着皮鞋"在乡场招摇过市的行为，不仅没有得到纠正，反而认为他具有坚定的革命性。这种人，既玩世不恭，又自作聪明。面对特务审讯却急于开托自己，一句"我不过是一个'左'倾群众"的话，让特务对他穷追猛打。既然是"左"倾群众，是跟谁"左"？为什么要相信"左"的东西？哪些人是"左"？自以为是的李忠良无法在敌人面前自圆其说，聪明反被聪明误。他不说也不行，因为不说，敌人就会使用动刑、枪毙的话威胁。于是，他彻底叛变了。他的表面积极使组织被蒙蔽，让他接触了许多同志，掌握了一些情况，而没有严格执行地下党的纪律规定。

在叛徒问题上，领导的责任是什么？那就是用人不当。为什么会用人不当？当时，使用谁做干部，主要途径是通过下级对上级的汇报。除少数能够与上级有直接交往外，大部分都没有与上级共事的可能。因此，以表面现象决定的情况就存在。还有就是缺乏审查机制。一个干部的提拔，往往就是上级领导的一句话。这就是在白色恐怖下地下党斗争的实际状况。所以狱中同志提出了干部决定了斗争成败的意见。

从地下党的经验教训中，又该如何来完善干部的选拔任用机制呢？当今，干部产生的程序，从推荐、测评、谈话到研究等，确实具有了一定的民主性、公开性。但长官意志真的完全消失了吗？选拔出的都是真正优秀的干部吗？发现干部有严重问题时，又及时处理了吗？等等。

一个人参加革命后，会有两项指标伴随其一生，这就是忠诚度和信任度。从历史的经验和教训来看，应多多地开展党员的忠诚教育，增强拒腐防变的能力，这是保证我们党和国家能长治久安的重要基础。

忠诚与背叛，决定着有政治选择的人的生命价值。不仅是战争年代，就是今天，这一命题也指向着每一名党员和干部。大多数可以归属于忠诚的行列，而个别的背叛的行为也不可避免和完全杜绝。因此在干部廉政制度的设计方面，可以让忠诚更多一些，让背叛更少一些。

第四章
狱中情形

　　白公馆、渣滓洞是两口"活棺材","一把将军锁把世界分割为两边",在这"空气、阳光成为有限给予"的地方,革命志士为什么能生当作人杰、死亦为鬼雄?他们为什么能够"为了免除下一代的苦难,愿把这牢底坐穿"?罗广斌的报告第三部分是"狱中情形",记录了发生在狱中的真实故事。

渣滓洞、白公馆监狱，因为小说《红岩》的缘故，在国内外有着非常高的知名度，每年到这里来参观的游客络绎不绝。

　　从1985年开始，我在这里认识了杨虎城、叶挺、江竹筠、刘国铤、陈然等众多烈士，也知道了戴笠、毛人凤、徐远举、杨钦典这些大大小小的特务。红岩村、川东地下党、民主党派等，让我由表及里地学习、积累和懂得了国统区的一些国共斗争历史。特别是在渣滓洞、白公馆监狱旧址的无数次感受和体验，更激励着我不断地去研究开发，从而让更多的人走进红岩、感受红岩。

　　改造"罪犯"，不论过去还是现在，都是通过剥夺人生的自由，并被关押在监狱里来实现的。但在国民党统治时期，关押在监狱里的"政治犯"，面对国民党政府所实施的改造，他们却要强烈的反改造，形成"狱中斗争"这个特殊的名词。罗广斌《关于重庆组织破坏经过和狱中情形的报告》第三部分"狱中情形"的主要内容，讲的就是狱中斗争。

　　国民党政府将"政治犯"关押在这里，目的就是要他们转变自己的立场、悔过自己的历史，要求他们做到"自觉、自动、自治、自律、自制、自醒"，希望他们"正其宜不谋其利，明其道不计其功"（见白公馆监狱墙上标语），要求他们知道"青春一去不

渣滓洞监狱内院墙上标语

复还细细想想！认明此时与此地切莫执迷！！"生命苦短的道理，提示他们要淡定面对、仔细反思，"迷津无边，回头是岸；宁静忍耐，毋怨毋尤"。

白公馆设有图书室，渣滓洞建有简易的篮球架，甚至国民党政府还安排当时在重庆有名的京剧"厉家班"去狱中演出，渣滓洞监狱在一段时间还可以自娱自乐地打乐器、唱川剧，另外还办有墙报，建有经济政策研究室等等，以此对这些"政治犯"实施"修养"改造。

从年龄上看，当时被关押的大多为二三十岁的青年人；从职业上看，学校、银行、工矿企业，几乎是各行各业；从家庭条件看，大多不属于饥寒交迫的奴隶；从政治上分类，有地下党、有进步青年、有民主党派，还有国民党的"违纪分子"。虽然被关押的人员各种各样，但在他们的人生轨迹中，却能够找到一个明显的共

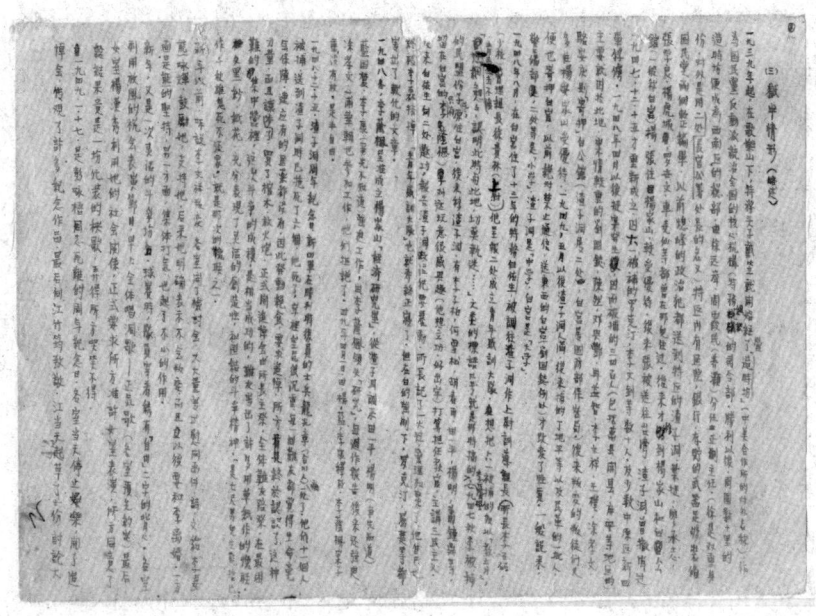

《关于重庆组织破坏经过和狱中情形的报告》

同特征：反对蒋介石国民党的独裁统治，实现救国救民、中华富强、人民自由幸福的梦想。为了大众的梦想，他们放弃了个人的追求，放弃了亲人的情爱。

　　现场的体验和感受，能够使我浮现出许多极具画面感的场景来。当年的一些当事人和相关者在监狱现场的反复讲述，给了我十分真实的记忆；亲身采访一些当年的看守特务，让我对那段历史有了更深入的了解；收集、研究历史文献档案资料，帮助我们挖掘出许多的狱中细节。"一把将军锁将世界分割为两边"，"空气呀、日光呀，成为有限度的给予"，"人的意志啊，在地狱的毒火中熬炼"。他们吃的是渣多、霉多、稗子多的"三多饭"，每人只有"一脚半宽"的活动空间。这就是被称为两口活棺材的渣滓洞、白公馆监狱的真实写照。

这一切，让我更加明白：是什么样的力量和信念，让烈士们抛弃一切而义无反顾；是什么样的力量和信念，让烈士们百折不挠、坚毅内忍、持之以恒；是什么样的力量和信念，让烈士们面对监禁绝不转变立场、绝不投降；是什么样的力量和信念，让烈士们能够潇洒大度地面对死亡而无所畏惧。

根据罗广斌的记录，白公馆、渣滓洞关押的政治犯主要来自三个方面：一是抗战胜利后，迫于全国人民要求取消特务机关的呼声，贵州息烽监狱撤销，原关押于该监狱的72名"政治犯"转到重庆白公馆看守所继续关押，隶属于国民党保密局；二是"六一"大逮捕人员、新四军被俘官兵及民盟人员等；三是川东武装起义失败和《挺进报》破坏后被捕的人员。罗广斌的报告说："一般来说警备部、二处等是'小学'，渣滓洞是'中学'，白公馆是'大学'。"

渣滓洞监狱隶属于西南长官公署，白公馆隶属于国民党保密局西南特区。关于两所监狱的源流变迁，周养浩、黄逸公、邓培新在1954年的一份《匪军统局重庆白公馆看守所情况》交代材料中有详细的记述：

由于秘密逮捕的人太多，军统重庆望龙门看守所常告容满，又因该所距大街很近，行人极众，保密是个很重要的问题。再因空袭频繁，为防犯人趁空袭之际逃跑和将犯人移入防空洞时被外人看见等等，匪首戴笠决定在重庆郊区设立一绝对秘密的集中营，以便于审讯、看管、屠杀等罪恶勾当的执行——白公馆集中营就是在这种情况产生的。1939年夏，"军统"以"军事委员会战地工作服务团"的名义，将重庆磁器口缫丝厂整个地区及民房强征，作为"军统办事处"之用，并将该局部分人员迁入乡下办公（因警报关系）。为了戴匪笠直接掌握，以及审讯方便，屠杀更为秘密，警卫更为严密起见，由戴匪亲自觅定磁器口松林坡山脚前四川军阀白驹的"香山别墅"，即"白公馆"为集中营。"中美所"成立后，美将大批来华，宿舍极感缺乏，且白公馆人犯激增。1943年春，戴匪笠命令将"白公馆看守所"迁入渣滓洞。白公馆改名为"中美所第三招待所"。1945年秋，白公馆改为特别看守，以囚禁叶挺将军。1946年5月至7月，大汉奸周佛海、罗君谊、×××等被囚于白公馆。渣滓洞看守所所长为侯子川。人犯常在150人以上。抗战胜利后，1945年10月，戴匪笠调侯子川为"军统北京看守所所长"，并派丁义质为渣滓洞看守所所长。

　　1946年7月，"军统"命令息烽监狱撤销。该监在押之革命及爱国民主人士安文元、黄显声、李英毅等7人移送渣滓洞集中营继续监禁。同年8月，"军统"命令望龙门看守所撤销，在押之人犯10余人移禁渣滓洞看守所，望龙门看守所——行动组全体匪徒调渣滓洞看守所工作，派杨丘山为副所长兼行动组长。是时在押人犯约200人。1946年9月，张少云免职，由匪保密局派丁敏之为主任军法官兼渣滓洞看守所长。负责全所行政及在押人犯的审讯与处理工作。

　　1947年春，丁敏之调伪国防部军法局工作，由保密局派郭文翰继任主任军法官兼渣滓洞看守所长等职务。副所长杨丘山，改行动组为看守组，由杨进兴充任看守长，并增派驻所"法官"一人，由保密局派周铁生担任，负责在押人的审讯及处理工作。

　　1947年4月，保密局"命令渣滓洞看守所迁回白公馆"（注：1947年10月由伪重庆行辕第二处——"西南长官公署第二处"——在渣滓洞设立另一集中营）。同年秋，郭文翰去南京，"白公馆看守所"暂由周铁生、杨丘山共同负责。不久，郭匪调为"湘桂铁路警务处司法课长"，周铁生调充"成渝铁路警务处司法课长"，白公馆看守所所长由保密局派张鹄继任，另派一军统特务（名不详）充任"法官"。

1948年秋，副所长杨丘山另调工作，由保密局指派交警直属大队副大队长谢旭东兼任白公馆看守所副所长。

1949年3月，张鹄由周养浩向毛人凤保荐，调张匪接替龚国彦特务队长职务，负责看守杨虎城将军。所遗"白公馆看守所所长"一职，由周养浩向毛匪人凤保荐，由毛匪派陆景清（毛匪人凤的连襟）充任。副所长仍为谢旭东。

1949年11月27日，由毛匪人凤、徐匪远举、周匪养浩等主持之"中美所"大屠杀时，"白公馆"在押之革命人士黄显声、李英毅、安文元等数十人均被杀害。白公馆看守所长陆景清主持屠杀后逃往台湾，其余匪徒依"保密局西南特区"的游击计划，谢旭东（潜伏打）"游击"，看守长杨进兴奉特务头子周养浩命令，于1949年11月29日参加屠杀"新世界丙种会报"在押之革命人士艾仲伦、钟奇、黄细亚（女）等32人后，随伪"重庆稽查处"逃成都，由周养浩发给杨匪杀人奖金后，逃往华蓥山。至此，白公馆看守所"即瓦解"。

白公馆看守所，在抗战期间是受匪首戴笠和"军统局司法室"直接领导，并为"军统造时场办事处"配属单位。仅由所长侯子川出席"办事处"一般行政性会议。作为单位间的联系，办事处主任无权过问该所的业务，看守所长亦无向该处会报工作的必要。业务上联系最密切的是特务总队行动组——望龙门看守所，以及"特务总队第一大队"、"息烽监狱"等。其次，为了报销和请领经费、粮食等事务工作，该所与"军统局经理处"、"军统局总务处"有联系。

1946年5月，"军统"迁南京，白公馆看守所曾受"军统重庆绥东办事处司法组"领导，负责处理该所合并及在押人的结案等工作。该处撤销后，从1946年冬起，该所即受"保密局"直接领导，受"保密局重庆站"监督，以及该所列为"保密局重庆办事处"的配属单位。

在押人的案由大体可分为：革命及爱国民主人士和反蒋最激烈者，"军统"违纪分子，汉奸犯，外国人（苏联等国籍）及其他等等。

白公馆看守所人犯的处理：在抗战时期，该所人犯是由该所负责秘密屠杀，或转送"息烽集中营"继续监禁或秘密屠杀，解交反动政府军法机关，如"军事委员会军法执行总监部"、"军政部军法司"、"重庆卫戍总司令部军法处"等去公开屠杀或判刑，刑满或"四一特赦"释放等等。

1946年以后，该所的人犯，是由该所负责秘密屠杀，或转送渣滓洞集中营负责秘密屠杀，解交伪西南长官公署军法处、伪重庆警备部负责公开屠杀，"军统"违纪分子及革命叛徒由该所释出等。

1946年春起，至1947年春止，"军统"曾清理一次积案，依照反动政府颁布之"大赦令"及"军统"决定"纪念戴匪逝世之特赦办法"，除在押之革命人士及蒋贼交押者和坚持革命立场反对蒋贼统治者不赦外，"军统"违纪及贪污不法分子、汉奸及叛徒等均大批赦出，同时在旧政协时期，蒋贼曾密令戴匪屠杀在押之重要革命人士一批。

……

白公馆看守所的组织和人事，从1939年成立起，至1945年9月止，该所仅设所长、书记、事务员各1人，另有传令兵1人，男女勤务兵各1人，以及生产组等。

……

白公馆看守所的任务，是根据该所各个时期的具体情况来决定的。在抗战时期，该所在押人犯分为侦讯时期、短期禁闭（一年以下的徒刑）两种性质。因此，在这个时期中该所的主要任务是：配合侦讯工作、执行秘密屠杀、负责执行已判徒刑的人犯思想考核等等。

在抗战胜利以后，直至解放时，该所的中心任务是：配合侦讯工作，使用金钱、官职、女色、酷刑等软硬兼施的手段，诱迫在押者背叛革命、出卖组织，负责执行秘密屠杀及其他非本所之秘密屠杀工作，负责监禁、考核已被判处徒刑之革命人士等。

同时，根据"军统"密令中对每一在押人之"案由"、"刑期"、"禁锢"、"镣禁"等原则，决定看管等具体办法为"男女分监"，"重要者分监"，"重要革命人士一律钉死镣、活镣"，"担任生产者分监"，"新犯与老犯分监"，"密派在押之军统特务及汉奸在狱中工作，给予一定数目的津贴"，"运用教诲组担任'说服'与'考核'在押人之工作"，"禁止通讯或接见"，"军统高级特务及大汉奸优待，出狱时，要填具保守秘密之切结与悔过书"等。

该所还订了条狱规，对休养人（犯人）的言行自由完全剥夺。如有"违反"，轻者处以体罚，重者是拳足交加，并加镣铐。这条对在押之"高级特务"及"大汉奸"是"不适用"的。他们不仅可以自己做饭、做菜，而且可以出去散步，甚至还能进城看戏、洗澡、进馆子等等。××××缉大队长许忠五、重庆航空检查所姚悟千、西康站长董士立、兰州稽查处长钱明新、陕西省调查室主任萧漫留、蒋匪介石的亲哥哥郑发等，以及大汉奸周佛海、罗君强、丁默×等匪徒都享受着优待。

反之：革命人士叶挺将军、罗世文、车耀先、蒲华辅、陈然、王朴、黄显声等，则备受虐待或苛求，享受的不是优待，而是辱骂和镣铐。由于生活上被虐待，思想上被监视、迫害，入监时被刑讯或镣铐的身体的损伤，监房的潮湿阴暗，粮食、副食被克扣，生病不给医药，强加于犯人身上的苦役等等。10年来，据我听说的，由于上述情况造成瘫痪、神经失常，以致死亡的共有10余人。一般的"犯人"都是面黄肌瘦的，特别是"女犯人"和"外国人"更受迫害。因不堪压迫、虐待之痛苦，铤而走险逃出者有：韩子栋及苏联上尉军官辛可夫等，就可证明我所对革命人士残酷迫害的情形。

为了配合审讯：刑讯是特务机关惯常的。在白公馆审讯用刑，多由武装警卫及看守组负责执刑。

1947年10月，正式成立西南长官公署第二看守所——渣滓洞看守所。由伪西南长官公署第二处处长徐远举派李磊为所长，徐贵林为看守长，负责全所行政、看守及秘密屠杀等工作。

渣滓洞看守所，受伪西南长官公署第二处直接领导，并受伪西南长官公署军法处、伪保密局西南特区的指导和监督；同时出席匪保密局重庆公产管理组长周养浩主持"中美所"境内之单位会报；并与保密局白公馆看守、交警直属大队、第二处老街看守所等单位在业务上取得密切联系。

渣滓洞看守所的人犯来源和处理：该所接收的第一批"人犯"是重庆、成都、内江等地"六二"事件逮捕之中共及民主党派人士张国雄、张现华、蓝国农、李文钊、马哲民、李康、舒军等40余人。第二批是中共地下报《挺进报》被破坏后被捕之革命人士任达哉、刘德惠、刘国鋕等数十人。第三批是在华蓥山逮捕之农民起义首领及川东地下党革命人士楼阅强、张八妹（女，即陈昌秀）、杨汉秀（女）、袁尊一等30余人。第四批是在成都逮捕之中共川西地下党革命人士华健、罗广斌等10余人。第五批是在重庆、成都等地逮捕之川康民革人士黎又霖、王白与、周均时、周崇化等10余人。其余为由"重庆特刑庭"、"丙种会报"、"第二处"、"西南特区"等单位逮捕解送者有：罗致德、荣增明（女）、康某（女）等10余人，以及在云阳逮捕之盛超群和在广元逮捕之徐向前司令员的参谋长及参谋等多人，均禁该所。伪西南长官公署军法处在该所寄押有10多人。

总共该所羁押人数在200人左右。90%以上为革命人士，其中为中共、民盟、民革和领导工运、学运、军运等领导人物，以共产党员为最多。

改造与反改造。

白公馆、渣滓洞看守所是两个没有刑期的监狱。关押进去的人，没有经过司法程序的审判，除了极少数被各种关系保释出去，或者是背叛了自己原来的信仰，参加国民党特务工作，大多数都是被秘密杀害。我们现在所能够看到的资料，被关押最长时间的有1937年被捕、1949年被秘密杀害的杨虎城将军等，有1940年被捕、1946年被秘密杀害的罗世文、车耀先，有1941年被捕、1949年被杀害的共产党员许晓轩等。在国共斗争时期，被抓捕的共产党人和革命者，国民党要你放弃共产主义立场、写出自白书、交代出组织，参加破坏地下党的工作。从诱其叛变，许以金钱、权利、地位，到采用刑讯逼供逼迫就范，在这一切均不能够有效果的情况下，就会将你投放进监狱实施折磨，以摧垮精神、打垮思想意志，实施惨无人道的改造。为了反抗这种改造，坚持斗争，狱中党员建立了狱中的秘密支部，领导开展狱中斗争，包括采取绝食抗议、要求改善生活待遇条件、组织秘密诗社鼓励斗志、利用放风进行串联、互通情况、组织学习坚定信心，还包括秘密策划越狱、与狱外取得联系等。因此，在白公馆、渣滓洞监狱，国民党的改造与革命志士的反改造的较量一直激烈地进行着。

国共斗争时期，国民党对共产党采取了溶共、剿共、限共、防共、反共、灭共等多种方法，但一直就没有把共产党的问题解决，反而被共产党战胜并丢失了政权。在战场上，在谈判桌上，乃至在监狱里，国民党和共产党一直针锋相对了几十年，最后蒋介石在1949年9月6日的日记里说:"共产党组织严密、纪律严厉、精神紧张。"他和他的部下无不感叹:为什么优秀的人才都到共产党那里去了!

蒋介石和他的部下发出这种哀叹,不是没有道理的。国民党虽是一个革命的党,却一直没有在理论上有所建树,在党内没有一个可以整合各方力量、统一各种思想的理论指导。而共产党通过总结历次失败的经验教训,在遵义会议时彻底纠正了党内机会主义的思想,通过延安整风确立了马克思主义与中国实际相结合,形成了指导中国革命走向胜利的毛泽东思想。

因此,狱中斗争可以说是两种世界观、人生观的斗争。红岩志士在这里表现出一种"砍头不要紧,只要主义真"的革命英雄主义的豪迈气概。

罗广斌在报告中写道:1948年,渣滓洞监狱为了教育改造政治犯,成立了"青年感训大队",在高墙上写下了"青春一去不复还细细想想!认明此时与此地切莫执迷!!","迷津无边,回头是岸;宁静忍耐,毋怨毋尤"的感化标语。在白公馆的墙上也写了"政府痛惜你们背道而去,急盼你们转头是岸","自觉、自动、自治、自律、自制",希望他们"正其宜不谋其利,明其道不计其功"的标语。

罗广斌报告中还记录:

杨家山建立"经济研究室",主要做一些经济资料的收集工作。叛徒涂孝文、蒲华辅曾被强迫去参加工作,但是被他们拒绝了。

罗广斌的报告记录了发生在渣滓洞监狱规模最大的一次狱中斗争——追悼会:

1948年12月15日，渣滓洞周年纪念日，新四军在胜利时复员的士兵龙光章（合川人）死了。他们11个人被捕，送到渣滓洞时已拖死了6个。他死了，牢里空气很沉重。每一个难友都觉得生命毫无保障，连应有的医药都没有。因此发动绝食，要求追悼。所方终于认识了这种力量，而且让了步，买了棺木，放火炮，正式开追悼会。由所长主祭，全体难友陪祭。在最困难的集中营里，这次斗争的成绩，是相当成功的。难友写出了许多用草纸做的挽联和扎制了黑纱、纸花，充分表现了灵活的创造性和团结的斗争精神。"是七尺男儿生能舍己，作千秋雄鬼死不还家"，就是那次的挽联之一。

龙光章（1925—1948），四川合川县（现重庆合川区）人。是新四军江汉独立旅32团1营3连战士。1946年8月在湖北房县突围战斗中负伤被俘。在万县监狱，曾组织难友越狱，救出部分同志，后挺身担任断后任务，再次被俘后被打成重伤。1948年与四位战友转押渣滓洞监狱，因伤病得不到治疗，12月15日病逝。他在狱中的难友周质纯同志，1949年11月11日从渣滓洞监狱转押过程中逃脱。解放后，他在一份材料中详细记载了"狱中追悼会"的情况：

我们新四军于1948年4月进入"中美合作"集中营第六室（楼下）入狱。虽然被国民党残害，但我们的思想上是非常乐观的。每天都在地下画字学习文化，用泥做的算盘练习珠算。而外，就是讨论国家形势，从楼上和墙壁眼里传来解放军在各个

狱中追悼会

战场上的捷报消息。各个牢房都在开庆祝会，我们也唱歌庆祝解放军的胜利。龙光章同志的病害很长，其主要原因是饿肚子，又喝冷水，就生了阿米巴痢疾，拖了几个月无人治疗。在死的这天晚上，敌人医生刘石仁不在监狱。临死时，他给我讲，我们有机会出去时，一定要给部队首长带个信，他的革命任务没有完成。另叫给他家庭安慰好，不要舍不得他，只当革命战友在战场上牺牲了的。这样说着话，就翻身死了。我们向敌人守班的喊了数次，说龙光章同志死了，他们来都没有来一次。第二天早晨，李磊才来看了一下，叫把龙光章同志抬出来放在外面，吃早饭把他弄去埋了。当时我们不同意，要求给龙光章烈士买木头棺材，烧纸扎花圈。李磊不同意，并说我们这里没有这个礼节。吃了早饭，敌人买了一个棺材，抬到六室准备装龙光章。我们不准抬，质问敌人龙光章犯了什么罪，你们把他致死，不买大棺材不行。敌人抬，我们不准，坐在龙光章的身上，结果全牢房乱吼起来，要求李磊接受我们提出的条件。当时李磊答应，让我们派代表去谈判。谈判没有成功，晚上敌人强行要将龙光章拉走，拖出去埋了。当时全牢房难友对我们几个新四军同志希望就是保护龙光章，不让敌人搬走。这时，敌人来抢，我们四个新四军战士均坐在龙光章的身旁。敌人来抬，我们两个人保护龙光章，还有两个人就睡在棺材里面。这样，我们全部牢房发动绝食，敌人抬来的面、米饭和蒸肉，都没有一个人吃。最后绝食在第七天的时候，敌人看到时机不妙了，又才叫派代表去谈判。这时谈判才接受我们三条要求。这几项要求是：一、为龙光章开追悼会，设灵位，会后集体送葬；二、白布裹尸，用棺木礼葬龙光章；三、改善生活条件，今后不许虐待政治犯，重病号一律送医院治疗。

龙光章在万县监狱，组织难友越狱，使百余难友安全脱逃。

自己和战友吴学正、李泽、吴正钧等挺身担任断后任务，不幸负伤又被抓进监狱。在他生命的最后时刻，他要求战友转告部队首长：自己没有完成任务，要家人就当他在战场上牺牲了。病死的时候，才23岁。作为一个战士，他总是想到别人的安危，"是七尺男儿生能舍己，作千秋雄鬼死不还家"。狱中斗争的这次胜利，永远与他的名字联系在一起，让我们感到一个革命战士那种不可压倒、绝不屈服的坚强意志。艾文宣烈士生前在狱中为龙光章同志写了一首纪念他的诗：

不要眼泪，不要人们的慰藉，记住啊——中国人还活着！这册血写的账簿将是一块历史的丰碑！死，是永生，死，并不是战斗之火熄灭。让他永不泯灭的忠魂，在青翠的歌乐山巅，仰望黎明。

在罗广斌的报告记载中，渣滓洞监狱还发生过一次大规模的斗争，这就是"春节联欢会"。"新年，又是一次灵活的斗争场面。球赛时，队员穿着绣有'自由'二字的背心。各室利用放风的机会表演节目。早上全体唱歌——正气歌（各室预先约定），最后女室杨汉秀利用她的社会关系，正式要求所方准许女室表演，所方同意了。结果，竟是一场化装的秧歌，弄得所方哭笑不得。"

1949年，我人民解放军在全国各战场胜利的消息，通过报纸和特务收听的广播一点一点地传到牢房。在春节那天，难友们决定利用新春这一天大狂欢，以释放压抑在心中的那种对革命即将胜利的喜悦心情。正好那一天除了平时比较同情革命者的看守黄茂才值班外，看守所长等都回家过年去了。在难友们保证"决不出乱"的情况下，黄茂才打开所有的牢门，让政治犯们热闹一下。

唱歌、疯跳、拥抱，甚至是在地上打滚、呼喊、击碰铁镣、敲打手铐，有的在院坝中狂跑！

　　人民解放军在全国各战场胜利推进的消息，使狱中难友们忘记了自己是在监狱。看守黄茂才写的回忆材料中说：

　　他们都高高兴兴涌出牢房，并开始每个牢房互相赠送礼物，有的送和平鸽子，有的送镰刀、斧头。然后他们都开始按每个牢房准备好的文娱节目活动，从楼上依次进行。他们表演节目各式各样都有，如跳土地、耍魔术等。上午没有结束，下午继续进行活动。最后是女牢表演更精彩，她们将自己五颜六色被面拆下来披在背上，有秩有序到院坝里扭秧歌，并且唱"解放区的天是明朗的天，解放区的人民好喜欢呀"。当时，楼上楼下拍掌大声叫"好呀！好呀！"正在兴高采烈的时候，管理员谢伯衡从城里回来到院坝。听见他们在唱《解放区的天是明朗的天》，谢就问我："你为什么让他们唱解放区的歌曲呢？"我当时回答他说："我没有听见他们唱什么歌曲。"后来，他向所长反映了这件事，不久所长叫我到他办公室大骂了我一顿。问我初一那天搞了些什么，如果徐处长知道了，谨防受严重处理的。并警告我，下次再有类似情况发生，就要严重处理。1949年11月我被资遣，这次联欢会也是其中因素之一。

　　在春节联欢的这一天，难友们在牢房的门口贴上了一副副用草纸制作的春联，如：

　　"两个天窗出气，一扇风门出头。"横额："乐在其中"。

　　"歌乐山下悟道，渣滓洞中参禅。"横额："极乐世界"。

　　"洞中才数月，世上已千年。"横额："万象更新"。

　　渣滓洞有的看守看了这些春联以后，十分的不解。为什么天天坐牢，哪还有什么乐在其中、极乐世界啊！看着戴脚镣、手铐的

狱中联欢会贴春联

"政治犯"如此的狂欢、作乐，他们实在是不明白，以致全傻傻地看着，边看边摇头边发出不可思议的感叹！

在这一天的春节联欢会上，狱中斗争的又一秘密组织宣告成立了：铁窗诗社。流传下来的代表作有唱和诗六首——

渣滓洞监狱大屠杀的脱险志士傅伯雍，当年在狱中创作有《入狱偶成》：

权把牢房当我家，
长袍卸去穿囚褂。
铁窗共话兴亡事，
捷报频传放心花。

因川东武装起义，于1948年6月在开县被捕的中共下川东地工委委员，1949年11月14日牺牲于电台岚垭刑场的杨虞裳，当年创作的诗是：

英雄为国就忘家，
风雨铁窗恨磕牙。
革命成功终有日，
满天晴雪映梅花。

1947年3月被捕、殉难于"11·27"大屠杀的刘振美烈士创作的诗是：

誓歼国贼野心家，
生命何须问子牙。
乐观主义心无畏，
坐对铁窗吐笔花。

1948年因《挺进报》被捕、殉难于"11·27"大屠杀的烈士白深富，创作的诗是：

只为祖国不为家，
消灭群凶与爪牙。
正气歌声震寰宇，
要叫铁树开红花。

1948年因川东武装起义被捕、殉难于"11·27"大屠杀的艾文宣烈士，当年创作的诗是：

别妇抛雏不顾家，
横眉冷眼对虎牙。
深知牢底坐穿日，
全国遍开胜利花。

1948年因搞军运被捕、殉难于"11·27"大屠杀的张学云烈士，当年创作的诗是：

对敌斗争靠大家，
酷刑难熬紧咬牙。
蒋贼兵败末日近，
坐穿牢底戴红花。

因《挺进报》1948年被捕、殉难于"11·27"大屠杀的古承铄烈士，当年创作的诗是：

在战斗的年代，
我宣誓：
不怕风暴，
不怕骤雨的袭击。
一阵火，一阵雷，
一阵狂风，一阵呼号，
炙热着我的心：
脑际胀满了温暖与激情。

我宣誓：
爱那些穷苦的、
流浪的、无家可归的、
衣单被薄的人民；
恨那些贪馋的、
骄横的、压榨人民的、
杀戮真理的强盗。
我宣誓：
我是真理的信徒，
我是正义的战士，
我要永远永远，
为人类的自由幸福而战！

1947年因"小民革"案被捕、殉难于"11·27"大屠杀的何雪松烈士，当年创作的诗是：

乌云遮不住太阳，
冰雪锁不住春天，
铁牢——
关住了战士的身子，
关不住要解放的心愿。
不怕你豺狼遍野，
荆棘满山，
怎比得，
真理的火流，
革命的烈焰。

看破晓的红光，

销铄了云层，

解放的歌声，

响亮在人间。

用什么来迎接我们的胜利？

用我们不屈的意志，

坚贞的信念！

因《挺进报》1948年被捕、殉难于"11·27"大屠杀的何敬平烈士，当年创作的诗是：

为了免除下一代的苦难，

我们愿，

愿把这牢底坐穿。

……

我们是天生的叛逆者，

我们要把这颠倒的乾坤扭转！

我们要把不合理的一切打翻！

今天，我们坐牢了，

坐牢又有什么稀罕？

为了免除下一代的苦难，

我们愿，

愿把这牢底坐穿！

（以上各首诗，均见《黑牢诗篇》）

以诗言志。诗是烈士保持革命气节的自我激励，诗是烈士憧憬未来的激情挥洒，诗促烈士超越自我，诗让烈士绝不屈服。

狱中，读书学习、诗文创作是坚持狱中斗争的最主要形式。为了今后更好地建设新中国这一美好憧憬，难友们抓紧坐牢的时间，相互帮助，努力学习，以逐步提高自己。罗广斌在报告中这样记载：

白宫（即指白公馆）原是关特务的，后来把政治犯也关在一起。书较多，什么都有。看书要登记，以检查思想，但大家仍选自己高兴的书看。监视也较严，没法进行集体学习，只能个别读书。陈然专修生物、化学、数学、军事科学和历史，刘国铤专读历史，王朴专读历史和军事科学。坐牢九年的老同志（党员）许晓轩、谭沈明在室中自修英语、俄文，十分精通了，一般书籍几乎全读过，在修养上也最好，连特务都尊敬他们。

报告中提到的许晓轩、谭沈明，是狱中党支部的核心人物。

许晓轩与许建业。在小说《红岩》和电影《烈火中永生》中，许云峰是一个家喻户晓的名字。他在狱中坚贞不屈、临危不惧、视死如归的英雄气概，为世人所敬仰。而许云峰的原型之一，就是白公馆狱中党支部书记许晓轩烈士。

1938年，许晓轩随无锡公益铁厂迁到重庆，认识了青年职业互助会的领导人杨修范同志，参加了互助会的活动。职业互助会是在我党领导下的，组织青年学习理论、宣传抗日、促进统一行动的社会团体。1938年5月，许晓轩加入中国共产党。入党后，因工作的需要，职业经常更换。先在复兴铁工厂，后到国民党的液体燃料管理委员会，又到中华职业教育社，还在沙坪坝开过青年书店。同年的五六月，川东青委决定创办《青年生活》月刊，许晓轩任编委。1939年春，许晓轩担任中共川东特委青委宣传部长，后调任重庆新市区区委委员。1940年3月，许晓轩去大溪沟第21兵工厂分厂开会，会议结束后即被早已埋伏的特务逮捕。他先后被关押于望龙门看守所和白公馆看守所。1941年10月，又被转押到贵州息烽监狱。1946年7月，军统息烽监狱撤销，许晓轩等又被转到重庆白公馆看守所。在白公馆由许晓轩、谭沈明、韩子栋三名同志组成了临时支部，许晓轩同志担任支部书记。

许晓轩

1948年7月21日，敌人在重庆大坪公开枪杀了地下党重庆市委负责工运的许建业等同志。在刑车上，同志们高呼口号，英勇就义。许建业壮烈牺牲的消息传入狱中后，许晓轩怀着对敌人的无比愤恨和对战友的深切悼念，写下了一首祭奠先烈的七律《吊许建业同志》：

噩耗传来入禁宫，悲伤切齿众心同。
文山大节垂青史，叶挺孤忠有古风。
十次苦刑犹骂贼，从容就义气如虹。
临危慷慨高歌日，争睹英雄万巷空。

诗中寄托了对战友的哀思，表现了烈士坚持对敌斗争、在刑场上气冲霄汉的动人情景，讴歌了烈士的大无畏革命精神。全诗告诉我们，烈士的壮举必将化为无比强大的力量，激励后继者去完成他们未竟的事业。

许建业，四川邻水县人，1938年8月加入中国共产党，曾任中共重庆市委委员，负责工运。1948年4月被捕，同年7月21日牺牲于重庆大坪，时年28岁。

1947年底，李子伯转囚渣滓洞。临别时，许晓轩曾作《赠别》诗相送。

相逢狱里倍相亲，
共话雄图叹未成。
临别无言唯翘首，
联军已薄沈阳城。

许晓轩在息烽监狱时，特务多次劝他"悔过自新"以获得自由，出去与妻子、女儿团聚，他坚决拒绝。在息烽监狱，他凭着对党的无限忠诚，凭着机智勇敢，多次挫败敌人的阴谋。特务要他在树上写8个字：先忧后乐，效忠党国。他踩着楼梯，将"先忧后乐"4个字写完，就故意从楼梯上摔下来，而拒绝写后面4个字。

在白公馆监狱，许晓轩从容地对难友说："如果在我临死的时候，敌人问我有什么要求，我就说要看当天的《新华日报》，看后死无遗憾了。"

许晓轩被捕以后，他的妻子姜绮华四处告状，为营救他而奔波。但最终她得来的是丈夫死于重庆解放前夕大屠杀的噩耗。后一直未再嫁。她说："他在我心中的位置没法拿掉。"许晓轩被逮捕时，他的女儿许德馨只有8个月。1947年，许晓轩再次押回重庆关押的时候，她们收到一封从狱中带出的信。许德馨这样回忆说：

有一次，父亲从狱中托人转来了一封信。更准确地说，这不是信而是他革命意志的自白，是斗争到底的宣言！他带给我们的是一个香烟盒子，后面有4个铅笔字：宁关不屈。后来越狱出来的同志说，敌人对我父亲软硬兼施。开始，强迫他在烈日下做苦工，酷刑拷打，但是无法从他嘴里得到一个字。敌人不得不承认严刑在我父亲身上是无效的，审讯更是多余。于是，他们改用软的，妄图以释放为钓饵，要父亲在"悔过书"上签字，但父亲直截了当地说："要枪毙，请便！要我签字，休想！"

父亲来不及给我们留下遗言就牺牲了。我手头有一封信，是1947年春天他入狱7年后写给母亲的，信上说：7年了，7年是很长的一段时间，你受的苦也很多了，我当然也很不容易度过。可是我自己清楚苦的来源，因此我不会失望和悲观。我常常回想过去的事情，也想到将来。我候到馨儿长大了，她长得很结实，比你我都强，她读我读过的书，做我做过的事情，并且相当能干，一切不落人后。

1949年11月27日，许晓轩在白公馆被押出枪杀时，他知道自己生命最后一刻到了。他走出牢房，仰望天空，弥漫的浓雾锁住了山城的太阳，五星红旗不能够亲眼看见，但是新中国的建立使他有无上的荣光！回过头，他看见牢房里每一双熟悉的眼光，镇静地留下一段政治遗言："请转告党，我做到了党教导我的一切，直到生命的最后几分钟，仍将这样……希望组织上注意整党整风，清除非无产阶级意识。"

许晓轩以自己的思考和总结，向党组织提出了肺腑之言："希望组织上注意整党整风，清除非无产阶级意识"。他以自己狱内外的生活经历，特别是狱中斗争的现实，感到"整党整风"的必要性和重要性。监狱里，"悔过自新"就能够获得出狱；监狱里，"出卖组织和同志"就能够获得新生。每个人，随时处在"两个世界"之间。长期的监禁，摧残人性；坐牢与出狱，考验思想；死亡和生存，必须选择。狱中党组织，加强对党员的气节教育，利用放风时间，要求党员坚定立场、要求党员不背叛信仰。精神上、思想

> 请转告党，我做到了党教导我的一切，直到生命的最后几分钟，仍将这样……希望组织上注意整党整风，清除非无产阶级意识。
>
> ——许晓轩临刑遗言

许晓轩遗言

上的崇高，必须建立在对党的情感、对党的目标认同基础上。党的组织能够健康发展，是狱中党员的最大心愿；党能够战胜各种"非无产阶级意识"，是战斗力、生命力持续的关键；党的长治久安，也是他们自己生命不朽的最大意义。

当然，许晓轩像常人一样，有自己的家庭，有自己的子女，他也非常爱自己的家人。作为一个有政治信仰的人，他有"宁关不屈"的党性和"先忧后乐"的人生观，他不但为"小家"，他更爱"大家"。

长期的监禁是非常摧残人意志的，坚定的理想信念是支撑革命意志的最大基础。理想信念的力量，是属于精神或意识形态的层面，它可转化为任何痛苦和摧残都无法动摇的行为支持。烈士自始至终、忠诚不贰的人品，令人敬佩，他们实现了自己的誓言——"永不叛党"。

谭沈明，1937年加入中国共产党，1941年被捕后先在川东师范学院的防空洞关押，后又转押到贵州息烽，1946年转入重庆白公馆。被捕前，他在川盐银行当过服务生，后又到南岸一家袜子厂当经理，因在厂里开展进步活动而被逮捕。在狱中，谭沈明为了保持革命意志，他坚持学习，而且是自学俄文和英文。他的愿望很简单，就是将来出狱后，能够到苏联去学习。曾与谭沈明关押在一个牢房的脱险志士周居正解放后回忆："他平时与任何人谈话都是满面春风、和蔼可亲。他的自学能力很强。每天除了吃饭、睡觉的时间外都在读书。监狱的生活，把他锻炼得更加坚强，造就了高深的学问。尤其是英文、俄文，很有心得，他每天都要抽出一个钟头的时间来写俄文笔记，现在还遗留下两本。"

谭沈明

谭沈明在狱中所写的这两本俄文笔记，我们曾经找四川外语学院的教授进行翻译。翻译时，教授们深受感动。他们为一个仅有小学文化程度的人，能够在监狱这种环境，达到能写日记的程度实在感叹。他们说："这是需要怎样的意志和决心啊！"教授们在翻译的时候，做了这样一个说明：

日记作者由于是初学俄语，由于考虑安全或其他原因，在日记中写了许多错字、别字及语法不通的句子。用了许多假名字、绰号。为了译得准确，需要向了解情况的同志请教。

重庆歌乐山革命纪念馆保存的两册谭沈明狱中俄文笔记，时间是1949年7月至9月，大部分内容是对当时狱中所知道的一些国民党和人民解放军战场的消息，以及报纸中有关社会新闻报道和狱中情形的记录。从这些记录当中，我们可以了解到狱中的一些情况和烈士们的豁达与乐观。

··········· 解读狱中八条 ···········
EIGHT SUGGESTIONS MADE IN PRISON

关于狱中的生活，谭沈明的俄文日记虽然是只言片语，却能够让人感觉到什么是禁锢的世界，什么是迫害。日记这样记录狱中的伙食情况：

7月1日，今天伙食分下来了，他们看守有两个菜而我们只有一个菜，早饭有一点胡豆，而昨天早饭则有点黄豆。

为了洗澡的需要，把三条烂毛巾连补成一条。

两天我们吃的是坏了的油，这个我们无能为力。

当我们吃午饭的时候，我只吃了一小碗饭，就没有饭了。我很生气，骂道，这个鬼地方早点毁灭。后来"勒"给我了一大碗干饭。他建议我换个碗。

早上的稀饭不够，中午的菜好，但很少。他们说将吃盐巴了，因为没有钱了。

菜很坏，真见鬼，全是藤藤菜、绿豆、南瓜。这个月没有盐，米也不好，而且经常饭很少。

以上这些关于狱中生活的记录，为我们了解当年监狱里恶劣的生活条件提供了原始的资料。从生活上折磨被关押的"政治犯"，是敌人妄图打垮革命者精神意志的一种手段。本来就少得可怜的生

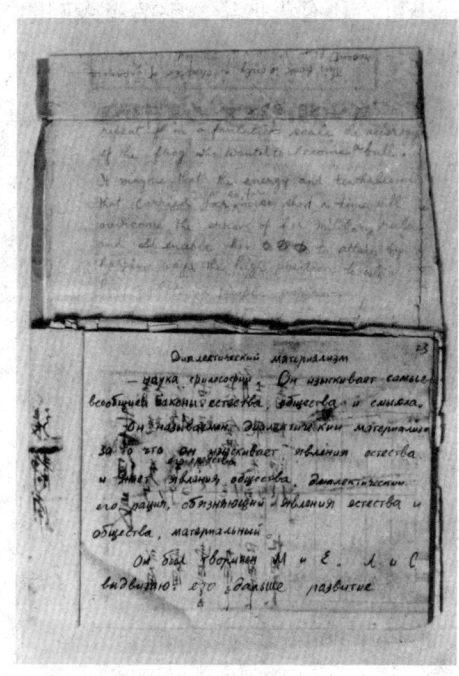

谭沈明俄文笔记

· 159 ·

活费，还要被看守特务盘剥，所以狱中的"政治犯"就只能够吃到最贱卖的蔬菜。至于这个"勒"是指谁，我们现在无法考证，只是可以判断这是关照谭沈明的战友，这个战友有可能是狱中的某个孩子。

关于被逮捕进来的人所受到的非人待遇，日记中是这样记录的：

又带来两个老头，一个在二楼，另一个在厕所过夜。戴的是重镣铐。没有床，只有凳子，夜里他病了，想吐。

白公馆关押有几个"小政治犯"，他们是宋振中——"小萝卜头"和曾经在白公馆关押过的李荫枫、葛雅波的孩子李碧涛，以及郭德贤的两个小孩郭小波、郭小可，还有王振华、黎洁霜夫妇的王小华、王幼华。在谭沈明的日记里，对小孩在狱中的情景也有记录。当然，我们无法考证日记中所说的生病的孩子是哪一个。日记当中有这样的记载：

小孩病了，他的妈妈为他的病重哭了。每个同志都很关心这件事。他得了什么病，大家都不知道，病情很危险。按中国话说叫可怕的风病，很多孩子都是得这种病死的。没有药，没有钱，没有医生，我们又没有能治小孩病的经验。

××比我们有经验。但他不能下楼，他站在二楼对我们说中药方法：蛋和母亲的头发放在小孩的肚子上搓，但是没有鸡蛋。

我们想买蛋来制治风热的药，但没有钱，而且没有人能够去买，我们是囚犯，不可能自由地做这件事。我们只有眼看孩子死去。

但是谢天谢地，一个新来的犯人有这种药。小孩吃了，病减轻了。

解读狱中八条
EIGHT SUGGESTIONS MADE IN PRISON

根据档案的记载,被关押的"小萝卜头"、李碧涛、郭小可、郭小波、王小华、王幼华6个孩子,只有李碧涛后来随父母辈转囚到南京,后被营救出狱,郭小可、郭小波在1949年11月27日大屠杀时随母亲一起虎口脱险。"小萝卜头"——宋振中在9月6日与父母一起被杀害,王小华、王幼华两个孩子在11月27日大屠杀时与父母亲一起被杀害。

"小萝卜头"——宋振中,是红岩中有相当知名度的一名烈士,也是殉难孩子中唯一被评为烈士的。这不仅是他被关押的时间在几个孩子中最长,还因为他在监狱这样的环境中养成了特别的"本领"。从白公馆成功越狱的文学人物"疯老头"华子良,真实的名字叫韩子栋。他是20世纪30年代受党组织派遣打入国民党"蓝衣社"外围组织的地下党员。因为从事秘密活动受到怀疑而不幸被捕。从北平到湖南益阳,再到贵州息烽集中营,后又转囚到重庆的白公馆,长达14年。由于他是属于北方地下党,又是山东阳谷人,地方口音重,讲话比较难懂,再加上没有任何关系和熟悉的情况可以使他在狱中与他人发生联系,故一直沉默寡言。抗战胜利后,转到重庆白公馆继续关押,他被狱方作为苦力经常被押出去挑菜和买油盐酱醋。其实,韩子栋一直与狱中党员同志有联系,只是他表面上看去面部呆板、两眼无光、少言寡语,其实他内心非常明亮。他也一直在寻机利用外出买菜的机会越狱脱险。他的计划也得到狱中党组织许晓轩等人的支持。为了帮助他准备实施越狱计划,"小萝卜头"按照父母的要求,将一些晒干了的米粒和锅巴,用纸包起来,在疯老头扫地的

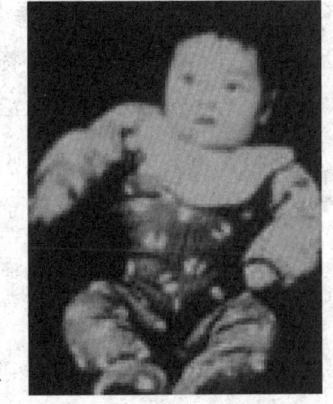

宋振中

· 161 ·

时候，故意将小纸包丢在地上，让疯老头扫进撮箕里。就这样一次一次的，疯老头为自己越狱准备了不少的干粮。后来，疯老头——韩子栋成功越狱脱险，米粒、锅巴成为了他最先逃出去的主要干粮。韩子栋曾经深情地说："我的小战友"小萝卜头"给了我具体的帮助，在我一生中的关键时候给了我最大的帮助。"

徐林侠、宋绮云

关押在白公馆的胡春浦，患有严重的胃病，监狱的"三多饭"（渣多、霉多、稗子多）使他难以咽下。"小萝卜头"发现了这一情况，就用自己从狱中油灯中"偷出"的油，用罐头盒煮了一点面条送给胡春浦。解放后，胡春浦在给"小萝卜头"的哥哥宋振镛的一封信中回忆说：

"小萝卜头"得到难友们（包括特务犯人）的喜欢。至于我个人，对"小萝卜头"更有特殊的感情。为什么我个人会对他有这种特殊的感情呢？因为我1947年10月被关进"白公馆"时正患胃病，那里的饭又冷又硬，我不能吃。当时我们同案的女同志葛雅波同你母亲住在女室，女室有炉子，可以自己做东西吃。葛雅波同志知道我有胃病，就和你母亲商量煮点面条送给我。但狱中规定，政治犯不许互相说话，也不许互相接触的。因为"小萝卜头"只是四五岁的小孩子，葛和你母亲得到特务的许可，由"小萝卜头"把煮好的面条送给我。所以"小萝卜头"当时对我个人来说就有特殊的感情。当时政治犯喜

"小萝卜头"（宋振中）和杨虎城将军的小女儿被害处——松林坡"戴公祠"警卫室

欢他，经常逗他玩，讲述他的天真可笑的事。

"小萝卜头"的父亲宋绮云和母亲徐林侠，是中共地下党西北特支的党员。宋绮云是《西北文化日报》的总编。1941年，被蒋介石下令逮捕。年仅8个月的宋振中也一起被抓进了监狱。在铁窗黑牢里，"小萝卜头"度过了8年多的童年生活。由于缺乏营养，没有正常的食品供应，他的身体发育不良，头大身小，模样遭人怜爱，难友们都亲切地叫他"小萝卜头"，以致真实的名字宋振中被人忘记了。"小萝卜头"在狱中度过了他悲惨的、短暂的童年。他在狱中想读书、想自由、想出狱看看外边的世界。我曾采访过与

"小萝卜头"一起被关押过的李碧涛和脱险志士郭德贤,她们讲了一些关于他在狱中想要学习的事情:

在狱中,他只知道谁是好人,谁是坏人,知道怎样去帮助好人,怎样与坏人作斗争。在"小萝卜头"8岁的时候,跟随父母从贵州转到重庆白公馆关押。他的母亲徐林侠,向狱方提出应该给孩子读书的机会,让孩子到外面去上学,狱方拒绝了她的请求。在"小萝卜头"的父亲宋绮云与难友们强烈的抗议下,狱方被迫答应让他学习的要求,但规定不能外出学习,只能在狱中楼上黄显声的牢房中学习。

"小萝卜头"要上学了,父亲捡回一根树枝在地上磨尖后,作为笔送给了他;母亲徐林侠撕下一块棉花用火烧焦后兑上水作为墨汁;白公馆的每一间牢房,每天省出一张草纸,给他做了几个练习本。"小萝卜头"就是带着这些学习用具到了黄显声伯伯处学习文化。

黄显声将军教他学习语文、地理和俄文。在一次学习的时候,他发现黄伯伯手里拿着一只红蓝铅笔头,好奇地问:黄伯伯,你手里的这支笔为什么一写就可以画出颜色和写出字来?为什么我的笔又大又粗,要蘸一下才能写一下,我们两个换一支好不好?黄显声将军笑了笑说:可以,但是你要用俄语同我说上几个字,我就可以把它奖励给你。为了能得到这支红蓝铅笔,"小萝卜头"每天早上站在铁窗下背记俄文单词,每天晚上睡觉前躺在床上又咿咿呀呀地背记俄文单词。当他能够用俄语同黄伯伯说几个字的时候,黄伯伯把红蓝铅笔头奖励给了他。他得到这支红蓝铅笔头后,欢天喜地地跑回自己的牢房,告诉爸爸妈妈说,这才是真正的笔。他用这支铅笔给爸爸妈妈写了4个字:大、小、多、少。此后,他再没舍得用这支笔,他盼望着有一天出监狱后再用这支笔!

1949年9月6日，年仅9岁的"小萝卜头"与他的父母、杨虎城将军一起被杀害于松林坡"戴公祠"警卫室。解放后，当人们从地下取出他的遗体时，发现他的两只小手在胸前死死地握着，当把他那腐烂的小手轻轻地打开的时候，里面攥着的居然是一支红蓝铅笔头！

　　"小萝卜头"每次从黄显声那里学习下楼后，总喜欢坐在监狱底楼的栏杆上，呆呆地仰望着天空。他想看破天空，他想看破高墙铁网，他真想出去看看。他想知道汽车是什么样子，他想知道公路有多长，他想知道外面的世界究竟是什么样子。

　　一次，一位特务走过来，拿"小萝卜头"开心。特务对他说："小萝卜头"，你叫我叔叔，我给你吃块糖。这糖很好吃，是甜的！"小萝卜头"看见特务手里的糖，不停地往嘴里咽口水，他伸出小手要拿糖。但特务说：先叫叔叔，后吃糖。"小萝卜头"极不情愿地把小手慢慢地放下，说：你不是叔叔，你是看守、特务。这个特务说：看守比你大，你也应该叫叔叔的呀，快叫，叫了给你吃糖！"小萝卜头"仍坚决地摇头说：不，你不是叔叔，你真的是特务、看守。这个特务气急败坏，要去打"小萝卜头"。"小萝卜头"立即跳下栏杆跑回牢房。他抱住他的妈妈问：妈妈，妈妈，什么是糖？他妈妈不知所措，只好指着一旁的盐罐子无奈地说：这就是糖，我们的糖就在里面。"小萝卜头"的童年就是这样在牢狱中度过的。

　　"小萝卜头"从小生活在铁窗黑牢里，他只有过一次出监狱大门的机会。那是他母亲徐林侠病重，狱方不得不用轿子抬她到国民党的四一医院去治疗。沿途让"小萝卜头"在轿子上照顾他母亲。当轿子抬出白公馆大门后，"小萝卜头"掀开轿帘，拼命地、贪婪地看外边的一切。房子、公路、商店，这些对他来说都太新鲜了。当轿子路过磁器口大街的时候，有家人正在办丧事，一口漆黑的大棺材放在路边。他很惊讶地问母亲：妈妈，那个黑乎乎的大家伙是什么呀？他妈妈抬头向外看了后，非常伤心、凄苦地对他说：那是棺材，人进去后就彻底自由了！"小萝卜头"死死地记住了这句话。回到白公馆以后，他逢人便神秘地说：我们要是进了棺材，就可自由啦！我们要是进了棺材，就可自由啦！他要许晓轩伯伯、罗广斌叔叔去找棺材！白公馆的难友们听到"小萝卜头"这样嚷嚷，他们的心在滴血，他们不知道该怎样向"小萝卜头"解释。

当时，白公馆除了关押共产党员和革命志士外，还关押着一些国民党内部的"违纪人员"。这些"违纪人员"在狱中打探各种情况，以将功补过。关于狱中这种被关押人员的复杂性，谭沈明的日记是这样记录的：

我们从图书馆借来的书被拿走了，因为要追查流言来源，传说是要罢狱，因为刽子手命令归还所有的书。

我不知道是谁把罢狱的话对凶手说了。

我想这件事的发生有两个原因。第一，可能是哪个头头或者另外哪个伟大的人物要这本书，第二，那个可耻的小报告人泄露了这个消息。

白公馆监狱，原来只是关押军统内部的违纪分子。如军统电台特支案的冯传庆、张蔚林。后来监狱也关押一些重要的共产党"政治犯"，如四川省委书记罗世文。在1947年后，白公馆监狱关押的不但有共产党人，还有民主党派成员和国民党的一些将军。这个时期主要关押的是政治犯，军统违纪分子只是个别了。

白公馆监狱关押的东北军抗日爱国将领黄显声和周从化将

军，他们能享受到的"优待"就是每天可以看报纸。虽然总是送来一些过期的报纸，但这也能够为狱中的人员提供一些信息。谭沈明在9月3日的日记中，有许多对时事的记录：

读到地方报纸评论，说西方国家的经济危机越来越严重，越来越混乱，谈美国也将面临经济危机。但是危机为何？内容是什么，我还不清楚。

英国和苏维埃及东欧一些国家进行价值一亿美元的贸易，为了挽救他的经济危机，很多反动派反对这样做。

伦敦港13000工人罢工，为了反对工人政府，这是很可怕的。政府声明，局势紧张，派去了6个士兵到工人那里去。但仍然有很多工人罢工。

政府很多人到台湾去了，少数人在重庆。

昨天城里发生了火灾，听说烧了很多房子，烧死2万多居民。

从日记中，我们能够感受到狱中学习的情况。他们非常关心时事政治，他们非常渴望得到各种信息和消息。狱中的难友们利用坐牢的时间，通过学习来丰富自己、提高自己，以便在今后的新社会有更多的知识和本领。谭沈明在日记中，记录了自己许多学习的感想和体会：

胡适博士，过去是驻美大使文化战线上的罪犯，写了一篇文章叫《文化的方向》的文章。文章的第一章说到，文化是没有国界的，人民的力量也不能把国界强加给文化，文化的传播是自由的，自古以来都是如此。例如，中国从欧洲取得了汽车、飞机、电灯，同时出口丝织品等等。

这些证明了文化的交流。

第二章讲文化的方向在于三个方面：（1）科学成就减轻了人们的困难，增加了幸福。（2）社会主义经济增加了生活用品。（3）民主政治解放了人们的思想。

胡适的想法好像是正确的。但他最后部分完全是错误的，因他坚持英美的体系（思想），他尊崇英国自由派的办法，而责备苏维埃的思想体系。

他申明称前者是真正的完全的民主，后者是虚伪没有依据的民主。

与这个落后的、反动的观点，不值得争论。

我读完了《正是半夜》一书，该书的目的是要说明在资本主义世界，中国经济是怎样的命运，民族资本家不仅不能发展，而且或者将屈服于帝国主义，或者将灭亡。

读了《中国的启蒙运动》，多次请求借词典，因好多单词我不懂。因为"人民的花朵"表示中国的每样东西，每件事情及一切东西是非常合适的。

1948年，美国有250万农业机器、2.255亿公顷土地已经实行机器耕种，使用了1500万吨化肥。

1850年，美国农民可养活4人，1920年养活10人，而现在1948年可以养活14人。

过去的西北省长在广播里发表演说，要求孙逸仙博士所有的真正信徒来改组党，来实现他的理论。他坚持说，我们应该在共产党领袖毛的管理下，和共产党一起建设我们祖国。他谴责反动派，因为反动派想打仗，不顾人们的死活。

赫将军这个人很自信。15天前或者一个月前他的观点又变了，因为他想到他们政府将垮台。但现在他认为事情又不是这样，美国将参加反共，他的"老病"又发作了。

我们也谈论苏联的科学，谈论他们怎样把不好的煤变成煤气。怎样从海里开采石油等等，我们兴高采烈地祝贺苏维埃科学的成就。

人民解放军顺着四川的方向进攻巴东。歌手告诉我关于土地的问题。当农民激起想分土地的时候，我们领导他们分土地。如果机会还不成熟，我们这样做了，那将不会成功。

艺术和科学的目的完全一样的。它们都认识现实，帮助生活。区别在于一个是认识和表现某一种感情的工具，另一个相反，是再现客观现实的特点。这是第一个区别。

唯有技术一次又一次进行实践，但它不可能帮助人认识现实。艺术，当然需要技术。除此以外，它能使人认识现实。

艺术的定义就是，认识现在的特点，并用技术完善地巧妙地表现出来，依靠艺术了解自然和社会，艺术有利于生活。

"胡适的想法好像是正确的。但他最后部分完全是错误的，因他坚持英美的体系（思想），他尊崇英国自由派的办法，而责备苏维埃的思想体系。"由此我们可以看到，一个共产党员对自己理想的坚定捍卫和对马克思主义信念的执着。

"该书的目的是要说明在资本主义世界，中国经济是怎样的命运，民族资本家不仅不能发展，而且或者将屈服于帝国主义，或者将灭亡。"从这笔记中，我们能够感受到烈士在狱中自学研究社会经济问题的深度。

"艺术和科学的目的完全一样的。它们都认识现实，帮助生活。"从这日记中，我们也能够领会到烈士在学习中的思想认识能力。

谭沈明的这些读书笔记，让我们感到烈士生前的那种求知欲望是多么的强烈。烈士在狱中那样艰苦的条件下学习，精神是多么的顽强。我在他的档案资料中，没有看到他曾经受过什么程度的教育，但是在狱中通过读书看报能够写出这样的日记，可见他是下了真功夫的。像谭沈明这样的烈士，也许他们受教育的文化程度不高，但他在狱中坚持学习，甚至是能够用外文做笔记，借用字典来提高自己读书的能力，足以表现他为中华民族崛起奋发学习的人生志向。

我们真是无法想象谭沈明烈士每天在狱中看报、读书学习后，在牢房里写日记的情形。没有书桌，只能是趴在地上，或者是坐在地上，用膝盖当桌子，没有良好的光线，更没有笔记本，因为要找到纸张都不容易。而且写好的日记，还要想办法保存好，以防止特务随时对牢房的突击检查。一个革命者，在生死不明的情况下，在每天的铁窗黑牢监禁中，在吃的是霉米饭、住的是一脚半宽的地方，能够保持旺盛的学习精力，能够坚持写日记、做笔记，是什么力量在支撑他们？我说，是信仰的力量。正是有了这样的信仰，他们才能够抓紧一切机会，努力学习，以积聚建设未来新社会的能量；正是有了这样的信仰，他们才抓住生命的每一寸光阴，不断地充实自己。他们生命中的每一个细胞，都表现着对党和革命事业的无限忠诚。

谭沈明的日记中，还有对人民解放军在全国战况的记录。国共两党的决战，牵动着狱中的每一个人。狱中难友非常关注国共两党战场上的动态和消息，特别是人民解放军在全国胜利进军的消息。每一条消息都会使难友们激动和兴奋，尤其是听到胜利的消息，难友们的心灵都会获得极大的愉悦。他写道：

长沙全部进入战备状态。

海、陆、空交通全部停止了。报上最后谈道，"歌结束了，人散了"。

南方有5000起义军交出武器。解放军占领了株洲，这是靠近长沙的重地。

晚上报纸来了，报纸上报导了重庆当局的事。我们非常高兴。我们每个人都在谈论这件事，把这件事专门告诉了淘气鬼。

年轻人非常高兴，说了政府很多坏话。

当我在散步时，长官来了。我与他面对面碰见两三次，对他什么也没说，不知道他想什么。当他看到我这样一个瘦弱犯人是可怜还是仇恨？他害怕共产党报复？还是不怕什么？

人民解放军逼近青海省会西宁。

从二楼来的消息，昆明已经投降了，我们听后非常高兴。

在狱中，难友们相互称呼不能叫名字，只能叫编号或绰号。难友们用相互取绰号的方法，来抗议这种有名不能呼、有字不能叫的监狱管理。日记中记录了白公馆难友的一些"绰号"，从中我们可以感受到他们的乐观和豁达。当然，这些外号具体所指的人员，我们没法一一对应。日记中记录了十几个人员的"绰号"："淘气"、"大头"、"老看守"、"常客"、"说谎"、"勒"、"卓别林"、"农业试验"、"乌龟"、"歌手"、"公爵"及"赫"。这些绰号，也许是烈士只是在日记中对人的一种称呼，也有可能是他对外文音的中文标音读法，当然也有可能是对某个人物特征的别号。只是我们从日记中能够看出烈士对当时全国战况、对人民解放军解放全中国进展情况的关注和高兴。

狱中的难友都希望自己能够活着出去。他们太想走出这监狱的大门去为祖国、为人民奉献自己的力量；他们渴望着自己能够活着出去，为建设新中国而出力。在谭沈明的日记中，记录了一些狱中同志对活着出去后的打算、计划。从中我们能够感受到狱中同志对生命的热爱，对希望能够活着出去的一种强烈期盼。他们对自己的人生有憧憬、有设计，他们对未来都有自己美好的愿望。日记中这样记录到：

"淘气"也想学习管理工厂，并且还想当官。我说我们将来做什么，由将来的形势来决定。

歌手说："留得青山在，不怕没柴烧。"

"淘气"说我不是想死、我怕被杀死，因为打自己是不安的，没有什么帮助。我只是想光明的一面。

"眼镜"来到这里已有一年了。去年这些日子，他告诉我战争还有两年就结束了。听了这个消息，我们非常高兴。

我考虑我们如何管理政府、各省、各市，第一，要消灭他们军事力量，建立自己的军事力量，废除他们的政权，建立自己的政权。第二，要恢复工农业生产。

还等两三个月的时间，光明就要来了。

新中国成立的消息，激荡着狱中难友火热的心。难友们梦寐以求的新中国建立，使他们对自己未来有无限美好的憧憬。他们盼望着能够活着出去，用自己的力量去建设新中国。

在这里我想要说一下，为什么像谭沈明等烈士能够在监狱中坚守自己的信念而不苟且偷生？为什么他们能够战胜刑罚而忠贞不渝？从谭沈明在狱中所写的日记中，我们可以找到答案。那就是他们坚持学习，不断地追求进步。与叛徒相比较，烈士们对学习的重视，对自己思想进步的不断要求，使他们的党性得到不断的增强，使他们的认识得到不断的提高。因此，他们为革命事业的那种使命感，使他们产生一种压倒死亡、战胜恐惧、绝不屈服的精神力量。而叛徒对于学习问题，总是满不在乎。认为学习是无所谓的事情，学不学都是那样一回事。

我曾经在监狱里与几个服刑人员交谈过。说到学习问题时，有一个服刑人员说：以前在外边学习都是走过场，认为没有什么必要。现在在这里学习读书，觉得里面有好多的道理，真是后悔当时没有认真地去学习，到了这里才认识到学习的重要性。俗话说，学习使人进步、不学习就要落后。道理中的真理，不是每个人都能够接受和认识到的。只有那些在思想上有自觉、有意识的人，才能够看到浅显道理中的真理，特别是对政治上有追求的人而言，严于律己是非常重要的。

谭沈明的日记，无疑是一份研究狱中情况的宝贵资料，他能够用外文记录狱中的点点滴滴，可想而知，他在学习上该有多么惊人的毅力。从白公馆脱险的志士郭德贤、杜文博，对谭沈明印象最深的是，谭沈明经常说到，在考验我们的关键时刻，一定要"脸不变色心不跳"，他随时准备牺牲自己，他要用自己的生命捍卫真理，他对牺牲自己换得人间幸福有崇高的使命感。在他走向刑场的时候，他指着特务杨进兴说："你作恶多端，跑不了的，我们先走一步，你就跟着来。"面对死亡，他无所畏惧。

在狱中，谭沈明曾经对难友说："我们被捕太久，组织上可能已经不知道了。但为了革命、为了真理，我们要永远坚持下去！"

也许，我们现在根本无法理解烈士他们为什么在"党组织有可能不知道我们"的情况下还要坚持？"留得青山在，不怕没柴烧"，他们对生命意义的认识，超越了生命本身的时间意义。虽然不能够看到光明的到来，但他们已经从光明来到中获得了精神的喜悦。他们不看重个体生命的形式，而看重自己生命意义的结果。这种结果，对他们所带来的精神愉悦，足以使他们战胜死亡、压倒恐惧而义无反顾。

谭沈明，1915年出生，22岁时加入地下党组织，一直在重庆现在的南岸区、沙坪坝区、渝中区等地从事党的地下活动。26岁被捕，34岁被害。他的一生，都是在监狱这个白色恐怖的特殊战场中度过的。他为了社会的进步，献出了自己年轻的生命。他没有看到重庆的解放，但他的名字将永远在山城两江回荡。

谭沈明从白公馆被押往松林坡的途中，一直高呼口号，他还不停地嘲笑特务："你们死的时候，敢像我们这样潇洒吗？我们为人民、为祖国而死是无上的光荣，你们今后的死，将不耻于人类，将是一堆臭狗屎！"

"今朝我辈成仁去，顷刻黄泉又结盟"的信念，呼吸了最后一口歌乐山上的新鲜空气，看了最后一眼青山绿树，从心底里发出了最后一声呐喊："伟大的中华人民共和国万岁，祖国，母亲，永别了！"

罗广斌的报告写道：

1949年1月17日，是彭咏梧同志死难的周年纪念日。各室当天停止娱乐，开了追悼会，传观了许多纪念作品，最后向江竹筠致敬。江当天起草了一份讨论大纲，内容分为：①被捕前的总结；②被捕时的案情应付；③狱中的学习情形。每项有详细的提纲，后来各室分别酌量进行了讨论。不久，蒋（介石）引退，局势好转，各室的学习便展开了。陈丹墀等在这里面起了相当的组织和领导作用。接着教育、收买了个别管理员，渣滓洞的名单因此带出来了（后来有人寄名单到香港，顾建平因此被捕），后来组织上的医药也带进集中营了。

江竹筠，是"红岩"中知名度最高的一名烈士，许多文学艺术作品都以她为对象不断地进行创作。作为一个普通的党员，江竹筠为什么能够成为小说《红岩》中的主要人物？关键的一个原因就是，她在狱中所发挥的党员模范作用。

江竹筠

江竹筠被捕前，重庆地下市委的被破坏，不少领导干部的不断叛变所造成的极大损失，让狱中同志感到伤心和痛苦，甚至是情绪低落而对前途有所灰心。而江竹筠被捕后战胜刑罚摧残而坚贞不屈，一扫了渣滓洞监狱的沉闷气氛。她以个人弱小的身躯，抗击特务的刑讯逼供，以实际的行动在狱中树立了一个共产党员的模范先进性。首先是面对刑罚，当时许多同志都感到江竹筠难以通过刑罚的考验。

国民党法官张界解放后交代："江竹筠（女）她是在万县被捕的。她在万县伪地方法院里工作。被捕后，她一直不承认有中共组织。徐远举坚持说，她不但有中共组织关系，并且她地位很重要。究竟是怎样重要地位，而徐匪始终也没弄清楚……"

叛徒骆隽文交代说："另据冉益智说，江竹筠很坚定，特务张界审讯她时一夹指头，她就昏死过去。以后张找到了一点'经验'，就是慢慢地夹，折磨她，但仍无丝毫用处。"

据二处法官交代，江竹筠自被捕后审问她时就非常坚强，拒不回答。二处徐远举曾亲自审问她。用尽各种刑罚，有时甚至威胁她，用卑鄙下流语言刺激她，逼她认罪，但她矢志不渝。徐远举拿她无奈，送往监狱关押。后来法官又到监狱来继续审问她，还是没有任何收获。可是这次就受到极残酷的刑罚："打竹签子"。一个弱女子、一个妻子、一个母亲，能够战胜敌人酷刑的折磨而坚贞不屈，使渣滓洞监狱难友对她的崇敬之情油然而起，她成为大家学习的榜样。

其次，江竹筠个子矮小，外表看似文弱却有刚强的革命意志。狱中同志都知道她的丈夫死于敌人的残酷杀害，并且将其头颅挂在城门上示众，被捕后又失去了与自己儿子的联系。因此，大家都尽量不在她面前谈及这些事情。但江竹筠却坦然面对，从不在难友面前表现出一点的忧伤。难友从她身上，看到了一个活生生的优秀党员形象。

狱中难友在给她的慰问诗中表示：我们要像你一样，不怕刑罚、不怕拷打，勇敢坚强！所以，江竹筠的行为在狱中起到了表率的作用。

当然，她不是没有悲伤，她有万分的痛苦。从她被捕前写给亲人的信中，就可以感受到她的这种情绪："不过没有哪一次像失去老彭这样令我窒息得透不过气来。"面对生死，她的理念是："活人可以在活人的心中死去，死人可以在活人的心中永存。"

江竹筠的丈夫彭咏梧的殉难，对她来说是难以接受的。川东地下党组织的武装起义的失败，也是她没有预料到的。

1947年11月底，彭咏梧和江竹筠去下川东万县开展武装斗争，到1948年1月16日彭咏梧殉难和武装斗争的失败，江竹筠经历了从工作到情感的双重打击。武装斗争的失败，让江竹筠看到斗争的残酷；老彭的殉难，让她感到悲痛万分。城市、农村工作的不断遭挫，一批一批被捕人员入狱，同志们对领导干部叛变的义愤，使她感觉到领导机构出了严重问题，但她不能够判断问题是什么。因此，她提出了要认真总结自己被捕前后的情况的建议。这种责任意识，来源于她与老彭在一起生活的思想觉悟和对党的建设认识提高。江竹筠的建议，实际上把狱中同志的注意力转移到面对现实认真总结，而不只是义愤情感的宣泄。因为她自己需要总结，狱中同志也应该总结，党的组织更是需要儿女们对她的爱护。所以，江竹筠在狱中战胜刑罚、克服情感痛苦、建议总结经验和教训等表现，令狱中的同志崇敬，也令狱中的同志向她学习，最终她成为红岩英烈之代表，更是当之无愧。

在江竹筠的建议下，伴随着总结经验教训，狱中又开展了积极努力学习，为建设新中国做准备。罗广斌记载："陈丹墀等在这里面起了相当的组织和领导作用"。

陈丹墀烈士殉难登记表记载：1930年考入涪陵县分州圣公校，1931年考入涪陵县四川省立第四中学，1933年转到重庆弹子石重庆初级中学。1936年抗日战争全面爆发，他在《星星日报》、《齐报》当记者和校对。1937年加入抗敌后援会宣传队，深入川南地区宣传抗日。1938年加入中国共产党。1946年陈丹墀在重庆《新民报》编辑部做校对和编辑工作。1948年4月因"《挺进报》事件"在重庆大田湾《新民报》编辑部被捕，关押在渣滓洞监狱。

曾经与陈丹墀一起在狱中被关押，后被释放出狱的任家礼，回忆了与陈丹墀在狱中的情况。他对新关进的人提出："说话要注意，少和别人拉扯。"他对自己的命运很清楚，说："我出去是妄想，胜利愈接近，我们牺牲的日子也会愈接近的。"那次借吃烂米饭的全牢绝食，楼上一室是丹墀联络指挥带头坚持的，后来是得到胜利的。

曾经在渣滓洞监狱被关押，在大屠杀中越狱脱险的傅伯雍，在写给陈丹墀烈士弟弟陈亮的信中回忆说：

陈丹墀殉难登记表

那是1949年的元旦，我利用在室外洗衣服的机会，在水池边多待了些时候。楼一室的刘振美和你大哥是一齐放风。就在这放风的刹那间，由振美的介绍：一个高度近视眼镜，沉毅、果敢、热情的战友在我面前出现了。由于我和振美的熟悉，所以认识你大哥，便一见如故地谈起来了。只恨放风时间太短，我们第一次见面谈的不多，在到赵正法（狱卒）吹哨收风，我们便各自回牢房了。

解读狱中八条
EIGHT SUGGESTIONS MADE IN PRISON

不久就是春节，囚牢各室大放风。这天是渣滓洞同仁大热闹、大快活、大喜悦的日子。几个喜欢文艺的朋友，不约而同地都在"巴掌大的地坝"汇合了。同志们在扭秧歌，有的难友又在叠罗汉。我们除了欣赏战友们的节目外，便乘兴到楼一室振美的牢房去大谈起诗歌了，谈战争、谈文学、谈托尔斯泰、谈高尔基，也谈鲁迅……记得那次在座的有你大哥，有刘振美、史德端、张永昌、蔡梦慰、张泽厚，可能还有屈楚等人。你大哥文学的造诣很深，很有修养。记得那天他还朗诵一首七言诗，至今回忆不起来了！

  1949年的6月，狱中缺乏饮水。楼上一、二室联合放风，和你大哥同一道放风的一个叫陶敬之的难友（国民公报工作过），利用放风经过我门前（我住楼下八室）去后面挖掘泉水的机会，我准备好了一块楠竹板子，上端削得很尖，打算交出去给老陶挖泉水。正说话还未把竹板交出时，被猫头鹰徐贵林发现了。一声吆喝，喊狗熊赵福祥来把我拉出去。在烈日下将我和陶敬之二人锁在一根三十斤重的大铁镣下，连起来准备示众公审。我与老陶都拒绝了敌人的逼供与威胁。敌人想用木板打我们，各室同志大声吼叫，忿怒地谴责狗特务。斗争结果终于胜利了。回牢房后，获得各室难友的关怀，安慰。通过楼上各室"电讯"的鼓舞字条，有你大哥和刘振美同志写来的短简和律诗："钢筋铁骨志弥坚，铁锁银铐六月寒；哪怕恶魔施毒计，王朝崩溃在眼前。"后来，我向振美说这诗是你大哥写的，给我以斗志，给我以很大的鼓舞。这首诗爱憎分明，使我难以忘却，而且永远也不会忘记。后来，在一次狱中几个爱好诗歌的同志组织的一个"铁窗诗社"之会上，他又朗诵了这首诗。诗社的发起人就有蔡梦慰和你大哥，以及史德端、刘振美、张永昌、何雪松、胡作霖等人。后局势恶化，敌人连放风也停止了，组织诗社事就中断了。我知道楼上一、二室他和刘振美、何雪松是喜欢文学的。关于你大哥写的这首诗，我曾撕下破

· 179 ·

衬衫作纸，把它抄在寄回家的家书中，通过层层封锁线带出了狱外，以竹签子作笔、以木炭粉拌在棉花中滴些水蘸来写成了。读罢这首诗，就能理解到你大哥对革命斗志的坚决，对敌人的无比仇恨，蒋家王朝覆灭的必然性；对革命的胜利充满了必然的信心，对同志是那么的关心和鼓励……

陈亮生前多次与我接触。给我最深的印象是，他穿着朴实，但思想非常活跃，言谈中能够感觉到烈士家属才有的性格。他退休前是教师，退休后做了不少收集他哥哥资料的事情，并且完成为他哥哥写传的任务。

黄茂才。罗广斌报告中提到："教育收买了个别管理员，渣滓洞的名单因此带出来了（后来有人寄名单到香港，顾建平因此被捕），后来组织上的医药也带进集中营了。"

这里所谈的，主要是教育争取渣滓洞看守黄茂才的工作。黄茂才在写的回忆渣滓洞监狱的数万字材料中，记载了被教育争取的过程：

1948年5月份，西南行辕二处三科人事股长李德光通知我，叫我到渣滓洞去担任管理员。他很严肃地跟我讲："这个监狱不是一般监狱。这些人是杀人放火、无恶不作的家伙。到那里去，只有认真负责把他们管理好，不能有一点疏忽。"

我到监狱那天，所长李磊、管理组长徐贵林又对我说："这里的押犯阴险狡猾，是我们针锋相对的敌人。只有按照我们监狱规则严格管理他们。监狱规则是：不许会客，不许通风报信，不许交头接耳串通案情，不许乱说乱动，不许高声大叫，不许翻墙越壁。被发现者可开枪射击。入狱时要严格搜身，杜绝违禁物品（包括凶器）……同时入狱时必须编代号入室，不许他们叫名字。"

……我生长在旧社会，接受的是封建教育。受国民党反动宣传影响，我的思想一直僵化在传统旧观念及反动思想立场上。1948年5月，我奉令到渣滓洞监狱，对共产党人和进步人士进行罪恶活动。然而我很幸运，有机遇得到共产党人江竹筠、曾紫霞、何雪松、陈作仪和其他人给我的教育和启发。正如江竹筠教育我的："小黄，你还年轻，但你总该晓得：当今社会是人吃人，人压迫人，地主剥削农民，资本家剥削工人。这种制度太不合理，所以共产党要领导人民起来推翻这种制度。"曾紫霞给我的教育说："小黄，只要你思想进步，争取多为国家和人民作贡献，多帮助我们，将来党和人民是不会忘记你的，会给你的出路。"何雪松对我的教育中说："黄先生，我们也理解你的心情，对现在社会现实生活中有很多不满的地方。由于国民党政治腐败，贪官污吏又多，黑暗透顶，人民怨声载道，长此下去人民要遭殃，只有拥护共产党起来挽救中国。"陈作仪教育我说："小黄，我们思想上要有这样的信念，只要是为国家和人民做有益的事情，哪怕是坐牢，甚至牺牲都是有价值的。"

……1949年上半年，渣滓洞监狱被关押男女室人员名单，被人由重庆寄往香港，二处邮检组获此信。处长徐远举常气恼怀疑是监狱中管理人员所作，并交所长李磊彻底清查。当时，李怀疑是我干的。他叫我到办公室，讯问我是何时到过城里去，又同哪些一路去的。我想难道是送出去信被发觉出了问题吗？但我认为一般是不可能暴露的。于是我镇静回答他，我休息进城是同几个人一路去的。即使我一人进

黄茂才

城去，也只是到二处去办事。当时因为无任何依据，对我也无法。但这封信也确实非我所寄，后也没有查出此事。至于这封信是谁所寄，这一直是一个谜。

那么将被关押人员名单送出去的是谁呢？这个人就是狱中的医官刘石仁。他1911年出生，早年毕业于冯玉祥将军创办的西北军医学校和青岛医学院。1948年4月，受命在渣滓洞开设分诊所，在狱中抱着济世救人的思想，尽心尽力为政治犯们治病。当时，渣滓洞监狱关押的犯人已达200多人，却只有刘石仁一个医生。药品奇缺，仅有20多种药品和两只体温表，听诊器还是刘石仁自己掏钱购置的。看守特务苛刻规定，医生看病只能在牢门处的小窗口上询问病情，然后喊号发药，根本不能接触病人。这样的限制，引起了刘石仁的强烈不满和对政治犯的同情。作为一个抱着治病救人、只管看病、不问政治的医生，现实所见的事实，不但使他同情政治犯，而且他逐渐对"政治犯"的所作所为以及所谈有所认同。因此，在1949年蒋介石下台、李宗仁作为代总统上台下令释放政治犯时，狱中难友认为有必要让党组织了解狱中被关押人员的真实情况。经过大家的商量，决定请刘石仁将狱中被关押人员名单带出，在七星岗女青年会宿舍面交张坤璧寄到香港转交中共组织。刘石仁冒着杀头风险完成了这个任务。由于在邮检中被发现，保密局知道后，下令在狱中追查，终因查无实据，只好不了了之。

在监狱这个特殊战场，好人变得更坚强，坏人也有可能变成好人。黄茂才、刘石仁就是在两个世界的中间，从阴走到阳。正如白公馆脱险志士郭德贤与黄茂才在参加"11·27"纪念会见面时，郭德贤对黄茂才讲的那样：在我们困难的时候，你冒着危险帮助了我们，你也是有功的。

解读狱中八条
EIGHT SUGGESTIONS MADE IN PRISON

黄茂才现在是四川荣县的政协委员。他多次到重庆红岩革命纪念馆协助做资料的调查整理工作，他也为纪念馆写了不少的材料。黄茂才在大屠杀前被遣返了，他中止了渣滓洞的看守工作。这对他真是万幸之事，也许他当时没有这样去想。但是，当时的局势确实让他感觉不妙，所以他最后选择了回老家。

1947年3月，国民党要求中共在南京、上海、重庆的代表团及办事机构全部撤离。其后，内战全面爆发。出乎蒋介石的预料，辽沈、淮海、平津三大战役，打破了他"戡乱救国"消灭共军的计划。1948年，中共"五一口号"的发出，吹响了中国共产党"打倒蒋介石、解放全中国"的冲锋号。1948年12月25日，中共公布国民党头等战犯43名，蒋介石名列第一，表明中共将革命进行到底的决心。1949年1月19日，华北剿总司令傅作义与东北野战军达成协议，北平宣布和平解放。1月21日，蒋介石发表"引退"文告，宣称：鉴于"战事仍然未止，和平之目的不能达到，人民之涂炭曷其有极，因决定身先引退，以冀弭战销兵，解人民倒悬于万一"。宣布"于本月21日起，由李副总统行总统职权"。蒋介石是不甘心他的失败的，宣布"引退"是假，实则是想要固守西南，拒绝解放军入川，等待第三次世界大战的爆发，再全面反扑。

李宗仁作为代总统后，与中共进行了谈判。其实，国民党已经没有本钱与中共较量。2月5日，国民政府宣布：自即日起迁都广州。中共提出的"国内和平协定"，被国民党主战派视为"实为中国现代史上一可耻之记录"，导致和谈失败。4月21日，中共拉开了渡江战役的序幕，解放全中国指日可待。

在这一年，国民党统治区的重庆，虽然已经感到一个旧时代即将过去。但蒋介石的固守西南坚守重庆、等待第三次世界大战爆发的杀气，却如"黑云压城城欲摧"。破坏地下党的罪恶在继续，

183

逮捕革命志士的活动仍然猖獗。关押政治犯的集中营白公馆、渣滓洞监狱，成为国民党保密局向蒋介石表明重庆固若金汤的象征。

当时，面对行将到来的朝代更迭，普通的重庆市民或感到恐慌感到茫然，亦或感到兴奋和期待。但最为关心和期盼的，却是一群与外界社会完全隔绝了的、被关押在歌乐山下白公馆、渣滓洞监狱的300多名革命志士。时下大量的消息表明：蒋介石节节失败，国民党政权风雨飘摇、四面楚歌，颓势无法挽回。国民党垮台已经没有悬念，只是时间问题了。被关押的革命志士最为心切的是想要看到重庆的解放，想要亲手抚摸那盼望已久的五星红旗。对新中国、对五星红旗，他们为之奋斗、为之期待得太久、太久！那段时间，不论是从特务看守的嘴里透出的只言片语，还是从报纸上看到国共战事的消息报道，每一个同志都对每一个字、每一句话进行认真的分析和研究，希望从中得到更多的信息。

1949年8月24日，蒋介石从广州飞抵重庆，巡视西南，发表书面谈话称：

抗战时期，重庆为战时首都。今日再度成为反侵略、反共产主义之中心。期望全川同胞，重新负起支持艰苦作战之使命，要求军事、政治、社会各方面人士团结一致对抗共匪也。

9月20日，蒋介石为挽回失败，重振国民党士气，发表《为本党改造告全党同志书》，号召同志研讨改造方案，要求以新组织、新纲领、新风气，与共匪决斗：

今日本党的失败，自民国以来第十次了。本党遭遇这样重大的失败，一切横逆之来，诋毁侮辱，自将有加无已；道义沦胥，纲纪荡然的现象，亦必变本加厉。不过这都是本党58年以来历次失败的往事的重演，并非例外。但是，我们忠贞同志，要知道今日的共匪，其狡黠强梁，固不是袁世凯所侪匹，又其组织坚强，更亦决非北洋军阀所可比拟。然其战斗实力，则较之日本军阀，实望尘莫及。而本党今日的实力，不仅超过了民二、民七和民十的革命时期，而亦决非北伐时代和抗战初期所能比拟。我们用不着悲观失望，更不应丧气灰心。我们国民革命实在是操有最后必胜的左券，而其关键就是在我们有否健全的组织和明确的政策，能否以革命精神和严正的纪律改造本党。

我们这次着手党的改造，在消极方面，要检讨过去的错误，反省自己的缺点。我们要把失败主义的毒素彻底肃清，要把派系倾轧的恶习痛切悔改，要把官僚主义的作风切实铲除。在此大时代猛执洪炉锻炼之中，凡是本党党员，从思想到行动，从观念到生活，受不住考验，吃不住煎熬，必将成为渣滓，而悉予以自然的淘汰，无所用其顾惜。只要我们忠贞党员真能一扫以往虚伪浮嚣的气息和悲观失败的心理，以恢郭的气度、诚挚的作风，结合海内外爱国家的仁人志士，组织成亿成万求生存、求自由的痛苦民众，反共斗争必能获得最后的胜利。而在积极方面，我们首先要确定党的社会基础和政策路线，并以此为根据，以决定党的组织原则和工作方向……

8月29日，蒋介石在重庆主持西南军政人员会议。国民党政府川、黔、康省政府主席及川、陕、甘、鄂、湘边地区将领均到会。这是蒋介石在大陆主持召开的最后一次军事会议，他要求部属"死守四川"。但是，面对所有的军政要员要求他坐镇重庆指挥，他却拒绝了。

9月2日，代总统李宗仁下令通缉毛泽东、朱德、周恩来等中共领袖19人。

9月6日，蒋介石下令在白公馆后山松林坡，将杨虎城将军秘密杀害。

9月19日，西北军政长官公署副长官、绥远省主席董其武，第九兵团司令官孙兰峰，第111军军长刘万春等在包头通电起义，宣布正式脱离蒋介石、李宗仁、阎锡山集团。通电发表后，傅作义、邓宝珊、孙兰峰乘车返回北平，准备参加人民政协会议。

9月21日，由中国共产党主持召开的新政协在北平举行。各民主党派、各人民团体、人民解放军、各地区、各民族、国外华侨和特别邀请的代表等600多人出席了大会。毛泽东在会议开幕词中庄严宣告："占人类总数四分之一的中国人从此站立起来了。"会议通过了《中国人民政治协商会议共同纲领》，规定了中华人民共和国的性质，是工人阶级领导的、以工农联盟为基础的、团结各民主阶级和国内各民族的人民民主专政国家。会议选举了毛泽东为中央人民政府主席，朱德、刘少奇、宋庆龄、李济深、张澜、高岗为副主席，选举了周恩来、陈毅、董必武等56人为中央人民政府委员会委员；会议还制定了国旗、国徽、国歌，国都定于北平，并改名为北京。新政协的召开，表明国民党蒋介石已经失去了在中国的执政权利；新中国的建立，表明国民党已经不再是中国的执政党。在重庆的蒋介石，面对北平的巨变，显得十分的沮丧，他没有想到毛泽东用新中国取代了他的中华民国。此时的蒋介石唯一的期盼就是：美国即将要发动的"第三次世界大战"。他心中狠狠地说：到时候看你怎么收场？

蒋介石的这种自打强心针的做法并没有效果。第二天，宋希濂手下的猛将、兵团司令钟彬，在涪陵被人民解放军俘虏的消息，彻底让蒋介石感到空前的绝望。这是蒋介石一再坚持的固守西南、等待第三次世界大战爆发的战略计划中，第一个被俘虏的兵团司令。以致在国民党内部，出现了"国民党的军队这回真的要送（宋）终（钟）了"的话。在这令人黯然神伤的消息面前，蒋介石却要求保密局局长毛人凤和重庆市长杨森，要用高压手段"辟谣"，以稳军心民心，破除迷信。

面对战场上的节节失败，蒋介石要求保密局制定出一套重庆一旦不保，便实施大破坏、大潜伏、大屠杀的计划，他要留给共产党一个烂摊子。

1949年10月1日，中华人民共和国开国大典在北京天安门广场隆重举行。

白公馆、渣滓洞分别知道了这个消息：白公馆是从被关押的东北抗日爱国将领黄显声将军在牢房中所受"优待"的《国民公报》、《新民报》上知道的；渣滓洞是从看守、特务通过广播中听到后，再传播给被关押者的。

当时，国民党的报纸上是这样报道的：

《新民报》一版：主标题"北平成立'人民政府'，中枢将予严正驳斥"，副题"党政当局即将分别发表声明，号召人民一致反抗共方政权"。消息内容是："【本报广州二日专电】中共在北平成立中央政府，擅废国号，易国都，妄改国旗。此间朝野人士极为愤懑，咸主张发表声明，对此予以严正驳斥，以免淆乱国际视听。据确息，中枢党政当局刻将分别发表严正声明，对外呼吁世界各国一致不承认中共政府，并号召人民明辨是非，一致反抗中共政权。上述声明全文已在起草中，分别由国民党中常会及行政院政务会议通过后即予发表，立法院亦将以全体委员名义发表同样声明。此一问题可能于四日之会议中提出讨论。"

1949年10月3日，《国民公报》一版对此刊登的消息是："【中央社上海一日合众电】共党中国正式宣布成立'中央人民政府'。一日北平曾举行盛大集会,由周恩来主持。新当选的'共党中国主席'毛泽东,在欢呼和鸣炮声中宣布'中央人民政府'成立。在他发言前,共党中国的五星红旗在广场中升起。毛泽东在致词后,检阅中共海陆空军的队伍,共军总司令朱德亦在场。"

五星红旗升起、新中国成立的消息传来,令歌乐山集中营的难友们欣喜若狂。他们抛头颅、洒热血,为之孜孜奋斗的目标,今天终于实现了。难友们含着热泪高呼:"新中国万岁!""毛主席万岁!"高亢的声音,在空旷的山谷中久响不绝。狱中难友有互相拥抱的,有在地上翻滚的,有用铁镣脚铐相互碰撞发出清脆声响的。不管用什么方式,他们只有一个心愿,那就是由衷地想表达对人民共和国诞生的美好祝愿!

难友们似乎暂时忘却了自己身陷囹圄的艰难处境,新中国成立了的喜讯让他们对未来充满了无限的憧憬。有盼着出去后继续到学校完成学业的,有盼着出去后当工人、准备用自己双手建设新的国家的,还盼着出去后立即找一个心爱的人成家的,还有盼着出去后好好给父母亲尽孝心的,等等。

面对狱中难友们的兴奋和欢喜,看守、特务们此时却像被放了气的皮球一样,蹦跶不起来了。他们知道,国民党垮台和共军打来只是迟早的事。因此,他们收敛了平时的威风和对"政治犯"的恶劣态度,转而希望"政治犯"配合他们的看管,等待被释放或者是办理移交。

狱中难友根据报纸和从特务、看守嘴里获得的有限消息,仔细分析着战况,认真计算着重庆解放的日子还有好久。有的难友甚至趁放风时看守不注意,跑到办公室里去收听新华社的广播,以了解人民解放军的进展情况。他们急切地盼着能尽快获得自由,他们想尽快回家与自己的亲人团聚,他们想尽快地出去参新中国的建设……

　　白公馆脱险志士郭德贤回忆说：

　　那一段时间，我们每一个人都很开心，每一个人都很高兴，有的说要出去当教师，有的说要出去当工人，也有的说要回家去种田……总之，那个时候已经开始在为个人的一些计划做考虑……

　　白公馆脱险志士杜文博回忆说：

　　新中国成立的消息，使那些特务、看守也不敢像平常那样对我们严加管束了，他们也在为自己的后路作打算。所以，我们有相对的自由了。我们在一起讨论最多的就是怎样被放出去，是谈判移交或是集体释放？当然，我们也对敌人最后的疯狂有一定的准备，但更多的却是相信我们能够活着出去……

　　渣滓洞脱险志士刘德彬回忆说：

　　那个时候，我们通过与狱外党组织的联系，知道了人民解放军解放大西南的一些情况。同时，也发现看守所里的情况有些不对：搬东西、烧文件，一副要撤退的样子。新中国的消息传到牢房，我们是无比的欢呼，大家是敲碗敲盆子，甚至是高声呼叫。我们当时最大的希望是狱外党组织对我们的营救，也想过解放军打过来把我们救出去……总之，对活着出去大家是很有信心的。

　　渣滓洞脱险志士盛国玉回忆说：

胜利的消息传来，我们好激动啊！拥抱，欢呼，出现了牢房里从来没有过的一种气氛。我在想，终于可以回家了，熬出头啦！

然而，狱中同志除了心存无限期盼之外，还有一种谁也不愿意说出的担心和害怕，那就是国民党反动派完全有可能在彻底失败、最后挣扎的时候，举起屠刀砍向自己。所以，每当喜悦、高兴、欢呼之后，每当黑夜降临之后，每当面对着高墙电网，面对着铁窗黑牢，压在一些难友心底的担心和害怕会时不时地泛起，甚至有时候还会听到有悲咽声隐隐地从牢房传出来。关押在这里的革命者大都在思考：敌人真会释放我们吗？我们会被国民党当做人质与解放军谈判吗？在敌人最后失败的时候，在他们撤离重庆的时候，他们会血洗歌乐山吗？许多不确定的情况使革命者忧心忡忡！从被捕入狱到现在，革命者都明白要从集中营活着出去的可能性极小。但每一个人都希望出现"万一"的情况，因为他们太想太想活着出去！

死亡大于生存，谁也不愿意去做这样的分析；死亡的阴影笼罩头顶，没有一个人愿意把这层纸捅穿。"我不想死，我要回家"的梦中惊叫，使一些难友彻夜难眠；"解放啦，人民解放军打来啦"的心语迸发，又使很多难友脸上露出笑容。这里是监狱，这里的敌人仍荷枪实弹，这里的天还没有亮。难友们盼人民解放军，望眼欲穿……

1949年10月28日这一天，国民党从白公馆、渣滓洞提押出10名"政治犯"，公开宣判后在大坪刑场枪杀。敌人疯狂了，死亡逼近了。狱中同志一下子从狂欢大喜到伤心流泪、捶胸顿足、仰天长啸。之前的好心情荡然无存，所有的期盼化成泡影。除了相互看着对方从心底里流出的热泪，相互握住颤抖的手紧紧地拥抱以外，再没有更多的语言……

　　胜利已经来临，自己却要恨饮枪弹，走向黄泉。这痛苦、这悲伤，自己又必须要去面对、去承受。死，并不可怕，怕死就不会参加革命。经过短暂的悲伤之后，即将走向死亡的难友相互鼓励，相互安慰，相互照顾。

　　但是，我们为什么要去死？是什么原因造成我们被捕？地下党组织为什么被破坏？是谁出卖了我们？我们谁是因为个人违反纪律、暴露目标被捕？为什么我们崇敬的一些领导会变成叛徒？不能够看到新中国，不能够参加新中国的建设，不能抚摸五星红旗，让人感到无限的惋惜。积压于胸、沉积已久的心中话想要说出来，狱中难友形成共识：希望打破一切界限，应该把我们每个人知道的情况都说出来，并认真进行讨论、分析和研究，最后总结成经验教训，并把这些经验教训留给我们的党作为执政参考。否则，我们的死就不得其所。

　　在这最后的57天时间里，难友们是在生与死、期待与绝望交织的过程中一天天度过的。罗广斌在报告中记录：

　　　　与教育、争取特务同时，就是准备在狱中的暴动，用自己的力量冲出去。后来大家知道，解放军到临前夕，屠杀恐怕是免不了的。解放军到得早便杀得早，到得晚便杀得晚。只有用自己的力量解放，才较安全。研究、设计这问题的主要是许、谭。到王朴、陈然牺牲后，周从化、刘国铤我们5人共同研究，认为冲出白宫（即白宫馆），首先解除管理人员的武器较易，但与白宫周围的警卫连作战便很困难了。尤其，单解放白宫是不行的，渣滓洞的难友一定会被当作"人质"而全体枪决（从前特务丁敏之任西安集中营所长时，政治犯几百人跑了，戴笠便立刻到息烽去杀了7个共产党员。以目前情况说，当然更是严重）。以白宫的三四十个政治犯冲出白宫，击败警卫之后，还要去担负解放渣滓洞的任务，那是决不可能的。原来，1948年春，李子伯（抗大的，精通游击战术）由白宫移渣滓洞时，谭沈明也告诉过他策动"打监"，但两处得不到联系。单独行动，尤其在白宫是不能够的，突围的计划就终究没有实现。

讨论总结地下党失败的经验教训，准备暴动越狱自己解救自己，是狱中最后57天难友们最为关心和积极进行的事情。在狱中，他们都知道"屠杀恐怕是免不了的"情况下，罗广斌强烈感到，狱中同志对党组织那种执着的热爱和无限的深情，以及对地下党个别领导人无耻叛变的极大愤怒，从难友们的一言一语和对具体事件的深刻分析中，他牢牢地记住了难友们一字一句的肺腑之言。难友面对死亡的逼近所表现出的沉着与淡定，给罗广斌更多的坚定。

屠杀，开始毁灭革命志士的一切计划和期待。

革命者不失坚定的共产主义信念，他们有"愿以我血献后土，换得神州永太平"的自我牺牲精神，他们希望执政了的党要认真总结和吸取地下党斗争时期的经验、教训；他们希望党的事业健康发展；他们希望共产党一定要保持先进性和坚持党组织的纯洁性。

在死亡威胁面前，革命者没有因向往胜利而去转变立场，没有因新中国成立而放弃狱中斗争，"绝不叛党"是他们绝对不可动摇的信念。

在狱中，大家以高度的责任感、以真诚的态度，开始从党的建设、组织发展、党员教育等情况进行回顾总结。从《挺进报》的大破坏，上下川东武装起义的三次失败分析问题；从地下党工作的方方面面进行讨论、研究。大家相互嘱托，谁能有机会活着出去，一定要把狱中讨论总结出的问题，报告给党组织。于是，一场关于总结地下党斗争经验和教训的秘密活动，在狱中悄悄地展开了。

罗广斌从被捕关押渣滓洞到转押到白公馆，他接触了狱中的每一个人。从放风时的三言两语到牢房里的回顾讨论；从张文江告诉他地下党被破坏的一些内幕，并且要他注意收集同志们的意见和各种情况，再到江竹筠提出总结、讨论和学习，罗广斌以他在狱中的特殊身份，掌握了许多他不曾知道的情况和认识了解到更多同志。这也为他能较全面地收集地下党被破坏及叛徒走向背叛的第一手资料提供了有利条件。

狱中支部的许晓轩、陈然、谭沈明、刘国鋕，给罗广斌的重要任务就是，要他参加同志们的总结讨论，记住大家对问题的研究分析意见，有机会出狱一定要向党组织报告大家的情况和留下的意见。

身份特殊的罗广斌，最后完成了这个任务。

罗广斌在报告中记述："结果，每一个人，临死都是倔强的，没有求饶，国歌和口号一直不停地在枪林弹雨下响着。牢狱，锻炼得每个同志——党员和非党员，成为坚强的战士。"

第五章
虎口脱险

在那场惨绝人寰的大屠杀中,从白公馆的虎口脱险的有19人,从渣滓洞的火海越狱的有15人。他们是活着的历史,他们是历史的见证者,他们是死里逃生的幸存者。

斗转星移，岁月流逝。脱险者中的大多数已离开人世，只少数的还健在。解放后，他们在历次政治运动中受到了不同程度的冲击：有的被错误处理，有的被打成"现行反革命"。脱险志士在后来接受党组织的严格审查是正常的，即使过去由于极"左"思想的影响，这种审查显得很残酷，但这些死里逃生的脱险志士大都能正确对待，从来没有动摇过对党的忠诚和信念。有一个脱险志士曾说过这样的话："能够活下来是一种幸运，看到了五星红旗真是一件不容易的事，同死去的烈士相比，没有想不通的事情。"对脱险志士来说，能够亲眼看到新中国，已经是最大的满足了。

罗广斌是从白公馆脱险的，所以报告对白公馆的脱险人物有记载，而对渣滓洞没有记载。

白公馆有19人、渣滓洞有15人，两个监狱共有34人在那场惨绝人寰的大屠杀中幸免于难。

从白公馆大屠杀中脱险的有：杨其昌、周绍轩、杜文博、王国源、尹子勤、贺奉初、江载黎、毛晓初、李荫枫、李自立、段文明、秦世楷、罗广斌、周居正、任可风、郑业瑞、郭德贤（女）、郭小波、郭小可。

从白公馆脱险的19人中有6个民革成员,他们都是在1949年策划反蒋、倒蒋活动中被捕的。有关他们的情况,许多人是不清楚的。就是在罗广斌的报告中,对这些民革的人员记录,也是非常少的。我想,在当时的狱中同志,并没有把他们划到自己人的队伍里看待,甚至有可能还会与他们保持一定的距离,在那样的环境下也是可以理解的。但是,作为这些民主革命志士,在为创建新中国的艰难历程中,他们与中国共产党风雨同舟、患难与共,历史的档案应该永远记载他们的事迹。

白公馆脱险志士杨其昌(1896—1984),男,四川长寿县(现重庆长寿区)人。1915年他加入黔军,因作战勇敢,19岁时以年轻有为而被送到"模范营"(即讲武堂)学习。毕业后任黔军排长、连长、营长、团长、少将旅长、中将师长。1926年,杨其昌任国民革命军第9军第2师中将师长,参加了第一次北伐,与第9军第1师师长贺龙协同作战,消灭了军阀袁祖铭,攻下了武昌。后杨其昌部又改属陈铭枢第11军第26师任中将师长。1927年,蒋介石背叛革命,宁汉分裂,陈铭枢被迫出走,杨其昌也只得离开部队。1928年,杨其昌又应国民革命军第43军军长李之邀,出任第43军教导师师长。在参加第二次北伐与孙传芳部作战期间,正值"八一"南昌起义失败,贺龙部队的师长、共产党员秦光远被白崇禧追捕。杨其昌冒着极大的危险,将秦光远安排在师参谋处作处长。白崇禧知道后,威逼杨其昌交出秦光远。而杨其昌坚决不从,反将秦光远安全送走,使秦脱险。其后,杨其昌部在进攻唐山后被桂系吞并,将师缩编为旅,杨其昌便辞职回川。1932年,杨其昌又先后任川黔边防司令、国民党第25军第5师师长、第2绥靖区第1支队司令、暂编第5旅旅长等职。

向同伦著的《早年贺龙》一书中,对杨其昌有以下的记录:

1926年春,中国共产党和国民党共同组织领导了反对帝国主义和北洋军阀的北伐战争。

8月6日,国民政府委任贺龙为国民革命军第9军(彭汉章军)第1师师长。贺龙在常德就任后,即与第2师师长杨其昌、第3师师长毛鸿翔共同通电北伐!

1933年,红军面对蒋介石的围追堵截,贺龙所率红三军部队准备到川东南开辟新的根据地。《早年贺龙》一书记载了贺龙所作的一段分析:

我主张跳出敌军包围圈,转移到四川东南部的酉(阳)、秀(山)、黔(江)、彭(水)那一带去建立革命新的根据地。川军、黔军许多将领都与我共过事。现在驻防川黔边的第25军第5师师长杨其昌是我北伐时的战友。我们可以派人去做工作,争取杨其昌起义,以扩大革命势力。特派便衣队队长肖美成、向哥到川黔边去做动员杨其昌起义的工作。

肖美成、向哥奉命到川黔边,以亲友的名义会见了第25军第5师师长杨其昌,转交了贺龙给他的信。

杨其昌见到贺龙的信,回忆起与贺龙的交情和并肩战斗的经历,心情万分激动。他想,当年在武汉时,贺龙一再动员我跟他东征讨蒋,脱离唐生智的控制,跟共产党走。但我惧于反革命的淫威没跟他走。现在,他又派人来争取我起义,我岂能再辜负他的期望?杨其昌想到这些,若有所悟,一面热情招待"来客",一面召集他的至交、警卫营长向辉旭(中共党员)和团长朱举钦共商起义之事。

不幸被国民党黔江县政府查获。黔江县长殷鉴得此密信,立即电告刘湘。他一面责令《川报》、《权舆日报》、《大声报》、《万州日报》等报纸，发"贺龙势将窜入酉西"，"黔江联英会勾结贺龙并联杨其昌里应外合"等消息，制造舆论；一面向蒋介石发电告急，要求加强酉、秀、黔、彭的防务工作。蒋介石闻讯，慌了手脚，急电刘湘成立"湘鄂川黔剿共联防总指挥部"主持会剿。并电令田冠五追究杨其昌。

1934年，贺龙的部队在反国民党的围剿时，贺龙对杨其昌又有过这样的分析：

第25军第5师师长杨其昌部，有六七千人，驻防沿河。但他与王家烈矛盾很大。为争夺防地，他们曾两次进行战斗。杨其昌是我北伐的战友，又是我的结拜兄弟。我早已派人做他的工作。他表示不向我军放一枪一炮。

1935年，在国民党部队干了20年的杨其昌，实在反感国民党军队内部的相互争斗，不满军队的腐败风气，毅然辞去官职回川从事工商。弃官后的杨其昌，虽挂国民党军事委员会重庆行辕少将参议，但却一心从事工商实业。他先在巴县（现重庆巴南区）办群力大药厂，又在长寿办铁厂、煤厂、纸厂等。1942年长寿县县长卢起勋在一份上报杨其昌的表现材料中写道：

现任官公职位：于民国二十七年（1938年）在九元矿冶公司任总经理。家庭人口8个，约200亩土地，生活可以自给。历年服务桑梓。特殊成绩及在县声望是：声望甚大，因未在县中服务无成绩可言。

杨其昌在长寿所办的工商实业，终因国民党的通货膨胀、纸币贬值而蚀本停业。

20年的戎马生涯、10年的工商实业，使杨其昌深感国民党反动政府的腐败无能，对蒋介石的内战独裁政策造成的民不聊生、国弱民穷，杨其昌更是无比愤怒！当1948年陈铭枢派刘冠海到长寿联络杨其昌参加策划反蒋起义时，杨其昌积极响应。1949年初，杨杰到重庆再次与杨其昌密谋反蒋计划，并要杨其昌策划川黔旧军界进步人士响应人民解放军解放西南的号召。4月，杨其昌参加中国国民党革命委员会。正当杨其昌要去川黔边地布置策动时，不幸被一打入民革内的特务将策反计划告密。9月4日杨其昌、周均时、王白与、黎又霖、周绍轩、王国源等被捕，囚禁于白公馆监狱。在狱中，杨其昌镇静自如，面对多次的审讯均不予作答。当特务看守长杨进兴找杨其昌谈话要他交代问题时，杨其昌反诘杨进兴：我不知道我犯了什么罪？

在1949年11月27日的白公馆大屠杀中，杨其昌与罗广斌等人脱险成功。解放后，杨其昌历任川东行署委员，工商厅副厅长，工业厅副厅长，川东行政公署财政经济委员会委员，西南行政委员会委员、参事，涪陵专区公署副专员及第三届省人大代表，第二届省政协委员，第四届、第五届常务委员，民革中央团结委员，民革四川省委委员，重庆市委委员、顾问等职。

杨其昌为人忠厚，性格直率，富有个性。1984年，他因病医治无效，在涪陵去世。组织上在悼词中对杨其昌是这样评价的：

1928年，杨其昌同志冒着生命危险，掩护过参加南昌起义被白崇禧追捕的贺龙部队的共产党员秦光远师长脱险，为革命作出了贡献。

杨其昌同志的一生，尽管经历了不少曲折，但当他认识了共产党以后，就沿着忠于党、忠于人民、忠于祖国的航向前进，实现了自己的夙愿。

杨其昌同志作风正派，为人正直，襟怀坦白，对工作认真负责，是我们党的一位真诚朋友。

白公馆脱险志士尹子勤（1890—1960），男，四川武胜县人。民革成员。

尹子勤生前对他自己的一生有过这样的自述：

任军职30余年，在本国境内，未开银行、未修洋房、未购一亩土地、未杀害爱国人士、无权危害工农，为反对蒋介石独裁坐了三次监，未破坏组织、未牵连同志。

1915年，25岁的尹子勤从保定军校毕业，即投奔到北伐的革命军中，从排长、连长、中校参谋到提升团长。

蒋介石背叛革命后，尹子勤挂过高参军衔，在上海、北京从事反蒋工作。1932年，尹子勤在广东与同学陈兴融活动李济深、陈铭枢联合粤、桂、闽三省出兵讨蒋，建议夹击广州后再行北伐。因被胡木蓝告密，尹子勤被逮捕关押，直到1937年2月才被放出。这是他第一次入狱。

抗战爆发后，尹子勤经同学叶挺介绍与叶剑英相识。在叶剑英的推荐下，尹子勤出任华北抗日第9路司令兼特派员。在这段时间，尹子勤对在康泽（抗日游击总指挥）手下进行的抗日工作有过这样的评价：

干部只知升官要钱，游而不击。每月到天津领经费6万元，往来旅费耗去七八千元，饷款支出，意见不一，进展困难，10个月游击工作，苦痛万分……

1938年尹子勤辞职去上海,与在上海进行锄奸的总队长、次子尹懋萱(化名詹森)会面。正当尹子勤按国民党军委"返渝听用"绕道云南回重庆时,突然接到蒋介石侍从室密电:协助锄奸工作完毕后返渝。

尹子勤在他的自传中写道:

次子懋萱奉电云:"奉总裁面谕,加入伪汪精卫政权充任总队长。相机完成锄奸任务。"况抗战锄奸系为民救亡岂敢违命。每日与吴绍澍、尹懋萱集议,在倭寇虎口内冒险工作。上海车站烧毁倭寇弹药车3辆、苏州外垮搪以地雷炸毁列车2辆,炸死倭寇军官兵60人,次子懋萱率兵游击,在常熟白茅口被捕,我亲率30余人冲进倭兵连部,将次子懋萱救出,倭兵全连缴械。

原国民党特务胡均鹤在一份材料中写道:

1940年,因为汪精卫的伪政府成立后,为了要搞一些汪伪的上层情报,因此陈立夫认为尹有王辑唐和周佛海的关系,可通过他们打入汪伪政府,所以尹接受任务后,先到华北找王辑唐。这样,王介绍给影佐(汪伪政权的日本顾问),由此就进入财政部和特工总部。

于是,尹子勤定期对汪伪政权的情况通过"专报",派人亲送重庆,同时尹子勤也按照陈立夫的指示,经常向汪伪政权提出一些建议。

在这期间发生了一件对尹子勤打击很大的事情:由于锄奸队的工作成效引起了军统在上海情报人员的不满,故在军统特务毛森、万里浪、林之江等被日军宪兵抓捕时,把尹懋萱的真实身份对日军宪兵机构作了举报。1940年6月,日军特务机关立即将尹子勤、尹懋萱父子逮捕。结果尹懋萱被日军特务机关秘密枪毙,尹子勤交给了汪伪政府。自此,尹子勤被关押到抗战胜利后才被放出。抗战胜利后,尹子勤为子申冤,又再次入狱!由此,他对国民党的反动、腐朽有了刻骨铭心的认识。在一份自传中,他详细地记录下了这段历史:

  倭寇投降,淞沪接收,戴笠匪帮毛森、万里浪等,昔日当汉奸头目,危害抗日分子,胜利后充任京沪司令部第二处处长,变成抗战功臣,大捕汉奸,接收敌伪物资,私自变卖,大发其财,汽车、洋房,骄气凌人。陈立夫、朱家骅到沪,假南京大戏院招待殉难同志家属,并成立蒙难同志会。我亦被邀到场,因无车钱步行,亲见毛森、万里浪、罗梦芗等乘汽车至。我痛恨次子惨死,衣食无着,毛、万诸汉奸仍然威威赫赫,恨蒋政权忠奸不分,是非颠倒,愤气填胸。明知攻击匪特要吃亏,为伸张正义计,为与各烈士及次子雪恨申冤计,不顾一切,在会场质问陈立夫:昔日可以捉抗日分子,现在可以捉汉奸,职权是谁人赋的?各烈士家属群起攻击,吴绍澍充会场主席,亦表赞成。毛森、万里浪等逃走,陈立夫宣布呈请政府解决。我攻击毛、万情形,1946年10月12日上海《铁报》记载甚详,指责政府不应袒护汉奸。到10月24日,吴绍澍被人狙击三枪未中(因他同情我主张,戴笠恨他所致)。我于28日晨被绑架到淞沪司令部稽查处,半年未讯,直到戴笠南京烧死,吴绍澍证明我"为抗战子亡身囚家破"情形,我家属向各机关控诉,移交军法处审讯三次。
  法官无理问讯:"你儿子被日宪兵枪决,你为何不死?"
  我答:"倭寇不杀,非为怕死。"
  又问:"坐监5年未何不设法逃走?"

我答:"两个小特工朝日跟随,眷属老小八口,与重庆政府脱节,亲友不敢往还,旅费无处筹办,你们处到我的环境,又当如何?"

我即质问,究竟所犯何罪?法官云,我平时毁谤政府,攻击领袖,有伪职嫌疑。我答如有毁谤、攻击、伪职等事,请提出具体事实,毛森身任日宪兵队长,害死抗日分子百余人,为何不逮捕审问?法官云,毛森任伪职时捉的是共产党,并未捉抗日分子。我答我的次子是毛森、万里浪出卖的,共产党与政府联合抗战,不是危害抗日分子呀!法官辞穷,从此不讯。幸陈立夫尚有天良,吴绍澍与次子同负锄奸责任,极力营救,蒋匪将万里浪28人枪决,我移送上海法院审讯两次,释放。被匪奸诬害,冤禁14个月,惨痛至极,稍有仁心者,为我酸鼻痛心。释出半月,吴绍澍系上海中统负责人,中统与军统不睦,他与我次子谊笃,约见陈立夫,劝我加入中统,解决我全家生活,以年衰多病谢绝。继而面劝三次,我答社会上只有儿子荫父的恤,没有父亲袭独生子的爵。以后永不往还。

1948年1月1日,李济深在香港正式成立民革总会。在民革秘书长郭春涛的领导下,尹子勤参加了民革组织,并在上海秘密从事反蒋工作。同年5月,根据民革组织的安排,尹子勤随杨杰返回四川开展地下工作。6月,尹子勤回到四川家乡武胜县,时值川东地下党领导的武装起义,正在武胜、岳池、广安等地举行。起义失败后,大批农民武装起义人员被国民党逮捕,尹子勤联络县中耆老多方予以营救。被捕人员除少数送往重庆关押外,大多数人员在当地被营救释放。为此,尹子勤遭到特务的监视,并拟予以暗杀。尹子勤化装逃往成都。1949年7月,尹子勤又到重庆,与杨杰商量武装起义之事,不幸于8月25日被西南长官公署行辕二处特务逮捕，关押在白公馆看守所。1949年11月27日大屠杀时，尹子勤与周绍轩、罗广斌等脱险成功。

解放后，尹子勤在武胜县政府做征粮、肃匪工作。当地有人认为尹子勤当过国民党的参议员，要对他进行批斗。时任区党委书记的胡耀邦，在看完尹子勤的小结之后，做出批示："尹子勤是川北民主人士中有才干者之一。"胡耀邦曾经派统战部副部长刘玉衡、公安厅长董弼忱去做好对尹子勤这样民主人士的保护工作，不能够对他进行批斗。而且通报全区，要执行好党的统战政策，保护好这些对革命有功的人。尹子勤知道这些情况后，感动地说："这是我的又一次解放，是共产党、胡书记给了我第二次生命。"后来，他又任川北行署参事、四川省政府参事室参事。在1957年"反右"斗争中，尹子勤被划为"极右分子"，受到了撤销省参事室参事、开除民革党籍、监督劳动的处分。1960年病故。1982年，四川省人民政府参事室对尹子勤被划为"极右分子"的问题进行了复查，经中共四川省委统战部批准的复查结论为：

……现决定将原划尹子勤为极"右"派分子的处分结论予以撤销。建议民革撤销开除民革党籍的处分，恢复其党籍。

白公馆脱险志士周绍轩（1889—1973），男，字家书，代用名张天一，四川广安县人，1889年12月18日出生，川军爱国将领，民革成员。1909年，在四川达县参加同盟会。辛亥革命后，袁世凯复辟帝制，周绍轩参加讨伐义军任连长。1917年，孙中山被推选为大总统后，周绍轩在四川靖国军王维周团任连长。1925年，在川陕边防军任团长。1927年，在川鄂边防军范绍增总司令部下任第一混成旅旅长。1928年，周绍轩部编入国民革命军第21军第4师任第10旅旅长。1935年，川军整编，周绍轩任第21军第1师第1旅旅长。

抗战爆发后，周绍轩随川军出川，在刘湘部任旅长。1937年10月，司令官刘湘急令周绍轩率部，由芜湖登岸，经宣城强行军，到广德红林桥十字铺一线狙击西进的日军。周绍轩亲到第一线指挥。他面对

周绍轩

日军强持坦克、装甲车冲锋的战况，命令1团1营1连连长胡荣程及全连官兵组成"敢死队"，在火力掩护下，靠近日军坦克、装甲车，一个班一组，集中投掷手榴弹，"把坦克、装甲车全都炸趴下！"经过殊死的搏斗，日军3辆坦克被炸坏不能前行，5辆战车被炸毁，11辆装甲车被烧毁，230多名日军被击毙，大量军需物质被缴获。这是川军出川参加抗战，在广德、泗安一线沉重打击日军初获胜利的第一仗。为此，战区副司令官陈诚报请国民党军事委员会，给周绍轩记大功一次，并"以师长记升，遇缺即补"。1946年，周绍轩补第146师师长。

1938年6月29日，周绍轩坐镇旅部，对企图靠16架飞机掩护、乘2艘军舰强行登陆的2000多名日军，给予了坚决的阻击。

1938年冬，周绍轩带第146师与中央山炮兵第5团、重炮第5团，拦击长江的日军运输舰艇，在2个月的战斗中，击沉日军舰艇10艘，击伤106艘。

1939年11月，周绍轩率部掩护徽州布雷办事处，在长江布雷，国民党军事委员会规定：只能成功不许失败！结果前后三次在荷叶州、五溪河等水区布雷成功，使日军舰艇116艘被炸沉、

161艘被炸伤，并且还缴获汽艇1艘。周绍轩因此得到军事委员会的特等奖章1枚。

1940年，不是蒋介石嫡系的周绍轩明升暗降为第21军中将副军长，由此失去了兵权。

抗战胜利后，周绍轩无比愤恨蒋介石破坏政治协商、撕毁双十协定的倒行逆施，他毅然退出军队，到上海秘密参加了以杨虎、郭春涛等组织的民主运动。1948年7月加入民革组织。1949年3月，民革中央军委派周绍轩回四川工作。周绍轩利用范绍增的关系，住在重庆"范庄"与民革组织人员积极开展工作。他在四川大竹县城，以经营乾泰源药铺为掩护，在渠县、达县联络各方进步人士，广交朋友，策划组织"民革川东纵队"，从事反蒋活动。1949年8月27日，国民党特务曾扩晴以老友约见为名，将周绍轩秘密逮捕，押到重庆白公馆监狱关押。在1949年11月27日大屠杀中，周绍轩脱险成功，时年61岁。

解放后，周绍轩先后担任川东行署交通厅厅长、重庆市人民委员会委员、四川省人民政府参事、民革川康临时工作委员会委员、民革重庆市临时工作委员会常委、民革重庆市筹备委员会委员等职。在推翻清王朝、建立民主共和的斗争中，他旗帜鲜明、敢作敢为；在北伐战争中，他追求进步、反对列强；在抗日救亡中，他英勇杀敌、冲锋在前；在解放战争中，他高举反蒋大旗、不顾个人安危；在新中国的革命和建设中，他拥护共产党、热爱社会主义，为社会主义建设和促进国家统一做了大量的工作。

白公馆脱险志士王国源（1898—1977），男，四川西充县人。于1917年6月赴日本留学，在广岛高等师范史地科学习。1923年冬回国，在上海经人介绍与瞿秋白相识，为瞿翻译了两篇日文文章：《苏俄的新经济政策》、《苏俄的五年计划》，在《新青年》季刊上发表。1925年春，受聘于西充中学任校长。1926年参加"驱逐黔军，拥护刘湘统一四川"的活动，并由刘湘捐款指派为四川《民报》社社长。

1928年，为川军王占绪师部政治部主任，驻资中县。1929年春，随王占绪部到重庆后，又被刘湘委任为资中县征收局局长，为官一月。1930年，组办《巴蜀日报》，后因主笔周文奎"涉嫌共党"案被

王国源

捕而停办。1933年至1934年，在成都担任美术大学校长。1939年至1946年，在成都、重庆任临时参议会和国民参政会议员。1946年，王国源与何鲁组织过"中国农民党"，但终因党员不过20名而无有活动成效。1948年，在重庆经何鲁介绍，任重庆国立女师西洋史教员。1949年，任重庆复旦中学董事长。1949年3月，参加民革组织，从事反蒋活动。1949年7月，杨杰将军由昆明托人将川滇起义计划带给重庆民革负责人黎又霖，要求民革成员周从化、周均时迅速策动武装起义。此信件被保密局西南特区渝组查获，国民党西南长官公署长官张群，立即命令徐远举将周从化、周均时、黎又霖三人逮捕。同年8月20日，民革成员王白与、王国源、周绍轩、杨其昌、尹子勤、江载黎、杜文博等先后被逮捕，囚禁于白公馆看守所。在1949年11月27日大屠杀中脱险成功。

解放后，王国源于1950年在重庆复旦中学任校长，后又在《人物》杂志社做复刊工作，并兼任该社补习学校政治教员，后因病辞职回家休养。因在文史考古方面有所专长，1953年分配到四川省博物馆作研究员，同年被四川省人民政府聘为省文史馆馆员，1977年去世。

白公馆脱险志士江载黎（1908—1998），男，又名江岑参，四川江津县（现重庆江津区）人。1908年4月27日生，1949年4月，在重庆由王白与介绍参加民革，并任民革川东区分会组织组长兼军事联络员。1949年8月21日，被军统特务机关逮捕送"中美合作所"关押，同年11月27日大屠杀时脱险。1951年4月，民革重庆市临时工作委员会，以江在被捕时有背叛革命立场的行为等为理由，撤销其党员登记。

江载黎

1954年9月，江因反革命叛变罪和解放后隐藏枪支罪，被重庆市公安局逮捕。1956年4月，重庆市中级人民法院以（55）刑字第1179号判处江有期徒刑6年。其本人不服，向四川省高级人民法院提出申诉。经过复查，撤销上述判决。由重庆市中级人民法院将江案退回重庆市检察院重新审理，重庆市检察院于1957年7月以检审免（57）字第291号确认江"已构成犯罪，但不属反革命性质，其情节亦不严重，特决定从宽处理免予起诉，予以释放"。

1957年9月，在市中区（现重庆渝中区）福利社劳动。1958年支援重钢扩建工程。1959年初送长寿东风农场集体改造。1965年5月由公安部门安置在九龙坡区李家沱运输站当工人。

粉碎"四人帮"后，江载黎为自己的历史问题再次提出申诉，重庆市检察院于1979年4月以检（79）申字第1号作出纠正免予起诉决定书，确认江"应属无罪"。

1980年7月，经民革四川省委批准补办党员登记，承认其为民革党员。1981年1月，任重庆九龙坡区政协委员。1984年5月起任九龙坡区政协专职委员。后落实政策，由工人退休转为干部离休,任九龙坡区政协副主席。1998年4月去世,终年90岁。

在歌乐山烈士陵园的档案里,保存着江载黎1949年12月写的一份自传,在这份自传中他写道:

我的幼年因家庭穷困,读书是靠族人接济。后来到成都,在岷江大学读书时我就加入了第三党,以工读方式在校中半工半读(我当时担任党的支部秘书,在学校作教务员)。民国十九年(1930年),岷大被军阀们解散了,我流浪到南京。因为生活的关系,我投考了蒋匪的中央军校。中间几次被押,好容易混满了。我回到四川在第28军任参谋,在1924年的夏天,见到前岷大教授吕平登先生,谈到社会问题时他说:"一个时代只有一个真理,除了共产主义决不能解决整个的社会问题。"因为师生的关系和我一向的认识,我便参加吕先生的组织。当时,我趁着黄昏,曾散发几次宣言。后来因为工作的关系,吕先生离开了成都,我们的联络就中断了。一直我就在蒋匪的军队和机关中混着,因为我不愿做奴隶。15年来都过着小职员生活,断断续续地做过参谋队长、大队长、参议员附员以及商店经理等职,……收入甚微,家庭生活一半是我的内人郭双文教书或做行员的薪水共同维持。今年由罗进力同志介绍认识王白与先生,大家都认为只有实行孙总理制定的联俄、联共、扶助农工三大政策才能解决中国的问题。因此我参加了民革的组织,并担任渝分会组织与军事两项责任,发动川东各县地下工作。我们因技术的不够,突于8月20日清晨被捕,在匪特严酷刑讯之下,我坚毅否认我的工作。我在白公馆被囚了整整100天。当11月27日的晚上,自顾必死吃了许多酒,意图自杀。殊后来酒醒了已是午夜2点,看着大家往外跑,我也就跟着跑出来了。

在现今中华民族已获解放,革命目的已达到了,我个人一切均无所希求。今后只希望在人民政府毛主席领导之下去学习。因为我认为"一个时代只有一个真理,由新民主主义进到社会主义,以达到共产主义的目的，就是目前中国很正确的一条道路。所以我愿牺牲我的一切来求这真理的实现"，不过我的能力有限，希望能得一个严格训练的机会来充实我自己，这就是我毕生的经历与未来的愿望。

白公馆脱险志士杜文博（1921—1995），男，四川广安县人，1921年7月11日生，大学肄业。解放前在蜀光实业公司、广安田粮处等处工作。1947年3月，在重庆参加"三民主义同志联合会"，后任民联西南负责人杨杰的秘书。于1949年因筹划武装起义被捕，10月被关押在白公馆看守所，大屠杀时脱险。解放后在税务部门工作，1952年7月调民革重庆市委工作。

杜文博

1958年"因右派言行结合历史问题"被开除公职，1980年恢复公职。1986年2月离休。

解放后杜文博回忆了从白公馆脱险的经过：

1949年11月27日下午，敌人先在白公馆各牢房提出了几人，我们同室的有刘国铠、谭谟（受伤后未死），说是转押别处，以后事实证明是被杀害了。当晚，又把其他牢房的一些人集中在我们牢房，大概有十五六人。看守员杨钦典来告诉我们，说他们（指伪二处抓过的人）立即要到渣滓洞去。现在有机会可以冲出去，他愿意帮助我们。据说此人是由王朴、陈然、刘国铠、罗广斌利用特务内部矛盾争取过来的。解放后曾由当时市委或军管会送给路费，遣返回他原籍。他并设法给我们一些枪支弹药，后又在我们牢房外向我们说，枪弹没有，他设法找一斧头给我们打开牢房。又说，除罗广斌一人押运台湾外，

· 212 ·

其余的人都要处决，并与我们留有暗号，在楼上踏脚三下我们就冲出去，没有踏脚声就不要动。这时我们就听到渣滓洞那个方向的密集枪声，判断那边一定出了事。深夜，我们听到楼上三响脚声。罗广斌立即对我们说："我是共产党。"他带队去前头，一个年轻的人照顾二三个老年人，排成单行走出牢房。刚走出大门，就听到坡下的人问："什么人？"不知是谁答复的"二处的"。又问口令，就没有人答上了，立即从坡下就有人开枪向我们射击。我们十几人在黑夜里被打散了。我在一个山洞里躲了两天。29日晚上我才从南开中学（现第三中学）走到沙坪坝我一个远房兄长那里（大学教书）。

27日前几天，我们从特务的行动，如清理图书、档案，神色慌张，并把我们的头发剃光、不放风，又从杨钦典手里给了罗广斌一点报纸，以及他给我们透露的一些消息，知道重庆不久快解放了。我们曾公开向另一位姓宋的特务说，要他协助我们出狱。他答复我们"上面叫我怎么办，我就怎么办"。我们向他担保以后负责他的生命安全，但没结果。解放后，此人被捕枪决。杨钦典是承认帮助我们的，此人遣返回原籍后，就不了解了。

解放后几天，听看守员杨钦典告诉我们，原来特务的计划是要陆续处决白公馆的人，再处决渣滓洞的人，时间比较长。因听说解放军从各方面包围了重庆，才恢复原先的计划，渣滓洞的人多，所以集体屠杀，后又用煤油毁尸，由伪二处抓来的人只有10人左右。27日晚上，他们要赶快把渣滓洞的人处决200多人。所以有这个空隙时间，我们才脱险。

杜文博解放后长期在民革重庆市委工作。他为宣传烈士的精神，做了许多有益的社会工作。他与刘德彬、郭德贤、孙重，与重庆第29中学邱时淑老师共同开展了"红岩班"的创建活动。这

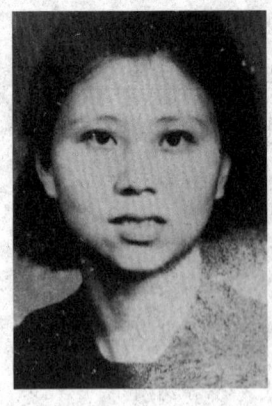

郭德贤 　　　　　　郭小波 　　　　　　郭小可

一活动受到重庆市委宣传部、市教委、共青团重庆市委、市文化局等部门的高度称赞，并在重庆市各大、中、小学校全面推广。他为人谨慎、处事平和，生前总是积极地关心重庆歌乐山烈士陵园的发展建设。1986年，我们对白公馆、渣滓洞监狱进行复原陈列展览，他从历史情节等史实上给我们提供了帮助；1988年烈士陵园进行三年规划建设，他给我们提出了许多合理化的建议；1989年在我们开展的文物资料调查工作中，他积极地为我们扩大线索。他曾经对我说："发挥余热，就要帮助你们搞好业务建设；老有所为，就是要为你们的宣传教育工作添砖加瓦。"

　　从白公馆脱险的还有共产党员郭德贤和她的两个孩子。郭德贤（1924—　），女，四川云阳县（现重庆云阳县）人。1924年9月生。1939年8月加入中国共产党并同时参加革命工作。

　　1983年12月30日，中共重庆市委宣传部在郭德贤的离职休养批复中有这样的一段话：

　　该同志参加革命工作后，较长时间是在地下党以家庭妇女身份作掩护机关工作。曾任万县中心县委妇女组长、教师训练班助理员。西南革大组织处干部科助理干事、托儿所所长、重庆人民广播电台编辑部办公室秘书、节目组副组长等职。现任重庆人民广播电台播出部副主任。

郭德贤对于狱中难友的记忆是无法挥去的。她十分清晰地记得，在得知新中国成立的消息后，白公馆的罗广斌、陈然、刘国鋕他们绣红旗的事："虽然那不是一面真正的红旗，但是它象征着在敌人的牢房里我们举起了五星红旗，这是多少人为之奋斗而来的红旗，是多少志士鲜血换来的。"几十年过去了，我也不止一次听过她讲白公馆"红旗的故事"。没有哪一次她不流泪，狱中难友留给她的印象太深了。为了挖掘红岩史料，她为我们提供了许多的线索；为了传播红岩精神，她曾经与我们一起在全国做宣传；为了帮助那些困难的烈士家属，她积极呼吁，多方奔走，最终使烈士家属的优待得到落实。

白公馆脱险志士任可风（？—1988），是一个求上进、很有自学能力的青年。从15岁起，他到成都启明电灯公司做安装电灯的学徒工至1941年。1944年暑期后，任可风开始在江北县立女中教书。国民党发动内战后，在反饥饿、反内战，争民主、争自由的社会运动中，任可风积极组织县女中等学校成立"教师联谊会"，以各种方式进行集会，联合老师推动学生参加反内战活动。由于其声势影响的逐渐扩大，校方受到了来自国民党县政府的压力。1947年暑期，任可风被解聘了。其后，他在江北华法商学院、青年中学、南泉中学、之禾图书馆等处教书或工作。一直到1949年5月3日被国民党以"奸匪"名义逮捕，关进"白公馆"看守所。后在大屠杀中得以脱险。

解放后，任可风先在重庆《大公报》做编辑。1952年以后，在中学从事教书工作，直至去世。对于自己一生的经历、坎坷和曲折，任可风每每谈起来，总是那样的激动。从1986年到他去世，每年的清明节期间和"11·27"烈士殉难纪念日，我和任可风都会进行接触。他给我的印象是：性格直爽，敢于发表自己的见解，对解放后自己所受到的一些不公正待遇，总是那样淡定。当然，他对自己能在解放前从虎口里脱险而活下来，总是感到非常幸运。因此，对解放后所遇到的一些不愉快的事情，也就显得无所谓了。我曾饶有兴趣地请他给我讲述过那些不愉快的事情。那是在1987年的清明节，他让我给他打上了二两酒。他喝了以后，慢慢地对我道来。

1959年，任可风在重庆北碚的某一中学教书，由于他的喜欢说、由于他的敢说、由于他的会说，他在当时的"反右"斗争中，犯了所谓"资产阶级教育思想"、"工作极端不负责任"、"整风'反右'运动中同情支持'右派'鸣放"的错误，故受到全区"反右倾"大会的批判，受到降两级的处分，后改为记大过处分。一直到1979年12月，才撤销了对他的处分决定，这个不轻不重的包袱，在他身上整整背了19年。说起这19年，他总是说：不痛快！不痛快！

一次，任可风上街买菜，没有买到自己想买的菜，便对菜品种不多发牢骚，被说成是"攻击政府"；一次，任可风上课迟到了15分钟，被定为"工作极不负责任"；一次，在提意见会上，由于他针对教学问题说得太多，被定为"宣扬资产阶级教育思想"。于是，任可风被降级处分。在当时的一份揭发材料中，对任可风的种种言行列出了若干条，但这份材料在最后也不得不承认：至于他的工作能力是有的，喜欢读书是他的一个优点。是的，任可风不但善于读书，更善于结合社会现实作出自己独立的思考。他不喜欢嚼人家吃过的东西，喜欢亲自去品尝，哪怕要付出代价，他也愿意。用他的话来说，"人一生的追求，就在于求真"。1986年，歌乐山烈士陵园的"浩气长存"烈士群雕落成，任可风以脱险志士的身份参加了揭幕仪式。在烈士群雕前，面对宁死不屈的英烈形象，我对任可风说："雕塑作者说是你的满脸大胡子，给了他创作人物形象的激情。"任可风却回答说："我给了他什么感觉是一回事，关键是作者在创作这组雕塑的时候，他是投入了自己的情感，他能够理解烈士，他对历史有一种感情。"

在1987年的"11·27"纪念活动期间，任可风的一段话，我至今记忆犹新："我一生中走过很多地方，结交过很多人。但1949年5月到11月，在狱中所看到的那些共产党人，才使我真正懂得了怎样去做一个人。如果活在这个世界上没有一个追求的目标，如果在生活中没有一种激情的创造，人生的价值又何以体现？"这是我最后一次同他的接触。当我提出用车送他回北碚的时候，他说："不用，我自己坐公共汽车。"

1980年4月，任可风退休了。在他的退休审批表上写着："该同志中教四级，标准工资87.50元，用75%折扣，实发工资65.63元，粮贴2.40元，副食津贴5.00元，合计73.03元。"1988年，任可风同志离开了人世，当我听到这一消息的时候，我走到烈士墓前，两眼看着那矗立在歌乐山下的烈士雕像，想起了著名雕塑家叶毓山教授给我讲群雕创作时，他把任可风的形象作为人物构造对象的情景。叶毓山说：他身上有一种特殊的气质。

白公馆脱险志士毛晓初（生卒年不详），男，1949年，在重庆大学法律系读书的毛晓初，参加了地下党所领导的学生运动。

在地下党员刘文权的领导下，负责主编"五四"特刊，在"革命风暴"专刊从事革命宣传活动。国民党特务以共匪嫌疑把他关进白公馆监狱。解放后在云南地质研究所工作。1987年毛晓初离休后，与老伴在一起安度晚年。他练气功、看书、写字，有时也写点东西。当我们采访人员向他表示在纪念"11•27"烈士殉难50周年回重庆参加活动的时候，老人一往情深地说："一定要去，一定要去，要去看看那些老战友。"

白公馆脱险的还有李荫枫、周居正、郑业瑞、秦世凯、段文明、李自立、贺奉初。从白公馆死里逃生、虎口脱险出19位志士，在渣滓洞屠杀中从火海里逃生越狱的有15位志士。能够活下来是他们做梦都没有想到的。几十年来，在这些脱险志士的脑海里，新中国成立时带给他们的大喜大悲那一幕，成为了永远的记忆。

除去罗广斌记录的白公馆脱险志士外，渣滓洞脱险人物的情况在此记录如下：

刘德彬（1922—2001），男，四川垫江县（现重庆垫江县）人。脱险时27岁。1939年3月加入地下党组织，在云阳、奉节、万县从事地下党武装斗争的群众组织工作，不幸被叛徒出卖于1948年6月14日在万县被捕入狱。1949年11月27日渣滓洞大屠杀中脱险。解放后，先后在重庆市共青团和总工会工作。

刘德彬

原国民党军事法庭法官张界在1960年6月3日《危害革命人士的罪恶事实》交代材料中写道：

刘德彬是在万县方面被捕的，他坚决不承认中共组织关系。经我问了三四次，并且把涂孝文和他对质。涂劝他交代组织关系办理自新，他始终没有接受。他在看守所里态度自若，神情非常安定。他们还时常偷着写革命诗句。

对于虎口余生的那段经历，刘德彬回忆道：

1949年11月27日晚，特务对我们进行了集体大屠杀。楼上的8个房间和女室的同志都全部集中在楼下8个狱室里，楼上五室和楼上六室的均集中在楼下五室，我也在楼下五室，全室共有30余人。敌人机枪开始扫射时，自己的心里还是很害怕。我当时和陈作仪同志坐在床上，立即倒下。由于门口堵塞的同志较多，自己未被中弹，这时扫射的子弹在一二室打得密些，我们五室打得少些。这时已有个别同志中弹后高呼口号和骂特务的声音。自己当时还是想表现得勇敢，因为想到反正是死定了的，但也存在侥幸心理。因此，在趁敌人扫射的间隙间，黄绍辉同志拉我一把，我们就从床上卧倒屋的正中。因为屋的四周都挤满了人，特务的扫射也集中在四角。正在这时，我右臂中伤了。当时发烧流血，昏迷过去了。接着特务把门打开进来补枪，幸未中弹。后来房子着火了，这时我爬了起来，接着另外受伤未死的钟林、杨培基，还有一个贵州人，我们就冲到门口。但牢门被锁了，冲不出去。这时我发现门的下面有缝隙，于是我们几个人就把木门扳坏了，冲了出去。

对于川东武装起义，事隔几十年后刘德彬有过这样的总结：

当时，上面对整个形势的估计，过分乐观。如1948年8月，彭咏梧派我去云阳赵唯那里去工作时，就对我说过：现在解放军马上就要入川了，我们要赶快发动武装起义，配合解放军入川，还说解放军已经打到了陕南边境来了等。

对敌人的力量也是估计不足的，轻敌思想很严重。错误地认为像云阳、奉节、巫溪这一带农民群众觉悟很高。只要一号召，群众就会马上起来。看不见四川国民党反动势力，地主、保甲封建势力还是很顽固的。

没有深入发动群众，没有群众基础。群众也没有经过组织起来进行斗争，如抗丁、抗粮、抗捐等，更没有迫切的武装斗争的要求。再加上下乡去领导武装起义的人，多数是知识分子，不懂军事，也未打过仗等诸种原因，所以武装起义一哄而起，暴露目标，敌人一来打，就一哄而散。1948年1月下川东云阳起义失败，就是这种情况。

云阳起义失败的教训，我认为川东临委的一些负责人并未吸取教训，从路线上来检查，纠正错误。1948年春、夏，华蓥山区的邻水、大竹、合川、武胜、岳池、广安等地，据说形势本来很好，由于当时领导上强调"揭盖子"，把队伍拉出来起义，因而暴露了目标，起义接二连三地遭到失败。

"左"倾盲动主义带来的危害很大，有的被捕入狱、有的牺牲，当地群众受到反动派的残酷镇压；许多党员和游击队员不能在当地立脚。据说华蓥山区的群众，因起义失败，逃往重庆及其他地方避难的人不少。

在城市方面，也执行了"左"倾机会主义路线。突出的例子是，重庆地下党出的《挺进报》，据说在重庆到处乱发，有的张贴在街上，甚至把报纸直接寄给国民党西南长官公署朱绍良，因而引起敌人的重视，要"限期破案"。《挺进报》出事，导致重庆市地下党遭到破坏，造成了极为严重的后果。

在组织路线上也是有问题的，叛徒刘国定、冉益智等本身就是机会主义分子，投机到党内，并窃据了要职，他们在生活上也相当腐化。据说刘国定曾发展了一个银行资本家的儿子李忠良为党员，李与刘接触知道不少党员，后来李忠良被捕叛变，并当了特务，到处逮捕人。

刘德彬是川东武装起义的直接见证人，也是狱中斗争的参与者。1998年，他写了一本《歌乐山作证》的图书，对他的经历做了历史的记录。

肖中鼎（1901—1985），男，四川垫江县（现重庆垫江县）人，渣滓洞脱险志士之一。在狱中，不论特务还是难友，均称他为"肖司令"。他从万县的滇川黔靖国军第一路随军学校学习后，从1920年8月至1937年7月在川军先后任少尉副官、上尉参谋、少校、中校、营长等职。抗日战争爆发后，肖中鼎被调到四川大学担任军事主任，负责培养军事人员。1938年2月，肖中鼎又被调到万县，任保安司令部副司令。同年5月，肖中鼎加入中共地下党组织，他利用副司令、阆中川陕鄂绥靖公署上校参军、通江川陕鄂绥靖公署分会州主任委员、上校参军等职的特殊身份，掩护地下党开展革命活动，策反军界上层人物，秘密组织武装起义。1947年10月8日，因地下组织被破坏而遭逮捕，关押在渣滓洞监狱。解放后肖中鼎先后任垫江县人民法院副院长，县建设科副科长，县交通科科长，县政协第一届委员会副主席，四川省政协第四、五届委员。1985年6月9日在成都去世，终年84岁。

肖中鼎

在狱中，肖中鼎装得很消沉，甚至他还在渣滓洞的牢房里打坐念佛。在特务的眼中，肖中鼎是一个昏庸老朽的旧军人。故肖中鼎在渣滓洞监狱时得到了一个管理小卖部的"美差"。他利用这个小卖部，为难友传递书信、传达消息、相互串通口供，这个小卖部在狱中斗争中起到了重要的作用。1950年8月，田一平对肖中鼎在渣滓洞监狱做小卖部工作的情况有这样的记录：

　　肖以合作社职务的贡献，为难友传递书信、传递消息、串通口供达一二百次之多，一次未出事。这一项功绩，却少有人知。因为那时不能说。也不必向难友们说明，说了反而有害。如果他应付不周到，不可能做了这些工作，这是应当说明的。

　　肖中鼎对自己在1949年11月27日的大屠杀中虎口脱险的经过，有过详细的回忆：

　　11月27日下午6时左右，先开始分批分案枪杀白公馆的政治犯。到当夜12时左右，才杀害了60余人。随即到渣滓洞狱中提了两批8人杀害于狱外，已到翌日2点左右了。敌特见这样会耽误他们溃逃时间，乃改变分批分案办法为集体大屠杀。

　　渣滓洞监狱共18间牢房（男的16间、女的2间），先将男的集中到楼下的7个牢房，将女同志集中到楼下的第八室。集中后宣布说：我们要走了，把你们交与重庆警备司令杨森来接收。特务刽子手们便去开会去了。

　　敌特的谎言，当然骗不了人。我们被集中后的各牢房的同志，虽有不认识的，但有一个革命即将胜利、迎接胜利的共同认识。所以都毫无畏惧地在议论：放呢，杀呢，带走呢？而且大都认为，杀害的多。

当时，我与同案人何雪松、李子伯从楼上八室到楼下六室，在纷纷议论。

我说了一句：哎！当个从容就义的烈士，又英雄又光荣嘛。

有人就说：肖司令，你哪个还在吊儿郎当哟。当时，这六室约30个人，各说各的看法、想法，但都很乐观。也有人提出怎么办的。

接着，有人说："肖老头，你看看特务们在做什么，有啥动静？"于是，我就站在门边，把头从风门口伸出去，只看到特务们隐隐约约地在特务办公室开会的样子，没有其他动静。

约一刻钟，突然每个牢房门前站上一个敌兵，都持有卡宾枪。我就说："同志们！门前站起了，架起机枪了！"我还在看。

瞬间，特务刽子手们走出来了，纷纷跑到各牢房。又一瞬间，一声哨声，枪响了。先由一室、八室两头开枪，接着向中间逐室开枪，卡宾机枪、手枪向各室不断扫射。当然，革命者顿时很自然地发出高呼共产党万岁、毛主席万岁的口号声和痛斥敌人声，也与枪声同时响彻歌乐山下。比如我们六室的李子伯同志，破口大喊："我们共产党人是不怕死的，狗特务不要乱打，让我站出来，你看看，让你枪杀吧！"何雪松同志更是大骂蒋介石王八蛋绝灭人性。这时，还有人在讲话。何雪松负伤后还问："肖老师，你负伤没有？"这样，引起敌兵向他的上级报告："这屋里还在说话！"敌特又对六室反复扫射两次。

在第一步反复扫射后，第二步便是开门对每人填枪、补枪。第三步更是惨绝人寰，采取毁尸灭迹，火烧渣滓洞，即堆上木柴，浇上汽油，点火烧房，尔后逃跑。敌特正是这样干的，但革命的人们并没有被吓倒。在这样你死我活的千钧一发中，仍能抓住敌人慌忙溃逃的瞬息良机，勇猛地冲出牢房，冲出围墙，共同奋勇越狱，力争虎口余生。

肖中鼎是一位灰皮红心的人。在长期地下革命斗争中，他忠诚自己的政治选择。在白色恐怖下以机灵的对敌斗争策略，他巧妙地利用国民党军政职务的合法身份，勇敢、坚定地开展党的地下工作，掩护革命同志，保存革命力量。在当时，作为一个国民党的保安司令，他应该说是不愁吃和穿，也不乏有上升的空间。可是他却要"明修栈道、暗度陈仓"，为地下党工作、为推翻国民党的统治而冒风险。就是被捕入狱后，面对生命危险也毫无惧色。他的这种临危不惧、坚贞不屈，表现了共产党员的高贵品质和无畏精神。

李泽海（1929— ），男，时年20岁，是渣滓洞脱险时年纪最小的一个。1947年加入地下党组织，在家乡遂宁担任横山姜家湾地下党支部书记，带领群众积极开展"三抗"（抗丁、抗粮、抗捐）活动，成为一个专职的农民工作活动者。1948年11月，川东武装起义失败后，国民党在各地大肆逮捕革命人士。因遂宁、南充中心县委被破坏，李泽海被叛徒出卖。

李泽海

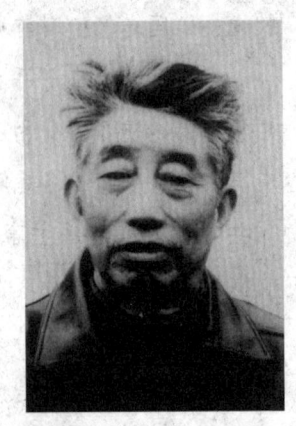

在"11•27"大屠杀中，李泽海身中两弹（头部、颈部）而大难不死，在大火浓烟中，他奋力破门逃出。在一个农民的家中，李泽海将伤口做了简单包扎后，就连夜奔回遂宁老家。他强忍伤痛走了8天，找到了党组织，报告了大屠杀的情况。在县医院，医生从他的身上取出两个子弹头的时候，他昏了过去。

解放后，李泽海在遂宁南强区担任民政助理，后任南强区、永兴区区长。当时，在极"左"路线的影响下，李泽海受到错误的处理，被免职下放劳动改造。在受到极不公正待遇的27年里，

解读狱中八条
EIGHT SUGGESTIONS MADE IN PRISON

他坚信党组织，默默无闻地为社会、为国家努力工作。1984年，落实政策的李泽海，仍以一个共产党员的标准来约束自己。有一份《离休心更红，为党再增辉——李泽海同志优秀事迹》的材料，记录了李泽海平凡的事迹：

他积极参加党支部党小组的各种活动，从不无故缺席，不摆资格，甘当普通党员。不管在党内和党外，他坚持党性原则，敢于抵制不良现象，积极协助支部做好思想工作。

李泽海同志一贯大公无私，先人后己，不谋私利。按政策规定，他的医疗费应实报实销，但他处处想着党和人民的利益，从不多报一分钱。据市公医办统计，他每年医疗费都不足100元，是全市离休干部最低水平。1986年局新房分配，优先给他安排，但他主动提出不参加分配，再三推辞，并说"我现在可以住得下，比过去好多了，分给在职干部吧"。至今，他一家三代四口人，仍居住在条件简陋的两室一厅的老房子里。

李泽海很懂得做一个人的道理，为社会、为他人服务，是他最崇尚的人生乐趣。在任何时候，他都不愿意向组织或向他人提出任何要求。他认为：只要是自己认定要做的事情，只要是自己愿意要做的事情，就不应该有功利色彩在里面。

傅伯雍（1919— ），男，四川垫江县（现重庆垫江县）人，渣滓洞脱险志士之一，脱险时30岁。1947年8月加入地下党组织。1948年11月，因为特务在一个被捕的人员笔记本上发现他的名字而被捕，

傅伯雍

关押在渣滓洞监狱。解放后在垫江县文教局、垫江第三中学工作。1979年离休。

狱中的难友许多都是学者、文人，他们才华横溢、诗文均佳。虽然身在牢中，却经常赋诗作文，或自娱情志，或激励难友，或歌颂未来。在他们的带动下，许多文化不是很高或并不善于诗文的难友，也常以诗歌的形式来抒发自己的情感。一时间，难友中吟诗成风。

傅伯雍从读书时期就喜欢读书、创作写诗和发表作品。被捕入狱后，他把监狱当战场。在傅伯雍等人的倡议下，难友们还秘密组织了"铁窗诗社"，把诗写在烟盒纸、草纸上暗地里传播交流。红岩英烈诗篇的作者，在黎明之前倒在了敌人血腥的枪口之下。他们没有看到蒋家王朝的最后覆灭，没有呼吸到日夜盼望的新中国自由的空气，他们留下的多是残缺不全的诗稿，而且他们很少被称为诗人。但每一个革命烈士本身就是一篇无比壮丽、无比伟大的诗章，每一个革命烈士都是一朵盛开的"绚丽的血红的花"。他们的诗，是雄壮的、响彻云霄的音乐，他们是真正伟大的诗人！

精神饱满，刚健自信的傅伯雍，离休后数年来坚持创作和写回忆材料，为红岩文化史料的研究整理做出了积极的贡献。

盛国玉（1926—   ），四川垫江县（现重庆垫江县）人，是唯一从渣滓洞监狱脱险的女志士，她是与傅伯雍一起被捕的。她丈夫是地下党员，她也知道地下党的一些情况。但在狱中，特务用酷刑威逼她交代，她坚不吐实，拒绝敌人的指控。

盛国玉

在渣滓洞监狱，同牢房的共产党人给她留下了难以抹去的记忆：

像李青林烈士，30多岁了没有结婚，受刑时把腿都搞断了，在狱中还很坚强。被敌人拉出去枪毙的时候，特务要去扶她，她说：不要碰我。结果是江姐把她扶着出去的。她出去的时候，我们牢里的每一个人都很沉重，都憋住了气，怕说什么让她难过。她却跟我们摆手说：再见！再见！

左绍英在牢里生了两个娃儿，彭灿碧也生了一个。我们轮流照顾她们，男牢房的还悄悄送吃的东西来。没得奶水，娃娃们受了好多苦。几个娃儿长得硬是可爱，我们都喜欢。但是那些特务坏透了，娃儿有什么错，娃儿有啥子罪，也一起给杀了。

杨汉秀了不起，她家里有钱有势，为什么非要走这条路呢？在老街二处关的时候，她约我去厕所时给我说：我们是一样的人。我看她扎根辫子，穿件列宁服，对我很好。每天都有几个太太来劝她，喊她不要参加共产党，叫她不要搞运动，但是她根本不理。我们在渣滓洞时，她把家里送来的东西分给大家吃和用。她给我说过：她有一个儿子和女儿，儿子托给了别人，她好想看看儿子，特别是拉出去杀害之前。但她就是不求她家里的人！

11月27日的那天晚上，我们都睡了。突然听见特务喊：起来，起来，马上办移交。我们不知道是往哪里办什么移交。

等穿完衣服走出来，特务把我们押到底楼的第八室。大家都不知道是怎么回事。

正在这时，只听见一声哨子吹响，听见有人喊"开枪"。还有一队跑步的声音向我们的牢房来，"哒、哒、哒"的子弹乱响，我立即趴倒在窗边的床下。

一会儿，听见特务开门进来说：还有活的没有？我不敢动，只听到那几个娃儿在哭叫。特务说：斩草除根。枪又打了起来，听不到哭的声音了。特务又到牢房的后面补枪。听到特务在喊：有活的没有，要放火烧了！

过了一会儿，只感到牢房被烧了起来，我感到腰上有人压倒我在动。她说：张大，快点起来跑！我听声音是二胡（胡芳玉）。原来，她把我当成了张静芳。她爬起出去，到门口就听见两声枪响，她就没有动了。

后来，我看见门口起火了。我心头想，反正都是死，与其在里头烧死，不如出去被一枪打死痛快些！我就爬起来，从门口的火堆跳了下去，把鞋子摔掉了，在地上爬了一阵，我就往厕所爬去。进去后，发现已经有人在里面。天又冷，里头又臭，我趴在地下没有动。

不晓得过了好久，听见有人在说话，两个女的在说："还有活的没得？打你们的那些人走了，快点起来跑哟！我们是兵工厂的家属，你们不要怕。"我的手被她们拉了一下，她们说："这个还是活的，快抬出去。"我被她们抬到家里，她们给我洗脸，换衣服，找了袜子和鞋子给我穿，还给了点钱与我，让我赶快离开这个地方。她们一再告诉我，要我不要说是从这里跑出去的，要换个名字。

跑出去后，看到国民党的兵乱抓人，问我的时候，我说是从涪陵来重庆帮人的，老板走了，我就出来了。

29日躲在山上，发烧得很厉害。

30日的时候，听见很多人在喊：解放了。我走到沙坪坝，看到有学生在贴标语，我就去告诉他们：我是从渣滓洞监狱跑出来的，我病得不行了。学生立即把我背到学校，医生给我看病、打针，女同学都来照顾我。第二天，他们用人力车把我送到高滩岩医院，他们帮我与脱险处联系。党组织立即来了人，要医院把我病治好。后来，我的爱人余梓成也来找到了我。

解读狱中八条
EIGHT SUGGESTIONS MADE IN PRISON

　　老人对她的经历，至今仍记忆犹新。只要她回忆起那段历史来，她总会含着热泪，时隔了几十年仍无法忘却。在她的每次讲述中，我除了可以了解到一些情况外，我更愿意接受她的影响。她住的房子不豪华，家庭里也没有高档的东西，但她很满足。这不是因为她没有想法和要求，而是因为她总是用烈士来和自己作比较。在她的心中，烈士的分量是很重的！

　　陈化纯（生卒年不详），男，四川巴县（现重庆巴南区）人，越狱脱险成功时39岁。因"通匪嫌疑"而被捕。解放前，陈化纯曾任四川巴县跳磴乡（跳磴乡，现为重庆大渡口区跳磴镇）副乡长、县参议员等职，在地下党员伍时英等同志的教育帮助下，同情支持革命，并利用乡长的身份经常掩护地下党的活动。重庆警备司令部《一周要报》1946年10月24日记载：

　　巴县跳蹬乡所属白沙沱及铜罐驿乡暨珞璜乡（江津县）、马鬃乡（江、巴二县共管）等地，有伍时英、陈化纯、周命新等在白沙沱一带，假青帮名义组织"大义社"，收纳愚民300余个做奸党工作。

　　因此，他在1947年底被国民党特务以"共党嫌疑犯"逮捕，后转囚到重庆渣滓洞监狱。

　　解放后，陈化纯万万没有想到的是，他被打成了"现行反革命"。1951年给他定了"三条罪状"，判刑5年。第一条罪状是"通匪"：有人检举他在解放初，与一个带枪的人在一起，还讲了很长时间的话。而检举的人并没有看见枪，只是看见衣服里面是鼓起的。第二条罪状是"粮食问题"：因刚解放时，根据上级的指示，将本乡的粮食借予另外一个乡，而后来这批粮食又没有归还，就说是陈化纯将粮食借给了有钱有势的人。第三条罪状是"使用过去当乡长时的人"。

这三条"罪状"，虽荒唐，却又真实地发生了。对于这个千人唾骂、万人恨之入骨的"现行反革命"，他的妻子当时被吓得跑出去避祸，坐火车无票被赶下去，又坐火车再被赶下去，结果她跑到了甘肃天水。因为没有户口，被迫与煤矿工人结婚而安身。

1987年四川巴县人民法院宣告陈化纯无罪，为其彻底平反。

原巴县的一位领导在对陈化纯的女儿陈代芳谈到这一案子时，深感内疚地说："刚解放我们就赶到巴县，经重庆市委和重庆地下党的介绍，说陈化纯是一个进步人士，刚从渣滓洞脱险出来，这个人是可靠的。我们也相信他，就大胆地使用他，他也帮助我们做了很多工作。后来在极'左'思潮的影响下，我们偏听偏信，稀里糊涂地把一个好同志给处理掉了。这是我们工作没有做得好，也给你们下一代造成了这么一场灾难，这实在对不起，向你们道歉！"

杨培基（1914— ），男，四川岳池县人。1948年3月加入地下党组织，同年8月被捕，关押在渣滓洞监狱。1949年渣滓洞大屠杀时脱险。解放后在岳池县卫生院、赤卫区、罗渡区卫生所担任医生和副所长、所长。

1932年，他18岁，在重庆考入国民党21军看护队学西医三年。毕业后在国民党军中做医生。1943年5月脱离国民党军队医院，回老家岳池普安街上自行开业行医。1948年3月，他经唐玉昆

杨培基

介绍加入了共产党组织。由于传看《挺进报》和进步书刊，被叛徒胡安云向岳池警察队密报，于1948年农历六月二十九日被捕，在岳池关了一个多月。1948年9月5日与唐征久、徐也速等20余人，一同被押解到重庆渣滓洞看守所。

解放后，杨培基回忆说：

我到重庆渣滓洞三天后，只被敌人审讯过一次，以后就一直关起来。我们在里面的活动情况：经常唱文天祥所作的《正气歌》、《我们愿把牢底坐穿》以及《义勇军进行曲》等歌子。有时大家坐在囚室里讨论中国农村阶级和阶层，讨论土地法大纲、党的最高纲领和最低纲领。我们在讨论以上有关政治方面问题的时候，门口经常坐一个人，以防看守特务上来听到了。如果看守特务上来了，我们就摆其他的龙门阵，使特务不知道。我们那个狱室内，只有我和尹慎福的文化水平低，那些难友就经常帮助我们学习文化，如历史、地理、语文、外国文等。在渣滓洞内的难友龙光章同志因病逝世时，难友们要求开一个追悼会，以绝食的方式向敌人作了很大的斗争。

1949年11月27日的晚上，敌人把我们楼上五室所关的难友们全部喊到楼下五室，其他各寝室也都是把楼上的喊到楼下的寝室关起。

当晚11点的时候，敌人就开始集体大屠杀了，开始是乱枪向各寝室内打，我们室内的难友都一齐卧倒在床底下。起初听到两头的枪声很急很密，最后到我们五室。可能是半夜1点多钟，特务把我们五室的锁开了，进来"填炮"（即没有打死的就补一枪）。当时我匍匐在进门的第一张床底下，一点也没有动，补枪的特务以为我被打死了，就没有再向我补枪。

经过补枪后，那几个特务就出去了，照常把门锁上。过几分钟后，渣滓洞的房子就起火烧起来。我们五室的难友连我还有5个人没被打死，如刘德彬。其他几个人，在慌忙紧急之时没有看清楚。我们几个人一同用力在里面将门一扳，那门就从中间断了。下面现半截空洞，我们就从下面那个空洞钻出来，往外面走廊上跑。走廊尽头过去就是院墙，院墙前一个月前垮了一丈多宽。当时敌人也没有修补，我们就从那院墙缺口跑出去，一直往沟下跑。

跑出去后的杨培基，在黑夜中又遇到了脱险的周洪礼。他们一起向磁器口合川方向跑的路程中，不幸又被溃逃的国民党散兵游勇扣押了几天。直到12月2日，他们才得以彻底的脱险，到了脱险志士报到处。

杨培基解放后回到了自己的家乡，继续从事医务工作。岳池县人民委员会卫生科1959年9月11日对杨培基有过这样一段评语："杨培基同志在我县罗渡区卫生所作所长，从平时表现情况来看，该同志比较朴实老实，不说假话，不夸大事实。但另一面是该同志情面观点较重，展不开批评。"

在"文化大革命"的清理阶级队伍时，杨培基被定为"历史反革命"并被开除了党籍。1983年，中共岳池县委对杨培基的问题落实了政策，恢复杨培基同志的党籍。入党时间为1948年3月。

周仁极（1922—2006），男，四川武胜县人，渣滓洞脱险志士之一。1947年加入地下党，1948年8月因参加合川、武胜武装起义而被捕。

在1949年11月27日的大屠杀中，周仁极身未中弹。在敌人放火烧毁渣滓洞时，他与钟林等人破门逃出。后在嘉陵江边搭

周仁极

船，辗转数日，回到了武胜县真静乡。在歌乐山烈士陵园的档案资料中，有一份周仁极对当年狱中生活的回忆：

牢狱生活充满苦难。许多同志都受过重刑。一天只有两餐，吃饭、解便都在室内，没有卫生设施。饭是黄色霉变了的米做的，几乎没有菜，有时有点汤，没有肉。一室一只小木桶装上饭，每室派一个值日去提回来吃。上下午各有一次放风时间，时间很短。同志们就利用这个时机秘密传递信息。牢房背后有一个小水坑，洗脸、洗衣等都在那儿。

除短暂的放风时间外，长时间是在室内生活。怎样来度过这度时如年的生活呢？同志们"发明"了许多方式：在室内锻炼身体、走圈子、做俯卧撑；唱爱国、进步、革命的歌曲，一唱众合，时常全狱的同志齐声高吭，敌人的干涉、制止也无济于事；学习文化、外语和诗词，我当时就主要学习俄语；叩楼板、挖壁孔传播消息，把头伸出铁钎子的门外互相小声对语；自制围棋。总之，同志们在狱中都表现出大无畏的革命斗争精神和革命的乐观主义精神。

1950年周仁极在武胜县街子乡搞征粮工作，3月到中心区任区长，5月到乐善区任区长，8月到县农会工作，12月到县法院任院长。1953年调西南森林管理局（现四川省林业厅）计划科任科长、办公室主任、副厅长。"文化大革命"中，周仁极被下放到西昌劳动改造至1972年。周仁极是脱险志士中唯一由县里的区长提升到省里的副厅级干部。我曾问过他这样的几个问题：

问：在解放后的工作中，你是如何缅怀你的战友的？
周：我能活下来，是幸运。过去搞地下工作，不可能想很多，一心就是要推翻旧制度，建立新中国。解放后，作为共产党员就是4个字：继续革命。认真努力为党工作，就是对先烈的最好缅怀。那时在位的时候，无论是到山里、到阿坝开辟新的林区，或是到县里、到基层调查情况，没有白天和晚上之分。对工作兢兢业业、任劳任怨，对同志诚心诚意、不搞宗派。

问：您当时完全可以解决你妻子的工作，为什么没有解决呢？

周：当时没有想过这个问题，也顾不上考虑，也没有理由要解决自己的私利问题。我的老伴在世的时候，对我最大的埋怨就是我没有给她解决工作。我有好几个弟、妹，都没有解决，他们都在农村。我在位时要像现在的一些领导那样，都可以把他们解决到城里来工作。但是我没有考虑，我没有这样做。在这个私利问题上，扪心自问，我无愧先烈。

问：那么你对没有解决这些问题感到后悔吗？

周：不后悔！现在子女、亲属讲到这个问题时，说我有欠考虑的地方，但是我并不后悔。

问：你怎样评价你自己？

周：老实、勤恳、认真、努力，全心全意为党工作。

谈话时，周仁极的二女儿正好在家照顾父亲，我提出想问她几个问题。周仁极爽快地叫出了他的女儿。这位四川省林业厅营林调查队的助理工程师周召琼，很腼腆，看得出她不善言谈。我向她提出了问题：

问：你知道你父亲的情况吗？

周：知道一些。有看书知道的，也有听他讲的。

问：你父亲是有传奇经历的人物。你怎样评价他？

周：两袖清风、问心无愧。

问：作为子女，你们对父亲有怨言吗？

周：以前父亲就讲不可能靠他的关系，后来又告诉我们要靠自己的努力奋斗，今天看来没有真本领是混不下去的。

钟林（？—1988），男，又名林涛，四川灌县（现四川都江堰市）人，渣滓洞脱险志士之一。1948年2月加入地下党组织。按照党组织的安排，钟林参加了川东武装斗争，在广安担任起义中队的政治指导员。后因起义失败被叛徒出卖，于1948年12月被逮捕。解放后，他在重庆《新华日报》担任记者、编辑；后在《川东日报》农村组任组长、《四川农民报》任编委、《四川日报》二版副主编、农业部主任等职。1983年1月离职休养，1988年11月5日因病去世，终年60岁。在钟林的讣告中，党组织对他作出了这样的评价：

钟林

不论做记者、编辑，不论在《农民报》还是《四川日报》，他都勤勤恳恳、兢兢业业、任劳任怨地工作，成绩卓著。1960年被评为四川省文教先进工作者，并光荣地代表农业组出席全国文教群英大会。尤其是党的十一届三中全会以来，在报社党委的领导下，他和其他同志一道，坚决贯彻执行党的方针、政策和四川省委的宣传意图，创造性地宣传报道，为推动我省农村改革和农业的发展起了积极作用。

刘翰钦（生卒年不详），男，渣滓洞脱险志士之一。1947年在陈用舒的启发教育和介绍下，刘翰钦加入了地下党组织。因1948年武胜、岳池起义失败，陈、刘的地下活动被国民党南充特委会发现密报特务机关而遭逮捕。刘翰钦回忆脱险经过：

刘翰钦

在"11·27"大屠杀时，"我在敌人枪杀的时候卧在床上，装死不动，敌人'填炮'未填得到。后来敌人用火烧牢房，把牢房门柱子烧断了。我和肖中鼎用床柱子把门柱捅断了，出门就跑。我走后面，听到外面又在打枪，我又退回牢房里待了一阵，又才想起渣滓洞脚下有个煤洞，那里可以藏身。因此，我就往打米室跑（即上楼的那个角旁的房子下是洞口），跳下洞子里去，见前面有一个人往里面在跑，我跑近傅伯雍面前才知是难友。我原先不知他的名字，后谈起了知心话，他才说他叫傅伯雍。那时他很年轻，是学生出身。11月28日那天的白天中午，特务又进行搜查。我们发现后，躲在洞子的黑暗处而未被敌人发现。我们在洞子里躲到天刚要亮时，我们才走的。走时，我把一把胶梳，有5寸长左右分成两半，我们各拿一半带走的。今后见到，作为在渣滓洞受难藏了一天一夜的见证。30日，重庆解放。后《大公报》刊登白公馆、渣滓洞的脱险人员可以登记，我就去登记处报到。"

张泽厚（1906—1989），男，四川岳池县人，渣滓洞脱险志士之一，中国民主同盟盟员。1948年8月因岳、武起义失败，未及时撤退而被捕，关押在渣滓洞看守所。在1949年11月27日的大屠杀中脱险。张泽厚在一份材料中回忆说：

解读狱中八条
EIGHT SUGGESTIONS MADE IN PRISON

我在渣滓洞监狱囚禁近两年。1949年11月27日大屠杀中，身中八枪，装死躲在尸堆的血泊中，躲过最后的"填枪"。敌匪撤退，重庆解放，中共重庆市委会闻我未死，才派员将我抢救送医的。

解放后，张泽厚从事教育工作。1957年，在"反右"中张泽厚被错划为右派，被判刑20年，并被开除盟籍。1978年刑满出狱后，回老家岳池县赛龙公社街村。1980年，中共四川师范学院委员会改正对张泽厚的右派决定。1982年，四川省成都市中级人民法院，对张泽厚撤销原刑事判决的刑罚部分，改判对张泽厚免予刑事处分。同时，四川师范学院恢复张泽厚高教四级工资待遇。1984年10月恢复其盟籍。1986年被增选为政协岳池县第六届常委、县志办顾问。1989年8月20日因病逝世，终年83岁。

张泽厚

张泽厚的三儿子，在一份回忆他父亲的材料中写道：

父亲对待名利一向淡泊。他解放前就担任过多年的教授。但刚解放时组织上为了照顾老知识分子，考虑到他是参加革命多年的同志，就安排他任副教授，他愉快地接受了。以后又才从副教授升为教授。

……

父亲热爱教育事业，也希望我们兄弟能继承父志。我们五兄弟除二哥张良茂以外，其余的都是教师。父亲在世时对农村教育很重视，他勉励我兄弟安心农村教育。他对我说过，中国最需要教育的地方是农村，像我们这样的家庭都不扎根去搞农村教育，难道还叫别人去搞

· 237 ·

吗？总不能不要农村教育吧！

孙重（1925— ），男，浙江定海县（现浙江舟山市定海区）人，渣滓洞脱险志士之一。1948年因在顺昌铁工厂组织参加罢工而被捕入狱。在狱中，孙重没有暴露身份。在大屠杀的时候，他幸未中弹，当特务放火焚烧渣滓洞的时候，他从牢房里冲出。当他发现还有人在后面的牢房里的时候，他又不顾自己的安危返回去，砸开牢门帮助肖中鼎逃了出去。解放后，孙重在重庆市总工会工作，1985年离休。

孙重

周洪礼（生卒年不详），男，渣滓洞脱险志士之一。解放前在学校教书，1946年春，他参加为提高教师待遇、改善工作环境的罢教罢课活动，被国民党当局警告。他与外界的书信往来和外面寄给他的书刊资料，均受到国民党特务

周洪礼

的密查。1948年2月，他以"共匪嫌疑"罪名被逮捕。同年4月转到重庆渣滓洞监狱关押。他回忆从渣滓洞脱险的经过：

1949年11月27日夜。我身受三伤。在焚烧中，我从血泊中爬起，从火坑中逃出。狱墙的缺口处挤着些未被匪特打死、从室里跑出的人。当我们一齐跑出缺口时，在电光下，被敌人发现，枪声响了。

我沿着山坡横向北跑，天黑地势又不熟，沿途跌跤又爬起。裤子

被血湿透不好走，把它脱掉穿着短裤走。

　　走至一个老百姓家，天未复明，请他留我歇一下。他不敢留我，说离渣滓洞很近，只得又走。

　　过了河沟爬过一节坡，道旁有家老百姓，进屋请求他留我歇一歇。我穿着囚服，后背、胸前都用蓝墨水划得有××字样，是件烂黄棉军服，大号的，怕人家看出是渣滓洞跑出的犯人，请求他给我一件烂衣服换。他给我找了一件女人穿的烂短上衣。右手臂受了两伤，不能抬，血凝着衣袖脱不下，他用剪刀将右衣袖剪掉才脱下的，并帮助我将烂单衣穿上。那时天已大亮了，是11月28日了。他是个瘦削而上了年纪的人，他的爱人也较瘦。屋子矮小，家里的东西破旧，穷困的生活在折磨着这对夫妇。

　　我又走了一段山路，遇着一位年轻人，见我边走边流血，对我说："你这样走就走得脱了？"我请求他帮助我一下。他把我带到他家，坐在屋后的阶沿上。他的爱人是个青年妇女。说外面在拉壮丁，一保拉40个，不好走路。他给我搞了个烘炉，喝了一大碗米汤。他找了百宝丹将我伤口的血止住。那个院子住了几家人，是茅草屋。这时，说甲长来清人了，我只得马上又跑。

　　跑到马路附近了，看到远处有几个伪乡丁，见到我后就向我走来。这时，我跑也跑不动了，被他们捉住，送到新店子伪乡政府。那时天近黑，街上来看的大人小孩较多。问我是不是从渣滓洞跑出来的，我不承认，说是逃兵。问我为什么又受伤，我说是跑时被打伤的。他们不信，一个乡丁还打了我一拳，把我关在监房里。那里还关着一个姓杨的同志，也是从渣滓洞跑出来被他们捉到的，另外还关了些男壮丁。

　　当夜，有两个青年人，自说是什么学院的学生，一个姓冯叫冯×亨，另一个姓周。他们来看我们，问我们是不是渣滓洞跑出来的，并说他们并不是来探口供，是想来救我们的。现在大局谁胜谁败，他们看得清楚，并诅咒发誓不是来害我们。我们告诉他是从渣滓洞跑出来的。他们说不要怕，他们愿意去跟他的父亲和叔父讲（姓冯的）不整我们。第二天，伪乡政府的人就比较客气些，给了我们饭吃。杨同志看到我手臂上的伤，有一处子弹尚未取出，说不赶快取出手臂要丢。他们请给我们送饭的女人（是冯家的）借了把剃刀，并找了碘酒和纱布，由杨同志给我取出了子弹。第三天晚，冯家带着伪乡政府的人，把我们送到附近乡间一个庙子里，说新店子晚上住过匪军，防遭害。

次日（12月1日）听说重庆解放了，我们即回到新店子。冯家把我们待为上宾，当时我的身体已肿了，不能走，给我请医生上了药。第二天，老杨同志就返城找联络处去了。我是次日坐滑竿到了沙坪坝，抬滑竿的老乡不抬了，我找到沙磁医院上了药慢慢走进城。找到联络处天近黑，联络处的同志说医伤要紧，赓即把我介绍到市民医院就医。我这条生命在党的关怀抚育下算是保存下来了。

解放后，周洪礼被安排到南部县搞土改工作，任土改工作组组长、代理区长，后又调川北行署任秘书。1952年以后，在万源县万新铁厂、工商局工作，曾经担任过厂长职务。1950年1月正式加入中国共产党。1956年，因他在教书期间被强迫集体加入国民党"三清"团的历史问题，受到了开除党籍的处理。1981年恢复了他的党籍。1984年，万源县委组织部，根据有关规定，同意他参加革命的时间为1948年4月。

杨纯亮（1915—　），男，又名顺国，别号公达，贵州紫云县人，渣滓洞脱险志士之一。　1945年抗战胜利后加入地下党组织。1947年底参加川东武装起义不幸被捕入狱。在狱中，他拒不承认自己的政治身份。关于"大屠杀"，他的回忆是：

我住在楼下第五室。当时特务们用机枪向牢里扫射时，我即扑卧傍墙壁的床脚下，幸未受伤。待到特务们检查完毕用木材堵门放火燃烧时，我与同室里面未受伤及受轻伤的钟林、杨培基、刘德彬三个同志奋力夺门冲出，在敌人乱枪射击之下脱险出来。后遇溃匪兵拉充新兵被拉到璧山。因追不上行军，被匪军一个班长拿枪夹打我一二十枪尖子。打伤倒在地下，遗弃于河边场路边，12月6日才回到重庆招待所登记。

从白公馆、渣滓洞大屠杀脱险出来的志士，目前健在的不多了。作为历史的见证者，他们无数次地向我们讲述了重庆解放前的那场反动派的疯狂罪行，他们无数次地向我们回忆了狱中斗争的种种情况，他们倾力帮助我们做了大量资料的整理工作，为我们保存了许多真实的历史记忆。

批准对白公馆、渣滓洞的革命志士进行屠杀的蒋介石，当大屠杀的暴行发生的时候，他仍在重庆。他还在重庆主持召开了国民党中央常务委员会会议，这也是国民党中央在大陆召开的最后一次会议。会议的主要议题是，"对李宗仁擅离职守事明白表示中央意旨"，蒋介石要"复兴视事"。可是他没有能够"复兴"，最后是郁闷之极地离开了重庆。下达屠杀命令的保密局毛人凤，后同蒋介石逃到了台湾；具体部署屠杀计划的特务处长徐远举跑到昆明后被抓，成为战俘；具体在监狱负责组织执行屠杀的几个特务雷天元、龙学渊、熊祥、王少山等跑到成都，与保密局一起撤到台湾。

改革开放后，曾经参加过大屠杀的特务，有的人也回到过大陆，也到过歌乐山烈士陵园的白公馆、渣滓洞，但他们无法以常人的心态进行参观。在他们的心里，那段血腥的历史，让他们充满了罪恶感。

第六章
烈士典型

　　歌乐山，一座地貌平平不具特色的山，在空间范畴它不足挂齿，在时间意义上人民共和国的历史却无法绕过它。从古至今，历史上不乏壮烈之士。人格不朽事实的确立，使人的生命有了更伟大的现实意义。白公馆、渣滓洞的殉难者他们留下的生命轨迹，让我们感到今天日子的来之不易。

EIGHT SUGGESTIONS MADE IN PRISON

1992年3月，胡康民给我罗广斌《关于重庆组织破坏经过和狱中情形的报告》的时候，还有一份关于白公馆监狱和渣滓洞监狱死难烈士评定等级的材料，即《白公馆渣滓洞死难志士名单》。这份材料对殉难者分为甲、乙、丙三等，每等里面又分为上、中、下三类。

假如胡康民提供的罗广斌报告的第五部分是"烈士典型"，那么属于甲等的是否就是烈士典型的人物，或更严格一些，属于甲上的才属于烈士典型。

这份28页手写的材料，是当时参加烈士评定人员的工作记录。他们只是按照当时对殉难者掌握的情况所作出的一种判断，而且主要是作为对重点烈士宣传的一个参考，并没有影响烈士资格的评定工作。

但跟随着这份资料，可以追踪到更多关于烈士面对国民党特务审讯时的情况。

革命者被捕后，并非是什么都不说，并非什么都是打死也不说。关键看怎么说，怎么能自圆其说而争取被释放。

应付特务的审讯，关键要看平时接受的训练、自己的思想意志力和心理素质。地下党期间，面对国民党特务的破坏，地下党除了进行气节教育外，还要训练党员万一被捕如何应付特务的审讯。

不同的时期，有不同的要求，但要保全自己、更要坚决保全组织，则是一直有的要求。在有绝对的人证、物证的情况下，可以承认自己的身份，只要不损害组织和他人也不算变节，争取大事化小、小事化了、能够出狱是原则。

因此，应对特务审讯的口供，地下党也总结了一些经验，比如：如果要被逼交代自己的上级时，必须坚持"说大不说小"的原则，即说毛泽东、朱德这些大领导，敌人无法抓，也抓不着，但绝对不能说出自己的直接领导；如果被逼交代自己的同伙时，要坚持"说远不说近"的原则，当地的绝对不说，外地的、很远的可以说一些不着边际的人和事；如果被逼要交代具体事情时，必须坚持"说死不说活"的原则，亦即过去很久的、现在完全不存在的事情可以说。这是胡康民在指导我研究史料的时候给我讲的情况。

这三个应付审讯的原则，实际就是一种应对策略方案。审讯，是敌我双方的一种智力、心理和信念支撑力的较量。一个要打垮对方的思想意志力、摧毁心理防线，让人在生与死的恐惧边缘挣扎、选择；一个要坚守底线绝不承认，从不断的逼问中分析对方掌握到自己到底有多少情况，百般辩说让对方抓不到把柄而为自己开脱。在这个艰难的过程中，处于急欲破案和急欲开脱的双方较量，不但激烈而且残酷。只要特务没有达到目的，审讯和摧残就绝对不可能停止。军统特务徐远举认为："只要他们说出一个字，松一句口，就有办法。"

从各种资料、档案材料的研究中可以看出：如果特务没有掌握一点的情况，那么只要自己能够坚守和沉着应对，一般均可过关；如果特务掌握了一点情况，便会穷追猛打地逼问，即使不招供，多半都不可能释放；还有就是特务完全掌握了情况，需要以审讯的方

《关于重庆组织破坏经过和狱中情形的报告》

式来进行核实,即使不招供,也会通过长期监禁来改造软化思想和意志。川东临委广安工委书记骆隽文在一份"补充材料"中说:

在白公馆里,开始感到恐怖的袭击。比如:罗世文、车耀先等被杀后又纵火焚烧一类的传说,震撼着我;徐远举提到的生死问题,也在我内心里尖锐地折磨着我;母老、妻娇、子女等一类脆弱的感情,动摇了我的牺牲决心,弄得整夜失眠。8月中有一天,徐远举叫刘仲逸和我会面。刘告诉我,他本人已恢复自由,冉益智立刻可恢复自由,涂孝文被捕后也供了人的。前两件事情只引起我的恶心,因为我知道他们那种"自由"的代价。但涂孝文竟会供人,很出我意料之外,我当时是半信半疑。因为我虽未会过涂,但老王谈及他,评价是很高的。刘对我说,只要交出组织让徐相信,究竟交些什么,只要应

· 247 ·

付得过就行了。后来，徐远举与我谈及要我交出广安的组织，今后如对政治感兴趣了可介绍工作，如果无兴趣了自由就业。我答已遭此浩劫，万念俱灰，只愿当老百姓。交组织，只限于广安在1948年4月以前的情况。

关于应付特务审讯，地下党采取的"说大不说小"、"说远不说近"、"说死不说活"的三原则，在叛徒冉益智《我所知道的军统内幕补充资料》材料"几个可以确定的英雄和烈士"一节中，可以得到一些印证：

对于"供人"的情形，可以有下列几种：
1.完全没承认关系的，当然不会说人；
2.承认了关系的，又可以有下列几种态度：
（1）受非刑，死不说人（如许建业）；
（2）说介绍人和上级或下级；
（3）人系瞎扯，并无其人，或系过去，或已远去（彭立人说的即系过去），说出一部（陈以文），说出全部（涂万鹏）；
3.把别人说出的名字，叫你承认（如陈然、成善谋、王朴）；
4.当初没承认关系，后来被发觉，但地位不重要，可免被追讯的（如胡其芬）。

据我所知，在"中美所"完全没说人者，除前面注明清楚的而外，一般的至少都得承认上下级及介绍人，否则不会甘休的（因为特务落不了案）。

在叛徒冉益智写的这份材料中的"几个可以确定的英雄和烈士"一节中，他还写道：

解读狱中八条
EIGHT SUGGESTIONS MADE IN PRISON

对于一部分政治犯的案卷，我曾经设法看过，所以对一部分人的态度知道一些。但这内中一切情形，除好的外，坏的我从未对任何人特别是群众面前讲过半句（此情骆安靖完全知道）。此处，我仅将我曾经看到的、可以确定作结论的英雄和烈士的名字写出来，以供组织上的参考，以布尔塞维（什维）克的政治的纯洁情报。至于其他的有些我是不明了或知道一些，不知道全部。至于还有一部分政治上有问题的人，我不愿意讲出来，以免有些人误会我以他人的错误来掩盖自己。如果组织上认为有如实的讲出来的必要，那我当然据实说明。这些话，我决不是随便乱说，或以死无对证，则是根据良心，根据事实，以负责的态度，协助组织做一次清理工作，以保证党的纯洁性。是否妥当，尚待指示！

许建业，曾受刑4次，瞎拟了一个南岸黄元，其他什么都没讲。而且把徐远举斥责了一顿，后来他的文件被骗出来之后，牵累了20多个新党员。自传被搜去，他很难过，曾在被讯问时，碰壁自杀。头上破了一条口，未死。后由朱绍良执行枪决，在街上大呼"为新民主主义而死是光荣的，你以后，可向民主政府要生活"口号。遗书其母，在邻水下周家场可以问得。

杨翱，乡建院学生，在渣滓洞与我同室，湖南人。曾到陕北去过，此人修养甚深。在讯问时未承认身份，亦未供人。后来在狱内写歌，被李磊（看守所长）查到，所以未放。

陈然，河北大照人。其姐丈冷善昌在民生公司服务，是一位慷慨悲歌的小伙子，曾在食堂挨过打。《挺进报》负责人之一，管印刷。被捕后，态度很强硬，受刑两次。后来特务根据调查得来的《挺进报》名单，交他承认。他承认了，但未另外交人。在狱态度甚佳，曾说："如果要枪毙我，请从前面来。"后在警备部法庭上表现得很慷慨激昂，法官问哪里人，他说"北平"，继说"今天我们已经胜利了,你们有什么资格来枪毙我们",并大加斥骂。张法官后来说:"好小子!有种!"

我没有见他的卷。但据特务中人说,他没有供人,后来徐远举迫他也没说出来。

就提出来的名单加以承认,承认了程途和民的关系,答应给他们收陕北□□表演给他们看。他说"宁做文天祥,不做洪承畴"。

刘国锴,写过一篇供词,说明他的历史和工作情形,但政治上并没表示屈服。说了三个人:1.洪宝舒,2.张文仁,3.×××。那时他以为老张业已说了,其实老张并没有说。后来徐远举有意释放他,叫他表示态度,他没有表示。后来我听了张法官说:"刘国锴不识相","处长有意成全他,他还骂处长是军阀"。以后的事,我就不知道了。

罗广斌,起初没有承认关系。后来据李磊说,他给成都捕来的人写条子,被李拿获了,问他,他承认了关系。但他表示:1.不借哥哥的势力恢复自由,2.和平让我出去,3.制裁我。

李青林(即李冰和李芳莲),在老虎凳上把脚杆弄了,没有承认亦未说人。她写了一篇10页的自白书,都是扯的把子,说老涂因恋爱不遂,怀恨在心,以致诬陷她。张法官曾找老涂来对质。

江竹筠,受刑几次(夹指拇)晕倒了。后来写了一篇自白书,说她与彭咏梧感情不好,彭在外面另有恋人,并爱跳舞。所以,彭虽然向她提出过组织问题,她也承认过,但并未有什么工作。后来老刘向徐远举说人情,请释放她,徐说:"那个女娃娃,哼!!!"

杨虞裳,其本名杨德存,党内化名艾英,四川铜梁县(现重庆铜梁县)人。三兄杨德厚曾去陕北。他历任铜梁教委书记、北碚中心县委组织部长、梁达中心县委书记、万县中心县委书记、达县工委副书记及下川东地工委委员,写过一篇自白书,内说介绍他的人已去陕北,多说过去的事,对现有组织未供,受刑未屈。他曾对特务说:

"我肉体上虽受一些苦头，精神上都非常愉快。"后来，其同乡雷天元劝他。据朱绍良对我说，他的态度是"有死而已"。

荣世正，承认了关系，未供人，自白书政治上亦未屈服。

其他的人组织上如认有见询之必要，当可再谈。

冉益智所提到的人物，在罗广斌所写的《关于重庆组织破坏经过和狱中情形的报告》中，除了杨翱没有提到外，其他人物在狱中的表现均有提到。而且，在《白公馆渣滓洞死难志士名单》中这些烈士都属于甲等。由此可以推断，能列为甲类烈士的条件是：第一，面对审讯，在狱中绝对没有暴露一点自己、组织及他人情况的；第二，在逼供中，有情况被特务掌握而承认自己的身份或说出了一些特务无法破获情况的；第三，在审讯逼供中，为了自己脱身说出了一些情况而又没有造成实际损失的。

特务徐远举在《血手染红岩》"光辉的形象"中，对烈士典型也有记载：

在国民党反动派的白色恐怖之下，许多革命烈士始终保持了坚贞不屈的革命情操和富贵不移、威武不屈、将生死置之度外的大无畏精神，不管反动派采用什么阴险毒辣、卑鄙龌龊的手段，丝毫不能动摇他们的革命意志。除前述许建业、刘国鋕伟大革命英雄人物外，还有一些令人景仰的形象：

袁尊一，20余岁，四川人，中共地下党员。1948年夏去临江门戴家巷口中介旅馆，与地下党员何忠发联系时被捕，以后牺牲于渣滓洞。他被捕时，特务们从他身上搜出了一两金子。我同他见了一面。我问他家住什么地方，家中有什么人。他说："住在朝天门，家中只有一个老母。"我诱骗他说，这一两金子我们不要你的，送给你家里去给你母亲。他回复说:"我母亲虽没有饭吃,也不会要你们的钱的。"话虽只有一句,就表明了他对敌特仇恨的严正的阶级立场。

王朴,30岁,四川江北(注:应为四川重庆江北)人,中共地下党员,复旦大学毕业。他的家庭是江北的大地主,自办了一所大学。1948年为叛徒刘国定出卖,后牺牲于"中美所"。他被捕时,据说他毁家纾难,卖了许多田给地下党做经费。我在"中美所"两次对他进行劝降,他冷笑了几声,表示拒绝。这种不受特务引诱、坚贞不屈的精神是值得钦佩的。

张八妹(即陈昌秀),年40余岁,华蓥山的农村妇女,绰号"双枪老太婆"。1948年在岳(池)武(胜)起义时被俘,由华蓥山押解到"中美所"。我见过一面,后牺牲于渣滓洞。据华蓥山清剿指挥官彭斌向我汇报,张八妹被俘时,彭曾与她谈过话。彭斌问她:为什么不参加国民党?为什么要跟着共产党搞?她答复说:"你们国民党这样腐败,谁个跟你们搞呀!我要跟共产党将革命进行到底。"彭感到狼狈不堪。(张八妹)充分表现了共产党人无畏的精神。

江竹筠,年30岁,四川(自贡)人,中共地下党员。为叛徒冉益智、涂孝文出卖,在万县被捕,解至重庆,后牺牲于"中美所"。据叛徒刘国定说,她是彭咏梧的爱人。彭原在中央信托局工作,去下川东领导农民起义,为地方团队打死。江的情况我不大了解,系二处司法股张界讯问的。据渣滓洞看守所所长李磊对我说,渣滓洞有些女犯逢年过节爱哭,后来不哭了。想江竹筠必定对她们起了些教育作用。

胡其芬,年约30岁,中共地下党员,何北衡的家庭女教师,在搜捕刘国铤时被捕,

胡其芬

后牺牲于渣滓洞。她被捕后,她在高滩岩中央医院工作的姐姐,曾多方设法营救她,托三青团特务分子陈介生找我说过情。据叛徒刘国定说,胡其芬是周总理的英文秘书。我找她谈过,她支吾其词,连身份都不承认,表现了她对革命的忠诚。

蔡梦慰,年30余岁,四川(遂宁)人,1948年春,因特务破坏民革组织,在重庆保安路四川土产公司被捕。我怀疑他是中共地下党员,后牺牲于渣滓洞。被捕时,我见他文字很好,劝他投降,他表示拒绝,表现了不屈的精神。

何雪松,年40岁,四川高县人,国民党军官总队上校军官。1947年冬,在重庆搞军运,为叛徒出卖,在神仙洞街被捕,后牺牲于"中美所"。我有个朋友叫刘宪文,曾写信为他说情,他妻子曾来找过我。我找他谈过,劝他自首,表明身份,他表示拒绝,也是不屈的精神。

蔡梦慰

何雪松

罗广斌报告中第五部分"烈士典型"的内容,虽然我们现在还没有找到原件,但从现有的各种档案材料也留下了"烈士典型"的许多记录。

陈然烈士,从脱险志士的回忆中,从特务的交代材料中,以及通过那首脍炙人口的《我的自白书》,他的名字深深地留在了许多人的脑海里。

《我的自白书》一诗，经考证：并非陈然在狱中所作，而是罗广斌在狱中所写。

小说《红岩》创作时，经艺术加工，将此诗用在了陈然身上，以表现他大义凛然、绝不屈服、视死如归的革命气节。作者说：陈然的狱中表现，完全符合这首诗的内容。是什么东西支撑着他能如此的执着和坚强呢？我们从烈士1946年发表在《彷徨》杂志上的《论气节》一文中可找到答案。他写道：

气节，是中国知识分子优良的传统精神。

什么是气节？

就是孟子所说的"富贵不能淫，贫贱不能移，威武不能屈"的这种磅礴天地的精神。

……

《彷徨》杂志

解读狱中八条
EIGHT SUGGESTIONS MADE IN PRISON

许多人在平时都是英雄、志士，谈道理口若悬河，爱国爱民，一片菩萨心肠，但到了"威武"面前，低头了、屈膝了，不惜出卖朋友、出卖人民以求个人的苟安；再不然做一个缩头乌龟"闭门读书"去了。

……

在平时能安贫乐道，坚守自己的岗位；在富贵荣华的诱惑之下能不动心志；在狂风暴雨袭击下能坚定信念而不惊慌失措，以至于"临难毋苟免"，以身殉真理。

……

人总不免有个人的生活欲、生存欲望。情感是倾向欲望的，当财色炫耀在你的面前，刑刀架在你颈上，这时你的情感会变得脆弱无比。这时只有高度的理性，才能承担得起考验的重担。

……

陈然是这样说的，他在关键时刻面对考验的时候也是这样做的。"临难毋苟免，以身殉真理"，敢于用自己的生命捍卫真理，对共产党员来说这不是一句口号，而是一种行动，特别是在地下党时期。陈然与党组织失去关系却一直找党，并按照党员的标准要求自己，积极开展组织工人学习和参加进步活动；在白色恐怖的高压下，他与战友一起办起《挺进报》以传播党的声音；为了打击敌人的嚣张气焰，他亲自到各个地方投寄《挺进报》，搞得特务机关坐卧不安；不幸被捕入狱后，他坚不吐实，在严酷的刑罚面前高叫"哪怕胸口对着带血的刺刀"；在国

陈然

· 255 ·

民党的法庭上他大义凛然，直斥敌人活不了多久；刑场上他勇敢地高喊"你们有种就正面开枪"。陈然，对革命一直保持着激情，对党组织一直保持着深情，他始终把自己的一切与党的事业结合在一起，愿为之奋斗努力，乃至献出生命。

气节，既建立在深厚的情感基础之上，也建立在高度的理性基础之上。1987年3月13日，陈然的生前战友蒋一苇到烈士墓参观刚竣工不久的《浩气长存》烈士群雕。在烈士群雕像前，他说："陈然是我难以忘怀的战友！他很爱读书学习，从书中获得了不少的力量。对于共产主义的真理，他敢于为之去实践。《论气节》一文虽然是经过大家在一起讨论的，但很多内容都是他思想的真实流露。国民党叫嚣要在国统区实行高压政策，以消灭共产党。一些人被吓倒了，不敢坚持革命。陈然对此感到很气愤。他要写文章呼吁，他要把自己内心的话讲出来。文章发表后，引起了许多人的共鸣，很多人受到激励。"

在灾难降临的时候，他们不妥协，不退缩，不苟免，不更其守，固执着真理去接受历史的考验。人总不免有个人的生活欲望、生存的欲望。情感是倾向欲望的，当财色炫耀在你的面前，刑刀架在你颈上，这时你的情感会变得脆弱无比！这时只有高度的理性，才能承担得起考验的重担。人要有点精神，革命者要有一身正气。为了捍卫真理，烈士舍弃了一切，将"富贵不能淫，贫贱不能移，威武不能屈"的磅礴天地的精神发挥到了极致。

陈然殉难时年仅26岁。

雷震，1917年5月出生，四川泸县人。关于他的情况，存于重庆红岩革命纪念馆的档案是这样记载的：

1937年加入中国共产党。曾任中共朝阳学院地下党支部组织委员、宜宾中心县委委员、万县县委书记等职。受南方局派遣考入万县上海法学院。毕业后，曾任国民党万县地方法院统计室主任。1948年6月被捕，关押于渣滓洞。狱中为了救治患病的难友，通过一位教育好的看守人员，将自己的结婚戒指变卖，购回大量药品。1949年10月28日牺牲于大坪刑场。

雷震

　　他20岁加入地下党。他在成都公立中学读高中时，就积极参加抗日救亡学生运动。在活动中，雷震严格按照地下党秘密活动的要求，既勇敢又谨慎，经他之手发展的地下党员和由他管理的地下党组织，从未因他的失误而出现任何问题。

　　1944年，他从万县上海法学院毕业以后，考入万县地方法院任统计室主任。他利用自己的公开身份，在自己的家里召开会议，传达党的指示，广泛联系社会各界。他按照党组织的安排，打入万县军统情报组织和万县地方法院国民党区分部，利用合法身份为党开展统战工作。

　　1947年10月，中共下川东地工委成立，雷震担任下川东地工委委员和万县县委书记。正当他执行党的决定，发动群众、组织群众为配合四川的解放积极努力工作时，《挺进报》被国民党行辕二处破获，地下党中出现了叛徒，并殃及下川东地下党组织。雷震、江竹筠等人不幸被下川东地工委书记涂孝文出卖，被捕入狱。他被捕以后，万县的很多当地人都不相信他这个雷书记法官会是共产党的人。许多人都认为，没有任何一点痕迹可以说明他是共产党。由此可见，雷震这位1937年入党的党员，执行党的秘密工作纪律是多么的出色。

在渣滓洞监狱，面对特务的审讯，他没有吐露半点。他对审讯他的特务说："你有组织你就交，我没有组织就没法交。"

1948年，因《挺进报》案件被捕入狱的同志非常多。监狱条件非常差，伙食是"三多饭"（即渣多、霉多、稗子多），住的是每人只有"一脚半宽"的生活空间。许多难友因此身患疾病，身体极度虚弱。作为当过县委书记的雷震，看到革命同志如此受罪，心里非常难过。他很想帮助这些身患重病或身体虚弱的同志。他的目光突然停留在了自己手上的那枚纯金戒指，一个念头闪现在他的脑海。第二天放风的时候，他找到了看守黄茂才，希望他能帮一个忙。他对黄茂才说："很多人在狱中都生病了，这样下去，会出问题的。麻烦你把我这枚金戒指，带到外面去卖掉，帮我们买一些鱼肝油和盘尼西林回来。"

黄茂才是渣滓洞被争取过来的一个看守，也是狱内外党组织联络的一个重要人物。他帮过难友许多忙。当雷震请求他变卖戒指、买回药品的时候，他答应了下来。由他买回的鱼肝油和盘尼西林药片，为狱中难友战胜疾病起到了很大的作用。

结婚戒指，对一个已成婚的人来说，是非常重要的信物，也是不可轻易失去的。特别是像雷震这样长年从事地下活动，经常不能与家人团聚的人，这枚戒指也就成了他最好的一个恋物。但他做为一名领导干部，必须时时处处都要想着关心和帮助同志。

1949年10月，当新中国成立的消息传到狱中时，雷震为之高兴和欢呼。他憧憬着自己获得自由后，一定再去做一枚结婚戒指戴在手上。10月28日，重庆解放前一月，他被以转移为名押出了渣滓洞监狱，牺牲于重庆大坪刑场。

活着的人讲述的雷震："他是一位优秀的共产党员，出色的地下尖兵"；"在狱中，虽经敌人多次刑讯和劝降，他始终保持共产党员的崇高气节";"雷震经常教育我们,学问学问,努力学习,不懂要问。学习是为了使用,使用中再去学习,理解的程度就会一次比一次深刻。"

2012年清明节的时候,雷震的儿子雷鸣九来扫墓,我问起他为什么叫"雷鸣九"。他回答说:按照家族的辈分排,父亲给我取的名字本是"焕国",意思是文章救国。但父亲在狱中临刑前,因知自己不能够活着出去建设新中国,便感慨良多。他告诉狱中难友:假如谁能够出狱去见到我的孩子,一定要把他的名字改过来叫"鸣九",意思是让胜利的歌声鸣于九天。

华健

华健,中共七大代表,红岩烈士之一。他曾使用"华风夏"、"康永明"的化名,以掩护进行地下党活动。原川东特委书记廖志高在一份材料中证明华健的相关情况为:

1938年在重庆(生活书店)入党,政治坚定,积极负责,组织纪律性强,工作很有成绩。因此,1939年选为七大代表,后送至延安。七大时,分在"大后方代表团四川分团"。1946年是我派他同钱瑛同志一道回四川工作的。

回四川后的华健,曾担任中共川康特委委员,专门负责川北方面的工作,后又任川西工作委员。公开身份是成都建业银行的职员。1949年1月,因《挺进报》案在成都被捕,关押于渣滓洞监狱。

在狱中,华健曾经受到酷刑的折磨。为了使他开口,特务用烧红的烙铁在他背上烙烧，他痛苦不堪、大喊大叫，却始终没有说出组织的成员。他的背部被烧红的烙铁烫得伤痕累累，他在实在忍受不了的情况下，承认了自己的政治身份，但绝不再多说一点其他的情况。在牢房里，他强忍伤痛组织难友讨论、分析时局，大家对新中国成立、共产党胜利抱以绝对必胜的信心。难友们见他遍体鳞伤，不忍让他多说话，于是劝他休息，可他说："只有学习讨论才能够战胜痛苦，共产党员在任何情况下，思想上都不能放松学习。"

华健是一个有坚定信仰的共产党员。他以自己能作为大后方四川的七大代表，深感光荣。虽然他一度想留在延安工作，但最终他服从了党组织的安排，回到大后方从事发动和组织群众、积蓄革命力量的地下活动。也许他没有多想在国统区开展地下活动所要面临的危险，但一旦有了危险，他却敢于面对，绝不为苟且偷生而背叛自己的信仰。因为，他那种救国救民的忧患意识，是建立在只有解放全人类才能够解放自己的信念之上的。"天下兴亡、匹夫有责"的士大夫精神，与共产主义信仰结合在一起，让他义无反顾。

关于华健的情况，重庆红岩革命纪念馆的档案是这样记载的：

华健，1919年出生，浙江人，曾在成都建业银行当职员，川康工委之一，兼川北地委书记。政治坚定，积极负责，组织纪律性强，工作很有成绩。因此，1939年被选为党的七大代表，后送至延安。七大时，分在"大后方代表团四川分团"。华健烈士的爱人（小徐）现在成都，他们结婚才三月。华健烈士被捕时，小徐同志已有身孕。当可怜的小宝宝来到这世上，将不能看见他的爸爸了。

王朴烈士从照片来看，是那样的文质彬彬。他作为一个大富人家的子弟，绝没有想过自己的人生结局是走向刑场。但他不为自己所选择的道路而后悔，他不为自己如此年轻便要结束生命而懊丧，他为自己能坚守信仰努力创造一个崭新的社会而感到无上荣光。

他的被捕，是因为从其他被捕人员的身上，发现了一张"重庆私营南华企业股分有限公司"的支票。而这个公司，是王朴为地下党开办的一个提供经费的据点，王朴还是该公司的经理。被捕后，面对审讯，他坚持说，自己只是做生意，其他的事情一概不知。可是，叛徒刘国定出卖了他，把他利用家里的资产支持地下党活动的情况全说了出来，并且还与他当面对质。于是，王朴便成了"重犯"。他的家人曾试图花重金疏通关系营救他，但没能够成功。其妻褚群牢牢记住了他狱中给自己的遗言：

小群！你还年轻，莫为我牺牲泪轻弹！党还有许多任务交给你去做的，你能把悲恸化为力量，也就是给我们报大仇了。在今后漫长的革命道路上，你还年轻呢，记住，你的幸福就是我的幸福。

给咱们的小狗狗起个名字"继志"，要让他长大成人，长一身硬骨头，千万莫成软骨头。让他长大了真正能够懂得继无产阶级之志，继共产主义之志，继承革命先烈们的遗志。

王朴的母亲在儿子的动员下变卖了家中田产。她为帮助地下党开展活动的方便，开办了两所学校；她提供资金给儿子办公司，

金永华

把赚得的钱提供给党组织作为活动经费；在地下党急需大量经费时，她又变卖田产提供给地下党2000两黄金。解放后，党和政府将原来所借的黄金要归还给她时，她拒绝接受。她说：我的儿子参加革命是应该的，现在要接受党组织的照顾是不应该的；我当时把家中田产变卖成黄金借给党组织是应该的，现在要我接受归还是不应该的；作为家属和子女继承烈士的遗志是应该的，把烈士的光环戴在头上作为资本向组织伸手是不应该的。为此，母亲金永华的解释是：王朴不但是我的儿子，他也是我走上革命道路的老师，在金钱与理想的天平秤上，我追求了理想。老人84岁高龄实现了加入中国共产党的愿望，92岁无疾而终。

楼阅强，他是殉难的所有烈士中，参加过赴缅甸作战的一名中国远征军士兵。1941年12月，日本偷袭珍珠港，太平洋战争爆发。此后，日军分兵出击东南亚各地。连接中国和外部世界的两大运输线——滇越铁路和香港通道相继被切断，西方援华物资只能先运抵缅甸的仰光，然后再经滇缅公路辗转运抵昆明。"倘若日寇进犯缅甸，我后方军民则无异困守孤城，坐以待毙。" 1944年5月，中国远征军近20万人渡过怒江，向日军据点发起雷霆般的攻势。就读于中央政治大学的楼阅强，投笔

楼阅强

从戎，参加了远征军反攻滇西缅北的作战。在滇缅战场上，气壮山河的中国军人连克数城，毙敌数万，取得了滇西缅北反攻作战的胜利，为抗战的最后胜利建立了功勋。

楼阅强烈士，生于1923年。烈士档案记载他：

自幼聪敏，天资极高，读书能过目成诵；性好侠义，每见不平，辄奋力相助，尝言："我要打尽天下不平事。"

读书期间，他的"学业成绩皆在甲等以上，操行成绩总在丙等以下"，他"对于读书加倍努力，但他的侠义精神绝不能因此去掉。为打抱不平，常与当时的警察先生们斗争，警察先生们最恨他，竟寻衅将他拘留过两次，他还是仅仅12岁的小孩子"。"他最爱好文艺，所作的文词句非常的美，决不像一个初中学生的手笔，同时他的创作性也很强，曾作侠义小说一本，并绘有连环图书"。

青年时期，楼阅强"便觉得中国政治腐败，不上进，必须改善，中华民族始能有救。所以他研究法政，以备自用。1943年秋他进入了中央政校，平静地过了两年读书生活。独山失守了，国事危急，国民政府发动知识青年从军。这位热血的青年，怎能再安静地读书。于是，放下书本，奋然从军，编入青年远征军201师。受训时，以其射击术强，列为优良射手，调赴印缅作战。未几，日本投降了，又调回广东，编入孙立人部，赴东北接收。在这个时候，他看清了国民党的弱点，身居高位者的昏庸无能，一般官吏贪污不法的行为，尤其是自己人打自己的残暴举动，刺伤了他的心，于是他又放下枪杆，复学。因受恶劣环境的刺激太深，已不能再像从前那样安静地读书，乃在校中相约同志，组织不流血的革命运动，以图救中国。曾著《不流血的革命》一书，付印时，将其随身衣物被盖等当卖一空，尚负债累累。"

抗战胜利后，楼阅强回到中央政校继续读书。

1947年毕业后，他毅然投身于地下党领导的川东武装斗争之中。于1948年秘密加入地下党组织，在合川金子一带开展"农运"，领导农民开展"三抗"斗争，组建党的地下武工队，培训军事干部，准备武装暴动。参加了武胜、合川边境的真静、金子起义，担任华蓥山游击纵队第四支队第三大队队长。"在政委王璞、司令员陈伯纯同志的领导下，转战合川、武胜、岳池、南充等地，攻下了好几个乡公所，打开粮仓，把黄灿灿的稻谷分给了饥寒交迫的农民，起义队伍在岳池清溪乡黄花岭与敌警察队伍相遇，打退了敌人，击毙了国民党南充警察局长，使敌人惊恐万状，四处告急。国民党反动派被我军的巨大声势所震惊，急忙调兵遣将，聚集3000多名匪军，将三元寨重重包围。楼阅强指挥一部分战士，与敌激战两天两夜，多次打退了敌人的猖狂进攻。终因弹尽粮绝，敌强我弱，司令部决定夜间突围，向合川金子、武胜石盘乡一带转移。"不幸，在转移途中被清剿的敌人逮捕。审讯中，敌人说："如果你不听信共产党那一套宣传，以你老兄过人的聪明和才华，早已是七品官罗。不过，亡羊补牢，未为晚矣！"楼阅强回答说："要是我想做你们这种贪官，在政大毕业后，还会来华蓥山打游击吗？"

在楼阅强烈士的殉难登记表上记录的狱中表现为：

终未说出其友，未上交任何东西。

1949年10月28日，国民党从白公馆、渣滓洞"择其要犯"公开宣判后，将要处决的"政治犯"实行了游街示众。当汽车快要开到七星岗的时候，一个"政治犯"突然高声叫道：开快点、开快点。

人群中的几个人，看见车上的这个高声大叫的人，纷纷用手捂住嘴剧烈地抽泣。当汽车开过以后，其中的一位晕倒在了地上。

汽车上高叫的那位"政治犯"是谁？为什么要大声地叫汽车开快点？

这位"政治犯"就是成善谋烈士。他叫汽车开快点的地方，正是他的家门口。他不愿意自己的亲人为他痛苦，他不愿意让自己的亲人为他流泪。

成善谋生前的战友唐自杰回忆道：

成善谋烈士在刑场上表现英勇，视死如归。曾有一位同志写信给我说，"你也许还记得，成是一个爱开玩笑的人"。是的，他在刑车上还和刽子手们开玩笑。当刑车开过他家门口时，他对刽子手说："快到我家了，车开快点吧，别让我老婆哭哭啼啼的。"

在成善谋的档案中，高先佐回忆说：

成善谋是一个学飞机发电机的工程师。他对反动派气愤，辞掉飞机场工程师职务不干，在重庆开了一个电料行，专门制造收音机出售，千方百计设法要到延安去要求搞共产主义革命。自入党后，表现更为积极。

地下党对成善谋提了三个要求：

提供电讯材料给党用、收听张家口电台电讯、继续开展巴竹綦江一带组织工作和文化界工作。

成善谋，四川合江县人。1933年至1935年，在重庆川东师范读书期间加入中国共产党。曾在四川省无线电收音员训练班、陕西国立西北工学院化学系、贵阳航空机械学校等读书学习。先后在重庆第四飞机修理厂、国民党财政部专用无线电第三区台等处工作过。因工作常处于被监视之中，不利于开展革命活动，1946年，他利用自己的技术开办经营维修收音机和电气材料的小店，以此掩护革命活动。

成善谋

他负责地下党秘密电台的接收和传播，利用自己的个人收入为地下党提供电讯器材；他受组织派遣参加民主同盟，用自己的门面经营收入资助民盟组织开展活动，与沈钧儒等关系甚密，并且在经济上帮助他。甘雨田同志曾回忆起成善谋烈士两次给民主人士沈钧儒送钱的情况：

有一天他来给我说，我们去看沈钧儒老师，并介绍法官见了他出庭都要敬礼，很有学问。我们去过两次。沈叫我们少去，对我们不利。后成叫我去，我也不好再去。他说沈有困难，叫我支助些钱给他。我们有次到沈钧儒那里去，正好沙千里也在那里，成把钱放在沈的座边走了。

有一次，我们到黄家垭口。成叫我"甘疮"。我要到沈老师那里去，叫我等他。等了一两小时后，我正准备走，成出来喊我等着，那次也是送钱去。

脱险志士周仁极回忆成善谋烈士的狱中情况：

我1948年被捕，和成善谋关在楼上第六室。成善谋会外语，在狱中教我和林涛等的外语（俄语）。他待人和气，知识丰富。在狱中和一个医务人员关系很好，叫这个医务人员经常送药来，分给难友们吃。成善谋很善于做工作，经常做特务人员的工作，给姓黄的看守谈话，教育他，在窗口上谈，带过一些条子出去。回忆毛主席诗词《红军不怕远征难》，回忆后，用竹筷蘸着纸烧的灰作墨水，写在烟盒和草纸上，有时和同志们一起背诵。带头唱陕北歌曲《解放军的天是明朗的天》、《解放军进行曲》、《团结就是力量》。每天吃了饭，就在屋子里，把被盖卷起来边走边唱，唱起来后其他室也跟着唱起来。每次医官和特务来室中，他就主动上去拉关系，站在旁边和他们谈话，有时谈悄悄话。

脱险志士林涛（即钟林）回忆成善谋在狱中的情况时说：

　　我们都认为他是民主同盟盟员。他在狱内一直没谈过他是共产党员，唯他谈过和刘矮子（国定）的联系，加上他案情的严重——他自己说不似一般民主同盟分子的简单，我们怀疑他恐是共产党员。他是因《挺进报》案牵连被捕，是刘矮子供出的。他没有承认政治身份，坚决否认关于电台的事，他的案情（据他自己说）主要是刘矮子说他有电台。大家了解他的案情是重的，因为刘矮子的牵连，因为其初入狱坐重禁闭（牢中牢，单人囚房）。对叛徒极为仇恨的流露于外，成善谋同志谈起刘矮子、李忠良等，就用最下流的话讽骂，较一般同志的骂法和痛恨程度尤毒尤深。他自己好学，并能带动同室的人学习。他以狱外社会身份关系，同时由于金钱关系，常与小特务闲拉而活动其到外面取书进狱看。多为英文本的自然科学书籍，也有小说。1949年夏及其后，室内开展学习（其时全狱许多室均展开学习），他是积极主张者之一。他活动了一本《中国通史简编》，分章拆订，不只我们一室人看，在室内他与陈作仪、蒋可然主持讨论。他并且不厌其烦地教李群、赵峙衡等工人同志的数学，从加减法教起。他对青年同志是很关心的。

他也有些缺点的。他在狱外生活环境与地位关系，也关于在狱时还有些接济，生活举止上较特殊，有派头，与同志们有些距离。他的性格直率，但感情用事，易为小事（比如下棋开玩笑）和人争吵，面红耳赤，几天不谈话。虽则之后又互相检讨，比起来很爱面子。讨论起什么问题来如有错误，非几天后平了心不会认错。

1949年夏，他活动了2000小粒肠胃消炎片和奎宁丸进来，解决了近一季的全牢难友的害痢疾缺乏药品的困难。

脱险志士刘德彬回忆成善谋在狱中的情况：

一、成善谋同志被捕前，在重庆开设电器材料铺。活动主要是收新华社广播和供给当时地下党的电讯材料。

二、在狱中表现尚好，是渣滓洞的"外交官"之一，与特务周旋，通过特务刘医官，曾帮助同志解决一些医药。

三、成于1949年10月28日，被国民党公开屠杀。在伪警备部判处死刑时，曾公开讽笑法官："五年后再见，因为你们最多只能活到五年。"

四、在狱中，我还未听说他有叛变的行为。

在成善谋的档案中，保存着烈士生前所发表的三篇文章：《读了"关于中国'科学化'工作的几点意见"以后》、《第二讲：动电》、《放下屠刀，当然成佛！！！？》。

在《读了"关于中国'科学化'工作的几点意见"以后》文中，成善谋写道：

我国自李鸿章的洋务运动，到"五四"时期的"科学"与"民主"的运动，以及现在为止的"国防科学运动"，不能说没有相当的成就。但不是迈步的步伐，而是以龟行的速度前进着的。原因何在？自然由于我国半封建半殖民地的本质造成的。列强与封建余孽的各种压迫，使得民族工业无法透过气来，不得不走上必然窒息的命。大后方的游资作祟，高利贷的剥削，物价的增涨，原料的来源断绝，也使得脆弱的民族工业奄奄待毙。如何实现"中国化"的具体内容之外，首先的先决条件是全民的民主政治。因为"科学"与"民主"是现代国家的分不开的一对双生娇儿。

在《放下屠刀，当然成佛！！！？》文章中，针对国民党假和平、真内战的阴谋写道：

达官贵人们很懂得这个秘诀——"放下屠刀，立地成佛！"因此他们的对人处世之道，也非常老练而滑头，拼命地敲诈，甚至屠杀愚民。等到荷包装满了，放下屠刀，摆出一副大慈大悲的面孔来。捐款作慈善堂，入佛教会，听佛学大师讲经，进太庙尊孔读经。但伪善者的面孔终于要揭穿的，除了用武力征服反对者之外，不能不来一套说教，"放下屠刀，立地成佛！"与仁义道德的"文治"，可说异曲同工。

成善谋的子女成雪宾、成雪林，在她们的父亲殉难30周年的时候，写有纪念文章：《丹心献给党，碧血染红岩——怀念亲爱爸爸成善谋》。文中写道：

10月28日，这是一个多么令人悲愤的日子。

30年前，山城重庆黎明前最黑暗的日子，我们亲爱的爸爸和陈然等10烈士，被国民党反动派公开枪杀于大坪。这一天，阴风怒号，浊雾压城。囚车押解着爸爸等10烈士，从"中美合作所"来到伪警备司令部。身着长衣、满脸胡须的爸爸，在审判台前怒斥和嘲笑法官："你们枪毙我们，但是你们还能活几天？""你们这些刽子手逃不了人民的最后审判！"随着革命者的怒吼，这帮阴曹地府判官们的"公案"被爸爸推倒了。爸爸等10同志被判死刑，刑前游街示众。是亲爱的爸爸啊，面对死亡，您高唱《国际歌》，高呼"中国共产党万岁！"您巍然屹立在反动派的刑车上，向山城人民传播胜利喜讯："中华人民共和国已经成立了！五星红旗！首都在北京！"是亲爱的爸爸，怕亲人难过，在刑车过家门时，喝叫敌人把车开快一点。爸爸啊，您竟不让我们多看您一眼，就匆匆走上了刑场！

爸爸牺牲时，年仅32岁。

假如在和平年代，成善谋一定是一个电气工程师或是一个电脑专家。他从小对科学痴迷，喜欢搞试验，喜欢做各种电动模型。他非常喜欢电学，但对文学创作也十分的有兴趣。可以说他是一个热爱生活、追求多样性的热血青年。他为人正直，富有正义感，不畏权势，能坚持真理，敢与恶势力斗争。

1939年，由合江县特支委员会书记孔祥钦介绍加入中国共产党后，利用自己在无线电方面的技术，经常将抗战前线消息及时油印成抗战快报，向群众宣传报导。为了解决地下党活动经费，他将平日购买的一部分电器材料变卖后捐献给党组织。

1940年，他又到重庆工作。他以自己在无线电、电学方面的技术成立雷电华公司，从事收音机的修理和安装。解放战争时期，他利用自己的职业掩护，收听解放区的广播，为地下党的《挺进报》编辑稿件、提供消息来源。被捕入狱，坚贞不屈，走向刑场，大义凛然。

　　蓝蒂裕，曾任中共大竹、广安、岳池、垫江、梁平中心县委书记。1948年因叛徒出卖被捕入狱。1949年10月28日，与陈然等人被公开杀害在重庆大坪刑场。国民党法庭宣判他死刑后，他面不改色地对国民党法官说：再见。法官很不解地问：我马上就要枪毙了你，怎么再见呢？蓝蒂裕说：不要两年，我们在地狱中再见。国民党的法官哑口无言。

蓝蒂裕

　　人民解放军胜利的消息，使在渣滓洞牢房的蓝蒂裕激动过；对未来社会的生活，蓝蒂裕也憧憬过；特别是对自己的老母、妻子、孩子，他也挂念过。但要他"悔过自新、转变立场"，他却毫不犹豫地拒绝了。小说《红岩》里描写的华蓥山游击队的"蓝胡子"，就是以他为生活原型的。他出生在贫困的农民家庭，母亲靠做针线活送他读书。从读书中，他认识到救国救民的使命伟大，从观察社会现实中，他懂得"革命"的意义。他接受马克思列宁主义，加入地下党组织后，立志要改变中国，要做一番事业。他爱唱歌、喜写诗。他把自己对生活的观察编成民谣去教育农民，把自己的体验编成故事去启发工人。重庆红岩革命纪念馆保存着蓝蒂裕在农村开展工作、发动民众时编的一些民谣：

　　你我庄稼人（连连）一辈子苦（溜溜）穿不热和（嗨嗨）吃不饱……老板心狠、退押佃，逼得我妈、去下堂……母离子散、好伤惨，娘不见儿、儿不见娘。

民谣是对20世纪40年代中国农村现实状况的真实写照，语言朴实、直截了当，发动民众、教育民众，形式生动、效果突出。地下党组织能够在下川东组织农民参加游击队抗粮、抗丁、抗捐，动摇国民党的政权，这种最简单有效的发动思想教育的手段卓有成效。

蓝蒂裕从万县师范毕业后，当过教师。加入地下党后，又搞过工人运动。后又根据党的安排考入美专。按照党组织"发动游击骚扰，牵制国民党兵力出川"的指示，他又到下川东担任书记组织游击活动。只要是党组织的安排，他就会毫不犹豫地服从，从农村到城市、从城市到农村；从八年抗战到国民党发动内战，社会的现实、人民的生活，使他坚信中国必须进行一场革命，以推翻国民党蒋介石的腐朽统治，结束四大家族对中国的控制，创建一个崭新社会制度的国家。他信仰马克思列宁主义，自觉地为实现党的奋斗目标积极努力。为表明自己的这种思想，他给自己的儿子取名"耕荒"。在狱中，他拒绝"悔过自新"，绝不背叛组织，坚守政治立场，任凭残酷的刑罚折磨。面对人民解放军胜利的消息，面对新中国成立的喜讯，他悲喜交加！新中国成立，他为之高兴，身处牢房随时面对死亡，他特别想念自己的家庭和孩子。感情的交织、内心的痛苦、心情的起伏、生与死的考验，撞击着他的内心。最后，他在牢房里几易其稿，给儿子写下一首《示儿》遗诗：

你——耕荒，
我亲爱的孩子；
从荒沙中来，
到荒沙中去。

今夜，

我要与你永别了。

满街狼犬，

遍地荆棘，

给你什么遗嘱呢？

我的孩子！

今后——

愿你用变秋天为春天的精神，

把祖国的荒沙，

耕种成为美丽的园林！

五星红旗与烈士擦肩而过，新中国他们没有看到，这是殉难烈士的最大遗憾。他们用自己的生命和热血，书写了共和国最伟大和最有纪念的名字——革命烈士。

杨虞裳（1919—1949），四川铜梁县（现重庆铜梁）人，曾用过杨德成、杨树森化名，党内用的名字叫艾英，担任过下川东地工委委员、开县工委书记。1947年到云阳县云安场搞工运，云阳、奉节起义受挫后转到开县中学教书。1948年6月在开县被捕，囚于渣滓洞监狱，是狱中"铁窗诗社"的发起人之一。他曾写信给自己的上级冉益智："我死后，请你在我的墓碑刻上'中国共产党员、历史学家杨德成之墓'。"他没想到就是自己非常信赖和崇敬的上级出卖了自己。杨虞裳并没因被叛徒的出卖而灰心丧气，相反，他却以自己的忠贞不渝，捍卫了共产党员这个

杨虞裳

光荣而神圣的称号！

在烈士档案中，杨虞裳的联络员杨心斋回忆道：

1947年起，我认识杨虞裳同志。他被组织上派到开县中学教书，教地理课。我入党时，他是党代表。他所得的工资，都是完全用来办共产党地下工作的费用，例如买油墨纸张等，搞宣传活动开支都是他拿出来，而且有一些还是我经手。一句话，他自己什么也没有。他的钱和精力，都是为共产党的地下工作全部献了出来。

吴子健回忆：

杨老师又在高七班上历史课。室内鸦雀无声，同学们都聚精会神地听讲。窗外，不知是哪些班的同学挤满了窗口。为什么这位史地老师能够把一门在旧社会被看作是"豆芽学科"的史地课讲得这样吸引人呢？原因就在于，他是用辩证唯物主义世界观和历史观来讲历史课。他讲的历史，不仅要使同学们知道帝王将相和英雄人物在历史上的作用，而更主要的是要使同学们明白一个真理：人民群众才是历史的真正主人。这位历史老师就是以教书为掩护的共产党员——杨虞裳同志。

叛徒骆隽文在材料中记载：

杨虞裳同志在开县发动了下川东最出名的1948年开县"3·29"暴动，打大地主、大资本家何家碗铺。整个安排计划、坐镇指挥、最后撤退，我都是跟他一道的。1948年，开县中学学生罢课、小学教员罢课，都是他亲自指挥的。1948年春，在临江杀死大地主熊茂林，也是他安排的。他在开县闹得轰轰烈烈，牵制了国民党2个正规团（仁团和胡团）

4个县中队的兵力，为解放战争我认为是起了作用的。他是下川东地工委委员之一，1948年曾在云阳云安场搞盐场工人运动。过后，因云奉暴动转到开县二中教书。1948年6月十七八号，为涂孝文所供出遭被捕。在开县遇着姓左的特务，用刑用得最凶。他坐过"老虎凳"，挨过竹签子，铁丝烧烙过他的脚，眼睛几乎弄瞎了。到渣滓洞脚是跛的，眼睛是肿的。1948年10月，我听冉益智说：杨虞裳不肯讲什么。特务头子徐远举曾说："这种人根本没有希望了。"冉又说：杨虞裳早年生活上饱受折磨，自杀过，没有死，后来才入了党，所以不肯变节。

杨虞裳被捕后也曾犯过一个失误。

特务左志良对杨虞裳软硬兼施、酷刑威逼，都无法让他屈服。特务左志良气急败坏地大吼道：干脆把他带出去枪毙了。三个特务立即冲上去将杨虞裳往外拖，而杨虞裳挣脱特务，挥手大声高呼：共产党万岁！

特务左志良立即冲着门外吼道：把他带回来！

左志良马上问道：杨先生，你斩钉截铁地说你不是共产党员，为什么一要枪毙你，你就高呼口号呢？

杨虞裳立即意识到自己上了敌人的圈套。他调整了自己的情绪，激动地说：我是共产党员，你又能把我怎么样？

左志良立即胁迫他交代组织情况，但遭到严词拒绝。

陈化文回忆：

1948年他在开县中学被敌特逮捕后，英勇不屈，严刑拷打时仍关心同志，鼓励同志坚持斗争。据开县国民党伪政府的科长罗玉全很感慨地对人说过："共产党员杨虞裳真是特殊材料铸成的。把他提在我寝室侧边受尽刑罚，用开水烫，用香在背上烧'八坛花'，脚都撬断了，他都不肯说出一个同党。还有在他隔壁屋用刑另一个共产党员荣世正时，他大声说：'荣世正同志在生病，你们把对他的刑罚都给我吧！'"

齐亮，河北人，殉难时27岁。1947年3月初，《新华日报》和八路军驻重庆办事处全部人员被迫返回延安，组织上决定他留下，负责江北郊区的地下党工作，担任中共重庆北区工委书记。

原中共四川省委工作人员兰健，回忆齐亮烈士生平时说：

齐亮

1947年，我主要是从事四川省委妇女工作。当时青年组只剩齐亮一个人。沈崇事件后，我和齐亮参加组织了很多青年学生进行反美抗暴运动，在"精神堡垒"走了58分钟。运动前，擦皮鞋的人都喊"来，来，来，擦美国皮鞋"，运动后，都不敢喊了。后来，中央来电嘉奖我们。1947年2月28日，我住二楼吴老的对面，听到"砰砰"的敲门声。我们的同志就开始烧文件。半个小时后，宪特砸开了门，把我们集中了起来。每一个人都有一个宪兵跟着。我们早在1946年"2·22"事件后，就给大家做气节教育，大家都不怕。当时曾家岩只有十几个人，刘瞻时在星庐，他的公开身份是《新华日报》记者，我是他的妻子。齐亮、左明德当晚没有回来，后就没有到延安。齐亮后来参加地下工作，与马识途的妹妹好上了。

当中共代表团被国民党强令撤离重庆返回延安时，齐亮由于没有在当时的中共四川省委机关——曾家岩，因此他没有被"遣返"，而是留在了国统区坚持工作。

1948年4月，重庆地下党组织遭破坏，他按组织要求离开江北地区。8月，转移到成都。重庆地下市工委书记刘国定叛变后，带着特务到成都抓川康特委书记蒲华辅和破坏地下党组织。党组织立即通知齐亮和他的妻子马秀英转移。临行前，齐亮和马秀英要上街去买一些生活用品。当在春熙路百货商店门口时，他们被正带领特务坐在吉普车上捕捉线索的刘国定发现而遭到逮捕。后被押到重庆渣滓洞监狱关押。

在国民党重庆行辕二处受审时，齐亮的态度十分强硬，什么都不承认。法官张界把叛徒出卖他的卷宗给他看，齐亮强压怒火，昂起头回答说："是的，我是负责人，但你们不可能从我这里得到什么。"

特务要他交出地下党在江北的组织。他很冷静地回答说："你们逮捕了我，除了我的生命就在这里外，什么也没有交的！"

特务说："现在只有两条路给你选择，一条是自新，另一条是长期监禁。"他回答得很干脆："我选择后面一条！"特务气急败坏地大骂道："滚出去！"

齐亮在牢狱中经常辅导难友学习党的纲领和党的各项政策，他还在狱中写了"怎样做支书"给大家作为讨论学习的材料。他为人冷静、清醒，学运经验特别丰富，党性颇强，在敌人面前从未低过头。他学习虚心，能够深入地发现问题，并引发大家讨论的热情。他关心爱护同志，还教难友们学俄文，在集中营里，起着模范和领导作用。

1949年11月14日，当他被押出牢房的时候，他用那充满胜利信心的眼光与牢中的每一个同志告别，沉着地一步一步走下石梯。

突然，一声"齐亮"的呼叫，使他停住了脚步。他不愿看到的情景，他不愿听到的声音，还是出现了，还是听到了。那是他妻子马秀英的声音。他看见了紧贴在牢门上的那张熟悉的面孔，他听见她那悲痛欲绝的哭喊。齐亮的眼圈湿润了。他紧咬着牙关，浑身颤抖，他很想扑过去安慰他心爱的妻子。但他只是慢慢地、非常有力地举起双手，握拳向他妻子示意要坚定。最后，他向妻子马秀英、向所有的难友说了一声"再见"，便大步地走出了渣滓洞监狱。

在电台岚垭刑场，齐亮昂首挺胸，面无惧色，他把生死早已置之度外，他以自己的鲜血，为共产主义的旗帜增添了无尽的风采。

齐亮的妻子马秀英，于1949年11月27日渣滓洞监狱屠杀时遇难。在马秀英烈士殉难登记表中有这样的记录：

马秀英，1923年出生。中共党员。1935年到成都考入树德中学。1943年考入四川大学经济系，毕业后在广汉和重庆志达中学任教。1944年参加了地下党，在川大女同学中组织了"自由读书会"。同年10月，加入了党的外围组织"民协"。1946年秋，马秀英的堂兄马识途同志到成都，任中共川康特委副书记。她积极协助马识途工作，担负起联络、传递文件和油印宣传品等任务。1947年秋，马秀英毕业，经人介绍，到广汉女中任训育主任。1948年到重庆，在江北复兴场志达中学任文史教员。同年5月，重庆地下党遭到重大破坏，组织上便让齐亮和马秀英撤离重庆转移到成都工作。不久，他们在成都结为革命夫妻。1949年1月，马秀英与丈夫齐亮一起在成都被捕，同年11月27日牺牲于渣滓洞。

在马秀英的档案资料中记载她的生前事迹有：

秀英烈士生性沉静温良，质朴无华。1948年春，马秀英来到重

解读狱中八条
EIGHT SUGGESTIONS MADE IN PRISON

李惠民（后右一）、马秀英（后右三）在川与女声社自由读书会合影留念

马秀英（1947年摄）

马秀英档案资料

庆，在江北复兴场志达中学任文史教员。志达中学是地下党员王朴同志进行地下工作作掩护而开办的。当时除王朴外，还有齐亮、黄友凡等同志在那里。齐亮原是西南联大学生自治会主席，是中共重庆江北区委书记，他与马识途同志关系甚密切。秀英很佩服齐亮的人品才学，与齐亮接触非常多。齐亮同志在政治上也给了秀英极大的帮助，经齐亮和王朴同志介绍，秀英这时参加了中国共产党，从此她走上了为中国革命和共产主义献身的道路。

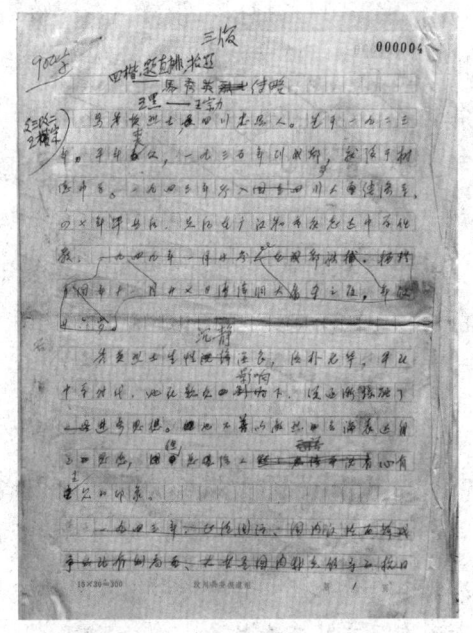

在地下党的活动中，马秀英与齐亮相识、相恋，从志同道合到情投意合。他们结为夫妇不到半年就被捕入狱。狱中的男女牢房将他们分隔两边。只有在放风的时间，他们才能够在一起相互安慰、相互激励。什么是革命的爱情，什么是战斗的情谊？齐亮和马秀英两人的结合，就是最好的解答。革命的胜利是他们爱情最大、最有力的支点，为了创建一个自由、民主的新社会是他们共同的理想。为了实现这个目标，他们愿意为之做出一切的牺牲。所以，革命的爱情是崇高的、伟大的。这种崇高，在于他们对自己的政治选择忠贞不渝；这种伟大，在于他们将自己的个人价值与社会价值紧紧地结合在了一起。

1949年11月14日，李青林在江竹筠的搀扶下走向刑场。一年多的监狱关押，她不但要承受精神上和生活上的折磨，而且还要忍受骨折的病痛。我们今天很难想象，作为一个女人，她是用怎样的一种力量战胜精神和肉体痛苦的，我们更难以体会她那种坚贞不屈的意志是怎样形成的。

李青林被叛徒涂孝文出卖，1948年6月在万县被捕。特务李云成（化名漆玉麟）交代说：

是我带领陈林和万县伪警察局一个伪警长，到一碗水场去逮捕她。押到万县情报组时，冉益智叛徒他对雷天元建议说："我们这次来万县工作，各方面的线索都追完了。而现在只有从李青林身上榨油了啊。"雷天元当晚就对李青林进行了审讯。当雷天元用"老虎凳"刑讯她时，她仍是坚持什么都不说。雷天元和冉益智连声说：加砖、加砖。

李青林

当陈林加到第三块砖时，就将李青林的一个腿子弄坏了。

国民党行辕法官张界交代说："李青林烈士在万县被捕时，被季缕、漆玉麟、陈林等用'老虎凳'刑讯，把左腿膝盖整烂得不能行走。到后头，就送到匪渣滓洞看守所关押。"

张界在审讯时问："你是什么时候参加共产党的？你的上级叫什么名字？交给你的什么任务？你参加共产党以后做过哪些活动？说出来给你自新，不要以为你的膝盖烂了，不说还是要用刑讯的。"

李青林回答说："我在小学里教书，素来不过问政治，我没有参加共产党。如果有组织，脚都烂了还不说么？"

张界又问："你在万县常和哪些人往来，你知道哪些人参加共产党的，你在'反内战、反饥饿、反迫害'运动的时候干过哪些活动，你为什么要反对内战，江竹筠是你领导她，还是她领导你？"

李青林继续回答说："我在学校教书，备课很忙，很少和校外人往来。我不知道哪些人参加共产党的，'反内战'我没有活动，江竹筠我不认识她，她也不认识我。"

为了让李青林招供交代，特务将出卖她的叛徒涂孝文带去与她对质。叛徒骆隽文在一份材料中记载：

李青林被捕后坚持革命气节，不

承认自己是共产党员。说涂孝文过去在泸州追求她不遂，怀恨在心，所以要陷害她。有一天，特务张界把涂孝文从杨家山带到渣滓洞去与李青林"对质"。李青林当着张界的面，大骂涂孝文卑鄙。她说：你强迫我与你接吻，我打了你一耳光，你就陷害我，你说，这是不是事实？涂孝文当时面红耳赤，连头都抬不起来，低声说：是的。这场"对质"弄得特务啼笑皆非，只好不了了之。这是涂孝文亲口告诉我的。但背着李青林，涂孝文又承认李青林是党的干部。这也证明了叛徒的丑恶可耻。

李青林烈士，她于1935年从泸县师范毕业后在小学教书。1939年2月，在四川泸县加入地下党组织。1940年6月，在全国重庆慰劳总会做家属工作。1941年在泸县兵工厂子弟校做工运。1942年到重庆，在山洞、磁器口、马家店等小学搞学联运动。1945年，在重庆女青年会做妇运。1947年后，到万县以乡村教师为职业掩护，担任万县县委副书记，负责青妇工作。

渣滓洞脱险志士肖中鼎回忆：

李青林同志，四川泸县人。地主家庭出身。在党的熏陶下，投入革命。坚持革命立场，坚贞不屈。具体表现在，他遭受敌严刑审讯时，直到大腿骨折断，也不供认，也不屈服。入狱后，关在女一室，一贯坚持对敌斗争，除以身作则地帮助青年女战友们一道斗争外，还与男牢室的战友们保持联系。在被折断腿无法治疗的长期痛苦下，忍受着苦痛，忍受着折磨，但毫不影响她的斗争意志。平时在牢房坚持活动，坚持学习，在大的斗争运动中，她跛着脚，同样地积极参加，如春节联欢、追悼会等，她都一跛一跛地投入运动。总之，她在狱中的坚定立场，表现在她积极的行动上，乃全狱同志有目共睹的。

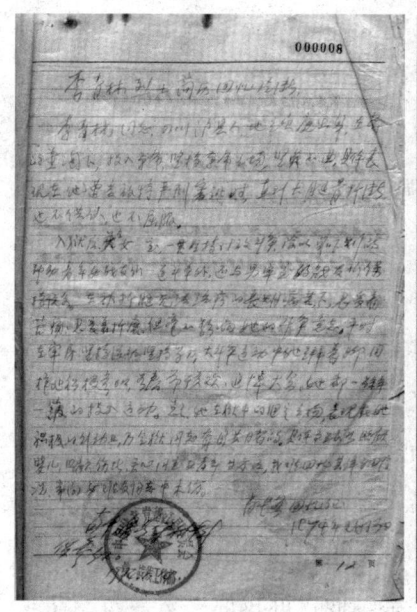

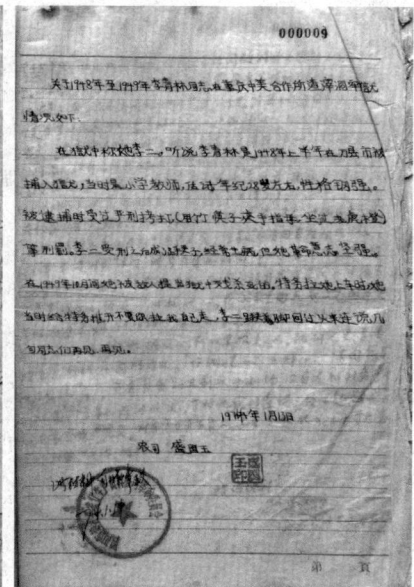

肖中鼎回忆李青林　　　　　　　盛国玉回忆李青林

"在狱中她遭受敌特严刑审讯时，直到大腿折断，也不供认，也不屈服"，这是李青林对党组织绝对忠诚的坚定性表现。"一贯坚持对敌斗争，除以身作则地帮助青年女战友们一道斗争外，还与男牢室的难友们保持联系"，这是李青林遭受酷刑折磨，身残志越坚的革命毅力不可摧的表现。"平时在牢房坚持活动，坚持学习，在大的斗争运动中，她跛着脚，同样地积极参加，如春节联欢、追悼会等"，这是李青林革命的乐观主义精神在监狱这个特殊环境中释放出的巨大能量。

渣滓洞脱险志士盛国玉回忆：

在狱中称她李二。听说李青林是1948年上半年在万县市被捕入狱。当时是小学教师，估计年纪28岁左右，性格刚强。被逮捕时受过严刑拷打（用竹筷子夹手指拇，坐过"老虎凳"）等刑罚。李二受刑之后成了跛子，经常生病，但她革命意志坚强。在1949年10月间，她被敌人提出狱中残杀死的。特务拉她上车时，她当时给特务推开，并说不要你拉，我自己走。李二跛着脚，回过头来连说几句"同志们再见、再见"。

被涂孝文出卖的中共下川东地工委委员、万县县委书记唐虚谷和张静芳夫妇，他们有五个子女。从给子女取的名字上，可以看出唐虚谷夫妇那种坚定不移的革命意志：长子1933年出生，第二年取名不屈，次子1936年出生，取名不疑，三女1939年出生，取名不华，四女1941年出生，取名不畏，小儿子1946年出生，取名不文。大儿子唐不屈，每年都要来祭拜父亲。他告诉我说：父亲为子女取的名字，寄托了他对革命事业的一种希望和坚定不移的共产主义信仰。用一个不字去否定旧世界，从事革命遇到问题绝不屈服、对未来实现共产主义绝不怀疑、对人生一世要反对华而不实、对自己存在的问题不文过饰非。

唐虚谷，当时是忠（县）丰（都）石（柱）南岸工委书记、下川东地工委委员。抗战前入党，曾参加过川北起义。1941年调川东工作，以民生公司职员的身份，在云阳与万县交界的佘家嘴长驻收煤炭作掩护，领导云安场等地的地下组织多年。曾参加过南方局办的农村干部训练班，并和爱人张静芳带着小女儿唐不畏一起在八路军重庆办事处住过一段时间。1947年，在万县的龙驹坝万县第六区公署和六区警察署的对门开设"利普商店"，有一货柜经营土杂、百货、香烟，还开设旅栈卖饭、卖茶，掩护地下活动。

相关的资料档案记载了他们夫妇开展革命活动的情况：

唐虚谷，曾任地下党渠县县委书记、南充中心县委宣传部长、万县地工委委员、川东南岸工委书记等职，是渠县和万县地下党的优秀组织者和领导者。

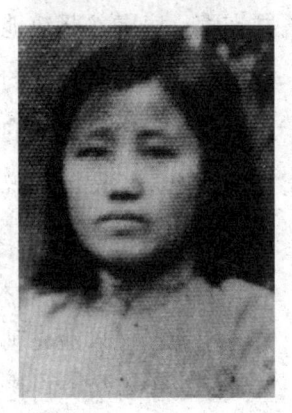

1932年春，唐虚谷冒着生命危险，从上海携带五大箱马列著作和进步书籍返渠，促进了马列主义在渠县地区的传播，大家称他是渠县传播马列主义的"拓荒者"。

唐虚谷

1938年上半年，唐虚谷在渠城与周茂图共同发起组织了以进步知识分子为主的秘密革命团体"爱知读书社"。

1939年初，地下党南充中心县委得悉唐虚谷的情况之后，派人来渠与唐虚谷联系。经过审查，吸收唐虚谷重新入党并担任渠县县委书记。

1940年春，调任南充中心县委宣传部长。

张静芳

1941年春，唐虚谷调梁山中心县委工作，兼任大竹特支书记。不久又调万县任地工委委员，分管"工运"。

1945年初，唐虚谷到重庆红岩村八路军驻渝办事处参加了"南方局学习班"培训，系统地学习了毛主席著作和党的七大文献。

1947年2月，唐虚谷迁居万县龙驹坝，以"利普商店"老板的身份为掩护，借"买货为名"，往来于齐跃山（现名七曜山）一带，指挥下川东地下党领导下的齐南支队战斗在齐跃山。为了从敌人手里夺武器，唐虚谷带着游击队员化装成国民党要人，坐着滑竿，拿着名片，从国民党的区公所强行提走60支步枪、2支手枪和一批弹药。在唐虚谷的领导下，齐南支队很快发展成一支拥有4000多人的队伍。

1948年2月，下川东地工委任命唐虚谷为川东南岸工作委员会书记，负责领导川东南岸地区的武装斗争。正当唐虚谷准备集结部队、举行暴动之际，由于叛徒冉益智的出卖，唐虚谷夫妇于5月1日被捕，随即解往重庆，关在渣滓洞集中营。

特务头子徐远举，先以叛徒冉益智出面劝降，遭到一顿痛骂后，继而使出新花招，用"研究员"的职位为诱饵，要唐虚谷背叛共产党。唐虚谷坚决地说："要我当你们的狗腿子，那是万万办不到的！"徐远举见软的不行，便威胁说："唐先生，摆在你面前的路有两条……"敌人的无耻，激起了唐虚谷极大的愤怒。没等徐远举的话说完，便厉声说："我面前只有革命这条路，要打要杀全由你，要我当叛徒那是枉费心机！"

唐虚谷、张静芳关押在渣滓洞监狱，非常想念自己的几个子女，但他们又只能克制自己的情感。在这一年多的时间里，他们相互鼓励，宁可放弃自己的家庭和牺牲自己的生命，也不出卖同志和交代组织，用自己坚强的人格和鲜血书写了对党的绝对忠诚。

有一位不是被叛徒出卖，而是为保全自己的家人去自首被捕的，这就是邓致久烈士。

邓致久，1909年出生，四川广安观阁镇人。1928年，在上海中国公学读书时加入共产党。1930年返乡后，从事教育工作。1938年，广安建立中共广（安）岳（池）联合县委时，邓致久分别担任东城小学和观阁场支部负责人。1937年后，他再次回乡，按照上级党组织的要求，组成观阁镇支部，1948年领导广安观阁"7·8"暴动。为了保证武装起义的进行，邓致久不惜将历年积蓄，甚至部分田产和两间街房卖掉，用来购买枪支弹药和补贴来往人员的生活费用。但没有想到的是，曾经答应配合武装起义的乡长金有亮，向国民党当局出卖了武装起义的计划，导致起义遭到国民党的镇压而失败。按照党组织的要求，邓致久带领十几个游击队员躲到观阁广兴山上隐蔽。国民党特务三番五次去邓致久家中搜查，要他的妻子唐克珍说出丈夫的藏身之处，并且两次将她抓起来进行威逼。邓致久和妻子唐克珍有五个孩子。当特务

邓致久

以"不说出藏身之处，就杀你的全家"时，他的妻子感到万分的害怕。邓致久从事革命活动以来，来来往往的人员在他们家吃流水席，她没有意见，丈夫把家当变卖支持地下党活动，她也没有任何怨言。可是当家人的生命受到威胁时，她就难以再忍受了。她按照敌人的要求在山下大声高喊：邓致久，你回来呀！在特务的紧逼下，她去求邓致久的兄弟，要求他去把哥哥找回来。邓致久于1948年农历冬月初八被捕。

邓致久的妻子唐克珍回忆了这段痛苦的过程：

由于观阁附近地区的地下党员常往我家走，领导人陈伯纯白天黑夜在我家进进出出，每逢场期，我家里的人涌上涌下，开走马席；又因为广安的叛党分子骆安靖的出卖组织，观阁的地下组织就日渐暴露了。自卫队不断来搜查我家，邓致久不敢回家，我到双河叔父家躲避。1948年农历十月间，我回观阁不久，伪队长游大成抓我去叫交出邓致久，我矢口不知邓在那里，他只好把我放了。隔了10多天，特务李朝戊（已镇压）又派欧儒银等到观阁镇来二次抓我，关在镇公所里。过了两天，我被押到广安县城，特务郝崇斌（已镇压）亲自审问，并威胁我：不交出

· 287 ·

邓致久，就押到重庆去。我因为早有为邓致久办"自新"的动机，又因为周建侯（广安有名的学者，军阀杨森的部下，已去世）有同意保邓致久的来信，我便在父亲唐瀚如（曾作过国民党的县长，已去世）家拿信去自卫队部。郝特务追逼我时，便答应回观阁找邓致久。回观阁后，我就到高山老家找邓致久的弟弟邓世忠（已去世），要他去找他的哥哥。他当时本人不愿意去，经不起我的说服，结果他去找他的哥哥去了。那天晚上三更时，邓致久回来了，同路的还有一个地下党员黎功顺。在我劝邓致久时，黎功顺已睡去。我给邓致久讲，我这次出来找你，是父亲唐瀚如取的保，交不出你，父亲要去坐狱。又以交不出你，只有自己到重庆去等这些话来劝他。结果，邓致久觉得自己做的事应该自己去担当。第二天就和黎功顺一道去广安，搞了三天就和郝特务他们一路到重庆去了。解放后我才知道他死在渣滓洞。这是自己认识模糊造成的恶果，是我一生的恨事。

妻子为了保住自己的孩子和家人，劝丈夫去投案；丈夫为了不连累他人和家人的安全，主动地走入监狱。

游击队员何正富同志回忆：

邓、黎被敌人抓后，未出卖组织和暴露同志。如果出卖了的话，观阁地下党的冉英长、郑修迪和我等20多人是脱不了手的。邓致久不但未出卖我们，而且还保护了我们这些幸存者。

观阁特支委员胡正兴回忆：

邓致久的社会身份是县参议员。1948年春节前后，国民党对大竹县的张家场、杨通乡地区进行大规模清剿。上级令我将两地的干部和武工队员转移到观阁，邓致久派人接应我们。转移去观阁后，他积极地做了妥善安置。暴动前，邓致久着重做乡镇上层人物的工作。1948年农历七月初八举行暴动时，邓担任西南民主联军第五支队观阁总队长，带领500余人攻打镇公所。天亮后，撤出观阁镇，上山整编。7月12日，由于支队司令员等失散，他和大竹的陈尧楷（烈士）等人商议，将队伍缩小，多数动员疏散回家，他带着小部队在山上坚持。由于他的妻子唐克珍利用她父亲唐瀚如的社会关系，与伪县府说合，多次催逼，大约在1948年11月邓下山。就在邓致久和黎功顺以及其他陪同人员进县府去的那一天早上，我正好在县府门前不远处碰上。邓看见了我，对我微笑了一下，但是没有发生别的情况。在邓被送到重庆关押后的半年时间内，这一带没有发生过有人被捕杀的情况。

"自己做事自己承担，决不连累他人"，这是邓致久面对痛苦万分的妻子留下的最后一句话。他自己到伪县政府去自首，不是为了保住自己的性命，也不是要去按照岳父与特务所谈好的条件"悔过"。邓致久在3个多月的坚持中，也不断地通过自己的家人得知国民党开展"清剿"的情况。"决不连累他人"，这位已经有20多年党龄的革命者，绝对不愿意再看到国民党"清剿"对社会造成的损害。在伪县政府，他没有"悔过"，没有向敌人屈服，更没有讲出任何情况，于是他作为要犯被送到重庆集中营监狱。

在狱中，面对敌人的审讯，邓致久坚不吐实，他要为战友们的安危、要为自己家人的安全承担一切。作为一个革命者，他鄙视背叛，他宁可舍弃自己的生命而不愿出卖自己的组织和同志，他更不愿意家人为自己遭受连累和被敌人作践。他为了组织和家人，放弃了自己的一切而义无反顾地走进监狱。他的妻子原以为有自己做伪县长的父亲和社会知名人士的担保，她的丈夫只要把问题说清楚，就会平安地回到自己的身边。可是她的丈夫不愿意把自己的问题向敌人讲清楚，他选择了走向刑场。

妻子唐克珍解放后撰文及作诗哭丈夫：

溯维烈士生前急公尚义，沉毅寡言。虽曾为伪乡镇长参议员等职，但赋性耿介，不苟取予，兼以交游颇广，急人之急。平昔毫无积蓄，今则家境萧条。自其被捕之后，家人生活惟赖借贷典当及珍之母家时相接济以度日。中尚寓一线之望，庶我先夫早日生还。胡为苍天不怜，情缘永绝，烈士竟于解放之前惨殉矣。珍犹忆其从容就捕最后一别，慷慨激昂而谓珍曰：我今恐不能与卿，其耐心代我扶养，感且不亏党中组织，誓死决不暴露也。呜呼壮哉，呜呼伤哉。曾几何时景象全非，犹在耳，人完成仁，悲恸之余爰撰俚句聊当一哭。

《冬夜不寐感伤哭烈士》：愁伤婉转泪凄然，伤心怕读柏舟篇。壮士初酬身已死，忍教妻儿化啼鹃。山村月照凄凉色，舞夜呜呜断肠声。朔风悲号缘何事，遮莫芝我哭忠贞。

1949年11月23日，歌乐山金刚坡。一个女"政治犯"被绳索勒死，其尸体被埋在成渝公路旁一碉堡内。殉难的烈士叫杨汉秀，下达命令秘密杀害她的是她的叔父——国民党重庆市长杨森。

杨森，国民党国民革命军陆军二级上将，1947年起任重庆市市长。1949年5月，兼西南军政长官公署副长官。全国解放前夕，有人士动员他反戈一击，保住重庆，并且帮助营救被关押在渣滓洞、白公馆的政治犯。除了尽力保住重庆免受破坏外，其他要求杨森均未答应。在面对国民党失败无法挽回的情况下，他竟然下令将自己的亲侄女杀害，以泄失败的愤怒。

杨汉秀，出身于四川渠县一个大地主的家庭。投奔延安参加革命后，为表示与反动家庭的彻底决裂，改名叫吴铭。她1938年入党，先在晋东南八路军总部工作。1939年去延安后上过"鲁艺"（美术系第四期）和"抗大"，当过教员，带领过宣传队和剧团。1945年调关中分区，负责过兵站工作。1945年7月参加关中爷台山战役。在解放区，吴铭为自己成为一个革命战士而自豪。无论在学校、在宣传队，还是在前线，她总是那样

杨汉秀

的风风火火。虽然个子不高，可无论是执行战斗任务，还是做细致的人员安置工作，她总是认真负责，雷厉风行。抗战胜利后，延安党中央决定在国统区开辟第二战场。党组织决定杨汉秀回四川利用和杨森家族的关系，做上层的统战工作。

龙潜同志回忆：

关于吴铭烈士，确系周（恩来）副主席在延安交我介绍到交际处金城同志处住，利用美军观察组的飞机随他一起到重庆。那时想利用她同杨森系叔侄，派她去做地下工作。后来，牺牲在渣滓洞。记得吴是共产党员，表现好，所以才派她去做工作。

回到重庆后，杨汉秀与重庆地下党组织接上了关系，回到家乡渠县开展活动。由于她是与周恩来一起乘飞机到达的重庆，因此一下飞机就受到了监视。回到家乡后，仍无法避免特务的监视。她有两个身份：一是杨森的侄女，这是一般国民党特务不得不顾忌的；还有一个就是从延安回来的，这就是特务为什么要严密监视她的原因。杨汉秀在这期间有公开的也有秘密的活动。

与杨汉秀曾经一起战斗过的熊蕴玉回忆：

一、1948年4月左右，因当时地下党在渠县清溪有一支地下武装人员经费开支很拮据，她曾把她家里的私人黄谷拿了40担叫我爱人去卖。卖了谷子，交清溪方百的地下同志开支。

二、1948年秋，大约九十月份，她又把她私人的棉絮4床和其他地方找来的共8床棉絮拿到我家来，叫我们设法帮她送到清溪去支援地下同志用。

三、据陈云龙讲，杨汉秀同志也曾拿了黄谷老担谷子的条子叫他们去卖（当时已卖了谷子的），其他也系支援地下党同志。

四、还叫陈云龙他们去她佃户处拿了两支枪，交地下党武装人员用。

渠县国民党政府对杨汉秀的这些活动多次警告她：不要从事与共匪有关的活动，要她安分守己。但无论是劝告还是恐吓，均无济于事。所以，她曾经三次被捕入狱。

其中，1949年9月，因在家中怒斥叔父杨森将重庆"9·2"火灾嫁祸于共产党的阴谋，恼羞成怒的杨森，下令再次将杨汉秀逮捕关押进渣滓洞监狱。

杨汉秀的儿子赵在民，后来回忆母亲时写道：

1945年9月，杨汉秀根据党中央的安排，调她到国民党统治区的中心——重庆做地下工作。从关中到延安后，朱德、康克清同志接见了她，周总理（作者注：当时应为副主席）也接见了她。康克清同志还送给她一件棉大衣。她是与周总理同机到重庆的。党派她到白区工作，因为当时正是和国民党和平谈判时期，可能是考虑到当时重庆市伪市长杨森是她伯父，好做工作些。本来是想加强统一战线工作，但母亲一下飞机就被敌人特务跟踪，行动困难，说明国民党根本没有和平诚意。我记得，母亲曾对我说，在1946年她准备带我们兄妹返回延安的，因组织决定把她留下了。由于母亲受到敌人的严密监视，从1946年到1949年解放前的不到4年时间内，曾先后3次被国民党反动派逮捕。

杨汉秀的儿子赵在民回忆母亲

第一次大约在1947年初，关在重庆"中美合作所"集中营；第二次大约在1948年下半年，关在成都；第三次是在1949年九十月份。

家人去劝说杨汉秀放弃自己共产党的立场，并且提出送她到美国读书的建议，均遭到杨汉秀的拒绝。杨汉秀烈士档案记载：

1949年元旦，由她出面向狱方提出要求，争取允许女室难友表演节目。结果女牢的难友竟化装表演了一场"秧歌舞"，这在集中营里真是一件破天荒的大事情。

参与杀害杨汉秀的特务宋世杰后来交代：

一、在"9·2"火灾以后，大约在9月中旬的一天，伪处长张明选对我和伪督导长钟恕说，奉伪市长杨森之命要逮捕杨汉秀。并说，杨汉秀是杨森的侄女，是从陕北抗大毕业回来的，在巴县教小学，现在杨森的公馆渝舍对面山上的一座洋房子里。据她家里的人说，在她看见报载"9·2"火灾是共产党干的，她就放声大笑。因此惠公（指杨森）要搞掉她。当时由伪处长张明选和我，还有督导长钟恕率领二股股长朱世昌以及二股人员，乘车到杨汉秀的住处。杨已睡觉，把她喊起来，进行搜查，翻箱倒柜。与共产党有关的什么文件都没有查得。随后，就把她逮捕，用车载回刑警处，用单独房子关起来。逮捕情况由伪处长张明选向杨森作了汇报。

二、进行审讯。在伪刑事警察第二股的办公室里，对杨汉秀进行了审讯。当时由伪处长张明选询问，我和督导长钟恕、二股股长朱世昌、三股股长宋慎之等在场。杨汉秀的眼睛是用布包扎起来的。问她是不是共产党人，不作答。问她有没有组织联系，也不作答。问她看见报载"9·2"火灾的情况为什么发笑，也不作答。总之问什么都不作答。一点也没有结果。当时也没有用刑。

宋世杰还交代：

上午钟匪恕、宋慎之、刘怀其、杨玉书等去重庆市西郊，沿成渝公路在金刚坡过去、巴县与重庆交界路旁的一座碉堡内选择好地方掘坑。然后由刘怀其转回处内通知我，我就押着杨汉秀出发。是分乘两部车，一部是小轿车，司机是处里租用的郝××，经常给张匪开车子的。杨汉秀蒙着脸，坐在轿车内，两旁坐的是项匪正邦和谢春浓。我与黄雪中、刘怀其坐吉普车在后随行押着，由刘怀其开车子。要到碉堡以前，项正邦与谢春浓就在车内用绳子把杨汉秀勒死。抵碉堡后，就由车内抬出放在坑里，刘匪怀其用相机拍了照，然后用土掩上，再回到张匪明选的住处复令。张匪还对我们说，这就是革命的斗争。本来杨匪森要奖励大家的，由我代为谢绝了。后来把拍好的照片，由张匪给杨匪送去了。张匪曾对我说，这件事情我已口头上报告过西南特区副区长李修凯，并嘱主任书记做公文正式报告特区。

没有任何的程序、没有任何的依据，仅因为政治信仰的不同，就断然下令处决自己的亲人，谋杀手段之残忍，真是令人发指。

杨汉秀，别名杨稚华，又名杨俊，在延安时期化名"吴铭"。1912年出生于一个官僚地主家庭。其父杨淑身，大革命时期曾在国民革命军第20军第9师任师长；伯父杨森，是四川五大军阀之一。杨家拥有田产12000余挑（近3000亩），是广安最大的官僚地主。杨汉秀生活在这样一个家庭，可以说是养尊处优，无忧无虑。但是她却不安于现状，反叛家庭，投奔延安，参加革命。派回四川工作后，面对危险，她义无反顾；面对死亡，她无所畏惧，她用自己的生命和热血，谱写了忠诚党的革命事业的不朽篇章。

杨汉秀烈士的女儿李继业，在一份回忆母亲的材料中写道：

妈妈为了革命工作，却没有时间照顾自己的儿女。我的哥哥姐姐，从小就放在外婆那里。妈妈生下我不足两月时，又不得不把我寄养在别人家中，请奶妈给我喂奶。直到她牺牲时，妈妈都没能再见到她的小女儿。世界上哪个母亲不爱自己的儿女，又有哪个儿女不爱自己的妈妈呢？正是为了千千万万的儿女不再失去这种爱，我的妈妈英勇地献出了她年轻的生命。年幼的我，从此失去了人间最宝贵的母爱。但是，我感到更多的则是自豪，为有这样一个好妈妈而感到无比骄傲。

龙潜同志写诗纪念杨汉秀：

延安求学胜利归，胜利回川思有为。
美蒋合作儿女悲，英雄遭呕志士危。
渣滓洞里作禁囚，岂为刑逼而低头。
威武难屈奇女子，鬼蜮伎俩止此耳。
人生一死何足惧，碧血丹心永在兹。
一人死去千万继，全国胜利屈指期。
中国女儿最多情，多情端的为人民。
我思烈士名与型，出采风流今尚存。

国民党特务秘密杀害杨汉秀后的第二天，在歌乐山的梅园又制造了秘密处决杨虎城将军的副官张醒民、阎继明的惨案。而杨虎城将军在两个多月前的9月6日，也被秘密杀害于歌乐山下的松林坡。千古功臣的爱国将领没有死在抗日战场，却被蒋介石国民党秘密杀害。他的两个副官被关押了11年，也不判罪，也不审判，最后以转移关押为名，将他们骗出关押地，行至途中时，特务在后面悄悄地开枪射杀。

阎继明的儿子是一位科技工作者，我第一次采访他的时候，他十分激动。虽然时光流逝了几十年，但他仍然不能够平复心中

龙潜同志写诗纪念杨汉秀

的悲愤。他连连发问:"有什么罪?""犯了哪条王法?""就凭蒋介石他一句话,一条人命就没啦?""没有道理,没有国法,国民党成为一个人的党,蒋介石的国民党他不失败才怪呢!"

殉难烈士中有两位是国民党的将军,一位是"虎入牢笼威不倒"的黄显声将军,一位是"失败膏黄土,成功济苍生"的周从化将军。

黄显声

在黄显声遇难登记表上记载:

1936年8月被秘密吸收为中共特别党员。历任东北军第1旅旅长、辽宁警务处处长、陆军骑兵第2师师长、第53军副军长,积极参加"五四"运动。他是东北军中积极抗日,反对内战的一面旗帜,也是最先在所属部队中接纳共产党员,接受中共领导的高级将领,被军统局以"联共反抗中央"罪名逮捕。1938年2月,因去延安的消息被军统发现而被捕入狱,先后在湖南益阳、贵州息烽、重庆白公馆关押。他始终遵守党的纪律,严守党的机密,顾全大局,并以"虎入牢笼威不倒"自勉,始终保持了革命乐观主义精神。

1949年11月27日,黄显声将军一步一步地行走在歌乐山林园步云桥旁的小道上,突然一声枪响,只见将军挺了一下身体,骂了一句"狗特务"后,便倒在了血泊之中。将军殉难时53岁。

与黄显声将军同在贵州息烽监狱关押过的李任夫回忆记载:

第一浮上我的心头是,我认识到显声同志是一位爱憎分明、嫉恶如仇的铁汉子。第二浮上我心头的是，他是一个勤学不倦、追求进步的人。第三浮上我心头的是，显声同志对难友同志们的高度同情心。第四浮上我心头的是，他坚持原则、毫不妥协的精神。

黄显声将军在重庆关押期间，曾经有过活着出去的机会。但将军并不只是希望自己能够出狱，他更希望带着狱中的同志一起出狱。黄彤光女士回忆了这段难忘而痛苦的经历：

在最后的日子里，黄显声已预感到自己将有不测。他托看守转交彤光一封信，信中说："我就是不测，是为追随张学良先生反对蒋介石'攘外必先安内'，主张对内和平、对外抗战而牺牲的，是对得起国家和人民的。解放后，会有人来照顾你的。"1949年9月，黄显声的好友杨虎城一家，被周养浩骗到重庆秘密杀害，白公馆的难友已有风闻。这个血的教训对黄显声打击很大。他开始觉得，寄希望于国民党公开释放是绝对不可能的了。于是他开始考虑出逃。

黄彤光一直没有放弃营救黄显声出狱的打算，同时征得了黄显声的同意。当时，她正在重庆正阳法学院学习法律。她与同班同学夏在汶、夏有寅商量的营救计划是：由她租一卡车停在"中美合作所"山下，伺机把黄显声送到潼南夏有寅的老家，此处非常偏僻。商定好后，黄彤光细心地用白布缝成几根细长腰带，并在里边藏了几十枚金戒指，以便路上应急之用。这条腰带，黄彤光至今还收藏着。

当时白公馆的看守长已换成杨进兴，此人阴险毒辣。黄显声只得另想办法，将看守宋惠宽打通。黄彤光与宋惠宽商量，让他伺机带出黄显声。宋惠宽表示：带出时间最好在他值夜班的夜里12点至凌晨

3点之间。届时，他带黄出白公馆，由后山小路出来，上车后便直奔潼南。宋惠宽的老婆及3个孩子的生活，由黄彤光负责。黄显声对这一计划表示赞同，但对何时出逃他说要等待机会，最好选在解放军临近重庆时。另外，最好把和他关押在一层楼的难友一起带走。

11月26日，重庆已处于中国人民解放军的包围之下。中午时分，黄彤光速与夏在汶商量，两人感到不能再等了。决定就在27日夜至凌晨宋惠宽值班时行动。黄彤光与夏在汶来到"中美合作所"门口，有哨兵站岗。夏在汶在登记室打电话给宋。宋接到电话只简单地说了一句："等一下，我现在还不能出来。"

凌晨3点，宋惠宽终于来了。他说：我没能救出黄显声。昨天下午4点钟，他已牺牲了。你回头去认尸吧，就在林园的步云桥旁，你找新翻过的土即是。我要逃命了。

黄彤光听后一语未发，她不相信这是真的。她想起了黄显声写给她的《共勉诗》：

萧萧易水有荆轲，千古犹传不朽歌。
此时暂抛儿女态，莫将岁月再蹉跎。

事后她得知，黄显声一直在等待出逃的机会，但他又始终考虑着自己出逃时如何把楼上的政治犯都带出去。没想到特务这么快就动手了。

杨钦典是白公馆的看守。从1998年6月我第一次接触他，一直到他去世前的两年，我曾数次采访他。我问过他许多问题，其中经常问他的就是："烈士们真的不怕死吗？"杨钦典说："不怕死，那是瞎话。谁不知道活着比死了好啊。他们在狱中都想活着，都是在想办法出去，只要有关系就要找。但是，要他们出卖别人，交代

周从化

问题，他们就不愿意，要他们写悔过书，投降就是不干。"

想活下去，但要投降当叛徒就不干。这就是烈士坚定的选择，这就是烈士秉持的人格，这就是烈士坚持的信仰。黄显声将军"虎入牢笼威不倒"，堂堂正正地做人，明明白白地做事，绝不屈服于任何强权和暴力。他在狱中，利用自己每天可看到的报纸，为狱中陈然编辑《狱中挺进报》提供消息来源，让难友们知道全国的战况和社会情况；他在狱中教"小萝卜头"学习文化，使一个幼小的生命在狱中那样的环境下，对未来有了种种的期盼。虽然他也急盼着被营救出狱，但他更愿意有更多的同志与他一道出去。当这种机会完全不可能的时候，他毫无惧色地踏上黄泉之路，以自己宝贵的生命证明自己人生选择的无悔。

周从化，其遇难登记表记载的情况是：

四川新都人，16岁投身川军，参加过反清和北伐战争。曾任排长、团长、川康绥靖公署中将参谋，成茂师管区司令等职。1949年2月，在民革川康分会成立大会上，他被推荐担任秘书长兼组织部长和自卫军总司令。1944年加入民革，1948年加入中国共产党。他积极开展在川康军界上层人物中的策反工作和筹建民革川康组织的工作，负责民革川康分会军运工作。因策反四川军阀王陵基，1949年8月20日被捕。特务妄图诱他"反省悔过"，他总是答复："青年人错了，老年人不会错；老年人错了，青年人就不会错。"临刑前在牢房墙上刻下"失败膏黄土，成功济苍生"，殉难时54岁。

周从化将军，还于1942年加入了民盟，后还担任过国民党战史编纂委员会中将委员。1949年8月中旬，他自告奋勇，直接到国民党四川省主席王陵基的办公室，要他悬崖勒马，参加倒蒋活动。王陵基笑而不答，稍作敷衍。8月20日晚，在家中不幸被捕。8月23日，他由成都被押往重庆白公馆监狱关押。他也是最后一个被关押进白公馆监狱的政治犯。

1940年周从化及夫人李含秋与子女摄于成都西珠寺巷家中

周从化对难友们说："我什么都没有对他们讲，他们问不出我什么。"他鼓励难友们要坚强，他鼓舞难友们要去迎接解放。他还带话给自己的亲人：你们不要来救我，我是出不来的。将军在狱中沉着镇静，绝不苟且偷生。他在狱中从报纸上看到新中国成立的消息后，写下：光明不远了，天快亮了！并向狱中的难友传递了胜利的消息。

当陈然、王朴等人被害后，他又对狱中的难友们说："我们死而无憾，新中国已经成立。但我们有很多的经验和教训值得总结。"

参加民革后，周从化随时面临着危险。为表明心志，他曾写下这样的诗句：

神州嗟浩劫，四族胜狼群。
民生号饥寒，民权何处寻？
兴亡匹夫志，仗剑虎山行。
失败膏黄土，成功济苍生。

周从化参加过推翻清政府的辛亥革命。16岁投军从戎。抗战爆发，周从化随川军出川，先后担任参谋处处长、国民党第29集团军中将参谋长、川康绥靖公署参谋处长、师管区司令等职。因不满蒋介石消极抗战、积极反共的政策，竭力倡议团结抗日而遭到解职。此间，他积极联络川康军政界人士，从事反蒋活动。由张澜介绍，秘密参加了中国民主同盟，开展反蒋的民主活动。抗战胜利后，国际国内和平民主的呼声高涨，但蒋介石则一心要发动内战、妄图彻底消灭共产党的军队，实行独裁统治。他受民革指派，与中共秘密接触，按照"反蒋、拥共、团结、进步"的原则，承担了筹组川康民革任务；他积极联络策反川军反蒋人士，开展军界上层统战工作，"保川拒蒋"以使四川免于战祸，配合人民解放军解放四川。正当他努力筹备"自卫军"，直接劝降王陵基时而遭到逮捕。这位戎马一生的将军，在他期盼的胜利即将到来时，却身陷大牢。"兴亡匹夫志，仗剑虎山行"，表明了将军反蒋反国民党统治坚定不移的志向；"失败膏黄土，成功济苍生"，表明了将军救国救民、敢于献身的生死观。

周从化的妻子李含秋，解放后在回忆丈夫的文章中写道：

从化，你安息吧！你的"官司"已经打赢，中华人民共和国在1949年10月1日就成立了。你牺牲时一定得知了这个胜利消息……

张永昌，是刚履行完入党宣誓的手续不久被捕。

在渣滓洞监狱，江竹筠多次被特务刑讯，狱中难友为她战胜刑罚的坚强而发起慰问活动。张永昌代表狱友在一张纸条上给江竹筠写道：

亲爱的江姐：严刑拷打，并没有使你屈服。我们深深知道，一切毒刑只有对那些懦夫和软弱的人才有效，对于一个真正的共产党员，它是不会起任何作用的……

落款是"楼二室全体难友"。

1949年夏天，一场大暴雨将渣滓洞监狱围墙冲垮，监狱下令停止放风。一时间，牢房闷热难熬、蚊虫叮咬、空气混浊。张永昌和难友一起强烈抗议停止放风。最后，与狱方达成协议，由难友来修复围墙。在修复围墙的时候，张永昌突然即兴吟诵打油诗一首：

歌乐山水美如画，筑墙自围何人夸？
肝脑涂地维修它，漫把竹根夹泥沙。

难友白石坚也和诗一首：

板筑绿在墙倒坍，砸碎铁锁挣断枷。
作茧自缚非夙愿，碧血丹心换中华。

正是难友们的"筑墙自围"，事先在修复的围墙中掺入大量的沙石、稻草，让其坚固性大打折扣，从而为那些在"11·27"大屠杀中的脱险志士，能够将墙推倒越狱成功创造了有利的条件。这是特务万万没有想到的。

张永昌，1921年9月24日出生于大竹一个家有良田数百石的富有家庭。他在重庆

张永昌

求精中学读书期间，就没有富家子弟盛气凌人的纨绔之风，勤奋努力，一心只读"圣贤书"，成绩领先。抗战爆发后，他发表在学校墙报的杂文《立此存照》、《刺猬的哲学》、《绅士的哲学》，对投降、妥协派进行了辛辣的讽刺。1940年考入复旦史地系后，因参加进步活动过多，被家人要求"只能在求精商学院读书，毕业后经商"。此间，他有感国民党的消极抗战，受共产党在国统区推动抗战文化的影响，从郭沫若的《棠棣之花》、《屈原》、《虎符》等剧目中，从屠格涅夫的长篇小说《罗亭》、《前夜》、《父与子》及列夫·托尔斯泰的《战争与和平》、《复活》和《联共党史》中英文版和《资本论》等书籍中，他开始思考自己的人生，思考活着的意义。

他曾经对同学说："人，多活一天，也就是离死亡近了一天。人生是短暂的，但又很宝贵，要争取多做一些有意义的事，这样生活才不会感到空虚和孤独。"

他参加了重庆青年学生运动的核心组织中国学生导报社，并担任《中国学生导报》的秘密发行工作。

抗战胜利后，郭沫若、马寅初在求精商学院的演讲，激励了他关注社会、关注国家的前途命运。

1946年初，经地下党组织介绍，他到陶行知的社会大学新闻系就读。吴玉章、张友渔、王昆仑等人的讲课，使他在认识中国和中国社会时有了正确的方法。学习中，他结识了不少进步人士和共产党员，思想发生了深刻的变化。

在社会大学学习培训后，地下党组织要求他继续在求精学校团结进步力量，争取中间力量，开展进步活动。他在党的教育下成长。几个月后，他当选为求精商学院学生自治会主席。1946年，几千国民党失业军官在重庆游行示威，国民党当局最后开枪镇压。在被激怒的失业军官中,学生会的同学在声援中喊出"此路不通,去找毛泽东"的口号,迫使国民党当局对失业军官的要求做出让步。求精商学院学生自治会逐渐成为党组织领导的学生组织。

1946年底,张永昌庄严地向地下党组织递交了入党申请书。

1946年12月底,北平发生美军士兵强奸北平大学女生的"沈崇事件",激起全国人民极大义愤。

党组织指示张永昌以求精商学院学生自治会主席的合法身份,组织学生参加重庆的大游行,他又被选为"重庆市学生抗议美军暴行联合会"主席团副主席。他草拟了《告全国同胞书》、《致杜鲁门总统书》、《上国民政府书》、《告世界青年书》、《告美国人士书》、《致受害人沈小姐慰问电》、《向美军当局提出抗议书》、《电美驻华大使馆抗议书》、《响应平、津、沪、杭、汉等各地同学进行运动书》等文稿。决定1947年1月3日至7日全市学生总罢课,6日举行反美示威大游行。他参与了游行示威的组织工作,使示威活动成功举行。

以后,他参加《挺进报》的一些发行和组织稿源的工作。从学院毕业后,他在《国民公报》社以记者身份为掩护,继续在各学校开展学运工作。

1948年4月18日,地下党组织通知他,为他补行入党宣誓。张永昌非常的激动,这是自己好久好久的期盼,今天终于要实现了。他决心使自己在党的组织里,活得更加的充实,活得更有人生意义。他庄严地向党承诺:百折不挠、永不叛党!

当他怀着一生从未有过的一种亢奋心情回到报馆的时候,他被捕了。原因是地下党《挺进报》被破获,党内出现了叛徒。

特务认为这个学习成绩良好、家庭条件不错,又有很好职业的青年,又是国民党第88军军长范绍增妹妹的儿子,不会有什么难于对付的。但是，他们错了！

这个刚刚对党组织做出宣誓承诺的党员，根本没有想到立即就会出现考验自己党性的情况。他万万没有想到人生的变化会如此的激烈，他更没有想到出卖自己的竟然是批准自己入党的上级！他没有给特务透露半点信息，他绝不承认敌人对自己的一切指控，敌人没能从他嘴里得到一点的情况。

在狱中，他参加了"铁窗诗社"，积极参加狱中斗争。当新中国成立的消息传来，他高兴得流出了热泪。脱险志士记录下了他面对此情此景写的一首诗：

忙中哪得有诗来，鲁迅诗中借一排。
万家墨面没蒿莱，敢有歌吟动地哀。
心事浩茫连广宇，于无声处听惊雷。

他听见了惊雷，却没有看见晴空万里。"11·27"大屠杀的时候，他最后从牢房里冲出去，因被撤退的敌人乱枪击中而殉难。

"胸怀报国志，不问家与身"，这是苟悦彬烈士被禁在渣滓洞时的豪言壮语。他在成都高级工业学校读书时，带头参加学生运动被开除，经斗争得以转学到重庆高级工业学校就读。1942年考入国民党陆军机械化学校学习。1945年6月，随学校迁到重庆，同年11月进重庆第21兵工厂做职员，1947年10月加入中国共产党。苟悦彬是第21兵工厂地下党组织的骨干人员。

第21兵工厂，即国民党南京金陵兵工厂在抗战爆发迁到重庆后的代号。

解放战争时期，第21兵工厂是地下党发展组织和团结工人的主要阵地，也是重庆地下党机关报《挺进报》的重点发行对象。

当时，工厂里的地下党员将《挺进报》在进步群众中秘密传看，以此团结、教育工人，让他们认识、了解国民党的腐朽统治，掌握解放区和人民解放军在全国各战场的动态。

一次，苟悦彬将《挺进报》秘密传给一位进步工人阅读时，不幸被厂里的特务发现。特务迅速将此情况上报给国民党特务机关。兵工厂的地下党组织在闻知这一消息后，立即作出决定，将苟悦彬和看《挺进报》的进步群众撤出第21兵工厂。苟悦彬却认为，自己走了，可以安全无事，但由此会引起国民党特务对兵工厂的地下党组织和进步工人进行侦讯和破坏。这样，很容易导致厂里面的整个地下党组织和进步群众遭到打击，地下党在兵工厂的工作也会前功尽弃。他提出，由他承担传阅《挺进报》的全部责任，而自己就坚持说《挺进报》是一个厂外的朋友给他的。党组织为苟悦彬的这种决定感到钦佩，他的家人为他的这种决定感到担忧。有的同志建议他还是赶快撤离，苟悦彬坚持说："不能因一个同志出事而大家撤退，要革命就一定有牺牲，牺牲一个保存了一个重要的工作岗位是划算的。"

苟悦彬主动向厂里的特务和稽查说明了《挺进报》是他传阅的。特务为了"放长线钓大鱼"，竟然没有立即逮捕他，只对他实行了跟踪、监视。苟悦彬识破了敌人的伎俩，不与任何地下党员、进步群众发生联系。他对自己的家人说："看样子要进马列学院（指集中营）读几天书，请你们务必不要误信，特务们的欺诈我绝对绝对不会有一句口供。"

1948年5月15日，国民党重庆警备司令部和兵工厂稽查处将他逮捕。在渣滓洞监狱，面对敌人的刑讯威逼，面对敌人的酷刑折磨，苟悦彬始终坚持《挺进报》是他一个人传递的，是他一个厂外的朋友给他看的。除此之外，敌人没有从他嘴里得到想要知道的情况。

1949年3月，苟悦彬托一个出狱的难友带了一封信给朋友。信中写道：

我生活得很好，请转告家人放心。入狱前后受了7次刑，没有问出什么也就算了。转嘱姊妹们多多努力、无止境的进步，不要因我而消极灰心，并好好教育天如（他的孩子）要他继承爸爸的事业……

青年时期的苟悦彬追求进步，在省立成都中学学习时成绩名列第一。高中时期，他拼命阅读高尔基、普希金、屠格涅夫、莎士比亚、鲁迅等人的作品，立志做一个有志向、有追求、有信仰的革命青年。

在狱中被关押的苟悦彬，为抗议特务看守对狱中难友的迫害，积极参加狱中的绝食斗争，针锋相对地与特务看守谈判，争取到了改善狱中生活条件、允许给家属通信的权利。

一个人在一生当中，要面临若干次选择。而在所有选择当中，去选择危险，去选择死亡，这不是一般人能做到的。这样做，需要极大的勇气和杀身成仁的决心。苟悦彬在地下党组织遭到危险的时候，他一个人站出来承担了责任，他用自己的生命保全了党的组织和同志们的性命安危。在狱中，他经常对难友说的一句话就是："胸怀报国志，不问家与身。"他以牺牲自己的生命实践了对党的忠诚。

苟悦彬在1949年11月27日大屠杀中牺牲，殉难时年仅30岁。

余祖胜，被捕前是兵工厂的工人。他不仅仅是一个技术工人，也是一个诗人。他写了许多关于反映社会现实的诗，表现劳动人民生活疾苦的诗。他不但是一个理想主义者，更是一个敢于实践和参加战斗的革命者。对于社会现实，他在《阴暗的角落》一诗中有形象的描写：

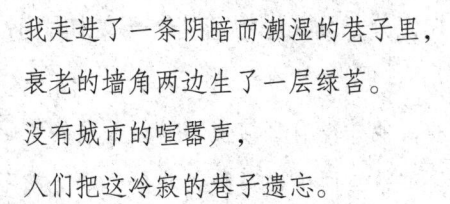

余祖胜

我走进了一条阴暗而潮湿的巷子里，
衰老的墙角两边生了一层绿苔。
没有城市的喧嚣声，
人们把这冷寂的巷子遗忘。

墙角下好像有个什么东西，
远远的很难看得清楚。
黄昏带来了灯光，
渐渐能使我辨认他的面目。

他抬起头默默地看了我一下，
从胸前伸出一只手来，我知道他是一个小乞丐。
他没有控诉，
他那流着的眼泪替他说得太多。

我停止了脚步，想给他一点钱，
但我衣袋里除了两张草纸外什么都没有。
我惭愧地望着他滴着眼泪，
最后他向我点点头默默地走了。

这首写于1946年11月的诗，发表在《新华日报》上。余祖胜对现实社会细节的观察，充分体现了他对苦难人们的同情，以及对不合理的社会的不满。这种不满，不是愤怒的牢骚，而是冷静尖锐的刻写。"衰老的墙角两边生了一层绿苔"，是新生和生命顽强的写照；"他那流着的眼泪替他说得太多"，是对老百姓生活现实的生动刻画；"但我衣袋里除了两张草纸外什么都没有"，是对工人生活状况的真实反映。美国密西西比大学的乔舒亚·H.荷华德在《余祖胜：重庆抗战时期的革命知识分子及其思想基础》一文中写道：

余祖胜的歌是写给穷人的，他并没有直接使用阶级斗争的字眼。也许这并不奇怪。如果用直截了当的词语描写阶级斗争，那么就不会写出那些优美的诗篇。他用道德和伦理来表达他对阶级关系的理解。他的作品充满了对社会不公正现象的忧虑。一位苏联历史学家说："当个体劳动者发现他们是被剥削阶级中的一员时，他们通常要求做更多的努力，而不仅仅是承认他们的贫穷。他们还需要相信，他们的贫穷反映了不公正的社会关系。"

乔舒亚·H.荷华德是一位研究红岩英烈思想及人生轨迹的美国学者。他在文中还说：

余祖胜的生活经历和文学作品，充分证实了知识分子和劳动工人之间既紧密又矛盾的关系。在脑力劳动和体力劳动者之间长期存在的鸿沟上搭建一座桥梁，是他追求的目标。他通过写作来抨击社会等级制度。他把写作当作是一种个人解放的形式，又通过这种方式来证明劳动人民并不是任人践踏的"累赘"，而是一股积极的社会力量。

解读狱中八条
EIGHT SUGGESTIONS MADE IN PRISON

余祖胜烈士殉难登记表

他认为余祖胜的诗：

所包含的审美观念，将矛头对准了传统的社会等级观念。这也成为余祖胜及其他一些积极分子选择诗歌这种武器的其中一个原因。

在余祖胜烈士殉难登记表上，这样记录着他的事迹：

略历：第21兵工厂工人，1948年元旦由任某介绍加入中国共产党，许建业领导。

被捕原因、时地：因《挺进报》被获，许建业的皮包内有余的自传，涉及而被捕。1948年4月7日。

被捕审讯情形：被捕后坐"老虎凳"及"鸭儿浮水"，整得死去活来，但他没有说甚么。

狱中情形：对朋友异常关心。常对朋友们说：我们工人应好好地发挥布尔什维克的精神。在狱中，他搜集了塑料牙刷把子，刻了百多颗五角星分送给同学，充分发挥了他的创造天才。凡有劳动的事，他总是走在第一。

在重庆红岩革命纪念馆的档案中，保存着余祖胜生前所写的几首诗。1947年2月2日放工后写的《我的家》是其中一首：

上眼皮和下眼皮在交战，
昏昏倒在床上；
竹笆床吱吱在叫，
一床破被好香甜。

风，从屋缝里钻了进来，
春寒冷透了我的心。
不知何时下起雨来，
明天，又得光着脚板走路。

妈妈对着潮湿的柴火发愁，
小妹妹在灶前把眼揉；

好容易借来半升米,
时过九点未下肚。

阴沟里臭水在翻泡泡,
从耗子洞涌进屋来了;
破脸盆浮在水上打转,
我的家就是一座水牢呵!

这就是兵工厂一个技术工人对工人生活现状的写实:加班加点难以养家糊口,居住在条件恶劣的工棚里不遮风雨。他的诗是控诉,他的诗是呐喊,他的诗更是对旧社会的冲击!
1947年3月9日写的《晒太阳》:

太阳倾泻在石头上,
温暖着我和身躯,
呵?这也触犯了吸血鬼的法律!
"哼!不讲羞耻!"
眼珠翻滚,
怒目瞪瞪。

在这人和兽混居的城堡里——
道德、法律、武力、金钱……
全是吃人的野兽!
春天,是强盗们的,
穷人永远生活在冬天里。

愤怒地站在石头上,
我要回答——
总有一天,
我们将站在这个城堡上,
高声宣布:
太阳是我们的!

1947年春,写的《明天》:

我伏在窗前,
让黑夜快点过去。
希望的梦呵——
总是做不完的。
黑夜里总有星光,
白天怎能叫太阳躲藏?
明天,是个幸福的日子,

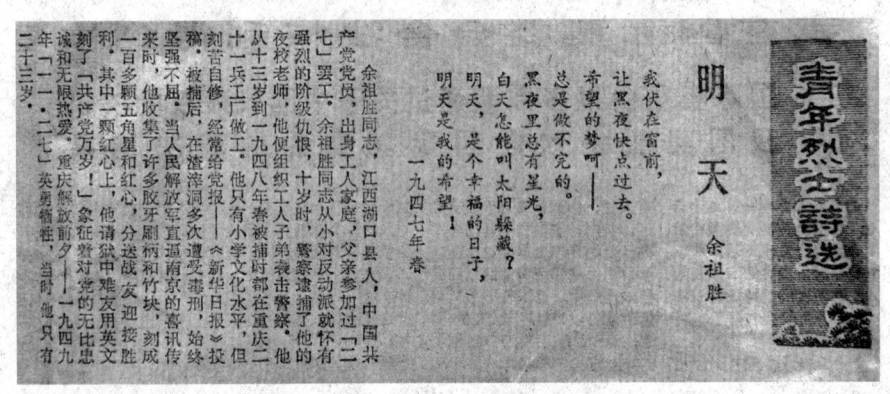

余祖胜诗作《明天》

明天是我的希望!

1947年3月13日写的《施舍》：

雨,
落在车夫、丐童的身上。
车篷里伸出一只手来,
呵,多么阔气:
手表、耀眼的钻戒,
于指尖掷出一张五百元钞票,
落在丐童污渍的手上。
舞厅门前,
有戎装的"金板板",
有荡来荡去的大肚商人,
有手里晃着"关金"的……
呵! 他们手里摇晃的不是钞票,
而是穷人的生命!

诗中的"金板板",指国民党将官的金领;"关金",指国民党中央银行发行的一种证券,1942年改为流通货币。

从诗中,我们可以感到余祖胜对社会现实生活的关注;从诗中,我们可以感到余祖胜对社会贫富差距的愤恨;从诗中,我们可以感到余祖胜对社会腐败现象的痛斥;从诗中,我们可以感到余祖胜对未来、对光明的渴望和追求。他参加革命的动机,就是要改变不合理的社会制度;他参加地下党组织,就是要为实现一个崭新的社会制度而奋斗终生。作为一个有理想、有追求、有文化的工人,

余祖胜制作的五角星

余祖胜用诗表现了劳苦大众的生活现实，对于推动工人投身于社会变革的斗争和提高工人的觉悟，起到了积极的推动作用。

在渣滓洞监狱被关押的余祖胜，经常将狱中的废牙刷柄，用钉子和玻璃片将其割成若干小段，然后在地上不停地打磨、造型，做成一颗颗的小五角星。每做成一颗，他就等到放风的时候送给难友。难友们手心里握着小五星，互相挥拳示意：胜利一定会来临！

在狱中，仅凭一颗小小的钉子和一些玻璃碎片，就要把塑料废牙刷柄切成一小段一小段，通过不停刮、不停磨，最后做成一颗颗的小五角星，得花多大的功夫啊！一颗颗小五星，象征着革命者火热的心，倾注着革命者对胜利的向往，映衬着革命者对党的赤胆忠心。

余祖胜烈士，于1949年11月27日殉难于渣滓洞大屠杀，年仅23岁。

乔舒亚·H.荷华德认为：

可惜的是，余祖胜还没有完成创造一个公正社会和新人类的斗争，就走上了刑场。中国古代思想家认为，社会的发展要经历一个剧烈的阵痛，才能达到理想的境界。这好像是一种暗示和启发。于是，余祖胜成为了最终的牺牲者。他的信念并不是来自于他个人性格的自然流露，比如他信奉理论不能脱离实践；知识分子不能躲在象牙塔里；艺术应当来自人民、为人民服务等。这些都是毛泽东在20世纪40年代延安整风运动中反复倡导的。尽管余祖胜并不是纯粹的理论家，但作为工人作家，他将全部的精力都用在为脑力劳动者和体力劳动者之间建立一座桥梁。这些都成为了中国社会主义制度的基本理论——比如知识分子和领导干部都要参加体力劳动——在余祖胜死后的十来年里十分流行。

朱世君，巾帼不畏严刑的女英烈，1949年11月27日殉难于渣滓洞监狱，年仅29岁。她是为保护自己的未婚夫、地下党员陈化文而被捕。重庆红岩革命纪念馆烈士档案A176的烈士登记表上，是这样记录她的：

小学校长，正直、爱秧歌舞，在狱中积极参加小组学习。因捕她未婚夫（陈化文，原在开县女中教书）未果而被捕……

她的未婚夫、当时的地下党员陈化文解放后回忆时写道：

朱世君烈士，是我的未婚妻。她虽尚未正式入党，但确是我党忠实的积极分子。比如她在开县太平中正校任校长时，接受陈化仲（注：地下党员）同志为义务教员，并掩护他们宣传革命道理，组织群众抗丁、抗粮，在学校上课时，教唱革命歌曲。在1947年冬、1948年春，我党领导的游击队急需经费购买枪支弹药、医药品和生活费用。我向她说了这一情况时，她立马将积蓄多年的黄谷八石（准备作嫁妆费用的）全部交给我，并转交给党组织。

朱世君

作为校长的朱世君与教员陈化文相识，在教育培养更多有为青年的事业上，他们志同道合、情投意合。她在陈化文的影响下，参加进步活动，同情支持革命。正当他们确定了婚姻关系，准备要办喜事的时候，陈化文接到紧急转移的通知。朱世君亲自将未婚夫秘密送走，相互约定在成都相见。

1948年4月，国民党特务包围学校，要逮捕地下党员陈化文。敌人没有料到的是，陈化文已经不在学校。气急败坏的特务把朱世君逮捕，妄图从她嘴里知道陈化文的下落。朱世君拒绝提供陈化文的任何情况，她遭到严刑逼供，并被押到重庆渣滓洞监狱关押。她的家人曾经四处营救，她带出家信，其中写道："真金不怕火烧，巾帼不畏严刑。"新中国成立后，她从狱中带出的最后一封给哥哥的信中又写道："你知道吗？我们在这里学到了很多东西，看形势我们还有出狱的机会。"

出狱的同志对她的回忆是："她很乐观、活跃，喜唱歌，爱跳秧歌舞，我们都叫她朱校长。"

朱世君想出狱，她盼望与自己的未婚夫结成终身伴侣，她想与自己的丈夫一起把学校办好，培养更多的好学生，她想有幸福美满的家庭生活。但是，她不愿背叛自己对丈夫的情感，她用自己的生命书写了对未婚夫、地下党员陈化文的忠贞。

周后楷，是"死也不动摇共产主义信念"的烈士。重庆红岩革命纪念馆的档案中对周后楷烈士有这样的记载：

周后楷是一个很有热情而爱好艺术的青年。他酷爱音乐、戏剧、文学，擅长演奏二胡、风琴，特别喜爱刘天华的二胡独奏曲，如《良宵》、《病中吟》、《空山鸟语》等曲，喜欢唱京剧、川剧和演歌剧、话剧。

解读狱中八条
EIGHT SUGGESTIONS MADE IN PRISON

从中可以看出，他是一个热爱生活、追求自由、酷爱艺术的青年。

他出生于四川万县（现重庆万州区）。高中毕业后，曾经在重庆菜园坝国民中心小学任教。在学校，他组织了少年剧团，用文艺演出来宣传、鼓动民众的抗日热情。同时，他还带领学生书写、张贴抗日标语，在街头演唱抗日歌曲，演出抗日歌剧，如歌颂抗日民族英雄谢晋元的大型歌剧《八百壮士》等剧目。

剧团初建时缺少经费，周后楷就自己拿出钱来开支，以保证剧目的公演。之后，他打算借外出公演的理由，把剧团的青少年带到延安去。

抗战胜利后，周后楷又到重庆社会大学学习。

1946年川东地下党组织为了开展农村"三抗"活动和发展进步组织，安排他回到万县，并为他谋得武陵国民中心小学校长职务。在此期间，周后楷以其社会职业为掩护，积极发展进步群众组织。

1947年11月，他加入了地下党组织，并将一些地下党员安排到学校工作，为从事地下活动取得了合法身份。他在学校里散发一些进步书刊，并向学生教唱《你这个坏东西》、《古怪歌》、《解放区的天》、《山那边哟好地方》、《兄妹开荒》、《插秧歌》等革命歌曲，以激发学生的爱国热情。他按照党组织的要求，常以晚上打麻将、拉胡琴、唱京戏等娱乐方式为掩护进行开会联络，借赶场天接待农运积极分子，积极发展进步力量。他组织发动农民参加党所领导的抗丁、抗粮、抗捐的"三抗"斗争，沉重地打击了反动派和恶霸势力的气焰，提高了党在群众中

周后楷

· 319 ·

的影响力。

1948年6月，由于重庆地下党机关报《挺进报》被破获，党内出现叛徒，他在万县大逮捕中不幸被捕入狱。

他的家人多方托人营救他，无果。他对来看望他的姐夫说："敌人用尽酷刑没捞到什么，他们抓不到我的证据，他们要我交代事实是枉然，我死也不动摇共产主义信念。"

周后楷烈士档案中记载了一位特务的交代：

周后楷一案，是重庆行辕二处（1949年改为西南长官公署）徐远举负责经办的，他是涂孝文出卖抓捕的最后一名，第27名，是万县6月在逮捕中的漏网分子，所以不要地方批捕。捕后万县地方上特别是三青团出面说情具保有此事，但没有作用。因我们是代捕、代押、代管，无权处理人，所以万县营救未起作用，我们还是把他交给西南长官公署徐远举那里去了。

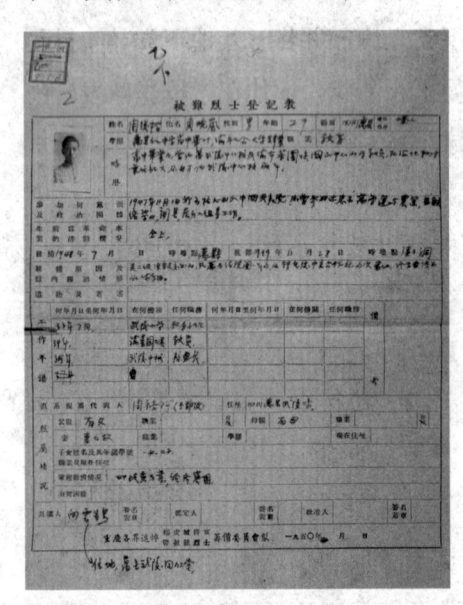

周后楷烈士殉难登记表

1949年10月，新中国成立的消息传到狱中。渣滓洞的难友们，认真、冷静地分析形势的发展变化。周后楷对革命的胜利抱有必胜信心。他非常盼望今后能够出狱去做一名教师，他特别想念那些可爱的学生。但是，"解放大军已临近重庆，蒋家王朝即将覆灭，敌人可能会作垂死的挣扎，反动、凶

解读狱中八条
EIGHT SUGGESTIONS MADE IN PRISON

周后楷妻子江蜀屏解放后纪念丈夫的文章

残是敌人的本性",周后楷对此有充分的估计和准备。因此,他托看守给朋友带出了一封信。这封信写在了一张纸烟盒上,内容是:

我军快要入川境,估计敌人狗急跳墙,要来一次屠杀,我已做好牺牲的准备……

周后楷的妻子江蜀屏,解放后在一篇纪念丈夫的文章中写道:

记得最后一次是11月下旬,后楷带我纸条,写的是:"天快亮了,我可能凶多吉少,如果我不能回来,你要带好孩子,照顾好我的父母。"

面对威逼利诱,周后楷临危不惧、坚

李承林

不吐实、保全党的机密；面对死亡，周后楷无所畏惧，视死如归，他以自己的生命书写了忠诚的辉煌篇章。

1949年11月27日，周后楷殉难于渣滓洞大屠杀，年仅27岁。

李承林，烈士之一。1942年，为了贯彻党的隐蔽方针，李承林调到雅安分行工作，并担任雅安党组织总负责人。1946年，任和成银行万县分行副经理兼营业主任。1947年重庆市委按照上级指示，决定把工作重点转向农村组织武装斗争，派李承林为万县与重庆的交通员，受江竹筠领导。1948年6月，由于叛徒的出卖在万县被捕，后转到渣滓洞监狱，关押在男牢楼五室。在多次审讯中，除承认自己是共产党员外，拒不作别的供认，坚决保守了党的机密。狱中恶劣的生活条件，使他的肺病加剧，家里通过关系给他送了几瓶鱼肝油，他却把其中的大部分给了其他有病的难友。1949年11月27日殉难于渣滓洞大屠杀。

李泰生，烈士之一。1942年，李泰生考取了公费的国立中正中学。他接近进步同学，积极参加进步活动，阅读《新华日报》等进步报刊。后经亲友介绍，在四川巴县（现重庆巴南区）政府教育局当小职员。1947年，他怀着极大的义愤与学生们一起参加了游行示威，专门办了一个油印刊物《民报》，揭露国民党的丑恶行径。敌人审讯他时，李泰生运用巧妙的斗争方式，假称自己是共产党西南局派来筹建新民主主义青年团的，负责巴县地下党的联络工作，并编造了一份大多数由作恶多端的国民党党员、三青团员、镇长、县参议员、军统特务等人组成的所谓"组织名单"，把敌人搞得十分狼狈。1949年11月27日，他殉难于渣滓洞大屠杀。

李泰生

王丕钦，烈士之一。1938年在四川南充高职校读书时加入中国共产党，任该校的支部书记。1939年到重庆，根据川东特委的指示，以国民党第10兵工厂技术员的身份为掩护，从事革命活动。1947年经组织安排打入中统，任军统化龙桥地区负责人。1948年因《挺进报》事件被捕。1949年11月27日殉难于渣滓洞大屠杀。

　　在重庆红岩革命纪念馆档案中，还记录了因从事情报工作而被捕殉难的同志：

　　柳启松，烈士之一。八路军办事处交通员，往来于《新华日报》和八路军办事处之间传递文件。1947年，八路军办事处与《新华日报》撤回延安后，柳启松随即转入地下。1948年春，他在邹容路适足鞋店当店员，以店员身份为掩护担任地下党市委交通员。因特务认为鞋店是地下党的联络机构，对他进行监视，待适足鞋店晚上关门后，将他逮捕，押回枣子岚垭136号中统重庆区。特务对他严刑拷打，企图用酷刑迫使其坦白交代。直到次日清晨6时，他什么都未承认。特务只好暂时把他关在一间集体宿舍，交由二三人看守。当天，囚禁在宿舍内的柳启松，用泥土在室内墙上写下了"共产党万岁"5个大字，而后用一根布带自缢而死。特务为了毁尸灭迹，找来一辆卡车把柳启松的遗体抛弃在山洞老鹰岩。

　　韩子重，烈士之一。以国民党四川军管区少校身份为掩护，从事军队策反工作。后不幸暴露被捕入狱。在狱中，他坚不吐实，坚持斗争，努力学习，党组织和亲友千方百计营救保释，均未成功。1949年11月27日殉难于渣滓洞大屠杀。

　　李子伯，烈士之一。由于家境贫寒，16岁时便被拉去当兵。他在刘湘部队从士兵起当至班、排、连长，后调川康陆军教导总队——伪中央军校受训。抗日战争初期，李子伯升任国民党第30集团军少校参谋，随军在湖南、江西一带活动，多次与新四军接触，从中受到大量的革命教益。1939年加入中国共产党,后被派往抗日军政大学晋南分校学习,毕业后仍回国民党第30集团军做军运工作。李子伯和一些进步同志打算收容从抗日前线溃散的国民党官兵,施以教育后组成游击队,以建立自己的抗日民主根据地,与新四军并肩对日作战。后因队伍成员复杂,又被王陵基察觉,遭到通缉,被迫离开部队回到四川,秘密从事抗日统一战线工作。1947年10月策划川东武装起义,因"小民革案"牵连被捕。1949年11月27日殉难于渣滓洞大屠杀。

明昭,烈士之一,出生于1905年6月。1923年考入四川綦江县(现重庆綦江区)立高小附设师范班。1925年加入共产主义青年团,1926年加入中国共产党,1927年去成都刘湘部队当兵,与党组织失去联系。后被保送到军官教导团第6期学习,毕业后在刘湘部队任排长、连长,抗战初期升任营长。1937年又被调到刘湘部"武德励进会"组织股工作。1938年2月,经当时在"武德励进会"任组织科长的共产党员田一平介绍,重新被发展为中共党员。1938年在潘文华部,先后任少校、中校、上校参谋。他以军人职业作掩护,在潘文华部做党的统战工作和开展抗日救亡活动。1948年7月,明昭被叛徒出卖在宜昌被捕,关押于渣滓洞监狱。1949年11月14日牺牲于重庆电台岚垭刑场。

尚承文,烈士之一,出生于1916年。小学毕业后,于1930年就读于南京私立华南初级中学,毕业后在江苏溧水家乡担任小学教师。1937年,抗日战争爆发,尚承文离开家乡,流亡于当时抗日中心之一的武汉,在"东北救亡协会"从事抗日救亡活动。武汉失守后,受党的派遣,打入国民党政府军令部工作,担任机要收发,从事党的秘密情报工作。1941年初被敌人发现而遭秘密逮捕。1947年9月牺牲于"中美合作所"气象台。

沈君实，烈士之一，出生于1929年。1948年7月加入中国共产党，任交通联络员，积极参加岳（池）武（胜）起义的准备工作。后因暴露，转移到重庆，打入罗广文部第八训练处当传令兵、录事，从事军运策反工作。在与岳池组织联系时，回信被国民党训练处查获，于1949年1月被捕。在狱中，他积极学习，不断求进步，积极参加各种对敌斗争。他还喜欢帮助他人，夏天经常到外面替难友们担水。1949年11月27日殉难于渣滓洞大屠杀。

在歌乐山革命纪念馆档案中还记录了新四军被俘人员的情况：

龙光章，烈士之一，出生于1925年。新四军江汉独立旅32团1营3连战士。1946年，在鄂西房县突围战斗中负伤被俘，先后关押在宜昌、万县。在万县监狱，成功组织难友越狱，使得百余难友安全脱逃，由于龙光章担任断后任务，被抓回后打成重伤。于1948年转押到重庆渣滓洞看守所。在狱中，他不惧特务的威胁，阻止特务破坏难友们用手指挖出的饮水坑，还拖着病重的身躯给难友送水、倒便桶。由于伤病得不到治疗，于1948年12月15日病逝于狱中。

吴学正，烈士之一，中共党员。曾任新四军江汉军区团部书记。被捕后关押于湖北宜昌、四川万县监狱，与同时被俘的新四军战士一起成功组织了集体越狱，因担任断后任务被抓回。1948年转押渣滓洞监狱，在狱中受尽折磨，1949年7月病逝。

牺牲在白公馆渣滓洞的革命烈士中，有一些是民主党派的成员。他们在西南解放的前夕，因准备组织武装起义的计划泄露而遭到国民党逮捕、杀害。

黎又霖，烈士之一。1918年入北京法政大学，曾参加"五四"运动、北伐战争和多次反蒋运动。曾任上海中国公学院及新中国学院教

黎又霖

李宗煌

授。1948年加入民革，任杨杰的秘书，担任西南区组织工作，与王白与等人筹划反蒋起义。1949年地下工作时期，曾任民盟重庆市支部秘书处主任，领导涪陵新庙镇训练特区部队，5月派往成都参加川康部队。入狱后屡受酷刑，特务用烧红的铁刷刷其前胸和后背，几次死而复苏，只在纸上写下"没有说的，请枪毙"一类的话。

李宗煌，烈士之一。1948年加入民革，任民革川康分会执行委员兼组织处长、民主联军川康军事委员会副主任，参与创建川康民主联军的工作。1949年5月14日被捕。特务头子曾扩晴、周迅予等施展阴谋，曾设宴相待，企图软化，被李宗煌毅然拒绝。他对前来探视的亲人坦然相告："我宁愿砍掉脑袋，也不愿割去耳朵。"他牺牲时英勇不屈。

潘仲轩，烈士之一。抗战后期，被推举为保长。不久，他加入民革，积极支持共产党的革命活动。以保长身份为掩护，组织农民协会，支援武装起义。

沈迪群，烈士之一。在四川三台县从事地下工作，以教书身份为掩护。党内负责团的工作，实际是中心县委书记史伯康的秘书。1937年沈迪群任《新南充报》记者。1938年他被派至离南充县城15公里远的龙门乡，同张思俊、李晓凤等同志一起，开辟南充县东区党的工作。1945年沈迪群加入民主同盟，在张澜身边做联络工作。1946年初，重庆文化界的进步人士在我党的倡议与影响下，酝酿成立"大众文化社"。沈迪群被邀参加筹备工作,负责募股筹资。同年5月,在重庆创办通俗政治读物《活路》半月刊,竭力为爱国民主运动呐喊,成为共产党在文化战线上的同盟军。狱中,他努力学习时事、英语,并帮助难友学习,给大家讲文学故事及生活经验,成为难友们生活的模范。

粟立森,烈士之一,出生于1919年,民盟盟员。1946年秋受张澜派遣,进入西南学院新闻系,在校组织"黎明剧社",任社长。他团结青年开展革命工作。曾在南泉公演曹禺的《雷雨》,后以新闻记者身份为掩护,为地下党搞军火。1948年在四川泸县被捕,1949年3月被押送到重庆渣滓洞监狱。同年11月27日牺牲于渣滓洞大屠杀。

王白与,烈士之一。曾任刘湘第21军政治部宣传科长,四川省政府编译室主任兼川康绥靖公署军官研究班政治部主任。1948年加入民革,任民革川康负责人,做上层统战工作。1949年8月因红旗特务告密被捕,关押于白公馆监狱。

韦德福,烈士之一。出身贫苦,小学毕业后因生活所迫加入国民党军队,为谋求出路考取宪兵特高组搞"邮检"工作,有机会阅读到了大量的《新华日报》和进步人士的信件,受到革命思想的启发教育。后在一名进步记者的帮助下,考入重庆社会大学政治经济系,积极参加抗议美军暴行的活动。1947年2月作为"违纪分子"被捕,关押于白公馆。狱中,因拒承认爱国有罪,态度顽强,顶撞特务被关入地牢。在地牢里,他用双手挖开一块松动的墙脚石越狱而逃,不幸摔断了腿被看守发现抓

王白与

回。

在重庆歌乐山革命纪念馆档案中，还记录了因为保卫兵工厂免遭破坏而殉难的烈士：

古传贤，烈士之一。1944年在国立中央大学毕业，后投考国民政府航空机械人员训练班，毕业后分配到国民政府空军署设计科。因不满国民党的内战政策，遂弃职入第29兵工厂。1949年11月30日，为保护工厂免遭破坏而壮烈牺牲。1950年2月，经重庆市人民政府批准，追认为革命烈士。

简国治，烈士之一，出生于1919年，第29兵工厂工程师。1940年毕业于青岛海军学校第五期轮机科，被派到民生公司船厂及招商局江新轮实习，后入钢铁厂迁建会第一所（钢铁厂动力部）实习。后因环境变化，不久就离开钢铁厂而转到云南，任云南省开远水电厂助理工程师，负责设计外线线路。1943年重返钢铁厂任大建分厂助理工程师，主管动力。大建分厂结束后，又调回钢铁厂第一所，由助理工程师升为副工程师、工程师，主管交流厂。1949年11月30日，为保护工厂免遭破坏而牺牲。

第七章
特务罪行

　　破坏地下党《挺进报》，镇压华蓥山武装起义，打击民主进步力量，逮捕、关押、迫害、屠杀"政治犯"……蒋介石以及国民党反动派在西南重庆制造了一系列的屠杀罪行！

根据罗广斌所写的《自传》材料中的线索，《关于重庆组织破坏经过和狱中情形的报告》的第六部分题目是"特务罪行"，与胡康民所判断的"特务屠手"本质上是一致的。在没有找到这一部分原件的时候，根据有关的档案资料将"特务罪行"编辑整理如下。

关于国民党特务机关

叛徒冉益智在参加对地下党的破坏活动中，可以说是死心塌地且无比的积极。因此，他不但掌握了特务机关的一些内幕，而且对国民党特务机关保密局也有一定的了解，甚至还看过部分审讯记录。

在交代《我所知道的军统内幕补充资料》中，关于处理被关押的"政治犯"问题，他说："最高最后决定权属于蒋匪头——如杨虎城等重要人物的生死，一定非经过他不行。"其次，"一般的问题的最后决定权属于毛匪人凤……如此次政治犯的杀害"（指1949年11月27日屠杀），"西南特区对西南问题，有相当决定权，此权属于匪领徐远举。除特殊重大事件须呈准执行外，一般的案件，他可以自由处理，事后呈报。对一些重要案件，也有建议权，而且建议也受相当重视。除经济问题而外，批驳者不多。至于一些普通政治犯或嫌疑犯的处理，他却有绝对的权力。"在保密局内部，对徐远举"一件公文要签注意见的时候，都要先揣摩一番'处长'的意思，然后下笔。在徐面前，只有唯唯听命，否则即受斥骂。副处长杨元森（是徐的老师）也说：'他（徐）的事，没有准。'平常捕人的事，亦须经徐核准"。至于特工经费，"全由'国防部'及台湾统筹措付，本来保密局在戴笠时代，可以直接向蒋匪领钱，所以要什么有什么，特务待遇亦甚优厚。后来戴笠死后，经费即渐不如前"。由此特工一般人员"生活亦是困苦，所以招摇撞骗之事，便层出不穷。……在李宗仁和谈时期，对特务经费大肆削减，致使拮据非常，裁人颇多，重庆部分甚至无法生活，每人每月发大洋四元，以资维持，后来才变卖'造时场'（指白公馆附近原军统的办公用房）资财以作弥补"。担任保密局西南特区区长的徐远举，属于特工内部的"干部派"，"因徐颇为厉害能干，反共有功，由经检大队长一跃而为第二处处长西南特区区长，盛气凌人，常与其他两派磨擦，有许多坐牢的特务，都是在这种夹缝中的可怜虫"。具体办理共党案件的过程中，"多由外勤情报人员获得线索后，认为可靠，乃开始行动，捕人之后，如有口供，则继续狠追，扩大线索，待追无可追之时，即关到渣滓洞或白公馆，再慢慢地呈报台湾。平常处理的办法是：死刑、徒刑、威训。这是没有一定时间的，要看他的高兴。如果案情不重而又有特殊人事关系的，可以早获自由，有些要写悔过书（自白书）。有少数也可不写悔过书即获得释放，因徐远举的作风是'注重大处，不拘小处'，如老刘的太太、老李的太太，周南明、曾紫霞（刘国铤的爱人）等

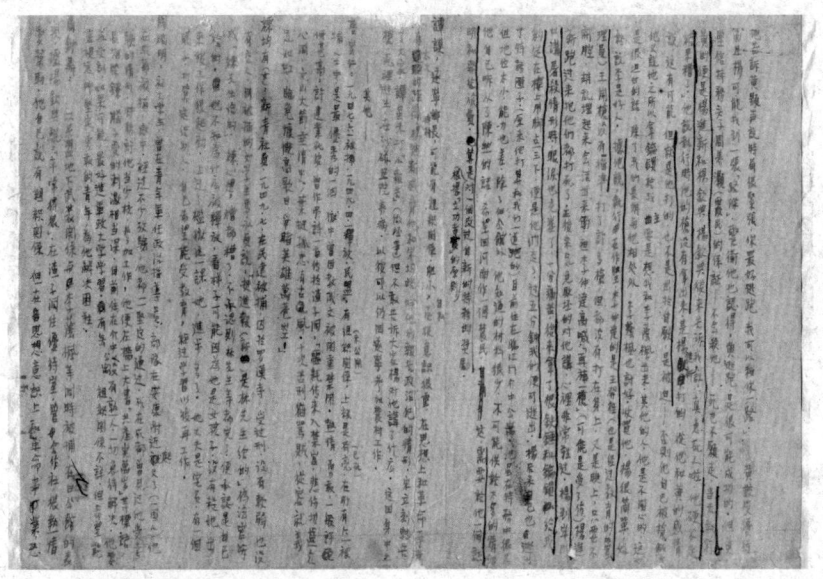

《关于重庆组织破坏经过和狱中情形的报告》

都没有写悔过书，即行放出。较重要的政治犯，即便有人事关系，却非写悔过书不行，如刘国铤、睿斌，徐匪领本来有意放他们，因为他们不愿写悔过书而且态度强顽，所以便没有放出来。但如果他觉得你毫不重要，又无人事关系，那你即使磕头作揖，也休想获得自由"。在1949年国民党面临失败无可挽回的大势下，大小特务人员各有不同的心态："1. 上层：自知罪孽深重，罪无可恕，于是反常的疯狂；2. 中层：诚惶诚恐，把握不定，由于特务对中共政策的封锁，大家也觉得死无葬身之地，所以只有勉强地跟着跑，有一些意中人也坚决地跟上层走；3. 下层：多半是糊涂虫，莫明其妙，叫走便走，叫干便干，不见棺材不掉泪，也有一些意中人因本身环境关系，惶恐万状，但一方面是不知道中共政策，二方面又怕被特务制裁，有些也只有无可奈何地跟着拖，因待遇太坏，常常怨声载道；4. 不满分子：对其本身作为不满，对特务集团不满，然而对中共也不信任，因而动摇彷徨……"

关于"丙种会报"

1948年4月地下党《挺进报》被破获后,保密局决定加强特务机关,于10月在重庆增设"保密局西南特区"这一统辖成都站、西康站、贵州站、云南站等四省特务组织的机构,徐远举为西南特区区长,周养浩、吕世锟二人为副区长,以加强对中共地下组织及民主党派组织活动的侦破。

国民党当时在重庆有一个破坏地下党的联合组织机构,叫"丙种会报"。徐远举在《血手染红岩》的交代材料中写道:

本来丙种会报,是属于宪兵、警察、中统、军统四个特务机关的联合会报,是秉承南京党政会报(又称特种会报)之命,危害革命、镇压学潮与工潮的联合行动机构。该会报由宪兵司令部主持,在南京设有会报秘书处,作为领导各地丙种会报的总机构,宪兵司令部警务处处长任秘书长。按南京丙种会报规定,指定我和重庆警察局局长施觉民、重庆宪兵24团团长沙吉夫、中统西南区督导徐政4个人组成重庆丙种会报。经我们4个人商量,用"转转会"方式,聚餐联系。为对付重庆工潮、学潮方便,另邀了三青团特务头子罗才荣和重庆稽查处处长罗国熙参加。以后我又把丙种会报改为一个常设机构,配属于重庆警备司令部稽查处,来危害革命人士。

抗战胜利后,国共和谈签订了《双十协定》。按照协定内容,蒋介石不得不同意撤销特务机关军统局。到1946年9月,蒋介石将原军统局改组为国防部保密局,直隶于国防部,由毛人凤担任局长。国共内战爆发后,保密局在重庆加大了对地下党组织和进步势力的打压、破坏,他们采取了一系列行动:

1. 1947年2月下旬，国共和平谈判破裂，蒋介石发动大规模内战，限定中共驻南京、上海、重庆等地办事处人员撤回延安，由国民党武装军警、特务勒令遣返。

2. 破坏地下党重庆市委机关报《挺进报》。

3. 镇压华蓥山地区的武装起义。

4. 破坏川康特委。

5. 1947年6月1日对进步群众、爱国学生及民主党派人士进行大逮捕、大整肃。

6. 逮捕民革在川康军事组织活动主要负责人周从化、周均时、王白与、黎又霖等10人。

7. 重庆解放前夕，对共产党人、民主党派人士、进步群众等实施一系列的屠杀。

关于对地下党组织及活动的打击破坏，徐远举等军统特务所写《军统局、保密局、中美特种技术合作所内幕》一文中，对特务机构的变化以及破坏地下党的情况有这样的记述：

根据《双十协定》，蒋介石表面上取消了特务机关，但实际上却又改头换面、化整为零，将其保留。1947年11月至12月间，蒋授意戴笠表面上将军统局取消。原军统局分为4个部分，即：

1. 留一个首脑部，把范围缩小，换一块招牌，作为掩护。

2. 将原来主管的军事情报、谍报参谋、邮电检查，以及海外情报组织等业务部门，划归军统部第二厅（后改为国防部第二厅）管辖。

3. 将内政部警政司扩编为警察总署，军统局原来主管的警察人事行政、刑事警察及外事情报等，划归该署主管。

4. 在交通部之下，成立一个交通警察总局。军统局原来掌握控制的军委会交通巡察处的业务划归该局主管，并将交通巡察总队、别动军各纵队、忠义救国军及军政部交通警备司令部各总队等特务武装，改编为18个交警总队，归交通警察总局指挥。

之所以进行上述调整，其目的就是企图采取掩耳盗铃的方式来欺骗人民。

1946年3月戴笠死后，唐纵代理军统局长，拟将军统局改组为国民政府参军处情报局。改组计划送到蒋介石那里，却迟迟未批下。到是年6月间，蒋为了欺骗人民，将军事委员会改组为国防部，而军统局原是隶属于军事委员会的。军事委员会结束后，该局名称也必须结束。由于其隶属和如何改头换面的问题未解决，因此，从5月底起，军统局就悬起来了。直到9月，蒋介石才决定将军统局改组为国防部保密局。初指定隶属于国防部第二厅，嗣因该局要指挥第二厅，感到不便，改为直隶于国防部。

1940年春，成都发生"抢米"风潮，国民党反动派也掀起了第一次反共高潮，以所谓中共地下党组织危害后方治安、制造春荒暴动、影响抗战为由，将中共成都办事处查封，并逮捕了四川省委书记罗世文、川康特委军委委员车耀先、办事处工作人员贾伯涛等人。贾伯涛等由军统川康区秘密杀害于龙泉驿山下，罗世文、车耀先被押解重庆，先囚禁于重庆望龙门监狱，后移禁于息烽集中营。1946年军统局结束，清理积案，撤销息烽集中营，所有人犯，一律移解重庆处理。罗、车亦同时由息烽监狱负责人周养浩押至重庆，囚禁于"中美所"渣滓洞看守所。1946年8月18日，南京保密局电令重庆军统的"结束办事处"，由重庆办事处处长张严佛，指示"结束办事处"司法组组长郭文翰、渣滓洞看守所所长张少云、"中美所"汽车队队长张秉午，将罗世文、车耀先秘密枪杀于歌乐山松林坡刑场。

1947年2月下旬，重庆警备司令部奉南京国民党政府之命，出面负责遣返中共驻渝人员，同时查封了新华日报社。遣返前，他们将中共办事处和新华日报社150余人，集中在红岩村的临时集中营，由警备司令部政工处处长杨敬年负责管理。每日只提供粗糙的饮食，不准接见任何外界人士。囚禁约一星期后，由美国飞机分批遣返至延安。遣返时，他们还对中共人员进行搜身，特别注意搜查中共文件和组织名单。

成都方面，由成都川康绥靖公署派员将《新华日报》社驻蓉人员集中，用汽车押送回延安。

另有中共少数人员在鄂北地区（4人），亦集中重庆，按照蒋介石的指示，由重庆行辕第二处处长徐远举派员送往河南交给我中原军区。

1948年春，重庆地下党在重庆发行《挺进报》，秘密宣传中共的政策，放手发动群众参加爱国主义运动，以配合全国的解放。四川各县市及重庆各机关、学校、厂矿，都经常接到这个革命刊物，因之引起国民党重庆当局及军警特务机关的注意。重庆行辕主任朱绍良责令重庆行辕第二处处长督饬军警特务限期破案。

徐远举召集宪兵、警察和特务，由检查邮路、监视邮筒、跟踪追捕等方法，都未及要领，最后由保密局重庆站运用内线打入中共地下党组织，才发现初步线索：文城出版社为《挺进报》的一个发行据点。徐远举指示这个内线深入地下党组织内部，伺机一网打尽。这个内线住在文城出版社，由该社店员陈柏林介绍加入中共地下党组织，相约要和一个支部负责人接头见面，原已见过面一次。在红球坝现场，逮捕到任达哉、陈柏林和一个青年工人。

任达哉是《民主报》的印刷工人，为地下党支部的负责人，原不招认，经行辕二处特务刑讯逼供，任达哉不堪酷刑，交出其上级领导人为杨清，并说他们经常约在重庆保安路某茶馆会面。徐即根据这条线索，派二处渝组组长季缕带任达哉于一个星期天到保安路某茶馆将杨清逮捕。杨清气宇昂扬，坚贞不屈，虽经多次刑讯，不仅毫无口供，并立绝命书，以死忠党。可是杨清忠贞有余，机警不足，他为图毁文件，嘱托二处警卫组看守陈远德送信新华路志成公司，为二处特务发现，即对志成公司进行监视，逮捕到志成公司有关人员，搜获地下党重要文件一包及《挺进报》多份。又在志成公司守候，逮捕到重庆市委书记刘国定等人。经查究，志成公司为重庆电力公司的子公司，由重庆电力公司会计课课长黄大镛和总务课课长周则洵所经营，黄任董事长，周任总经理，许建业（即杨清）任会计。遂即将黄、周二人逮捕，追查许之介绍人。据黄大镛交代，许建业为电力公司会计刘德惠所介绍，于是刘遭逮捕。刘德惠、刘国定及余永安等，先后叛变革命，交出其领导的地下党组织和有关人员，使中共地下组织遭受重大危害。尤以刘国定的叛变，对中共的组织危害更大，城区、沙磁区、工矿区地下党和四川其他地区地下党组织均遭到重大破坏。《挺进报》负责人陈然、北碚学运负责人××及华蓥山武装起义干部邓兴丰、张文江等五六十人遭逮捕。川东工委书记石果及华蓥山武装起义首领陈尧楷、徐相应追捕未获。石果之助手骆安靖在广安被捕。

在《挺进报》案发之初，重庆行辕已发现中共地下党在川东大竹、邻水、梁平、万县地区领导人民武装起义，为国民党第79师部队镇压，枪杀起义农民10余人。中共的一些党团员和军事干部转移至重庆，有遭叛徒告密而被逮捕的，也有个别意志不坚向特务机关秘密自首的。叛徒刘国定，由保密局第二处处长叶翔之带至南京、上海寻找中共长江局线索，未得结果。

与此同时，华蓥山地区爆发了岳（池）武（胜）起义，由王屏藩、张蜀骏率领农民3000余人，向岳池县城猛扑，使川北南充、广安、渠县、合川等县都受震动。重庆行辕星夜抽调驻万县暂七旅一个营、内政部第二警察总队一个支队以及行辕警卫团组织一支进剿部队，派内二警总队总队长彭文斌为指挥、行辕二处副处长杨元森为副指挥，用分进合击战术，向岳武地区进剿，将人民武装起义击溃，俘虏领导干部徐也连、张八妹（即陈昌秀）等30余人、武装农民群众300余人，使革命武装力量遭到挫败。川北方面遂宁和营山中共地方组织也遭受破坏，但损失不大。

重庆行辕和四川省政府，在重庆、成都两地举办训练班，调集国民党各县书记长、三青团干事长、县会报秘书、县警察局局长，施以业务训练，加强防共活动。这个训练班，由朱绍良、王陵基亲自主持，特务头子徐中齐、张元良、徐远举、周开庆、吴守权、曾扩情等领导训练。重庆、成都两地共训练了500人左右。训练完毕即分派回各县，进行反共、防共，实施对四川人民的镇压。

1949年1月，保密局成都站又破获了中共地下党川康工作委员会组织，川康工委书记蒲华辅被捕，叛变交代出所领导的一部分组织，致使蒲的妻子及川康工委成员华健等数人先后被捕。西南特区接获报告后，由徐远举率陆坚如、雷天元、漆玉麟等特务，亲往成都，以期扩大破坏，又逮捕温江县委小戚夫妇及军运负责人韩子重等多人。这时，蒋介石通电下野，乞求和谈，徐远举乃将蒲华辅、华健、韩子重等10余人押往重庆。

从《挺进报》事件起，四川整个地下党组织遭受的危害很大，损失领导干部及党团员100人左右，被俘武装农民群众300余人。这些被捕的中共领导干部及党团员，许多人在敌人的非法刑讯拷打下，坚贞不屈，可歌可泣，令人感动。他们先后壮烈牺牲于1949年10月至11月。共分三批进行，一批10名，由重庆警备司令部在重庆大坪公开杀害；一批32人，在"中美所"电台岚垭被秘密杀害；一批于11月27日在"中美所"渣滓洞被集体屠杀。

重庆行辕党政会报于1947年5月20日左右，接奉南京中央联席会报的指示：准备黑名单以对工人、爱国学生及民主党派等人士进行大逮捕、大整肃。重庆行辕即指示第二处处长徐远举召集重庆军、宪、警、特务机关会商拟定黑名单，由反动党团、军统、中统及宪警机关提出档案材料，分成学校、工厂、报馆、书店及民主党派等八大类审查研究。经过5天时间，开出黑名单500余人，送行辕准备进行大逮捕。列在黑名单中的有张国雄、张现华、黄三川、蓝国农、梁策、舒军、李康、阳明、龙坚夫、汪盛荣、吴厚安、李文钊、王颖冰、鲜英等人。

行辕接到黑名单后，在5月底由参谋长萧毅肃主持，召集重庆市长张笃伦、国民党市党部委员龙文治、重庆警备司令孙元良、重庆警察局长唐毅、行辕第二处处长徐远举、会报秘书周天庆等人，秘密会商大逮捕、大整肃的准备工作。

决定：一是对重庆地区大整肃，由重庆警备司令部出面主持，由孙元良为总指挥，分学校区、工厂区、城区进行逮捕，以学校区、城区为主，学校对象主要为重庆大学、西南学院、西南工校、重庆女子师范学院、四川教育学院、北碚相辉学院等大学；城区为各民主党派、各报馆、书店及正阳学院和个别中学。

二是沙磁区重庆大学、西南工校、四川教育学院，由重庆警察局率领军警按黑名单进行逮捕；九龙坡重庆女子师范学校，由行辕二处特务逮捕；南岸西南学院，由稽查处进行逮捕；北碚相辉学院，由中统局重庆区进行逮捕；城区各民主党派、报馆、书店，由宪兵24团会同警察局进行逮捕，并将民盟组织及其机关报重庆《民主报》查封；各工厂，由稽查处按名单进行逮捕。在学校进行逮捕时，由三青团派特务指认，以免抓错。

三是对民主党派上层分子梁漱溟、鲜英，令其发表谈话，表示接受国民党政府处置，解散民盟组织，停止活动，此由重庆市长张笃伦出面联系办理。

四是以军统局罗家湾为临时集中营，由稽查处负责看守。

五是大逮捕须绝对保密，候令执行，以免漏网。

六是这个命令转知川、康、滇、黔四省会报遵令执行。

6月1日，南京政府指示在重庆、成都、武汉、广州、青岛各地进行大逮捕。

在重庆，1日至5日，先后逮捕工人、学生、教员、记者等爱国人士300余人。在西南工校，还发生了重庆警察局刑警处特务马侠枪伤爱国学生的流血惨案。所逮捕民主爱国人士，分别囚禁于军统局罗家湾集中营，由孙元良派中统局特务徐政为审讯负责人，由军统、中统、稽查处、行辕二处、三青团、警察局、宪兵24团派员会审。一个月审讯后，各方营救和关说，被捕人士中政治情节"较轻"的，先后释放了200余人；政治情节"较重"者四五十人，先囚禁于重庆警备司令部，请求重庆行辕处理。8月，重庆行辕会报，决定"六一"事件被捕人士由行辕接收，在"中美所"渣滓洞成立第二看守所继续关押。

这些受害人士中，李文钊、王颖冰、龙坚夫、黄三川、蓝国农、梁策等，经张澜函请或由其他人说情，先后被释放。最后，只有共产党员张国雄和新民主主义青年团员张现华，于11月27日被杀害于"中美合作所"。

民革在川康的活动主要由杨杰领导。早在1948年春，已为保密局重庆站和重庆行辕第二处发觉，在当时破坏中共地下党重庆组织即牵涉民革组织，逮捕到民革负责四川组织活动的蔡梦慰、杜文博和聂士敦等人。杜文博为杨杰的秘书杜重石之弟，由香港到重庆，也以杨杰的秘书身份为掩护，在四川进行组织活动。重庆行辕二处破坏中共地下党小北川组织的，以中共嫌疑在广安将杜逮捕。杜承认为杨杰的秘书，在香港参加民革，奉命回川，坚不承认他参加中共。徐远举将杜释放，交由该处渝组组长雷天元联系运用，用以注意民革在四川的活动，以及杨杰的行动。杨杰将军为国民党军事权威，曾任蒋介石的参谋长、陆军大学教育长及战略顾问。国民党军队中的上级军官多为杨之学生。多年以来，杨对蒋介石、何应钦、陈诚等不满，牢骚很多，但无具体反蒋的活动。他在重庆闲居多年，与四川、西康、云南、贵州的军阀刘文辉、邓锡侯、龙云、卢汉等都有往来，参加李济深在香港所领导的国民党革命委员会组织并任中央委员。张群、朱绍良、杨森也经常与其有往来。重庆行辕正副参谋长萧毅肃、刘宗尧及川东供应局局长邱渊、云南供应局局长乐韶成是杨之得意门生，他们随时向杨请安求教。杨杰在西南负责领导民革组织活动，是军统特务机关很难处理的一个问题。

民革在西南的积极活动，主要在1949年春。其时四川、西康、云南等地方势力酝酿投向中共或企图混水摸鱼，他们本人不便正式出面，指使其部属参加民革组织活动，接受杨将军的领导。刘文辉之女婿任培英，第24军参谋长杨兆祯、副官长陈重光（又任西康田粮处处长）及团长夏仲英、李宗煌等，邓锡侯左右牛锡光、黄谨怀等，卢汉之保安副司令万宝邦、民政厅厅长安恩溥、财政厅厅长林南园等，均为民革分子，或参加民革积极活动。尤以刘文辉与卢汉对民革暗中支持最力，倾向最为明显。徐远举即派吉爱黎、李樵逸先后在成都、重庆打入民革活动。吉爱黎在成都已伸入民革内部，参加刘文辉、李宗煌所领导的民革军事活动，得到军事计划及委令多起。刘文辉计划于1949年6月15日左右，在四川各地号召失意军人和袍哥土匪起义，各地失意军人响应者很多。徐远举将所得情报向西南军政长官张群报告。张有所迟疑。徐即利用王陵基与刘文辉的矛盾，建议王陵基将李宗煌逮捕，囚禁于四川国民党省党部内，由中统看守。徐远举亲赴四川省党部讯问李宗煌一次。据李宗煌供称，他参加民革军事活动，受杨杰、刘文辉领导。供出参加民革的川康军人有黄谨怀、夏仲实等多人。

接着，保密局西南特区又在重庆破坏黎又霖、王白与所领导的军事活动。最初线索由严守三、蔡介夫打入民革活动，严守三与黎又霖和杨杰有直接联系。当时，杨杰在昆明托"西南政务委员会"委员戢翼翘带一封信给黎又霖，转给周从化和周均时，要他们联络川康地方军人准备起义。这封信被西南特区渝组特务陈之楚截获，送给徐远举。徐向张群报告，张批准逮捕民革在川康军事组织活动主要负责人周从化、周均时、王白与、黎又霖等。乃在成都、重庆将周从化、周均时、王白与、黎又霖、王国源、杨其昌、周绍轩、尹子勤、江×先后逮捕（周绍轩是在大竹逮捕解至重庆的）。西南特区即将全案经过向保密局报告并转呈蒋介石。蒋介石很注意杨杰。在云南准备进行大整肃时，徐远举9月9日偕同大批军统特务乘飞机赴昆明，将杨之住宅包围监视，逮捕其女儿及亲友陈复光等多人。杨闻讯逃往香港，留下辞行信多件。蒋介石闻讯大为震怒，派毛人凤到昆明协助卢汉主办"九九"事件，并查究杨杰逃走原因和下落。毛到昆明，会同徐远举侦讯杨之女儿及其副官，在杨的日记本及致马伯安之女的情书上发见杨的香港住址。毛即致电保密局广州办事处处长郭旭，转告在香港的叶翔之暗杀杨杰。叶于9月18日下午黄昏时候，率韩北俊等4人前往轩鲤诗道杨的住所，由韩送信入内，等杨拆信时，韩连发两枪，将杨杀害，分雇汽车两辆从容逃逸。翌日上午，叶逃往广州将杀害杨的经过电告毛人凤转告蒋介石。蒋特发给叶翔之等人奖金银元2万元，毛人凤电告郭旭增发1万元，共发奖金银元3万元。

那时，蒋介石在重庆决定将黎又霖、周从化、周均时、王白与、李宗煌等5人交由西南军政长官公署执行枪决，其余的周绍轩、杨其昌等予以审讯处刑。西南长官公署长官张群，因各方关系缓颊，有些顾虑，将全案推交给重庆卫戍总司令部执行。卫戍总司令杨森，因与这些人有些旧的关系，也不愿充此祸首。最后由毛人凤、徐远举决定，于"11·27"大屠杀时，将黎又霖、周均时、周从化、王白与、李宗煌等5人杀害于"中美所"渣滓洞。周绍轩、杨其昌、王国源、尹子勤、江×等5人，由徐远举指示其课长雷天元予以释放。

关于镇压华蓥山起义

特务罪行中，还应包括的一个重要内容，就是镇压由地下党组织策划的华蓥山地区农民武装起义。为抵制国民党政府的征粮、征丁、征税，从1947年底开始，川东好几个地区爆发了以"三抗"为主要内容的武装斗争。但在敌我力量悬殊过大的情况下，起义遭到镇压是不可避免的。

1953年，由徐远举执笔，沈醉、周养浩、黄逸公、陈兰荪、邓培新、彭斌等参与回忆补充，集体写了《华蓥山农民武装起义被镇压情况》的材料，记录了相关的情况：

1946年秋，四川华蓥山农民在垫江、梁山等县一带举行起义，伪重庆行辕主任朱匪绍良据报后，即派整编第10师罗广文前往镇压。经时3个多月，在垫、梁等县屠杀农民1000余人。据罗匪自己回重庆报告说：垫江一带经大肆剿杀后，已告救平。当地小孩子听到罗广文三个字都不敢哭了。

　　1947年12月，在中共党员陈尧楷、徐相应、邓兴丰等人领导之下，在大竹县张家场杨通庙武装起义，反对征兵征粮征税，邻近各地进步青年纷纷前往投靠。伪重庆行辕获讯后，即派第79军一个团前往镇压，派该军师长胡一进驻梁山，分区围剿，将陈尧楷、徐相应领导的人民武装部队击散，并在梁山捕杀农民60余人。农民领导人之一李大镛被解至重庆杀害。伪重庆行辕第二处处长、军统特务徐远举，为搜集中共地下党在四川的军事活动情况，指派特务雷天元、张界前往会同该部进行侦察搜捕，企图破坏中共地下党组织。

　　1948年1至2月，伪重庆警备司令部又派高级参谋樊龄率领内二警二中队（队长闵致中）前往合川、武胜镇压。两个月后，樊匪说有共产党在内活动，向重庆请求增兵，因而增派内二警两个中队前往协助。同年4至5月间，重庆《挺进报》遭到军统特务头子徐远举破坏，牵涉华蓥山中共地下党组织。徐匪在重庆及川东北各地大肆破坏组织，搜捕革命人士，将中共地下党工运领导干部许建业等人在重庆杀害。7至8月间，由张蜀骏领导农民起义武装部队攻击水洞口，樊匪向重庆告急。朱匪绍良决定扩大清剿范围，又加派内二警两个大队及四川保安第二团和新7旅约5个连的兵力组织成立所谓"十县清剿指挥部"（包括合川、武胜、岳池、广安、渠县、大竹、邻水、垫江、长寿、江北等十县）。派内二警总队长彭斌为清剿指挥官，伪重庆警备部高参樊龄为副指挥官。旋又加派伪重庆行辕第二副处长军统特务杨元森，伪四川保安第二团团长廖禹及伪内二警副总队长麦征甫等3人为副指挥官。另由杨匪元森带去伪重庆行辕的武装部队1个连。

　　同年9月初，广安戴市场农民又告起义，彭匪斌亲往岳池实施封锁清查。9月中旬，渠县、大竹、卷硐门农民又响应起义，彭匪即派内二警大队长彭基本率领1个大队及保二团1个营兼程前往会剿。历时一个多月，将陈伯纯、王屏藩、张蜀骏所领导的人民武装力量击散，捕获干部及农民共1000人左右。其中有重要领导干部徐也速、楼阅强、张八妹等22人，由杨匪元森解回重庆囚禁于"中美所"渣滓洞，于"11·27"被屠杀。彭匪斌在渠县与伪县长刘炳中杀害邵经儒等3人，武胜伪县长枪杀了2人。其余关押在各县的农民及干部（各县关押人数不详，据所知岳池约200人，武胜、广安几十人），一面由伪重庆警备部派法官前往审讯处理，一面集中300多人到合川由伪重庆行辕政工处设立所谓感训队集中管训，直至解放时始脱险境。

当华蓥山农民起义紧张时期，伪四川省主席战犯王陵基曾亲到大竹、邻水、岳池、广安等地区整饬当地反动团队协剿，曾撤换镇压农民起义不力的岳池县伪县长萧毅安等数人，其实萧匪协助彭匪斌剿捕已为彭匪所赞赏。王匪陵基返成都后，为加强各地防范农民再度起义，在各县成立反动"党团军政特"五人小组，并调各县特委会秘书、县警察局长、国民党县党部书记长、自卫总队长等分别到成都、重庆受训，加强镇压农民起义的联系和方法。

1949年，伪西南长官公署将华蓥山划为清剿区，派第15兵团司令罗广文为清剿指挥官，由罗匪部第148军师长雷鸣在垫江、大竹、邻水、岳池、广安、武胜等县大肆烧杀，共计屠杀农民1000多人。领导武装起义的首领陈尧楷、徐相应等人均被杀害。伪西南长官公署实行所谓"剿抚兼施"的办法，派第二处副处长军统特务杨元森前往协助，任命为清剿副指挥官，运用特务手法联络当地地主恶霸及袍哥头子，宣布所谓"宣抚"，企图借以麻痹农民反抗的情绪。

关于渣滓洞、白公馆监狱

曾经在渣滓洞监狱做过看守的黄茂才是被狱中烈士争取过来、为狱中建立与狱外党组织联系的一个关键人物。1997年到1998年，我邀请他住在馆里回忆记录了当时狱中情况的一些材料：

1.关于渣滓洞监狱管理人员的组成名单

所长李磊，上尉，河北省人，谍参班毕业。

组长徐贵林，中尉，河南省人，特警班毕业。

事务长邓凯，中尉，河南省人。

指导员白佑生，上尉，军统人员。

医官刘石仁，中校，河北省人。

管理员黄纯洁，少尉，四川涪陵县（现重庆涪陵区）人，特警班毕业。

管理员谢伯衡，少尉，四川成都驷马桥人。

管理员李福祥，准尉，河南省人。

管理员余湘北，准尉，浙江省人。

管理员唐友元，少尉。

管理员黄茂才，少尉，四川荣县人。

文书梁玉书，上士，四川南川县（现重庆南川区）人。

管理班长俞德新，上士，湖北省人。

管理班长田一均，上士，河南省人。

管理班长胡心凯，中士。

管理班长曹登甫，中士，河北省人。

管理班长刘炳清，下士。

杂兵赵正清，四川垫江县（现重庆垫江县）人。首次屠杀后，参与管理组长徐贵林再次入室清查，并枪杀余生人员，1954年被政府处决。

杂兵徐兴宗，四川垫江县（现重庆垫江县）人。

警卫连长邬志声，上尉，四川涪陵县（现重庆涪陵区）人，1949年10月调回警卫团升任该团运输营长。

警卫杨栋材，上尉，邬志声调走后，由其接任渣滓洞监狱外围警卫连长。

2.关于渣滓洞监狱的分布情况

渣滓洞监狱，据说原是煤炭工人宿舍，后改为监狱。这个监狱周围是土筑围墙，进去是双幅大门。门口两边各有一木制尖形的卫兵岗亭。进门去后边是高岗卫兵亭，左边是院坝。院坝内有石桌石凳各四，还有两棵不大不小的树。院坝前面一排5间房屋，从右面第一间是郊警班长10人住房；第二间截为了两间：前面一间是指导员白佑生的办公室和住房，后面一间是管理员黄纯卿和文书梁玉书的住房；第三间是会议室，有会议桌1张，前面正中右边挂蒋介石像，左边挂戴笠像；第四间是所长李磊的办公室和住房；第五间是医务人员刘实石仁的住房兼医务室。这排房屋后面有1间小厨房，进第二道小门右面是厕所和洗衣台及储水桶，供洗衣洗脸洗碗用水。左面有3间房屋：紧挨第二道小门的第一间截为了两间，前面一间办公室是收押犯人的登记室或释放时办理保证手续室，又是管理组长徐贵林的办公室，后面一间是军法官的临时审讯室；第二、三间是女牢房。中间是院坝，内有篮球架2个，挨近下方围墙边有碾米槽1个，从石梯上去正面是一楼一底上下各8间共16间男牢房，左面是中正室，室内右边有小卖部由肖中鼎负责，另外还有图书室由仲秋元负责。中正室右边进去是管理班长俞德新、田一均、胡心凯、曹登甫、刘炳清等人的住房，又是他们的武器房（内有卡宾枪和脚镣手铐等刑具）。中正室后面还有2间：右面一间是储藏室，左面一间是管理员余湘北和我的住房。监狱背后有4间房屋：右第一间是管理组长徐贵林家属的住房，第二间是事务长邓凯家属的住房，第三间是炊事员的住房，第四间是大厨房。监狱围墙外左方的3间小屋，是警卫连长邹志声的办公室及住房，监狱前面下方相隔五六十米的3间草房，是警卫排的住房。另外监狱后面半山垭口住着一个机枪排。监狱周围还设有4个卫兵岗亭，白天晚上士兵轮流看守。晚上为防止士兵睡觉，常敲竹筒筒，以示提醒。

3.关于1948年以后渣滓洞监狱活动的情况

1948年2月，杨家山经济研究班政治犯和重庆市石灰市监狱政治犯合并到渣滓洞监狱关押。以青训队名义用所谓的政治思想教育来感化他们。当时有几十人，全部关押在楼下，管理很严格。但是活动范围相对要多些：比如在放风时可以唱京戏、打篮球，甚至可以到图书室借阅三民主义书籍或著名小说《红楼梦》，以及张恨水等人的著述，无关政治的。有钱可以在小卖部肖中鼎那买牙膏、牙刷、肥皂、草纸。政治犯当时使用的法币，在入狱时必须更换成徐贵林特制的纸币，以此来代法币使用。

1948年6月以后，外面各地抓捕送入监狱的政治犯越来越多，管理上也更紧，所以放风时原来进行的打篮球或唱戏，无形中就被停止了。

4.关于渣滓洞监狱青训队的情况

1948年5月份，由第二处派白佑生到监狱来担任政治指导员工作。以三民主义教材为基础，研究资本主义经济，并以此反对马恩列斯和毛泽东等提出的政治经济主张。

在监狱楼下8个关押室外面的柱头上，均书写有反对马恩列斯的标语。在监狱进第二道小门右边的墙上还有一幅漫画，图中有帆船一双，旁边有标语，其内容是："青春一去不复还细细想想！认明此时与此地切莫执迷！！"，以及"迷津无边，回头是岸；宁静忍耐，毋怨毋尤"。

指导员白佑生，常到狱内各男女室去给他们依次巡回讲课，后来又在狱内墙上办月刊，要他们写认识和感想。我从他们的刊物中，没有看见任何人对政治观点发表文章，既不说好，又不说坏。但白佑生再三要求他们多发表意见和看法，不得已有的人从小小生活上发表见解。我记得胡其芬写了篇短文，大意是政府对我们生活上给予关心，给我们吃饱，没有衣穿还要发衣服，有病还要为我们治病，但对于政治只字未提。

继后白佑生因病休养工作随之停止，但伪国防部二厅主办的所谓青训队刊物和画报，还是不断寄往监狱。

5.我所了解的叛徒和悔过释放人员的情况

大概在1948年的三四月份，重庆市工委副书记冉益智被捕后，叛党出卖组织、出卖同志，对国民党立下所谓大功，受到国民党器重，有时竟随同二处法官到监狱来陪同审案，随后受到嘉奖；经伪国防部二厅批准给予中校督察职务。

叛徒刘国定，同样出卖组织、出卖同志，受到国民党的器重，受到嘉奖。经伪国防部二厅批准给予少校督察职务。

叛徒李文祥同他妻子熊咏辉被捕入狱不久，他就交代组织和人员，在短期内获得释放，出狱那天熊咏辉对女室的曾紫霞说："我出去后要同李文祥离婚，因他太不争气，出卖组织。"

叛徒李忠良，1948年3月被捕入狱不久，就交代组织和人员，短期内获得释放。

……

据二处法官透露，江竹筠自被捕后审问她时就非常坚强，拒不回答。二处徐远举曾亲自审问她，用尽各种刑罚，有时甚至威胁她、用卑鄙下流语言刺激她，逼她认罪，但她矢志不渝。徐远举拿她无奈，送往监狱关押。后来法官又到监狱来继续审问她，还是没有任何收获。可是这次就受到极残酷刑罚"打竹签子"。

6.关于刘国铩和曾紫霞被捕入狱的情况

由于叛徒出卖，刘国铩和曾紫霞两人于1948年5月被捕入狱。当时将刘国铩认定为要犯，并戴上手铐，单独关押在楼上四室，曾紫霞就关押在下面的女室。据二处行动组的黄声扬曾谈到刘、曾二人被捕的情况，行动组以送信为名，设下骗局到荣昌县何北衡的老家（何是当时国民党四川省建设厅厅长），与刘国铩是亲戚关系。很凑巧，曾紫霞也在何家。刘国铩对送信人有怀疑，就打算从后门逃跑。但行动组的人早已布置好了，看见刘逃出马上将他抓住，曾紫霞也同时被捕。被捕时曾紫霞不顾一切跑上去把刘国铩抱住。最后把他们两个揪上轿车押回二处。因刘国铩家比较富有，又有高层次人物为背景，如与当时的中央银行总经理刘航琛、何北衡都是亲戚，他们家里带来的穿的、吃的，均是送到二处然后转入监狱的。其他人一律不行。不过刘国铩在渣滓洞监狱中关押几天后就转入白公馆去了。以后，军法官又将刘国铩从白公馆提至渣滓洞来审问他。我从中听见一段，法官问他："曾紫霞参加组织没有？"他回答说："曾紫霞没有参加组织，我们还在考验她。"所以曾紫霞的身份是没有暴露的。

据我了解，刘国锇在狱中的表现是很坚强的。有一次，其兄刘国铮写信给刘国锇，由二处法官张界带到监狱来给曾紫霞看。信中意思劝刘国锇把所有问题向政府交代清楚，争取早日出狱。可是刘国锇却无动于衷。

7. 关于许建业被捕入狱的情况

许建业是1948年7月被捕入狱的，起初将他投押在渣滓洞监狱。当时把他作为重要犯戴上脚镣手铐。他身材高大，入狱时身穿长便服，被关押在楼上三室，两天后转到白公馆去了。据说许建业被拘押在二处审讯期间，因担心他被捕时尚未来得及转移的内有重要文件的提包，心里很着急，他看见二处有个杂兵认为他很老实，于是就给他一点钱请他帮忙去拿回提包，殊不知这个杂兵把提包送交给了二处的徐远举。后来徐认为杂兵有功，奖励了他200元。

8. 关于陈作仪看报遭毒打的情况

陈作仪因看报纸，被看守班长发现报告了组长徐贵林。徐马上抓根鞭棍到楼上六室，问陈作仪在看什么，陈说没有看什么。徐就顺手给了他几鞭棍，并勒令他把马桶给提到坝子里去。陈把马桶提下坝子，徐用棍子在马桶里搅出一点报纸渣，便追问他报纸从哪里来。陈当然不敢说真话，没有开腔，徐就在陈作仪身上、脚上乱打不停。陈全身被打了很多的鞭棍伤痕。而徐还不放松，继续问他究竟是从哪里来的。陈作仪无法，才说我们打扫清洁时，在中正室的旮旯里捡的废报纸。徐又问谁叫你去捡来看的，于是又打了他两棍子，并叫班长曹登甫把脚镣给他戴上，罚一星期不准给开水喝。

9.关于罗广斌的情况

　　罗广斌是1948年下半年被捕并关押在渣滓洞监狱楼上第一室的。1949年5月份，因其在狱内传递条子，被管理班长俞德新发现。俞请示组长，将罗广斌戴上脚镣手铐，三天后又把他转到白公馆关押。

　　……

10.关于绝食斗争的情况

　　据我了解，绝食斗争起因是管理组长徐贵林在中正室无理毒打张怒涛所致。当时楼下第六室的何雪松就伸头出来大叫："徐组长不该乱打人嘛！"徐回答说："打了人又把我啷个。"无奈之下，楼上楼下和女室都暗中串通消息，决定当天中午开展绝食斗争。到了中午吃饭时，炊事员把饭送到了他们的寝室门口，管理员把门打开，叫他们提进去，但每个室都不提去吃。徐贵林知道了此事，不但不劝他们吃饭，反而大骂道："他妈的，不吃就算了，把风门统统关起来。"大约半小时后，我又到他们每个牢房劝他们把饭提进去吃了来，其他事情以后再说。经过再三劝说，最后他们才把饭吃了。

　　……

11.关于监狱被押人员生活标准及供给的情况

　　从1948年2月份起，被捕入狱的政治犯，一律按国民党入伍士兵的标准供给每天24两（实际只有现在的8两）大米。菜金补助因物价不稳定，蔬菜吃得很孬。特别是在1949年国民党经济崩溃、物价暴涨那时，他们每天的生活就是吃点青菜汤或干菜汤，很难下咽。他们有时暗中跟我说，这还不如喂猪吃的东西。本来按他们的粮食标准，应

· 353 ·

该完全够吃。但据我了解，当时事务长邓凯从他们的伙食补给中任意开支，他私人请的帮工肖季林每月的工资和粮食，都在政治犯的粮食供给中开支。当时雇用的两名种菜工人的工资，也照样在他们吃的粮食中支出，反过来又将种出的蔬菜卖给他们吃。此事从来无人过问，因而直接影响关押人员的伙食不够吃。

……

12. 其他

渣滓洞监狱1948年至1949年，楼下8间牢房和女室2间牢房，使用木制上下两层单人床（可睡两人）。据说这些木床都是原"中美合作所"特训班学员使用过的木床，1948年才由杨家山转入监狱，放在楼下牢房。楼上一律睡的是楼板，就没有床。

……

从所长李磊来说，他是一个知识分子，比较阴险狡猾。虽然是监狱所长，但监狱方面很多事就交徐贵林干，李就三五天不到监狱。而徐贵林是半文盲，识字不多，面容凶恶，性格粗暴，对关押人员动辄就是脚镣手铐，甚至就是乱打、毒打，在押的人无不恨之入骨，管理员李福祥和班长都害怕他。

……

1948年至1949年，凡被捕入渣滓洞监狱的人，首先入狱时就是搜查身上的违禁物品。另外钢笔、手表也要收起给你保存，释放时又退还。然后填写登记表，其内容包括姓名、性别、年龄、民族、文化程度、职业、籍贯、现在住址等。最后编号，以适应牢房生活。入狱后不准叫名字，一律以代号代替名字。编号是从1号依次编下去的，当时共编到了200多号。

释放出狱的人，必须写保证书。内容就是保证不泄漏有关监狱的的一切秘密。最后又由监狱方面开张出狱证，通过登记室检查后才能出去。

罗广斌所写的狱中报告，让我们读起来感到十分的沉重。狱中同志总结出的八条建议，使我们感受到烈士们对革命事业的那份绝对忠诚。

狱中报告提出的八条建议，是结合川东三次武装起义盲目扩大规模、追求大哄大起，以及《挺进报》由党内教育的刊物扩大发行到对敌开展攻心工作的武器等一连串事件所总结的。川东地下党组织，在十年内战、抗日战争和解放战争时期，一直是在国民党势力强大的国统区开展斗争，组织机构数次变化，且不断遭到破坏。特别是在1947年国民党强令《新华日报》和四川省委撤离重庆后，川东地下党一下子失去了组织的关系，以致严重影响到对党员的教育、培训和党组织的建设。虽然后来与上海党组织接上了关系，但由于信息传达、单线联系、相互距离遥远等客观因素，在集中统一党内思想和认识、研究判断形势、正确理解贯彻执行上级党组织指示等方面，都出现了一些问题。

同时我们应该看到，绝大多数的共产党人和革命志士，不怕强权高压、不惧白色恐怖、不惜流血牺牲，面对一次次的失败，他们毫不气馁，往往擦干血泪后又继续投入新的战斗，用忠诚和信仰谱写了一曲曲浩然正气之歌！

1949年8月至11月间，蒋介石曾先后两次飞渝亲自部署，妄图依靠嫡系部队固守外围，利用川军和地方武装维持反动统治，同时操纵特务系统加紧镇压革命人民，在固守不成时，实行破坏、屠杀、潜伏和游击战。在国民党反动派实施城市大破坏计划的同时，对革命志士的大屠杀也在进行之中。徐远举在《血手染红岩》的材料中交代：

1949年8月，蒋介石偕毛人凤到重庆布置屠杀。毛人凤分别向张群、杨森、王陵基及卢汉将军传达了台湾的决定。谓："过去因杀人太少，以致造成整个失败的局面。"又谓："对共产党人一分宽容，就是对自己一分残酷。饬令军统西南特务机关立即清理积案……"

1949年10月12日，国民政府宣布自广州迁往重庆办公。

从新中国成立到重庆解放前夕，国民党特务对"政治犯"集中屠杀的有4次：10月28日、11月14日、11月27日、11月29日。除了10月28日进行过法庭宣判外，其余3次均未有任何形式的宣判。特别是11月27日，一次就杀了200多人，创下了国民党丢失政权前屠杀"政治犯"的最高纪录！

陈然、成善谋、王朴、雷震、蓝蒂裕、华健、楼阅强以及蒲华辅、涂孝文、袁儒杰等10人，是国民党西南长官公署为显示国民党政权稳固，由法庭公开宣判、游街示众后在大坪刑场公开枪杀的。这一天是1949年10月28日，新中国成立后的第28天。在宣判执行枪杀的这一天，国民党《中央日报》提前公布了这一消息，消息刊载于该报的第三版：

[本报讯]警备部消息：奸匪蒲华辅，民国二十七年（即1938年）春参加奸党组织，民国二十八年担任伪铜梁县委兼书记，旋调任伪江北县委兼书记，民国二十九年4月又调任伪万县、忠县县委兼书记，民国三十年调任伪泸县县委，民国三十一年调任伪成都青委，兼领导西昌组织。复员后，奸党党员增至1500余人，奉奸党上级命令，成立

川康工作委员会，任伪委员兼书记，领导成都、川西、川南及宁雅两属等地下组织，在我军事机构内，密布细胞，赖以刺探我军布防情形，策动武装暴动，妄图颠覆政府，赤化川康。

奸匪楼阅强，参加岳（池）、武（胜）一带武装暴动，任司令员陈伯纯部挺进队队长，参与地方团队作战。

奸匪袁儒杰，任伪"川北地方工作委员会"委员，煽惑农民，组织"雷祖会"、"忠义会"，最后使用武力，策动"三反"、"四抓"政策，成立3个原委会、12个支部，积极争取群众，充实武力，以遂其武装暴动阴谋。

奸匪涂孝文，曾于匪党陕北公学毕业，抗战期间在匪党重庆办事处工作。民国三十四年被匪方派赴万县，成立"川东工作委员会"，任伪委员兼书记，联谊会、歌咏队，鼓动农民，煽惑青年，拉拢土匪，积取民枪，发动武装暴动，策应匪军入川。

奸匪蓝蒂裕，任伪梁山大垭党委兼书记，迟后为奸匪组织关系，发展组织至垫江，又兼垫江支部书记。受奸匪匪首陈以文领导，宣传分田废债，吸收农民，予取自卫队武力90余人，发动暴动。

奸匪王朴，负奸匪重庆经济筹措总田产300担，黄金2条，给党做活动经费。

奸匪陈然，主办重庆地下《挺进报》，为匪大肆宣传，制造谣言，动摇人心，鼓动学潮工潮，扰乱后方治安，当时搜获未发之报纸3大箱。

奸匪雷震，领导匪方万县两个组织，主要任务在策动农民武装暴动，搜获阴谋军事暴动文件多件。

奸匪华健，任匪党区委书记，民国二十九年春调陕北受训，民国三十四年出席伪第七次全国代表大会，次年派赴成都，任川康工委，并负川北地下工作领导总责，鼓动农民抗丁抗粮，背叛政府。

奸匪成善谋，以无线电与匪方联络，传达匪党无线电指挥命令，并供给匪方军事政治情报，及大量电讯器材。

以上匪犯，均属匪党首要。抗战期间，即经匪党密派赴川东、川南、川北、川西及宁、雅两属等地，建立组织。政协会议后，更积极活动，各地奸匪首要互通声气，以重庆为联络中心，并在重庆设置秘密电台，办写地下反动报纸，企图待机大举叛乱，策应匪军入川。幸经我有关当局防范机密，自将匪方电台及报社破获后，各地奸匪地下组织，亦随即全部摧毁。所有在各地捕获匪徒，均经讯明属实，依法各判处死刑，定于今日执行枪决。以昭炯戒。

被杀害的这10个人中，陈然、成善谋是因为《挺进报》事件被捕；雷震、蓝蒂裕、华健、王朴、楼阅强是因为川东武装起义被捕；蒲华辅、涂孝文、袁儒杰被捕后有叛变行为，但在狱中能守住最后防线，拒绝与特务合作，被敌人认为没有利用价值而枪杀。

曾担任川康特委书记的蒲华辅和他的下级川康特委委员华健，曾担任川东临委副书记兼下川东地工委书记的涂孝文和他的下级万县县委书记雷震一起走向刑场。不同的是，蒲华辅、涂孝文永远背负叛徒的罪名，而华健和雷震是革命英雄。叛徒袁儒杰，是遂宁中心县委委员，他也出卖了自己的下级，但到渣滓洞监狱后受狱中同志的教育和影响，守住了最后的防线，没有参加特务工作。

1949年12月28日，曾经与陈然是战友的蒋一苇在上海《大公报》一版发表文章，记述了10月28日的那一幕：

在蒋匪崩溃前一个月，10月28日的早晨，天气是那样阴沉。重庆的人民正怀着沉重的心情，挣扎着度过苦难的日子。左营街伪警备司令部门前，这天早晨显得有些紧张，全副武装的匪军满布在左营街口及伪警备部门前的广场上、走廊上。经常竖立在该部办公楼前的木板屏风忽然撤除了，大礼堂内摆了一张公案，上面坐了一个"军法官"，两旁站着许多匪军。同时，伪警备部厨房的伙夫正帮着为各位革命志士预备着"最后的一餐"四个炒菜，而且还有一大壶酒……这时，解放大军已经进抵川边，包围了大半个四川。任何人都相信只要再熬过一段时间，重庆就可获得解放。但是疯狂的蒋匪和帮凶们，却要疯狂到底，开始以大屠杀来泄愤……其中一位对那个"军法官"大声说："哦！你今天是要枪毙我们了，你们的寿命也只有几天了！"那个帮凶看见志士们的从容不迫、慷慨就义的气概，发了呆，仰起两只贼眼忘记了把"最后一餐"叫来给他们吃，稍停就提起红笔——点名上绑。志士们从容微笑着，毫不畏惧、毫无哀伤……在临死前一刻，还是不放弃向大众喊出最后的话，一位志士发言了，他大声地说："我们是为革命而被捕的，现在解放军快到了，我死了也很甘心，很快乐！"他们被押上一辆四轮卡车。蒲华辅首先上车时，失足摔跌了下来，其余几位哄然一笑，全体登上车后，蒲华辅领头呼口号："人民政府万岁！""中国共产党万岁！""毛主席万岁！"继之就高唱《国际歌》："起来，饥寒交迫的奴隶……"汽车驶到大坪，一位中年妇人在伪警备司令部门前曾经清清楚楚看见他们出发的一幕。事后她说："每位志士都是眉清目秀，慷慨就义，毫无回顾，蒋介石太残忍了，太残忍了……"

1949年10月1日，北京，新中国宣告成立；13日，人民解放军进驻新疆；14日，人民解放军占领广州，国民党政府又紧急迁到重庆。此时，蒋介石及国民党除了西南外，大陆的其他地方全部被人民解放军占领。面对失败，蒋介石在10月31日他63岁生日时，感叹道：

公作六三自箴云：虚度六三，受耻招败，毋恼毋怒，莫矜莫慢。不愧不怍，自足自反，小子何幸，独蒙神爱。惟危惟艰，自警自觉，复兴中华，再造民国。

又曰：

本日为余六十三岁初度，过去之一年，实为平生所未有最黑暗、最悲惨之一年，惟自问一片虔诚，对国家、对人民之热情赤诚，始终如一，有加无已，自信必能护卫上帝教令，完成其所赋手之使命耳。（见《总统蒋公大事长编》卷七）

但是，蒋介石没有盼来他的转机。守在大西南的长官张群、行政院长阎锡山等，不断催促蒋介石到重庆坐镇指挥，以期挽救残局。《总统蒋公大事长编》卷七记载：

公因此时川黔战局日趋严重，大祸迫在眉睫，川东匪军于今日占据彭水旧城，南路匪军亦已占领贵阳市郊之图云关，乃不得不再飞重庆，策划一切，并自记，所感曰："德邻飞桂后，闪避不回重庆行都，整个政府形同瓦解。军民惶惑，国难已至最后关头。不管李之心理行动如何，余不能不先飞渝，主持残局，明知其挽救无望，但尽我革命职责，求其心之所安也。"

14日，公复自台湾飞重庆，此时贵阳危急，秀山已陷，川东匪军边近彭水，重庆日在孤危之中。

公自记感想曰："此次飞渝，乃为中华民国之存亡与全国人民之祸福已至最后关头。如蒙上苍眷顾，果能转变局势，使国家转危为安，戡乱战事转败为胜，实乃党国之幸。若以现局而论，实已至危急存亡之秋，言念前途，不知所止，惟内心则不愧不怍，故能无忧无惧耳。"

面对无可挽回的败局，蒋介石到重庆无非是要表示他"尽我革命职责，求其心之所安也"。在来重庆之前，他在台湾办的"革命实践研究院"开班仪式上说：

军事之所以崩溃，是由于我们军事上的制度——诸如教育制度、人事制度和经理制度皆未能健全地建立起来。所以一切部队、机关和学校，在人事上不能新陈代谢，在经理上不能综核名实，而军事教育尤未能养成革命军人应具有的学问和精神。……其他党务、政治、经济、社会各方面，到今天之所以零乱散漫、麻木疲顽，主要的原因，也是由于制度的没有建立。……尤其是没有健全的教育制度，又没有推行制度的干部，绝对不能建立健全的国家和产生良好的政治……我们今天失败到如此地步，最主要的致命伤，就是因为一般干部同志普遍犯了虚伪的毛病，相习于虚浮夸大，而不能实事求是。这种风气流行的结果，使得部队、机关和学校，一切办事、命令和报告，都是互相欺骗，互相蒙蔽，而没有几件事是完全实在的，可以相信的。这一个恶习颓风如果不彻底革除，真要使得我们亡国灭种！怎样才能革除这个恶习，转移这种颓风？唯一致力的方向就是提倡实践。

蒋介石要求所有的干部要研究：

……（丙）共匪之优点与缺点。（丁）共匪必败之原因。（戊）我军之弱点与缺点。（己）我党与匪党哲学之比较。（庚）战争目的为谁而战。（辛）三民主义战胜一切。

这时的蒋介石明知败局无可挽回，他在总结失败的教训与经验的同时，他也要以屠杀来泄吐心中的愤恨。

到达重庆的当天晚上，蒋介石把保密局局长毛人凤叫来，亲自向他交代对重庆实施毁灭性大破坏的任务。

毛人凤在向重庆方面发出大破坏计划的时候，还下达14日再处决一批"政治犯"的密令。

就在蒋介石11月14日下午3点多飞抵重庆后，为了宣示"坚守大西南，建立西南反共基地"的决心，国民党政府又从渣滓洞、白公馆监狱提押出30名"政治犯"实施屠杀。在重庆红岩革命馆的资料档案中，有几份国民党特务关于1949年11月14日密裁渣滓洞、白公馆革命志士的材料。

在业务档案B-10中，一份国民党保密局西南特区关于在电台岚垭屠杀30名"政治犯"的密件材料记载：

奉令密裁匪谍30名一案，遵照指示会同二处二课科长雷天元同志、警卫组组长漆玉麟同志、第二看守所所长李磊同志、本区行动组组长熊祥同志等，研究商讨乃于本月（11月）7日先赴造时场实地勘察并即研究执行技术问题，谨将研商结果与意见分呈于后：

一、执行主官拟由本区二处二课科长负责主持。

二、执行地点经实地勘察结果拟以造时场山后岚垭（即前本局电信总台）为最适宜，该地区无人居住，仅有卫兵二人，事前可先调离，由挖坑组人员驻守，以保机密。

三、执行工具拟用手枪予以击毙。

四、执行时间拟于挖坑工作完成后之次日开始执行。为便利拍照起见，仍以白天执行为宜。

五、执行布置与准备：

1.拟设挖坑组，由警卫组派警卫6名，本区派警卫2名，以出公差名义携带行李，事前不告知其任务与地点，由熊组长祥偕司务员易大清率领，赴指定地点开始掘坑工作。在工作期与外界隔离，食宿由区负担，膳食由易大清同志负责办理（购炭米自办）。挖坑3个，每一方丈宽、二丈深，预计2日至3日完成。

2.拟设执行组，派熊组长负责，以本区行动组6人、警卫组2人担任执行。

3.摄影工作拟由张法官界担任，为免照坏慎重起见，借备相机2部，并购备胶片，每机对匪尸连拍2次，以免冲洗不清之虞。

4.拟分3批执行，以10人为1批，于1日内完成密裁任务。

5.拟请发购置挖坑工具、相机、胶片、膳食等费用500元，并拨卡车1辆，事后报销。

6.拟于工作毕后，会同二处签请核给奖金。

六、执行步骤：拟以新设立第三看守所名义，将第二看守所移解第三所借以掩护，免在押犯人骚动，于提解时，由张法官界、李所长磊讯明正身制作笔录并签名后提至刑场枪毙，并由主官莅场验明无讹，于尸身标识姓名摄成照片后由掘坑组掩埋，又于执行时其警戒由挖坑组担任，掩埋时由执行组担任警戒，事毕报备。

七、执行时之受刑名单由二处二课造册办理。

八、拟执行时地报台局备查，执行完毕检具照片名册报台局核备。

……

在歌乐山烈士陵园业务档案B-144中，有徐远举、周养浩关于电台岚垭屠杀的一段交代：

10月底，徐匪又派雷天元及渣滓洞看守所长李磊、行动组长熊祥等，将决定秘密杀害的30名烈士，以转移地点为名骗离渣滓洞监房，分别捆绑押赴"中美所"电台岚垭，由刽子手熊祥、徐贵林、王少山等七八人用卡宾枪分别射杀，刑场外围由"中美所"交警大队及伪西南长官公署警卫连严密警戒。在屠杀前，台湾方面曾指示，将屠杀烈士情况摄成照片送往备查。

在国民党特务执行完屠杀后，业务档案B-10记录着一份向保密局的请赏书：

一、奉令密裁匪谍案，遵照奉准预定计划，于本年（民国三十八年）11月14日执行完竣。

二、依据前签第五项六款"于任务完毕后另核给奖金"一节，并奉准在案，谨将办理该案人员分列于后：

1.主办人员6员（雷天元、李磊、张界、熊祥、漆玉麟、龙学渊等同志）。

2.执行人员10员（警卫组组员4人、行动组组员6人）。

3.押解警卫军士20名（由渣滓洞至转运站至岚垭全长5里徒步）。

4.挖坑掩埋军士10名（在刑场工作4天）。

三、上列各员拟请分别核给奖金若干，以示激励。

四、拟将办理情形签呈毛先生核阅（附稿）。

当否，乞核示！

1949年11月14日，遇难于重庆"中美合作所"暨军统集中营电台岚垭刑场者30人，他们是：齐亮、杨虞裳、唐虚谷、蒋可然、王敏、吴奉贵、陶敬之、黄楠材、陈以文、朱麟、周成铭、石文钧、何忠发、袁尊一、明昭、张文端、张泽浩、张远志、左国政、游中象、尹慎福、谯平安、李群、邓致久、邓兴丰、胡有猷、盛超群、李青林（女）、江竹筠（女）、徐也速（未定性）。

被屠杀的人员具体情况是：从白公馆提出1人，从渣滓洞提出29人。其中担任领导职务的有：地下党万县县委副书记李青林，地下党重庆北区工委书记齐亮，地下党下川东联络员江竹筠，地下党渠县县委书记唐虚谷，中共下川东地工委委员、开县工委书记杨虞裳，中共上川东第六工委委员王敏，中共云奉南区工委委员石文钧，中共上川东第一工委委员陈以文，中共重庆北碚特支书记胡有猷，中共广安观阁特支书记吴奉贵，岳池农运支部书记张远志，宜昌特支书记陶敬之，中共川东临委联络员袁尊一，其他的均是在武装起义中被捕的游击队员。

关于川东武装起义的历史背景，邓照明在《川东地下党组织的几次重要工作部署》一文中写道：

当时解放战争进入战略反攻，全国任务是"打倒蒋介石，解放全中国"。在川东明确以农村武装斗争为重点，要求建立根据地，开辟第二战场，破坏敌人的兵源、粮源供应，提出抗丁、抗粮、分田、废债的口号，城市工作要为农村武装斗争服务。

从1947年到1948年，川东地下党连续在川东地区发动组织了三次武装起义。由于指挥失误和领导指导思想上的"盲动"错误，三次起义均遭国民党军队残酷镇压而告失败。但是，在武装起义的过程中，许多共产党员、大量游击队员表现出对党的事业绝对忠诚，在开展抗丁、抗粮、分田、废债的斗争中，在开展牵制国民党兵力的武装斗争中，在发动群众反抗国民党独裁统治的斗争中，表现出了英勇顽强、前仆后继的革命精神。为中国革命的最后胜利，为重庆的解放作出了艰苦卓绝的努力，用自己的生命、热血谱写了革命英雄主义的壮歌！

被自己的上级出卖，而且曾经是自己非常崇敬和信赖的领导，这是殉难烈士生前最大的一个痛苦。但新中国已经成立、五星红旗已经升起，一种巨大的人生成就感又使他们战胜痛苦，潇洒大度地走上刑场。他们不畏恐惧，因为他们有为天下的情怀，他们也不怕坐牢，因为他们仇恨黑暗的旧世界，他们更不怕杀头，因为他们"愿以我血献后土，换得神州永太平"。

国民党行辕二处处长徐远举，在向特务下达屠杀命令时说：

现在我们要枪决一批共产党（当时未具体说出人数），被枪决的人名单在陆科长（指陆坚如）那里。枪决的地点呢是在"中美所"的范围之内，只要渣滓洞看守所听不到枪声的地方就行，你们去选择吧。你们在提他们时，要他们将各自的一切东西全部带出监房，只能用欺骗的手法对他们说：是将你们另调个地方去关押。如果他们知道是要提出去枪决的，那他们会乱呼乱喊（即呼口号）。这些你们无论如何要办到，这你们是要负责的啊。

敌人在枪杀革命志士时，居然怕他们呼喊口号。口号是一种释放人体磁场能量的呼叫，这呼叫对于胆怯和要失败的人而言是毛骨悚然的，对于胜利者来说那是一种庆贺的方式。当李青林等人发现是走向刑场时，他们没有放弃这胜利者的权利，他们高声呼喊"中国共产党万岁！""新中国万岁！"呼声在山谷中久久回荡。

就在江竹筠等30名"政治犯"被处决后，15日人民解放军攻占了贵阳，16日又攻占了彭水，蒋介石坐镇重庆显然也无力回天。

17日是国民政府主席林森6周年的祭日，蒋介石来到林园墓地，他叹息自己的嫡系胡宗南如此的溃不成军，他哀伤自己的爱将宋希濂为什么这样的弱，他更恼恨罗广文如此的没有战斗力，几十万大军怎么就抵挡不住共军的进攻？！

他忧伤，他十分的沮丧！

虽然四川省主席王陵基、重庆市长杨森，一再向他报告组建"反共救国军"的情况，让老蒋感到些许的宽慰，但他非常清楚这是既救不了国，也难以成军的"忽悠"。

这一天，蒋介石心情难过、沉重以及沮丧的原因是：他从儿子蒋经国的口中证实，共军从川东打入重庆、实施解放大西南的计划已非常明显。而此前，国民党一直是以"共军入川路线是以西北为主"进行布防的。得到证实共军是从川东打入，蒋介石感觉到连后悔的时间都没有了。原计划以四川为核心的西南包围战，如今变成了解放军以四川为中心的歼灭战。川东完啦！老蒋紧闭双眼，泪珠滑落在地上……

1949年11月19日，蒋介石在重庆歌乐山山洞林园向胡宗南下达死命令：

此次渝东作战，实为党国成败最后之一战，革命成败，党国存亡，历史荣辱，皆在此一举，望仍遵令调用，勿误为要。（见《总统蒋公大事长编》卷七下）

言辞严厉是老蒋的自我坚持，客观上已无法挽回失败，他也心知肚明。所以，当四川省主席王陵基把"特种会报"所拟定的成渝两地关押在监狱中的人犯名单提交给他的时候，他仔细看过后，立即向王陵基、毛人凤说了4个字：全部枪决！

这是蒋介石、国民党在失败之际的疯狂报复！

1949年11月14日，国民党在电台岚垭屠杀30名政治犯后，监狱里的其他"政治犯"感觉到死亡的越来越逼近。他们急盼狱外的党组织能够实施及时的营救，他们非常想活着出去参加新中国的建设，想出去与自己的亲人团聚。渣滓洞监狱被女牢房争取过来的看守黄茂才，已经几次帮助狱中难友与狱外取得联系。11月21日，渣滓洞监狱的胡其芬写了一封给狱外党组织的信。这封信也是交由看守黄茂才带出去送到指定的地方。这封被称为最后的报告的信全文内容如下：

10月28日，歌乐山难友公开枪决10人后，11月14日又秘密于白官附近电刑房内烧死50人，竹姐亦在其中，我们无限沉痛。又闻所内传说即将结束，除17人决定释放外，其余还有第三、第四批或将处决，每个人都笼罩着死亡的阴影。蓝先生归来又带给我们一线生的希望。妹，这就全靠你与朋友营救我们的努力了。第三批传命令已下，可能周内办理！！！

我们是第二看守所，与第24兵工厂连界，现住有210余人。十之八九都是经过长期革命工作的锻炼，在敌人面前表现忠贞亮节的人。看守我们的人有三个团体：一个是直属长官公署二处的管理兵有十二三人，交警队5人，连上官兵100余人。他们最近见敌（人）迫害我们，表示深厚同情与愤慨。对共军即将到来感到惶恐，都想逃亡。我们亦争取到个别分子，想掉头转向我们，但时机未成熟，力量太薄弱，监视重重，无法发挥力量。而且与我们关系较深的是连上士兵与交警。他们近日进行作战演习，行装已准备好，等待命令，即行出征。管理官员亦有部分遣散，蓝亦在遣散之列。希你找朋友定为他解决职业及经济问题，留他在渝待过这段时间，以便我们之间之后必要的联络。

其他有关我们处境情况，他可详细告你。

解读狱中八条
EIGHT SUGGESTIONS MADE IN PRISON

其次提供我们的意见,作营救我们的参考。公开争取切实保障政治安全,秘密谈判方式,以保障张群及徐远举将来优厚待遇,作为将来交换条件。将来如点交政治犯(确数蓝可告知),阻止屠杀,徐于执行命令有大权。可以拖延处决,等待大军到来。

此外,希望派人到禁区工作。我们侧边有一炭厂,是私人经营;同时我们尽量争取监视我们的友军,等局势紊乱、内部时机成熟时,盼外面朋友,亦设法布置抢救我们。我们即积极进行了解周围情况,有充分了解时,再设法通知你。

蓝此次见你时,定将外面情况、对政治犯处理消息、组织上的准备,以及盼望我们在这里进行的事项,详细告知。不日他将离所,不能再带你的回信与我们了。

以后万一蓝先生离开,我们必要与你接头又有妥当时,我们代表人(用)"周梦华"名称。

第二批人是秘密处决,可慎重,不必要说即不说,以免引起朋友麻烦,但对组织上可作秘密谈判材料。

从这封信的内容我们可以看出,狱中同志对活下来的期盼之强烈!蓝先生就是看守黄茂才的代号。妹是接信人的代号。屠杀第三批的命令已经下达,可能周内办理,这与发生的屠杀时间是一致的。也就是说,狱中的同志是在一种死亡恐惧中盼望着、等待着狱外营救的。

黄茂才及时地将这封被称为"最后的报告"的信,送到了信中被称为"妹"的重庆大学学生况淑华的宿舍。但作为中转这封信的况淑华,只能等待党组织的人到她这里来取。即使她要主动把信交给党组织,她却不知道这封信该往哪里送。所以,党组织拿到这封信的时候,想要再找到黄茂才已不知他的去向。因为送信的黄茂才，没有得到任何要他进一步怎么做的安排，于是就回老家去了。没过几天，大屠杀就发生了。

川东保不住、西南保不住，这是当时固守西南、保卫重庆的国民党将领胡宗南、宋希濂等人的普遍共识。他们曾建议蒋介石从云南打通一条到缅甸的通道，以保存实力，但蒋介石一意孤行，在川东不保的情况下，仍坚持实施重庆保卫战。他在发给万县的孙震主任和孙元良司令的电报中自欺欺人地说：

……前方官兵精神振奋，辛劳倍尝，无任感慰。当此危急之时，处境艰难，自在意中，要在忠贞同志坚忍自强，再接再厉，表现革命志节，必能挽回狂浪，此乃中所自信者也。

一个政党变成为一个人的党，一个人可以代表一个政党，个人的言行就是命令，个人的思想就是党的意志，独裁到这个地步就是疯狂。1949年下半年，蒋介石、国民党在重庆，从雄心勃勃的固守西南、坚守重庆，到丧心病狂、穷凶极恶地不断下达密令屠杀"政治犯"，表现了蒋介石、国民党的政治腐败以及治国的无能。

1949年11月23日，在重庆歌乐山蒋介石的办公室，毛人凤拿出了一份名单和一些请求报告来见蒋介石。名单上全是一些中共叛徒，如张国焘、中共重庆市工委书记刘国定、副书记冉益智等达10多人。他们均已是在保密局担任副处以上职务的人员，他们呈上的是请求去台湾继续效忠党国的申请书。毛人凤对这些部属非常看重，虽是中共叛徒，他们却又是为保密局在破坏地下党方面立过大功的人。所以，毛人凤亲自带着名单和请求书，来向蒋介石报告，并希望批准将他们带去台湾。没有想到的是，蒋介石说毛人凤不懂政治。他说："这些叛徒如张国焘等人，去台湾对我们有百害而无一利,主要原因是共产党胜利了,他们绝对不会再死心塌地地跟着国民党。而这些叛徒在台湾又没有什么关系,再也不能利用他们破坏中共地下党组织,只是徒增负担。我们到台湾后,不但要多养一批闲人,还得要防范他们倒戈投向共产党,在台湾搞里应外合。而留下这些人在大陆好处就太多了,让共产党自己去处理吧。"

这件事后来也有人向蒋介石提出过,但由于蒋介石始终不同意,毛人凤提出的叛徒名单中的人,没有一个去了台湾。在毛人凤即将离开重庆时,叛徒刘国定找到毛人凤,跪在地上泣求把他一起带走。毛人凤对刘国定确有一番感情:没有刘的彻底交代和亲自带人去破坏地下党,他是不会有成就的,他想起了在南京为他授勋章。毛人凤对眼前可怜已极的刘国定泛起了一丝同情,可一旦想到蒋介石的严令,他只得弃他而去。

11月25日,毛人凤再次来到蒋介石的官邸。他除了汇报对重庆实施大破坏的计划执行情况,以及最后送核枪杀关押人犯的计划外,毛人凤受行政院副院长朱家骅的请求,向蒋介石提出能否释放同济大学的周均时。周是朱家骅在德国留学时的同学,且周也是有名望的科学家,朱认为这种科学家应该带到台湾去。此时的蒋介石已输得失去了理智,对于毛人凤的请求,他竟给予大声的呵斥。蒋说:今天的失败就是过去对共产党太宽容,现在应该多多的杀掉才好!

(以上参见台湾出版的《蒋介石在大陆的最后一百天》)

1949年11月27日上午,国民党中央常务会在重庆召开。蒋介石宣布由于代总统李宗仁不愿意到重庆行使总统权力,国不可无主,他将为了国家而"复行视事",也就是说他要从年初名义上的退位重新回到掌权上来。 就在这一天,国民党西南长官公署停止办公撤到成都,保密局在歌乐山实施了蒋介石批准的大屠杀。

1949年11月27日这一天,国共两党在流逝的时光中各自留下了不同的痕迹：

共产党的人民解放军，在战场上枪对枪、兵对兵，要消灭拿枪的敌人。

国民党的特务，要对关押于监狱里手无寸铁的"政治犯"实施屠杀。

1949年11月27日，国民党行辕二处少将处长、保密局西南特区区长徐远举，按照上级的命令，在他的办公室向特务雷天元、龙学渊、熊祥下达了屠杀渣滓洞、白公馆"政治犯"的计划。在歌乐山烈士陵园业务档案B-6中，有徐远举、周养浩、沈醉等关于渣滓洞大屠杀情况的交代材料：

1949年11月中旬，毛匪人凤又赶赴重庆，由徐匪远举令二处课长雷天元、特区科长龙学渊将囚禁渣滓洞的中共人士袁尊一、何忠发、李承林、刘德惠、明昭、陶敬之、苟悦彬、张国雄、张现华、胡其芬及民主党派人士章培毅、黎又霖、李宗煌、王白与、周均时、张孟晋、何雪松、蔡梦慰、叶正邦等约百人签请杀害，由毛匪交与匪保密局法官徐钟奇，带同助手夏鸿钧、夏德贵，在嘉陵新村6号办事处审核后列具屠杀名单。26日晚间，毛匪在枣子岚垭漱庐何匪龙庆住处，将屠杀名单交徐远举执行。徐匪于27日上午召集雷天元、龙学渊、熊祥三人在二处处长室指示五点：（一）派雷天元、龙学渊共同负责主持屠杀；（二）由熊祥会同看守所所长李磊负责屠杀；（三）将二处寄押白公馆的革命人士均移渣滓洞一并杀害；（四）实行毁尸灭迹，屠杀后将看守所焚毁；（五）特别注意内外警戒。

下午，特务雷天元、龙学渊召集白公馆看守所所长陆景清、看守长杨进兴、特务谢旭东，渣滓洞看守所所长李磊、看守长徐贵林等具体商定了屠杀办法。他们商量以"转移"、"谈话"等方式分批提人，在松林坡、步云桥采用枪杀、刺杀的方式，将白公馆、渣滓洞的"政治犯"处决。

这一举世震惊的大惨案至28日黎明始行完毕。雷匪返城向徐匪复命，徐匪又派行动总队长钟铸人携带酒精、汽油赶往渣滓洞将烈士们尸体焚烧，并下令将囚禁二处看守所革命志士3名在二处防空洞内予以杀害（作者注：实际杀害为5名，3名定为革命烈士，他们是李宗煌、高力生、司马德麟；两名未定性，他们是欧治光、朱荣耀）。事后，徐匪对屠杀渣滓洞革命志士的匪徒雷天元、龙学渊、熊祥、王少山等各发给奖金100元，并于成都解放前将这批刽子手送往台湾。

红岩烈士，在真理与邪恶之间，他们选择了真理；在生与死之间，他们选择了死。

他们不为利禄所诱惑，不为酷刑所屈服，高尚的气节建立在高度的理性之上。

他们是血肉之躯，有七情六欲；他们中的大多数是风华正茂的青年人，他们渴望温馨的爱情，他们有自己的爱好，他们热爱生活，向往自由。

但他们更懂得人活着的意义！

为了免除下一代的苦难，他们抛弃一切而义无反顾。

为了人民，为了理想，为了真理，在烈火与热血中，他们像夸父逐日那样勇敢和执着，直至死去。

他们的躯体倒下了，他们的人生价值却获得了最充分的展现。

11月27日这一天，歌乐山阴风惨惨，天气格外的寒冷。下午，屠杀在歌乐山开始了。与此同时，歌乐山可依稀听见人民解放军逼近重庆的枪炮声。特务们表现出的慌乱、惊恐，使白公馆、渣滓洞的难友们感到胜利的脚步越来越临近。

王振华、黎洁霜夫妇就义时的场景画

　　特务们分批从白公馆押出了黄显声将军和副官李英毅；王振华、黎洁霜夫妇以及孩子王幼华、王小华；共产党员许晓轩、刘国鋕、谭沈明；民革成员王白与、黎又霖；新四军战士文泽；误入"禁区"遭监禁的冯鸿珊等人。

　　特务们分批从渣滓洞押出了共产党员吕英、陈俊卿、李明辉、刘石泉、何柏梁；黑牢诗人蔡梦慰、古承铄；女牢的邓惠中、陈继贤等人。

　　由一批一批地押出屠杀，发展到最后实施集体大屠杀。

　　雷天元首先指挥特务按照名单，从白公馆、渣滓洞提押出一批人员在松林坡、步云桥等地实施枪杀。在被枪杀的人员中，有知识分子、有爱国的国民党军人、有工人、有农民。他们被捕后，不与特务"合作"出卖组织和交代同志,就是死去也不改变自己的立场、放弃个人的政治信仰。

革命者对生的热爱、对死的厌憎,并不比其他任何人要差、要少、要轻,他们甚至更加渴求、更加强烈。

发生在1949年11月27日的大屠杀,是蒋介石、国民党溃逃重庆之际制造的一次大血案,也是蒋介石、国民党历史罪恶的耻辱记录。

在大屠杀发生的那一瞬间,几个人的动作出人意料的迅速,并成功脱险逃生,从而也为这场大屠杀留下了活口。当特务以"转移"为名将全部的人员关押在楼下8间牢房内的时候,大多数人不知道会发生什么情况。从黄昏就开始的一批一批被押出去的屠杀,到深更半夜的又突然把大家集中关押在楼下一起,敌人要干什么?

当所有的人还在议论、在猜测的时候,一群荷枪实弹的敌人已冲向牢房,举枪就向里面射击。还没有反应过来站在牢房门口的人迅速倒了下去。就在枪响时刻,男牢的胡作霖奋力扑向牢门,用他那单薄的身体死死地贴在牢门上,两手紧紧地抓住牢门,紧咬牙关瞪着双眼,承受子弹的疯狂射击。"共产党人是不怕死的,我们站出来你们打吧!"五室的陈作仪挣扎着受伤的大腿,趴在牢房门口堵住罪恶的子弹。男牢六室的何雪松强撑起负伤的身体,顽强地站起来,展开身体勇敢地挡住子弹,嘴里还厉声地斥责刽子手:"你们也活不了多久。"七室的共产党员张学云从牢房死角猛地跃起,双手抓住敌人伸进牢房的枪筒使劲往里拖,意图夺枪还击。三室的新四军排长李泽,一个箭步跨到门边,以熟练的战斗动作从牢门伸出双手,紧紧抓住敌人的枪筒,与刽子手展开了惊心动魄的夺枪斗争。遗憾的是,因子弹匣过长,枪筒卡在门框里,不能得手,两人最后壮烈牺牲在风门边。

一阵疯狂的扫射后,特务匪徒又进牢房内补枪射击:一颗子弹从黄绍辉的左眼打进去；"监狱之花"卓娅在尸堆里哭喊着"妈妈"，一梭子子弹竟将她打跳了起来；特务补枪时，打伤了陈作仪的脚，他愤怒地站起来吼道：不要打脚，我起来你们打头好了！当他身中数弹时，仍在高呼口号……

枪弹狂泻在牢房里，一个个倒了下去，火药味里弥漫着血腥，持枪的特务残杀手无寸铁的"政治犯"，国民党制造了震惊中外的"11·27"大惨案。

28日凌晨3点多钟，特务们补枪完毕。除几个特务在走廊上巡视外，其余的刽子手争先上楼，到各牢房洗劫值钱的衣物，并将木柴堆积在楼下，泼上汽油后纵火焚烧。霎时间，烈焰腾空，浓烟滚滚，整个渣滓洞在燃烧。

在这场大屠杀中，我们发现哀求的记录仅有一次。那是王振华、黎洁霜夫妇抱着两个在狱中出生的孩子，从白公馆被押往刑场。夫妻俩都意识到这是生命的最后一刻，他们紧紧地依靠在一起。而年幼的孩子，面对凶神恶煞的刽子手，吓得哇哇大哭。"妈妈我怕，妈妈我怕！"孩子稚嫩的哭喊声撕碎了妈妈的心。黎洁霜再也忍不住了，她紧紧地抱住孩子，对刽子手大声说道："你们就朝我身上多打几枪，放过我的孩子吧！"特务恶狠狠地说道："不行，一起打，斩草除根。"丈夫王振华回过头来，吼住自己的妻子："一起就一起，同一群狗讲什么。"特务杀红了眼，竟用刺刀将两个年幼的孩子活活刺死在父母面前。枪声响起，一家四口倒在了血泊之中。"放过我的孩子吧！"这就是那场血腥大屠杀中仅有的一次哀求。它不过是每一位母亲最本能的呼唤，同时也是对那些连孩子也不肯放过的畜生最强烈的控诉。

下达屠杀命令的徐远举，此时已经跑到了昆明。雷天元率领特务执行完屠杀，并给特务发了奖金后，也仓皇地逃到了台湾。

参加屠杀的刽子手钟铸人在事后回忆说：

在战场上和活人打仗，因为怕被对方打死，开机关枪时越打越起劲。在渣滓洞用机关枪扫射人犯，看到他们手无寸铁，乱窜惨叫，心里实有些难过。但是上面的命令，只好昧着良心扫射，这个玩意真不好干啊！我们这样的杀人，如果共产党捉了我们，对我们还会饶恕吗？共产党快打到重庆来了，我是非走不可的。

国民党特务在白公馆、渣滓洞实施大屠杀的当天下午3点，国民党在行政院会议厅召开总体战执委会成立大会。出席总体战执委会成立大会的有阎锡山、谷正纲、郑彦棻、陈立夫、杭立武、关吉玉、秦德纯、高信、万鹏图、刘宜廷、罗衡、刘文仪、张彝鼎等10余人。阎锡山主持大会并讲话致辞。这篇致辞是别有韵味的，他用那道地的山西乡土话挥舞着胳膊说："一着差、满盘输。如何转变成一着胜、满盘赢呢？我们对共产党，一着差、满盘输。输到什么程度，他由3万兵增到400万，他由30万人口的延安增到3亿人口的区域。我们今天如果不能做到一着不差，现在所有的土地、人民、军队还会保不住。如果这样输下去，真是输到底了。我们差的一着是什么呢？差了一个共产党能在共我交错区以村干部行使政权，我在共我交错区非军队控制不能行使政权。……共方是由点到线、由线到面；我们是由面而线、由线到点、由点而渐次覆灭……"（参见《蒋介石在大陆的最后一百天》）

经核实和统计，在白公馆、渣滓洞、松林坡等地被国民党屠杀的死难者总数是321人。其中，经审查已定为烈士者共计285人，加上5个随父母牺牲的小孩，共是290人；叛徒及未定性者共计31人。现已查明，共产党员共计161人，约占总数的57%；民盟盟员共计25人，其他民主党派和群众团体成员各有数人不等。

在白公馆大屠杀中，罗广斌等人策反看守杨钦典弃暗投明，最后19人死里逃生。

在渣滓洞大屠杀中，由于陈作仪、何雪松、胡作霖、李泽在屠杀的那一瞬间堵枪口、与特务搏击，使一些同志身未中弹被压在了尸体下面。当刽子手放火焚烧渣滓洞监狱后，他们又从尸体中挣扎出来，拼命地推倒烧焦的牢门，冲出大火逃生，最后有15人脱险成功。

1949年11月28日，国民党行政院院长阎锡山率国民政府机关，由重庆迁到成都。下午4点，蒋介石驱车到了当时重庆的市中心，在一座高27.5米的"抗战胜利纪功碑"前，他伫立良久，眼里噙着失败和痛苦交织的泪水。几年前，就在这座纪功碑下，他的人生辉煌到了顶峰，中国抗战的全面胜利，使他名扬四海。几年后，还是在这座纪功碑下，除了警卫外，没人注意到他这个伤心流泪的人了。

11月29日，蒋介石下令对重庆市的重要兵工厂实施大爆破。《总统蒋公大事长编》卷七下记载：

午间主持军事会议，指示重庆外围作战计划。是时，黄桷垭方面已有战斗，重庆市内且闻枪声，秩序异常混乱。公乃决定于明晚撤守沿江北岸之指挥部署。并对第一军之后撤准备，亦有详确指示。此时匪已于距江津上游20里处渡江，顾公尚迟迟不肯启行。入夜10时，林园行邸已闻枪声，兵工厂亦爆炸甚烈。同时，得罗广文报告，其所部已被击散，其本人已至铜梁，仅有少数部队向璧山行进。公不得已怆然离邸，途次车毂相衔，拥塞不通。公先下车徒行，继乃改乘吉普车，始至于白市驿机场。其时匪军相距，仅20里也。

解读狱中八条
EIGHT SUGGESTIONS MADE IN PRISON

就在蒋介石离开林园官邸的时候，保密局将关押在"新世界监狱"的32名政治犯押往白公馆后面的松林坡秘密杀害。他们是：彭立人、高明、涂天应、韦延鸿、单本善、谭讷、赵晶片、钟奇、张蕴咸、岳德明、王坤荣、聂晶、孙一心、韦廷光、周去非、艾仲伦、谢汝霖、钟凌云、胡仁杰、张中、曹仲蕴、向梅卿、李泰生、封忠孝、顾雪庄、陈公旦、黄细亚等32名志士（徐焕初、傅先织、高德錫、朱恺、苏荣光未定性）。

在通往松林坡的右侧山坡上，两天以前已经挖了一个大坑。32名"政治犯"分3批押往松林坡枪杀，第一批4人，第二批10余人，第三批10余人。

第一批、第二批刚走到土坑旁，还没有停下脚步，罪恶的子弹便朝他们一阵胡乱扫射。第三批听见枪声后，边走边高呼口号："中国共产党万岁！""毛泽东万岁！"

当第三批的人们看到那些已倒在地上的同志时，他们哭喊着冲上前去。那震山撼地的悲愤声音，伴随着怒吼的松涛和凛冽的寒风，久久回荡在歌乐山谷……

钟奇，临刑前，他给妻子留下一封遗书。遗书里嘱托妻子一定要再结婚。他的父亲参加红军后牺牲在了战场上。他从小在作坊当过给瓷坯上彩的画匠，又在报馆做过刻字工、校对。烈士档案记载：

钟奇同志是一位朝气蓬勃的湖南青年，他也是陶行知先生在重庆创办的"社会大学"的优秀学生。解放前，他在重庆反动的《扫荡报》当记者，深得该报社总编的信

钟奇

· 379 ·

任。但他对以蒋介石为首的国民党卖国政府的独裁统治和重开内战的反动政策深为不满，因此，他不顾生命危险，利用在该报社内部获得的有关全国各战场内战胜负的真实情况，暗中泄露给中共地下组织，以便中共及时揭穿国民党各报谎报军情、欺骗人民的丑恶行径。不仅如此，他还将中共的《挺进报》和其他地下传单，暗中散发给好友秘密传阅。

烈士殉难登记表上记载：

1946年来重庆，在《和平日报》当记者。参加党领导的进步团体"民主实践社"，以记者身份为掩护从事革命活动。1949年10月，他携电台准备去贵州松桃游击队，因叛徒出卖被捕，关押于重庆市区新世界看守所。

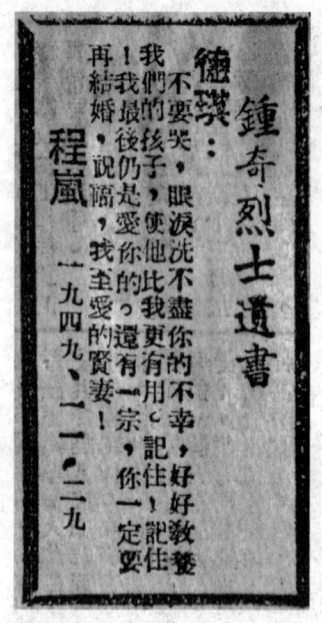

钟奇给妻子的遗言

在狱中，钟奇多次受刑被逼供，特务要他交出电台，交出上下联络人。但是，他没有说出一个字。新婚不到两个月的他，在牢房里非常惦念自己的妻子。他妻子机警地在丈夫被捕后，将电台等物品全部沉入江中。被捕前，他曾经对同事说："革命本是残酷的，革命对一个爱好民主自由的人施与的'考验'，谁经得起这考验，谁才配做革命的人。"在被捕、关押，甚至杀头的考验面前，钟奇要做一个真正的革命者！他没有背叛自己的同伴，没有出卖别人。

1949年11月29日，当他得知要被押出转移的时候，知道凶多吉少，便迅速地在一张纸烟盒的背面，给他的妻子写下遗言：

解读狱中八条
EIGHT SUGGESTIONS MADE IN PRISON

德琪：不要哭，眼泪洗不尽你的不幸，好好教养我们的孩子，使他比我更有用。记住！记住！我最后仍是爱你的。还有一宗，你一定要再结婚，祝福，我至爱的贤妻！

书信中表达了他对妻子的无限关心和牵挂。他希望妻子不要固守三从四德，希望她改嫁去重新生活。

他殉难于歌乐山下的松林坡，时年27岁。

黄细亚

黄细亚，她是一位诗人，非常的年轻，殉难时只有21岁。黄细亚烈士在读书时，酷爱诗歌，初中时能背诵古今诗歌近千首，老师经常把她的作文作为范文来讲评。她生前的许多诗歌，多在"文化

我呵！
这来自沙漠中的骆驼，
驮着"寂寞"的流浪者，
离开了"象牙之官"，
流浪在"十字街头"……

第一次
遇见了你，
我该说些什么？
我应该
唱哪一支歌呢？……
你，年青的诗人

人民的歌手
向"苦难"跋涉的勇士
我应该向你呈献些什么……

默视你
中国未来的"江布尔"！
用你响亮的声音
去唱出人民的"忧郁"，
用你粗壮的字眼，
去吼出人民的愤怒！
用你自己的"血"和"泪"
借着笔

381

黄细亚诗作《一个微笑》

为历史写下光荣的诗篇：
给自己描下动人的故事。

你：年青的诗人
人民的歌手，
希望你
伸张出热情的两臂，
去拥抱古老多病的农村，
去拥抱祖国忧伤的原野，
"以自己的心
去发现心；

以自己的火
去点燃别人的火"
用你笔作斧头
去砍掉人类的痛苦；
以你诗的镰刀，
去收割人类的幸福；
牢记着吧！诗人，
在凯旋的号声的飘扬里，
我们将会交换一个
微笑！……

大革命"十年浩劫中散佚，未能够保存下来。唯有她在同学纪念册上的一首《一个微笑》的诗被完整地保存了下来：

　　黄细亚的这首诗，深刻地表现了那个时代的知识分子走出"象牙塔"，关心社会现实、关心人民疾苦，用自己的歌喉唱出时代的声音。他们还要"伸张出热情的两臂，去拥抱古老多病的农村，去拥抱祖国忧伤的原野，'以自己的心去发现心，以自己的火去点燃别人的火'"；要投入到创造一个新社会的洪流中，"用你笔作斧头，去砍掉人类的痛苦；用你诗的镰刀，去收割人类的幸福"，既表现了革命的坚定性，又表现出"天下兴亡、匹夫有责"的精英意识。

　　她用诗抒发自己的志向，同时也用自己的行动投入到地下党领导的学生运动中。她最大的愿望，就是能够在实现理想的过程中与人民"交换一个微笑"。

　　黄细亚烈士是中国民主同盟盟员。她生前最大的遗憾，就是没有完成拜伦《去国行》的译稿。从她弟弟黄开平的回忆中，可加深对她的了解：

　　我姐姐黄细亚，从小就喜欢文学。1943年，她在江津国立九中读初中。她是抗战时期的1942年随叔父来四川的。她还是市二中学生自治会主席，搞学生运动积极参加，反饥饿、反内战，搞抗暴运动，她是学校的主持者，也是领导人之一。

　　她以记者身份，去川盐银行壮丁驻扎地，观察国民党拉壮丁的黑暗现象，她非常不满。当时接兵的连长关汇熙住楼上。她上楼去做连长的工作，使关同情那些不愿参加打内战的壮丁，释放了部分壮丁，并说服姓关的不能继续用捆绑吊打方式来镇压无辜的劳动人民，给关很有启发。

被捕后的情况：关在渝市罗汉寺时略知一点情况，她表现很坚强，表现革命的乐观，曾由狱中写信出来说："我很好，你不必为我着急，我每天坚持学习英语，读《拜伦传》。还想拉二胡、绣花。你将二胡和绣花的绷子想法带来。"她所嘱之事我照办了。转送"二处"后，她托人带过一张纸条出来，大意说：请家中勿着急，因罗汉寺看守所女犯放完了，只得把我转移到这里来，（新世界）没有什么，虽我一个女的他们不放，但真理仍是我们的，希家中有人来看我一下。母亲看了信后痛哭不已，拿着信又能到何处去看姐姐呢？上天无路、入地无门。反动派把我的姐姐关到哪里去了？托一个重庆市卫生局的亲戚到处打听"二处"在哪里，找了一月两月。直到重庆解放后，才从报纸上找到姐姐的下落：她从新世界提出后，便被国民党特务屠杀了！

黄细亚是一个有才华的学生，是一个有思想的学生。我们从她读书时写的作文里可以进一步地了解她。她在作文《论币制改革》中写道：

币制改革是为了"平抑扬价，安定生活"。而实际上呢？以全国三分之一的财政开支，拿给刽子手去上演同室操戈的悲剧。何尝不是军用需要迫急，在周转不灵的情况下产生的办法。如果没有优良的社会制度，经济重心仍然掌握在少数资本家手里，必将酿成"朱门酒肉臭，路有冻死骨"的惨景。所以，今日币制改革之于理想，正如孟夫子所说，"缘木而求鱼也"。

她在《勤俭与人生》一文中写道：

解读狱中八条
EIGHT SUGGESTIONS MADE IN PRISON

人生究竟是什么？有人把人生看作一场战斗，有人把人生看成一个梦，还有人把人生看成一出戏，也有人把人生看成一个多余。人生的意义，何仅乎此？而是在于能担负起历史遗交的使命，在社会上做一番轰轰烈烈的事业，为人类谋福利，为时代求进步。表现这样的效能，才是人生的真谛。

黄细亚作为一个有理想的青年，她敢于为社会的自由光明而奋斗。她在给同学的信中这样写道：

追求上进是我们的美德。在人生的原野上，茫茫的宇宙里，虽有错综万象的道路，然而，严格说来，却只有三条：一条是前进；一条是后退、下坡的；另外一条就是中庸之道，保守的、迂回的。朋友，我们既已选中了这条上坡的路，就得要坚韧地往上爬。尽管它荆棘再多、再崎岖，我们都不能停下来呀！我们要以智慧的刀子，斩尽那荆棘！我们要以坚实的步子，踏平那崎岖的坎坷！朋友，用我们的血、肉、汗做三合土，来筑成一条崭新的道路！

她敢于走一条充满荆棘和危险的探索之路，她敢于用自己的声音向反动势力发出呐喊。

黄细亚反对那种"两耳不闻窗外事，一心只读圣贤书"象牙塔式的生活。她认为，青年人应该积极参加社会实践，关心社会现实，关心人民疾苦，揭露社会黑暗。她在《一个中学生的自白》的作文中，对当时的社会现实做了客观的记录：

我时常想说话。然而，我却时常沉默。时局是这样风风雨雨，现实是这样鲜血淋淋。我能说什么呢？歌颂现实吗？我不会，而且我不能够；睡在水漠上唱"雪花飘"吗？我没有精神；诅咒现实吗？我不能，而且不允许；高压的云块仍低垂在每个人的头上，目前的生活太惨淡了。这也是影响读书不好的主因，每天两稀一干，盐水下饭，而且吃不饱。哪儿还有什么精神苦读呢！即使坐在教室，也觉得恍兮惚兮，怏怏不爽。听到吃饭钟一响，大家都飞奔饭堂，碗碰碗，人挤人，叫的叫，喊的喊，弄得满头、满身都是饭，那副惨不忍睹的镜头，胜如大荒年的难民。所以，这时我不仅为自己惶恐、忧急，而且，更为同命运的人惶恐、忧急。

黄细亚被捕后，从狱中通过看守带出过几封信件。在给同学的一封信中，她说：

我9月13日在报馆被捕了。正如拜伦说过的，没有哭过漫长黑夜的人，不知道天明的可贵。我现在关在新世界饭店，每天只能从墙缝里看到长江的帆影，想念着你们。伯母早年坐牢也一定体会过我现在的心情。天，毕竟快亮了，不要惦念我，我现在身体还很好，还可以做很多工作。只是怕出现一个真空时期（指反动派溃逃后，我军尚未入城战斗的时期），没有吃的，请快给我和难友们送些吃的来。

这封信所说的情况，与艾仲伦曾经被押出去找粮食的经历相印证。

重庆解放后，有人记录下了在松林坡收殓烈士遗骸时的情景：

那时，细亚已抬出来放在路边用黑板钉的棺材里。她仍然穿着那件灰底白色细线条的短棉袄、蓝布裤，两臂上捆着一根长长的草绿色布绑腿带，也沾着血迹，不知是因为翻动，还是真的因为见到了亲人，口中竟流出殷红的血来。

艾仲伦，殉难于歌乐山下的松林坡。他为狱中难友送回了粮食，最后却牺牲了自己。艾仲伦烈士因参加"新民主主义解放社"的活动，于10月14日不幸被捕，关押在国民党重庆警备司令部稽查处。他本可活下来看见新中国，但为了给关押在新世界监狱的难友们找粮食维持生存，他放弃了可以自由的机会。

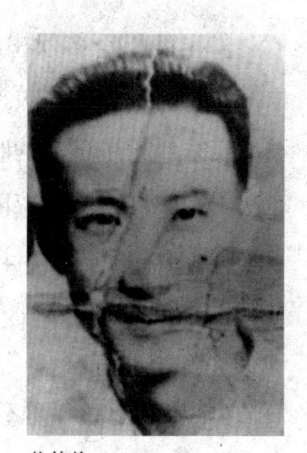

艾仲伦

重庆红岩革命馆的档案中有以下记录：

当重庆解放前夕，社会局面已经相当混乱。看守所已经不能正常供应"囚粮"，几十个人面临着饥饿。看守所要求被关押的"政治犯"自己想办法去解决粮食问题。曾经当过新世界饭店经理的艾仲伦站了出来。他在特务的看押下，走出看守所，上街去找他的熟人、朋友借钱借粮，以解决看守所吃饭的燃眉之急。当他第二次出来借钱借粮的时候，被他的妻子看见了。妻子要求他不要再回去，想办法摆脱特务逃走。但是艾仲伦却不愿意，他告诉妻子："牢房里很多人等着他带回去的粮食。"他含着热泪告诉妻子："不要难过，要克服困难，一定要坚持活下去。我自己做的事决不后悔，要打要杀，我独自承担！"后来，他的亲戚又在街上看见了他到处借钱借粮。亲戚上前再次劝他，赶快跑走，由他来阻拦特务。艾仲伦仍然不愿意，他留下最后的话是："我不跑，新世界饭店还关押着100多人，他们在等米下锅。我跑了他们怎么办？"

当生的机会多次出现在艾仲伦面前的时候，他放弃了选择自由，他想的是那些被关押在狱中等着吃饭的难友。当他的亲人一次一次哀求他赶快逃走的时候，他却不顾自己的安危，毅然地把粮食送回了牢中。重庆解放前夕他殉难于松林坡，殉难时年仅23岁。

他们在即将死去的时候，为什么能做到无所畏惧，到底是一种什么样的力量在支撑？答案就是：信仰的力量。

曾有参观者说："烈士们生得伟大，但死得并不划算。因为他们可以搞假投降，这样既可以保存自己，又可以出来后继续工作。"

也有参观者说："有许多烈士是可以活着出去的，可他们却一定要去死！他们以个人的死换得了更多人的生。"

不可否认，不死，烈士们并非不可以做这样的选择。在光明与黑暗、自由幸福与专制压迫的较量中，需要勇士的冲锋，需要战士的流血，需要英雄的献身。倘若没有勇士，缺少战士，看不到英雄，那么可做出的选择就只能是在真理面前沉默，在专制压迫面前顺从。可以想象，这是多么可怕的事！先烈们的这种选择，对我们今天的社会是一种无私的奉献，是一种高尚的行为。他们牺牲了个人的价值，换得了社会价值的实现。他们的选择，不仅光荣，而且壮丽。正如一位大学生在留言里写的那样："革命烈士的伟大精神，足以使顽石点头、匹夫起舞、三山五岳恭身起敬！"

荣世正烈士，曾就读于成都华西协和高中，毕业时，他在同学纪念册上留有这样一段题词：

20世纪是一个伟大的世纪、混乱的世纪，可诅咒而又令人赞扬的世纪。

在这个世纪，旧的死亡，新的生长。

解读狱中八条
EIGHT SUGGESTIONS MADE IN PRISON

在这个世纪，黑暗走到了尽头，光明已渐渐开始。

在这个世纪，屠杀、掠夺、战争、贫困，一切人类的苦难，都创造了历史上空前残酷惨痛的最高纪录。

在这个世纪，人类为了拯救自己，反抗强权，反抗暴力，处处都表现了最英勇最果毅的精神。

1949年11月29日，蒋介石的10架飞机，从重庆起飞逃亡成都。

飞机上，蒋介石的心情，既不舍又沮丧。

重庆，这座使他人生达到巅峰的城市，这个使他跻身于世界大国领袖行列的地方，他是那般的留恋！他曾决定将这个城市定为永久性的陪都。岁月无情，历史无情。仅几年的光景，他就被毛泽东领导的共产党队伍打败了，最后竟不得不狼狈地离开这里。

蒋介石靠着飞机的舷窗，手里拿着上飞机前毛人凤给他的报告：白公馆、渣滓洞"政治犯"全部处决完毕！最后一批也将于今日全部由城内押往松林坡处决！

看着报告，他两眼发直，沉默不语。

此时他的脑海里闪现出："宁可错杀三千，不可放过一个"；"攘外必先安内"；溶共、限共、灭共；与毛泽东在重庆的谈判……

他又想起了自己曾经总结国民党失败时的讲话：——

——抗战胜利以来，我们一般同志精神堕落，气节丧失，把本党50年的革命道德精神摧毁无余，甚至是毁法乱纪，败德乱行，蒙上欺下，忍心害理。

——我们党和团的组织复杂、散漫、松懈、迟钝，党部成了衙门，党员成为官僚，在社会上不仅不能发挥领导的作用，反而成了人家侮辱讥笑的对象。

——自抗战以来，本党在社会上的信誉一落千丈。我们的革命工作苟且因循，毫无进展。老实说，古今中外，任何革命党都没有像我们今天这样的没有精神、没有纪律，更没有是非标准，这样的党早就应该被消灭淘汰掉了。

……

腐败，是蒋介石、国民党垮台的一个根本原因。违法乱纪，败德乱行，蒙上欺下，忍心害理，导致思想上政治上的腐化、堕落，让800万军队丧失战斗力。

背离孙中山先生的革命路线，党和团的组织复杂、散漫、松懈、迟钝，党部成了衙门，党员成为官僚，让蒋介石、国民党失去民心。

没有精神、没有纪律，更没有是非标准，国民党信誉扫地，蒋介石治国治军无方，历史的车轮滚滚向前，无情地将他抛弃。

蒋介石总结国民党失败的话语太多太多，蒋介石却没有总结他自己为什么领导失败？这是他的悲剧。

与蒋介石、国民党之流形成鲜明对照的是，共产党人和革命志士始终以深挚的情感、负责的态度，结合地下党斗争的经验教训进行分析研究和总结，他们希望党能够随时战胜错误，他们希望党能够长治久安。因为他们有一种革命的情怀：我死了，只要党在，我就等于没有死。他们把自己的一切与党的事业紧密地联系在一起，体现出对党的绝对忠诚！

历史证明：国民党杀害再多的共产党，也挽救不了其失败的命运！最终共产党人领导中国人民夺取政权建立了新中国，国民党只能偏安台湾。

第八章
狱中八条意见

　　罗广斌报告的第七部分是殉难者提出的八条意见,是烈士殉难前总结地下党经验和教训所提出的。这八条意见是烈士血与泪的嘱托,这八条意见是烈士用生命和热血写成,这八条意见是我们今天不可不吸取的经验和教训,它对于执政党具有重要的参考意义。

解读狱中八条
EIGHT SUGGESTIONS MADE IN PRISON

"我们为什么被捕","我们崇敬的上级为什么将我们出卖","教育我们在任何情况下都要坚守革命气节的领导为什么却苟且偷生","今后地下党变为执政党,再出现叛徒我们就死得不其所"……许多的质问、许多的思考,从渣滓洞、白公馆一间间牢房汇集而成一个呼声:要讨论总结地下党的经验教训!更多的担忧和最大的心愿,从每个人的心里迸发而出:执政党不能再出现地下党期间的问题,要认真吸取地下党工作期间的经验和教训,要从国民党的垮台失败中吸取教训。罗广斌的报告第七部分记载了狱中同志讨论总结的八个方面的经验教训,也就是"狱中八条"意见:

(一)防止领导成员的腐化;

(二)加强党内教育和实际斗争的锻炼;

(三)不要理想主义,对上级也不要迷信;

(四)注意路线问题,不要从右跳到左;

(五)切勿轻视敌人;

(六)重视党员特别是领导干部的经济、恋爱和生活作风问题;

(七)严格进行整党整风;

(八)惩办叛徒、特务。

· 393 ·

《关于重庆组织破坏经过和狱中情形的报告》

狱中意见的第一条：防止领导成员的腐化

罗广斌首先记录了狱中同志从党的建设方面总结经验和对党组织遭受巨大破坏的原因进行分析：

在蒋介石匪帮长期黑暗统治地区，尤其是四川，地下党的困难是相当多的。在秘密工作的原则下，横的关系不能发生，下级意见的反映和对上级批评不容易传达。因此，总的斗争原则的把握，必须是有相当经验、能力的领导者。领导得是否正确，基本上决定了斗争的成功或失败，这是很重要的一个特点。但是四川地下党，由于历史上的缺陷，成分一直不纯，组织也复杂，步调上不一致、不平衡。若干老干部在长期消极隐蔽政策下，并没有严格地完成"消极隐蔽、长期埋伏、埋头工作、努力学习"的要求。消极了、隐蔽了、长期埋伏了，但没有工作、没有学习、没有积极地要求自己进步，逐渐地在思想上、意识上产生了脱党的倾向，甚至在行动上也反映出来。这些落后的，但资格很老的干部，抓住了领导机构，造成了领导机构的无组织无纪律的腐化状态……所以狱中一般反映认为：下级比上级好，农村干部比城市干部好，女干部比男干部好……

为了解读狱中同志提出的"防止领导成员的腐化"这一条意见，有必要了解一下从抗战初期到抗战胜利后的地下党组织情况和当时的历史背景。

1939年，南方局在重庆建立后，坚定不移地执行党的抗日民族统一战线的政策。10月，川东特委在市中区柑子堡召开扩大会议。出席会议的特委委员和中心县委书记有廖志高、李应吉、林蒙、王致中、荣高棠、陈奇雪、李维、李亚群、李莫止等10余人。南方局负责人博古、凯丰出席会议。会议根据南方局指示，着重讨论了巩固党的问题。会议决定：加强党内思想工作，教育党员提高党的基本知识，并对党员进行秘密工作训练、纪律和气节教育；审查干部；停止组织发展；彻底转变抗战初期大搞群众运动的工作方法和工作作风，扎扎实实地做深入细致的个别工作；隐蔽撤退已经暴露的党员和干部。

1940年1月，重庆市委重新建立后，仍然坚持要"继续加强党员的教育，进行巩固党的工作，党的发展基本停止"。1940年5月4日，毛泽东为中共中央起草了给东南局的指示信《放手发展抗日力量，抵抗反共顽固派的进攻》。信中指出：党在国统区的工作方针应是隐蔽精干、长期埋伏、积蓄力量、以待时机，反对急性和暴露。

1940年7月2日和6日，南方局召开常委会研究川东党的工作。廖志高在会上报告了半年来川东和重庆的工作。叶剑英、博古、邓颖超、孔原、刘晓在会上发言，周恩来做了总结。会议认为，川东是国民党直接统治地区的中心地区，情况特殊，环境最艰苦困难；川东的工作经过努力取得了成绩，但不能乐观，川东的党组织还没有完全巩固；今后应进一步贯彻执行中央"长期埋伏、积蓄力量、以待时机"的指示，特别是川东，更是长期的工作方针。

　　川东特委根据中央和南方局的指示，在前一段加强巩固党的基础上，进一步贯彻隐蔽方针，在实践中逐步形成了一整套工作方法。主要包括：党的各级组织之间，上下级之间实行单线联系，建立平行组织，严禁发生横的关系；实行精干政策，减少积极委员会，必要时只一人负责，不成立委员会；公开工作与秘密工作机关、从事上层活动与下层活动的干部严格分开；党员和干部做到职业化、社会化、合法化；及时转移有暴露危险的人员，党员转移后，实行转地不转党；充分利用合法方式，参加到合法团体，以致到国民党党政机关中去，通过广交朋友的方式开展工作；利用各种社会关系作掩护等等。

　　1941年"皖南事变"后，中共中央先后两次发出《关于大后方党组织工作的指示》和《关于隐蔽和撤退国民党统治区党的力量的指示》。指示要求坚决彻底地执行隐蔽方针，并规定了具体方法。例如：坚决地勇敢地打破组织上的公开主义，即在特务严密监视的部门中不建立支部；一般不开支部会，仅个别接头；党的各级领导机关一般不设书记、组织、宣传，只设个别特派员、工作员；党员或党的机关与上级失掉联系，须独立工作，不准到处找党。指示还重申了党员可以加入国民党的决定，应彻底无保留地执行。川东特委书记廖志高参加了南方局党委召开的传达布置会议。

1941年底到1942年初，南方局在重庆召开会议，总结两年来的工作。周恩来作总结讲话，指出：为了贯彻中央规定的"长期埋伏、积蓄力量、以待时机"的方针，必须把西南的党组织建设成为更加坚强更能战斗的党组织。为此，地下党员要成为隐蔽的、得力的和联系群众的干部。党的领导机关要熟悉国民党统治区各方面的情况，善于估计形势，运用策略，创造各种各样的工作方法。凡有群众的地方一定要进去工作，使上层和下层工作、公开和秘密工作、党外的联系和党内的联系相配合。"时机一到，立刻可以起来战斗"。稍后，周恩来又提出了每个共产党员要勤学、勤业、勤交友的任务，使隐蔽方针更加具体化。

到1942年初，由于重庆市委原领导成员均已先后调离，市委再次改组，王璞（又名石果、孙仁）任书记，彭咏梧、何文遒为委员。在这一届市委时期，重庆市内党的各级委员会大都不存在，只保留一些单线联系的关系。1943年以后，重庆市委的工作主要在南方局组织部的领导下进行，并一直持续到1946年3月。

1943年9月，川东特委书记廖志高调到南方局，川东特委撤销。另在川东地区成立上川东特委和下川东特委，书记分别为孙敬文、曾淳。上下川东特委，均未建立集体领导机构，书记驻重庆。重庆市委和北碚中心县委由上川东特委领导，巴县中心县委由下川东特委领导。1944年，上下川东特委均撤销，重庆市委和巴县中心县委由南方局组织部领导。

1946年3月，根据形势的发展，南方局组织部决定加强重庆市党的工作，成立新一届重庆市委。市委书记仍由王璞担任，副书记刘国定，委员彭咏梧、骆安靖。新市委还领导上川东各地及下川东部分地区的党组织。4月，重庆市委在江北黑石子开会决定，当前的工作重点是清理和恢复原来失散的组织关系，着手发展新党员，逐步恢复和建立各级党的组织。

从1940年1月重庆地下党执行"隐蔽精干、长期埋伏、积蓄力量、以待时机",到1946年3月清理和恢复原来失散的组织关系,着手发展新党员,逐步恢复和建立各级党的组织,再到1947年2月公开的四川省委撤离重庆后,根据上海局党委指示:重庆党组织放手开展工作,并责成书记王璞清理联系川东地区党组织。但是,已经"隐蔽、埋伏"了6年的党组织状况到底如何?就是报告中总结分析的那样:

在秘密工作的原则下,横的关系不能发生,下级意见的反映和对上级批评不容易传达。因此,总的斗争原则是把握,必须是有相当经验、能力的领导者,领导得是否正确,基本上决定了斗争的成功或失败,这是很重要的一个特点。

由此可以理解,狱中同志为什么要提出"防止领导成员的腐化"这一条意见了。这一条意见,主要是指如何加强党的组织建设和领导班子建设这一问题。

还有一情况必须讲明,那就是蒋介石、国民党政权的不得人心,已经暴露出若干的政治、经济和社会问题。抗战虽然胜利,但中国的经济却并不乐观:沦陷区、农业、工业亟待重整,对外贸易几乎停顿,平均物价水平是1937年的2000多倍,对美元汇率在1100元至2750元之间变动,可以讲是财富经历浩劫、资本蒙受损失。在这种情况下,要求和平民主建国的呼声成为社会的主流。

然而,蒋介石、国民党不顾国内外舆论的反对和人民要求和平民主建国的呼声,撕毁政协决议,坚持发动内战。无论国内还是国际社会,对蒋介石顽固坚持发动内战要消灭共产党的政策,可以说是普遍的不看好。美国总统杜鲁门曾引述马歇尔的观点说：

有一些国民党中央政府的领导人物颇有信心地认为，可能在战场上打败共产党。这种估计在马歇尔看来是极端错误的。他认为蒋委员长的军队不但不可能很快地取得胜利，而且失去了这种立即取胜的机会之后……失败的只会是蒋介石。

在这种背景下，"根据中共中央上海局（钱瑛分工负责领导西南地区党组织）决定，建立川东区临时工作委员会，将工作的重点转移到农村，组织城市支援农村，发动小型游击战争，策应解放战争主战场的斗争"。所以，就出现了1948年初地下党开始组织的在农村的武装起义和在城市向敌人寄发《挺进报》。而作为地下党领导人对人民解放军在全国战场胜利充满喜悦，对重庆仍然有国民党强大的势力"估计不足"，对革命形势在西南地区的发展"过于乐观"，特别想重庆做出成绩、配合全国解放，存在严重的"急于求成"思想，所以在对敌斗争的方式和步骤上"采取了急躁、冒进的做法"。

那么，为什么会在国统区产生对形势的"估计不足"，对革命形势发展"过于乐观"和要想有成绩的"急于求成"、"采取了急躁、冒进的做法"？原因就是狱中同志分析的：

没有工作，没有学习，没有积极地要求自己进步，逐渐地在思想上、意识上，产生了脱党的倾向。

全国的形势发展，蒋介石国民党的失去人心，共产党领导的革命要成功，我们要当家做主人的喜悦，盲目促使了思想上的急躁、冒进，故一旦在农村发动武装起义，遭到数倍于我的国民党围剿，显得措手不及，力量不敌，造成了严重的损失。

而城市里出现问题后，没有按照规定立即转移撤退，而是怀揣侥幸心理，以为"不可能要出事"，于是导致一个一个地被捕入狱。

在国民党统治时期，共产党要保持战斗力和先进性，关键就在于要不断地学习马克思主义，提高思想认识，明确奋斗目标。特别是党处于隐蔽工作状态时期，党员的凝聚力更多的来源于马克思主义理论武装，由此而形成的崇高使命感，是党员能够严格执行纪律、服从组织需要，置天下劳苦大众荣辱于个人利益之上的关键。但不学习、不追求进步，政治上、思想上就会退步，崇高的使命感就会淡薄，主观主义、不按客观规律办事的无组织、无纪律的腐化行为就会出现。

邓照明在《解放战争时期在川东地下斗争的简要回顾》一文中，分析了川东武装起义和《挺进报》事件的原因。关于武装起义，他写道：

关于这个时期的工作，钱瑛同志分析了解放战争形势，四川是国民党兵源粮源的重要地区。为了配合解放战争的发展要求，四川地下党要在大巴山南边开辟第二战场，开展武装斗争，建立农村根据地。这既可动摇国民党的后方，又配合大巴山背面人民解放军进军四川。城市地下斗争要为农村武装斗争服务，输送干部、提供情报、运送子弹。实际上这种分析是不准确的，因为大巴山北面并没有解放军大部队，解放军在这时还不可能进军四川。而且要开辟第二战场，我们主观力量也还不够，需要积蓄力量做好准备。但是我们在四川工作，对全国情况了解不够……王璞是湖南人，抗战时期到四川，是个好同志，斗争是坚定英勇的，但是比较主观急躁。他按上级指示搞武装斗争是对的，但是要创造条件，不是想搞就搞得成功。当时条件尚不成熟，他急于搞武装斗争，在当时川东临委和他的主张和推动下，在川东搞了三次武装起义，都失败了。

关于对扩大发行《挺进报》一事，他写道：

1947年至1948年，人民解放战争已进入战略反攻，国民党统治区人民群众革命情绪很高，形势本来很好。但是对于重庆市这样敌人严密统治的大城市中做地下斗争，在重庆这个地区则仍是敌强我弱，仍更应注意斗争方式和斗争策略。川东临委书记王璞同志在大好的形势下，采取了轻敌冒险的做法。当时地下党办了《挺进报》，本来是供党员和进步群众阅读的，后来搞攻心战术，把《挺进报》秘密发到敌人内部，其目的是动摇和瓦解敌人，即使如此也应当针对可能动摇的人。有一次他们把《挺进报》放在国民党西南军政长官朱绍良的办公桌上，朱绍良是很反动的国民党大头目，受了这样的刺激……徐远举高度紧张和动员起来了。可我们党组织却很麻痹，对《挺进报》的发行和阅读范围也没有限制，阅后也没有及时处理。在这样的情况下，国民党特务就抓了两个工人任达哉和陈柏林（新党员），任供出了领导人许建业的地址——小什字中正路97号，是一家私立银行的宿舍。4月4日，国民党特务逮捕了重庆市工运书记许建业，并留下人守候。市委书记刘国定去找许建业，又被逮捕……这段时间重庆被捕了四五十人，造成了四川少有的党组织大破坏。

由此我们可以看出，罗广斌在报告中的第一条："防止领导成员的腐化"，主要是指个别领导干部因思想上的不学习、不研究形势而脱离实际的主观主义倾向，以及不按照党的组织纪律办事的问题，而不仅仅是我们今天所谈的利用职权贪污、挪用、受贿、行贿等。

思想上的落后，必然导致生活上腐化和追求享受，从而导致领导机构的无组织无纪律的腐化状态。政治上的后退，必然丧失无产阶级政党的先进性，先进性的丧失也必然导致不受约束和管制，讲个性不讲党性，随心所欲而不执行纪律。

"腐化"的表现形式多种多样。其中，由于不学习所形成的思想上随心所欲和不接受党的纪律约束的"腐化"，是最不容易被发现的。一个普通党员"腐化"了，党组织很容易用纪律处置他，但一个党的领导人"腐化"了，由于地下党是单线联系，下级意见的反映和对上级批评的不容易传达，而领导人又以一级组织的代表面貌出现，那么远离核心的组织成员，就难以防范他的"腐化"，当他的言行造成恶果时，显然就难以控制了。当要求冉益智抓紧时间学习时，他说"我来得及"；当要求刘国定去农村工作时，他不愿意去便算了。没有了对组织、对纪律、对事业、对群众的敬畏之心，必然会极大地减弱一名党员对组织的忠诚度。

狱中同志提出的"防止领导成员的腐化"，这既是历史经验，更是现实课题，关键在于如何去防止。其实，无论过去和现在，党的纪律和各种制度在实践中不断地丰富和完善，应该说是不停在做"防止腐化"的工作，只有在防止腐化上严格执行纪律和制度，不搞"下不为例"，才可能使领导干部不敢放弃"敬畏之心"。

罗广斌在这一条的最后所谈到的"下级比上级好"，是指在单线联系时期，下级能坚决地执行上级命令，而上级却另行其道；"农村干部比城市干部好"，是指在农村第一线工作的干部，比在城市里做隐蔽工作的干部要有实际斗争经验;"女干部比男干部好",是指以江竹筠为代表的女难友们,面对敌人的酷刑拷打坚贞不屈、大义凛然,而以刘国定、冉益智等为代表的叛徒,同样是面对敌人的酷刑拷打,却贪生怕死、出卖同志。

狱中意见的第二条:加强党内教育和实际斗争的锻炼

缺乏教育、缺乏斗争——由于领导机构的不健全,事实上没法子领导任何大规模的斗争,也不能在斗争中教育干部、提高干部。已有的斗争,大多数是"制造"的,没有群众基础的,不是根据群众要求而加以领导的。所以,只有政治斗争而没有生活斗争。就在这些斗争里,也仅仅依靠干部的原始热情冲锋。所以,陈然说:"我们像矿砂一样,是有好的成分,但并没有提炼出来。"

从1946年3月清理恢复党组织,到1946年4月建立公开的四川省委,再到1947年2月四川省委撤走后,10月建立了王璞任书记,涂孝文任副书记,肖泽宽、刘国定、彭咏梧为委员的川东临时工作委员会。

这一时期,从国共重庆谈判、召开政协会议,到国民党破坏政协会议决议,党组织争民主、反内战的社会活动到谈判彻底破裂、内战爆发,川东党组织一直没有能够在党组织的建设问题上,有过比较集中的学习教育和比较有组织的活动。唯一的上级指示就是王璞从上海局党委钱瑛处带回的"工作重点放在农村,城市支援农村,发动游击战争;同时加强城市群众运动和统一战线工作;在农村武装斗争中,多搞小型游击队,一般不搞打旗号的大规模武装起义"。这个指示，无疑是对1944年日军发动西南攻势，打到贵州独山时，中共中央所作出的"组织动员城市力量，到农村去建立据点，一旦日本打到重庆，就在农村开展游击战，如果日本没有打进西南，也可以为党在农村组织形成革命力量做好准备"的继续和贯彻。因为，西南重庆曾经是国民党的抗战临时首都，迁都南京后国民党力量在这里仍然强大。占领农村，发展壮大革命力量，既可以在一定程度上牵制国民党的兵力出川，又可为解放西南储备革命力量。因此，"在农村武装斗争中，多搞小型游击队，一般不搞打旗号的大规模武装起义"，就是一个绝对的命令和必须要认真执行的方针。但在"领导机关不健全"的情况下，王璞却不这样认为。当一些偏远的地方开展武装斗争，收缴或是打垮乡村的地主武装，农民扛起了枪的时候，他兴奋地说："好像解放区一样，三个月就要取得革命的胜利。"情况果真是这样的吗？我们看一下当年一些亲历者的回忆：

肖泽宽在《我所知道的川东地下党》一文中记载：

9月，由王璞到上海，向钱瑛汇报。10月回来，传达钱瑛指示：基本同意王璞的汇报提纲：指出工作重点在农村，城市支援农村，但城市工作、统一战线都要加强；武装斗争应多发展小型游击队，如搞大规模的打旗号的武装起义，一定要经过上级领导批准。当时王璞在汇报中，估计已掌握千把人枪，比较乐观。

搞大规模的武装起义要经过上级批准，这是一条纪律规定，可惜没有认真地执行，所以肖泽宽记载：

1948年的旧历年后，约在5月初三或初四，我与王璞、涂万鹏在重庆碰头，知道下川东起义失败、彭咏梧牺牲。邓照明在达县、大竹的游击战已经打开，不几天也失败了。当时待不住，带一批人回到重庆。决定缩小活动，不再暴露。因当时重庆市委支援农村搞武装斗争，工作量大，头绪很多，为避免重庆市委暴露，决定把川东临委和重庆市委分开，由我任川东临委秘书长，驻重庆，并把北区工委交给我领导。7月底，我到合川。胡树英说，王璞派人通知，不要到南充去了，他们已经决定起义。叫我们也准备起义，如起义不成，则组织支援。我到璧山，从报上看到，华蓥山起义已经失败了。王璞同志在起义中因身边的同志手枪走火，已经牺牲。

邓照明在《解放战争时期在川东地下斗争的简要回顾》一文中记载，在组织的第一次和第二次武装起义失败的情况下——

5月中旬，我在广安与王璞见了面，谈了一个星期。首先是我向他汇报了第一工委搞武装斗争情况及重庆市被破坏和我所做的挽救工作。我根据自己领导武装起义的经验，汇报了我的看法。我认为当时条件还不具备。搞武装斗争、干部的训练、地区的选择、群众工作的基础、党组织的建立等等都要有准备。他不同意我的意见。他说，从奉、大、巫和你们第一工委搞的两次武装斗争的经验来看，正足以证明武装斗争现时是可以搞的。他有一个武装起义的计划，从1948年8月起开始准备，7月至10月组织群众，11月就试一试武装斗争，12月发动全川东武装大起义。我还是认为太急了，条件不具备。为此两人争论了很久。最后他说，你现在不要争论了。他的逻辑是：与其等特务破坏我们的组织，不如我提前主动搞武装起义。王璞他们就在7、8、9月举行了川东地区第三次武装起义。到1948年8月，整个川东地下党组织，除川南肖泽宽同志那一片以外，原来的领导机关都实际上解体了。在王璞牺牲之前，我不考虑与上级联系问题。如今王璞牺牲了，我必须考虑与上级联系向上级汇报工作，取得上级领导，才能解决川东党组织的工作问题。

胡康民在《狱中意见，警钟长鸣》一文中指出：

"狱中意见"是对失败教训的总结，而不是对胜利的歌颂。当时的《挺进报》事件发生和在此前后上下川东的奉（节）、大（宁，现巫溪境内）、巫（溪）起义，梁（平）、大（竹）、达（县）起义，华蓥山起义失败，损失十分严重，教训十分深刻。八条意见就是针对这两件大事的教训来说的。失败的教训比成功的经验往往能使人得到更深刻的认识，受到更深刻的教育。狱中同志面对的是死亡，总结的是失败的教训，心情自然沉重……

在重庆红岩革命纪念馆保存的一份《川东地区工作初步总结》报告中，对为什么当时能够在农村发动武装起义的客观条件进行了分析：

川东是敌人长期统治的西南地区，老百姓在抗战八年中担负了出兵、出粮、出款的重大任务。胜利后，蒋匪又在"动员戡乱"的名义下进行了极残酷的剥削和压榨，一般都非常贫困，到了活不下去的地步。而乡镇保甲土豪的专横压迫，使他们无法再忍受。因而他们对蒋介石罪恶统治的不满，对土豪恶霸的愤恨，已经到极点。群众自发的抗丁抗粮、求生救死的斗争，已经连续不断地在各地出现。加之大局变化，我们一天一天地逼近，他们对我们的希望也就日渐增加。有的农民群众公然敢于和我们靠拢，这就构成了我们在川东发动群众、组织群众最便利的条件。

这份报告，还对川东武装起义失败的原因进行了非常深刻、沉痛的总结：一是"我们开了一些空头支票，宣传鼓动的结果，比如我们向群众大吹特吹，说解放军即将入川，或者说解放军便衣队已经来了，甚至假扮解放军来到他们区域做样子。发动群众、组织群众，并不是从当时当地的群众具体要求出发，更没有顾忌他们的觉悟程度"。二是"在进行组织之前，一般很少经过一段教育时间，更不是领导他们做日常斗争，在斗争的过程中去认识发展、巩固，有步骤有方法有领导去逐步提高与扩大，而是好大喜功，舍本逐末，小的斗争不爱搞，要搞就搞大场面。在平静的状态下面去追求量的扩大，因而就超越了群众运动由小到大、由无到有的发展规律"。三是"也是最重要的，一开始群众工作就要把他与建军和武装斗争联系在一起，不经过日常的经济斗争，一下就提高到武装斗争的高度，这种飞跃，对党内个人英雄是需要的，则与群众要求相距甚远，以致在武装起义时也只拉骗了一些群众，大部分群众则离开了我们"。

这份报告从客观、主观两个方面进行了分析后，说："我们对群众利益是隔靴搔痒，在客观是忽视的。今天看，成绩是完了，损失却无可补偿，这不可能不说是一种最大的失败。为什么会形成这样呢？上级党对下级党提出的任务很重大，如在好多时间内发展好多人、好多枪、限定时间拖出来。下级为了向上级交账，不得不加工赶造，粗制滥造。当然下级党在执行政策上出些偏差，一放就放得无边，一放就稀烂。"

狱中同志总结的"缺乏教育，缺乏斗争，仅仅依靠干部的原始热情冲锋，事实上没法子领导任何大规模的斗争"，由此可以看出，加强党内教育和实际斗争的锻炼的重要性。"缺乏教育，缺乏斗争"，就不可能训练出坚强的党性，缺乏党性便不能够领导群众运动。由此，我们可以看出陈然所讲的"我们像矿砂一样，是有好的成分，但并没有提炼出来"这句话，也是狱中同志总结为什么"下级比上级好"的原因之一。

狱中意见的第三条：不要理想主义，对上级也不要迷信

……始终崇拜上级，迷信组织。以为组织对任何事情都有办法，把组织理想化了。加上上级领导人，高高在上，不可捉摸，故意说大话，表示什么都知道，都有办法，更使下级干部依赖组织，削弱了独立作战的要求。江竹筠曾发现这问题，提出过："不要以为组织是万能的，我们的组织里还有许多缺点。"王朴被捕前就一直认为组织总是有办法的，没有想到自己就是组织里的一分子。组织有办法，是靠组织各个分子有办法得来的。所以后来他说："以前我对组织一直是用理想主义的观点来看，今后一定要从现实主义的立场来看了。"

"始终崇拜上级，迷信组织"，这是狱中同志对武装起义失败和《挺进报》被破坏，叛徒出卖组织和同志所造成的恶果最为惨痛而深刻的认识。在地下党处于隐蔽状态下，上级与组织是联系在一起的，上级是组织与下级之间唯一的纽带，一切的指示、命令都来自上级。

地下党组织的单线联系，下级按照上级的指示工作，解决问题必须得到上级的指示。领导又绝对以代表组织的面貌出面，而这个组织与组织之间的上下级，又是靠汇报来获得指示，客观上就存在着采集信息的准确、完整、科学与否的情况。指示又完全是在汇

报的基础上形成的，传达指示又难免没有个人对问题理解与认识的差异，包括党性、作风修养等诸因素。因此，川东武装起义、《挺进报》扩大发行出现的问题，使狱中同志总结提出了"始终崇拜上级，迷信组织"的深刻认识。从狱中报告所列举的大量事实，用"说话的英雄、行动的矮子"来描述刘国定、冉益智等叛徒的特征，是非常客观的。刘国定在党内生活中的"我是上级，什么事情没有经历过"，冉益智要求下级要有"革命气节"等等，可当危及到自己生命的时候，他们则把尊严、气节全抛到一边，而只顾自己的安危去苟且偷生。

尊敬上级，但不能够盲目崇拜；相信党组织，但不能够迷信神话；相信上级、服从组织是绝对的，但必须还要能够开展批评与自我批评，必须形成民主集中制的党内生活制度。

有的地下党领导，总是以组织的面貌出现在普通党员的面前，从各个方面向普通党员们表明自己就是组织的化身，以玄虚的、貌似高深理论和政策语言，来解释自己的言论和行为，竭力证明自己的所有言行都是组织的意志，相信领导人就是相信组织。如罗广斌报告中曾提到冉益智，说他"善于解释"，以致后来叛变了也能为自己找到理由。刘国鋕曾对他崇拜有加，但刘国鋕对组织和领导人的关系认识得很清楚，并没有因为冉益智的叛变而对组织失去信心。他在牺牲前说过："只要有党在，我就等于没有死！" 说明他相信的是真正意义上的组织，而不是某些以组织面貌出现的领导人。

1947年到1948年，川东地下党组织发动过三次武装起义。

第一次是彭咏梧领导的奉（节）、大（宁）、巫（溪）起义。1947年秋，彭咏梧和江竹筠到万县发动组织第一次武装起义。11月到云阳云安镇，召开了云阳、开县、奉节、巫溪党组织负责人会议。会议决定成立"川东民主联军下川东纵队"，彭咏梧为政委。其后，在奉节一带发动组织农民和策反地主武装，于12月25日，在奉节青莲乡举行了各地武装骨干参加的"川东民主联军下川东纵队"的成立会，建立了4个支队和2个分队，并且还编创了川东游击队队歌：

我们是川东游击纵队，我们是工农子弟兵。战巴山，断长江，砸烂蒋家小厨房，我们愿把热血流尽。配合解放军，解放大西南，建立新中国，这是我们神圣的使命。我们是川东游击纵队，我们是工农子弟兵。

武装起义遭到国民党军队的残酷镇压。彭咏梧不幸在掩护部队撤退时壮烈牺牲。敌人从穿皮袍、戴手表、留平头等特征，得知死者便是大名鼎鼎的游击纵队政委彭咏梧，便残酷地一刀砍下彭咏梧的头，挂到竹园坪城楼上示众。第一次起义宣告失败。

第二次是1948年1月，王璞按照约定来到虎南大地区，于17日至21日召开一工委工作会议。会议确定了今后三个月的工作计划："建立千人的大党；建立千人千枪的大军；在大竹、梁山两县建立全县的政治优势（包括群众、武装与统战），然后向达县、宣汉、开江、开县发展；各地派干部到一工委领导的游击队内学习、锻炼，培养一批党务、群运、军事干部；出版一份油印报纸，以加强对干部的政治思想教育。"2月10日，邓照明组织领导的梁山县虎城乡，达县南岳、大树乡等地举行的"虎南大"暴动，结果遭到数倍于我的国民党兵力围剿，暴动迅速失败。

邓照明在《川东地下党组织的几次重要工作部署》一文记载：

1947年12月，王璞来一工委检查工作。当时，我们控制着两个小地区：一是虎城寨（李大荣）、南岳乡（邓兴丰）、大树坝（吕再和）、黄庭坳（没有党员控制，但伪乡长被迫接受我们的指挥）4个乡。这个地区在达县、梁山、大竹县边界。二是大竹县的山后区，即是张家场（陈尧楷）、杨通庙（徐永培、徐相应）、文星乡（徐春轩）。我们在这些地方，控制了伪乡政权，两处各约有五六十支枪、七八十人。我们的活动很公开，开大会，作宣传。我们的人员常背枪上街。我身上带了支左轮，他问可以射击吗？我说当然可以，王璞要过我的手枪，放了两响。看了这些，他很高兴地说："你们这里算个解放区了。"还说要派文学家、音乐家来工作。我说，我们虽然能控制，但远远说不上是解放区。显然，他把形势看得太好，把武装斗争看得容易。我当即表示，力量还不足，游击区都算不上，更不说解放区了。看来王璞没有武装斗争的经验。我便讲了自己的看法，搞大规模的、公开的武装要有准备，即要有党的基础，要有群众基础，要有懂点军事的干部，要选择有利的地区，还要有一定的回旋活动的地区范围。而这些，我们还不具备，只能隐蔽地小型地搞。但他听不进去，我们只好照他的意见办。在1948年1月开始公开干起来。

第三次王璞1948年8月到10月领导的广安、武胜、岳池、渠县、合川武装起义。这个地区是四川华蓥山地区，故也称为华蓥山起义。在敌人"川东北清剿指挥部"的围剿下，起义失败，领导人王璞不幸牺牲。

罗广斌的报告提到江竹筠说的话："不要以为组织是万能的，我们的组织里还有许多缺点"。江竹筠说的这个话，是以她的亲身经历、亲眼所睹的惨痛失败换来的，是以自己亲爱的丈夫彭咏梧——中共川东临委委员兼下川东地工委副书记的牺牲为代价得出的结论，是鲜血换来的经验和教训。

彭咏梧主动请缨赴下川东开展武装斗争。在战斗中，他关心战友，作战英勇，牺牲壮烈。但是有一点必须讲清楚，下乡去开展武装斗争、发动群众不是一挥而就的，必须有一个艰苦细致的工作过程。虽然受国民党苛捐杂税的压榨、受地主豪强的盘剥，农民有为生存而抗争的愿望，但这与地下党要组织武装，牵制国民党兵力出川，在农村建立可靠的工作据点，还不完全一致。在没有掌握可靠情报的情况下，他坚信他领导的游击队，可以与李先念的中原部队会师，迎接解放军大部队挺进四川，并经常以此来鼓动游击队员。他在此间作出的一切重大决定和部署，都是以中共川东临委党组织的名义进行的。而实际上，限于当时的交通和通讯条件，中共川东临委党组织根本就来不及知道彭个人以组织名义作出的决定和部署。

2012年6月19日，我与吴彦来、陈立平及摄像杨明荣、尹涛，到巫溪采访川东游击队当年的活动情况。在祭拜了游击队政委彭咏梧后，我问村干部还有当年参加活动的知情者健在吗？副镇长杨峰指着一边坡地上坐着的一位老人说：他就是当年参加活动的健在者。

出乎我的意料，老人非常健谈。他叫梅运家，时年83岁，当年地下党在巫溪一带发动武装起义活动时被发展为地下党员。他说：

1947年底，彭咏梧在云阳召开会议，决定在云阳、奉节、巫溪一带发动武装起义。我们在这里做接应和巡逻。起义在奉节失败后，要转到巫溪去，撤到我们这个黑沟淌，有50多个人。在山上一户农民家里吃包谷糊

采访梅运家老人

糊，国民党军队追来的时候，是"叶和尚"（绰号）指的地方，把彭咏梧他们包围了。彭咏梧本已跑上山，但警卫员刘福太中弹，彭回转去救，自己又中弹，他交一文件与另一队员，但也中弹。彭倒地后把身上的文件吃到肚子里去了。国民党军队冲上来的时候，发现彭有金牙，又是分头，穿皮夹克，便断定是彭政委。用刺刀割下头颅，拿农民的砍刀将殉难的六人头砍下，然后挑到奉节竹园坪示众。队伍打散后，我也就躲起来了。

听松涛村的主任高长远讲，当年挑头颅的李大云，人还在，87岁了。他住的地方，彭曾经在那里吃过饭，此去有2公里多的路。我立即要求带我去采访。杨峰副镇长指指还在下的暴雨说：现在上不去，这样大的雨，上山的路根本没法走。望着大雨和被山雾锁住的大山，虽然我知道很难，但我绝对不想放弃。在我的一再坚持和要求下，杨峰副镇长、村官刘传琼、县委宣传部的冉春轩答应带我们上山。上山的路在暴雨中真是难以想象的艰难，但急于采访当事人的愿望，一切都不是困难。终于到了大山深处见到房子了。这时，雨居然停了。

山中一处年久失修的土房里，李大云老人正在编竹筐。高长远主任大声向他说明来意后，他与妻子的哥哥邹希河接受了采访。李大云虽然耳朵不好，但精神状态和记忆力却非常好。不会写字的他，回忆当年的情景就像刚刚发生在眼前一样：

1948年初，彭咏梧他们跑到黑沟淌。我们正在吃包谷，看见他们来了，全都跑了。他们喊我们说：不要跑，我们是打富济贫的，是帮你们的。我们见他们没有拿枪追我们，就慢慢地回来了。后来他们也找我们做包谷糊糊吃。彭咏梧边抽烟、边吃包谷糊糊。突然他问这个地方叫啥子。当他知道这个地方叫黑沟淌的时候，就说："不好！我们是红军，走到黑沟淌要出事。"他边说边磕烟杆，结果把烟杆磕断了。彭咏梧脸色一变，连连说"要出事、要出事"，预感情况不好。这个时候，游击队员都在吃包谷糊糊，听到下面在喊："那些土匪赶快投降，我们把你们包围了。"是那个"叶和尚"（绰号）的保长带国民党军队追来的。我们跑出来，听到那些当兵的在问：那些土匪在哪里？有的人指着上面说：在里面吃糊糊。三条机枪把左边、右边和上去的路全封到，游击队从房子前面、后头、窗子跑出来，往不同的方向跑，被打死了6个……

他继续回忆：

我们看到打死人，好凶。他们拿刺刀割头，割不下来，叶保长就找人拿来铡刀把脑壳砍下来。叶保长要我和胡太、李老汉把打死的几个的人头担到竹园坪。他们把耳朵刺个洞，用葵叶编绳穿过，一人挑2个人头。越挑越重，走到半路，人脑壳嘴巴里的玉米糊糊都流出来了，后来舌头也吊出了。中途吃了冒头饭，第二天才回来。回来后的第三天，看到他们的尸体屁股都遭野兽咬了许多，我们赶紧把他们的身体埋了。

梅运家说他有一个最大的心愿，就是想要恢复他的党籍，想过组织生活！杨峰副镇长、村主任高长远对我说：当时，他的确被发展入了党。彭咏梧殉难后，他躲起来了，没有再与党组织联系和参加活动，算是自行脱党了。对他的这个问题，解放初期到现在进行过若干次的复查，情况都清楚。算起来，梅运家从入党参加起义活动，到没有再参加党的活动，其间只有几个月的时间。他在那个把共产党叫"土匪"的年代，能投身参加地下党，确实要冒极大的风险。虽然是被突击发展，但他也参加了一些活动。游击队打散了，他也躲起来了，没有再参加活动，自行脱党了。如果要算是党员，又的确脱党的时间太长。梅运家又不愿意重新入党，他坚持要恢复，该怎样处理呢？我没想出什么更好的办法来。

在此期间，江竹筠一直是彭咏梧的助手，她清楚川东武装起义的整个过程。彭咏梧牺牲后，江竹筠压抑住心中的悲痛，全身心投入到新的斗争。她尽自己的力量来处理好彭咏梧牺牲后的善后工作，总结经验教训。1948年4月15日，江竹筠在给友人的信中写道："政府尽力围剿以后，四乡都比较清静。最近两月以内可能没有事情发生，正反省从前的错误另定新策，以后乡下人可能少吃一点苦头。"这时，离彭咏梧牺牲已整整3个月。

不要理想主义，对上级也不要迷信，这是从地下党斗争血的教训中总结出的经验。组建川东游击联军，打出纵队的旗号，这违反了上级"发动游击骚扰"的决定而大张旗鼓；写出队歌四处张贴以虚张声势，这是发动群众工作的简单化；看到个别群众对国民党反动统治的不满，就认为群众是"干柴烈火"，要"政绩"的冲动导致许多群众牺牲。在地下党期间对上级、对领导的绝对服从，使革命付出了血的代价，这也是狱中同志提出"不要理想主义，对上级也不要迷信"这条血与泪的嘱托的重要原因。领导要做到正确，必须是能走群众路线、贯彻民主集中制、开展批评与自我批评、理论联系实际，能克服主观主义、形式主义和急躁冒进。

狱中意见的第四条：注意路线问题，不要从右跳到左

王敏路线——地下党经过长期隐蔽，没有工作和斗争。而整个革命斗争事业，随着渡河进入高潮时，根据指示，川东党发动了下乡运动，极力想准备地下武力，发动民变斗争。在执行这一任务时，发生了和原来的过右作风相反的过左的盲动作风。彭咏梧到云阳立刻批准作战，没有仔细研究、调查和加以全面计划，违反了"不打得不偿失的战"的原则。他的牺牲，自己应付较多的责任。但这些毛病，集中地表现在王敏的领导上。首先，王敏指出，刘伯承已经渡黄河了，今年（1947年）年底一定要进四川，如果我们还不干，就来不及了。他开始调查从前脱党的，已经腐化、落后的人物，而且一一恢复关系。事实上是强迫的、威胁的，具有"你曾经当过共产党，现在你若不参加，那就不得行"的念头。表面上，他的发展很快，彭咏梧对刘国锯说："有位同志，在两个月内发展了三县组织"，特别提出夸奖。对脚踏实地的工作者，像王璞等领导的地区，反而认为"不行"。彭（或者石果）到乡下走了一趟，转来说："真好极了，简直像解放区！"

李大荣是1927年左右入党的，但一直没有联系。他自己虽还保持着基本的革命的立场，但对政策、对理论已经完全隔膜。王敏告诉他，群众情绪很高，群众大会的结果如何热烈，要他办一个兵工厂，造子弹、修枪。李很老实，很负责地从万县买回了机械、材料。但王敏没有找好工人，没有开工。后来李被捕说："我以后不搞政治了，想出家当和尚。"王敏所恢复的，就是这种政治水平的"同志"。但李是好的。……王敏根据他的工作，认为干起来，开头至少是一两

解读狱中八条
EIGHT SUGGESTIONS MADE IN PRISON

个人，只要拿出旗帜来，农民都会来的。结果邓兴丰和他起事了，只有100个人，除了干部，只有土匪，农民并没有多少。原来由他接头恢复的"老同志"根本就没有动。当然，在那个时候，农民的觉悟程度比起以前是大大地提高了。但王敏把这种觉悟程度视为组织程度，过高地估计自己。说一起事，国民党政权便会垮台，又过低地估计了敌人的力量。没有踏实的群众观点，一点一滴地从教育农民、组织农民，从生活斗争开始，而一开始就采取了最高形式的起义。后来李大荣说："我遭了王敏的吹工"，真是十分沉痛的话。达县失败后，听说王敏受到了严格的批评，停止了他的工作。后来因为没有人，才派他去华蓥山。结果才一个月，又搞开了，围剿下失败了，自己被俘。像这样没有依照群众利益，从根本做起，永远都不可能成功。听说在武胜，一支民变武装，打开了乡公所的谷仓，叫农民去分米，农民不去。后来挑来放在农民大门口，农民也不敢收。这说明乡村的基础是怎样的了。王敏接了三次婚，王璞和他一道工作过，相当了解他。对王敏的意见主要是由王璞、刘国鋕、陈然、我讨论过而提出的。当然，犯这种错误的不止他一人。但正因为不止他一人，所以应该提出……

营山现代革命史资料所介绍的王敏

这一条提到的王敏，是1949年11月14日与江竹筠一起在电台岚垭殉难的革命志士。他是四川梁平县（现重庆梁平县）屏锦镇人。1921

年出生，1938年下半年入党，1940年在梁平虎城小学教书，后到代理中心任县委书记。1941年实行"隐蔽精干"时入上海法学院报业专修科学习。1941年到1942年，在育才小学校驻城（重庆）办事处工作。1945年经组织介绍到丰都江池小学任教。1947年下半年重新恢复组织关系。后担任梁（山）、大（竹）、达（县）、邻（水）边区工委书记。

王敏档案

在重庆歌乐山革命纪念馆王敏烈士的档案中，存有地下党员熊杨对他的回忆文字资料：

> 王敏同志1948年春调到营山负责，工作很积极，魄力很大，与敌人斗争很坚决……王敏同志去了营山，日夜奔波，艰苦工作，深入农民群众中去，迅速打开了局面……营山的干部能够深入下去积极工作，也是与王敏同志的带头艰苦工作分不开的……
>
> 问题就出在张治修这个人身上。张治修是新店伪乡长的儿子，是个知识分子，被捕后秘密投靠了敌人。不久，敌人就找借口把他给放了。这个叛徒放出来后，伪装积极，再三要求恢复组织关系。王敏同志没有警惕，约他在一个地方谈话。敌人做好了准备，王敏同志一去，就被敌人抓到了……抓的时间大约是1949年的1月，抓着后敌人打得很厉害。但在从营山新店向营山县城押送的路上，王敏同志寻机跳

岩逃跑。敌人开枪打他（有的说打着了脚），但他终于跑脱了，跑到一个党员的家里躲着了。据说敌人从血流的痕迹找到了他，也有的说还是张治修叛徒找到告的密。总之，还是被敌人又抓到了。

李仁智同志回忆：

他到营山之后在较短的时期之内……做了很多的工作。在天池乡板木山地区阶级敌人猖狂地攻击我们时，他尚能在危急的情况之下，组织同志们学习并阅读叶挺将军的革命诗词：为人进出的门紧锁着，为狗爬出的洞敞开着……借以鼓励大家勇敢坚定地继续战斗下去……他对同志很热情，并且耐心地帮助同志学习分析理论形势。他的生活也是艰苦朴素、勤俭节约，而且自觉遵守群众纪律。

李家庆同志回忆：

我于1948年认识王敏。当时他是上川东第六工委（渠县、达县、营山地区）委员，我是六工委书记。

在六工委工作期间，工作积极热情……在此困难的情况下，他坚定地坚守了战斗岗位，与敌人作斗争……

营山现代革命史资料记载：

……王敏同志生活非常艰苦，但他工作却积极肯干，吃苦耐劳。通常星夜奔波，辗转城乡，发动群众，深受穷苦百姓的爱戴和关切。王敏同志在营山期间，不仅在党的发展和建立方面，在深入城乡发动群众、组织群众、准备武装力量等方面也做了大量工作，取得了显著成绩。王敏同志被捕后表现十分坚强勇敢，对革命前途十分乐观。当敌人押送他到县城时，他当着群众痛斥敌人：我为革命被你们这伙匪徒抓了，但革命很快就要胜利了，全中国就要解放了！我们党很快就要来清算和审判你们了！他还勉励大家跟敌人坚持斗争，当场很多进步群众和一些地下工作者，都向王敏同志投送了敬佩的目光。

王敏是地下党上川东第六工委委员、营山特支书记。1946年冬，王敏同志与邓照明同志一起在梁平、达县、大竹交界的猫儿寨一带搞武装斗争。由于暴露了，才调到营山县来负责地下党的工作。他工作很积极，魄力很大，与敌人斗争很坚决。当时的任务，是迅速建立起党的基层组织，大力开展群众运动，展开对敌斗争，发展武装斗争，迎接上川东的整个武装起义。当时的任务是很艰巨的。我知道王敏同志去了营山，日夜奔波，艰苦工作，深入农民群众中去，迅速打开了局面。由于他的带头，派了一批干部去当农民、当苦力工人、当乡丁等等，真正深入到群众中去工作。几个月内，听说营山几个重要的地区（为骆市桥、小桥、新店、淌水河、白马山等等地区），都建立了特支、支部，都组织起了比较坚强的群众组织，而且有了一定的武装力量。无论从党的发展和建立方面、从群众工作方面、从武装斗争的准备方面、从上层的统战工作方面，当时都认为比较好的。营山的干部能够深入下去积极工作，也是与王敏同志的带头艰苦工作分不开的。

……他到营山之后，在较短的时期之内，先后在县城、新民乡、新店乡、天池乡、骆市桥、小桥、淌水河、双河等地建立发展了党的组织，做了很多的工作。

敌人很快将王敏解送重庆，被关进了渣滓洞第七牢房。敌人对王敏同志施用了种种酷刑，但王敏同志忍受了一切刑罚，保持了坚强的革命气节，没有向敌人交出自己的组织，没有出卖同志。不仅第六工委所属组织没有遭到破坏，就是王敏同志直接领导的营山地下党组织也没有遭到任何损失。后来，他交出的组织尽是特务的爪牙，把真正的组织保存下来了。

曾国庆回忆：

王敏同志，性格泼辣，胆大，有工作经验，入党的时间较长。王敏同志的爱人周南若（现在成都市妇联），与他共同开展党的工作：公开演共产党的话剧，唱共产党的歌曲，出墙报，贴标语，刊发土改法大纲等革命宣传资料，建立兵工厂。不到半年，约发展武装力量数百人，可与国民党的地方部队分庭抗礼。有几次伪区长李特夫率队来到虎、南、大，王敏同志恨之入骨，主张要打，想从敌人手中夺取枪支。后顾全到老百姓，避免革命遭受损失，未打。他的革命英雄主义、大无畏的精神是值得我们学习的。由于当时的地下工作公开在进行，行动上也有点急躁冒进，被国民党察觉。

从以上的材料记载我们可以看出，王敏在执行上级指示的过程中确实非常的坚决和勇敢，甚至是不惜个人的安危。他热情、敢干，始终有旺盛的革命激情。但是，狱中同志在讨论的时候却给他了许多严厉的批评。当然，客观地说，"王敏路线"这个提法是不准确的。因为作为乡镇一级的委员、支书的王敏，是忠实的执行上级书记王璞的指示，只是狱中被捕的同志更多接触的是王敏，因此讨论研究分析问题更多地就指向了基层的王敏。因此，这一条的实质就是：注意路线问题，不要从右跳到左。

狱中八条的第四条原文标题是"王敏路线"，我们对外展览时改为了"注意路线问题，不要从右跳到左"。这样修改的目的是为了体现公正、客观。在武装起义问题上出现从右到左的问题，一个根本的原因是对革命形势发展的判断靠"拍脑门"，盲目地认为就几个月的时间。因此，在农村开展发动群众、组织群众的方法上急于求成，出现良莠不分，单纯地追求数量、忽视质量的严重问题。特别是违反"隐蔽精干"的原则，有的地方甚至公开地开展革命工作，以至于造成国民党直接到乡村抓住参加革命活动的农民就地枪决的恶劣情况。

罗广斌报告中将这些归结为"王敏路线"是不准确的。作为一个基层干部，他个人的行为是难以形成影响全局的路线问题。川东武装起义中出现的组织发动群众、管理指挥武装活动、发展和建立党组织等方面的问题，主要表现在：有认为敌人已经不堪一击的轻敌思想，有认为群众是干柴烈火一点就会着的判断失误，更有认为解放近在咫尺、红旗随时出现在眼前的盲目冲动。王敏作为一个基层干部，一个坚强的基层干部，他首先要绝对地执行上级的决定，完成上级交给的任务。

我们可以从王敏烈士的档案中，去了解当时的一些历史情况：1947年到1949年初发动的几次武装起义，都是在国民党势力仍还很强大的四川地区，以及土豪劣绅还非常拥护蒋介石、国民党"戡乱救国"方针的情况下进行的。在一些乡镇，"公开演共产党的话剧，唱共产党的歌曲，出墙报，贴标语，刊发土改法大纲等革命宣传资料，建立兵工厂"等一系列活动，除了引起国民党地方当局的高度重视、派重兵围剿外，是难出现主观上期望的那种人民群众一下子就跑到共产党这边参加土改或者打土豪的情况。特别是在教育文化都还很落后的川东地区，"不到半年，约发展武装力量数百人"，这在质量上不得不打问号。共产党发动群众、组织群众，决不是一蹴而就的，没有一个过程是不可能得到群众拥护的。川东武装起义中，许多共产党人和革命志士英勇无畏，可歌可泣，谱写了反对国民党黑暗统治、争取民主自由的壮丽诗篇。但脱离群众、脱离实际、违背客观、注重主观的经验教训，是不可不汲取的。

《中共川东地下党两年来工作基本总结提纲》中，对当时发动的武装起义是这样总结的："醉心于大的轰轰烈烈的带强烈政治性的群众运动，不留心注意和重视一般群众的觉悟、迫切要求，而仍然是低的生活性的与自卫性的。"党的领导者对"城市群众的政治运动、对于群众日常生活小的斗争便忽视，看不起了。如某市级领导人对于某干部反映群众所要求与准备发动的加薪运动表示意见时说：你那算什么东西。意即与武装起义等比起来微不足道。如此一瓢冷水泼下去，一点热气都没有了"。这份报告深刻地指出："只有将运动根植在广大群众的迫切要求与现实觉悟程度上，才会根深叶茂、源远流长、波澜壮阔、持久不变。"此乃真知灼见。

不管做什么事情，一定不能脱离人民群众，一定要从实际出发，这是狱中同志提出注意路线问题的本质。这对于当今的党员领导干部，如何做到眼睛向下而不向上，如何深入群众了解他们的愿望、想法和要求，如何解决他们的实际问题，如何在调查研究的基础上去决策等，都有着极为现实的指导意义。同时，也提醒我们要重视干部的使用、培养和教育。

王敏殉难时年仅28岁。11月14日殉难者中，也大多为川东武装起义的人员。解放后，小说《红岩》所描写的华蓥山游击队，就是以此段历史素材进行创作的。

狱中意见的第五条：切勿轻视敌人

轻视敌人——没有认识敌人是有若干年统治经验的反动政权，对于特务，存在着"是什么东西"的看法，没有知道特务机构是统治的核心，是最强大的敌人。有些同志只是怕特务，但仍然不了解他们。从重庆组织开始破坏起，特务学会了许多斗争经验、捕人技术。比如捕凌春波等，是通知他到小龙坎接长途电话。特务后来一开口便是"出身"、"阶级"。我们的书刊，他们有专人研究，通讯一律检查。捕董务民时，给他看所收集的厦门、贵阳各地的有关信件，加上有叛徒协助，结果敌人是在暗处，我们是在明处，处处出事。后来程谦谋说："我们把敌人估计得太低了。"

我们在战略上藐视敌人，在战术上要重视敌人，这是毛泽东的一个斗争策略。重庆地下党川东临委时期，在工作中对敌人的轻视，主要反映在：第一，对国民党统治区内相对地下党组织的巨大的统治力量认识不足；第二，对特务机关在破坏地下党组织和逮捕革命志士方面的狡诈性认识不足；第三，对反动及特务分子的顽固性认识不足。

川东地下党组织遭受大破坏后，1949年1月3日邓照明同志到香港向中央代表机关负责人钱瑛汇报情况时，有一个基本的分析。邓照明说：构成川东地方形势的，大概可分为这三股社会政治势力：（1）国民党政府的中央势力；（2）以地主、土著资本家为阶级基础的地方势力；（3）代表人民大众的我党与各民主派。在这三股社会政治势力中，第一个势力在军事、政治和经济等各方面，都占有绝对的综合的优势。

从军事方面看，属于国民党政府中央控制的武装力量中成建制的野战军就有四支：罗广文的第108军约4万人，方靖的第97师约2万人，田鄂云的新7旅约1万人，彭斌的内警二总队约8000人。此外，还有警卫部队和地方守备部队共约1万多人，总数约9万人。而带有地方性质的军事力量如省保安队、县警队等，约有数万人。因此，川东地下党面临两大不利条件：第一是自身的力量分散，指挥系统不一；第二是国民党政权中央政府的势力，通过各个渠道，间接地掌握了大部分地方武装的指挥调动权力。因此在川东范围内，第一股势力的军事上占有绝对优势。

从政治方面看，国民党控制着庞大的行政系统。抗战时期，由于国府在重庆，川东地区实际已被高度"中央化"了。原来一些与国民党对立的地方势力，随着抗战的进程，先后被削平了。除特别边远的县份外，一般的专署与县府都被国民党控制着。自然的，即使每个县份内有两派或三派的斗争，但都是在政府主导范围内的争夺民脂民膏的窝里斗，很难说得上是什么反政府或反国民党。

总之，三股社会政治势力相比较，以中共重庆地下党组织为代表的民主势力是最弱小的。即使与第二股势力能实现真正的联合，也是难以与第一股势力相抗衡的。因此，在这样的形势下，地下党组织要在短期内靠宣传口号动员和组织革命力量，进而发动武装起义，确实非常困难。

同时，国民党特务机关在破坏地下党组织和逮捕革命志士方面，除了疯狂、残暴外，还极具狡诈性。他们在重庆地区的上万名特务中，有公开的渝警备部的稽查人员，更有化装成老百姓摆摊子、买香烟、刻图章、算八字的暗地侦察员，并有严密的交通和通讯系统配合。而且，特务机关还很费心机地研究共产党地下组织人员的一些言行特点，比如总结出头发蓬松、穿双破皮鞋、说话满口新名词、写年号喜欢用公元纪年而不用民国年号等。革命者若偶不小心，就会吃亏。

对于特务机关的一些惯用手法和伎俩，骆隽文曾作过一些归纳：

在破坏地下党方面，常用的方法有：

1.派遣内奸打入革命组织。如徐远举就供认："破坏《挺进报》，最初的线索是渝站渝组组长李克昌在文城出版社布置的一个内线提供的。"

2.伪装进步，诱捕地下党员。如，1948年底，特务机关在垫江指使"红旗特务"邓乐群伪装进步，假意要支持地下党搞武装斗争，邀约地下党派人与他接洽，结果地下党组织派去与他会面的人都被捕了。

3.突破缺口以后，尽量扩大破坏。最典型的例子，就是涂孝文叛变后迅速形成的下川东地下党组织的大破坏。在这方面，特务还充分利用叛徒，掌控叛徒心理，一再扩大破坏面。就是只要叛变了，特务就慢慢挖，并不急逼。同时利用叛徒之间的争功心理，像挤牙膏一样一点一点地挤。例如，叛徒刘国定、冉益智都是1948年4月出卖了他们所领导的重庆党组织，冉益智带特务到万县去逮捕涂孝文等，却在6月间，看到冉益智"立功"了，刘国定又出卖了上川东党组织。就这样，特务对重庆地下党组织的破坏随着时间的推移而逐渐扩大，并波及到上海和成都。直到1949年1月底才告一段落，持续了近一年的时间。

4.利用被破坏的地方，派特务卧底"守株待兔"。如许建业、刘国定的被捕等。

在审讯地下党员以及策动叛党方面，常用的方法有：

1.硬的一套是刑讯逼供。常用的刑罚有吊打、"老虎凳"、灌"水葫芦"、电刑、烧"八团花"（香火烧背）、竹筷夹手指等。特务在审讯被捕的地下党员时，一般首先都是严刑拷打，实行肉体摧残。一些意志不坚定的分子，往往过不了这一关而叛变。特务张界在审讯江竹筠时用了竹筷夹手指的刑罚，江竹筠被竹筷子一夹指头就昏迷不醒，无法问口供。于是他就挖空心思采用慢慢加劲的办法。看到江竹筠快要痛昏死的时候就松一松，然后再慢慢加劲，如此反复折磨，但江竹筠始终挺住了。

2.软的一套是花言巧语，进行诱骗。常用前途、家庭、名利等作诱饵。李文祥坚持了8个月却终于叛变，就是一个例子。特务还经常对被审的人说："老弟，你不要太傻！像刘仲逸（刘国定）、骆安靖他们在共产党内的地位比你高得多，他们都'自新'了，你又何苦呢？"以此动摇革命者的意志。

3.利用叛徒劝降和刺探机密。如骆隽文叛变前，就由刘国定现身说法劝降，后来骆隽文又多次对其他人员现身说法劝降。这时，叛徒起到了特务所无法起到的作用。

4.得寸进尺，拉人下水。特务往往先叫革命意志不坚定的软骨头承认"悔过自新"，进一步又要他出卖组织秘密，然后再要他参加特务组织，使其在罪恶的泥坑里越陷越深，不可自拔。这种一步一步拉人下水的办法，特务还无耻地将这"好比女人失了节一样，你搞了她第一次，再要搞第二次、第三次……她就没法拒绝了"。

5.伪装同情，骗取机密。如许××被捕后，一个看押他的特务伪装同情革命，佯装服从许的教育，要将功折罪，骗取了许的信任。许就叫他到自己的住处取出党内机密材料烧掉。结果那些材料被那个骗子特务交给了他的上级，造成了一些人的被捕，暴露了工作地点。许知道自己受骗后，气得以头碰壁，但仍然坚贞不屈。

对反动及特务分子的顽固性的认识，不是用坏或者不坏这样简单的标准来评判的。特务机关对特务首先是用反动的政治思想来反复灌输教育，然后再用功名利禄加以笼络，使特务们死心塌地地为国民党政权卖命。

特务们在思想上、精神上与革命者是势不两立的。例如特务田光辉，一见到受审的人，不管三七二十一，先抽几鞭子再说，嘴里还要歇斯底里地叫嚷："你们快要胜利了，以后该你们狠，但是今天还是我们的天下，该我整你们几下再说。"

在反动精神支撑下，特务们，特别是一些骨干分子，其在破坏地下党组织和逮捕革命者的活动中劲头十足，甚至可以用不辞辛劳、鞠躬尽瘁来形容。如国民党保密局西南特区的骨干特务雷天元。据其他特务回忆，有一次为了调查一个逮捕中共地下党员的线索，从重庆市中心到30里路外的磁器口，特务机关的汽车不够，雷天元就自己去搭公共汽车去。返回时天已晚，连公共汽车也没有了，最后雇了一辆马车，直到半夜才回到城里。雷天元当时感慨地说："谁能像我们为国家这样辛苦啊！"据当时在场的特务回忆，雷天元在说这话时，是充满了"自豪感"的。所以，许××被看守特务伪装同情骗取机密材料，也可以说是因为对特务的这种精神上、思想上的顽固性认识不足造成的。

"轻视敌人"所造成的损失和危害，对川东地下党是相当大的。在执行"隐蔽精干、积蓄力量、长期埋伏、以待时机"的地下党工作原则上，出现了"左倾"的教训，也是严重的。在今天和平建设年代，"轻视敌人"所造成的损害，也是不容低估的。今天的"敌人"没有明显的标记，那些怀着不可告人的目的，采取"设置陷阱"、"引你上钩"、"请君入瓮"等手段，来拉一些党员领导干部下水的情况仍大量存在。在有利可图的现实社会中，那些手中掌握有权力的个人和部门，切不可掉以轻心。

狱中意见的第六条：重视党员特别是领导干部的经济、恋爱和生活作风问题

经济、恋爱、私生活——从所有叛徒、烈士中加以比较，经济问题、恋爱问题、私生活这三个个人问题处理的好、坏，必然地决定了他的工作态度和对革命的是否忠贞。刘仲逸、蒲华辅在经济问题、私生活上，腐化倾向特别严重。而恋爱问题，是每个叛徒都有的问题。在工作上，因为经常检讨、报告，犯了毛病，容易发现，也有较多的改正机会；而私生活，一般是不大注意的。但是，在这些问题的处理上，却清楚地反映了干部的优劣。

红岩历史上的叛徒有：涂孝文、骆隽文、刘国定、冉益智、李忠良、蒲华辅、李文祥等。他们几乎都可以从这三点上找到背叛自己政治选择的原因。刘国定掌管地下党经济来源的一个药店，曾经假公济私，要把钱拿去投资，名曰：增加收入，实则去谋个人利益；冉益智总喜欢大谈自己的性交艺术，狱中同志分析他"在男女问题上，他又表现了一个畸形的观点，他手头的关系，男的大多数交了，女的保留"；李文祥能够坚守刑罚的折磨，却过不了家庭关，为了保自己妻子出狱，坚持要参加特务工作，叛变后却遭到自己妻子的唾弃！

与这些叛徒相比，在红岩历史上的绝大多数革命者，在经济、恋爱、家庭三个方面，则表现出截然不同的态度。

红岩中的一些革命先辈和革命烈士，忠诚自己的政治选择，为了党和人民的事业，为了党和人民的利益，他们默默无闻、脚踏实地、无私奉献。即使在秘密战线与魔鬼打交道，出入灯红酒绿的场所，他们也能做到"同流而不合污、出污泥而不染"。

卢绪章　　　　　　王敏卿、肖林

卢绪章、肖林、王敏卿等就是这方面的典范。他们执行南方局建立秘密经济战线的指示，只身入商海开公司、做生意，天天与金钱打交道，掌管着地下党的秘密金库，在没有监督、没有审计的情况下，党什么时候要经费就什么时候提供，党需要多少就保证提供多少，从没有出现一次的失误。在按照上级党组织指示结束所有的生意产业的时候，又将自己个人掌管的资金资产全部上缴，数额高达上千万美元。

张露萍为执行秘密任务，新婚不久即告别丈夫，从延安返回四川，领导军统电台特支，为党提供及时准确的重要情报。不幸被叛徒出卖入狱后，她宁可牺牲自己的生命，也要严守党的纪律、保守党的机密！

抗战时期，王辉在南方局负责掌管党组织的活动经费，因为交接中出现一笔数目不小的差错，她省吃俭用，甚至变卖家当，用自己全部的劳动收入偿还了所差错的钱。后来组织查出差错的原因并不在王辉，要将她偿还的钱如数退给她的时候，她却明确表示：宁亏自己、不损组织。

当江竹筠面对丈夫被害、孩子尚幼的残酷现实时，她谢绝组织的照顾安排，克服自己对孩子的思念，战胜自己情感的悲伤，毅然决然地留在武装起义的第一线担任联络工作，不幸被叛徒出卖入狱，她坚贞不屈，留下了"活人可以在活人的心中死去、死人可以在活人心中永存"的豪言壮语，表现出了一个共产党员的高尚情操。

在国共斗争时期，怎样对待个人的利益？怎样保持个人的道德水准？怎样对待个人的家庭？这些与经济、恋爱、生活等密切相关的问题，一旦与革命相结合，就会让人必须面临忠诚与背叛的抉择。忠诚自己的选择，忠诚自己的使命，忠诚自己的组织，就有可能要在这三方面做出牺牲或者受到损失。

忠诚，不是豪气冲天的誓言与决心。忠诚来源于个人对信仰所表现出的坚守力量，也就是对共产主义理想的坚信，对党的事业的执着追求，对国家和人民群众利益的勇敢捍卫。这种力量的不断积聚，就会形成一种革命的力量，进而转化为一种党性。但是，如果这种力量不能够积聚，忠诚度就会减弱或丧失。一旦遇到生死考验，就会首先顾及个人利益，甚至不惜出卖组织和他人的利益，最终彻底背叛自己的信仰。

李文祥1948年1月因"《挺进报》事件"被捕。他在敌人的刑罚面前，刚开始还是做到了坚不吐实，不交代任何"问题"，但8个月后他却出了问题。

在连续的刑讯逼供下，他凭着一股"劲"经受住了考验。这种"劲"，就是他在白色恐怖下从事地下活动的革命意识：面对危险，绝不背叛；面对逮捕，绝不出卖组织。长期担任地下党的县委书记和城区区委书记的他，养成认准了就要干到底的作风，敢于面对困难和压力，认真努力地去完成党组织交给自己的工作和任务，确实给许多人留下深刻的印象。被捕后，特务整治他的刑罚，可以说是十分惨烈的。有脱险志士回忆说：面对不肯交代的李文祥，为了让他招供，特务曾丧心病狂地冲上去抓住他生殖器使劲地捏，当时弄得李文祥痛得晕了过去。面对敌人的残忍，李文祥的那股"劲"儿一上来，仍然坚持什么都不说，看你能把我怎么样，到底是你硬还是我硬。就这样，特务的刑讯逼供在李文祥的这一股"劲"面前全无用处。

当李文祥带着伤痕，离开充满咆哮、对抗的审讯室回到牢房，他发现虽有同志的相伴，但已没有在外工作时的那种紧张和忙碌。眼前，阴暗潮湿的牢房，浑身伤痛，行走被限，他突然感到身在外面那种自由自在日子的可贵。即使有危险、即使有生活的窘困，即使要劳其筋骨，可只要谨慎小心，自由却能常相随伴。现在坐牢了，失去了自由，到底要坐多长的时间，一月、两月，甚至一年、两年？或者哪天突然被拉出去枪毙？一起被捕入狱的妻子在渣滓洞那边情况如何？她那有病的身体能够受得了吗？

他又一想，夫妻双双被捕入狱，怎么倒霉的事儿都让我给赶上了。想到自己是被市委书记刘国定出卖的，心里一阵阵地发痛。想到即将面临生死关头，他好不悲伤……

当敌人发现李文祥情绪低落，且十分担忧他妻子的安危时，为了使他能够招供，特务故意将他转囚到白公馆，妄图利用家庭、情感来打垮他的精神意志。之后，特务常将他带到渣滓洞监狱与他的妻子见面。每次见到妻子，他总哭哭啼啼，他的妻子劝他要挺住，一定要坚强。可每次与妻子的见面，使原本坚强的李文祥不自觉地陷入到痛苦之中，他想：自己参加革命十几年，可谓是出生入死、肝脑涂地，从不计较个人得失。眼看形势逐渐好转，共产党夺取政权、建设新中国也指日可待。要是没有被捕入狱，那么到了新中国成立后，自己不说是前途辉煌，那起码也是有功之臣。可现在，自己身陷牢狱，摆在自己面前的选择是如此的残酷：要么出卖同志、出卖组织，参加特务工作，去做那无耻、下流的叛徒勾当；要么什么都不说，坚持到底，说不定哪天就死在了狱中。人生苦短，现实的选择又是如此的尖锐。自己的妻子身体不好，像这样下去会拖死在狱中。组织上让我保人，我连自己的妻子都保不住，还能保谁呀！我该怎么办呀？

李文祥自参加革命后，可以说是风里来雨里去，一直忙于执行和完成任务，不断地工作，根本无暇思考人生、革命、理想、信念等重要问题。陈然发现李文祥的思想有波动后，对李文祥谈了自己对党内叛徒的憎恨之情，希望李文祥在狱中也能做坚强的榜样，一定要坚持下去。但李文祥对陈然的劝告，只能仰天长啸和不断地摇头。他情绪低落地说：看不清前面的路啊！不知道今后会怎样啊！

面对监禁、面对折磨，他的精神意志逐渐消沉了下去，原来的那股子"劲"儿也完全没有了。他每次到渣滓洞监狱，除了见妻子，特务还要让他读高墙上的标语："青春一去不复还细细想想！认明此时与此地切莫执迷！！"，"迷津无边，回头是岸；宁静忍耐，毋怨毋尤"，李文祥在痛苦绝望和惴惴不安中，一种活着总比死了好的苟且偷生的愿望，从他的心底里窜出：12月14日，为了自己的妻子早日出狱，他不顾一切地叛变了！

李文祥的叛变，有他自己的逻辑：组织上让我保人，我连妻子都保不住，我还保谁呀？我的妻子是人，她应该享有生存、享有自由的权力，保她也是保人呀！李文祥"保妻子也是保人"的逻辑没有错。问题是他作为一名地下党的领导干部，不但没能保人，反而还出卖了他人。在危难时刻，他不仅没挺身而出，反而为了苟且偷生不惜出卖组织和同志。功利色彩过重，个人主义占上风，是他经历一番痛苦后而选择背叛革命、出卖同志的根本原因。被李文祥出卖的民盟盟员、地下党员程谦谋被捕入狱后，敌人为了扩大战果,曾将他带到茶馆,以喝茶的形式,妄图逮捕与他相识的人员。而程谦谋只管埋头喝茶,绝不将他的视线放到任何人的身上,以致特务白坐了几天,终一无所获。

《报告》中说到的"在工作上,因为经常检讨、报告犯的毛病,容易发现,也有较多的改正机会。而私生活,一般不大注意的。但是在这些问题的处理上,却清楚地反映了干部的优劣",说明了在地下党斗争所处的特殊条件下,尤其是当时的单线联系方式,党组织确实难以对党员干部的个人生活实施有效的管理和监督。狱中同志认为,选择、培养干部,一定要注意他们的人生观和党性的坚定,要重视"品质",其次是"经验",再是"才能",把"品质"放在第一位的意见,这是做好党的建设的一条重要经验。

狱中意见的第七条:严格进行整党整风

整风、整党——眼看着革命组织的被破坏,每个被捕的同志都希望组织上能够提高一般的政治水平,严格地进行整风、整党,把一切非党的意识、作风洗刷干净,不能容许任何细菌残留在我们组织里面。被捕近十年的许晓轩同志,很沉痛地口述过他对组织上唯一的意见:他们被捕前重庆已发现消极隐蔽下个别同志的思想、生活,有脱党腐化的倾向,并已着手整风,没有想到,后来这种腐化甚至破坏了整个组织。真是太沉痛、太难过了。这种损失,是对不起人民的!希望组织上能够切实研究、深入地发现问题的根源,而且经常注意党内的教育、审查工作,决不能容许任何非党的思想在党内潜伏!

"不能允许任何细菌残留在我们组织里面"、"绝不允许任何非党的思想在党内潜伏",这是狱中同志强烈提出要经常整党整风的理由,也是根本的目的。"非党的思想在党内潜伏",这是一个过去和现在都要面临的问题。因为"潜伏"的"非党思想"是"细菌",一旦发作,就会出现损失、破坏、伤亡等难以估计和防范的巨大危险。特别是这种"细菌""潜伏"在党员干部的身上,那后果真不堪设想。

"严格地进行整风、整党,把一切非党的意识、作风洗刷干净,不能容许任何细菌残留在我们组织里面",这实质是如何保持党组织纯洁性的问题。这种潜伏的细菌在地下党期间的表现就是:思想、生活方面有脱党腐化的现象。思想上淡化,甚至是没有了党员的意识,言谈举止难以按照共产党员的标准进行自律,这种丧失先进性的表现,狱中同志把它总结为腐化。一般的党员出现这种情况,最多表现为不愿意再为党工作或消极对待党组织。但领导干部如果出现这种情况,首先会慢慢"异化"自己手中的权利,不为组织而为个人;其次,在遇到生死考验的抉择面前,除了选择苟且偷生外,就会无耻地出卖组织和同志,沦落为可耻的叛徒。处于隐蔽状态下的地下党,虽然没有更多的条件组织党员学习,没有条件经常培训干部,但这种"难以整风"的后果所造成的巨大损失,使狱中同志感到"真是太沉痛、太难过了"。所以,狱中同志提出了"希望组织上能够切实研究、深入地发现问题的根源"。

这个根源,其实川东地下党在1948年底到1949年的时候已经有所总结了。

重庆红岩革命馆保存了一份川东特委的《川东地区工作初步总结》。这份总结报告其中指出:"川东党为什么会接二连三地产生一些叛徒呢?除了这些家伙生活上优裕腐化、没有经过斗争锻炼、品质不纯等条件足以解释外,川东党的干部因占据高位,而形成党内贵族，一旦遇着事变，就彻底投降敌人，出卖组织"。

"形成党内贵族"，这是一个多么深刻的分析与总结。

"生活上优裕腐化、没有经过斗争锻炼、品质不纯"是"党内贵族"的主要特征。所以我们说，"潜伏"的"细菌"会破坏了党员的思想系统，会迷失党员的奋斗意志，以致形成说一套做一套、口和心分离、脑和手分离、要求别人马列主义而自己大搞自由主义的"党内贵族"。

整党，其实就是要保持共产党人的先进性，就是要将"先天下之忧而忧，后天下之乐而乐"这种传统道德升华为共产主义理想。整风，就是要保持共产党人的纯洁性，就是要为党和人民的利益奋斗终生，将立党为公的崇高境界转化为一种人格魅力。

狱中报告有这样一个观点："下级比上级好"。川东特委《川东地区工作初步总结》也归纳出了一般干部的六个优点：忠诚积极、吃苦耐劳、坚决勇敢、牺牲精神、有工作经验、与群众有联系。

狱中报告对提拔使用干部提出了："我们希望组织上对提拔干部、审查干部、培养干部一定要更进一步的谨慎和严格。"川东特委《川东地区工作初步总结》对干部提拔使用也提出了三个需要注意的问题：一是要重品质、重经验、重才能，二是要重视对党员干部、特别是老同志的思想教育和提高，三是必须追究叛徒被提拔的责任。

狱中报告对领导干部的作风提出了要防止"过右"和"过左"的问题。川东特委《川东地区工作初步总结》，也指出了领导干部作风方面存在的四个突出问题：一是领导机构不是集体领导，只是向书记负责，导致了个人独裁；二是事务主义，没有总览全局；三是官僚主义，只发指示、听报告，不深入基层、不听意见；四是家长作风，用大帽子扣人。

狱中报告指出：要"经常注意党的教育、审查工作，不能允许任何非党的思想在党内潜伏"。川东特委《川东地区工作初步总结》也指出：没有经常的党内教育，就是盲人牵盲人，不能自觉自动，就只能自生自灭。

"细菌"都是微小的、一点一点的，比如品质的缺陷、经验的陈旧、说大话、不民主、个人说了算、官僚主义、家长作风、不重视学习、缺乏教育等。这些"潜伏"的"细菌"一点一点的，一般不大会引起人们的注意。但一旦它聚积到一定的程度并逐渐发挥其破坏力的时候，它将摧毁整个机体的免疫系统。

重庆南方局时期，周恩来对党员、干部曾提出：在国民党统治区战斗，要"同流而不合污、出污泥而不染"，"保持荷花亭亭玉立"的精神气质。南方局经常组织干部党员学习，坚持有计划地读书，提出"不懂就问，太忙就挤"。通过读书学习，以达到防微杜渐，也就能防止细菌的干扰。这也是一定形式的整党整风。

但四川省委撤离后，川东地下党的学习几乎停顿，更不用说进行一些整党整风的活动，以致在党内出现了严重的问题。胡康民在《狱中意见、警钟长鸣》一文中写道："在革命高潮中往往卷进一些投机者，这不可避免，也不足为怪。革命队伍能吸引更多的人参加是件好事。问题是在革命过程中，党的组织要对每个参加革命的人，特别是党员干部加强思想教育；每个参加革命的人要自觉改造思想，真正树立革命人生观。地下斗争、武装斗争和监狱斗争是真枪实弹过硬的事，来不得半点虚假。平时有虚假，关键时刻就要大暴露。纸糊的窗户，一戳就破。叛徒李忠良是个小角色，却是投机分子的典型。他本是一个青年学生，追求南开中学一位女同学，但女方却看不上他。在当时进步潮流的推动下，他到华蓥山地区参加革命，做群众工作，想镀一层金，积累一点政治本钱。在乡下表现甚是积极热情，又颇能说会道，被发展入党，甚至当了联络员，了解不少情况。等到武装起义的枪声打响，他就溜了。回到重庆后忙着追女朋友，以下过乡为资本，信口吹牛。被刘国定出卖，一被捕就叛变。关在渣滓洞时，以为别人不知道，他还要吹牛，说：'马上就要胜利了，我们要坚持！'有同志气他不过，揍了他，为此打几架。他当然占不了便宜。他向徐远举诉苦说：'渣滓洞管理得不好，这样下去连王cua cua（四川方言，意近无能、窝囊废）都要关成共产党。'他带着特务四处抓人，当了军统的中尉，又以此为荣，吹起牛来。他在抓人时，对过去的同志穷凶极恶地吼叫：'我到处找你，今天看你格老子再跑嘛！'狱中同志们说他，改造成革命者是假的，改造成特务行动员是真的。"

所有的叛徒都有一个明显的特征：两面性。当没遇到关键的时刻，看起来比谁都还革命，甚至显得很"左"。一旦遇到关键问题要经受考验的时候，就会暴露出卑鄙无耻、穷凶极恶、令人发指的另一面来。狱中同志面对叛徒的这种丑恶行径，深感整党整风的重要性和必要性。因为，他们看到了极少数叛徒对革命事业所造成的巨大破坏。

整党整风，就是要整掉潜伏在党内的"细菌"。只有不断清除侵入党内的"细菌"，才能够纯洁党的组织，保持先进性和战斗力。整党整风，就像保养维修机器设备一样，要保持机器设备性能的正常，就必须进行经常的保养维修。

一个政党，只有保持了组织的纯洁性，才有可能保持组织的先进性；要保持组织的先进性，就必须排除组织的不先进性。先进性是党性的根本特征。但它不是一个人参加了党组织后，就自然而然拥有的。它是要依靠学习、经过训练，才能够逐渐转化为一种忠贞不渝的品质。如果没有在整党整风中的学习培养，那么忠诚指数就不会提高。这个指数一旦降到很低，就会向叛变的方向滑去。这就是党内为什么会出现叛徒的一个根本的原因。

狱中意见的第八条：惩办叛徒、特务

惩办特务——对于虐待"政治犯"、屠杀革命战士的主要特务应该缉拿归案，予以惩办，包括叛徒在内。

毛人凤［保密局副局长（应为局长）］、徐远举（西南区主任，二处处长）、周养浩（西南区副主任）、雷天元（二处科长）、左志良（二处科长）、张界（二处主任法官）、卢章（前二处科长）、漆玉麟（二处行动组长）、李磊（渣滓洞所长）、徐贵林（渣滓洞管理组长）、白佑生（前渣滓洞训导组长）、陆景清（白公馆所长）、杨进兴（白公馆管理组长）、张鹄（前白公馆所长）。

刘仲逸（叛徒）、冉益智（张德明）（叛徒）、李忠良（叛徒）、李文祥（叛徒）、骆安靖（叛徒）。

毛人凤（1898—1956），浙江江山人，毕业于黄埔军校第四期，特务头子之一。抗战胜利后，军统局撤销改为保密局，毛人凤继戴笠为国民党保密局的局长。1949年11月14日，蒋介石与毛人凤由台湾飞抵重庆，由毛人凤主持会议，执行蒋介石交代的大屠杀、潜伏、游击、破坏四大任务。全国解放前夕，毛人凤逃赴台湾。

徐远举（1914—1973），出生于湖北大冶，1930年毕业于武昌黄埔军校第七期，特务头子之一。1932年参加军统。1935年出任"护送班禅专使行署"少校参谋，在西藏开展情报活动。1945年6月被戴笠提拔为军统局第三处（行动处）副处长。1946年1月到华北出任军统北方区区长。1946年7月，出任重庆行辕二处处长。其间，策划破坏中共重庆市委机关报《挺进报》，又指挥镇压华鎣山武装起义。1948年，出任国民党保密局西南特区区长兼西南长官公署二处处长，主持策划了1949年11月27日对关押在白公馆、渣滓洞、新世界看守所的共产党人、革命志士的大屠杀，以及对重庆全市的大破坏，双手沾满了革命者的鲜血。1949年12月在昆明被捕，经过多年改造，对其罪恶有了深刻认识。1973年病死于北京功德林监狱。在战犯改造所，徐远举写了一份《血手染红岩》的交代材料。从这份材料中我们可以看出，国民党西南长官公署和保密局在川东破坏和镇压地下党的情况。

周养浩（1910—1990），浙江江山人，特务。毕业于上海法学院法律系，与戴笠、毛人凤是同乡，从事国民党特务工作16年。由于他举止斯文儒雅却又心狠手辣，被称之为军统著名的三剑客之一，绰号为"书生杀手"。先后担任过息烽监狱主任、重庆卫戍总司令部保防处处长、保密局西南特区副区长等职。他曾亲自策划部署杀害爱国将领杨虎城的行动。1949年冬国民党在西南大撤退时，周养浩秉承特务头子毛人凤的命令，在重庆、成都、昆明等地参与布置大破坏与大屠杀，后在昆明被逮捕。解放后，周养浩曾在白公馆关押，后转到北京秦城监狱关押改造。1975年3月20日，中共中央统战部和公安部联合下达了《关于安置特赦释放人员的意见》，其中第六条规定："凡愿意回台湾的，报中央统战部、公安部办理。"1975年，他作为最后一批被释放的战犯，由于当时允许他们去任何地方并发路费，他和其他人共10人要求回台湾和家人团聚，但在香港滞留140天后，没有获得台湾当局的允许。其中1人自杀，3人回大陆，2人留香港，周和其他3人去美国投亲，1990年在美国去世。

解读狱中八条
EIGHT SUGGESTIONS MADE IN PRISON

杨元森（1912—1951），湖北沔阳人，特务。1925年加入国民党，黄埔军校第五期毕业。1931年在江西随陈诚部参加三年剿共内战。1945年到重庆，在"军令部谍报参谋训练班"第9期受训，毕业后任军统总部磁器口造时场谍报参谋训练班三队队长、特警班第二期训练总队长。1947年2月，调任重庆行辕二处上校参谋、第一课课长。在徐远举指挥下，主持捣毁《新华日报》、"六一"大逮捕、镇压华蓥山武装起义等罪恶行动。1949年7月，升任西南长官公署第二处副处长。重庆解放后，按毛人凤的"游击"计划，率军统"四一"部队窜至川北妄图顽抗，被解放军击溃。1950年6月，川西公安厅将他擒获。1951年1月29日，最高人民法院西南分院依法判处他死刑，在重庆公审后执行枪决。

张界（生卒年不详），江苏江浦人。原名张保兴，又名张凌翔，特务。国民党西南长官公署二处军法处法官、司法股股长，保密局西南特区侦防处科长，曾主持审讯陈然、许建业、王朴、江竹筠等革命同志。1949年10月28日，在重庆大坪刑场参与杀害陈然、王朴等烈士。同年11月14日，他是江竹筠、李青林等30位革命志士在电台岚垭被杀害的监斩官，是负责对共产党人和革命志士施行审讯、杀害并进行拍照的军统特务。重庆解放前夕，逃往川北打游击，被我军击溃后潜回老家，化名赵明。1958年11月，被我公安机关捕获归案。

杨进兴（1917—1958），浙江宣平人，特务。抗战始，任军统特务武装部队"忠义救国军"副班长、行动组组员。1940年，接受军统特务专门训练。1941年任特务看守，负责看押叶挺将军。后调军统局任戴笠的便衣警卫、侍从副官。戴笠死后，任军统局行动员、白公馆看守所看守长。1946年8月，亲手杀害中共川康特委书记罗世文和川西特委军委委员车耀先；1949年9月，是杀害杨虎城将军的主要元凶；同年11月27日、29日的大屠杀中，亲手杀害东北军爱国将领黄显声将军、张学良的副官李英毅及新世界看守所革命者32人，甚至连婴儿也没放过，他的双手沾满了革命者的鲜血。大屠杀后逃往成都，解放后潜伏到四川省南充市的农村，伪装成贫农。1955年6月，被我公安机关捕获。1958年5月，在重庆公审后被处决。

漆玉麟（生卒年不详），又名宋玉成，江西萍乡人，特务。1933年在河北保定行辕参与逮捕共产党员马玉龙等56人，并将马玉龙杀害。1939年1月，任军统局重庆特区调查科特务员；1946年7月后，任重庆绥靖公署二处警卫组行动组长、侦防大队二中队中队长、国民党西南长官公署二处中校行动组长等职。1948年4月，对中共重庆地下市委机关报《挺进报》进行疯狂破坏，并带着叛徒冉益智前往川东万县、涪陵一带，破坏中共川东工委组织，逮捕江竹筠、李青林等13位共产党员。1949年9月，随特务头子徐远举到昆明制造了震惊全国的昆明"九九"整肃案，逮捕进步人士240余人。同年11月14日，漆玉麟率刽子手将江竹筠、李青林等30位革命者分批杀害。在他近20年的特务生涯中，逮捕、杀害了数以百计的共产党人和进步人士。重庆解放后逃往川北打游击，被我军击溃后潜回农村老家。1957年12月，被我公安机关逮捕归案。

徐贵林（1917—1950），又名徐天德，河南安阳人，特务。14岁时入军统，曾任蒋介石的侍卫及戴笠的勤务兵。戴笠死后任行动组组员，是杀害中共川康特委书记罗世文和川西特委军委委员车耀先的刽子手。1947年12月，调国民党西南长官公署渣滓洞看守所任看守长。凶残成性，人称"猫头鹰"。1949年11月14日，押解江竹筠等30位革命志士往电台岚垭杀害，又是"11·27"渣滓洞大屠杀的元凶。解放后被我公安机关捕获，1950年6月在重庆被处以死刑。

宋惠宽（1917—　），特务，河南商丘人。1938年随国民党内政部第一警察总队由汉口到重庆。1940年10月，入军统特务大队受训，曾任军统贵州息烽集中营看守，看管过杨虎城将军及其他政治犯，并杀害过一名女政治犯。1944年1月，调军统重庆集中营，充当便衣警卫及白公馆看守所少尉看守员。1949年11月27日，在对白公馆进行大屠杀后潜藏于重庆巴县永兴场农村。为长期隐藏，他到市公安局假自首，自认为无事后，在渣滓洞附近开起小煤厂，联络军统分子，妄图长期潜伏。1951年3月被我公安机关逮捕归案。

张国焘，（1897-1979），叛徒，在狱中报告中没有涉及到。1938年4月，从延安私自前往武汉，公开叛党，投靠军统。同年4月18日，中共中央作出《关于开除张国焘党籍的决定》。在军统局，张国焘为戴笠提供中共的活动方式、组织工作、群众工作等情况。1940年3月，军统局在"中美合作所"区域内专门为其成立了针对中共的"特种政治问题研究所"，由张国焘任主任。主要负责研究中共问题、搜集中共情报、对延安进行策反等工作，后因无功遭戴笠冷遇。1948年6月，他到上海办《创进》周刊，从事反共宣传。1949年逃到香港。1966年移居美国。中美建交后，逃往加拿大。1979年12月，病死于加拿大多伦多。

刘国定（1918—1951），叛徒，四川新都人，抗战时期入党。先后担任过巴县中心县委宣传部长、巴县县委书记、重庆市委副书记、川东临委委员、重庆市工委书记。1948年4月被捕，因叛徒冉益智指认后即叛变。他先后供出川东临委领导成员名单和大量地下党组织的情况，致使大批党员干部被捕，重庆地下党组织一度处于瘫痪的状态。因他出卖有功，被军统授予中校参谋、西南行辕侦防处专员职位。他为特务机关编写了《防止中共入川之对策》、《中共在川活动概况》，并作为特务破坏地下党组织的教材。重庆解放前夕，他妄图逃到香港未成。重庆解放后，自知罪孽深重，不得不向公安机关投案。1950年被公安机关逮捕，1951年2月被判死刑。

冉益智（1910—1951），叛徒，四川酉阳人。1937年在重庆入党，1939年冬调万县，化名肖青、冉毛，在万县地区进行活动。历任万县中心县委组织部长、中心县委书记。他在万县住了三年。冉益智具体负责川东临委与下川东地工委书记涂孝文之间的联络工作。捕前为中共重庆市工委副书记。1948年4月被捕，为乞求活命，与刘国定竞相出卖组织和地下党干部。他指认刘国定是市委书记，许建业是市委委员，供出重庆沙磁区、北碚区、城区和下川东地下党组织，致使江竹筠、李青林、刘国铤等大批党员被捕。被军统授予中校秘书、西南行辕侦防处专员职位。他为军统头目徐远举所办的"特务训练班"，专门编写了《四川共产党地下活动概况》一书，并给特务训练班讲授《中共内幕》、《地下党组织》等课程，死心塌地地为敌卖力。他因"积极反共"得到了保密局局长毛人凤的嘉奖，被授予"侦防处中校专员"。1950年，他被原保密局西南特区副区长李修凯发现（时李修凯已向人民政府坦白自首），扭送到公安机关并被逮捕。1951年2月被判处死刑。

涂孝文（？—1949），又名涂万鹏，化名杜谦益，叛徒。抗战初期入党，历任中共四川江安县委、泸州中心县委书记，后调延安学习。1945年，作为四川省党组织代表之一，参加了延安党的第七次全国代表大会。1946年7月，由延安派回四川万县，负责下川东地工委党的工作。1947年10月，中共川东临时工作委员会在重庆成立，任川东临委副书记兼下川东地工委书记，公开身份为辅成法学院学生。1948年6月11日，因冉益智出卖被捕，叛变后供出了中共万县县委书记雷震及下川东地下党员江竹筠、李青林等20余名共产党员。1949年10月28日，从重庆军统集中营的杨家山"优待室"提出，在重庆大坪刑场被国民党公开枪杀。

骆安靖（1921——　），中共成都市工委委员、上川东地工委委员，叛徒。1948年7月在四川广安被捕后叛变。同年10月，军统任命他为西南特区少校专员。解放后被人民政府判处无期徒刑。

李文祥（？—1951），叛徒。叛变前是重庆市工委下属的城区区委书记。1948年4月17日，因刘国定出卖而被捕入狱。在敌人的刑讯逼供下经受住了第一关，但却经受不住感情因素的诱降。当特务以"最后一次同太太见面"相威胁时，他在坐牢8个月后，向军统特务机关坦白自首，成为可耻的叛徒。他出卖了何柏梁等10多人，并参加军统工作，被军统授予上尉军衔。1951年2月被公安机关判处死刑。

李忠良（？—1951），叛徒。他参加了1948年初的梁山、达县、大竹起义，因刘国定出卖而被捕。他出卖了大批的游击队员，被军统授予上尉军衔。1950年被公安机关逮捕，1951年2月被判处死刑。

任达哉（？—1951），抗战期间，他在国民党中央印刷厂当工人。抗战胜利后，中央印刷厂迁回南京，任达哉失业。经人介绍，任达哉认识了军统特务李克昌，在帮忙找职业、给经费的吸引下，任达哉做了军统的通信员。随后，任达哉被介绍到民盟机关报《民主报》工作，同时负责监视民盟机关的活动情况。1945年底，任达哉隐瞒历史，恢复了党组织关系。1948年4月被捕，他出卖同志、交代出组织。1949年11月27日，被国民党杀害于渣滓洞看守所。

任脚下响着沉重的铁镣，
任你把皮鞭举得高高。

我不需要什么自白，
哪怕胸口对着带血的刺刀！
人，不能低下高贵的头，
只有怕死鬼才乞求"自由"；
毒刑拷打算得了什么？
死亡也无法叫我开口！
对着死亡我放声大笑，
魔鬼的宫殿在笑声中动摇；
这就是我——一个共产党员的自白，
高唱凯歌埋葬蒋家王朝！

这是一首关于红岩革命烈士忠贞不屈、视死如归的诗！

不需要自白、死亡无法叫我开口、面对死亡我放声大笑，这是何等的豪迈与崇高！

特务的酷刑威逼，没有战胜革命者的意志，相反敌人在凯歌高声中被彻底地埋葬。

至于那些叛徒，解放前夕即被国民党保密局所抛弃，成为了丧家之犬。当他们一一落网再次走入监狱的时候，任凭他们如何能言善道、机关算尽，等待他们的肯定是严厉的惩办。令人意想不到的是，这些叛徒居然还幻想自己能够有一线生机呢。

解放后，刘国定在一份交代材料中写了这样一段话：

我背叛了党，破坏了党组织，这是贪生怕死的结果。作为过去是一个党员，我愿意接受党的严厉处分，作为形式上的特务，我也愿意接受人民政府的处罚。如果党和政府的处分和惩罚不至于肉体的毁灭，则我请求能速作决定以使早在实际工作中赎取自己的罪恶。

直到此时，他还企图活命，希望政府的惩罚不至于"肉体的毁灭"。

冉益智也曾露骨为自己的叛变行为进行辩解："我认为，一个共产党员要是落到特务手里，即使不被杀掉，也很难原封原样地出去。"

叛徒将被永远地钉在历史的耻辱柱上。

共产党从创建到新中国成立，党员人数从50多个人发展到了数百万，出现形形色色的叛徒只是总量中的极少数。但这些为数不多的叛徒，对党组织和他人生命造成的损失和危害，却是不能低估的！与红岩历史相关的革命者不下千位数，而国统区范围出现的叛徒中当时担任了领导职务的只有：江西省委的宣传部长骆奇勋、江西省委代理省委书记颜福华、"南委"（即中共中央南方工作委员会）组织部长郭潜、"南委"宣传部长涂振农，重庆地下党书记刘国定、副书记冉益智，川东地工委书记涂孝文，川康特委书记蒲华辅，重庆城区书记李文祥，广安工委书记骆隽文等极少数。但仅重庆地下党出现的几个叛徒，就造成了整个川东地区地下党组织的大破坏，以致200多人被害和许多家庭妻离子散、父母失去子女或子女失去父母。

一个人在政治上做出选择后，必须要忠诚。忠诚靠的是一个人的坚定信念，而背叛则是一个人的信念毁灭。坚守信仰、保持纯洁，是共产党人先进性的具体表现。

"狱中八条"所涉及的内容，包括了党的思想建设、组织建设、作风建设、纪律建设等，但核心是党的干部。

民主人士黄炎培在访问延安的时候，与中共领袖毛泽东就朝代周期律有过一段对话：

……毛泽东问黄炎培："任之先生，这几天通过你的所见所闻,感想如何?"

黄炎培直言答道:"我生六十余年,耳闻的不说,所亲眼见到的,真所谓'其兴也浡焉,其亡也忽焉',一人,一家,一团体,一地方,乃至一国,不少单位都没有能跳出这周期率的支配力。大凡初时聚精会神,没有一事不用心,没有一人不卖力,也许那时艰难困苦,只有从万死中觅取一生。既而环境渐渐好转了,精神也就渐渐放下了。有的因为历时长久,自然地惰性发作,由少数演为多数,到风气养成,虽有大力,无法扭转,并且无法补救。也有为了区域一步步扩大的,它的扩大,有的出于自然发展,有的为功业欲所驱使,强求发展,到干部人才渐见竭蹶、艰于应付的时候,环境倒越加复杂起来了,控制力不免趋于薄弱了。一部历史,'政怠宦成'的也有,'人亡政息'的也有,'求荣取辱'的也有。总之没有能跳出这周期率。"

毛泽东非常认真地回答道:"我们已经找到新路,我们能跳出这周期率。这条新路,就是民主。只有让人民来监督政府,政府才不敢松懈。只有人人起来负责,才不会人亡政息。"

黄炎培听了毛泽东的回答,十分高兴,说:"这话是对的,只有把大政方针决之于公众,个人功业欲才不会发生,只有把每个地方的事,公之于每个地方的人,才能使得地地得人,人人得事,让民主来打破这周期率,怕是有效的。"

这段对话,人称"窑洞对"。更是被后人引用为关于政权建设的经典之谈。

毛泽东在带领中共中央机关从西柏坡进驻北京的时候,告诫全党:"务必使同志们继续地保持谦虚、谨慎、不骄、不躁的作风,务必使同志们继续地保持艰苦奋斗的作风。"

民主,是监督、约束权利的关键。党内民主是一个政党先进性的有力支撑，社会民主是对政党为人民服务的制约。坚持和发扬民主是保持先进性、纯洁性的前提。

"狱中八条"建议，之所以有非常强烈的现实意义，就在于我们能不能让那些为新中国创建而奉献牺牲的烈士死得其所，我们能不能避免周期律而不至于"政怠宦成"、"人亡政息"，我们能不能让全心全意为人民服务的宗旨成为党员、特别是领导干部坚定不移的座右铭！"狱中八条"，血与泪的嘱托，表现出革命烈士的几个明显特征：

忠诚自己的政治选择——革命烈士参加革命，从内心里接受了马克思主义，牢固树立了共产主义信仰，做到绝对忠诚于自己的政治选择，在任何情况下不背叛。就像陈然所讲的那样，在平时能够安贫乐道，在富贵荣华引诱下不动心志，在狂风暴雨袭击下临难无苟免，以身寻真理。

坚守自己的政治信仰——革命烈士有为劳苦大众谋幸福、争自由、求解放的高尚情怀；有"为了免除下一代的苦难，愿把牢底坐穿"的革命气概；有对祖国未来充满信心，"愿以我血献后土，换得神州永太平"的思想境界。因此在任何艰难困苦的条件下，他们都不会动摇对信仰的虔诚，并愿为之努力，乃至杀身成仁。

有为国为民的价值取向——为推动社会的文明进步，革命烈士怀着"天下兴亡、匹夫有责"的使命、以"先天下之忧而忧、后天下之乐而乐"的精英意识，敢于把人民和国家的利益置于个人的荣辱得失之上，把个人价值的追求与社会价值的实现结合起来，不计名利，甘为国家和民族无私奉献。

富贵不淫、贫贱不移、威武不屈的崇高气节——革命烈士"生当作人杰，死亦为鬼雄"，"见利不亏其义"、"见死不更其守"，面对危险敢于"舍己为人"，面对真理敢于"舍生取义"。

他们对世界、对人生有正确的认识，绝不让自己的行为违背这种认识，并坚持到底。

"狱中八条"，血与泪的嘱托，也反映了叛徒的一些共同特点：

在执行党的纪律和原则问题上抱有侥幸心理——叛徒对自己的行为都曾有过"一失足成千古恨"的遗憾。造成他们不坚定的原因之一就是他们的侥幸心理太重。在执行纪律问题上总是相信"万一"，在严于律己问题上总是认为"没那么严重"，在学习问题上总是感觉"学和不学都一样"。

对革命事业有极强的功利色彩——叛徒对个人主义是坚守的，突破这个底线时，他们就露出另外一副面孔。一旦心里设定的个人目标不可实现时，加上对死亡的恐惧，就置理想信念、立场气节于不顾，甚至是穷凶极恶。他们的人生态度虚伪，他们的私欲极强。

思想上有脱党的意识——叛徒总是自以为是、放任自流、高高在上，不严于律己，思想和行为严重分离。特别是在取得一定领导职务后，要求下级做到的自己却不带头，口是心非。对于领导职务没有敬畏之心，主观色彩严重，思想上出现脱党，故而遇到生死考验，只能苟且偷生，甚至不惜拿他人生命和组织利益与敌人做交换。

对政治理论的学习不重视——叛徒居功自傲的心理严重。认为自己该学的、该做的都有了，故不愿意在复杂的斗争环境中，进一步加强自己的政治理论学习，并以此来提高自己的思想觉悟和增强自己的党性，不断提升自己的思想境界。相反地把革命成功就能获得个人利益作为人生的价值取向。不论什么事情，总有自己解释的道理，总以领导自居，用个性代替党性，个人与组织的关系摆不正，从而导致思想上的个人主义至上。

革命烈士带走的是苦难，留给我们的是幸福；他们失去的是生命，留给我们的是精神，是经验，是启示。

革命烈士在狱中，面对刑罚、面对死亡而无所畏惧。那是因为他们心里怀着一种信念：我死了，只要党组织在，我就等于没有死，但是我出卖了组织，活着就没有任何意义。他们相信自己的生命会在党领导人民建设新中国的伟大洪流中得到延续，他们相信自己永远是社会文明进步中铿锵作响的音符。这就是他们的崇高之处，这就是他们对革命的执着追求。从选择参加革命的那一天开始，他们就把实现党的奋斗目标作为自己努力的一切，绝不屈服于任何艰难困苦，绝不在任何情况下改变志向。因此，他们在生命的最后时刻，以高度的责任感为执政党提出了八条血和泪的嘱托。

"狱中八条"之首就提出：防止领导成员的腐化，是狱中同志对从地下党变为执政党的殷切希望和忠告。权力滋生腐化是一个历史的现象，也是执政党所要面临的现实问题。因此，革命者衷心希望执政党要坚守为国为民的价值原点，千万不可失去共产党人的政治本色。党员特别是领导干部能够保持思想上、政治上、学习上的追求和进步，能够严于律己，是保持忠诚度而不出现蜕化变质的关键。地下党期间，党员领导干部在思想上出问题后而导致在行动上背叛自己的政治选择，给党组织造成的损失巨大，使狱中同志向党提出了"防止腐化"的问题。防止领导成员腐化，不仅是防止以权谋私的经济问题，更为重要的是要防止因思想上的"脱党意识"所造成的蜕化变质。以权谋私的经济问题，总有蛛丝马迹能够被逐步发现，而且设立的各种制度、条列和规定，一旦暴露就会得到及时的处理；而思想上的"脱党意识"，往往不容易被及时发现，而且在官话、套话和形式主义的掩护下具有隐蔽性。"脱党意识"表现为心和嘴、脑和手的分离，想的和做的不是一回事，要求他人和自律是两种态度。混官场、混脸熟、拉关系、围着权力核心转，党性严重地被利己主义所取代，是当下"脱党意识"的明显特征。不重视理论学习、不思进取、不追求进步，采取不求有功、但求无过的处事方法，说假话、套话，不得罪人，少做事、平稳熬年头、混级别的倾向突出。凡此种种，排斥了党员的先进性，削弱了党员的战斗力，导致党员在社会群众中的影响力下降，以致破坏了全心全意为人民服务这个根本宗旨，形成了"对上不对下"的蜕化变质现象。因此，加强执政党的建设最为重要的就是，要有效地将创新发展的意识、立党为公的绩效考核、党员先进性战斗力的社会评估，作为"防止领导成员腐化"的必备手段，以杜绝和尽量减少党内"脱党意识"的存在。

"狱中八条"之二提出：加强党内实际斗争的锻炼。狱中同志希望党组织在执政后，要特别加强对党员、特别是领导干部的教育培训和重视被提拔干部的实际经验。用好一个人、带出一批人，用错一个人、损失一大批。强调干部的阅历和经验，是保证从矿砂中提炼金子的前提。干部，关系事业的兴衰成败。"政治路线确定以后，干部就是决定的因素"，这是共产党人对干部问题的高度认识。实际斗争在今天可以说就是实际工作的锻炼，也可以说成是一种资历、阅历的过程。在这个过程中的"品质"情况，是狱中同志建议选拔干部问题的关键。品是一个格度，属于道德范畴，质是表示水平，属于能力范畴。川东地下党期间所出现的问题，狱中同志分析最为惨痛的经验教训，就是领导干部不顾客观实际的"瞎吹"和"左"倾。为什么会出现这样的情况？根本的原因就是选拔的干部没有实际斗争的经验，以致在实际斗争中总是希望出现比上级的要求还要好的情况，总是不顾客观实际创造条件也要去实现突破。这在今天看来，就是一种追求"政绩观"的问题。数字出干部、政绩出干部，导致那些不负任何责任的假话屡禁不止。再加上喜欢听好的而不愿意听批评或者是有问题的话，浮躁之风严重影响了理论联系实际、密切联系群众、批评与自我批评三大优良传统的继承与发扬。因此，党员干部要通过学习和工作实践，不断净化灵魂、升华思想，坚守自己的政治理念，用自己立党为公的道德高度和执政为民的信仰力量，去做一个高尚的有政治情操的人。

"狱中八条"之三提出：不要理想主义，对上级也不要迷信。狱中同志希望党组织一定要有领导能力，干部一定要有水平，坚决不能够使用夸夸其谈和居高临下、故弄玄虚的人做领导，党内一定要有健全的批评与自我批评的机制，千万不能有组织是万能的盲目观念。狱中同志提出的这个意见，不仅是历史的更是现实的。在形成以上级文件为指示、唯上级意见是命令的机制中，不要理想主义、对上级不要迷信，还真不是一件容易做到的事。"上级总是会有办法"、"按照上级的指示办"，在一个权力集中的社会，崇拜权力、缺乏民主、忽视民主是普遍现象。"权力应当成为一种负担。当它是负担的时候就会稳如泰山，而当权力变成一种乐趣时，那么一切也就完了。"这是苏联部长会议主席尼·雷日科夫曾引用过的一句名言。如何不理想主义，不迷信上级？关键在于制度建设和制度设计。权力有制约，行使权力有压力，杜绝绝对权力，腐败就会减少。同时，还要扩大党内民主范围，强化公仆意识，坚持批评与自我批评。

"狱中八条"之四提出：注意路线问题，不要从"右"跳到"左"。这是希望党组织对形势要有正确的判断，消极保守、急躁冒进都是党内的不良倾向，特别要注意"左"比"右"造成的损害更大。川东地下党深受"左倾"之危害，经历过血的教训。从党的历史来看，为什么总是"左"多于"右"？问题就在于"右"是逆时事而动，往往与发展实际相背；而"左"则是超时事发展的跃动。一种想要更多更好的期望，往往不易被否定。故违背客观规律的情况就容易发生，造成与主观极端相悖的事情就容易发生。特别是在今天，满足虚荣心的急功近利，满足好大喜功的浮躁之风，满足上下一致的权力至上，"左"还大有市场。因此坚持科学发展观、坚持实事求是，不仅是党的思想路线，也是保持执政清醒头脑的座右铭。

"狱中八条"之五提出：切勿轻视敌人。堡垒最容易从内部攻破，这是敌人破坏的重要手法，不能够轻视敌人，不能低估敌人的能量。狱中同志希望执政党要保持警惕，不要被敌人的假象所蒙蔽。"谁是我们的敌人？谁是我们的朋友？这是革命的首要问题。"今天，没有拿枪的敌人，但今天仍然有人想利用权力或不公平的手段获得资源、利益，为此，这些人不择手段、挖空心思，甚至干出伤天害理的事情。因此，俗话说的"不吃别人的嘴不软，不拿别人的手不短"，既是人生一道安全的防火墙，同时也深刻揭示了"世界上没有无缘无故的爱，也没有无缘无故的恨"的哲理，更是堡垒不会被攻破的关键所在。面对复杂的现实，党的纪律是安全的最大保证，党的制度是堡垒的最好守护。

"狱中八条"之六提出：重视党员、特别是领导干部的经济、恋爱和生活作风问题。一个政党组织内部的成员出问题，往往这三者中必居其一。对这三个问题的态度，往往决定了一个人思想道德的水准和忠贞的程度。因此，提拔使用干部一定要在这三个问题上严格把关，这是狱中殉难者的强烈愿望。如果不用党性约束人性，就会有不通过劳动而获得金钱的"以权变钱"，就会有不顾道德制约的"以权得色"。一旦拥有权力的人对党纪国法丧失了敬畏之心，思想防线就会崩溃，经济、恋爱、生活作风方面的腐化现象就会出现。

"狱中八条"之七提出：严格进行整党整风，这是狱中同志对党组织最殷切的希望。党组织不是生活在真空里，烈士们希望执政党要在思想上不断自我净化、自我完善、自我革新、自我提高，保持先进性、保持纯洁性，以在实践中保持政党的战斗力。同时，狱中同志认为：执政党必须要随时对思想上脱党的情况进行清理和整顿，纯洁党的队伍。"清除非无产阶级意识，纯洁我们党的队伍。"这是狱中同志临刑前的肺腑之言，也是他们对执政党最大的愿望。烈士们之所以能够超越自己、战胜死亡，就在于他们认为"只要党组织在，我就等于没有死。"共产党执政能长治久安，烈士死而无憾。整党整风，就是要求党员有真才实学，而不是徒有虚名，有为党为民的奉献奋斗之心；整党整风，就是要保持共产党员的先进性和组织的纯洁性，在民众中体现出其"特殊材料"的气质；整党整风，就是要求党的组织保持活力，有进有出，随时将有"脱党意识"的人清除出去。13亿中国人中有8000多万共产党员，不先进、不纯洁是难以显示领导核心作用的。

"狱中八条"之八提出：惩办叛徒特务。烈士要求对敌人绝不能留情，对背叛之人的严厉惩处是烈士唯一的愿望。从中华人民共和国成立后的初期党中央、毛主席对刘青山、张子善贪污犯罪的严惩，到改革开放以来对若干腐败案件的绝不姑息，再到建立预防和惩处腐败行为的中国共产党党内监督条例、党风廉政建设责任制、领导干部个人重大事项报告制度等系列的制度建设，都充分体现了中国共产党反腐倡廉的信心和决心。"严惩叛徒特务"，对党员特别是领导干部既是一种警示，同时也是执政党加强党的建设的一种必然。

许晓轩烈士临刑前留下的遗言是"狱中八条"的核心："请转告党，我做到了党教导我的一切，直到生命的最后几分钟，仍将这样……希望组织上注意整党整风，清除非无产阶级意识……"

"狱中八条"，是一批共产党和民主党派等革命志士，在国民党由执政到丢失政权并走向失败、共产党从非执政即将转变到执政的关键时候，向共产党组织提出的建议和忠告。

解码红岩"狱中八条"，归纳起来就是这8个字：忠诚、背叛、信仰、纯洁。

第九章
忠诚与背叛、信仰的力量

　　忠诚与背叛，这是伴随有政治选择的人一生的两个指标。共产党员是否具有先进性、纯洁性，关键在于能否拥有一种坚守信仰的力量。

解读狱中八条
EIGHT SUGGESTIONS MADE IN PRISON

　　《关于重庆组织破坏经过和狱中情形的报告》是一份难得的党史文献资料，更是一份关于如何加强党的建设的历史资料。这份资料，让我们从一定的角度知道中国共产党是怎样在艰难困苦中发展起来的；这份资料，让我们知道了什么叫白色恐怖下的战斗、什么是为革命献身和坚贞不屈；这份资料，也让我们在烈士与叛徒的对比中，知道了什么是高尚正义与卑鄙恶劣。总之，它是一份加强执政党的建设和对共产党员进行忠诚教育、树立坚定信仰、保持党组织的纯洁性及鄙视背叛行为的有现实意义的党史教材。

　　在挽救国家危亡、求得民族解放的伟大事业中，一大批共产党人、民主人士和进步人士不惜舍身捐躯，他们或饮弹就义在反动阶级的屠刀下，或洒血牺牲在枪林弹雨的战场上。他们顽强不屈、慷慨赴死的大无畏精神，显示了我们这个民族最可宝贵的伟大风范和高尚气节。

　　贫贱不能移、威武不能屈、富贵不能淫；失败膏黄土，成功济苍生；愿以我血献后土，换得神州永太平；为了免除下一代的苦难，我们愿把牢底坐穿！革命烈士这种伟大气节和高尚人格来源于他们坚定的信念，这种信念的力量使他们认识自己、肩负使命，战胜自己、坚毅内忍，超越自己、实现目标。

信念给人激励，信念使人追求，信念提升思想。

在中国，红岩是一个有着较高知名度的名词，几乎看过或者没有看过小说《红岩》的人都经常用江姐、许云峰以及甫志高来区别好与坏、忠与奸、诚实与不诚信，更或者在政治上来划分忠诚与背叛。我在红岩连续不间断工作了20多年，接待过无数参观者，曾经问过一些参观者：假如你处在那个年代，你会做出怎样的选择？大多数人都会脱口而出：我可能当不了烈士，因为我可能没有那样的思想基础，但是如果让我选择去当叛徒，良心人格肯定通不过！在渣滓洞、白公馆监狱旧址我接待过无数的观众，与他们的交谈中对革命烈士坚守气节的敬佩是不言而喻的，对革命烈士坚定执着的精神是深深的崇敬，对革命烈士敢于为真理而献身的勇敢更是高度的崇敬。但是，对叛徒没有不憎恨和讨厌的。忠诚老实、忠诚勇敢、忠诚可靠、忠诚守信作为社会道德的内容为世人所崇尚。很多参观者对红岩的历史感兴趣，总是会问这样一个问题：革命烈士都是一些普普通通的人，为什么他们能够有如此坚定的革命性？就这个问题我回答过许多的参观者：他们选择不是冲动和带有个人功利的，而是"天下兴亡、匹夫有责"文化传统基础上的一种理性选择。这种理性在共产党所追求的先进文化目标吸引下，形成一种为国家、民族奋斗的价值取向。创建一个自由、民主、幸福的新社会这种崇高的人生实践，把一种传统文化价值中的精英意识变成为一种伟大的使命，"为免除下一代的苦难，我们愿把牢底坐穿"。

按照参观的每年统计，在2008年免费开放以前，每年来红岩参观的观众为250万人次左右，免费开放后每年参观的观众有500万人次左右。在所有的参观文物遗址景点中，最吸引观众的是红岩村、白公馆、渣滓洞，除了它保持着当年的环境、保持着建筑原有的风貌，最重要的是能够看到当年的一些真实的历史。一张张照片、一件件

《关于重庆组织破坏经过和狱中情形的报告》

文物记录了许多我们所未曾经历、不了解的历史信息。这些历史信息让我们感到自己民族的艰辛与辉煌,让我们知道今天的一切来之不易,更让我们懂得怎样去为文明进步努力。同时,也可以使我们从这惨痛的悲壮中,感到那些壮烈之士的浩然正气,感到那些叛徒的可恶与卑鄙。一部红岩历史显示着革命志士与叛徒特务的烈火与耻辱,一个个红岩英雄人物与贪生怕死的小人表现了宁死不屈与无耻下流,一件件历史文物记载着坎坷复杂与出人意料。忠诚与背叛是刻写在红岩历史中深深的痕迹,就像一面铜镜,可以看清自己的面目;就像一块试金石,可以划出自己的轨迹,就像一台天平,可以看出自己的倾斜。对于在政治上做出选择的人而言,不论是在白色恐怖时期还是在和平建设时期,忠诚与背叛一直是伴随终身必须面对的问题。从中国共产党一大到现在,几乎没有人在加入党组织的时候不进行宣誓的，尽管不同时期的入党誓词不一样，但是"永不叛党"却是一直的规定。

红军时期的入党誓词是：严守秘密，服从纪律，牺牲个人，阶级斗争，努力革命，永不叛党。

抗日战争时期的入党誓词是：我志愿加入中国共产党，坚持执行党的纪律，不怕困难，不怕牺牲，为共产主义事业奋斗到底。

解放战争时期的入党誓词是：我志愿加入中国共产党，作如下宣誓：一、终身为共产主义事业奋斗。二、党的利益高于一切。三、遵守党的纪律。四、不怕困难，永远为党工作。五、要做群众的模范。六、要保守党的秘密。七、对党有信心。八、百折不挠永不叛党。

新中国成立初期的入党誓词是：我志愿加入中国共产党，承认党纲党章，执行党的决议，遵守党的纪律，保守党的秘密，随时准备牺牲个人的一切，为全人类彻底解放奋斗终生。

十二大以后的入党誓词是：我志愿加入中国共产党，拥护党的纲领，遵守党的章程，履行党员义务，执行党的决定，严守党的纪律，保守党的秘密，对党忠诚，积极工作，为共产主义奋斗终生，随时准备为党和人民牺牲一切，永不叛党。

红军时期的"永不叛党"、抗日战争时期的"为共产主义事业奋斗到底"、解放战争时期的"百折不挠永不叛党"、新中国成立初期的"随时准备牺牲个人的一切，为全人类彻底解放奋斗终生"和十二大以后的入党誓词"随时准备为党和人民牺牲一切，永不叛党"，其核心点是绝对忠诚！

在北京矗立的人民英雄纪念碑上刻写着："三年以来，在人民解放战争和人民革命中牺牲的人民英雄们永垂不朽！三十年以来，在人民解放战争和人民革命中牺牲的人民英雄们永垂不朽！

由此上溯到一千八百四十年，从那时起，为了反对内外敌人，争取民族独立和人民自由幸福，在历次斗争中牺牲的人民英雄们永垂不朽！"仅在重庆解放前夕，国民党在白公馆、渣滓洞监狱制造的大屠杀中就有300多名共产党人、革命志士为新中国捐躯。他们忠诚自己的政治选择而义无反顾，用生命实践了自己的政治誓言：永不叛党！

中国共产党从最初的50多名党员发展到8000多万党员，从一个小党发展为引领13亿人民的世界第一大党，在今天必须要对现实复杂严峻的形势有清醒的认识，要有忧患意识、危机意识和责任意识。在党组织的发展问题上，狱中八条经验总结中的"重数量、不重质量"的经验教训我们不可不汲取。《列宁全集》第30卷第45页到46页有这样一段话：

徒有虚名的党员，就是白给，我们也不要。世界上只有我们这样的执政党，即革命工人阶级的党，才不追求党员的数量，而注意提高党员质量和清洗"混进党来的人"。我们曾多次重新登记党员，其目的在把这些"混进党来的人"驱除出去，只有让有觉悟的真正忠于共产主义的人留在党内。我们也用动员人们上前线和参加星期六义务劳动的办法，来清洗党内那些只图"享受"当一个执政党党员好处而不愿为共产主义忘我工作的人。……我们需要新党员不是为了壮观瞻，而且为了进行严肃的工作。

党组织的发展壮大难免会有"徒有虚名"的党员留在党内，先进性的被质疑就在于存在着不先进性现象。整党整风的关键在于要清除非先进分子，只进不出就难以有先进性，更谈不上纯洁性。入党不是为了当官，而是为党工作，这句在革命年代容易做到的话，在今天物欲横流的社会作为要求立党为公，确实需要党员有新的境界和良好的品质。中国共产党得之政权靠的是无数革命志士的抛头颅、洒热血，今天共产党执政江山依然要靠党员、特别是领导干部爱国、奉献和具有为国为民的真才实学。在进行有中国特色的社会主义现代化建设中，深刻认识中国特色社会主义的政治优势，牢记烈士的嘱托，保持共产党员的先进性和组织的纯洁性，是实现中华民族全面复兴伟业的关键前提。1945年，毛泽东同志就曾提出，要夺取全国革命的胜利，"就要有一个有纪律的、思想上纯洁的、组织上纯洁的党"。在党的十七届中央纪委第七次全体会议上，胡锦涛同志进一步强调："我们党作为马克思主义执政党，只有不断保持纯洁性，才能提高在群众中的威信，才能赢得人民信赖和拥护，才能不断巩固执政基础，才能实现党和国家兴旺发达、长治久安。"习近平同志强调要把权力关进笼子里，中国共产党人要实现中华民族的伟大梦想，必须要靠一大批具有真才实学，愿意为党的事业无私奉献奋斗的共产党人。我们经常说共产党员是特殊材料制成的，实际上这个特殊材料里的关键内容就是：把国家人民的利益置于个人的一切荣辱之上，把大众的利益作为最高原则和出发点。

中国共产党从建党开始一直强调"党要管党"，坚持党员质量的名符其实，反对徒有虚名，以其先进政党的战斗力从国民党手中夺取政权创建中华人民共和国。作为结束封建帝制后建立起来的国共两党，不但演绎了中国社会的发展变化，还给历史留下了许多经验与启示。中国国民党推翻帝制创建民国，从北伐成功统一中国到背叛中山先生"联俄、联共、扶助农工"的三大政策，从面对民族危机中坚持"攘外必先安内"到第二次国共合作中不断发动反共高潮，从抗战胜利重庆谈判到撕毁政协决议，从发动内战到丢失政权退守台湾，国民党党部成为衙门、党员成为官僚，尤以抗战胜利后的贪污腐化、违法乱纪、道德败坏、蒙上欺下、忍心害理，在社会上不仅不能发挥领导作用，反而成为抨击的对象。

中国共产党从"八一"南昌起义到建立江西苏维埃革命政权，从反对国民党的五次围剿到二万五千里长征，从延安革命政权的建立到西柏坡又到北京建立中华人民共和国，共产党人浴血奋战，艰苦卓绝，勇于奉献，把国家人民的利益置于个人荣辱之上，立党为公，执政为民。

中国共产党领导的中国革命走过了极其复杂的、艰难困苦的道路，为了赢得革命的胜利和社会进步付出了巨大的代价！"在整个新民主主义革命时期，党所进行的一切奋斗，归根到底都是为了最广大人民的根本利益，党不仅提出反帝反封建的民主革命纲领，而且在革命的每个发展阶段都提出了明确的奋斗目标和政治口号，这就为团结全国人民共同奋斗奠定了政治基础。党号召全体党员不怕牺牲、前赴后继地为革命的胜利而英勇斗争，广大党员以对人民的无限忠诚和自我牺牲精神，创造了无数可歌可泣的英雄业绩，在人们心中树立起全心全意为人民谋利益的光辉楷模，党也由此赢得中国人民的信赖和拥护。"（见《中共党史》第一卷下册第821页）

国民党蒋介石1949年11月30日由重庆逃离到成都，这一天面对失败他写下了这样的感言：

（一）安然后能虑，虑然后能得，安者求安于心也，虑者求理之所得也。只要求心之安，则理无有不自得者。上及穷理至本则知止之意，知止则安矣。（二）是月实为国内外对余最后总打击之一月，而党与国亦为最危急之一月，国内则李德邻勾结共匪于滇卢，国外则艾其逊利用桂系,史达林(即斯大林)笼络毛匪,其共同目标,不惟欲消灭余之革命历史,且欲彻底毁灭我党而后已。史毛狼狈为奸,固无足怪,而美国马歇尔与艾其逊之不智若是,实非始料所及,如中国果为俄国所统制,则亚洲必成为其囊中物,而世界岂复有和平安宁之一日?领导世界之美国当局尚如此不明不悟,岂不可怪?余不禁为美国之安全虑矣。(三)李德邻于昆明令卢汉释放共囚后,竟置贵州、重庆危急于不顾,陷我于重庆重围中,人而彼则避桂转港,仍欲以代总统名义出国,余实不能想象共为人。孙子曰:人皆曰予智,驱而纳诸罟护陷阱之中,而莫之知辟者。孙子尚如此,予何人斯,能不为其所欺乎?亦惟求心之所安而已。(四)登步岛之获胜于诺兰夫妇远道来访,及为夏虑中之最足自慰者也。"(见秦孝仪总编《总统蒋公大事长编初稿》卷七下册第486—487页)

1949年,蒋介石为什么处于一种风雨飘摇之中?蒋介石为什么面临众叛亲离的一种绝境之中?蒋介石本人出了问题,他所领导的国民党出了问题。蒋介石从1927年后实行集权、独裁,逐步形成党不管党,政治不清明,经济垄断,把孙中山的三民主义理想变为对四大家族利益的维护。正如马寅初1940年11月10日在中华职业教育社演讲中指出的那样:

如今国难当头,人民大众为着抗战建国有钱出钱,有力出力。但那些豪门权贵却趁机大发国难财,吮老百姓的血,前方吃紧,后方紧吃,前方流血牺牲,后方和平满贯,真是丧尽天良,天良丧尽,根本不像个人。……多少武人死于前方,文人在后方无所贡献,该说的话就应说出来,蒋委员长不许我讲话,要我去见他,他为什么不能来见我?我曾为他讲过课,学生就不能来看老师吗?他不敢来见我,是因为害怕我的主张。有人说委员长领导抗战，是我国的民族英雄，但是照我看，只能说是家族英雄，因为他包庇他的家人亲友，危害国家民族……（注：2009年11月13日《人民政协报》）

中国国民党是建立在传统文化基础上的一个比较世俗的党，指导国民党政治行为的基本思路是蒋介石新权威主义的统治策略，基本的特征是：以蒋介石个人为核心，在中国建立具有中国传统政治色彩、高度集权的新军事强人的统治，以推行兼具历史延续性与变革性的社会发展。这种建立个人集权的政治，它无法解释清楚三民主义与共产主义的关系、三民主义与民主主义的关系、三民主义与中国传统文化的关系等深层次的问题。因此，国民党员一直没有一个在思想上能够可依循的政治要求，缺乏一个明确的奋斗目标。

中国共产党依靠人民进行革命，依靠党员的无私奉献精神去实现目标。

中国国民党不相信人民的力量，国民党的蒋介石变成了蒋介石的国民党。

一个政党失去先进性有几个明显的标志：政治上蜕化变质丧失代表性，思想上放任自流违法乱纪没有了战斗力，党员、干部贪污腐化忍心害理失去了民心。

一个政党的先进性在于保持纯洁性，共产党员是特殊材料制成的，这个特殊就是在被训练中形成了为国家民族奋斗追求的统一思想和意志，个人服从组织、下级服从上级、全党服从中央，置国家民族利益于个人荣辱之上。

中国共产党是以马克思主义理论作为指导的政党，它在抗战中的积极抗日形象、对党员严格要求的廉洁和奋斗形象，以及坚持人民民主的政治形象，赢得了社会大众的认可。特别是共产党员在东征、北伐、二万五千里长征、全面抗战和解放战争中所表现出的奋斗奉献精神，与国民党党员形成极大的反差。忠诚自己的政治选择，决不玷污党的荣誉，一直是共产党员人生实践的价值取向。所以，国民党员与共产党员之比较就出现党性战斗力的高低区分和优劣之比。

国民党的党员守则有十二条：

……为全党党员守则十二条，通令全体同志，一致遵行。务期父以教子，师以教弟，长官以教属僚，将帅以教士兵，共信共行，互切互磋，亲爱精诚，始终无间。人人能成为世界上顶天立地之人，斯中华民国成为世界上富强康乐之国，然后三民主义能实行于全国，弘扬于世界，千年万世，永垂无疆之休。惟我负革命建国大责重任之全党同志共守之。一、忠勇为爱国之本。二、孝顺为齐家之本。三、仁爱为接物之本。四、信义为立业之本。五、和平为处世之本。六、礼节为治事之本。七、服从为负责之本。八、勤俭为服务之本。九、整洁为强身之本。十、助人为快乐之本。十一、学问为济世之本。十二、有恒为成功之本。

共产党对党员的要求是：必须有坚定的政治信念，永葆党的先进性，严守党的纪律，加强道德修养。"我志愿加入中国共产党，拥护党的纲领，遵守党的章程，履行党员义务，执行党的决定，严守党的纪律，保守党的秘密，对党忠诚，积极工作，为共产主义奋斗终生，随时准备为党和人民牺牲一切，永不叛党。"

在中国，自辛亥革命以来，国共两党一直围绕着如何进行中国革命展开着领导权的斗争，这是因为在革命的方法道路上存在两种不同的价值观。国民党是资产阶级的政党，当民族矛盾上升的时候它能够与共产党实行合作，但是一旦民族矛盾不存在的时候，它就会继续实行消灭共产党的策略，就是在民族矛盾还存在时它也是不放弃打压，甚至消灭共产党。共产党在1949年夺取国民党的政权前，除了在解放区几乎都是处于秘密或者半地下状态，承受压力、甘冒风险，甚至随时有被逮捕关押和杀害的可能。所以能够选择加入共产党组织的人，除了对现实和国民党不满以外，更重要的是对共产党所追求的马克思理论和为国为民的主张能够认同和接受。因此，在一种压力下所做出的政治选择，是建立在使命感的基础之上的一种理性抉择。我们是天生的叛逆者，我们要把这不合理的世界打翻！愿以我血献后土，换得神州永太平；失败膏黄土，成功济苍生；为免除下一代的苦难，我们愿把这牢底坐穿！共产党员之所以是用特殊材料制成的，就是指思想上具有的这种政治性，这种政治性表现在为了实现党的奋斗目标可以做出无私的奉献。

1937年5月8日，毛泽东在《为争取千百万群众进入抗日民族统一战线而斗争》一文中指出：

指导伟大的革命，要有伟大的党，要有许多最好的干部。在一个四亿五千万人的中国里面，进行历史上空前的大革命，如果领导者是一个狭隘的小团体是不行的，党内仅有一些猥琐不识大体、没有远见、没有能力的领袖和干部也是不行的。中国共产党早就是一个大政党，经过反动时期的损失它依然是一个大政党，它有了许多好的领袖和干部，但是还不够。我们党的组织要向全国发展，要自觉地造就成万数的干部，要有几百个最好的群众领袖。这些干部和领袖懂得马克思列宁主义，有政治远见，有工作能力，富于牺牲精神，能独立解决问题，在困难中不动摇，忠心耿耿地为民族、为阶级、为党而工作。党依靠着这些人而联系党员和群众，依靠着这些人对于群众的坚强领导而达到打倒敌人之目的。这些人不要自私自利，不要个人英雄主义和风头主义，不要懒惰和消极性，不要自高自大的宗派主义，他们是大公无私的民族的阶级的英雄，这就是共产党员、党的干部、党的领袖应该有的性格和作风。我们死去的若干万数的党员，若干千数的干部和几十个最好的领袖遗留给我们的精神，也就是这些东西。我们无疑地应该学习这些东西，把自己改造得更好一些，把自己提高到更高的革命水平。但是还不够，还要作为一种任务，在全党和全国发现许多新的干部和领袖。我们的革命依靠干部，正像斯大林所说的话："干部决定一切"。

中国共产党在抗战中发展壮大！这是一个不用回避的事实。从反蒋抗日到逼蒋抗日，再到联蒋抗日，中国共产党在实际斗争的锻炼中，不断地把马克思主义与中国革命的实践相结合，在斗争中完善建立了符合中国实际，有利于中华民族解放，有利于中国社会文明进步的思路，有利于中国共产党发展壮大的路线方针和斗争策略。从20世纪30年代，国民党对中共江西苏维埃革命政权进行的五次围剿，红军被迫长征，不断突破国民党的围追堵截，到达陕北建立根据地，国民党的史学界认为："剿共之失败，不在军事，而在政治。"无论从当时的军事装备和兵力相比较，国共两党的差距都太大。但是，为什么中共军队没有被击溃、打垮？又是怎样的政治问题导致国民党剿共失败？特别是中共红军被迫撤出江西，在长征途中是难以想象的艰难困苦，但却能够冲出国民党的包围圈而在陕北落脚建立根据地？又是什么原因导致国民党蒋介石的失败？

……尤为严重者为政治之影响：南路军封锁不严，致被朱、毛突围而出，黔军腐败，不能阻敌于乌江；康军避战，不能阻敌于大渡河；川军观望，不能歼敌于雅河；奉军、陕军颓废，不能灭敌于陕北；晋军老大，不能阻敌于晋西。凡此，除军事理由外，均有重大之政治歧见存其间，只顾目前地方及个人利益，而无视长远国家及人民利益。加以两广之异动，进窥湘南，日寇之伺机，扰乱华北，亦在实际上牵制追剿军事。至张学良与杨虎城发动西安事变，更使前功尽弃。总之，剿共之失败，不在军事，而在政治。此政略之所以优于战略也。（见《中国共产党史稿》第二篇第374页，台湾）

封锁不严、黔军腐败、康军避战、川军观望、陕军颓废、晋军老大；顾目前地方及个人利益，而无视长远国家及人民利益。这些政治问题使国民党蒋介石没实现剿共野心！蒋介石的中央军、地方军、杂牌军没有统一于党指挥枪，故他的党也管不了自己的党员。党要管党、党要指挥枪，这恰恰是共产党优于国民党的最大长处，也是共产党能够发展壮大的秘诀。不仅在国共两党斗争的战场上是如此，就是在国民党统治的区域，也是"政治问题"导致国共两党有了高低之分和强弱的阵势转换。蒋介石、国民党在大陆失败的根本原因就是：党不管党、治军不统一、官僚习气顽固以致腐败堕落而一发不可收拾。

从1924年北伐战争，国共两党合作到1927年国民党对共产党实行"清党"、"分共"，革命力量遭到打击和屠杀，从国民党对中共江西"苏维埃政权"所进行的"五次围剿"到红军在陕北建立根据地，从1937年国共第二次合作到抗战胜利后的国共谈判，从1946年的政治协商会议召开到国共内战爆发，从国民党溶共、限共到反共、灭共，一直没有把共产党消灭掉，反而共产党在不断发展壮大，并最终打败蒋介石夺取了政权。

能否忠诚于自己的政治信仰，这是国共两党在斗争时期胜负的一个最为关键的原因。罗广斌所写的报告就是在中共最后夺取政权已经势不可当的背景下，国民党最后的统治区域西南重庆，地下党组织被大破坏，一大批地下党员和革命人士被逮捕关押在狱中，面对新中国的建立他们喜悦无比但也忧患重重！要使自己的生命有意义和价值，就是要让从地下变为执政了的党组织避免地下党所犯的错误和吸取经验教训。烈士们深深地懂得和清楚地知道，参加革命不是为了自己要享受和得到，而是自己用生命付出的事业健康发展，避免走国民党失败的老路。只要党组织存在，我们就等于没有死！这是烈士的精神世界，也是他们对生命意义的坚定捍卫。罗广斌代表狱中殉难者所写的《关于重庆组织破坏经过和狱中情形的报告》，使我们能够了解革命烈士在生命最后时刻的那种悲壮、崇高以及对党的无限忠诚。用生命作证，他们做到了那个时代他们能够做的和应该做到的，国家、民族、人民的神圣使命，使他们的人性在血与火中得到充分的展现而表现出一种坚定不移的党性。尤为珍贵的是报告中对党组织所提出的"八条意见"，它既是对地下党斗争时期工作的总结和经验教训的认识，更是对执政了的党所提出的忠告和警示。在奋斗目标变成现实自己却要走向黄泉的悲喜交加心情之下，提出的"八条意见"是血与泪的嘱托，不但是共产党执政为民、立党为公、长治久安，加强党的建设的重要参考文献资料，更是我们保持自警忧患意识的重要参考。中共执政60多年，忠诚与背叛问题在今天最为突出的表现，就是坚持全心全意为人民服务的宗旨与官僚腐败行为的严重冲突与对抗！"'狱中八条'直指手中握有权力的当权者！""烈士血与泪的忠告是一剂苦口良药，每个党员干部都应该认真的对照……""我们今天面对这八条，自己是怎样的？"……一条条参观者的留言，反映了社会的主流，那就是希望我们的党能够清除机体中的细菌健康发展。"权力滋生腐败"，"把权力关进笼子"，是对运用权力远离全心全意为人民服务宗旨背离现象的反击！中央出台严肃政纪的八条禁令从另外一个层面反映出运用权力脱离群众的官僚现象之严重，"要精简文件简报，切实改进文风"，是对官僚主义倾向的回击！"要规范出访活动"的若干规定，是对形式主义的反对！"要改进警卫工作，坚持有利于联系群众的原则"，是对党的优良传统的坚持！"要严格文稿发表……不发贺信、贺电，不题词、题字"，是对个人权利外延价值的限制！"要厉行节约，严格遵守廉洁从政有关规定"，是对公款吃喝浪费特权的抵制！"要改进调查研究"的方式是对坚持群众路线的捍卫！"要精简会议活动，切实改进会风"，是对干部中不学无术、追求形式和花架子恶劣风气的扭转！八项禁令所指的问题，其实就是一种"政宦人怠"现象的不断叠加，非常容易导致与人民大众形成严重对立的局面。因此，发扬民主密切联系人民群众，让人们起来监督是一有效的办法。

《史迪威与美国在华经验》一书写道：几位记者从延安回来，向蒋夫人赞扬共产党人廉洁奉公、富于理想和献身精神。宋美龄感触良深，默默地凝视长江几分钟后回身，说：如果你们讲的有关他们的话是真的，那我只能说他们还没有尝到权力的真正滋味。今天，尝到权力滋味的共产党执政了60多年，腐败逐渐成为普遍的社会现象。八条禁令与狱中八条相隔时空60多年，问题的实质都是共产党的思想、作风和组织建设。习近平同志在十八届中央纪委第二次全会上的讲话中指出："党的十八大提出建设廉洁政治的重大任务，要求做到干部清正、政府清廉、政治清明。""要加强对权力运行的制约和监督，把权力关进制度的笼子里，形成不敢腐的惩戒机制、不能腐的防范机制、不易腐的保障机制。各级领导干部都要牢记，任何人都没有法律之外的绝对权力，任何人行使权力都必须为人民服务、对人民负责并自觉接受人民监督。要加强对一把手的监督，认真执行民主集中制，健全施政行为公开制度，保证领导干部做到位高不擅权、权重不谋私。"从根本上铲除腐败滋生的土壤，必须加强对权力运行的制约和监督。"各级领导干部都要牢记，任何人都没有法律之外的绝对权力，任何人行使权力都必须为人民服务、对人民负责并自觉接受人民监督。"反腐倡廉必须常抓不懈，拒腐防变必须警钟长鸣，坚持"老虎"、"苍蝇"一起打，以踏石留印、抓铁有痕的劲头抓下去，坚决做到有腐必反、有贪必肃。邓小平同志曾经尖锐地指出："制度好可以使坏人无法横行，制度不好可以使好人无法充分做好事，甚至会走向反面……必须引起全党的高度重视。"让尝到权力滋味的人被放权、分权和限权，人民监督权力的使用，敢于争取自己的权利与自由，不媚权、不贪权，形成良好的权力结构，才有可能"把权力关进笼子"。以德治国、以法治国、官员财产公开、媒体舆论开放的独立性是把"权力关进笼子里"的重要基础，也是当今社会政治改革的关键。而我个人认为，当今最为重要的是要止住信仰的流失。

今天，执政60多年的共产党继续奋斗在烈士未竟的事业中，与革命先辈梦想中国的繁荣富强目标还有很长的路。怎样避免国民党执政中国时所出现的败局？如何吸取中国社会发展中的执政经验和教训，这是摆在我们面前一个非常现实而又紧迫的问题。

烈士在殉难前，不但为党组织留下了弥足珍贵的经验教训的总结材料，他们也为自己的亲人留下了遗书遗信，从中让我们感到烈士那种高尚的精神世界和崇高的人格魅力。

江竹筠烈士临刑前写给亲人的一封信中，对自己的儿子做了这样交代：假如不幸的话，云儿就送你了，盼教以踏着父母之足迹，以建设新中国为志，为共产主义事业奋斗到底……孩子，决不要娇养，粗茶淡饭足矣。

车耀先烈士，临刑前给他的几个子女留下一封家书，提出了做人准则：出生贫苦，不可骄傲；创业艰难，不可奢华；努力不懈，不可安逸，能以"谦"、"俭"、"劳"三字为立身之本，而补余之足；以"骄"、"奢"、"逸"三字为终身之戒，而为一个健全之国民，则父愿以足已，夫复何恨哉！

钟奇烈士，临殉以前给他的妻子留下一封遗信，信中这样写道：德琪，不要哭，眼泪洗不尽你的不幸。好好教养我们的孩子，使他比我更有用。记住！记住！我最后仍是爱你的。还有一宗，你一定要再结婚，祝福我至爱的贤妻！钟奇衷心希望妻子重新组建家庭去获得人间幸福。

蓝蒂裕烈士临殉以前给他的儿子蓝耕荒所写的一首遗诗《示儿》：

你——耕荒，
我亲爱的孩子；

从荒沙中来，
到荒沙中去。
今夜，
我要与你永别了。
满街狼犬，
遍地荆棘，
给你什么遗嘱呢？
我的孩子！
今后——

愿你用变秋天为春天的精神，
把祖国的荒沙，
耕种成为美丽的园林！

把祖国的荒沙耕种成美丽的园林，这是烈士的梦，也是中国人的梦！我们活在烈士的未竟事业中，我们拼奋在有中国特色的社会主义现代化的建设事业中，以我们的作为建设我们的国家、告慰革命先烈，做一个堂堂正正的、有利于国家和人民的中国人！

第十章
关于罗广斌的报告

　　附件：一、《关于重庆组织破坏经过和狱中情形的报告》，罗广斌写于1949年12月；《自我检讨》，罗广斌写于1950年，为《关于重庆组织破坏经过和狱中情形的报告》的第八部分；二、《补充材料》，罗广斌写于1950年8月18日。

一、关于重庆组织破坏经过和狱中情形的报告

罗广斌

下面的报告是根据集中营里（渣滓洞、白公馆）所能得到的各种零星材料，经过狱中一部分同志的讨论、研究而组织出来的，可供组织上作为参考资料。但报告本身的程度，须要加以审查和修正。

（一）案情发展

由于《挺进报》的发行和大量地寄到公司、行庄、商店、学校以及国民党反动派的各种伪组织里，引起了以伪西南长官公署第二处为首的特务机关的注意（它们接到伪国防部和伪长官公署——当时的伪行辕的命令，限期破获《挺进报》）。1948年3月里，特务向各方面跟踪，发现了曾在1947年"六一"案被捕获释的《民主报》职员任达哉有活动嫌疑，便跟踪了他和与他住在一道的向成义。4月1日，向到新文艺图书社送《挺进报》给陈柏林，陈不在，

向就把并未包封的《挺进报》放在柜台上，被佯作翻阅书刊的特务看见。向回去即和任一齐被捕，午后2时，陈亦被捕。陈去到二处时，向正受刑下来，痛哭流涕说受不了。陈很生气——刑讯下他没有承认身份和交人。向和任在几次审问下（那时"挺案"才开头，用刑很重）说出许建业是他们的上级，每周有一定时间和他们在某茶馆见面，事先许已被注意，陈丹墀警告过要他离开，许说"让我调查一下再说"。所以许在4月4日被捕于茶馆，与许在一块的还有一个人，但走脱了。据任讲，许被捕他们并没有去，是二处特务去执行的，这话须要证实。但不管任、向去茶馆没有，地点终是他们交的。许既被捕于茶馆，他深以为特务一定很清楚他，一定会到志成商号他住的房间内搜到皮包内的文件和几十份自传，便急着收买管狱的班长，答应给他4000万元，以后有功革命，还可以得奖，管狱的班长向上报告了许的地址，因此，取得了许的文件。陈丹墀、牛筱吾、皮晓荣、蔡梦慰、雷志震、潘鸿志、刘德惠、刘祖春和若干工人等数十人因此被捕。后来（大概4月5日）刘国定（仲逸）去志成找许被捕，供称是候补党员，担任交通。二处从仪表上研究，结果并不重视他，他也想"避重就轻"，交出了乡下关系转来的陈尧楷，地址是南岸李忠良家。于是由特务头子伪二处处长徐远举亲自出动到李家捕住了（4月8日晚上）李忠良及其父，时陈已经离开。邓兴丰（当时化名余天）、倪俊英被认为是陈尧楷和宋廉嗣，也一道被捕。但"余天"这名字刘是向二处说了的，所以当邓说"我姓余"的时候，特务就说："你叫余天，大竹来的？"李忠良在第一次审问下（据说未用刑），便交出他所知道的一切关系。后来邓兴丰问他，"邓光召（注：邓照明化名）约的地址说不得的，莫说啊！"李答称"我已经说了"。邓兴丰原在达县，起义失败后来渝，和重庆市的关系是由余永安代找冉益智（张德明）接头的。

这些情形，李讲了，邓也承认，于是余永安被捕，但余也并不知道冉的地址；是冉到北碚参加肖（泽宽）、李（维嘉）等的集会，讨论重庆撤退工作时，顺便（4月16日）去找余妻黄某，要她通知余离开。黄打电话给余，为特务所接到，知道冉在北碚。于是在北碚先捕黄，再由黄在街头指出冉，于是冉被捕（4月17日）。当天在旅馆内，打了冉一顿，用筷子夹他的指头，又用被子蒙住他的头，不让叫，冉受不了，（当天）交出了北碚工作的胡有猷。头天，冉还和胡讲"气节"问题，表示得非常有把握，所以胡特别恨他。胡在狱中老是挂念子女，难友们对他印象不顶好。冉益智在1948年11月里给他送过5块钱金元券，他也收了。这点，也是一般难友们所不同意的。但冉劝他工作，他拒绝了（9月）。当李忠良被捕时，交了广安、大竹、邻水、达县等地的乡村关系，和介绍他下乡的刘国錤，倪也讲《挺进报》是刘国錤给的，六一社的关系也是刘解决的。徐远举特别重视刘，以为他是重庆学运的总负责人。根据李、倪交的地址，派人到曾家岩何北衡公馆捕刘，但他临时跑脱了，移交手续办了之后（和冉见过面）便和他的未婚妻曾紫霞（在女青年会工作，特务去捕她，不在）一道去荣昌刘的姐夫家暂住，并等候冉的指示。冉被捕进城，徐远举要他把上级刘国錤交出，如果冉承认刘是上级，便可以借口下级不知道上级的地址来卸脱责任。但据说冉当时很有优越感地表示刘根本不是上级，而是他的下级，写了一封信叫特务拿去捕刘。后来刘见信封上写的"刘国錤先生收"，不是原来约定的化名，但下面写的"张緘"倒是原来约定了的，刘考虑之后未接信，从后门出走，但已有人守候（持有相片），终被捕。

胡其芬（女）是刘国錤介绍到何公馆任家庭教师的，李惠明（女）、张文江是去何公馆找刘的。刘第一次出走后，上面三人都被捕。刘既被捕，冉乃交出刘手下的干部，说有30多人，刘无法应付，凑上许多已走的人。曹开域等（7月20多号报上公布，1948年）便是由刘讲的，但无地址，未捕人。凌春波、周国良、杨邦俊也是刘说的，但后来他们又返回重大，所以被捕（听说他们写了悔过书，所以送特种法庭）。

冉益智一方面自己交人，另一方面供出刘仲逸是市委书记，身份确定之后，刘仲逸立刻就软化了，叛变后，他说"这个责任我也只能负一半"，就是表示是冉影响了他。他们在叛变过程中，不是一天两天，也不是毫无矛盾和痛苦的。刘仲逸在叛变时，表现了充分的流氓意识，和特务讲价钱，要做处长。否则不干，结果以中校成交。他的叛变，研究起来是相当彻底而迅速的。但在暴露身份以前，还比冉多稳住了几天，但也只是因为特务忽略了他，没有给他考验的缘故。冉的叛变，久而且痛苦，是最典型的知识分子。幻想、动摇、怕死……他先关在渣滓洞，后来调到白公馆，不能吃饭，一天到晚心神不宁，夜里睡不着，起来散步，最后还是打报告，交更多的人。到7月间，才出去正式参加工作，最初少校，后来升中校，刘仲逸后来升了上校，据说做成都区的专员。重庆市地下组织的破坏，主要就在这段时间。

关于《挺进报》的破获，是由刘国定（仲逸）交的。4月22日晚上，陈然正一个人在南岸中粮公司机器厂内秘密印刷《挺进报》（大约是第23期），《反攻》第8期也刚印好，尚未送走，只有他的上级李拿走了2本。事先，参加《挺进报》工作或和陈有关系的朋友打算撤退，20号以前已经走了，但20号他接到李一封信说："你们买舟东下，很好，祝沿途平安"（大意）。他因为前两天碰见李谈到重庆捕人事，但李以为不会有什么问题，所以接信后，陈然以为只是问他那几个朋友走了没有，另一面他又有老母和妹妹，走也困难，就没有动，想等和李见面再说。就那晚上，他被捕了，《挺进报》、《反攻》、油印机等都到了二处。刑讯下，他承认《挺进报》是他全部负责（刘国定先交了），上级姓李，不知住何处。二处拿李的照片给他看，他说"不是"。从陈然那儿，没有人被捕（蒋一苇在渡船上看见陈被捕，临走他告诉他姐姐把帚布挂在篱笆上，作为"危险"的暗号），而且态度也很倔强，问了两三回后，就不再问他了。后来徐远举对人说他的案子很复杂，而他又很不坦白。

江北地区也是刘仲逸交的。王朴被捕于民国路弘泰大楼南华公司，王朴说被捕前谭鹤生（电力公司职员，剧人，可能是军统特务）因为和他很熟，说话暗示叫他离开，谭走后2小时王即被捕。最初刘仲逸说他在经济上帮助组织，后来说他是江北区负责人。王被捕后几小时，齐亮（李仲伟、赵玉洁）去找他，因为机警，未被捕，江北的同志，大概就疏散了。王的表现也好，倔强而且没有让步，在品质上相当优秀。

当刘仲逸被捕后，据说老王（石果）认为他一定不能坚持，好像组织上曾打算通过关系叫他写悔过书办自新手续出来，可是没想到事情发展得太快，到后来简直没法收手。听说石果失望之余，便买了部《三国演义》到广安去了，同时打算突破一点，把广安弄好再说。到7月8日，刘仲逸派李忠良"戴罪立功"到广安抓人，骆安靖、段定陶等大概就是那回被捕。后来骆叛了，在广安等地大量抓人。石果逃往重庆，他的下级何忠发（负责经济的）在渝找他，先叫沈迪举去石果太太（左绍英）的亲戚家找，而且告诉沈小心"一个矮矮的"——指刘仲逸。但特务躺在睡椅上，沈终被捕。下午何在街头可能已碰见石果，一道去那亲戚处，何先进去，被捕。石果在对门街上，走掉了。次日，袁尊一到何处，也被捕。后来，特务以主任法官张界为首，去合川乡下农民家中捕走石果的太太——左绍英，后来左在牢中产一女。左说不认得字，追不出道理来，后来给她加个名字"候补党员"就算了。

另外，刘仲逸还以"反共英雄"的姿态到过南京，听说他有心逮捕以前与他联系的、住在上海的负责人。结果并未如他的愿。

冉益智当了少校，但是很不服气。因为争功，便交出了他知道的万县的关系（刘交广安等在后）。他和涂孝文认得，在万县街头（1948年6月11日）逮捕了涂。涂在考验下，又软化了，交出了万县的组织，江英（竹筠）、李青林（方琼）、刘德彬等被捕，开县杨虞裳、荣世正、冉思源、颜昌豪也被捕。听说涂一共交了30多人。后来在白宫大家一起谈起，他也很难过，很痛苦，说错误犯得太大，组织上没法原谅，但仍愿接受任何处分。在狱里，也许更容易了解通过考验的不容易，所以陈然、王朴、刘国𰻞我们对涂仍然非常关心和接济他，希望他坚守"最后防线"——不再交人和参加工作，这点他是做到了的。江竹筠、杨虞裳为首的万县干部，大多数是非常优秀而且有资格做一个顽强的共产党员。江竹筠受刑晕死三次，杨虞裳失明月余，李青林腿折残废，是每个被捕的同志所共同景仰的。江曾说过："毒刑、拷打，是太小的考验！"在被捕同志们当中起了很大的教育作用。

广安捕人后，李忠良正式参加工作，做了上尉。邓兴丰、张文端也叛变了，但因为交不出人，二处并未用他们。邓的落后、封建意识很重，态度也软，直到1949年春参加工作绝望，才回头过来稍有进步。与李、邓同时，刘国𰻞也受到严重的考验，直到1948年11月底，他的考验才结束。接着，便是对陈然、李文祥、涂孝文的考验，终于李文祥（12月14日）又叛变了。考验中，眼看着同志变节，党性强烈的陈然曾设计自杀。但元旦一到，蒋的文告发表，压力减少,考验终于停止了。可是李文祥这时已经捕了程谦谋等10余人。

　　川西事件的根源,可能是重庆影响,(1949年)1月间蒲华辅、华健被捕,仅马千禾(即马识途)等少数脱走。蒲叛变后,成都组织即被破坏。齐亮、马秀英等在20日也被捕,马说他们被捕是蒲交的。齐说成都当时捕了100多人,送到重庆的只有10来个。关于具体情形,郭德贤(蒲太太,白宫脱险,现在渝)是一个主要的见证人,而且知道相当多的材料。但在感情上,她是有偏袒蒲的倾向的。蒲到渝后,逐渐镇静,后来没有再交人,也没有参加工作。当时除刘国定、冉益智、李忠良、骆安靖、李文祥等参加特务工作而外,还有一个较缓和的工作机构,那就是由民盟政客李荫枫领导下建立的经济研究室。蒲和涂也被强迫参加工作,但他们拒绝了。因此,一般说来,他们的叛变,是比较有保留的。这种保留,和冉益智的保留(交重的,留轻的)是不大相同的。

　　注：关于具体的川东组织破坏详情,刘德彬、傅伯雍比较清楚；关于具体的川北组织破坏情形,杜文博较清楚；关于川西组织破坏情形,郭德贤较清楚；关于1947年李荫枫等一案,肖中鼎较清楚。

(二) 叛徒群像

　　刘国定：又叫仲逸。据何忠发说,他被捕前一直想结姨太太。有一次私人找何借钱做生意,何说："组织上的钱不能借,我自己也没有钱借给你。"刘便告诉石果说何在经济上有问题,石果问何后才弄清楚了。不久何被捕,刘就栽他手上有多少组织上的黄金等,硬要他拿出来。袁尊一押在二处,碰见刘,向他说："我们以后出去了还要见会的呀！"刘的答复充分表现了他的流氓性，说："嗨，我是叛完了的呢！"据说他叛变前，始终和徐远举讲价钱，说自己是省委兼市委书记，要少将、当处长才干。叛变后对人非常神气，大有不可一世之概（因为他是徐的最主要的助手、心腹了）。对徐是毕恭毕敬的，对二处其他特务，一概瞧不上眼，特务都讨厌他。住在杨家山时（还未正式工作），因为手头有本钱（未交的名单），架子很够，两个老妈子专门服侍他和他老婆，每顿没有鸡鸭不上桌，稍不遂意就打碗，连徐远举都得向他赔小心。因为他的身份是冉交出的，所以他说："重庆这回事情，不该我一个人负责。"希望转移别人对他破坏组织的注意。被捕的同志对他和冉益智这种腐化、自私、把持组织机构的严重叛徒，要求严厉处置！听说目前已逃台湾。又，组织上的药房，他接收了，听说由周浪萍经营（周是他保出的，可能也叛了）。

　　冉益智：又名张德明。典型的动摇知识分子。被捕前一直隐藏着自私、卑污的弱点，经常表现革命、坚定的侧面。曾紫霞入党举行宣誓仪式时（1948年三四月间），他一再强调气节、人格、革命精神。被捕前一天也和胡有猷高谈气节问题，胡、刘国鋕等一直相信和崇拜他。1947年底，工作较忙时，组织上有人叫他多花点时间工作，他说："我来得及。"很自然地、半开玩笑地补了一句："这个月我们是双薪！"他的解释是组织上经济困难，多点收入好些。任何一件事，他都有理由，有解释。刘国鋕、王朴、陈然看见他叛变和听他谈叛变理由，结论也是说："连叛变他都找得出理由，都是合乎辩证法的，真是最典型的知识分子。"远在达县教书时，当时女中发生学生运动，是他领导，斗争对象是当地国民党书记等。参议会、舆论等是支持学生的，但对方说"大概有共产党在活动"，随便一顶红帽子就把他吓倒了。事实上对方的说法是乱加

解读狱中八条
EIGHT SUGGESTIONS MADE IN PRISON

(二) 叛徒群像

刘国定：又叫钟益。据何忠群说他被捕前一直想接嫖女子。有一次私人我何借钱做生。何说"组织上的钱不能借。"或没有钱借给你。"刘便告诉石果说何在经济上有问题。石果同何俊才弄清楚了。未久何被捕，刘就载他手上有多少组织上的黄金美。硬要他拿出来。袁尊一押在二处。谨见刘时他说："我们的头会的吗？"刘的答覆先分表现了他的流氓性说："唉。脾或是我觉了的呢？"坏说他叛变前始终和徐远岸讲便钱。说自己是有妻室而书。要步将华处长才辞。叛变后对人非常神气。大有不可一世之概（因为他是徐约最主要的助手。心腹？）对徐不必藏必敬的。对二处其他特务。一概雕不上眼。特务都讨厌他。住在杨家山时（还未正式工作）因为手头有本钱（未交的名单）架子很够。两个老妈子专门服侍他和他老婆。每顿没有鸡鸭不逸意就打碗。连练走岸都得向他陪小心。因为他的身伤是其定补不逸意就打碗。连练走岸都得向他陪小心。因为他的身伤是其定出的，所以他说："重庆这回事情不谈我一个人负责。"希望转脖。 别人对他破坏的注意。 组织

叛徒群像

帽子，没有根据的。但冉认为"强龙难压地头蛇"，在学生游行的行列中开了小差。结果学生以为伪政府抓了他，还去要人。这一来，对方有理由了，"不是共产党，为什么要逃？"学生斗争失败了，优秀同学被开除了，但并未抓人，荣世正等同志，第二学期才离开女中。冉到重庆对人说他"机警"，否则在达县一定遭了，当时组织上可能信任了他的报告。又一次，冉和荣世正等同志搭船，船上很挤。冉夫妇铺开行李之后，发现人太多，立刻说："我们要有群众观点，要为群众服务。最好挤拢点，让些地方出来。"同志们做了，但他自己的行李没有动。当晚，其他同志（都是下级）只靠着坐了一夜。当时荣觉得有点问题，但没有提出，被捕后才正式在（渣滓洞）楼一室提出这件事大家研究（荣在开县被捕，坚定地通过考验，是优秀、冷静的同志）。不知是哪一回（是他离万县或达县后），他出事离开某地，特别迂路去看他太太，并且要一位朋友写一封信证明他的"忠实"，证明他有一礼拜没有给太太写信的原因。在男女问题上，他又表现了一个畸形的观点：他手头的关系，男的大多数交了，女的保留。曾紫霞也只说是"六一社"的，对太太特别想念。这点，我们曾经讨论过，认为所有叛徒都想着个人的生命问题、家庭问题和妻子，而以冉为最典型。他在白宫曾留一遗嘱，交给李荫枫保存（他叛后李把它毁了）。其中有"枕边一吻，竟成永别"的话，一直是大家研究和批评的材料。在牢里，他爱谈的常是两性问题，尤其偏重他自己说的颇有经验的"性交艺术"，这给陈然留下了很深的印象，无法理解他在组织上竟还取得不低的领导地位。当他正式做少校的前夕，他回家一次，特别带了一首"夫妻相骂"回去和他太太、姨妹唱了半天。他相当了解党的路线，但全是由个人利益出发，处处为了表扬自己。他被捕前去找余永安的太太黄某，叫余离开，理由是"对群众负责"。对群众负责是完全正确的,但对于冉,我们不因他叛变而说他以前的行动处处都错。但研究他的最根本的思想出发点,的确是有很多严重问题的。因为他的"机警"、善于"解释理由",以前组织上并没有严格进行整风,确实可能被他蒙蔽。到黄被捕在街上指出他以后,一提起他的被捕,他便骂道:"就是那个背时婆娘!"他的并不踏实的群众观点、群众路线的尾巴,立刻显露出来了。在我被捕后,冉曾对我说:"共产党员在群众中起的领导作用、以身作则的态度是装出来给群众看的。"这完全解释了他一向的工作观点、思想方法和在任何工作中表现自己的鬼聪明。在组织上残留这种不纯的、非布尔什维克的观点,永远是最危险的事,永远不可能被真正的群众所信任!

知识分子的弱点,集中地表现在被捕后的冉身上,怕死、动摇、神经过敏,他没有好好睡过一夜。半夜起来写遗嘱,白天叹气,走着走着突然坐下来往床上打一拳。陈然他们劝他,没有用。他叛变,但知道不久就会胜利。可是他算算该枪决的人,他也有资格。为了苟且偷生,明明知道是走不通的,但仍然要叛。他交人不是分轻重,是依自己的危险程度而定的。凡是可能影响他的,他就交。否则,便保留着作为另一种"政治资本"——解放后解释自己是"被迫"叛变的"物证"。这种两面作风,恰恰说明了他的出身和思想。

"是不能够原谅的,必须惩办!"每个牢里的同志,有着同一的要求,"像这种渣子,是共产党的耻辱!"

冉在二处,很会处理人事,特务对他较对刘为好。他原是少校,不服气,交涂孝文(他到万县去捉的)后,便支中校薪,后来升中校。徐远举说他"忠实"——其实他倒并不"忠实"。刘眼红,而且就更彻底地交了广安等地的组织,甚至想到上海一网打尽，后来刘便升了上校。经常，两个叛徒是不合作的，争功的，而且是一步步地愈叛愈彻底，从思想到行为上把自己"改造"成为特务。在二处，刘、冉是哼哈二将，是徐远举的左右手，是一切逮捕人犯的实际决策人。对于这两个叛徒，不是从报复心理出发，而是从他们所犯的罪——对人民、对革命所犯的罪来说，是不能饶恕的！

李忠良：在重庆没有组织关系，也不是"六一"社员，由于政策、思想水平的放松，在乡下，不适当地被接受入党。他下乡，老老实实的是由小资产阶级的个人英雄主义、出风头的想法所鼓舞——他爱南开一个女同学（而倪俊英爱他），但是能力、修养是不够资格的，希望下乡镀金，结果如愿以偿。他穿着美国皮鞋（邓兴丰说的）往乡下跑来跑去，确实够积极，因此颇被赏识。但一被围攻，便开小差跑了（邓兴丰看见他在大竹和几个女孩子一道）。因为他是联络，知道地址，回渝前硬到周青松（大竹工作）那儿去强要路费。到渝后忙着追南开那位女同学，以下乡为资本吹牛，邓叫他进城找人，他躲在朋友家里，写情书去了（4月7日）。连买一条牙刷回家里用的，都向组织报账。邓说他，他不听。被捕后立刻叛变，他说："我才20岁，关上十年八年，怎么结得了婚？"但在渣滓洞还吹牛说："马上就胜利了，我们坚持下去！"有个别难友过于冲动，李也不让步，在渣滓洞曾打过几回架。后来，他告诉徐远举"渣滓洞管理得不好，这样下去连王cua cua（方言）都要关成共产党的"，希望二处严格管理。张文端被捕，说了另一个人的名字，李去对质，一看之下，很神气地说："你不是，我认得他。"张只好说原名，李慢慢地退后两步讲："哦，我晓得你，你捐过多少多少钱的嘛！"那时候，李已经完全是个特务坯子了。到12月，他和李文祥一道"行动"，25号晚上抓程谦谋的时候，他说:"你格老子会跑,老子到新中国夜报找过你,到你家里找过你,今天看你格老子跑嘛!"这是程谦谋亲口说的,到这时候,李已经十足地经过改造成为"行动员"。但是,严格地说,批准李入党,让他知道太多的东西,而在思想上没有深入地了解他的本质,也没有加以教育,这在组织上,领导人是该检讨的;但是在犯罪上,李是彻底叛变了的,而且坏得使人痛心,是应该仔细研究和惩办的。

骆安靖:听说他是西南局相当受赏识的干部。叛变(交出广安组织)以后,和涂孝文一道在杨家山受优待。由于他有较好的社会关系,可以得到接济,狱中生活较佳,但精神上始终恐慌、害怕。涂告诉他错误已经犯了,但现在应该坚守"最后防线",骆却终于要求见徐远举。7月里,进城到二处便参加了工作。当时他和冉还送了些钱给住在杨家山的涂。涂拒绝了冉的,收下了他的——不知他已"工作"了。在杨家山时,骆爱享受,经常不能缺少饼干等,在生活、思想上,有不少知识分子的包袱。除此而外,对他的材料很少。

李文祥:大约是刘仲逸交了他和他的太太(熊咏辉)。他押在白公馆,每次到渣滓洞问案,和他太太见面都要痛哭一场,但一直表现得不坏。渣滓洞的难友对他印象很好,尤其是他的案子重些(关白公馆是较重的),又是两夫妇被捕,而且表现得也不坏。在白公馆,陈然对他较熟悉。陈说他的学习兴趣很低,缺乏积极情绪,每天读点唐诗,介绍他读蔡仪著的《新艺术论》(因为他自己说爱好文学),他却说"懒得读这些理论东西"。事实上,他虽是10年以上的党员,但并没有好好地学习过,或者在工作中严格地锻炼自己。他一直记得自己是当过县委书记的,有10年以上的党龄,而且苦了这么多年,一点享受和报酬都没有,结果还要被捕,真是太值不得了。要是不出问题，解放后起码……他也和冉一样强调性生活的重要，他认为自己很能满足太太的性要求，说经常"把她打蔫了"。最后一次到渣滓洞问案，伪主任法官张界威胁他说："这是你和你太太的最后一次见面了。"他特别送一条他贴身的内裤给熊，而且痛哭。事实上敌人是发现而且充分利用了他感情上的弱点，再加上他对死的恐惧，在12月14日终于叛变了。当晚他从白公馆调往二处，在羁押室他宣布了叛变的三大理由（王屏在场听见）："一、我被捕不该自己负责（是刘国定交代的），而且坚持了8个月，与我有关的朋友，应该都转移了，如果还不走，被捕是不能怪我的。二、苦了这样多年，眼看胜利了，自己却看不见胜利，那太惨了，比我更重要的人都叛变了，而二处要我选择的又是这样尖锐的两条路，不是工作，就是枪毙。我死了，对革命没有帮助；工作，也决不会影响革命胜利的到来。组织已经完了，我只能从个人来打算了。三、我太太的身体太坏，一定会拖死在牢里的，为她着想，我也只好工作。"他保证只做内勤，不去抓人，但程谦谋等10多人，是他和李忠良去抓的。这说明叛徒的保证是"不负任何责任的"。他希望熊和他一道出去，事先陈然说："你应该问问她的意见。"李认为他太太一直听他的话，一直爱他、信任他，每回晚上回家晚了，他太太都坐着焦急地等着。陈然说："这种爱恐怕是双重的，一方面是爱情，另一方面是同志爱，她知道你'工作'了，还会不会爱你呢？"李很有把握地保证决无问题："我出去她一定也出去！"帮他太太承认了党员身份（熊一直没有承认）。李叛变后，果然，恰如陈然所说，熊在渣滓洞表示不愿出去，以后一定和李离婚。今春熊被释放，后来情形不清楚。李的恋爱观点，把妻子作为从属于自己的、没有独立人格的，那种封建的、嫁鸡随鸡、嫁犬随犬的男性中心思想，就是从他的思想见解——人生观里产生出来的。这种封建、落后、自私的观念，是没有可能和革命思想结合的。这种思想的不纯，就是李文祥之所以叛变的本质上的原因。

邓兴丰：思想、作风、出身都不纯，事先就是大家知道了的，被捕后立刻软了。案子较重，1948年7月21日，许建业、李大荣枪决时，原来提名5人，就有他和刘国铿。所以7月底他和张文端进城（由白公馆），徐远举第一句就问他："你摸摸你的头！"邓笑答："还在，谢谢处长帮忙。"徐要他回达县工作，他说达县人都跑了。要他到大竹，他说不熟，推荐张文端回去。所以后来白公馆都以为张文端放了。其实后来押在渣滓洞，并没有放，只是不在白公馆而已。张原是党员，关系早断了，后来大约是王敏强制接头的，张根本已是全然腐化脱党的了，当时也只出了点钱，后来怕事跑了。在白公馆，天天和邓兴丰唱川戏（尤其是张）。邓从城里回白公馆，脚镣解了，可是一直希望出去，李文祥叛变时他写报告请求"工作"，说："赴汤蹈火，在所不辞。"陈然看了很不愉快，希望他改一下，他不。加上他的自私、腐化、官僚气息，后来陈然一直很少和他谈话。在达县做乡长时，还偷情、嫖妓。他参加革命工作，一方面是由于过去有历史（入党很久），但主要的还是因为"有发展"，老实说，是投机的！因为他缺少"政治资本"，交不出人，所以徐远举并没有给他"工作"。1949年春，局势明朗了，邓的态度也开始转变。他打算以后从事实业，搞农场。从他谈话中，他觉得共产党是不会再要他的了。但随着时间发展，在牢里住得久些，他算比较安静点，稳定了，表示不愿"工作"，抱了个"你不找我，我也不求你"的态度。看书很少，最爱下象棋，生活没有多大进步。临死（11月14日黄昏）时，倒相当镇静，说："这个时候（晚饭后，管理员要他收拾行李进城），嗨，我知道了……"穿着他最好的衣服，说声"我走了"便出去了。当时空气沉重，大家没有谈话，他的脸色苍白了，但没有抖。事后，大家觉得还不坏，认为他死得还算勇敢，这点，也许是他坐牢后期的一点收获。

涂孝文：是老干部，新四军事件后派到延安学习，进马列学院，曾出席七大，在川东党，也是主要的负责人。为人很小心谨慎，做事也踏实，不遇风浪确实是很优秀的。但是在严格的考验下，仍然没有及格。毒刑拷打，单凭个人的勇气和肉体的忍耐，是没法子忍受的，没有坚强的革命意志，没有牺牲个人、贡献革命的思想准备，便不可能通过考验。在这一点上，涂仍然不够。举一件旧事为例：新四军事件发生时，涂在泸县工作，邻居有一个戏子出身的独居的女人，她丈夫在重庆做生意，经常不回家。这女人对涂很好，常要他教唱歌，引诱他，涂也知道，但怕出问题影响工作，不敢惹她。但当上级命令他来渝去延安时，临行的那晚上，和那个女人发生了关系（而且，与涂同时工作的一位同志还鼓励他去，后来那位同志也到了延安）。到渝后，涂心里惭愧，又写一封信去道歉。这是涂在白公馆告诉王朴、刘国鋕的。刘后来说："搞了就跑，像流氓一样；又写封信，露出了知识分子的尾巴，在心里还要难过几天。既是两方面需要，知识分子的尾巴是多余的了，倒不如流氓还干脆些。"

又是在两性问题上搞不通，所有叛徒，差不多都有这个问题，组织上应该多加研究、教育才好，因为目前这种问题还是大量地存在着。

到底是经过党多年的培养的，所以除去最恐慌的被捕初期，涂交了川东一部分组织而外，其他是稳住了。他知道的比刘国定多，刘向徐远举也是这样报告，因此涂经过的考验也十分严格。两次到杨家山被强迫参加研究工作,他拒绝了。后来连草纸也不发给他用,生活很艰苦,但没有出事,加上一般难友不知道他还坚守"最后防线",对他的态度也很难堪。在两重压迫下,王朴、刘国鋕(原和他住一室,了解他的情形)最担心他。三出三进白公馆的涂,在最后,态度很明确。他认为,是自己不坚强,犯了错误,而且过失太大,组织上无法原谅,前途是没有的了。但除了愿接受处分外,自己仍愿尽力从事建设工作。至于参加特务工作,枪毙也不得干。这时,白公馆的朋友对他比较了解,安慰他,在生活上也照顾、接济他,他也很冷静,经常读书,不大说话。

王朴、陈然、刘国鋕我们以为:以涂的素质来讲,是很不够、很不彻底的。之所以有后来的坚持,完全是由于党的长期教育、长期培养的结果。由涂的叛变,我们希望组织上对选拔干部、审查干部、培养干部,一定要更进一步的谨慎和严格。

蒲华辅:据涂讲,郭德贤(蒲的太太)原是他下级,他追她,她不愿意。后来蒲利用职权,把她调往身边,造成既成事实。王朴听了很惊异,涂解释说:"这种事情很多,没有什么。"大家心里都留下了一个暗影。在组织上,当然不能容许发生这种事情的。发生了,不处理,应该认为是很严重的错误。

蒲1月13日在蓉被捕,他并未坚持,交出了组织,叛变了。据1月20日在蓉被捕的齐亮说"成都还有90多人",送往渣滓洞的是十几个人,一共被捕100多人。蒲在杨家山受优待,他拒绝了参加研究工作,和涂住在一道,后来送白公馆,不大说话。刚来时我听见他向管理组长杨进兴说"我们的案子大体上已经没问题,目前只剩下些小问题了……",希望能优待他们。他的态度一直很矜持,王朴、陈然、刘国鋕、丁地平(因他被捕)对他印象都不好,但也没有具体材料,只是从他的举止上发生不好的感觉罢了。

他对两个孩子也略为偏爱较小的男孩，也许他也确有重男轻女的观念，但不能肯定。关于他的材料，郭德贤当然非常清楚。

李荫枫：民盟的投机政客（不是党员），被捕后多方设法释放。1948年8月，渣滓洞成立感训大队，他要去当教官，讲三民主义，后来没成功。在杨家山时，由他计划成立了经济研究室，调田一平、李康、蓝国农、杨明前去工作，涂、蒲也弄去了，但两人拒绝了，没有工作。后来李半自由，住在二处，可以回家，听说还是"少将"的官阶。后来他活动送法院审判他的案子（好放他），便还押白公馆，这回跑出来了。为人自私狡猾，典型的坏蛋。他的太太葛雅波也曾被捕，答应参加工作才放了的，目前是女青年会总干事，颇活跃，应该加以注意。李在牢里解释说："要我做什么就做什么，反正是被迫的，自己不积极工作就是了。"

（三）狱中情形（略述）

1939年起，在歌乐山下，特务头子戴笠就开始经营了"造时场"（"中美合作所"的对外名称），作为国民党反动派统治全国的核心机构（特务组织）的司令部。胜利以后，周围数十里的造时场便成为西南区的总部，由徐远举、周霞民（养浩）分任正副主任（徐是双重身份，对外是用长官公署二处处长的名义）。特区内有医院、银行，存贮的武器足够装备国民党两个整编军。以前息烽的政治犯都送到特区的渣滓洞，叶挺、廖承志、张学良、杨虎城、罗世文、车耀先等都曾在那儿住过，后来才移到杨家山和白公馆（一般称白宫）。杨、张住杨家山，较受优待，后来张被送往台湾。渣滓洞曾撤销过，1947年12月15日才重新成立，囚"六一"被捕的罗克汀、李文钊等数十人，及少数中原区新四军俘虏。1948年4月以后"挺案"发生，因而被捕的三四百人（包括万县、开县、广安等地区的）主要就因于此地，案情较重的刘国铥、陈然、邓兴丰、冉益智、李文祥、王朴、涂孝文、骆安靖则"寄押"白公馆（渣滓洞属二处，白宫属国防部保密局），后来叛变的叛徒们又多住杨家山受优待。1949年5月以后渣滓洞人满，后来捕的丁地平等以及民革的一批人，便也寄押白宫，以前绝对禁止通信、送东西的白宫（刘国铥例外）才改变了性质。一般说来，警备部、二处等是"小学"，渣滓洞是"中学"，白宫是"大学"。

1948年8月，在白宫住了13年的特务白佑生，被调往渣滓洞作上尉训导组长[所长李磊（少校），管理组长徐贵林（上尉）]，他呈报二处成立青年感训大队，想把"六一"被捕的加以"教育"，"青春一去不复还细细想想！认明此时与此地切莫执迷！！"之类的标语口号就是那时搞的。李荫枫（1947年秋季被捕的民盟分子些，原住白宫，后来移渣滓洞，有李子伯、何雪松、胡春浦、田一平、杨明、肖中鼎等，留在白宫的只有李荫枫）对这玩意很感兴趣（他想立功，好出牢），打算担任教官，主讲三民主义。后来白佑生向二处邀功，报告渣滓洞政治犯要暴动，所长记了一大过，管理加紧了，他自己也终被李磊挤掉，"青年感训大队"也就寿终正寝了。但在白的强制下，罗克汀、屈楚等都写出了软化的文章。

1948年冬，李荫枫呈准成立杨家山"经济研究室"，从渣滓洞调来田一平、杨明（事先知道）、蓝国农、李康（事先不知道）强迫工作，由李荫枫领头"研究"，每周做报告。后来还强迫涂孝文、蒲华辅也参加工作，他们拒绝了。1949年4月1日，田、杨、蓝、李康释放，李荫枫案子重，没有放，是半自由。

1948年12月15日，渣滓洞周年纪念日，新四军在胜利时复员的士兵龙光章（合川人）病死了。他们11个人被捕，送到渣滓洞时已

(三) 狱中情形（略述）

一九三九年起，在歌乐山下，特务头子戴笠就开始经了"造时坊"（中美合作所的对外名称）作为国民党反动派统治全国的核心枢构（特务机构）的司令部，腾利以后，周围数十里的造时坊便成为西南区的总部。由徐远举、周养浩（养瀚）分任正副主任。（徐是效重身份，对外是用二处长官公署处长的名义）特区内有医院、银行、存贮的武器是够装备国民党两个整编军。以前熄峰的政治犯都送到特区的渣子洞、叶挺、将军洞、杨虎城、罗世文、车耀先等都曾在那儿住过。后来才转到杨家山和白公馆（一般称白岩）。杨家山敏受优待。后来张被送往台湾。渣子洞曾撒消过。国民党西个整正编军。四大一被捕的罗克汀、本子文等数十人，及少数中原区新四军俘虏。一九四八年四月以后挺集新生为，因府被捕的三四百人（已挡著县开县、巫益督、李子文祥、王樫、涂孝文主要就困核此地。来情较重的刘国鋕、陈然、邓典鄂毋益智、李子文祥、王樫、涂孝文多佳杨家山（渣子洞居二处）。白宫属国防部保密局驻安庆，则"害押"白公馆。一九四九，五月以后渣子洞人满，後来捕的丁地平等以及民革的一批人，便也寄押白宫。以前抱对禁止通信，送东西的白岩（刘国鋕例外）才改变了性质。一般说来。

狱中情形

拖死了6个。他死了，牢里空气很沉重，每一个难友都觉得生命毫无保障，连应有的医药都没有。因此发动绝食，要求追悼。所方终于认识了这种力量，而且让了步，买了棺木，放火炮，正式开追悼会。由所长主祭，全体难友陪祭。在最困难的集中营里，这次斗争的成绩，是相当成功的。难友写出了许多用草纸做的挽联和扎制了黑纱、纸花，充分表现了灵活的创造性和团结的斗争精神。"是七尺男儿生能舍己；作千秋雄鬼死不还家"，就是那次的挽联之一。

新年以前，听说李文祥叛变，各室开了检讨会，又大量写出慰问函件、诗、文给李妻熊咏辉，鼓励她、支持她。后来她明确表示不会叛变，而且以后要和李离婚。一方面是熊的坚持，另一方面，集体打气也起了不小的作用。

新年，又是一次灵活的斗争场合。球赛时，队员穿着绣有"自由"二字的背心，各室利用放风的机会表演节目，早上全体唱"洞歌"——正气歌（各室预先约定），最后女室杨汉秀利用她的社会关系，正式要求所方准许女室表演，所方同意了。结果竟是一场化装的秧歌，弄得所方哭笑不得。

1949年1月17日，是彭咏梧同志死难的周年纪念日。各室当天停止娱乐，开了追悼会，传观了许多纪念作品，最后向江竹筠致敬。江当天起草了一份讨论大纲，内容分为：①被捕前的总结；②被捕时的案情应付；③狱中学习情形。每项有详细的提纲，后来各室分别酌量进行了讨论。不久，蒋引退，局势好转，各室的学习便展开了。陈丹墀等在这里面起了相当的组织和领导作用。接着教育、收买了个别管理员，渣滓洞的名单因此带出来了（后来有人寄名单到香港，顾建平因此被捕），后来组织上的医药也带来进集中营了。

白宫原是关特务的，后来把政治犯也关在一起。书较多，什么都有。看书要登记，以检查思想，但大家仍选自己高兴的书看。监视也较严，没法进行集体学习，只能个别读书。陈然专修生物、化学、数学、军事科学和历史，刘国锧专读历史，王朴读历史和军事科学。坐牢九年的老同志（党员）许晓轩、谭沈明在牢中自修英语、俄文，十分精通了，一般书籍几乎全读过，在修养上也最好，连特务都尊敬他们。难友们曾说："如果出去，老许、老谭，当然领队！"在白宫楼上，和谈（1949年4月）以前已经可以通过黄显声将军（张学良手下副军长）秘密看报。那时楼上住的陈然、邓兴丰我们三人便抄发消息，出版了《挺进报》白宫版，经常在看守人员不注意时，丢给楼下角落里住的王振华夫妇，转给王朴、刘国锧，再转给许、谭及各难友。最后，一份七届二中全会的宣言，许交给另一位难友看，被发现了，事情十分严重，甚至可能因而枪毙一两个人，而且牵连起来，整个监狱都有关系。陈然想自己去承认，但这并不能解决问题，是许晓轩起来承认是他写的，从废报（垃圾中的）上抄的，对笔迹也像了，于是钉上十几斤的重镣，关重禁闭，饿三天饭再罚苦工。老许的沉着、英勇，那一次充分地表现出来了。他的被害，不能不说是革命阵营的严重损失。

从今春起，对特务的教育、争取工作就开始了，这中间陈然是付了很大的劳力的。到11月，6个看守员中有5个都接了头的。其中杨钦典、安文芳，是由陈然、冯鸿珊和我负主要的教育责任；刘国锧对付宋惠宽、王子民；王振华对付王发桂。除了王子民外，其余4个收到了很大的效果。目前杨、宋、王发桂都还留在重庆，宋已参加公安部工作。当屠杀在进行中，我们能从杨钦典手中得到牢门的锁钥和一把铁锤，就是由教育争取所得到的一点成功。

与教育、争取特务同时，就是准备在狱中的暴动，用自己的力量冲出去。后来大家知道，解放军到临前夕，屠杀恐怕是免不了的。解放军到得早便杀得早,到得晚便杀得晚。只有用自己的力量解放,才较安全。研究、设计这问题的主要是许、谭。到王朴、陈然牺牲后,周从化、刘国铉我们5人共同研究,认为冲出白宫,首先解除管理人员的武器较易,但与白宫周围的警卫连作战便很困难了。尤其,单解放白宫是不行的,渣滓洞的难友一定会被当作"人质"而全体枪决(从前特务丁敏之任西安集中营所长时,政治犯几百人跑了,戴笠便立刻到息烽去杀了7个共产党员。以目前情况说,当然更是严重)。以白宫的三四十个政治犯冲出白宫,击败警卫之后,还要去担负解放渣滓洞的任务,那是决不可能的。原来,1948年春,李子伯(抗大的,精通游击战术)由白宫移渣滓洞时,谭沈明也告诉过他策动"打监",但两处得不到联系。单独行动,尤其在白宫是不能够的,突围的计划,就终究没有实现。

到最后,已经面临死的考验了。老谭提出,以前罗世文死的时候,脸色都没有变,于是要求做到"脸不变色心不跳"。结果,每一个人,临死都是倔强的,没有求饶,国歌和口号一直不停地在枪林弹雨下响着。牢狱,锻炼得每个同志——党员和非党员,成为坚强的战士。

(四)脱险人物

白公馆(全部)

毛晓初:重大法律系三年级,武胜人。在学校里从事各种活动,不大说话,是能够实干的群众。被捕以前,他一直有一个不正确的想法,就是重视每个人的努力而忽略了团结、组织的力量。因此,他一直没有组织要求,有人要他参加民盟,他觉得民盟不彻底,拒绝了;后来又有人要他参加"六一"社,他觉得参不参加都是一样的做事，也没有接受。这种缺乏组织观念，基本上是由于他缺乏对群众的认识、对集体力量的认识，反映了他的个人主义的倾向。而这一倾向，又是他的家庭生活——对祖母、母亲的感情，对整个家庭的责任心所促成的。直到被捕后相当时间，他的这一观念才逐渐修正，开始了对统一的、全面性的革命组织的了解和希望接近这一领导力量。

在过去的工作中，他还有一个忽略技术问题的看法。他出油印诗刊《驼铃》时，印刷技术并不讲究，出壁报也只用稿笺写好，贴在板上，有时连底纸都不用。后来，在快报和一些文件的印刷上，才发现了技术不好会影响工作情绪；但还没有想到技术不好更会使传达的文字不但引不起读者的共鸣，反而破坏了读书阅读的兴趣。

但是，虽然他由出身、环境带来了一些包袱，可是在学习的虚心、不自私、没有太多个人英雄思想与几乎坚决地通过了刑讯、监狱的考验，到屠杀开始到突围，他始终相当镇定。我以为他是一个相当优秀而且可以教育和发展的群众。

他的工作要求是到农村，同时要求给予受训的机会。

郑业瑞：中央政大学生，是毛晓初的老朋友，同时被捕的。离开学校后，在各地工作过，但一直保持着年轻的、学生的味道，自信心较强。加上在长期的国民党反动派统治下的地区受过多年教育，思想上不自觉地保留了一些正统观念，对新哲学、辩证观点等的理解不深（读是读过）。有一次，和王朴、刘国𨱇等好几个人谈苏联的政治制度，说到立法机构和行政机构的性质，他始终以英美的政治制度来相比拟，没有清楚地了解"民主集中制"，和英美的"民主"制度的本质上的不同，没有了解这是资本主义社会与社会主义社会的根本不同。这种不同，不是一条一款，特殊、普通的差异，不是从一条一款的比较就可以得出结论说"苏联的政治制度和

EIGHT SUGGESTIONS MADE IN PRISON

(四) 脱险人物
——白公馆——（全部）

毛晓初：重大法律系三年级，威胜人，在学校里从事各种活动，未入党，是能够受教育的群众。被捕以前，他一直有一个不正确的想法，就是重视每个人的努力而忽略了团结、组织的力量。因此，他一直没有加入民盟，他觉得昆盟不够坚强。后来又有人要他参加"六一社"，他觉得不参加都是一样的作事，也没有接受。这把是组织观念基本上是排斥他，缺乏对群众的认识，对集体力量的认识，反应了他的个人主义的倾向，而这一倾向又是他的家庭生活 —— 对祖母、母亲的感情，对整个家庭的责任心所促成的，一直到被捕后相当时间，他的这一观念才逐渐纠正，开始了对统一的、全面性的革命组

脱险人物

· 503 ·

英美相同（或相反）"。他参加过孙盟，有民革的关系，在一般人事制度上较为熟悉，可以充当行政干部。在牢中态度明确、坚定，突围时也非常镇定。他也希望受训和分配工作。

杜文博：广安人，曾经和已牺牲的黎又霖同为杨杰秘书，民革党员。据他说，后来在广安有了组织关系（1947年）。去年广安组织破坏，伪长官公署通知广安县府传讯他和他的哥哥杜仲实（文化人）。他家是大地主，家里怕牵连，几次传讯后，他哥哥去香港，他便到二处见徐远举。事先，通过社会关系找人向徐"拿言语"，后来徐没有关他，只叫他写了一篇自白书（据他讲没有什么内容，也没有影响任何人），大概并不知道他有组织关系，所以就"从轻发落"了。但规定他和家眷必须住重庆，保证随传随到。至此，组织关系便断了。今年（1949年）8月又传讯一次，9月再传讯他，并囚于二处，理由是："还是去年的案子"。二处住了2个月，11月初到白宫。在社会上处得较久，较为"社会化"，但还很热情，希望向上；在牢中也很镇静，无恶劣倾向。目前希望受教育和分配工作，并希望清理组织关系。

周居正：他说，从前有过组织关系，后来断了。在牢里正常，无恶劣倾向，一般难友觉得他有流氓气息。据我所见，他是和"袍哥"等有些关系，但人很善良，善良到有点懦弱。一般理论了解很少。有次病了，他怕死，曾说请菩萨保佑等话。他想办一家报纸，但我个人以为，最好加以适当的教育以后分配适当的工作。他是合川人，华侨工商学院学生。脱险时表面还镇定，内心相当恐慌，他自愿背蒲小波（5岁半女孩）。但枪声一响，他害怕，便把小波丢了（小波现已找到）。他被捕大概与秦鼎他们合川的民变武装有关，1948年春被捕于合川。

任可风：很够格的"克里空"，专门吹牛。他说他是陪都工商学院（确否待查），是教社会学的，他说"社会学"的英文是Sciolog（其实是Sociology），自称"风流"，别人说他是"下流"，有"鸡巴教授"之称。陈然原来认得他，在外面，他对陈然表示进步（他不知道陈然的身份，以为是进步青年），而且暗示自己是共产党员，是负责人，可以介绍入党。目前他也说是"十几年的老党员"，但未必真实。如果真是，也应该是被严格"整风"的对象，或者他是有过关系的脱党分子。在狱里，尽量抬高自己，打击别人，与他同被捕的学生李自立，一直受他打击，后来李变得很坏。可是大家认为，任不是没有责任的。他自己在狱中没有做坏事，也没有特殊好的表现。因为有些社会关系，可能自己解决工作问题。

杨其昌、王国源、周绍轩、尹子勤、江载黎：民革组织的，在基本上说，是"顺应潮流"、投机性质的人，当然，这也不妨碍他们某种程度的进步。在狱里，互相埋怨、自私、斤斤计较，特别重视经济问题。屠杀时，江喝得大醉，跪在地下向特务求饶，叫谁都生气。出狱后，各自星散，对政治没有多少兴趣了。只有江还在民革充负责人，背后跟两个便衣，颇有不可一世的味道。

贺春明、段文明：六七十岁的两个老头子，一个是彭县人，一个是德阳人（都在成都附近），没有工作能力（段是看相的），因为牵连才被捕的。目前他们愿意回家，希望能有点路费。

郭德贤：有两个小孩拖着，小孩的问题不解决，就没法子工作、学习。她是川西负责人蒲华辅的太太，蒲叛变了。她自己原来没有做什么工作（是党员），她没有经过什么审讯。她对蒲的感情很深。自己工作能力和理论修养也不顶高。蒲死前告诉过她许多事情，川西清理组织，她可能供给一些材料。希望组织上能专门处理她的问题。

李荫枫、李自立、秦世楷：李荫枫在前面已经写了。李自立是南泉新专学生，很糊涂，被捕后变得很坏，打小报告告同室难友："尽皆异类"，现在当然不敢出来了。他是长沙人，重庆有亲戚，住在冉家巷19号。希望他的是重新做人、改过自新。

秦世楷自称什么高参，在牢里打小报告。目前不知去向。

白佑生：原来是渣滓洞的训导组长，后来关在白宫，是很坏的特务。出来后还假冒党员，到和平路脱险同志联络处去登记，现在逃了。

刘厚总：湘南土匪出身，后来参加新四军，作战300多次，由战斗员升分队长、支队长、大队长，后来做到游击副司令。新四军事件时被国民党反动派收买，随从项英副军长、周子奇（名字是否准确可以查出）参谋长出走时，枪杀了项、周，携枪械、手表、黄金、钢笔等，投降国民党军队。但并未用他，相反地把他因将起来，很久才放，黄金等也没有还他。他在磁器口一带讨口，写信给何应钦等说明他的情形，于是被捕，再度关在白公馆。在牢里表现得很干脆，充分具有农民性格，也没有继续做坏事。相反地与"政治犯"接近，有时还告诉点消息给大家。11月25日他写了封信给难友们，承认了枪杀项、周的过失，并且认为：①共产党是对的，解放全国一定可以实现；②世界大战（三次）不可能打，理由是全世界民主势力的高涨，足以制服帝国主义者；③中国的前途是光明的。但他自己犯的过失太大，共产党来了一定不能饶恕，他很想自杀，但缺乏勇气，死不下去等。27号下午他被释放，出狱后听说走到山洞被正在撤退的国民党反动派军队捕住（他穿灰军服，个子很蛮），说他是解放军的便衣队，戳了他四刀。这时白公馆所长陆景清（上校）驾吉普车过山洞，恰好遇见，把他挟走了。据说是往华蓥山区走的（特务多向华蓥山撤退，准备到那里打游击）。关于项英等的下落，中央恐怕一直没有接到过什么报告，这个材料，得自集中营，加上刘自己和他的信（信已毁）证明确是他杀了的，也许可以作为一个参考资料。

宋均培（治民）：裕丰纱厂机器厂工人。厂里没有党的领导，在国民党和资方（厂是宋子文的）的压迫剥削下，工人群众自发地利用袍哥等旧形式组织起来了（宋是领导人物之一，袍哥中的管事——五哥），坚决要求加薪和选举自己的职工会。厂方勾结特务来捕工人，工人群众与之冲突，特务开枪扫射。工人不退，终将已捕之十数工人释放。宋在重庆市区被捕，因为不是党领导的，他也没有组织关系，未被重视，囚于白宫。由于出身彻底，虽然也沾染了一些旧社会的习气，但本质上是非常纯洁、干净，而且大胆、决不妥协。在牢里和陈然、谭沈明、许晓轩、我最熟。在大家的帮助、影响下，他读懂了《从暴风雨里所诞生的》、《邮船德宾特号》、《铁流》、《小夏伯阳》、《日出》、《雷雨》、《自由港》等小说、剧本（他原是小学程度），还仔细地读懂了《实用经济学讲话》；算术从加减乘除开始，也学到度量衡的换算了。在"手艺"方面，他熟悉"电镀"、"淬火"、"钳工"，是熟练工人，原在裕丰电镀间负责。后来调到二处（11月24、25号），29号打狱逃出来的。目前已经介绍他回工厂工作去了。从他着手，团结他左右的工人领袖（他们在厂里是核心），可能较速地得到较多的收获（他已与在裕丰的军事代表刘瞻接头）。

顾建平：《大公报》总编辑。原来，渣滓洞买通了管理人员，带出了被捕政治犯全部名单，后来《大公报》一位职员将此名单寄到香港去，被二处截获，该职员因此离开。事情仅略略与顾谈过一下离开理由，顾未必清楚个中详情。但二处逮捕了顾，说名单是他寄的。白宫所长陆景清在4月初曾告诉黄显声将军说："中共重庆地下组织已经恢复了，他们有被捕政治犯的全部名单。"可见特务相当重视这名单。顾被捕后，不承认名单是他寄的，对笔迹时发现名单上的"的"字与顾写的"的"字不同。几个月后，顾终被释放。顾在白宫时，想着一家大小没人照料，加上一向胆子不大，所以"顾虑多"成了他有名的绰号。但他没有乱说什么，算很不坏的了。尤其是后来《大公报》送了接济来，他就安心了。有无组织关系不详。

李育生：少年时代是烟贩、土匪，后来比较好转，开铺子做生意（大概在绵阳），为人还"豪气"，是袍哥。因为盗买军统局的棉花被捕，囚在白公馆两年多。平时爱接近政治犯，喜欢帮忙。今年夏秋季时，所方同意放他。但希望用他的无偿劳动，调他到厨房打杂，有时还可以到磁器口买东西。他利用这机会，常常供给政治犯以"消息"，或代买衣物，或带信出去等，大家也很信任他的。屠杀前数日，他被释放，但不愿走，说家里路费没有汇到，希望多住几天。所方也没有给他为难（相当信任他）。每天，他设法买酒煮肉请大家吃（他知道屠杀就要开始了，留着也为看个水落石出）。27号晚上，当屠杀间歇时，他拉断了电话线（后来知道拉断的电话线是不重要的，还有一根未破坏），和杨钦典合作帮助政治犯突围，有相当的功劳。后来特务杨进兴（白公馆管理组长）挟他同去华蓥山，他跑掉了。现在参加"中美合作所"收尸的工作（他对当地情况相当熟悉）。以后，他希能给他一个证明，好回家去做生意（已介绍他工作过，他急于回家，家中人口不少），当然也希望解决旅费问题。

杨钦典：特务，参加军统已七八年，当兵出身。由于个性强，不愿做坏事，到现在还是上士。他与黄显声、陈然、我、李荫枫很熟。今春蒋介石"引退"后，陈然、邓兴丰、我住在楼上，有较多机会和管理人员接近，便开始澄清个别特务脑中的毒素。黄显声也参加这一说服、教育工作。4月，一个特务小周，经过改造，终于请长假回湖南了，剩下的杨钦典算最好。陈然牺牲后，他对我说："小罗，你要软点，如果徐远举问你，你不要太硬了。以后，要好好照顾陈然母亲、妹妹。"屠杀前，他告诉黄显声说："时局很紧张，你最好逃跑，可以和你一路。"——黄较受优待，而且杨可能找到一张"路条"，警卫他也认得，黄逃跑，是很可能成功的。但黄坚信特务头子周养浩（霞民）的保证——不会杀他——死也不愿走。当天执行黄的便是杨进兴和杨钦典。杨钦典后来告诉我说："真急死人啦，他硬不走，结果糟了。"他说执行时他的枪没有拿出来，是杨进兴打的。从他和黄的感情说，这有可能，但就是他打的，也不是出于自愿，是被迫——否则他自己被枪毙。他又说他之所以拿钥匙给我，主要是想我和李荫枫出来，其他的人，他是不关心的。这也是很坦白的话。除了我们长期与他相处外，李荫枫也讨好、收买他，杨很简单，始终说李是好人。据他说，执行石作圣、李仲达的是王发桂（也是经过教育的管理员），王开枪没有瞄准，打了许多枪，但都没有打在身上。又是晚上，只要不开腔，胡乱埋起来会活出来的。但李仲达高喊："再补一枪！"（可能是受了伤）杨进兴跑过来把他们都打死了。王后来气急败坏地对他讲，心里非常难过。杨到牢门口讲屠杀情形时，眼泪也充塞了，十分痛苦。后来拿了根铁锤和钥匙给我，约定在楼上用脚点三下，便是他们走了，过5分钟我们便可以逃出。杨后来自己也逃了特务圈子（原来他打算和我们一道跑的），目前住在临江门介中公寓。他虽在特务中很久，但地位太小，能力也差，除了白公馆外，他知道的材料很少，不可能供给太多的情报。他自己听从了陈然的话，希望回河南做一个农民。这，需要给他一个证明和发给旅费，算是根据

"立功者赏"的原则，对一个改过自新的特务的奖励。

谭谟：遂宁乡长，可能有组织关系。胆小、自私，落后意识很重，在思想上和革命事业有太大的距离。杨进兴威胁他和宋均培，叫他们报告政治犯的情形，宋立刻转告了大家，谭虽未打"小报告"（做坏事），但不敢告诉大家杨对他讲了什么。这回身中三枪，死里逃生，在沙磁医院养病。以后可以仍回遂宁参加农村工作。

其他

唐宏仁：1947年6月1日被捕，1949年4月1日释放；民盟，有组织关系（未公开），上级是齐亮（已死）。在所有"六一"被捕人士中，是最优秀的一个。狱中曾因教俄文被关重禁闭。热情、勇敢，一般评价甚高。许建业死后，曾作吊诗一首传于渣滓洞："噩耗传来入禁宫，悲伤切齿众心同。文山大节垂青史，叶挺孤忠有古风。十次苦刑犹骂贼，从容就义气如虹。临危慷慨高歌日，争睹英雄万巷空！"

练均有（女）：新青社员。1949年7月，在民建被捕，囚于罗汉寺，受过刑，没有软弱，也没有交人。同被捕的女学生马永贞说："《挺进报》（新）是林先生给的。"伪法官听成"练先生给的"。练心想，遭都遭了，不承认则林先生等都完了，便承认是自己给的。她不知为什么被释放，看样子可能因为她是女孩子，没有杀她。出来后工作很起劲，上过了监狱这一课，她，进步多了。她丈夫是党员，有一个孩子，打算送给别人。自己希望能受教育，经过学习以后再工作。

陶炯明：社大学生。曾在青年军任政治指导，部队在安康附近起义了（一团人），他在成都被捕。狱中，经过不少考验，他都

——坚定地通过。我在成都，曾见过他受考验的情形。特务许他当少校，参加工作，他便在墙上大书"共产党万岁"等标语。长期戴镣，脑子受的刺激相当深。目前住在介中公寓，没有熟人，一切急待解决。他要求受训，如果可能，最好进军政大学学习。有无组织关系不详，但希望能重视这种坚定勇敢的青年，为他解决困难。

肖中鼎：以民盟地下武装关系与李荫枫等同时被捕。在白公馆的表现，据杨钦典说，"平常得很"。在渣滓洞住优待室，管合作社，很热情，爱帮助。他自己说有组织关系，但在思想意识上和革命事业，恐（内容缺失）

（五）（六）缺。

（七）狱中意见

1. 领导机构腐化——在蒋介石匪帮长期黑暗统治地区，尤其是四川，地下党的困难是相当多的。在秘密工作的原则下，横的关系不能发生，下级意见的反映和对上级批评不容易传达。因此，总的斗争原则的把握，必须是有相当经验、能力的领导者。领导得是否正确，基本上决定了斗争的成功或失败，这是很重要的一个特点。但是四川地下党，由于历史上的缺陷，成分一直不纯，组织也复杂，步调上不一致、不平衡。若干老干部在长期消极隐蔽政策下，并没有严格地完成"消极隐蔽、长期埋伏、埋头工作、努力学习"的要求。消极了、隐蔽了、长期埋伏了，但没有工作、没有学习、没有积极地要求自己进步，逐渐地在思想上、意识上产生了脱党的倾向，甚至在行动上也反映出来。这些落后的、但资格很老的干部，抓住了领导机构，造成了领导机构的无组织、无纪律的腐化状态。例如石果和刘仲逸，每次会面不能谈任何问题，稍微意见不合，就吵起来。这中间，石果事实上还是最好的领导人。但由于没有大规模的群众斗争和吸收斗争中的经验，风浪来了，也仍然把不住舵，只好回家读《三国演义》。当然，他的失望、悲观，是可以想见的。这种从上而下的腐化，是四川地下党斗争失败的基本原因。所以狱中一般反映认为：下级比上级好，农村干部比城市干部好，女干部比男干部好。陈然说"四川党是小资产阶级的党"，也有部分理由。

2. 缺乏教育，缺乏斗争——由于领导机构的不健全，事实上没法子领导任何大规模的斗争，也不能在斗争中教育干部、提高干部。已有的斗争，大多数是"制造"的，没有群众基础的，不是根据群众要求而加以领导的。所以，只有政治斗争而没有生活斗争。就在这些斗争里，也仅仅依靠干部的原始热情冲锋。所以，陈然说："我们像矿砂一样，是有好的成分，但并没有提炼出来。"

3. 迷信组织——下级干部一般比较纯洁、热情，但斗争经验不够，始终崇拜上级，迷信组织。以为组织对任何事情都有办法，把组织理想化了。加上上级领导人，高高在上，不可捉摸，故意说大话，表示什么都知道，都有办法，更使下级干部依赖组织，削弱了独立作战的要求。江竹筠曾发现这问题，提出过："不要以为组织是万能的，我们的组织里还有许多缺点。"王朴被捕前就一直认为组织总是有办法的，没有想到自己就是组织里的一分子。组织的有办法，是靠组织的各个分子有办法得来的。所以后来他说："以前我对组织一直是用理想主义的观点来看，今后一定要从现实主义的立场来看了。"

4. 王敏路线——地下党经过长期隐蔽，没有工作和斗争。而整个革命事业，随着渡河进入高潮时，根据指示，川东党发动了下乡

狱中意见

1. 领导机构腐化 —— 在蒋介石匪帮长期黑暗统治的地区，尤其是四川，地下党则困难是相当多的。在秘密工作的原则下，横的关系不能发生。下级意见的反应和对上级批评不容许达到，没有群众会基础的、不是直接的领导者，能力的经验，必须是有相当的把握的领导者。领导则是否适当，因此也就的有成功或失败。这是很重要的一个特点。但是四川地下党以历史上的缺陷，成分一直不纯。组织也复杂，步调上不一致、不平衡。若干老干部在长期消极隐避政策下并没有严整地完成"消极隐避长期埋伏、埋头工作、努力学习，等要求，清醒乡愁遇了长期埋伏等，但没有工作没有学习，没有积极地要求自己进步，逐渐地

2. 缺乏教育、缺乏斗争 —— 由于领导机构的不健全事实上没法子领导任何大规模的斗争，也不能在斗争中教育干部提高干部。已有的斗争，大多数是"叛城"的，不是在群众要求下而加以组织领导的，所以尸，有政治三斗而没有生活斗争。就在这些斗争里也仅仅依靠干部，所以陈然说："我们像碼蚁一样，是有好的成份。但并自没有提炼出来。"

3. 组织事制化、迷信 —— 下级幹部一被比较凌純熱情的斗争軽驗不够，加被崇拜上级、迷信組織，以為組織対任何事情都有辦法，更便于上級领导革命獨立工作的要求，江姐力誰打皆案現这问题，提出过："不要脫离組織，但能脫离組織时我們的組織里還有许多变化"。王樸被捕之前就一直认为組織是有辨法的、沒有想到自己就是組織裡的一份子。組織一直是用理想主義的観点来看，今後一定要開現實主義的立塲来看了。

运动，极力想准备地下武力，发动民变斗争。在执行这一任务时，发生了和原来的过右作风相反的过左的盲动作风。彭咏梧到云阳立刻批准作战，没有仔细研究、调查和加以全面计划，违反了"不打得不偿失的战"的原则作战。他的牺牲，自己应付较多的责任。但这些毛病，集中地表现在王敏的领导上。首先，王敏指出，刘伯承已经渡黄河了，今年（1947年）年底一定要进四川，如果我们还不干，就来不及了。他开始调查从前脱党的已经腐化、落后的人物，而且一一恢复关系。事实上是强迫的、威胁的，具有"你曾经当过共产党，现在你若不参加，那就不得行"的念头。表面上，他的发展很快，彭咏梧对刘国铤说："有位同志，在两个月内发展了三县组织"，特别提出夸奖。对脚踏实地的工作者，像王璞等领导的地区，反而认为"不行"。彭（或者石果）到乡下走了一趟，转来说："真好极了，简直像解放区！"

李大荣是1927年左右入党的，但一直没有联系。他自己虽然还保持着基本的革命的立场，但对政策、对理论已经完全隔膜。王敏告诉他，群众情绪很高，群众大会的结果如何热烈，要他办一个兵工厂，造子弹、修枪。李很老实，很负责地从万县买回了机械、材料。但王敏没有找好工人，没有开工。后来李被捕说："我以后不搞政治了，想出家当和尚。"王敏所恢复的，就是这种政治水平的"同志"。但李是好的，其他的像张文端，根本就跑了，不回家。王敏根据他的工作，认为干起来，开头至少是一两千人，只要拿出旗子来，农民都会来的。结果邓兴丰和他起事了，只有100个人，除了干部，只有土匪，农民并没有多少。原来由他接头恢复的"老同志"根本就没有动。当然，在那个时候，农民的觉悟程度比起以前是大大地提高了。但王敏把这种觉悟程度视为组织程度，过高地估计了自己；说一起事，国民党政权便会垮台，又过低地估计了敌

解读狱中八条
EIGHT SUGGESTIONS MADE IN PRISON

狱中意见-4

狱中意见-5

人的力量。没有踏实的群众观点，一点一滴地从教育农民、组织农民，从生活斗争开始，而一开始就采取了最高形式的"起义"。后来李大荣说："我遭了王敏的吹工。"真是十分沉痛的话。达县失败后，听说王敏受到了严格的批评，停止了他的工作。后来因为没有人，才派他去营山。结果才一个月，又搞开了，围剿下失败了，自己被俘。像这样没有依照群众利益，从根做起，永远都不可能成功。听说在武胜，一支民变武装，打开了乡公所的谷仓，叫农民去分米，农民不去。后来挑来放在农民大门口，农民也不敢收。这说明乡村的基础是怎样的了。王敏结了三次婚。王璞和他一道工作过，相当了解他。对王敏的意见，主要是由王朴、刘国鋕、陈然、我讨论过而提出的。当然，犯这种错误的，不止他一人。但正因为不止他一人，所以应该提出。王敏被捕后，邓兴丰和他对质。王说："现在我完了，一再犯错误，以后组织上不会再要我了。"但他是否交人，不清楚。刘国鋕认为："假如他不被捕，胜利了以英雄姿态出现，许多人真会死不瞑目！"

5. 轻视敌人——没有认识敌人是有若干年统治经验的反动政权。对于特务，存着"是什么东西"的看法，没有知道特务机构是统治的核心，是最强大的敌人。有些同志只是怕特务，但仍然不了解他们。从重庆组织开始破坏起，特务学会了许多斗争经验、捕人技术，比如捕凌春波等，是通知他到小龙坎接长途电话。特务后来一开口便是"出身"、"阶级"。我们的书刊，他们有专人研究，通讯一律检查。捕董务民时，给他看所收集的厦门、贵阳各地的有关信件，加上有叛徒协助，结果敌人是在暗处，我们是在明处，处处出事。后来程谦谋说："我们把敌人估计得太低了。"

6. 经济、恋爱、私生活——从所有叛徒、烈士中加以比较，经济问题、恋爱问题、私生活这三个个人问题处理的好、坏，必然地决定了他的工作态度和对革命的是否忠贞。刘仲逸、蒲华辅，在经济问题、私生活上，腐化倾向特别严重。而恋爱问题，是每个叛徒都有的问题。在工作上，因为经常检讨、报告，犯了毛病，容易发现，也有较多的改正机会；而私生活，一般是不大注意的。但是在这些问题的处理上，却清楚地反映了干部的优劣。

7. 整风、整党——眼看着革命组织的被破坏，每个被捕的同志都希望组织上能够提高一般的政治水平，严格地进行整风、整党，把一切非党的意识、作风洗刷干净，不能容许任何细菌残留在我们的组织里面。被捕近十年的许晓轩同志，很沉痛地口述过他对组织上唯一的意见：他们被捕前，重庆已发现消极隐蔽下个别同志的思想、生活有脱党腐化的倾向，并已着手整风，没有想到，后来这种腐化甚至破坏了整个组织。真是太沉痛、太难过了。这种损失，是对不起人民的！希望组织上能够切实研究、深入地发现问题的根源，而且经常注意党内的教育、审查工作，决不能容许任何非党的思想在党内潜伏！

8. 惩办特务——对于虐待"政治犯"、屠杀革命战士的主要特务，应该缉拿归案予以惩办，包括叛徒在内。

毛人凤（保密局局长）、徐远举（西南区主任、二处处长）、周养浩（西南区副主任）、雷天元（二处科长）、左志良（二处科长）、张界（二处主任法官）、卢章（前二处科长）、漆玉麟（二处行动组长）、李磊（渣滓洞所长）、徐贵林（渣滓洞管理组长）、白佑生（前渣滓洞训导组长）、陆景清（白公馆所长）、杨进兴（白公馆管理组长）、张鹄（前白公馆所长）。

刘仲逸（叛徒）、冉益智（张德明）（叛徒）、李忠良（叛徒）、李文祥（叛徒）、骆安靖（叛徒）。

8. 惩办特务：对于虐待政治犯、屠杀革命战士的主要特务，应该搜集、予以惩办，包括教徒在内。

毛仁凤（保密局副局长）徐远举（西南区主任、二处处长）周养浩（西南区副主任）雷天元（二处科长）张新（原二处主任法官）虞置音草（前二处科长）肯王麟（二处行动组长）李子纲（查子洞所长）徐贵林（白公馆所长）杨进新（白公馆总管理组长）陆景清（前白公馆所长）

7. 整己风、整党——联看革命组织的被破坏，每个被捕的同志都希望组织上能够提高一般的政治水平，最彻底的进行表白，运动，把一切非党的意识作屏风，洗刷乾净，不能容许任何细菌留在我们的组织里面。被捕近十年的许多同志很沉痛的口述：他们被捕前，重定已发现消极隐避，但别的同志却同组织上唯一的意见，因忙的倾向。对这种生活，有眠党整个的组织，真是太沉痛太难过了。着手整风，没有想到后整个组织，真是太沉痛太难过了。这种损失是对不起人民的！希望组织上能够切实研究，深入地发现问题的根源。而且要斗争法是党内的教育斗

6. 经济、恋爱、私生活——从所有叛徒、烈士中加以比较、经济问题、恋爱问题、私生活，这三个个人问题的处理的好坏，决定了他的工作态度。和对革命的是否忠贞。刘仲益、蒲华辅，在经济问题，私生活上，庙肉尤倾向特别严重，恋爱问题，是每个教徒都有问题的。在工作上因为经常讨厌，报告，忙，毛痛未曾改发现，也有很多改正机会。而私生活一般是不大注意的，但是一经却请楚的发现，决定了半身的命运。

（八）自我检讨

罗广斌出身略述

　　祖父代是佃农，兼业木匠。有两个儿子，大的学木匠，小的读书，后来便是我的父亲。父亲小时候读书很用功，环境不好，受到许多折磨和锻炼，向上心很切。19岁时在科举制度下考中秀才，接着，科举废了，保送往成都进东洋学堂、铁道学堂，准备到日本深造。没有钱，终未去成。后来便到川汉铁路局工作。革命后参加国民党。他到成都读书前，在父母之命下完婚，生了我的大哥——罗广文。大哥幼年在家里，环境不好，也吃过苦，17岁时父亲送他往日本学医，后来他进了日本士官学校学了军事，回国后一直在蒋介石匪帮的反动军队里工作。父亲不满意家里包办的婚姻，1920年左右在成都再婚，是我第二个母亲，她生了一个女儿——我姐姐，便死了。然后父亲再娶，才是我母亲，1924年生我一人。当我出世时，已经家道小康，父亲和母亲都有职业（父亲在川大法学院任训育，母亲是法政学校毕业的，在高等法院工作）。随着我的长大，家庭经济环境也更好。我进初小时，大哥已回国参加江西"剿匪"做营长了。到抗战开始时，家里在忠县已经收入每年1000担租以上，成都收入约100担，还有房产3处。在相当优裕的环境下，一直就被溺爱，没有吃过苦，也没有受过任何压抑，过着小资产阶级的、地主家庭的少爷生活。

　　抗战期中，为了躲避空袭，随父亲、嫂嫂（罗广文的妻子）到洪雅县进中学。后来和一个家道中落的商人的女儿（中学同学）恋爱。那时才十四五岁，相当早熟，一心一意想学《秋天里的春天》（尤利•巴基著，巴金译）里的纯洁的初恋。当然，这种不成熟的恋爱，事实上很难成功，家里也通不过。但当封建的家庭指出不能"门当户对",禁止我和"做生意"家庭的女孩子来往时,第一次,我才发现家庭对我不是百依百顺,而是严厉的,非常专制的。这个打击的影响大,而且长久。从那时起,开始认识了封建势力对于年轻人的束缚、统治,而且渴望对它"革命"——这是我对家庭的叛逆思想的起源,是被迫的,不是自发的。而且后来之所以参加革命事业,也是以这次恋爱事件为转折点。因此,我清楚地了解,我之所以"革命",是从恋爱问题出发的。也就是说并非从世界观的确立出发,是恋爱观的"进步因素"促进了世界观的形成。因此,我的革命意识,是不完全的、个人出发的、有问题的。虽然,这并不妨碍在革命事业中改造自己、清除包袱,使自己能够向无产阶级,向无产阶级的先锋队看齐。

就在恋爱问题得不到解决、个人找不到出路的时候,认得了马千禾同志(同乡关系)。他指出"恋爱是年轻人的权利",算是很少几个同情我的朋友中主要的一个。后来家庭同意我去昆明读书(1944年春),便和老马(他在联大)、齐亮(李仲伟)住在一起,正式解脱了封建家庭、封建社会(成都所代表的旧的、封建力量),踏进了年轻的、进步的、群众的、集体的生活。并且依靠了老马、齐亮的教育和影响,了解了在整个社会解放以前,个人是得不到解放、得不到自由的。只有整个社会解放了,个人才有前途。也懂得了国民党反动政权的性质和他所代表的封建主义的、帝国主义的、官僚资本主义的统治必须推翻。否则,解放社会、解放全中国的要求,就没有可能实现;同时,反抗有组织的统治政权,就必须是有组织的、团结的力量。在学习、讨论、听讲演、参加群众会议、从事学校中的群众活动、办伙食、组织自治会等之后,1945年夏季,老马介绍我参加党的外围组织——"青盟"第二支部,开始了有领导的活动。"12·1"学生运动便在"青盟"的领导下从事工作，担任联大附中的罢委会主席和学联宣传部干事。在群众活动中，经过锻炼、教育，而且亲眼看见了血的现实，没有法子不更进一步地渴望推翻蒋政权。在"12•1"运动中，训练了我的说话技术、工作能力和一些经验；但也养成了一些开朗的、大炮的、冲锋的过左作风。更严重的是表现了过分的自信、主观自由主义的作风。因此，后来老马告诉我，为了纠正这些毛病，需要再进一步从群众中加以教育，所以他当时没有为我解决组织关系。这点，我以为老马处理得是很适当的。就是后来我的组织关系由刘国锱解决了时，我虽然非常兴奋，但也明白地知道，自己对无产阶级是有距离的，是不纯的，在出身、思想和作风上都有着严重的问题。

"12•1"运动之后，随着老马到建水（迤南）县建民中学教初中理化。课不多，自己有充分时间学习。但离开了集体生活，从高亢的浪潮中突然淡出，心里充满着各种个人的、理想主义的观念。那时很想进社大，没有好好地学习。但教书的结果不坏，因为能够和同学生活在一起。而且讲书还有耐心——基本上说是有群众观点，了解群众要求的。

1946年夏，和老马回四川，住在成都，半年里没有工作，也没有好好学习。1947年春，考上西南学院。老马叫我多学习点理论，不要单靠没有基础的热情冲锋。后来他告诉我，打算让我在西南学院读半年书，在群众工作中再锻炼一学期之后再考虑为我解决组织关系。在西南学院的半年，做了一些事情，但环境和具体条件都不同，在昆明的一套作风，是不适宜的。因此，收获很少，而毛病更多。唯一成绩，只有和潘传煌合办的清明壁报，影响了一批同学——现在多是新青团员。我是新闻系主席，又是系联会负责人，可是毫无工作表现。"六一"以后，才开始读第一本理论书刊《大众哲学》，这以后才逐渐了解理论在工作上起的指导作用。由于还算努力，加上把已有的工作经验提高到理论水平来检讨，在学习进度、深度上，较同时的朋友稍快。7月，加入"六一"社（此段陈家俊、罗永晔可证明）。

1947秋，在民建中学任教，结识李累、吴宇同等同志。教书结果，被同学认为是"最优教员之一"。同时，参加《反攻》的印刷工作。1948年春由江竹筠介绍，经刘国鋕接受入党，时间是3月1日，候补期9个月。当时，恋爱问题还一直保留着，经过老马和刘国鋕的同意，便通知对方来渝。这时，已经从恋爱到分开约七八年了，中间从未见面，思想上的距离必然也相当大了，必须经过一段学习、改造和教育。否则，是没有结合的可能了。这时，《反攻》陈明德被捕（1948年春），刘国鋕通知我离开重庆，被介绍和陈家俊等到秀山教书和工作。当时，对即将到渝的久别的爱人是相当怀念的。但必须离开，心里不是没有矛盾，但也走了。刘国鋕认为这种工作态度是正确的，是优秀的。后来我的爱人——小牟——来了，我刚离开一星期，刘国鋕介绍她去民建，由詹澈（"六一"社员）帮助她的学习和解决生活问题。

在秀山，工作上有两件应该提出的意见：1.当地领导者宁育珪同志的思想检讨；2.姚文钰同志的思想检讨。宁同志是黔江人，原在秀中任教，工作能力、社会经验都有很卓越的地方，但在革命的思想意识中还保留有一些旧社会的残渣，没有勇气坦白地加以清除：

①宁同志在秀中第一期中间，秀中教师因待遇太低罢教，后来外籍教员秘密加了，本地教员没有（宁是外籍，但他熟悉当地的情况）。这中间，宁同志参与了说服复课，但他是加了薪的，而发起加薪也有他在努力。这种作风，严格地说是利用群众、牺牲群众，自己取得利益的自私手段。当然，这不该他一个人负全责。第

解读狱中八条
EIGHT SUGGESTIONS MADE IN PRISON

二期,我们刚去不久,本地教员发现待遇不平,要求调整,罢教,较熟悉情况的宁同志提出意见说这是"排外"。我以为,当时同志们没有严格研究情况,没有了解具体材料,没有明确的群众观点、斗争经验和具有浓厚的自私的想法,是应该共同负责的。但作为领导人的宁同志,轻率地判断为"排外",是不正确的,是有问题的,甚至是故意的!如果领导得宜,应该说服外籍教员(很多是同志或社员)自动降低待遇;至少,联合本地教员,作支持的罢课或斗争,争取本地教员待遇的提高(提高待遇的要求,事实上是对的)。不管怎样,必须和本地教员合作,共同向学校当局、向县府作合理合法的斗争,而且充分地利用这机会教育本地教员尤其是学生。但宁同志做的是相反的结论,打击本地教员的罢课,支持学校当局(他是教务主任),领导学生反对本地教员。结果,本地教员的行动是失败了,表面上外籍教员是胜利了(外籍都教重要课),但真实的排外开始了,本籍外籍的鸿沟划下来了,没法缓和。我得承认,由于缺乏落后地区的斗争经验,当时我们并没有清楚地把握到事件的本质。以上的意见,是我被捕以后反省了才提出来的。但当时同志们也仍然感觉到斗争得没有原则。其实,原则是有的,那是藏在宁同志心里的极端自私的算盘!否则,为什么会弄得下一学期呆不下去,全部离开?当然,这一次斗争,本地教员失败得很惨,而且舆论和同情也都集于外籍教员。但正因如此,我以为这种自私的胜利是可耻的、投机的,不是为了工作,而是为了另一样东西——钱,而斗争!难道说对这种意识不应该进行严格的清算么?

②宁同志遵从父母亲的愿望,在家里结了婚,妻子当然是落后的农村妇女,婚姻双方都不幸福。不过宁同志并没有,也不打算积极地去改造自己的妻子。平时他强调决不会发生恋爱问题,或因此痛苦,说:"想恋爱就尽量发现对方的优点,否则尽量发现对方的弱

点。"（严格地说，这话是不是"主观观念论"的说法呢？）后来，他追求陈家俊同志，并且提出自己是两房一子，是"一子双挑"，作为可以再娶的理由。离开秀山后，到龙潭时，宁同志提出要陈留在龙潭省中女生部，他到男生部，其他同志介绍到酉阳去。理由是龙潭容不下了，而且在两处工作更好。他的本意，严格地说，是利用机会、制造机会，全然不是从工作上着想的。后来到了重庆，约陈去看电影，黑暗里还去拉她的手。像这样的非党的意识，是不是应该清除呢？根据"布尔什维克的原则性，就是对一切稍微脱党的原则思想和政策倾向之不可调和的精神"。我提出以上意见，希望组织上在整风或其他适当时机，作为对宁同志检讨、教育的参考材料。我明确认为，提出以上意见，是由于对我们组织的爱护和严格要求，而不是对某个同志个人的攻击。但我还得补充一点，就是只有在有勇气、自我坦白的条件下，以上的意见才容易供给宁同志作为自我检讨的参考材料。否则，知识分子出身的人，都能够辩驳、解释，用各种理由织成衣服，包裹自己，拒绝任何批评的。

关于姚文钰同志，在作风和思想上是有些问题，但这是较容易解决的。这里我指出他在恋爱问题上犯的较大的错误。到秀山2个月左右，他开始发现陈家俊同志在工作能力上是相当优秀的，便提到她像他已死的爱人，追求她。这当然没有什么关系。但陈考虑之后拒绝了，他仍不停止，进一步地强吻她，利用她会顾虑环境、不愿声张的为组织着想的观念，甚至进行强奸，说"愿意牺牲一切，换取一次对你的亲近"。陈很冷静，推开了他，拿起灯送他出来，叫他冷静一点。后来他还提出，他已经错了，希望陈能够爱他，以便弥补错误。在小组会议上，我们严格地进行了批评，他很痛苦，哭了，而且很害怕，怕组织上会严厉地处罚他，想跑到南京去。这件事说明他的恋爱观点是有严重问题的。但恋爱观点是从世界观演绎出来的。恋爱观有问题，也反映了思想意识的不彻底、有问题。这件事陈同志曾向组织上报告过。这里我再一次提出，是希望组织与他自己注意这和这有关的问题，从思想上再一次地清除自己，免得重犯类似的错误；同时，再根据过去的错误，审查一两年来自己的思想上是不是已有很多进步。

在秀山，我也犯过一次不应有的错误。原来，姚同志希望我和一位叫周纯的同事接近，希望很快地接收他。后来我发现他的关系不太简单，因此决定慢慢进行研究。姚一再催我，我终于很不愉快地提出："我没有办法接近，希望换一个人去。"弄得姚和陈都很头痛。这是很严重地拖了"自由主义"的尾巴，没有严肃的工作态度。虽然我的看法是对的，后来发现周确实有组织关系的。但我应该做的是耐心地报告工作情形，解释应该不要性急的理由。而且，只要仔细地说服，他们是会接受我的意见的。但我采取的，却是错误的方式。这不能解释成闹别扭、耍脾气，而是思想根源上的很大的错误。后来齐亮同志也提出过，要我仔细反省。今天，我也愿意坦白地向组织上提出，希望注意和加以研究，看现在是不是仍然严重地具有这种思想上沉重的包袱。

秀中的学生有相当基础。半年之后，我们接收了4个到"六一"社。临走，便交给他们自己领导。听说目前已经发展到数十人了。迎接解放军时，表现了很多成绩。但这是由于长期的培养，那一期内，我们只不过在原有的基础上，把他们推了一把罢了。

秀中教了一期，本籍外籍处得不好，但我还希望见到自己的爱人，便同意离开。严格说来，这不是"工作第一"的态度，是应该批评和检讨的。到渝后，听说小牟（我的爱人）和詹澈处得很好，已经离开重庆了。当时，心里不是不难过。稳着，没有告诉人，但也要求自己冷静。事实上我和小牟分别得太久，思想上的距离是相当大的。既然有詹澈出来接手，对我自己也是一个解放，减少了许多负担。但感情上老觉得初恋的美丽，有藕断丝连的感觉，深深地还带着小资产阶级出身的性格上的弱点。这回，经过一段牢狱生活，才明确地决定"结束"。但这是不是进步了呢？这恐怕只能在长久的将来，随时自我反省才能肯定。

被捕以后

到秀山时，我的组织关系由刘国铤交给陈家俊，后来再转到宁育珪同志手里，回重庆后交给刘兆丰同志，再转到邓照明同志手上。邓同志决定要我到忠县工作，因此先到成都搞好家庭关系。离开重庆时，遇到刚从香港转来的马千禾同志，便同路到成都。那是1948年8月21日。到成都后，老马和齐亮与我会面，认为刘国铤已出了事，我不宜到忠县。据齐亮说，他被授权清理重庆组织，要我直接和他接头，并设计让我来渝找邓光照同志，以便联系。9月初，老马、齐亮约我第二次会面；后来和陈家俊同志又与齐亮会过一次。齐亮曾指出我在群众工作上，已有一些经验，打算调来参加组织工作。齐亮因事离蓉，嘱我转告老马几件事情，老马也约定带信给我约见面时间。9月10日，有人会我，我不认得，说"罗广斌出去了。"他很焦急地说"老马有要事托你带信给罗广斌"。同时拿信出来给我看了一下，我要他留下信来。他说："马先生说的，一定要亲手交到。"我想了一下，认为不会有人知道老马会给我写信的，因此承认了，于是被捕。据我后来研究，我的自传上是明白地提到老马和我的关系，而且刘国铤认得老马，冉益智、刘仲逸都看过我的自传的，所以会引用老马的名字来诱捕。至于为什么知道我在成都，这是比较奇怪了。可能是李忠良在民建住过（刘国铤介绍来找我的），交了我，冉益智才写报告的（冉的报告伪法官给我看了，问我有什么意见）。所以民建中学只我一个人出事（他们并未离开）。我到成都后，没有写信。但一个亲戚写信给罗广文，告诉他我已回家（当时我离开家庭已有一年多了）。可能被特务知道，才派中校行动员左志良9月5号搭乘飞机到成都捕我的。但这也只是个人判断，询问冉益智，一定可以了解事情的真相。刚被捕，心里非常害怕，提心吊胆的。问了一次之后，知道老马未被捕，才放心些，但很着急老马的弟弟可能被捕。当时觉得，要是关上三个月五个月怎么得了？而且老马还转告过说："解放战争当在三五年内完成。"那么，三年、五年，简直是不敢想象的事。刚进牢，只有一个感觉，就是"度日如年"、"完了"。在混乱中，只还记得老马的一句话："不管直接、间接影响别人被捕，都算犯罪行为！"我当时并没有为了人民革命事业而牺牲自己的绝对明确的意志，只有一个念头，那就是"不影响任何朋友"。一直到送到渣滓洞，我还存着可能释放的侥幸心理，虽然也一直要求自己不对革命犯罪。现在来说，当时在通过考验时，一次比一次心情放松，自我教育、自我提高，在虚心地、严格地要求自己坚定上，是有一些进步，这得依靠监狱的教育和同志们的鼓舞。徐远举问过我三回，冉益智一回，伪法官两回，所长两回，在成都一回。有一段时间，只要有汽车到渣滓洞，便是问我。有时从早上搞到下午，难友们焦急地探望着。每回问完，我强自微笑着回来，难友们都很高兴，接着自己也真地微笑了。我确信，在难友们对同志的关心下，我没有变节，一次次通过了考验，这到底是值得高兴的事。这其中的进步，有时自己也觉察得到。

徐远举对我的要求很简单，组织已经破坏了，也不用我参加工作，只单纯要求我"停止政治生活"，写悔过书出去。他给罗广文的信上说："令弟年幼无知，误入歧途……若稍知悔悟，即行优先予以自新机会。""稍知"二字旁边的圈是他在底稿上注明的。所以冉益智说："你只要稍微表示一下态度。"还说："人都是动摇的、矛盾的，渣滓洞有百分之九十以上希望自新而不可能（其实渣滓洞大多数都是坚定的），你不要过分坚持，免得以后玉石俱毁。"江竹筠同志说："毒刑、镣铐，是太小的考验！"我很了解她的坚定和说这话的意思。我知道，"自己受的是太小太小的考验，比之于千百个革命烈士们所过的，那是太微不足道了"（在狱中给女室同志们慰问的回信）。我没有受刑，但是不是要求自己能通过毒刑的考验呢？我以为答复是肯定的。最后，徐远举用老虎凳威胁，终于，下令给我戴镣。戴镣以后，难友们发起了慰问，收到许多东西，尤其是诗。其中只记得何雪松的一首是《我们的海燕》，很惭愧，也很兴奋。我知道，自己的不屈服，对渣滓洞的难友们是某种程度的"示范作用"，尤其是以我这样的出身来做。但反过来，朋友们的鼓励，是不是多少还有打气，还有"要稳住啊"的成分在呢？我相信，这也是有的。考虑之下，我写了一首《我的自白书》作为对难友们的一个答复，也明白地表示了自己的态度：

望着脚上沉重的铁镣，
我没有什么须要自白。
就拿起皮鞭吧，
举起你们尖锐的刺刀吧！

我知道，你们饶不了我，
正如我饶不了你们一样。

毒刑、拷打、枪毙、活埋，
你们要怎么干，就怎么干吧！

是一个人，不能像狗样地爬出去，
我恨煞那些怕死的东西！
没有同党，什么也没有，
我的血肉全在此地！

就拿起皮鞭吧，
举起你们尖锐的刺刀吧！
望着脚上沉重的铁镣，
我没有什么须要自白！

  1949年1月底，成都送来了一批"政治犯"，我发现齐亮和他妻子马秀英（老马的妹妹）都在，心里很难过。齐亮也急于想和我谈话，我写信告诉他狱中情形、学习情形，并告诉他可以秘密看报。这信，被管理人员发现，我又加了一副镣，全渣滓洞管理也加紧了。后来徐远举说我在狱中还进行组织，情形严重，2月5日调到白公馆。这回事情由于自己不小心，影响大家，始终很难过。但大家并不埋怨，教我更是不安，直到后来听说渣滓洞管理稍松，才宽心了。

  白公馆原是关特务的，后来加上稍重的政治犯——叛将都由白公馆出去——空气很沉闷，但有书读、人少，管理人员的态度也较好。到白公馆和陈然、邓兴丰同住楼上（不能下楼）。当时蒋介石"引退"，特务们十分慌乱。陈然已开始教育他们，后来管理员小周、杨钦典在影响下转变了。小周请长假不干了，杨和另一管理员安文芳也请过假,未准。当时黄显声将军秘密给报我们看,便节录下来,由陈然用仿宋字抄写了丢往楼下的王振华夫妇处,转刘国铸、王朴,再转许晓轩、谭沈明看,其他用口头转告。有一回宣灏发现许在看,许便给了他。宣近视,被管理人员发现,于是《挺进报》白宫版就此停刊。后来检讨,许认为他不该温情地想"大家看看",而应该口头转告,这是小资产阶级出身的碍于情面的感情上的尾巴,重复了我在渣滓洞犯的错误。

白宫是较严重的集中营,是"雷都打不出去"的、"轻则终身监禁,重则枪毙"的地方。大家知道这情形,我自己的一切侥幸心理也从此被清除掉了。但大家认为,尤其是根据许、谭起的示范作用,不管怎样,应该积极学习,充实自己。出不去,多读些书,死了没关系;但不读书,万一出去了,什么不懂,当一个真正的"落后分子"。那是不仅对不起革命,对不起党,对不起解放我们的解放军,也更对不起自己的革命要求。因此,学习一直被重视,一直被提到最高的强度。我自己,比较仔细地修了《理化》、《生物》、《病源微生物与免疫原理》等自然科学,《中国史纲》、《中国史论集》、《社会史教程》、《中国古代及近世思想学说史》等,《科学概论》、《哲学》、《艺术》、《经济》等,《论第二战场》、《第二次世界大战论》、《现代战争论及战争论》(克劳什维赤)的一部分,和屠格涅夫、鲁迅、高尔基等牢中所有的小说,其中《铁流》、《粮食》、《愤怒的葡萄》、《从暴风雨里所诞生的》等小说读得较仔细,也曾部分地加以讨论。另外,曾协助陈然修完高中《化学》与一部分《代数》;协助宋均培(工人)修完《实用经济学讲话》,并指导他进行有系统的学习。

除了学习,便是对身体的保健和劳动习惯的养成,作为以后参加劳动的本钱。每天尽量争取运动时间,打毽子、板羽球和晒太阳做柔软操。但由于营养不够，每个人的健康情形，始终是下降的。

另外，除了专门对特工的教育而外，我们也曾计划"打监"自己解放，但条件太差，无法实现。

因为我的案情原来很轻，也没有承认身份（其实承不承认都一样，冉的报告也很清楚，但他把我和罗永晔混为一人，我没有辩驳，只是指出其中不通的地方）。在渣滓洞，难友们也同样有侥幸的看法，以为我可以活出去，所以容许我知道较多的材料。同时，我自己也比较关心和希望了解牢里的情形，所以目前能提出这些材料供组织上参考。

脱险经过

1949年9月10日，白公馆管理加强，停止散步，终天锁门。到广州解放后，10月26日起，突然又"放风"（散步）。28日，王朴、陈然、涂孝文、蒲华辅被提往大坪枪决，牢中空气突然沉重。刘国鋕、冯鸿珊、谭沈明、王振华、我等积极进行对管理员的教育和争取。后来，6个管理员中，有5个是经过教育了的。许、刘并请求与所长陆景清、管理组长杨进兴谈话，打算坦白地进行说服，要他们不要逃散，保证解放后他们的安全。但他们，尤其是组长杨拒绝了。当时单独囚禁的民革负责人周从化告诉许、谭，他有高级统战关系，自己也有组织关系，如果能有人带信出去，并且领路和说明情况，可以有相当武装力量突袭"中美合作所"，解放白宫和渣滓洞，保全几百个干部。原来许、谭、周希望刘国鋕出去，但考虑后认为刘不易出去，要我出去。我自己知道，要求坚决地为组织牺牲，我是能够苛求自己做到的。但进一步地牺牲自己的"气节"——虽然这已不是单纯的气节问题了,我却不愿意。谭最后提出:"为了数百同志,牺牲自己是应该的,就是事情做不好,做不成功,也是应该牺牲的。我们不仅要能为革命贡献生命,而且还要要求'忍辱负重'!"于是加以考虑。最后我们非正式的"监狱支部",决定由许、谭、刘、周保证我在政治上的清白(写下来秘密保存),由我请求"自新"带信出去。这是初步结论。然后,进行研究出去以后寻求联系和时间问题。结果发现,当时已经是11月10号左右,事实上已经来不及了。于是,再一次决定停止进行。从这回事情中,我发现自己对一般要求所需要的为革命贡献生命的思想基础,是逐渐获得了,但更进一步的思想意识,却没有准备,是不够的,所以有当时的想法:愿被枪毙,不愿出去。远在7月19日,由于家里的努力,我被调进城,二处强迫我办自新手续。当时我曾告别白公馆难友说两三天就回来。那时就明白地表现了我在上面提到的看法。在二处和父亲见面吵了一阵,但心里还是相当难过,哭了。因为我再度拒绝自新,21号仍回白宫。较了解我的陈然、刘国铠、王朴是知道我会回白宫的。不过邓兴丰以为我会就此出去。经过这次小小的考验(事实上已经不再是考验了),白宫难友了解我的程度增加了,因此得到更多的今天的报告"资料"。

11月25日,宋均培调到二处,准备放他。我们要他准备一些武装力量(他有一些基础力量),在适当时机袭击"中美所",并嘱他教育和领导工人。但事实上他未被释,29号在二处"打监"才脱险的。

27日,下午4时,黄显声将军、李英毅(张学良副官)首先被害。枪声一响,我们便知道是"开始了"。晚餐后开始提人。先是我们二室的刘国铠、谭谟、丁地平,然后四室许、谭全部,和单住的周从化、黎又霖……我和谭沈明、文泽、宣灏三人隔着窗子握了手说："安心些，你们先走一步，再见。"他们的手都是温暖的，没有冷，也没有抖，喊着口号，唱着歌从容地大步向前走了。事实上，在长期牢狱教育中，每个人变成冷静而且倔强。临死，不管是否党员，都一致高呼"中国共产党万岁"、"中国人民解放军万岁"。而且狱内狱外，《义勇军进行曲》的歌声在枪声中一直不停，充分表现了革命者的坚贞！

凶手主要是二处雷天元（科长）率领的一个团，其次是白宫的组长、所长、管理员。但他们只负责杀白宫关的保密局的"人犯"，二处寄押的"人犯"如刘国鋕、丁地平，仍然是二处执行。到半夜1时左右，执行告一段落。二处特务由雷天元率领到渣滓洞"执行"去了。所长、组长把剩下的民革杨其昌、王国源、尹子勤、周绍轩、江载黎和贺春明、段文明、李荫枫、任可见、秦世楷、李自立、周居正、杜文博、郑业瑞、毛晓初和我关在一室，说："没有事了，明天释放你们。"但这时候，江载黎、李自立、秦世楷，有的跪下，有的求饶，丑态毕露。事实上剩下的也真是不重要的、没有什么工作能力的民革分子、软弱分子了。这时周养浩（霞民，西南区副主任）来了电话，命令"白公馆全部枪决，留下罗广斌一个，随二处到成都转台湾"。调我到台湾去，已经说了许久，这回决定提走的理由很简单——作为罗广文的"人质"，以后还是在台湾枪决，没有任何侥幸的可能。接电话的是二处留下的一个特务，他委托杨进兴代二处"执行"后，便到渣滓洞传达命令"全部执行"（渣滓洞原来也打算不杀完的）。杨叫管理员等"执行"，但经过教育的一些管理员说："我们不管，这是他们二处的人。"杨没法，便去渣滓洞了。这时所长已走了，杨钦典下楼来告诉我这情形。我当时看见，十来个老头子，又是吓坏了的，剩下几个年轻的，也一筹莫展。我意识到这种混乱的乌合之众不加以组织,是没法子突围的,但自己也毫无把握。脑子里很快地想到,要是陈然在多好,他一定可以领队冲锋的。还有王朴、刘国鋕、老许、老谭,他们会热情地号召大家组织起来的。可是,他们都死了,而剩下的只有我一个人是共产党员(杜有过关系,其他至多从前是),在这时候是应该起领导作用的。这样,我惶恐地强自镇静,起来发言坦白说明杨钦典转告的屠杀命令,这时候,等着是死,冲出去也可能死,但还有万分之一的希望,只要团结起来,是可以干一下的,而且杨钦典、李育生也愿和我们一道。我自己是共产党员,当我写自传的时候,结尾写道:"愿为革命、为党,牺牲一切,包括生命在内。"当时我是考虑过是否这样写,但决定这样写了。今天,我相信自己没有说谎。而且,我将被送往台湾,会比大家多活几天,但我宁愿今天冲出去被打死,不愿意留着。平时在做苦工的时候,我留心过道路,杨钦典他们也熟,是可能出得去的。但我们中间有许多老先生,岁数大了,需要帮助,还有楼上的蒲太太也得救出来。因此我愿自任领队,由毛晓初、郑、杜、周居正和我分领5个小组。因为这都是年轻人,可以帮助老先生们的……(这些话,白宫脱险的人都听见了的)。结果,5个小组组织好了,准备要动,可是杨进兴从渣滓洞回来了,情形又紧了。李育生把电话线拉断,杨进兴打电话不通(其实拉断的线是不重要的,打不通是总机没有接)。杨钦典造谣说,听说共军进城了。杨进兴一直很慌乱,听了便要走,但强迫杨钦典、李育生一路。杨钦典下楼偷偷把钥匙给了我,还有一把铁锤,约定在楼上脚点三下,便走了。后来他还告诉白宫周围的警卫"共军进城了",警卫也就连忙撤了。1点40分,管理人员走了。1点50分我们出来,到楼上找到蒲太太和两个小孩,一道出走。门口,突然看见特务白佑生。我当时想杀他,但也没有全部勇气,别人一拉也就算了。但这时,李荫枫领着几个人,各自走了。李还说:"管他们的,我们走。"完全是最自私的为个人打算,但他又偏偏走错了,向有警卫的公路走去,我们并不知道这事。接着,我仍领着大家(我以为是全部)向左面山上爬去。可是枪声突然响了(后来知道是打李他们),还喊站着。我心里想着真想笑:"我是用自己的手打开了牢门,我是用自己的脚冲出了牢狱。站着?没有那么便宜。"要没有李那一次脱离领导的行为,很可能一声枪都不会打,我们便脱险了。还算好没有伤亡,可是天又黑,枪声又密,队伍全散了。我在前面领着,走了半天,一检查,后面同组的只有杨其昌一个,王国源已经不见了,其他各组也不见了。一直,我很惭愧,自己没有完整地把大家带在一道。假如有人没有脱险,在领导上,我是有相当责任的。既已出"中美所",大体上便安全了。至于出来后几天的生活,没有多大重要性,就不写了。这回脱险主要是长期教育特务所得到的一点成绩。至于出来后,是有些偶然机会:①走后5分钟,二处特务到了(坐汽车来的,我们看见),一看,人都没有了,以为是杨进兴等已"执行"了;②杨后来转白宫,又以为是二处"执行"了;③警卫是交通警察,他们看见有人跑(李等)但不知多少,怕负责,没有讲;④特务进城,周养浩得到情报问:"白宫跑了人?"陆所长说:"笑话,我亲自执行的,一个也没有跑。"结果第二天并没有搜查。总结起来说,脱险的基本原因仍是:①教育、改造特务的结果;②特务自己的慌乱,没有计划。

工作要求

①个人兴趣是偏重自然科学。在一般水准上，有些理论基础，有兴趣从事科学的大众化工作。希望能用新的观点，像苏联作家伊林一样，写些对下一代的通俗的、深入浅出的东西。目前已有的《科学概论》式的作品，好的不多。希望在充实自己、努力学习之后，写一些从物质的基本性质到天体构造、地球历史、生物的发生发展、人类的历史社会的进化、目前国家对下一代的要求等的通俗东西。但这一理想，不是一天一日做得到的。尤其是自己必须从事劳动，从事生产建设，在工作中学习、充实，在现实生活中，累积资料，作为写作材料，因此要求：

②派到机器工厂做工人，学习生产技能，与理论配合，并彻底改造自己，使自己成为"工人"，同时踏实地在工人群众中进行教育、组织，达到提高生产、发展工业和培养优秀工人，并提高到组织中来。将来希望能进专门学校深造，自己对航空工程较有兴趣。

③为了达到上述目的，在狱中曾长期与裕丰机器厂工人宋均培接近，并进行过有系统的教育。根据他的意见，我的出身虽然非无产阶级，但就狱中的自我改造来看，是能够接近工人、变成工人的，而且谈过宋、陈然、我，同时到裕丰去，可以立刻在宋原有的工人群众基础上开始工作。因此我请求，如果可能，便派到裕丰厂去。

④为了便于开展工作、接受领导，希望组织上严格审查后能恢复组织关系。

二、补充材料

罗广斌 1950年8月18日

被捕原因

　　1948年春，组织派我到秀山工作；5月得到通知，知道重庆地下党遭受破坏；7月底，和在秀山的同志们一齐撤回重庆（和宁育珪、陈家俊等一道）；8月里，上级邓照明同志要我回成都转忠县做统战工作，便和马识途同志一道回成都（马是刚去香港转来，当时他叫我不要告诉在渝的同志们）。8月21日到蓉，几天后陈家俊同志得到邓照明同志的批准，也到了成都，我介绍她住在川大先修班我侄女处。

　　在蓉时曾和潘毅平同志等碰过头，马识途同志和齐亮同志都接谈过，齐亮知道重庆的情形很清楚。他们问我认不认得刘国定和一个姓冉的，我答说不认得。他们没有告诉我关于叛徒们的情形，只叫我仔细一些，少出街。后来齐亮同志又和我与陈家俊同志研究了以往的工作，约定9月10号晚上到我家里住，并计划叫我回重庆（他们认为我还不大危险）找邓照明同志（通过李累同志可以找邓），齐亮并说老马不久还要找我（10号前），要我留意，并转告老马一些消息。

　　老马第一次找我是由他弟媳带信来的，信到时已离约会时间不及1小时了。所以我请过老马同志注意这点，信最好送快点。9月10日上午10时，一个商人打扮的人来找我，带来一封签名"马"的信，但必须亲交。我估计不到是特务（其实特务并不知我和老马约会，后来知道，特务是在叛徒的供词中知道我和老马一直很熟，因此借老马名义来试探的），因此被捕了。事前老马告诉我他家（柿子巷6号）已被监视和查过，他早就不住那儿了。所以特务后来一问我老马在哪儿，我便知道老马未被捕，答说我刚回成都，并未见过老马（事实上我也不知老马的新住处）。这是我被捕的情形。

至于被捕原因，我一直不能明确知道，只能根据已有资料判断。

①我回成都是秘密的，只事前经组织同意给家里写过一封信（8月初），因为当时我和家里断绝关系已一年了。同志、朋友间全未通信，也未告诉我将何往（知道的只有邓、马、李累和陈）。回家后也未发过任何信件，只有一位堂兄把我回家当作"好"消息，从成都写信到重庆告诉罗广文，但我又无法制止他不写（事实是他写信之后我才知道）。我估计如果是叛徒先供出，特务再注意我的话，只有可能是这两封信出了毛病，被查过了。

②特务的报告上说捕我的执行特务（名叫左志良，垫江人）是9月5日由渝乘飞机来蓉的。我被捕是10号，并未留意特务看守我家。除怀疑我和老马有"往来"外，并未追究齐亮和陈家俊。可以看出特务是以为我在渝已无法存身（徐远举说："你上级全都先被捕了，只剩你一人。"冉益智也说："你离开重庆后关系如何我们不清楚……"），只身"逃"往成都，并不知道我周围的关系。这点可以说明我的被捕并不是由于在蓉暴露。

③叛徒中我只认得李忠良一人（以前的材料说过认得的情形），刘和冉都不认得，只齐亮曾说刘国定看过我的自传。齐说，有一次他问刘："小罗情形怎样？"刘就把我的自传拿给他看，齐不看，说："我是问罗永晖。"因此可以了解，我的自传是刘国铤交给冉益智再转给刘国定的（因为刘国铤不认得刘国定，不可能直接把我的自传交给刘国定）。可以确定的，叛徒中，李忠良不清楚

我，而冉益智和刘国定却很清楚；再者，后来冉益智来"访问"我时，总把我和罗永晔同志当成一个人，说我和彭咏梧很熟，且在他那儿住，并说"六一"时我在重大工作（那时罗永晔才在重大）。

就从冉来和我谈话起，我比较明确地知道交出我的叛徒就是他。只是他把两个罗混成一人（都是西南学院的）。我有理由根本不承认身份，但对于那些确实的材料，我只好用齐亮同志说的方法"横扯"。

审讯情形

在成都只简单问过两次，未用刑。问的内容是："你是不是共产党？""老马住在哪里？"没有承认身份，也没有承认在成都和老马见过面。

到重庆后，由徐远举亲自审讯，第一句是："罗广文是不是你哥哥？"要我讲老马住在哪儿，但更主要的是要我承认身份和自新。问得不久，要我仔细考虑了再找他谈，接着便送到渣滓洞了。约住三个月，徐又来问我，说："所长讲你调皮得很，看你样子还很顽固！"仍是要我自新，问是谁介绍我去民建中学和秀山的。扯了一阵，没有结果。我说是一人姓方的介绍我去民建，徐说姓方的是不是彭咏梧，我说不认得；到秀山我说是个姓周的介绍，周又是一个姓蒋的介绍（蒋是我高中同学，大竹人，已经病死了两年），我叫他去蜀华中学（成都）查姓蒋的。

徐不满意，第二或三天就叫冉益智来，这回问得很久。

冉把我的自传背给我听。但却把罗永晔同志和我混成一人。我没有指明他的错误，却证明他的材料不确实，是假的，说："六一"那天我在马王坪参加运动会，可以到巴县查签名册（事实如此）。也不知他们查了没有。总之从早上扯到下午，没有结果，我仍然不承认身份。冉警告说，"政府讲天理、国法、人情"，你只要"稍微表示一下态度，就可以交你哥哥教管，不搞政治，以后学科学，仍然是有前途的！否则万一玉石俱毁，悔也来不及了"。他还造谣说"渣滓洞百分之九十想自新都不可能！"——这些情形在原来的材料上是写过的——事实确实如此，在冉面前我仍没有承认身份和丧失立场。

隔一天（或两天），一个"张法官"气势汹汹地来了，开始了正式审讯，老虎凳也摆出来助威了，还把刘国铠弄来对质。刘不承认，只说认得我，否认是我的上级，叫法官问冉去，我也没有承认身份。那次没有谈自新，只问"如何认得刘国铠？""怎样去民建？""怎样去秀山？"答复是："刘国铠在联大，我在联大附中，自然而然地认得。"另两个问题仍是像和徐远举谈的一样，乱扯了一阵。隔了几天又来问了一堂，内容也是一样。

隔了不久，徐远举亲自来了，要我承认身份和悔过自新。我不承认身份，说："无过可悔。"徐气极了，说："明天我叫人整你！"不到两分钟就不问了，叫我下来。接着就被戴上了铁镣，进行严加管束。

一周后，所长李磊又问了一次，他故意装软，很客气地说："老弟，你如果愿意写悔过书，我就先给你解镣，还让你住优待室，保证你回家过旧年。"我没有接受，仍然戴着脚镣回到楼一室。不久因为和齐亮同志通信被发现（他刚来渣滓洞），又加了一副脚镣，并问一次（所长问的）。这回我的态度比以往强硬。过了一天就被转送到关重犯的白公馆去，从此断绝了任何释放的希望，也就从不被过问了。这是1949年2月5日的事。直到1949年7月，我父亲来保释我，才又提进城去往还一趟。这次问得很少，仍是要我登报自新，当场和我父亲吵了一架，气急了，哭了一场。第三天仍被送回白公馆。此后再没有被问过，直到解放时脱险出来。

我觉得我已写的材料上审讯的情形已经较仔细地写过了。这篇文件，只是补充，请组织作为参考和原有材料对照研究。如果还有什么需要补充的地方，请再指示。

最后，我有这样一个希望：关于清理我的关系，从1949年12月我交出了自己应写的材料，其他资料，负责同志也说已经收齐。组织上一方面应该非常审慎地来处理我们的问题，另一方面还有更多的工作必须要做。我只希望在可能范围内，组织能抓紧时间，给我们以明确的指示和决定。

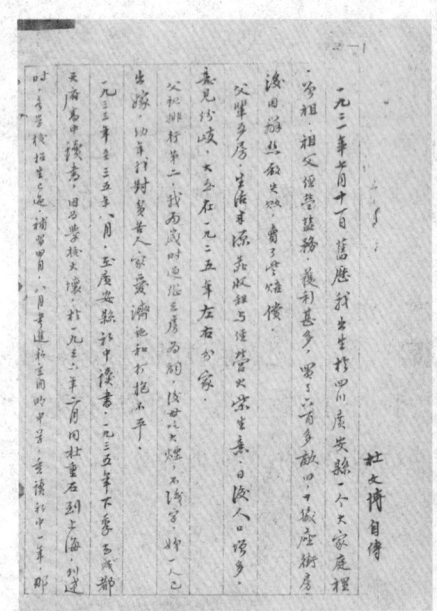

白公馆脱险志士杜文博所写脱险经过　　渣滓洞脱险志士任可风所写脱险经过

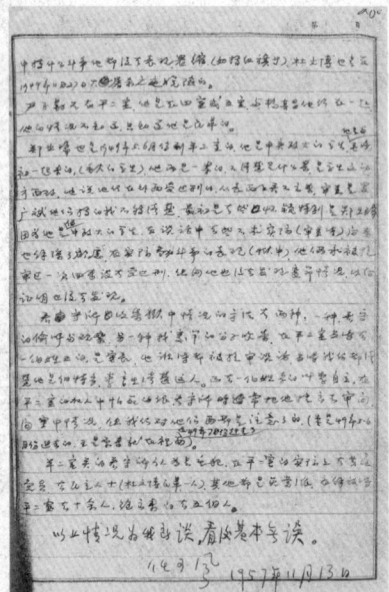

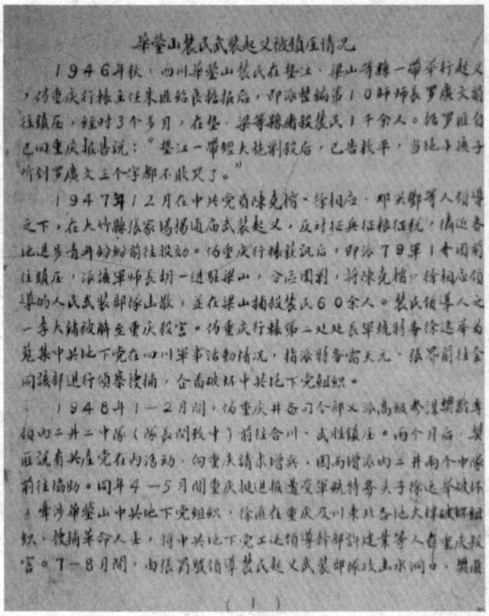

徐远举、周养浩等军统特务在战犯管理所写的交代材料

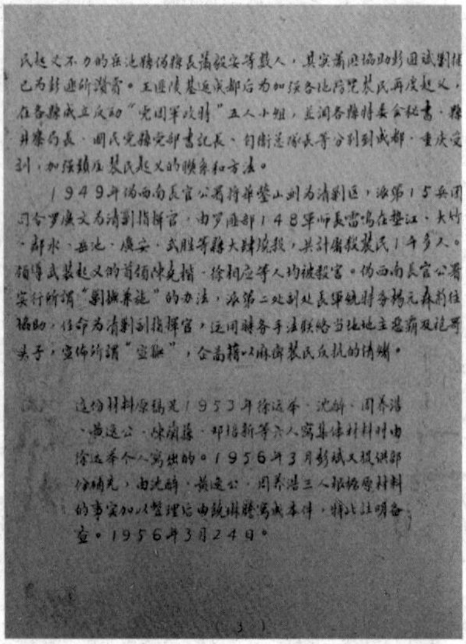

后记：红岩，这是说不完的一个故事

红岩，这是一个说不完的故事。这是因为，随着档案资料不断地发掘整理，一些鲜为人知的历史史实将逐渐公开。笔者一直连续不断地在红岩工作了28年，面对10多万件文物档案资料，面对不断新发现和搜集的文献资料，面对不断的"口述历史"的人员采访，不敢用"浩如烟海"来形容红岩史料，但也是"汗牛充栋"，需要持续不断地去整理研究。特别是全面、客观的研究红岩历史，对于我们这些研究人员来说，既是一个严肃的课题，更是一个现实的课题。红岩的历史发生在抗日战争和解放战争时期，国共两党在抗战时期的国民参政会、重庆谈判、旧政协的召开，其中有许多历史的人物和事件需要去研究，特别是我们党的统一战线的实践，有许多成功的经验和启示。再如，发生在这段时期的"中美合作所"问题，更需要在资料搜集和研究的基础上，公正、客观的解惑释疑。因为，根据现在所掌握的档案资料来看，它与国民党军统集中营不是一回事。再如，红岩秘密的情报战线、秘密的经济战线，随着对档案资料的进一步挖掘整理，也是会有更多的新鲜内容公布于世。

有一位烈士叫宣灏，在1949年11月14日江竹筠等烈士被屠杀后，他预感到死亡的逼近，他写下一份遗书，在这封信中他写道：

虽然不是党员，但我对共产主义和人民的党的诚信，也像你们一样，用行动来证明了的。在九年多监禁期中，我不断地读书和磨炼自己的文笔；我郑重地发过誓，只要能踏出牢门，我仍旧要逃向那有着我自己的弟兄的队伍中去！一次次难友的牺牲，更加强了我这心愿，我决定，只要我能活出来，我要运用我熟悉的工具——笔，把他们秘密着的万千的罪恶告诉给全世界，作这个时代的见证人！

每当我读到宣灏遗书的时候，就感到一种强烈的责任压在肩上。他们是一些我们今天不能忘记的人，他们是一些对党的事业和人民利益绝对忠诚的人。这种忠诚是用他们的生命作证，用他们的热血书写。让今天的人更多地了解这段历史，是我们这些红岩历史研究者义不容辞、责无旁贷的责任。

走进红岩、感受红岩、记住红岩！

【本书在写作过程中龚月华同志给予了极大的帮助，杨明荣、黄卓同志在选配照片上给予了积极的支持，钟意同志在编排上付出了努力，再次深表谢意。】

○ 解读狱中八条注释

● 参考图书

1. 中共中央史研究室著.《中国共产党历史》.第1卷上册.中共党史出版社.
2. 蒋永敬著.《国民党的兴衰史》.台湾商务印书馆.
3. 中共湖南省委党史研究室编.《中共中央南方局的党建工作》.中共党史出版社.
4. 关中著.《关键十年》.台湾中华书局.
5. 杨奎松著.《国民党的溶共与反共》.社会科学文献出版社.
6. 徐远举著.《血手染红岩》.群众出版社.
7. 陈宇著.《蒋介石在大陆的最后100天》.台北巴比伦出版社.
8. 厉华主编.《重庆红岩革命纪念（馆文物档案目录大全》.重庆出版社.
9. 厉华主编.《红岩事件目录》.重庆出版社.
10. 厉华主编.《红岩人物档案》.重庆出版社年.
11. 张玉法编著.《中华民国史稿》.东华书局.
12. 重庆党史办编.中共重庆地方党史大事记》.重庆出版社.
13. 秦孝仪主编.《蒋公总统大事长编》.台湾.
14. 全国政协文史委员会编.《文史资料存稿选编》.第14卷.中国文史出版社.

● 档案资料

1. 叛徒刘国定《交代材料》。
2. 叛徒冉益智交代材料《我所知道的军统内幕补充资料》。
3. 徐远举《〈挺进报〉破坏案处理经过情况》（1953年）。
4. 徐远举《〈挺进报〉被破坏遭害人员情况》（1969年）。
5. 军统行辕二处副处长林茂回忆材料（1998年）。
6. 四川省委组织部《关于任达哉被捕问题的复查说明》。
7. 叛徒骆隽文《我所了解的匪特情况（军统局）》。
8. 徐远举、沈醉、周养浩、黄逸公、陈兰荪、邓培新《华蓥山农民武装起义被镇压情况》。
9. 黄茂才《关于渣滓洞监狱情况》。
10.《重庆解放脱险政治同志联络组招待所调训人员一览表》。
11. 骆隽文《参考材料》（1951年）。
12. 冉益智《我所知道的下川东组织》。
13.《南方局大事年表》。
14. 骆隽文《关于川东地下党部分组织遭到特务、叛徒破坏的情况》。
15. 肖泽宽《我在川东地下党的经历》。
16. 2002年2月在成都采访林向北、廖伯康等记录。
17.《川东地区工作的初步总结（1947—1948）》。
18.《川东地方形势与来此前所定的策略1947年》。

19.《邓照明在港向上海局汇报材料》，1948年12月。
20.《中共川东党两年来工作基本总结提纲》。
21.《川东上东——工委48年春武装斗争的经过与检讨》。
22.姚仿桓交代材料。
23.《被捕人员登记表》。
24.曾庆回《匪军统特务在重庆破坏革命组织材料》、《重庆特务破坏革命地下组织情况》。
25.邓培新交代《军统局白公馆看守所情况》。
26.徐远举交代《保密局白公馆看守所情况》。
27.张界交代《有关白公馆、渣滓洞监狱的情况》。
28.谈白公馆及韩子栋脱险情况（卢兆春提供材料）。
29.杨钦典、李育生《交代材料：白公馆大屠杀概况》。
30.黄茂才《1948年5月至1949年11月20日我在渣滓洞监狱所见所闻和我亲身经历回忆录》、《渣滓洞监狱官兵人际关系及入狱出狱的手续》。
31.梁述昌交代《渣滓洞狱中情况及许建业等人表现》。
32.邓培新审问记录《破坏〈挺进报〉原因和经过》。
33.姚仿桓交代材料《破坏〈挺进报〉情况》。
34.刘德文交代材料。
35.黄逸公、曾晴初、饶林、刘崇朴、周养浩等人解放后共同写的《破坏〈挺进报〉》。
36.特务李克昌的交代材料。
37.李维嘉《重庆地下党被破坏和〈挺进报〉》。
38.胡康民《〈挺进报〉事件的前前后后》。
39.许晓轩妻子姜绮华采访记录。
40.李碧涛采访记录。
41.邓照明《解放战争时期在川东地下斗争的简要回顾》。
42.胡康民《狱中意见，警钟长鸣》。
43.1948年《川东地区工作初步总结报告》。
44.1949年《中共川东地下党两年来工作基本总结提纲》。
45.徐远举、周养浩、沈醉等《关于渣滓洞大屠杀情况》。
46.邓培新、黄逸公、周养浩《匪军统局重庆白公馆看守所情况》。
47.厉锡根、王发根、宋惠宽《白公馆看守所被押人员名单》。
48.徐远举《"六二"事件情况》。

• 烈士档案

1.许建业烈士档案。
2.何柏梁烈士档案。
3.雷震烈士档案。
4.王朴烈士档案。
5.邓致久烈士档案。
6.楼阅强烈士档案。
7.江竹筠烈士档案。

8. 许晓轩烈士档案。
9. 唐虚谷烈士档案。
10. 张静芳烈士档案。
11. 刘国铤烈士档案。
12. 陈然烈士档案。
13. 杨虞裳烈士档案。
14. 白深富烈士档案。
15. 艾文宣烈士档案。
16. 古承铄烈士档案。
17. 何雪松烈士档案。
18. 余祖胜烈士档案。
19. 何敬平烈士档案。
20. 谭沈明烈士档案。
21. 陈丹墀烈士档案。
22. 艾仲伦烈士档案。
23. 黄细亚烈士档案。
24. 蓝蒂裕烈士档案。
25. 华健烈士档案。
26. 成善谋烈士档案。
27. 齐亮烈士档案。
28. 马秀英烈士档案。
29. 李青林烈士档案。
30. 王敏烈士档案。
31. 胡其芬烈士档案。
32. 杨汉秀烈士档案。
33. 黄显声烈士档案。
34. 周从化烈士档案。
35. 张永昌烈士档案。
36. 苟悦彬烈士档案。
37. 朱世君烈士档案。
38. 周后楷烈士档案。
39. 陈作仪烈士档案。
40. 胡作霖烈士档案。
41. 李泽烈士档案。
42. 钟奇烈士档案。
43. 荣世正烈士档案。
44. 陈柏林烈士档案。
45. 龙光章烈士档案。
46. 吴学政烈士档案。
47. 刘振美烈士档案。

· 脱险志士档案

1. 罗广斌档案。
2. 罗广斌《关于重庆组织破坏经过和狱中情形的报告》。
3. 刘德彬档案。
4. 杜文博档案。
5. 杨其昌档案。
6. 尹子勤档案。
7. 王国源档案。
8. 周绍轩档案。
9. 江载黎档案。
10. 毛晓初档案。
11. 段文明档案。
12. 秦世楷档案。
13. 周居正档案。
14. 任可风档案。
15. 郑业瑞档案。
16. 郭德贤档案。
17. 肖中鼎、孙重、傅伯雍、周洪礼、杨纯亮、陈化纯、杨培基、刘翰钦、杨同生、钟林、李泽海、张泽厚、盛国玉等资料。

· 声像资料

1. 采访肖泽宽录像。
2. 采访陈伯纯录像。
3. 脱险志士采访录像。
4. 杨钦典采访记录（录像）。